秘境传奇之一

邬江 崔国民 著

龙骨

周谷城题

（下）

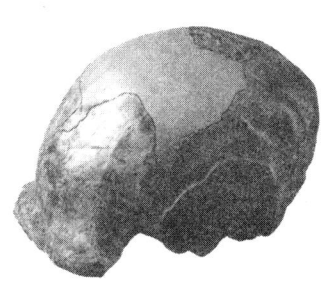

北京燕山出版社

第十七章
龙殇·战火流莺

> 北平死去了！我至爱苦恋的北平，在不挣扎不抵抗之后，断续呻吟了几声，便恹然的死去了！
>
> ——冰心《默庐试笔》

前门·正阳门

前门位于北京中轴线南，正对着天安门城楼，这座始建于明代正统二年（1437年）的建筑，从地面到楼顶通高42米，面宽7间，进深24米。重檐三滴水的歇山顶，上铺灰筒瓦，绿瓦剪边。朱红楼阁，上下两层，上层前后檐都是菱花格的格栅门窗，下层是涂朱色的砖墙。南北两边各有一座供人出入的大门。正阳门箭楼则比前门楼晚两年修建，位于前门后身（北侧），从前门门洞可将正阳门与天安门尽收眼底。在城楼的东西两侧，各有一堵半月形瓮城与城墙和箭楼相连共同组成前门正阳门重要屏障。

1901年后，当慈禧太后和光绪皇帝回北京，必须要通过前门、天安门进入紫禁城，为了保持龙颜国面慈禧下令整修道路并将前门正阳门城楼重新修复，但时间紧迫工程浩大无法短时间完成只好先用五色绸绫扎成城楼形状来凑合。直到1906年（光绪三十二年）清政府才将城楼修好。（参见陈夔龙《梦

龙 骨

蕉亭杂记》)

　　自古以来,作为皇都的北京,上自皇帝,下至黎民百姓都把前门视为国门,皇帝出行与外国人晋见都必须进出此门,在百姓心中前门也是至高无上的圣门。

　　熟知中国历史的今井武夫和香月清司自然而然首先想到要在前门举办日本军队入城式。穿着崭新笔挺军装的香月清司用戴着白手套的一只手掏出一条绣着樱花的白手绢轻轻拂拭胸前闪闪发光的勋章。他此时心情好极了,也轻松极了。他回忆着这不到一个月来走马灯似的经历,让他有惊喜有感慨。

　　也就在这之前,他还是个内阁教育总监部部长,一个主管教育的文职官员,一个来自内阁人事局局长的电话就鬼使神差地改变了他的人生:7月11日日本政府正式发表了"向华北派军的声明",他接到了任命其成为驻华北驻屯军中将司令官并且命令"今天就去上任"的指令,12日从东京飞往天津,途经汉城时会见了朝鲜总督小矶国昭大将。

　　小矶话语诡秘地说:"征服中国的唯一办法是用强硬的态度摧垮之精神支柱。"香月感到困惑:"什么是中国人的精神支柱?"小矶笑而不答只是傲慢地一瞥:"让他们永远记住自己是东亚病夫。"香月似懂非懂地点点头。

　　12日11时香月飞抵天津时关东军副参谋长今村均和参谋田中隆吉等人已在机场等候多时。下午3点立即召开了驻屯军全体幕僚会议,香月此时信心满满而且有些迫不及待地表明自己的态度:"我的方针就两个字:强硬,必须达到目的,坚决严惩骄傲的中国人。"

　　此后他雷厉风行,仅用半个月的时间就占领了北平,做到了驻屯军前22任司令官未曾做到的事,他做到了日本帝国参谋本部那些傲慢的帝国参谋梦寐以求的"奇功",这足以让那些只会在大本营里四处咆哮的将军们羡慕得流口水。

　　今井武夫为配合这次"皇军神威和战功赫赫"的举动马不停蹄地组建伪政权,而且他已获悉拒不合作的张自忠已留下一封"辞职书"后不知去向。

　　香月很清楚这是他预料之中的事情,也只好自欺地安慰自己皇军也会谅解。8月8日,日军举行入城式,这是香月精心挑选的日子,他就等着这一天:

他将光宗耀祖。

可天公不作美，军部突然下达一道命令：华北派遣军司令一职由寺内寿一中将担任，而他则立刻去一军上任军长一职。香月的美梦顷刻破灭了。大本营一纸调令，让原本春风得意的香月一下子跌进人生低谷，他感到一种前所未有的被愚弄的感觉。

香月乘着月色想在离开北平前看看还未来得及细细欣赏的"战利品"，今井武夫紧随其后，此时也只有今井还带着无限惋惜的心情陪着他。

北平之战本是香月引以为豪之战，以为创造"帝国奇迹"的他反而招致军部一片诟言骂他对中国人过于仁慈，骂他放走帝国死敌二十九军……

他明白那些幕僚们是嫉妒自己"兵不血刃的头功"，尤其是对古皇宫区禁止炮击与轰炸。

今井因北平之战的功劳而开始飞黄腾达，而这位用20天创造夺取敌国大城市"奇迹"的文职将军香月清司却在战场上从此黯然消失……

1937年8月8日·北平

日军列队行进，队伍中的号兵吹起号，骑着高头大马在队伍中的日军司令却不是为之精心准备的香月清司，而是个名不见经传的寺内寿一。

寺内寿一耀武扬威，他频频向道路两边身穿和服的日本侨民和旅游团的日本学生招手示意。这些挥舞日本国旗和手持写着"陷落"字样灯笼的日本人欢呼雀跃，大喇叭里一遍又一遍地放着日本国歌《君之代》和日本海军《军舰进行曲》，乱哄哄的叫喊声、歌曲声与排成品字形的土黄色装甲车、坦克隆隆声响成一片，而碾轧着前门大街的战车，喷出的油烟和碾起的尘埃遮天蔽日，天昏地暗。

而沿途的被迫"欢迎"的师生却低着头，许多人痛苦地流下眼泪。在人群中有一个年仅13岁的男孩看见这些趾高气扬的日本兵时，愤然将手中的日本国旗折成两截狠狠地丢在脚下并踩了两脚，扭身跑进胡同。大惊失色的老师与同学也一时炸了窝趁乱一哄而散。这位勇敢的少年正是日后成为中国"两弹一星"的奠基人之一的邓稼先。

 龙　骨

当他跑回家中时一头扑在躺在病床上的父亲身边放声痛哭起来,大姐、二姐也跑过来,母亲王淑蠲才知儿子"闯了大祸",她焦虑得不知所措。

"父亲,我们真的成了亡国奴了吗?!"少年抬起泪眼看着因肺病而憔悴消瘦的父亲。

"中国不会亡,永远不会!你到南方去投靠西南联大的王竹溪教授,还有郑华炽,咳!咳!……"剧烈咳嗽的人是北大著名教授邓以蛰,因重病无法随校南迁,见儿子如此忠烈,为躲避日军迫害决定立即将孩子送出北平。

与冰心一家一样,这个男孩抱着科学救国的梦想只身逃离了北平,从此这位倔强的少年就抱定"科技救国"的宏愿学习国防科技知识,他后来成为大名鼎鼎的中国核物理学家邓稼先。1947年他考进美国印第安纳州普渡大学并于两年后获得博士学位。新中国成立后他第一批返回祖国成为中国第一代核物理学家。1999年中共中央、国务院、中央军委追授他"两弹一星"功勋奖章。

刚从欧美周游回国的冰心夫妇也目睹和亲历了那场让每个中国人不可忘却的一幕:

北平死去了!我至爱苦恋的北平,在不挣扎不抵抗之后,断续呻吟了几声,便恹然的死去了!

五光十色的旗帜都高高地悬起了:日本旗、意大利旗、美国旗、英国旗、黄卍字旗、红十字旗……只看不见了中国国旗!西直门楼上,穿着深黄色军服的日兵,箕踞在雉堞上,倚着枪,咧着厚厚的嘴唇,露着不整齐的牙齿,下视狂笑。街道上死一般的静寂,只有三三两两褴褛趑趄的人们,在仰着首围读着香月的入城通告。

晴空下的天安门,饱看过千万青年摇旗呐喊,高呼"打倒日本帝国主义"的,如今只镇定地在看一队一队零落的中小学生的行列。他们拖着太阳旗、五色旗,红着眼、低着头,来"庆祝"保定陷落,南京陷落……后面有日本的机关枪队紧紧跟随监视着。

日本的游历团一船一船一车一车地从神户、横滨运来。

挂着旗号的大汽车在景山路,东长安街横冲直撞。东兴楼、东

来顺都挂起日文的招牌,欢迎远客。

在故宫、北海、颐和园都看不见一个穿长褂或西服的中国人,只听见橐橐的军靴声、木屐声。穿长褂和西服的中国人都羞得藏起来,恨不得溜走了。

……我恨这美丽庄严的皮囊躯壳!我走,我回顾这尊严美丽,瞠目瞪视的皮囊,没有一星点留恋。在那高山丛林中,我仰首看到了一幅飘扬的旗帜。我站在旗影下,我走,我要走到天之涯,地之角,抖拂身上的怨尘恨土,深深地呼吸一下兴奋新鲜的空气;我要走,我要捐着这幅旗帜,来召集一星星的庄严美丽的灵魂杀入那美丽尊严的躯壳!……

冰心这段刻骨铭心的记忆是一年后在重庆郊区的歌乐山住处写下的,她把在沦陷的北平所目睹的愤怒、耻辱、仇恨写进《默庐试笔》。

1937年7月9日·日本·门司港

卢沟桥上的枪声震动了全国,也惊动了千百万海外游子,他们纷纷从世界各地赶回祖国参加保卫祖国的伟大民族抗日战争。卢沟桥事变三天后,在日本留学的中国留学生就迅速串联,联合5000名学子从日本陆续返回笼罩在战火中的北平和上海。

有一位驻日本的中央社记者刘尊棋老人,在他的回忆文章《从东京归来》中记录了当时的真实情景:

这一天(7月7日)从早到晚,街上不断有报童边跑边摇着铜铃喊叫:"号外!号外!"……这次真的要打起来了?!我想。……哦!抗日战争!伟大的、神圣的抗日战争!我一天都不能再停留下,我要立刻投身到战火中去。

……我找出当天的报纸,翻看到第二天有船从门司开往塘沽,急忙收拾必须携带的东西,简单写下告别的字,就出门直奔东京火

车站，打车去门司。

果然这一天（7月8日）有一条"长崎丸"客轮要从门司开出去塘沽。大约预定一天一夜可到。我买了船票，随着大批客人陆续上船，我注意到一大批穿学生制服的日本学生手持"北平"观光团的白布小旗上船，另外也看见不少中国学生上船。

甲板上空空荡荡，但船舷高处悬挂着一个扩音器，白天有时播出流行歌曲，但隔不久播出了新闻。新闻广播一开始，甲板上突然上来大批客人，中国学生和日本学生各自站在一边，互不打招呼，十分严肃地聆听着广播。

"同盟社下午三时十分急电，日本军已完成对宛平县的包围，并且从十二时起开始轰击城门楼的观察哨所……

"Banzai Banzai（日语万岁）"日本学生一起喊叫起来。

"宋哲元将军率领的一个师已进驻北平南郊军事要地南苑……"

"万岁！万岁！"中国学生这方面也喊起来了。

这样，随着新闻广播声而此起彼伏的喊声一直到七点左右，扩音器再改了声音，宣布晚餐开始。整个船舱里人声鼎沸，人们紧张而热烈地议论着显然已经大规模展开的战争……火车经过天津和廊坊车站时，可以看见月台上已站着荷枪实弹的日本兵三步一岗、五步一哨地警戒着。

"这哪里还像中国自己的国土啊！"我好像打了一个寒战似的自言自语着……走出车站，仰望巍峨的正阳门城楼，一种崇高的意识重新升起……

1937年8月21日·日本·大阪港

留日学生谢爽秋老人在《响应祖国的召唤》一文中详细地回忆了驻日留学生们在抗战爆发后纷纷回国参加抗战的激情往事：

……第二天，"特高"（日本特务）又来搜查古的行李（古子坚，

第十七章 龙殇·战火流莺

因七七事变后用笔名向南阳在报纸发表了几篇关于日本经济的文章，被日本人认为是日本情报。）取走了一些日本报纸的剪贴材料。其实，卢沟桥事变前夕，"特高"已经开始抓人，"世界语学会"的黄一寰、丁克、陈紫秋、李益三等四人，就因与日本左翼世界与学者有联系而同时被捕。黄是黄兴的后裔，经宫崎龙介设法营救，才被释放归国。

当时，东京一地就有中国留学生五六千人，事变后纷纷弃学归国。人多船次少，日本船又不敢坐，要挤上其他国籍的邮船，求得一席之地，很不容易。直到"八一三"上海战事爆发之后，才搞到一张"加拿大皇后号"从大阪到上海的四等舱船票……

船驶近上海时，正值吴淞口枪弹横飞、硝烟弥漫，进不了黄浦江，原定在上海上岸的，只好随船去香港，再转往广州。

当廖沫沙、田汉等人辗转来到即将沦陷的南京城时，还有一家四口人也风尘仆仆地从欧洲来到南京，他就是考古学家、古人类学家裴文中。

七七事变后即将毕业的裴文中再也坐不住，他向自己的恩师步日耶表明自己坚决要回到祖国去，要与苦难的祖国同甘共苦。步日耶是世界古生物、古人类研究泰斗，是他在北京发现了这个挖出第一枚"北京人"头盖骨的中国青年。

步日耶不仅主持了对第一枚"北京人"头盖骨的测定工作并且做出了前所未有的"50万年前"的认定，这是当时在世界范围内唯一测定最长年限的古人类化石（尽管"北京人"头盖骨后来被重新测定为77万年，这仍丝毫不影响20世纪20年代这一发现的伟大）。也就在那个时候，步日耶热情地邀请裴文中去法国他所任教的大学攻读古人类学并承担裴文中留学期间所有费用。

步日耶手把手地教授这位来自东方的中国青年，他发现这个一头黑发的瘦高中国人是那样睿智和充满活力，他太喜爱这个弟子，甚至为他毕业后留在身边做自己的助手，做了周详的安排。当他看到裴文中每每看到或听到来自中国的战争消息就寝食难安的神情也不由得为他担心起来。

 龙 骨

法国巴黎大学·人类古生物学研究所

一日裴文中拿着一沓新出版的《每日邮报》找到步日耶,将报纸摆在他的眼前,映入眼帘的是"日军占领北平"的大标语和日军从前门、正阳门下列队进入北平城的大幅照片。两人默默无语,步日耶看着自己的学生脸上充满痛苦和愤怒,他感觉到这个正直的青年要做出什么惊人的决定。

果然,沉默良久的裴文中艰难地一字一句向步日耶表态:"先生,我决定立刻回国!"

"你真的要这个时候回国去?"

"是的,我的祖国需要我。"

"可你是一个优秀的科学家啊,研究室是学者最好的战场啊,你看我已经为你准备好一切。裴,你新婚不久,需要有个良好的工作环境,而这里可以满足你的一切。我恳切地请求你留下与我共同完成研究课题。"步日耶向实验室做了一个展示的手势。他想告诉裴文中他为裴文中已准备好当时最好的实验室。

"对不起,步日耶博士,我的祖国很穷很落后,但是她是我的母亲,她正在流血在哭泣,正在召唤她的儿女!"

裴文中打心眼里感激这位始终如一关怀自己的大师,但此时心中燃烧的火焰已让他义无反顾。而裴文中声情并茂的讲述也深深地感动了这个平日严谨的科学家,步日耶不知道裴文中十几年前就是北大校园内出名的"文学家"。他给《新青年》的投稿曾让大文豪鲁迅先生赞叹不已。步日耶此时明白了这个充满爱国激情的中国科学家是不会接受令无数人羡慕的条件、金钱和荣誉的诱惑的。他完全被感动被折服,对这个东方的学者肃然起敬。步日耶不愧是一个伟大的科学家,他在以后的日子里不仅帮助裴文中筹集回国的资金及必需品,同时还叮嘱这个倔强的学生随时保持联系,不要中断对"北京人"的研究。

1937年冬·南京

南京城里到处是一片混乱和撤退的景象:政府机关、商会门口堆满撤退的木箱与行李,市民携幼扶老背着包裹匆匆向江边走去,满大街的黄包车和各

第十七章 龙殇·战火流莺

种车辆互相拥挤着叫嚷着缓缓向码头和车站拥去。只有路中间设立的沙袋边有一些身穿黄军装的宪兵与警察在维持秩序。

裴文中身穿长大衣、头戴礼帽和同样穿着短大衣和棉布裙的妻子从人群中逆行来到教育部大楼。当他们好不容易来到教育部时,这里大厅和办公室满地纸屑,待运木箱堆积如山,职员们出出进进正忙着把楼内的木箱搬出大楼,整个大楼内弥漫着紧张的气氛。裴文中拦住一个又一个胸前别着教育部徽章的职员打听翁文灏和负责官员,但都摇摇头不知所终。此时一位上了年纪的老者走来把裴文中夫妇打量一番:"你是裴文中先生吧?"

"是的,是的,我是裴文中,刚刚从法国回来。"裴文中急忙回答。

"哎呀,你们怎么这个时候来到南京?翁先生和蒋先生上周就已经撤到重庆去了!"

"那我们怎么办呀?两个月前我通过法国使馆给翁先生联系过,翁先生和部长指示我们到南京报到!"

老职员:"时局变化太快,世事难料!连蒋委员长也于上周撤离了,总统府现已经没人。不过这些天有不少各地投奔而来的各界社会贤达,上峰也指令由我们安排撤退,如再晚几天这里也没有人了。"

裴文中没想到形势如此严峻,不免有些焦急:"那么我们怎么办?"

老职员:"要不先生先撤往武汉,国府政要与中央研究院目前在武汉,或者随我们一起撤到重庆?"

裴文中看着妻子,仿佛要妻子拿出意见,妻子却默默摇摇头,裴文中明白了,他迟疑了一下试探性地问道:"在北平的地质研究所现在还在工作吗?"

老职员一脸惊愕:"什么?去北平?!那里已经沦陷了!地质所杨钟健先生和留守的主要人员在沦陷后就撤到南京了。"

裴文中急切地问道:"那么杨先生在南京吗?"

老职员想了想:"好像又去了云南,因为协和医院的研究项目是美国人办的,目前北平地质研究所一切事务都由协和医院代管。"

裴文中一听不禁心中大喜,因为他归国前就已得知北平协和医院的新生代研究室由魏敦瑞主持日常工作,而且得知日本人碍于是美国人管理而未对

协和医院采取措施,换句话讲裴文中如回到新生代研究室就可以正常开展科研工作。再加上他急迫地想回龙骨山,想念那些千辛万苦的而且使自己登上巅峰的"北京人"头盖骨化石。兴奋之余他毫不犹豫做出了回到北平去的决定。翁文灏获悉后也认为这是一个不错的选择,所以同意了裴文中返回北平的意见,并由中央地质所委任他担任新生代研究室中方副主任。

裴文中立刻在教育部留守人员的帮助下转道经广东、烟台回到北平。

裴文中一家刚离开南京一周后,南京陷落,南京陷入人间地狱般的血海之中,震惊世界的南京大屠杀爆发了。

1938年8月10日·广西桂林

国立浙江大学校长竺可桢和浙大南下师生为妻子张侠魂举行公祭,一个月前他刚为自己的爱子竺衡送葬,如今又为自己的爱妻送葬。一年前淞沪战役时竺可桢就响应国民政府的号召将国立浙江大学迁至武汉,从美丽的天堂之城杭州迁移至素有火炉之称的武汉时正是武汉七月流火的日子,竺可桢夫妇冒着炎热的天气与师生一起到前线慰问抗战将士,组织抗日募捐和抗日宣传。但武汉很快也要沦陷,浙大师生被迫再次迁校。

8月3号妻子张侠魂因病去世。当竺可桢面对无药可治的妻子时他悲痛万分,因为他将浙大师生募捐的所有药品与钱款都送到前线,这位与他同生共死20年的妻子竟死于没有药物的普通痢疾,而自己年仅14岁的第二个儿子竺衡也在7月21日先于母亲去世。短短的13天竺可桢连续失去两位至爱亲人!竺可桢在当天的日记里写到:8月3号,星期三,泰和,侠于上午11点24分去世,悲哉!

竺可桢拖着消瘦而疲惫的身子缓缓在入殓的棺木绕棺一周,他将妻子最喜爱的一块手表和一支自来水钢笔放在妻子身边,把一枚银质戒指轻轻戴在妻子的无名指上,这是1920年结婚时竺可桢从哈佛大学回国带回的结婚戒指。追悼会没有讲话,只有1000余人师生与当地人士的哭泣声。

1938年浙大继续向西流亡到距桂林几百公里的小山城宜山,1939年2月5日日军飞机对宜山进行大轰炸,宜山市民死伤50余人,炸毁浙大学生二至四

第十七章 龙殇·战火流莺

年级的校舍（轰炸中，学生被褥、衣物、教舍全部烧毁，但没有人员伤亡。听闻浙大遭到野蛮轰炸，正在桂林教书的著名漫画家丰子恺立即决定接受校长竺可桢的邀请去浙大任教。临行前他对欢送他的朋友和同仁讲道："浙江大学是我故乡的学校，它对我有不能想象的诱惑力。"浙江大学在流亡中一直坚持办学直至抗战胜利。

2008年已是耄耋老人的竺可桢在儿子竺安和竺宁陪伴下再次来到泰和看望当年旧居和张侠魂、竺衡亡地。

陈荒煤（著名电影艺术家，时任文化部副部长）的回忆：

> 剧团还没有开始活动，北平就沦陷了，有一天早晨，听说日军就要进北平城了，我们剧团的一些人，还有孙席珍、陈北欧等一些教师乘上一辆卡车想出西直门到妙峰山，离开北平。不料到了西直门外，听说日军已经进驻香山一带，又只得回城作鸟兽散。
>
> 一直到北平与天津第一次通车时，我们才分别乘车去天津。这一趟火车几乎每一个小站都要停留许久。
>
> 我这个一心要到抗日战争前线去采访的人，这次可亲眼看到日本帝国主义的侵略军，他们当火车到达的时候，倒没有上车检查，但是戒备森严面容冷酷，都端起了步枪在列车边上巡视，正是夏天，列车关着窗子，火车一停就是一二十分钟，甚至半个小时，车上静悄悄没有任何声音，我只觉得全身浸透了汗水，似乎能听到自己的呼吸声，谁也不能料到会发生什么事。
>
> 这趟列车几乎走了一整天，到了傍晚才到天津。我终于进了英租界，找到了杨一辰的家，并且与荣高棠、杨一辰、张玥、张瑞芳几位同志会合了。
>
> 第二天打开报纸头栏标题是"四千赤色分子已逃亡来津"。
>
> 事后听说也有同志批评，许多同志不应这样挤在第一趟列车离开北平，万一这消息证明这第一次离开北平的绝大多数是"赤色分子"。这个估计，现在来看，也可以说基本正确的。敌人为什么"放

龙 骨

虎归山"呢?……

我们北平学生移动剧团终于在天津汇集,又乘海轮到青岛。原来计划先到上海,因为全团就我一个还不是专门从事戏剧工作的人,也只有张瑞芳一个业余演员,因此想到上海去找几位戏剧工作者参加剧团。不料到青岛就听到上海"八一三"的战争又爆发了,于是又下船改乘火车到济南,又去到南京,进行了剧团成立后的第一次演出,然后筹得一些款子,取得了一些关系返回济南一带工作,这一年间,从济南撤退,到鲁西北部队工作;在徐州会战期间又到徐州工作了一段时间,徐州失守后,我们又转到河南信阳一带休整。

我们这个北平学生移动剧团实际上是一个不断流亡的剧团。

7月我终于离开了剧团到武汉。我和宋之的、舒群、罗峰合写了一个多幕剧《总动员》,还想让剧团到武汉把这个戏搬到舞台,可是在一片"保卫大武汉"口号声中,国民党当局实际上是做武汉大撤退的准备了。剧团也不可能到武汉来。

我于9月就从武汉去到了延安。(参见陈荒煤《抗战纪实》)

廖沫沙(著名作家,时任中共北京市委宣传部长)的回忆:

第一次逃难是1937年8月初。卢沟桥事变后,当时的北平处于日军炮火轰击的威胁之下,全城戒严、停市,居民们谁也不知道自己的命运如何。我工作的单位,在战争起后一星期,就通知我不用去上班了。我只得终日在家,等候消息。

那时我住在宣武门内石驸马大街头发胡同一座小四合院平房,同住在这里的还有李何林先生,他住北房,我住西房,我是经亲友的介绍认识李先生的,那时他在大学教课。

平日常相往来的,除同事以外,除白薇、威猛克、蒋弼等还有师范大学的一些同乡同学……直到北平在7月底沦陷后我们便决定尽先逃出这个被日军占领的城市。

第十七章 龙殇·战火流莺

廖沫沙和同学一起在前门车站挤上人满为患的列车。他清楚地记得连过道都塞满了人,在行车的时间,人们连去大小便都无法通过,只能在座位处小便。因为超载从北平开到天津的140多公里的路程,居然开了整整一天,"在整个行程中什么东西都没有吃过"。当廖沫沙马不停蹄地绕道到达南京时,南京也危在旦夕,廖沫沙只好会同田汉、阳翰笙、袁牧之、陈波儿等乘船来到武汉。

冰心、陈荒煤、廖沫沙、老舍等文化界名人均是由北平地下党派人护送,廖沫沙感慨地说:"虽历经艰险,却心有安全无患之感。"在撤离北平的爱国人士中还有一些外国友人自发地帮助北平的知识分子逃离日军的魔掌。燕京大学校长司徒雷登、美国籍心理系教授夏仁德(Randolph C. Sailer)、英国籍政治系教授林迈可(Michaet Lindsar)不仅热情资助参加抗日的师生,而且林迈可还亲自将先进的无线电通信设备、药品等送到物质极其匮乏的抗日根据地军民手中,并为延安建起第一座广播电台。

侯仁之先生回忆:

> 日本人进城之后不久,司徒雷登校长就提出一项任务:如果有学生要求学校帮助离开沦陷区,不是为了转学,而是为了参加与抗日有关的工作,应该给予支持,由辅导委员会来负责办理。司徒雷登还表示,凡是自愿离开沦陷区的学生,无论是去大后方还是解放区,凡是有经济困难的,都可以由学校给予资助,凡是要走的学生,临行前他都要在临湖轩设宴送行。(参见侯仁之《燕京大学被封前后的片断回忆》)

老舍先生之子舒乙回忆逃亡的经历:

> 我们一共五个人,母亲,三个孩子,大的十岁,二的八岁,小的六岁,还有陈妈,她是一位山东籍的保姆,带着九大件和三小件行李,告别北平,开始逃难。花了五十天,行程二千七百多公里,

龙 骨

> 历经无数曲折,母亲带着我们三个孩子安全地到达重庆,和父亲团聚。经过这次大迁徙,母亲给后方的朋友们带来了生活在沦陷区的苦难同胞的许多最真实的消息,包括一些最微细的情节,父亲静静地在一边听着……听着听着,经过许多天的思考,父亲突然说他要写一部长达百万字的新小说,是写沦陷时期北平人的故事,写他们的受难,写他们的痛苦,写他们的爱国,写他们背上的文化包袱,写他们的觉醒。这部小说后来取名叫《四世同堂》。

舒乙永远记得与父亲分别5年后在重庆的重逢,永远记得在昏暗的灯光下父亲和他们的朋友们聆听母亲讲述北平大杂院里的故事。他忘不了父亲专注的神情和母亲如泣如诉的讲述,如今我们在这部脍炙人口的小说《四世同堂》中还可以看到祁大爷一家四代,包括老舍出生并生活了14年的小羊圈胡同的模样(小羊圈胡同现已改名叫小杨家胡同,老舍的故居为八号,位于北京西城新街口南大街)。

1937年11月,刚生完女儿吴青之后,冰心夫妇就带着孩子逃离了北平,宋美龄写信邀请她来重庆参加文化抗战,冰心夫妇立即动身从桂林来到重庆。在歌乐山一住就是3年,她把这处叫"静庐"的房子改成"默庐"。每日看着如画的歌乐山,她忍不住思念北平和沦陷的痛苦。

在中国历史上不乏外族入侵文人墨客追随流亡政府逃亡天涯的人物,著名女词家李清照就在宋王朝迁都时与难民一起颠沛流离。中国的文人或知识分子似乎更多一份爱国情结,在抗战中沦陷区的学者大多选择逃离沦陷区,北大师生除周作人等4名教授留下外,约10万师生与各界知识分子、艺术家、实业家义无反顾地选择流亡抗日。据统计近70%的高校整体迁移,这是中国历史上前所未有的悲壮迁移。

抗日战争爆发后,举国大迁徙,它与历史上任何一个因战争而逃亡和逃难的情况不同,逃亡人员中许多人甚至多数人是具有很好的生活条件和工作的,本可以不必遭受颠沛流离、饥寒交迫甚至客死他乡的危险。同时,千千万万的海外华侨,无论是富甲一方的商人还是风华正茂的技工、学生也

第十七章 龙殇·战火流莺

都义无反顾回到苦难深重的祖国，与之同生共死。据不完全统计仅南洋华侨就有一万多名青年回国直接参加抗战。

鲁迅先生曾热情地把这些爱国者称之为"中国魂"，也正是这些长着龙骨的中国魂使得我们的民族度过了苦难走向复兴。

有人走了，有人留下了，有人回来了……

抗战的民族危亡中人间事物无不在惊涛骇浪中大浪淘沙，一向与世无争的世外净土宗教寺庙也同样经历了一场人性善恶的考问。有的灰飞烟灭，有的铭刻青史，有的涅槃再生。

林徽因作为一位多才多艺的古建筑学家，她的贡献和独到之处就是将艺术纹饰的美与枯燥刻板的古建筑测量融为一体，使之变得充满艺术的美感。林徽因和梁思成每到一处，都对古建筑上的绘画、纹饰、发髻等详细记录并加以研究。例如，林徽因对云冈石窟佛造像考察，她在《云冈石窟中所表现的北魏建筑》一书判定一些"印度湿折的衣裳而露脚""肥笨而不自然"的造像为"异国前期刻像"（指印度早期）；"而短衣长裙，衣褶简而不韵，肩带长而回绕，轻灵飘逸，极能表现出乘风羽化的韵致"的造像则为后期"中国神情美感的成熟作品"。（指汉传佛教）林徽因的考证科学，她的发现也极大丰富了梁思成古建筑研究的内涵。

1937年7月6日，梁思成和夫人林徽因在五台山佛光寺考察时发现这是一座纹饰精美，造像独特的典型唐代风格古建筑，这座完好的唐代寺院还是首次发现。林徽因还发现千百年来一直被当作观音的坐像其实正是佛光寺捐资人像，因供养人为女性，长期被误以为观音。为了找到传说中的佛光寺，梁思成夫妇专程前往敦煌寻找线索，最终从一幅壁画中找到佛光寺的位置图。

欣喜万分的夫妇将这一重大发现发表在7月9日的北平《晨报》上，这天《晨报》上赫然刊登梁思成和夫人林徽因重大发现：五台山中发现唐代寺庙，另一版则登出：卢沟桥爆发战事，中国军队奋起抵抗。梁思成和林徽因的喜悦被战争的硝烟冲得荡然无存，匆忙收拾行李返回北平。

在抗战时期，中国的寺庙也遭到空前的浩劫，僧侣们在国家民族危难时期也像柏林寺和龙泉寺僧人一样救护苍生，舍命护国，他们有的奋不顾身冒

龙 骨

死抢救抗日军民，有的冒着风险保护受日本军残害的妇女儿童，有的保护珍贵佛教文物，有的脱下袈裟义无反顾地投身到抗日救国的洪流中。

1934年长城抗战后，有大批阵亡在长城脚下的二十九军官兵还暴尸荒野，一位姓王的道长自发地联络村民将烈士遗骨收殓并集体埋葬，这位王道士与村民整整收殓560多具遗体并为他们焚香祭奠，宋哲元和北平爱国人士专程在那里修建了阵亡官兵忠烈塔。

1937年日军占领南京，随即展开了惨绝人寰的大屠杀，一时间南京城里血流成河尸横遍野。南京著名千年古刹保护近千名前往寺院避难的南京市民和士兵，其中著名抗日将领廖耀湘也藏在寺中，在大屠杀中幸免于难。大千世界，佛教讲的是慈悲为怀，如《心经》所言"度一切苦厄"。然而自称佛国的日本却在中国进行惨无人道的杀戮。

与之相反的是中国佛教界在1923年日本关东大地震发生后即展开救济活动。中国四大佛教名山，五台山、普陀山、峨眉山、九华山各大寺院成立为死者祈祷的大法会——中国佛教普济日灾会，全国各地纷纷响应并撞击幽冥钟100天为日本灾民祈祷冥福。同时中国佛教会还派显荫、包承志二人前往日本吊唁和慰问（中国政府和社会各界还向日本募捐了大量物资与资金），1925年6月"中国佛教普济日灾会"筹款铸造一枚大梵钟，赠送日本以供养死者之灵。钟上铭刻着23个汉字铸成的祈祷三字经："闻钟声，烦恼轻，长智慧，增菩提，离地狱，出火坑，愿成佛，度众生。"这个大梵钟永久性安置在关东大地震纪念堂钟楼里。

日本佛教协会会长道端良秀回忆"中国佛教会的此举使日本朝野人士无不为之感动"。（参见《日中佛教友好两千年史》）

而随侵略军进入中国的日本坛庙却只为日本人或自认为是日本子国的伪满洲国、朝鲜军、台湾兵服务，并在中国各地搜刮掠夺宗教文物与经文。一直奉行以善为邻的中国人民却得到"以怨报德"。在北平城的东本愿寺北京分院和西昭提寺也为阵亡的日军官兵做法事。此后日本还专门在中国各地建立靖国神社为被打死的侵略者"招魂"，并在北京设立了各宗各教的所谓管理总部，在这个管理总部中囊括了当时日本佛教界几乎所有的头面人物：日华佛

第十七章 龙殇·战火流莺

教研究会干事中井玄道、讲师大岫接三、评议员日野大心、天台宗柿沼央道、真言宗吉井芳纯、曹洞宗河合真英、临济宗古川大航、日莲宗难波智秀、净土宗斋藤典察、东本愿寺新乡法灌、西本愿寺津村雅量等人。

众所周知，日本的佛教是自中国唐朝时传入，双目失明的鉴真大和尚6次渡海前往日本并终身传教。随着侵略战争的进展，大批日本文化、宗教、工业、移民、商贸甚至鸦片毒品也随之大量涌入，日军朝鲜师团带来的鸦片、白面馆一时充斥北平城，据战后统计七七事变前日本侨民在北平约有2000余人，到1946年遣返时已多达6万多人。

同样源自印度的佛教，同样的宗律教义怎么会产生截然不同的境界？这似乎应当是中日两国佛教界沉思之处。无独有偶，我们从浩瀚的历史尘埃中也看到这样的日本神职人员，他们从自己的亲身经历中去反省日本宗教在战争中所做的违背神学宗旨的行为。小川武满就是其中的一位代表。

就读于日本神学院的小川尚未毕业就被强征入伍，26岁的他来到中国北平日军第一陆军医院成为一位中尉军医。

由于小川的特殊身份（基督教牧师）军方还要求他兼任北平陆军监狱的狱医，作为实习生他被派往日军臭名昭著的731部队实习，第一堂课由731部队的北野政次军医大佐讲课，题目是"使用当地猿进行斑疹伤寒预防疫苗的开发试验"。

小川听了十分纳闷：满洲有当地猿吗？他以为北野要用猿猴做试验。很快小川就发现所谓用猿做试验实际是用中国人、苏联人进行活体试验。

"猿"只不过是对用作活体试验的中国人和苏联人的代称。这个北野教授后来成了731部队的部队长（少将）。

仅1939年2月就对13名中国人进行伤寒感染后的活体解剖，根据从中得到的知识写了关于斑疹伤寒预防疫苗的论文，也正是这个论文成为日军培养战地军医的课程。小川回忆在当时的病理学的教室里摆满了用活体解剖做成的标本。

小川在北平日军陆军医院和监狱时发现医院中竟然有相当数量的日本士兵患有"战争神经症"（军方对此称之"战争营养失调症"），他悄悄对此作了

相应统计。

表1 前线送还伤病者的精神疾患者比率

年度	1938年	1939年	1940年	1941年	1942年	1943年	1944年
%	1.62	2.42	3.33	5.03	9.89	6.64	7.77

表2 前线送还伤病者的精神疾患者比率

	前线送还伤病者	其中精神病的比率（%）
1937年	10.295	0.93
1938年	63.007	1.56
1939年	60.314	2.42
1940年	44.393	2.93
1941年	23.085	5.04
1942年	19.416	9.89
1943年（1—8月）	25.250	10.14
1944年（1—4月）	14.145	22.32

日本关西学院大学教授、著名评论家野田正彰在研究欧洲二战德军对犹太人大屠杀、越南战争和现代俄罗斯车臣战争的残暴事件后他将在战争中残酷杀戮归结于"战争神经症"，他认为南京大屠杀是不可否认的事实。

作为有正义和良知的日本学者也呼吁从战争的本质去寻找才能真正接受战争教训，永不再犯错误。这是一个深刻而有深远意义的启示。

小川在北平陆军监狱还发现这样的现实：监狱里不仅有被抓来的中国人，也有不少被捕的日本官兵。按照日本军规凡是在作战中的逃兵（阵前逃脱）一律就地枪决，对于厌战（包括自残自杀），怀疑同情中国人或帮助中国人的日本官兵则抓往监狱审判。

根据日军军法会议裁定如是精神病患者可遣送回国，如不是军法会则基本判处死刑，被处死的日军官兵在行刑前都由在北平的日本僧侣为其做教戒（不是超度）：你不能活着为国家尽力了，但死了要做故国之魂，保护自己的国家。这就是在中国设立日本寺院的任务，就连鬼魂也要为法西斯政府效力。

执行死刑对中国人用斩首，日本人用枪毙。

第十七章 龙殇·战火流莺

小川无形中成了掌管日军犯人生死牌的人。作为一个拯救人的牧师和救助人命的医生那一时期是何等煎熬。

小川冒着自己也有随时被枪杀的危险用开出这些士兵"精神处于朦胧状态"诊断书的方法前后竟挽救了30名将被枪杀的日本兵。然而对于中国人小川则束手无策,因为日本人对关押的中国人一律以死刑处理。

但是小川目睹被处死的中国人和共产党员时却被深深震撼。一天有7个中国人被斩首时,一个头颅被砍伤的中国人带着满头的鲜血大骂:"日本鬼子!"

手脚慌乱的宪兵用手枪向他射击……而另一场杀害共产党人时,这位大义凛然的共产党地下工作者对日本宪兵说:"你们可以把我杀掉,但阻止不了中国人民的反抗!"说完毅然赴死。精通汉语的小川亲眼看见这样的场面,他回忆到他真对自己不发疯而感到不可思议。

从那以后小川变成一个反战人士。

1944年夏,日本基督教团来到北平,为首的是国际知名的日本基督教领袖贺川丰彦,小川与他很熟,于是想通过贺川在北平讲经布道时,呼吁停止战争。他立刻拜访贺川急切地说:"中国知识阶层,尤其是基督教徒期待着先生的讲演时,这个时候请讲出真话,请呼吁大家务必纠正日本的战争错误,早日制止战争。这样做的话,先生的生命也许有危险,但现在是讲出真话的时候,请一定这样做。"

但是,面对小川的恳求这位宗教领袖却默不出声。

8月18日贺川一回到日本,基督教团常议员会却发布《日本基督教团决战态势宣言》。宣言中说:"值此时,对皇国负有使命的本教团为皇国必胜而崛起,断然击溃骄敌,安奉圣心。"

同年11月20日又发表了《日本基督教团寄送大东亚共荣圈基督教信徒函》,号召"亚洲各教会拥护建设于日本东亚秩序"。此时日本的基督教教会已完完全全变了味道。

1949年返回日本的小川已是大阪北教会的牧师,贺川丰彦惭愧地向小川道歉:"你说过请豁上命讲出真话,我辜负了你的期待,对不起。"

397

龙 骨

事实上,当时的日本宗教团体大都与基督教团一样把宗教绑在法西斯日本的战车上。

1981年中国北京举行了一场中日共同举办和平礼拜大会,年已七旬的小川武满用流利的中国话即席讲演:"我们只能道歉,不能说'让我们彼此原谅吧'这样的话。在北平的土地上,就在我的面前,我看着中国人在自己挖的坑边被斩首,落入坑中,听到了死前怒骂'日本鬼子'的声音。其后我还得下到坑里确认脉搏是否已停止跳动。我什么也未能为他们做。应该是救助人民的医生,却协助杀人,本来必须拯救人的牧师却见死不救。我是罪犯。你们在为和平而祈祷时,不会不思考日本发动的那场战争吧,现在最该负战争罪责的是我自己。我不告白这一点,就不能去谈圣书的语言。"

小川这段感人肺腑的告白不仅感动了每一位与会者,更重要的是他启迪了我们的视野,让我们深深地感到正义与邪恶征战中没有国界。(参见野田正彰《战争与罪责》)

在抗日战争烽火中,活跃着一群爱国学生与文化人,他们出没在大江南北各个战区和街头、剧场宣传抗日,鼓舞士气。这群充满激情的年轻知识分子如同大浪中的流莺在战火中鸣叫飞舞……

周而复,前文化部副部长,著名作家。他在一篇名为《神兵》的回忆文章中讲到1939年采访平西抗日根据地时,随一支到北平开展工作的部队进行随队采访。当部队大摇大摆地闯进被日军占领的宛平城后,发生的一切让周而复大为感慨:"如果我们没有亲自到过北平西郊,我不会相信抗日政权竟然发展到神圣抗战的爆发地点——宛平城!当部队来到妙峰山山顶时已是黄昏。向南看去永定河像条袋子把平原分成两半,那里就是卢沟桥,向东看去在茫茫的暮色中闪着一片灯光。带队的抗日挺进军独立营营长张金华指着灯光对我讲:'那就是北平!'我惊讶地'啊'了一声,想不到50万年前的'北京人'生活的周口店就在数十里外,相传皇帝与蚩尤在涿鹿打仗的地方就在数十里之外,已有了数千年历史的北平古城就在数十里之外,敌人华北方面军司令官冈村宁次侵占的北平就在数十里之外,这真是激动人心的时刻……看着敌人魔影统治下的灯光。大家紧紧握住拳头,恨不能立即攻打北平……"

第十七章 龙殇·战火流莺

1937年8月·奉化下坞村

邬家大院，奶奶毛氏正盘腿念佛，黑色的阿婆衫下的身躯显得有些威严。

在宁波电灯厂当学徒的邬家馥带着一个身材高挑的身穿粗布军装的漂亮女孩蹑手蹑脚地溜进家门。

"阿馥回来了？！"正在念经的奶奶睁开了眼。

"是我，阿娘，还有醒华。"家馥轻轻地回答。

"喔，阿华来了？"

"阿娘，是我。"

"唉，见了阿爹？"

"见了，是阿爹让我们过来的。"

"阿华，你父母也同意了吗？"

"阿娘，阿拉父母都同意了。"

"唉，罪过啊，都是小孩子。"奶奶不住地叹气，她知道现在年轻人都像疯了似的闹着要去打日本，可阿华是上海大阔佬的千金小姐怎么也闹着要去打仗？老太太不明白。还有那个阿箴还是他们的领头人。但不知为什么，这两个孩子死活也要去上海抗日。

15年后，当家箴和家馥带着妻儿再度踏进家门的时候才知道他们当年早已是共产党了。

在溪口参加革命的7人中邬家竟占3人。

从上海撤退来的国民革命军政治部三厅所属的第二十四抗敌演出队也随着政治部主任郭沫若来到武汉。

但没有想到的是刚一到就面临再次撤退，日军紧随撤退的国民党部队，企图在武汉围歼国民党军政机关，演出队接到命令继续向长沙方向撤退，或北上撤到重庆。

此时演出队关于去重庆还是去延安发生了严重的分歧。事情缘起头一天的码头发生的事情……

码头上人山人海，有提箱带包的阔太太也有扶老携幼的难民，还有成群结伙的伤兵，大家都拼命地向轮船上拥去，码头上有声嘶力竭的叫喊，也有

龙 骨

孩子撕心裂肺的哭声和打骂声，码头上一片混乱。

> 我的家在东北松花江上，那里有森林煤矿，
> 还有那满山遍野的大豆高粱。
> 那里有我的同胞，还有那衰老的爹娘，
> 九一八，九一八，
> 从那个悲惨的时候，
> 脱离了我的家乡，
> 抛弃了无尽的宝藏，
> 流浪！流浪！
> 整日价在关内流浪，
> 哪年，哪月才能够回到我那可爱的故乡，
> 哪年，哪月才能够收回那无尽的宝藏，
> 爹娘啊，爹娘啊，
> 什么时候才能欢聚在一堂！！

刘醒华满脸是泪带着女队员们声情并茂地唱着，这支由张寒晖创作的《松花江上》是抗日战争最为流行的歌曲之一。

演出队的歌声像一个巨大的磁铁一下子把嘈杂的码头人群吸引过来，人们一下子安静下来了，慢慢地围拢过来与演出队的队员们一起高唱。

"哪年，哪月才能够回到我那可爱的故乡……什么时候才能欢聚一堂！！"演员在哭，难民在哭，伤兵也在哭，人群随着演出而群情激愤。

家馥走出队列振臂高呼："打回老家去！收复失地！"群情激昂的群众也随之高呼。

"誓死不当亡国奴！"

"中华民族万岁！"

"打倒日本强盗！"

口号声此起彼伏。

第十七章 龙殇·战火流莺

突然，凄厉的防空警报响起，天空出现了日本飞机。码头上顿时一片混乱，人们四散躲藏。

"快隐蔽！醒华你还愣在那干什么？！"

被人称为老大哥的顾队长拼命招呼还呆呆看着日本飞机的刘醒华，家馥跑上前拉，但倔强的醒华就是不肯离开："我就是要看日本鬼子怎么杀死我！"

日机开始投弹，雨点似的炸弹在江中和码头上爆炸，家馥猛地将醒华扑倒在地，爆炸掀起的碎石木片落满全身。刚刚离岸的客轮被炸弹击中，在火光中船体的碎片与人体的残肢被抛向天空。

船要沉了，船上的人哭叫着从船舱中爬出跳入水中，霎时间江面上一片哭喊的求救声。日机又盘旋着向落水的人群扫射，沉船燃起大火，江面被漂浮着的尸体染成红色……

"放开我，让我去救救他们！"醒华拼命挣扎着想挣脱家馥的保护，眼前这一幕人间地狱的景象让她的心几乎崩溃。

从小在优越的环境中成长的她怎么也不敢相信人世间竟然还有如此残暴的鬼子。当晚演出队在顾队长的主持下召开了决定命运的会议。

所有人今天都目睹了江边的惨景，每个人的心灵都被深深地震撼，他们也知道仅凭他们的歌声和口号打不下日本的飞机也阻止不了可怕的屠杀。

有人胆怯了，有人失望了，有人想战斗了。

顾队长是上海报馆的记者，他此时觉得自己无法继续领导这支由学生组成的抗日宣传队了，更重要的是他觉得自己有责任把这些年轻的队员带回家乡，让他们安全地回到父母身边。

他对刘醒华有种特殊的感觉，他特别喜欢这个年仅19岁的小女孩，内心深处期盼能够娶到这样一位出身名门、多才多艺的美丽女子。

"我提议，我们上海和宁波来的同志随我回上海，其他的同志可根据自己的愿望选择回家或去重庆，我已经请示过三厅长官，他们说现在也顾及不了我们，让我们自行找出路……他们唯一能做的就是给了我们200块大洋……我算了一下，我们现在有47人，差不多每人可以分到5块大洋，加上我们自己还有点经费可再分5块大洋，这样每人至少10块大洋。"

 龙 骨

"我们不回家,抗战没有胜利没脸回家,我们要去重庆,那是政府战时的陪都!有谁愿意跟我们走?"一个队员站起来表示。

"我!"

"我愿意去,现在回家也是沦陷区,这不是往鬼子嘴里送肉吗?"

"我们要去延安,参加八路军抗战!昨天,我们几个人去了八路军武汉办事处,我们见到了中共周恩来将军和叶剑英将军,他们热烈欢迎我们去延安参加八路军,在办事处我们还看到了许多文化名人,像陈荒煤、袁牧之还有大名鼎鼎的音乐家冼星海哪,他们也都是申请去延安的!"邬家馥站起来郑重地表态。

"真的吗?我也去延安!"几个队员也兴奋地响应。

"家馥,你们还是跟我们一起去重庆吧,毕竟政府是国家的正统,再说去延安,我们这些南方人能够经得住西北的寒冷吗?莫说让鬼子杀了,就是西北的贫瘠就要了命呢!"姓范的队员好心地劝着。

"谢谢范大哥,重庆延安都是抗日,我们还是各随其愿吧!坦率地说今日江边惨案我对国民政府能否有效组织抗战十分怀疑,从咱们在淞沪战场撤到武汉让鬼子撵得跑真让人心里憋屈……"

"人各有志,我看就这么定了。去延安的同志由八路军办事处统一安排,去重庆的同志按着三厅的规定直接上重庆报到。愿意跟我回上海的同志由我安排。你呢?醒华,我劝你还是跟我一起回上海或者回宁波,你要出了什么事我无法向你的家人交代。"顾队长问了一声一直沉默不语的醒华。

"顾大哥,你回家乡替我告诉我的家人,我决心和家馥他们一起去延安参加抗日,不要为我担心。即便我客死他乡,为了抗日我也心甘情愿!请不要再劝我了。"刘醒华这段斩钉截铁的话让顾队长和所有队员震惊,他们知道这个姑娘向来倔强。顾队长知道再多劝也没有用,他长叹一声向大家宣布:"我尊重大家的选择,诸位好自为之,也希望有朝一日我们大家还能再相聚!我宣布国民革命军第二十四抗敌演出队就此解散!"

一群热血青年就这样在武汉分道扬镳,与所有爱国青年一样在抗日洪流中分流到不同的轨道上。这一年,邬家馥和刘醒华,一个是海员的儿子,一

个是上海大资本家的女儿,与千千万万的知识青年一样长途跋涉来到延安。邬家箴虽未去延安,但他参加了叶挺的新四军,后来他们都成长为共和国的高级干部和将军……

第十八章
龙殇·手持天皇手谕的教授

长谷神秘地从怀中掏出一封精美的手谕捧示在裴文中面前,"这是天皇御前赐予的手谕,请多多关照!"

战火来袭

美国二战解密档案文件显示:美军截获日本外相大臣广田弘毅1938年1月17日密电,广田弘毅称,《远东国际军事法庭判决书》判决认定:"在南京失陷后六个星期内,约20万难民及战俘被杀,仅南京崇善堂与世界红万字学会等单位掩埋的尸体就达15.5万余具,加上屠杀后被弃江中或焚烧的尸体,总数当在30万人左右。(《中央日报》1994年9月12日:《美国在解密的日本电报中发现南京大屠杀有三十万人遇害》)

南京陷落之后,国民政府内失败主义情绪笼罩着朝野,一时间"亡国论"和"投降派"纷纷出炉。1938年4月蒋介石在"投降派"的鼓动下派孔祥熙到上海与日本政府代表进行所谓的"和谈"。因日本开出的条件极为苛刻,和谈没有成功。1938年12月18日汪精卫带着老婆陈璧君和曾仲鸣等人前往越南河内。12月29日汪精卫发表通电公开叛国投敌。

1938年6月24日,德国驻华大使陶德曼给德国外交部密电中称:"遵照训

第十八章 龙殇·手持天皇手谕的教授

令，我于今日将日本和谈条件通知了蒋介石，在座的仅有财政部长孔祥熙。蒋介石要我向德国政府表达他对德国政府在这件事上所做的努力衷心感谢。他又秘密地告诉我说，假如他同意那些要求（驻日本和谈条件），中国政府是会被舆论的浪潮冲倒，中国会发生革命……假如同意日本采取的策略，中国政府倾倒了，那么唯一的结果就是中国共产党将会在中国占优势。但是这就是意味着日本不可能与中国议和，因为共产党是从来不投降的。"

虽然蒋介石危言耸听，但有一点他说对了，谁如果当汉奸出卖国家民族，全国人民不答应，这中间不仅有共产党还有千千万万抛家舍业宁可逃亡不肯做亡国奴的知识分子、实业家。就连蒋介石身边的宋氏三姐妹至少两个坚决抗日，迫于内外压力一直力主与日和谈的孔祥熙不得不收起他媚日欲降的嘴脸。

日军在南京的这些令人发指的行为，通过各种渠道迅速传遍全世界。世人无不为其暴行而震撼。人们不禁要问这是一支什么样的人组成的军队？在人世间只有野兽和魔鬼才能干出如此惨无人道的行径。这难道是那个与我们享受共同文字和宗教的国家所为吗？是那个往来千年的邻居吗？这个问题不能不让每个中国人痛苦地发问。

日本，是当今世界除中国以外唯一继续使用汉字的国家。就中日关系而言，可追溯两千年以上，到底发生了什么？使这对原本友好往来的国家变成了宿敌？

这个问题一百多年来不仅困扰着历代中国学者，也同样困扰着日本学者。大多数人归结于日本明治维新后的崛起，而这种崛起引发了日本军国主义扩张野心的膨胀。

西方学者也加入了这种探讨，例如美国学者所著的《菊与刀》《黄金武士》《日本武士道》等。试图找出日本之所以发动战争的根源。

事实上，日本从16世纪开始就已经形成侵略中国的构想，而这些构想恰好由一些日本著名的文化人推出。

1577年10月日本著名幕府大将军丰臣秀吉对他的上司织田信长将军献策：君欲赏臣功，愿以朝鲜为请。臣乃用朝鲜之兵，以入于明，庶几依君灵威，

405

龙 骨

席卷明国，和三国为一，是臣之宿志也。

1578年，丰臣秀吉奉命征讨播磨国再次表明自己的夙愿：图朝鲜，窥中华，此乃臣之宿志。

1590年，丰臣秀吉执掌大权之后在京都召见朝鲜使节并令其转交朝鲜国王一封信，信中恐吓道："长驱直入大明国，易吾朝之风俗于四百余州，施帝都政化于亿万斯年。"他还扬言"直捣大明国"，"占领天竺（印度）"。

1592年3月丰臣秀吉发动侵朝战争，明朝出兵援朝抗日终于将日本军队赶出朝鲜，丰臣秀吉的"奉天皇定都北京"的梦想彻底破灭。不久丰臣秀吉也郁郁而终，但是他的侵略中国的梦想却传给了一代又一代的日本武士。

1715年日本著名戏剧家近松门左卫门创作一部以中国历史为背景的舞台剧《国姓爷合战》，此剧一经演出便经久不衰。观众多达20万人次，可谓盛况空前。近松门左卫门为此还写了第二部《国姓爷后来的战斗》以及第三部《中国船带来的当今国姓爷的消息》，号称《国姓爷》三部曲。这是一部什么样的戏呢？

"国姓爷"是指中国明代的郑成功，郑成功原名郑森，字明俨。明代末年清兵入关占了北京，南逃的明朝皇族立崇祯皇帝之弟为南明唐王隆武帝，为了反清复明赐郑成功以国姓"朱"，改名为成功。

这原本是中国明末清初的一段故事，但在近松门左卫门的笔下却把中国民族英雄郑成功写成一个地道的日本"武士"。把郑成功收复台湾与清朝作战编成大明国依靠日本武士的神威打败了鞑靼兵（清朝），攻占了南京。在近松笔下的所谓国姓爷实际上是"我们日本人"在中国实行"日本的统治"。

在剧中国姓爷有一段露骨的台词：

好！现在就到中国去，用方才领悟的兵法奥秘，攻其不备，大明和鞑靼两国的江山，岂不是唾手可得的吗？"近松生怕观众没听懂便用旁白进一步说明："这位年轻人就是后来西渡中国，荡平大明和鞑靼，名扬异国和本朝，后被称为延平王的国姓爷。

第十八章 龙殇·手持天皇手谕的教授

1823年一个名叫佐藤信渊的文人写了一部《宇内混同秘策》的书，这是自丰臣秀吉之后300年来首次有人将他的梦想策略化。书中讲道：

> 当今之世，国土最辽阔，物产最丰饶、兵戈最强盛者，首推支那国，岂有他哉。皇国征伐支那，若能进退有节，不过五年至七年，彼国必定土崩瓦解无疑。……只要支那入我版图，其他如西域、暹罗、印度等国……必渐渐敬畏我之威德，低首下眉、甘称臣仆。

这是日本人第一次将中国贬称为"支那"。这个狂徒还进一步为天皇出谋划策："皇国最易攻取之地，非支那国的满洲莫属。"

佐藤进一步提出了9个策略：

> ……由此处再出军船，于渤海边时常耀武扬威，以骚扰登州、莱州滨海诸邑。此处距支那王都北京较近，支那全国必为之鼎沸矣。
>
> 又，青森、仙台、沼垂、金泽四府之兵力，自弃本省渐次增加，以成大军，直攻盛京，且鞑靼诸狄皆已服膺皇国之恩德，大军一旦总攻支那，盛京必不能守。况我以武器炮术之妙，无坚不摧，自不待言矣。盛京既不能守，而北京亦岌岌可危也。清主必败走陕西，或不走而防守北京，但皇国雄兵即已席卷满洲，攻陷盛京，节节取胜，直达山海关，令智者无防守之策，勇者无迎战之法矣。
>
> ……而后渡海出兵。先头兵力，直冲江南地区，速去南京应天府，以此为临时皇居。
>
> ……对归顺之支那人，则人尽其才，选用加官，封明室子孙朱子为"上公"，使其祭祀先祖，大施恩德，以抚育支那人民。若能启用此策，数十年间，支那全国悉可平定矣。

与在抗日战争中日军侵华路线相比，我们不难看出这正是佐藤100年前的路线。

龙骨

随着日军铁蹄侵入，一场另类"战争"——"文化战争"也同步展开。这是一个疯狂而空前的现象：由文化人、学者（不乏科学家）、武装移民、黑社会、地痞流氓、浪人，甚至是吃斋念佛的和尚组成的一支军队，对相邻2000年的邻邦发动一场史无前例的文化侵略战争。

这其中最为瞩目的是以日本"黑龙会"为首的黑帮。

"黑龙会"是日本最大的黑帮组织，也是最特殊的组织。它成立于1901年2月，以中国的黑龙江为该帮会名称。其宗旨主要是针对俄罗斯与蒙古，为日本军国主义"北上战略"充当急先锋。

"黑龙会"效仿意大利法西斯主义，崇尚残酷暴力鼓吹对外扩张。1923年9月日本发生震惊世界的关东大地震，"黑龙会"乘机纵火抢劫商社并同日本宪兵对居住在东京的朝鲜人和中国革命党人实施抓捕与严刑拷打，他们诬陷是因为这些外国人"触犯神灵，才导致关东大地震"。把民众对自然灾害的恐惧归结在无辜的人身上。在这次地震中共有4000多人被残酷杀害。他们到处破门而入对革命党人实行残酷的迫害，就连本国的革命者也不放过，日本社会主义者大衫蓉全家三口被杀害。

九一八事变后，"黑龙会"积极配合日军在中国制造一个又一个的阴谋，1932年第一次淞沪战争与溥仪外逃都是由"黑龙会"与关东军特务机关在汉奸金碧辉、常玉清等人的配合下实施的。

在日本天皇裕仁的眼里"黑龙会"是自己统治日本的一支不可或缺的重要力量。1934年"黑龙会"首领头山满还作为日本政府的官方代表与国民政府堂而皇之地进行国事谈判。

"黑龙会"除了与日本军方的合作外还掌控着日本的部分企业，著名的三井集团便是其中之一。由于"黑龙会"在中国各地分布许多分支机构，在第二次大战中裕仁天皇又派"黑龙会"配合其皇室人员在亚洲占领区疯狂掠夺各国财宝与文化艺术品，这中间也包括盗取中国的珍贵"北京人"头盖骨行动。

长谷部言人的盗取行动就是"黑龙会"派人所为。

南京大屠杀后"黑龙会"头目头山满和天皇裕仁的皇叔朝香鸠彦亲自来到血流成河的南京城搜集黄金与文物宝藏，据《黄金武士》一书披露：仅从南京

第十八章 龙殇·手持天皇手谕的教授

抢掠的黄金就多达600吨，其中相当一部分是从被杀害的中国人身上取得的。

正是这位皇叔朝香鸠彦下令屠杀南京军民，当时他还得意扬扬地说："给我们的中国兄弟一点教训看看。"他也是日本天皇派出的皇族掠夺团成员之一。

战后，这些罪恶累累，抢夺亚洲各国财宝最多的罪犯，被列为战犯的"黑龙会"首领儿玉誉士夫和皇族却均被美国人"无罪释放"。

日本发动第二次世界大战有着深刻的缘由，可以说与日本国民崇尚暴虐的习俗有关，由于美国的袒护，日本军国主义从未被真正清除过，对于今天发生的种种"怪象"，世人怎能相信这样一个毫无诚信的国家呢？如果国际力量如对战后德国一样对日本进行战争清算与管制，今天就不可能发生强盗与受害人讨价还价的问题，美国人养虎为患终会自食其果……

1938年·云南

在与众多知名人士撤离北平洪流中地质调查所也做出艰难的选择。时时挂念地质所命运的翁文灏通过与美国驻华大使詹森协商地质调查所和珍贵的"北京猿人"化石前途，经协商将北平地质调查所在北平的所有财产交付给协和医院代管；主要负责人与技术骨干由天津乘船绕道前往南京；剩下的留守职员薪水由协和医院代发。

典型的少数民族吊脚楼。一切都十分简陋零乱。

杨钟健正在指挥工作人员整理迁移到此的箱子。

贾兰坡也在熟练地分类核对化石箱。

杨钟健接到一个人送来的电报，看了一下就招呼贾兰坡。二人走到吊楼的另一间竹屋内。天气炎热，他们不断地用挂在脖子上的毛巾擦汗。

杨钟健："翁所长来电报了。你看一下。让我们对云南省富民县河上洞地区进行考察。翁所长认为，美国古脊椎动物学家奥斯朋相信中亚高原是人类起源的重要舞台，应该有一支向东南分布变成爪哇人，而另一支则走向东北，成为'北京人'。学者们也一直持有这种观点：认为周口店的猿人可能是爪哇人向东部迁移的后代。如有发现可以证明之。如无发现，周口店的猿人则有

龙 骨

可能是独立的人种。"他停顿了一下，叹口气："眼下时局如此动荡，又无经费，你看——"

贾兰坡看完电报，毫不犹豫地回答："干！再难也要干。挖掘工作很久未动，手都痒了，经费的确是个问题。我离开北平时，裴主任连家中夫人钟爱的钢琴都卖了，才换得几个星期的生活费。我和裴主任都到街头变卖过一些家私，以贴补生活的费用。到了昆明我才发现，大家都一样。堂堂的文坛泰斗，赫赫有名的学者、教授，迁移至此也大都在街头卖书，卖字画，接济生活。大家都辛苦，只要有口饭吃，我第一个报名去考察。"

杨钟健："真是难为你了。好，干粮没有问题。少许的资金我也能筹划。翁所长提出考证这个论点，也是对周口店龙骨山的挖掘工作一个理论支持啊。"他突然想起什么，悄声问贾兰坡："小贾，我离开北平时交给你保管的一只小提箱你放在什么地方了？那里有一封信很重要，是毛泽东先生当年写给我的……"

贾兰坡惊讶地："毛泽东的信？毛泽东不是共产党的领袖吗？！"

杨钟健："是啊。没想到当年一个意气风发的湖南青年，竟然成了革命领袖。"

贾兰坡："那只箱子我藏在新生代研究室解剖室的天花板里了。应该是很安全的。"

杨钟健："那就好。不知什么时候回北平才能看到。"

在艰难的条件下，杨钟健奉翁文灏的指示，对云南进行考古考察，但未发现翁文灏推断的"云南可能埋藏远古猿人化石"。两个月野外考古，除少量动物化石外一无所获，然而，杨钟健虽未发现翁文灏期待的类似"北京人"那样的远古化石，但却成就了杨钟健一生的事业——在中国土地上找到恐龙。

其实，翁文灏的分析并没有错，云南、广西从自然地理结构上看是人类和动植物的天堂，1957年贾兰坡与裴文中在云南开远县小龙潭发现5枚腊玛猿牙齿，1976年又在禄丰县发现一具距今1000万年前的腊玛猿下颌骨，1980年又连续发现3具头骨……这证明翁文灏、杨钟健的判断是准确的，而且在同一地区出土恐龙与古猿共生化石，杨钟健梦想画面真的会出现吗？

第十八章 龙殇·手持天皇手谕的教授

云南·禄丰

最让贾兰坡高兴的是他又见到一年前分手的好朋友卞美年！他一直陪着杨钟健在云南坚持野外考古，原以为天津一别不知今世还能否再相见的老朋友，没想到这么快又重逢！两个好朋友有说有笑把辛苦与饥饿都忘了。

由于云南是各路院校南迁的集中地，一时间大量人口拥入偏远落后的边陲使得物资极为紧缺，据贾老回忆："常常一天只能吃上一顿饭，但是干劲仍很足，因为是为国家干而不像在日本人刺刀下那么痛苦不堪！"

在亚热带环境下艰苦作业终不负有心人，这年秋天他们在禄丰城北30里处发现恐龙化石，而且清理后发现这两具收蜥龙化石十分完整，随后杨钟健将一条以自己导师姓命名为"许氏禄丰龙"，另一条以卞美年姓命名"卞氏兽"。贾兰坡真为朋友高兴，这是好友第一次有了成就。这是战争时期难得的好消息，3个人立即把好消息报告给翁文灏，虽然原本是期望能找到史前人类的踪迹，不料却额外收获了世界热门学科恐龙化石！这让天天沉浸在坏消息中的国人为之一振！翁文灏兴奋之余甚至破天荒申请一架飞机让3人带着恐龙化石到重庆展示……贾老回忆说那是他第一次坐飞机。

世界上第一块恐龙化石于1822年在宁静的英格兰乡村被人发现，现在人们已经无法想象当时它带来的震撼，与人类数百万年的历史相比，整个恐龙王朝长达16000万年。它们曾是这颗蓝色星球上的霸主。19世纪，恐龙热席卷了整个西方，一些重要的恐龙化石点被发掘。20世纪初，许多古生物学家怀着热诚的探险精神来到中国这个古老的国度，一些珍贵的化石标本曾这样散落异国。

1923年10月29日美国《时代杂志》刊登美国考古学家安德鲁斯（Roy-Chapman Andrews）的画像，介绍他在中国的恐龙考古成就。49岁的安德鲁斯在这一年春天从北平出发乘火车来到蒙古库伦，再坐车向南来到新疆阿尔泰山区，在那里他曾发现俾路支兽化石（上古巨型犀牛），这次收获让他欣喜若狂：他得到了约2吨500万年至1500万年前的恐龙化石和恐龙蛋化石。正是这次发现让他声名鹊起。安德鲁斯与斯文·赫定等人一样把挖掘的中国国宝统统运回本国或拍卖掉。

龙　骨

　　1938年杨钟健带着贾兰坡南下云南禄丰发掘出一具较完整的侏罗纪早期恐龙骨骼化石，这是中国出土的第一具恐龙骨骼化石。从19世纪起，恐龙发现与研究都被西方所垄断，恐龙骨骼化石在中国被发现标志着中国不仅有50万年的人类存在而且也生活过6500万年至2亿年前的恐龙。它的发现填补了这个领域的空白，与发现"北京人"同样具有历史意义！巨大的成功让杨钟健登上"中国恐龙之父的宝座"。

　　在此期间，贾兰坡得知，他的老领导杨钟健竟然与被国民党斥为"共党"领袖的毛泽东有密切联系。直到新中国成立后，时任国家主席的毛泽东还专门宴请了杨钟健叙旧情。杨老一直珍藏这几封毛泽东的亲笔信，"文革"期间被红卫兵抄走，一年后已收为国家档案的毛泽东信札只退给杨老复印件，真迹存于档案馆。

　　因杨钟健的出色表现，翁文灏把他暂时调到资源委员会协助自己工作，而思念家人心切的贾兰坡则一方面先回北平，二来将口信告诉裴文中与魏敦瑞，视情况则随时再度应召南下。

　　然而，这次分别竟让卞美年和贾兰坡再次相逢在半个世纪之后的1987年。已是享誉全球的考古学家贾兰坡院士已被联合国授予第三世界科学院院士称号，同时也被美国国家科学院授予外籍院士称号，连同中科院授予的院士称号成为中国本土科学家唯一享有3个院士桂冠的科学家！令他更惊喜的是卞美年重返祖国与他故地重逢！

1987年·周口店猿人遗址

　　两位已是白发苍苍的耄耋老人在龙骨山上相逢。从1937年离开已整整50年过去了；由于长期在野外考古挖掘，贾兰坡的双腿已有严重的风湿病，再次登上并不高的龙骨山已需挂拐杖了……

　　"小耗子，你还能行吗？"卞美年用当年的外号关切地问。多么亲切，已有50多年没人这么叫他了，贾兰坡心中涌起一阵暖流。

　　"老鞭子，你不也白了头吗？这地方要跑你还不如我呢！"贾兰坡不服气地也叫出卞美年的外号，卞与鞭同音，年轻的小伙子在这荒瘠考古现场最多

的娱乐就是休息时抓野兔和鸽子,卞美年好用一根棍子在草中甩打于是有了这个外号……俩人边走边讲,贾兰坡如数家珍似的讲解各种展品,这让卞美年听得如痴如醉!龙骨山的变化实在太大了,这让也曾在这里劳动和生活过的他百感交集。

临下山时,贾兰坡在山顶洞前沉思良久后对卞美年说:"老鞭子,我和杨所长,裴先生10年前有个约定将来死了就都埋在这里,我们从这里走出来将来回归到起点。"

"我真羡慕你们!死了有个最爱的土地埋葬,我却是异乡孤魂野鬼不知这把骨头丢在哪里!"卞美年不禁老泪纵横。

贾兰坡深深理解这位漂泊海外几十年的老友的感触,他一时也想不出有什么更好的安慰,只是抱着他颤抖的肩头不住地拍打……

1938年·云南禄丰

差不多有两年的时光,贾兰坡谎称去上海做牙膏生意而取道越南绕道到了云南,与杨钟健、卞美年等人一起专心考古,在重庆他再次见到老所长翁文灏,由于杨钟健、卞美年对贾兰坡的极力赞誉,翁文灏看着极朴实而又能干的贾兰坡时萌发了一个想法,那就是有无可能让贾兰坡将"北京人"头盖骨偷运到云南?因为取道香港—越南海防港再进入广西到昆明的路线杨钟健、卞美年、贾兰坡已经实地走过,这是大陆通海的唯一通道,应该说还比较安全……

不过,翁文灏并没有把这个大胆设想告诉贾兰坡,他认为自己的想法还不成熟。于是他反复听取了北平沦陷后协和医院的情况,尤其格外注意日本人的动态,当听到日本学者不断打听"北京人"时翁文灏的心一下提了起来,他叮嘱贾兰坡要他捎口信给魏敦瑞和裴文中"要有所防备日本人狗急跳墙劫取'北京人'头盖骨"……

殊不知,日本人已经行动了……

 龙 骨

日本东京·皇宫

裕仁身着日本军装端坐。胸前佩戴的纯银菊花大勋章格外醒目。

长谷部言人恭敬地立于阶下。文部省文相也立于一旁。

裕仁："朕已说过,军事的事交军部负责。国策由内阁决定。文部省我说说还能奏效。

"1929年出土第一枚猿人头骨后,朕就责成文部省向中国提出联合挖掘考古之事,却被美国洛克菲勒公司拒绝,实为可恼可恨。此事至今少说也有八年之久,何以屡屡遭挫,原因究竟出在何处?要知道,日本民族需要了解自己的祖先是如何演变的。朕本人也非常渴望知道。此次皇军已占领了周口店,你们却告诉一个很令人失望的消息。那你们给朕一个合理的答复吧。"

文相："陛下息怒。自1929年后,支那人共出土了5枚完整的古人类头骨。

"世界列强皆为此垂涎。帝国虽多方争取,皆因美国从中作梗。洛克菲勒以石油起家,欺我石油资源短缺,财大气粗,无视帝国的神威,实为可恶至极。

"卢沟桥事变后,皇军神武,所向披靡,进军神速,故原华北各师团在数月中即已向支那纵深大半个国土。原委托协办军警也大都随军深入敌后,因此,部队频繁调动,造成目前我国与美尚在和谈之中。洛克菲勒所属北平协和医院一时尚未进入。顾虑到影响外交大事,致使长谷君进展不如圣意,乞请圣上洞察,予以恩泽。"

裕仁："你所言不无道理。长谷,你有什么要向朕奏请?"

长谷部言人："乞请圣上,文相大臣所言正是目前的困难所在。臣以为北平协和医院为洛克菲勒集团的资产。周口店珍贵头骨恰以此得到美国官方的保护。以目前两国关系确不好下手。但,其新生代研究室主持现又为支那学者裴文中担任。根据中国与洛克菲勒公司的协议,周口店出土的化石为中国所有,不得运出中国。如此,洛克菲勒只有研究权,而没有控制权。臣想求得陛下圣谕,令北平驻军通力合作,一方面严控化石外流,另一方面对支那学者诱降归顺帝国所用。如能如愿,帝国不费一兵一弹,得此珍贵宝物,又可以让美国人哑口无言,无可奈何。"

第十八章　龙殇·手持天皇手谕的教授

裕仁大喜，口气也温和多了："长谷所言令朕欣慰。你们知道，朕自幼喜爱古生物学，虽宫中收藏了各种化石与世界珍奇生物，以滋乐趣，但始终未得朕最渴求之物，甚憾。

"支那地大物博，历史悠久，文物精华随处可见，珍奇异宝更是美不胜收。甲午之后，前朝天皇的军队已从清国获取了无数财宝。朕等大日本帝国强盛一代更应发扬前辈之智慧与勇敢，获取更多的有真正价值的文物归于帝国。朕要你等与军部协调之事，朕亲御笔御谕予你，望尔等行使御使之命。"

长谷部言人、文相深鞠躬，感激涕零："圣上英明，臣誓死效忠，不辱圣命！"

裕仁对长谷部言人的空手而归十分不满。这个自幼喜爱钻研考古与生物的学者天皇有一嗜好，就是收藏从世界各地搜掠的奇珍异宝和古生物化石。

他在宫中专门修了一个展室，常常独自欣赏。他对龙骨山的"北京人"头盖骨向往已久，极欲占为己有。

很快，他就亲书御谕，并责成其皇族成员，秩父宫、竹田宫等人共同参与，与长谷部言人一起手持天皇手谕到中国伺机夺宝。

虽然，天价之宝"北京人"头盖骨的丢失和日本天皇并无直接关系，但是在1945年9月27日，天皇曾向美国麦克阿瑟总司令认罪服输地说："我（天皇）对因为日本推行战争而发生的一切问题和事件，负有全部责任。"（引自日本历史学家河原敏明著《日本天皇——裕仁》第170页，军事译文出版社1986年版。）

北平·贾宅

贾兰坡自发掘出3枚"北京人"头骨后一时声名鹊起，他升为技佐每月已有60块钱的薪水，从一月8块到60块这已让他十分知足，他将父母妻儿接到北平与自己一起租住在一个大杂院里。

贾兰坡突然回家让一家人又惊又喜，看到已有满头白发的母亲和妻子，他突然意识到自己欠家人太多的亲情债！他拉着父亲的手跪倒在母亲的怀中流着泪哽咽地说："爹、娘，儿回来了！"老母亲把儿子的头紧紧搂在怀中放

龙 骨

声号哭："我的儿呀，想死娘了！兵荒马乱的！"

老父亲连忙劝道："好了，好了，没事就好！没事就好！"

一家人悲喜交加哭成一团，贾兰坡没有告诉家人自己这两年的情况，只说在外做生意很难回家。家里人也从来不问孩子究竟去干了什么，他们只是淳朴地坚信自己的儿子干的都是公道事！母亲突然想起什么事紧张地告诉贾兰坡曾有两个日本人到家中找过他……

"什么日本人？找我？"贾兰坡警惕地追问。

"说是什么日本大学的教授……这是他留下来的帖子……"老父在一旁拿出一张名片交给儿子，贾兰坡在油灯下匆忙观看，名片上赫然印着：大日本帝国东京帝国大学长谷部言人，人类学家。

这个名字贾兰坡并不陌生，前年办展览会他就和这个长谷及他的助手高井冬二多次打过交道，这次他又来干什么呢？"那两个日本人一来就打听你去哪儿了，我们说不知道，日本人还没完没了追问，我们说到处在打仗我们也不知道儿子是死是活，就连你去上海也没告诉他！"父亲解释道。

"谁知道日本人安的什么坏心，我们什么也没说，最后他们只好走了。"妻子补充说了一句。

入夜，贾兰坡依然辗转难眠，他寻思着前前后后发生的一切隐约感觉到一个巨大的魔影正在向自己步步逼近……

"太晚了，早点歇息吧。"妻子轻轻地推推丈夫。

"唉，没事，就是累过头了，睡吧！"贾兰坡没想到自己辗转难眠也影响到妻子。

数月前，长谷部言人也突然造访了裴文中。他在贾兰坡家扑了个空，于是就找他名单上的关键人物裴文中。他的目的很明确，第一步先礼后兵，拉拢裴文中、贾兰坡等中国专家与其合作，争取在龙骨山重新挖掘出土"名正言顺"的猿人头盖骨，届时他可以堂而皇之地向世界宣布这是日本的"大发现"，甚至给猿人头盖骨重新命名日本名称！至于武力夺取那是第二步，他坚信处在日本皇军手掌心中的"北京人"将如探囊取物一般轻而易举……

对于长谷的突然造访裴文中略显意外，他不知道长谷已经去过协和医院

第十八章 龙殇·手持天皇手谕的教授

找过他,但因他并不在协和办公而只好打道回府,长谷没有去直接找魏敦瑞交谈主要是考虑到没有必要打草惊蛇让美国人警觉,他这样做是让外人有个错觉这只是中日双方学者间的私人交往。

"长谷先生到我寒舍有何贵干?"裴文中直截了当询问。

"请裴先生不要误解,本人仰慕裴先生的卓见真识特来与裴君交流交流。"长谷满脸恭维。

裴文中:"交流什么?"

长谷:"是这样,我大日本帝国至尊天皇陛下仰慕阁下的天才特差我等人邀请阁下与大日本帝国合作考古挖掘!"长谷神秘地从怀中掏出一封精美的手谕捧示在裴文中面前,"这是天皇御前赐予的手谕,请多多关照!"

裴文中瞥了一眼手谕,这是他第一次近距离亲眼看到日本天皇的手谕,这是一件印刷极其精美的暗印菊花文折本,打开则是用毛笔书写的平假名草书,裴文中不识日文,只从文中的汉字推测这确是裕仁天皇或宫中内侍所写,内容大致是天皇委派长谷代表日本洽谈合作一类的话,信中端端正正盖着裕仁天皇玺印,裴文中将手谕推到长谷面前冷冷地说:"我只是一个普通的中国人,何须惊动天皇陛下大驾?"站在一旁的高井冬二火冒三丈:"八格!你这是对我至尊天皇的不敬!"长谷慌忙摁住高井不住地道歉:"裴先生,他的小小的,这个(他伸出小拇指),你的大大的(比画高高的),我们天皇(他朝天看画了一个圈)至尊大神!日本和中国同根同宗渊源流长,大大的亲兄弟!与白种人不同,他们没有历史没有祖宗,日中亲善你我合作开发周口店遗址,资金我们大日本统统地包了,你的不用发愁!你的生活夫人的,小孩的统统富贵无忧……"长谷滔滔不绝抛出一大堆优厚的条件诱惑裴文中。此时,裴文中大致已明白了日本人的小算盘,于是不卑不亢地说道:"周口店遗址是中国的地方,我一个普通人不能私自做任何关于主权的决定,这事请你们与中国政府谈吧,至于学术交流我向来欢迎,不分国界!"坐在一旁的高井又跳起来甚至拔出半截日本军刀叫嚷:"不识抬举!混蛋!天皇的手谕就是不可抗拒的命令!你的明白?"

这次长谷没有阻止高井而是微微点点头。

龙 骨

"你是什么人？在我家中撒野？！长谷先生？"裴文中盯着一脸尴尬的长谷。长谷无可奈何向高井摆摆手示意他坐下："高井先生是敝国大学助教，也是我的助手，年轻人嘛，请多多包涵！民国政府已经缩到重庆弹丸之地，用不了多久就会垮台，我们现在承认的中国政府是南京汪政府而非蒋政府，我想先生不必多虑，还是顺应潮流与大日本帝国亲善合作为好。"

长谷虽未说出不合作的后果，但裴文中已经清楚地听出他威胁的潜台词，他默默地看着这两个一文一武的日本学者一言不发……

北平·协和医院

门口站着四个日本兵（一边两个）监视着出入的中外人士。贾兰坡走到门口，突然看见日本兵站在门口，不觉一愣，但很快镇静下来。他从容镇定地掏出协和医院的职员证，向门卫晃了一下，便进了门。在走廊里，他看见不少人在窃窃私语，神色紧张。他快步走进新生代研究室，走到魏敦瑞办公室门前，敲了敲门。

魏敦瑞在里面应道："请进。Come in."

贾兰坡："早上好，魏敦瑞博士。"

魏敦瑞："早安，贾先生。快坐下，来杯咖啡？"

贾兰坡："不，谢谢。魏敦瑞先生，这门口来了日本人……"

魏敦瑞打断他，把手指放在嘴唇上："嘘。你先看看谁来了。"

贾兰坡茫然地看着魏敦瑞。

魏敦瑞笑眯眯地在里屋的门上敲了三下。里屋的门开了。裴文中穿着西服英姿勃发地走出来。

"裴大哥！"贾兰坡惊喜地跳了起来，冲上去与裴文中紧紧拥抱。贾兰坡泪流满面，如见到久别的亲人。

裴文中拍着贾兰坡的后背："干得好，你受苦了，小贾。真的，你干得太棒了！"裴文中自己的眼泪也涌出来。他掏出手绢，给贾兰坡擦眼泪。

贾兰坡接过手绢，不好意思地自己擦了两下，又还给裴文中。

裴文中自己也擦了擦眼角。贾兰坡啜泣了一下，又高兴地说："这下好了，

第十八章 龙殇·手持天皇手谕的教授

有了主心骨了。"

魏敦瑞也被刚才的一幕感动得热泪盈眶。他扶着眼镜，擦了擦眼泪："坐下，都坐下。我给你们冲点咖啡。这是我上次托人专程从巴西带来的。"

裴文中与贾兰坡拉着手坐下来。隔着桌子久久没说出话来。

魏敦瑞端着两杯热腾腾的咖啡走过来，放在两个人面前："喝咖啡。这里有糖和奶。"

裴文中："谢谢。"熟练地夹起一块方糖放进自己的杯子，再夹起一块方糖放进贾兰坡的杯子。又拿起奶罐往杯中倒了一点，示意贾兰坡："你也加一点？"

贾兰坡："随便。我不太习惯。"

裴文中象征性地往贾兰坡的杯子里点了一点奶，再用勺子搅了一下。又在自己的杯子里搅了搅。

魏敦瑞也坐下来举杯："来，庆祝一下。"3个人以咖啡代酒碰了一下杯。然后各自小口地呷了一口咖啡。

贾兰坡指着门外："日本人占到医院来了。"

魏敦瑞："昨天，日本军的宪兵司令部的人来到医院，说要给外国侨民站岗，保护，简直是一派胡言。协和总管博文先生要求他们撤离，但日本人很顽固。还说，八国联军进北京时，就有协议，列强军队要互相保护侨民和外国资产利益。我看他们是不怀好意啊。"

裴文中："我此次回国途经半个世界。整个世界都在战火之中。欧洲被希特勒占领了大部，而且疯狂地迫害犹太人，把他们投入集中营。亚洲似乎正在被日本人吞噬。日本人是要独霸亚洲。它对美、英包括他们的盟友德国的在华利益都虎视眈眈。我看，日本与美英之间的一战也是迟早的事。"

魏敦瑞沉痛地说："日本真是一个很奇怪的国家，似乎具有双重性。一方面，它拼命地吸引国外的优秀文化与科学技术；另一方面在灵魂深处又极排斥异族。现在，它在亚洲称王称霸，已膨胀到了极点。那就是残酷地掠夺与杀戮。自己没有的要千方百计掠夺，而他们认为无用的，就残暴地杀死……这就是法西斯主义。希特勒、墨索里尼都一个样。真是一个魔鬼横行的世界啊。

419

龙 骨

我预感到，日本人在协和站岗，就如同在卢沟桥要站岗一样，必有阴谋。在这儿，对他有用的，只有周口店的化石。我总有种不祥的感觉，人类的无价之宝——'北京人'头盖骨可能要出事……"

贾兰坡向魏敦瑞和裴文中转达了翁文灏的问候与对"北京人"现状的关注与担心。听到最新的信息让魏敦瑞和裴文中很是感动。

魏敦瑞感慨地说："翁所长在战争中还事无巨细地关怀我们，让人又敬佩又感动。"

裴文中："翁所长的担心并非多余，近来日本人频频活动看来是想在周口店搞些名堂，我了解日本人的心理，他想借我们的周口店遗址挖个日本人的金娃娃！这很可笑，也很滑稽。"

贾兰坡愤愤地插话："真是白日做梦！日本人休想在龙骨山窃取中国的祖宗！"

"不能让日本人得逞！不过我们是不是也要有个应对的策略呢？"魏敦瑞做了一个手势表达他的想法。"对，是要有个万全的想法，我想，眼下协和医院还是在美国的管理之下，受国际法约束的日本人暂时还不敢公开干什么，依我和长谷的会面分析日本人很可能会强迫我们去与他们进行所谓的合作挖掘，我看透了日本人，他们一心想干出更加轰动世界的考古发现！我们只能设法敷衍了事让他们的计划泡汤。"裴文中说出自己的看法。

贾兰坡突然想起什么，从内衣口袋里取出一封信："裴大哥，这是当年周口店转来的匿名信，说日本人占了龙骨山后，常有穿便衣的日本人去龙骨山挖掘现场，到处寻找挖掘点。"

裴文中："什么便衣队？"

贾兰坡："赵万华那年4月给我的信中说道：'现在本所工作停止，因便衣队在此驻防，在本山坡设防御工事。'据我所知自我们撤离后，周口店一直有战事，其中8月间更为激烈，赵万华说：'龙骨山乱成一片，光是伤病员就在山神庙和办事处北房、西房住满了。'后来我劝万华早日回京但万华不肯，他提到由日本人带队的便衣队戴'白箍'而抗日的便衣队则戴'红箍'。到5月3日我又收到一封匿名信说：'赵万华、董仲元、萧元昌被日军绑走，在房山县

第十八章 龙殇·手持天皇手谕的教授

城与其他30名被抓来的抗日分子用刺刀挑死。'收信的当天，我把这个噩耗告诉了德日进教授，他闻讯立刻起身面向龙骨山方向默哀很久，我想这封信提到的便衣队应该是日本人的'白籱'队。"

裴文中沉默良久："我们不应该忘记那些默默在暗处帮助过我们的人，我们也要准备迎接暴风雨……"

一周后·周口店

黑色的道奇轿车开到周口店龙骨山办事处废墟旁，十几个全副武装的日本兵荷枪实弹地拉开警戒线，从汽车里下来几个身穿西服的日本人。几个日本兵凶狠地推搡着两个中国人。把他们推到身着便装的日本人面前。为首的正是长谷部言人。

长谷部言人在留守的工人张海泉面前走来走去，用半生不熟的中文问道："你的，龙骨山的技师？"

张海泉："我是工人，不是技师。"

长谷部言人："哟西（好的）。那你告诉我，裴文中你的知道？还有贾兰坡，他们现在在哪里？"

张海泉："不知道。很早以前就走了。好几年了……"

长谷部言人："你们挖的化石在哪里？'北京人'头盖骨在哪里？"

张海泉："我只是一个工人，不知道那么多。"

长谷部言人："你的，带我们去挖'北京人'的地方看看。"

张海泉："早就炸得找不到了。这都废了，满山碎石，办事处也片瓦不留。"

日本军官抽出军刀架在张海泉的脖子上："死啦死啦的！说，在什么地方？"

张海泉："杀了我也不知道。你们自己看。这都炸成什么样子了！"

长谷部言人推开日本军官："你们不用怕，我们是学者，也是考古的，同行嘛。我们对龙骨山早有耳闻，十分羡慕。我们来参观参观。你的留下来，周口店将来皇军还要开挖，希望你参加。待遇、工钱，大大的优厚。啊……"

龙 骨

张海泉:"不干,拿你们日本人的钱,挖中国的祖宗?我不干缺德事!"

日本军官:"死啦死啦的!"又把军刀架在张海泉的脖子上。张海泉动也不动。

长谷部言人向日本军官使了一个眼色,示意他让开。日本军官悻悻地收回军刀。

长谷部言人:"皇军都知道,裴文中、贾兰坡都在北平。你回去吧。希望你与大日本合作,那是明智的。你们走吧。(转向日本兵用日语)放了他们。"

张海泉半信半疑地和同伴走开。日本军官举枪,长谷部言人按住了他的手臂,示意让他们走。脸上露出隐隐的冷笑。

长谷部言人带着一行人一边比对照片,一边寻找挖掘地点。

他们踏着满山的碎石,怎么也找不到鸽子堂、第九层洞穴,只好在照片的地方用长皮尺量了量,做了记录。

另一个日本人用相机给长谷部言人照了相,又给日本军官照了相。

长谷部言人一脸的失望,对部下说:"看来,这样找不会有结果。趁北平现在在我军的控制下,设法从美国人那里夺取'北京人'头盖骨。"

一部下提醒他:"现在日美正在和谈,公开夺取恐怕有相当的困难。"

长谷部言人:"军部这些笨蛋,只会抢黄金、铁矿,真正的无价之宝根本不懂。看来,只有我奏请天皇陛下亲自过问此事才能稳操胜券。"

部下点头哈腰地:"您的决定太英明了。有了天皇陛下的手谕,'北京人'必会稳稳地掌握在帝国手中。"

长谷部言人:"哈!哈!哈!"

北平·雪后街道

裴文中夹着一包东西走到一家当铺门前。他看了看高挑的"当"字旗,心事重重地走进去,在高高的柜台前,他打开包袱,拿出他从法国给夫人带回来的几件女式衣物与小玩意儿。

当铺老板一件一件地看着,并在算盘上"啪啪"地打着珠算,然后伸出3个手指头。

裴文中惊讶地争辩着什么。

掌柜的麻木地把东西往裴文中面前一推。

裴文中愤愤地把衣物胡乱地装进包袱，可走到门口，一想起家里的状况，又咬牙返回递给掌柜。

掌柜得意地给他3块大洋。

裴文中揣起大洋悻悻地走出当铺。可刚走到拐弯处，迎面被3个日本人挡住了去路。他定睛一看，为首的竟是高井冬二。

高井一副和服打扮，神气地："裴先生，请你随我去长谷先生那里喝茶。"

裴文中："我与长谷先生素无交往，还是免了吧。"

高井身边的两个日本军人立刻上前一步："请！"

裴文中："这是喝茶吗？对不起，我家中妻儿还在等我回去。"

高井拦住了两个日本军人。笑眯眯地："裴先生，不要误会。长谷先生仰慕先生的学识，真诚地请先生到舍下一叙。请吧。"

裴文中知道这些日子日本人一直在监视着自己。这回看样子是躲不过去了。他镇静地："那么前面带路吧。"

旧王府·长谷租用地

室内是中式布置。进了书房却是装饰一新的日式格栅墙和榻榻米。几个身穿和服的日本女子穿梭于走廊之间。这里已摆上了日本酒席。身穿和服的长谷一见裴文中来了，慌忙起身殷勤地迎上来："啊，裴君驾到，不胜荣幸。快快请进。"

艺伎们笑盈盈地左拉右拽，把裴文中推进屋内坐下。高井也进来坐下。

长谷："我一直敬仰先生的学识与品格。一直没有机会与先生一起探讨学术问题。高井承蒙先生的指点，在新生代研究室学习两月有余，受益匪浅。这都要好好谢谢先生才是。今略备薄酒，请先生畅饮。"

裴文中正色道："听说长谷先生给舍下送去粮食，承蒙照顾，这里有3块大洋，权作粮款，请长谷先生收下。先生的心意我非常感谢。"

长谷一时十分尴尬："区区小事，何足挂齿。请先生不必多虑。中日虽处

龙 骨

交战中，但与英美各国西人不同。大日本国也是为了把同根兄弟早日从美英这些西人手中解放出来。中日同根同祖，理当共荣。"

裴文中把3块大洋放在盘子里，示意艺伎转给长谷。艺伎看着长谷。

长谷脸上挂不住了。高井插话："长谷先生是一片好意。虽说君子之交淡如水，但兄弟有难，也要共同承担才是。这也是中国的风俗啊。先生如此不领情，想必是把长谷先生的好意看成是豆腐渣不成！"

裴文中微微一笑："中国有句古话，君子不受嗟来之食，想必高井这样的中国通一定知晓。"

高井瞪着眼睛，一时无语："你——"

长谷威严地对高井："八格，不得对裴先生无礼！"

高井悻悻地向长谷鞠躬："哈伊！哈伊！"

长谷对裴文中笑着说："我知道，先生心中多有怨恨。政治的事我们就不管它了。先生果然高风亮节，鄙人由衷敬佩。"他给了艺伎一个眼色，示意收下大洋。接着说："先生之举令鄙人多有尴尬。不如就从命吧。今天能与先生这样的科学泰斗共饮，乃平生之大幸啊。来，我们干一杯。"

裴文中："长谷先生是日本科学界泰斗，能与阁下对饮，自然是幸事。但本人身为中国人，国家有难，岂能沉迷酒肉之中。长谷先生今召我到此，恐怕有话要说，本人洗耳恭听。"

长谷不得不把举起的酒杯放下，沉思片刻："好，裴君果然是通达之人。那我就直说吧。你已然看到目前的局势，日美之战恐难避免。以皇军之力，顷刻占领协和医院可谓不费吹灰之力。但我天皇是怜君之才，断不许军部的军人冒犯科学之地。天皇陛下真诚希望裴君能与日本帝国合作，共同研究挖掘周口店猿人遗址。只要先生同意，挖掘费用及先生的待遇绝对超过美国人给出的10倍。美国人自诩最爱人才，可他们在撤离的时候，连像你这样的伟大科学家都弃之不管，使先生生活处境窘迫。这一点，大日本帝国绝对胜过美国人百倍。

"我这里有一个恢复周口店挖掘的计划，请先生过目。只要阁下同意，这个伟大的工程就会立即恢复挖掘。裴君，那时我们会有多么荣耀。"

第十八章 龙殇·手持天皇手谕的教授

裴文中并没有接过计划书。平静地说:"这的确是一个很诱人的计划,但我做不到。我现在还是中国政府地质所的一名教授。周口店还是中国政府的资产。虽说周口店挖掘得到了美国洛克菲勒公司的独家赞助,但一切都是政府间的协议。本人无能为力。"

高井陡然跳起来:"如此不识抬举,北平已是我大日本帝国的占领地。美国人也好,蒋介石政府也好,统统没有用。只要大日本帝国愿意,一切都归日本国所有。"

长谷失望地制止高井:"我们是各为其主,自然难以沟通。不过,这确实是我的一片好意。现在美国人马上撤走了,重庆政府又远在天边,只有大日本皇军在眼前操控一切。希望先生明智一些,与日本合作才是出路。等到皇军开进协和医院,那恐怕就由不得你愿意不愿意了。你我都是学者,请相信我的诚意,我不愿让先生有不必要的麻烦。对于粗野的军人而言,就不会有我们这样的谈话了。请先生三思。"

裴文中站起身:"人各有志,请勿勉强。告辞!"拂袖而走。

高井想阻拦,被长谷拦住。

长谷望着裴文中的背影感慨道:"这是个有骨气的中国人。"

长谷的鸿门宴未能得逞。这使得长谷想以谈话使中国科学家就范,从而获取考古资源的美梦破灭了。

第十九章
龙殇·乱世风流

  李苦禅把桌上的日本茶甩在周作人的怀里，手指着大门咬牙切齿地吐出一个字："滚。"

  北平沦陷之后，一些文化人也摇身一变投入日本人的怀抱，成了为虎作伥的媚敌汉奸。

  北京大学在大部分师生南迁后，1937年10月18日，日伪北平维持会接管了北大。在日本人的软硬兼施下共有四位教授留下来。其中一位是鲁迅的胞弟周作人。

  北大教授齐子焕先生对周作人与日伪合作的行为十分鄙视，他抨击说："周先生有和日本人合作的自由，我有誓死不失节的自由，我是不会给日本人做事的，我就是不给日本人做事。人生天地间应该有点骨气。"

  不久维持会的人又来找齐先生死磨硬缠，让他学周作人那样与日伪合作"上上课参加点活动，装装门面就行"。

  齐子焕一听大怒："周先生简直是在出卖北京大学！"由于动怒不得不喘口气休息一下，又接着说："我老了，没有气力，但还有一个中国人的骨气。记得徐悲鸿先生曾经说过：人不可有傲气，但不可无傲骨。我们生来就没有傲气,但天生有傲骨!"

齐教授最后郑重地提出辞去北京大学教授一职。维持会不敢答应并灰溜溜地回去向日本人汇报。日本人得知齐教授的态度后十分不满,但考虑到他是北平知名人士就没敢下毒手。

很快齐教授就悄悄离开北大,到昌平找了一处房子隐居起来。

直到抗战胜利后,北京大学复校时他才重返阔别多年的大学。而此时作为抗战胜利接收员的北京大学教授陈寅恪对北大在面临国难之时选择与日本人合作的周作人极为愤恨,他斥责周作人是"北大的耻辱",是个不折不扣的文人"汉奸",并扬言要将其"按汉奸处置"。

而周作人也不服气,写信指责陈寅恪,辩说自己虽说是"在北大上上课但教的还是中国的历史,何来的汉奸帽子"?

在北平的文化名人大都在七七事变主动撤离了北平,其中也包括艺术界的一些大师,他们也与所有爱国者一样在苦难中国的民族危亡中展现一个中国人的骨气和无畏。

著名京剧艺术家梅兰芳带着全家离开北平来到上海,本想躲开日本人的纠缠,不料刚到上海不久,日本人就占领了上海。梅兰芳为了回避日本人的百般纠缠留起了胡须并喝酒伤害了嗓子,借以拒绝为日本人演出。这段大义凛然的经历在被著名导演陈凯歌拍成的电影《梅兰芳》中再现。

鲜为人知的是梅兰芳到美国演出时认识了已赫赫有名的表演艺术家卓别林,卓别林观看了梅兰芳男扮女装的《霸王别姬》后大呼:"神奇!神妙!不可思议!"卓别林也请梅兰芳观看他自编自演自导的电影《大独裁者》:卓别林扮演的希特勒惟妙惟肖,那是当时一件不可思议的勇敢之作。

演出后感同身受的梅兰芳接受了卓别林赠送的《大独裁者》首映纪念火花,在这个火花上有一幅剧照:卓别林扮演的希特勒正贪婪地撅着屁股抱着地球仪,屁股上有一只脚猛踢希特勒的屁股,只要用作成炸弹样的火柴在希特勒的屁股一擦,火就刺啦一声点燃,寓意独裁者玩火自焚。

卓别林为梅兰芳亲自在火花上签名。原本就喜欢收藏火花的梅兰芳将这枚特殊的火花赠送给另一戏迷,也就是火花收藏家马彦祥先生(喜欢收藏火花

的还有胡适，珍藏五千余枚）。

很少有人知道卓别林在中国抗日战争期间也经历一次与日本法西斯擦肩而过的历险经历。1932年5月应日本、中国等国邀请卓别林对亚洲各国巡访。在处处受到热烈欢迎，盛情款待之后从巴厘岛乘船来到日本。东京车站卓别林受到五万影迷的热烈欢迎。

5月15日日本首相犬养毅之子犬养健代表其父亲陪卓别林观赏日本国粹"相扑"比赛，这项源于宋朝的娱乐活动在日本成了举国痴迷的运动。

1932年5月15日·东京相扑馆

东京相扑馆内灯火通明，人头攒动，人们喝彩声此起彼伏，几乎裸体的高壮相扑像两座肉山一样相互扑推，人们也随之疯狂。

突然一个随从面色惊慌地跑来在犬养健耳边说了几句，他立刻面色惨白，双手捂着脸。卓别林直觉一定发生特别的事，他关切地问犬养健。

他告诉卓别林："就在刚才，有人杀死了我父亲！"

"是谁？是什么人干的？！应该报告警察！"卓别林震惊了。

犬养健摇摇头："警察没有用，这伙人就是中午那伙人！"

卓别林想起来中午宴请时闯来六个凶恶的年轻人围着他乌里哇啦地嚷叫，见听不懂就悻悻而去。犬养健告诉卓别林，这伙人是军人，是属于日本一个叫"黑龙会"的恶徒，领头的叫古贺清，是个海军中尉。

卓别林陪犬养健回到首相官邸，大批记者围在门前，室内地上血迹斑斑，这正是刺杀现场。心惊肉跳的卓别林被记者团团围住纷纷发问："卓别林先生，请问您对犬养首相遇害有何感想？""有传言此次刺杀行动是对您而去，是要杀你挑起日美战争，您怎么看……"

"这是个悲剧，无论是对首相家属还是对全国来说，都是惨痛的悲剧。"

实在推托不了的卓别林只好礼节性回答。不过他对记者提到的刺杀一事，感同身受，因为白天那伙人正是用杀气腾腾的眼睛盯着自己。想到这他大声补充道："我声明一点，我是英国人，不是美国人！"

卓别林取消了所有访问计划匆匆离开了这个充满血腥的国家。事后他的

第十九章　龙殇·乱世风流

朋友，作家休·拜厄斯在其《暗杀政府》一书中披露这伙人确实有计划要杀害卓别林。古贺在法庭受审毫不掩饰地承认。

法官问："为什么要暗杀卓别林，杀掉他有什么好处呢？"

古贺："我们相信，杀死卓别林可以挑起日美战争，这样就可以一箭双雕，因为他既是美国的红人，又是资产阶级的宠儿。"

这次经历让卓别林时常把中国与日本比较，对中国他常浮现出"诗一般的画面，我体验到了从未有过的感动"，而"宁静的日本文化，注定要在西方工业的烟雾中消散"。（参见卓别林《卓别林自传》）

与梅兰芳齐名的京剧表演艺术家程砚秋先生虽没有离开北平，但他依然隐名埋姓来到郊区种菜为生，他宁可吃糠咽菜也不愿意为日本人和汉奸演出。

在世人眼里，艺术家是高高在上的人物，在生活上也是风流阔绰上层贵人。但是当国难当头，民族危难中国文人名士也和普通中国人一样挺起自己的龙骨，做一个顶天立地的中国人。在这些龙的传人之中，有一位独具风格的艺术大师，他就是国画大师李苦禅先生。

1937年7月29日夜·北平西城柳树井胡同二号

家住柳树井胡同的李苦禅家来了一位特殊的"客人"，这就是爱国学生送来的二十九军军官，他因负伤未来得及与大部队撤离，故须找一可靠人家躲藏。

一夜之间的变化，北平城里日本兵和汉奸全城搜捕二十九军官兵和抗日分子，从来人口中得知二十九军已于昨日夜里全部撤出北平。这也意味着谁窝藏了二十九军官兵和抗日分子将面临全家被害的危险。

李苦禅是艺术界特立独行的大师，人们只知他是一位山水国画大师，但不知他还是一位行侠仗义、喜爱习武的刚烈汉子。他不仅毫不犹豫地收留了这位赵登禹的部下，而且通过中共地下党将二十九军伤员送到平西抗日根据地，日后，该伤员成为八路军三八五旅的一名指挥员。

由于李苦禅先生的威望与画技，北平伪政府很快就瞄上了他。这天家中又来了一位不速之客，他就是大名鼎鼎的北大教授周作人。

龙 骨

此时周作人已接受北平伪政府教育署署长位置,为了粉饰日军占领下的北平"太平盛世",周作人和北平其他汉奸们一起寻找在京的文化名人和艺术大师参加汉奸组织。

一袭青布长褂的周作人在随从的簇拥下走进李苦禅四合院,李苦禅正与弟子魏隐儒在打拳。李苦禅和弟子像往常一样赤裸上身,腰缠黑色束腰腹带,一条宽大的灯笼裤,脚蹬白袜圆口功夫鞋,一招一式地专心习武。

"李先生,周署长前来拜访您!"随从给李苦禅打招呼,李苦禅冷冷地瞥了一眼并不理睬继续打拳。

"李……"(周作人制止他)

"久闻先生大名,文人习武才能称之文武双全!今日得见,实在敬佩!"周作人双手抱拳主动向李苦禅作揖。李苦禅虽然性格刚烈但仍礼貌地回以儒礼,毕竟周作人也是北平响当当的文人领袖。

"见笑了,不知周先生来我寒舍有何指教?"李苦禅收了架势,招呼周作人坐在院内石磴上,弟子端上茶水:"请,鄙人仅有粗茶!"

"我这倒想起送先生一品好茶,日本佐贺出产的好茶,这还是夫人亲自从故乡带来的。"周作人令手下捧上一盒包装精美的日本茶。

"对不住,我忘了先生是为日本人做事的,本人喝惯了咱北平张一元的茉莉花茶!断断不可接受,我怕喝了日本茶就忘了中国茶味道。"

周作人自然听得出话中有话,不禁脸上红一阵白一阵。就在几天前他收到18位中国名人联名写给他的"规劝信"公开要求他不要接受日本人和汉奸们的邀请,不要与民族敌人"同流合污"。

他也想回避,但每月可给4000大洋的收入总比北大每月200多大洋诱惑大得多,尤其那个日本老婆从来就是一个购物狂,只有这样的收入才能满足她的奢侈消费。

他自我安慰:"我是受北大校长胡适的委托保管北大财产才留下的,再说自己只是搞搞文化研究也算是延续中华文化的香火,也算不上是个汉奸。"想到这周作人自我感觉好多了,但一想起自己还有当说客的任务,赶快硬着头皮接着说,"先生何不出山做些事情?一来使家人生活宽裕些,二来可弘扬绘画艺术，岂不一举两得？"

李苦禅低头不语，周作人以为他心动便进一步劝道："其实我也一样，在北大每月不过二三百大洋，事情还一天到晚忙得要死，想写写书可这乱世之中哪有人还顾得上文化？依我之见，混个温饱再谈艺术不失是个现实之策。"

李苦禅冷冷问道："周先生曾是新文化旗手，所讲豪言壮语如雷贯耳，今儿的话，我倒听不明白了！您还是直说了吧！"

周作人没有发现李苦禅此时双拳紧握，骨头嘎嘎作响，说："先生果然是豪爽之人，我受政府委托特请先生能担任教育委员会委员，您看这是委任状，月薪嘛是3000块大洋。其实事也不多，也就是开开会，参加一些学术和艺术交流……对了，过些日子还要组织访问团到日本去参观交流……"

李苦禅一拳砸在石桌上，跳了起来："我就是饿死也不去干！我告诉你，只要我活着就决不给日本人干事！呸！什么政府，不就是出卖祖宗的汉奸吗？！你出去！今儿还是客气的，如果再来当说客，别怪我不客气！"溅起的茶水湿了周作人的长衫，吓得他赶忙站起来解释："李先生，别、别……"

"周先生，今儿还叫你一声先生，是看在鲁迅先生的面儿，如果你执迷不悟，恐怕绝无好下场！请！"李苦禅把桌上的日本茶甩在周作人的怀里，手指着大门咬牙切齿地吐出一个字："滚。"狼狈不堪的周作人以为李苦禅要揍自己慌忙捂着自己的脸："别生气，别误会！……"

李苦禅拿起桌上的委任状撕得粉碎朝周作人头上扔去。周作人跌跌撞撞狼狈跑出大院，魏隐儒捡起茶叶包顺手扔出院墙。

周作人做梦也没有想到他所熟知的文雅、温和的艺术家中还有这样一位刚正不阿的李苦禅！不过让周作人没想到的是，他已进入北平锄奸团的黑名单。一支枪已经把黑洞洞的枪管指向他的胸膛。

李苦禅从此投身到极其危险的抗日救亡工作中，他的行动引起了日本宪兵特务的注意。

1939年5月14日凌晨，一阵急促的砸门声后，一群日本宪兵和汉奸便衣随着狼狗的狂叫破门而入。

李苦禅一跃而起迎面将端着刺刀的日本兵打翻在地，正想招呼学生魏隐

龙 骨

儒跳窗逃走时，被一拥而进的鬼子兵和窗外的汉奸便衣团团围住。日本宪兵如狼似虎地把李苦禅和他的弟子绑走。

李苦禅和弟子分别被绑在两个木架上，七八个凶神恶煞的打手轮番抽打；在老虎凳上李苦禅满脸是血，但仍叫骂不止；日本人在李苦禅腿上压杠子；汗流浃背的打手气喘吁吁无奈地看着昏死过去的李苦禅和压断的木杠……

李苦禅先生晚年回忆：

在沙滩红楼地下监狱，住了二十八天，死了（昏了）不知多少次，灌水是常事，杠子压了一次，都死了（昏了），浇凉水，通身很凉，就缓过来了。那里每天是八点钟上堂（受刑讯），下午是一点钟上堂。他们要枪毙人，礼拜六就提出来到别的屋里去了，第二天早上就行刑。

我在上村那里当着一帮鬼子汉奸的面骂上村："你们到你们文化父母的中国来杀人放火，你们是数典忘祖，没有中国你们连字都不会写的，要没中国字，你们祖宗八代都不知道自己叫什么东西，连你自己都不知道哪出来的，还妄称什么王道乐土、共存共荣，别放你们倭寇的狗屁啦！"上村到底是"中国通"，挨了骂，他倒没了话说，还真有点脸红！还有一个叫"小狲儿"的汉奸狗腿子倒上脸了，过来就要抽我，被上村伸手拦住。我可不依不饶，骂了他东洋主子再骂这狗奴才："你小子还敢动手？真想动手就把我放了，出去找个场子比试比试，我要是三拳不把你打成狗屎一堆我就不姓李！告诉你，回去查查你祖宗牌位，到这一辈上怎么出了你这个王八蛋？你八成是冒名顶替的东洋鬼子，狗东西！"

奇怪的是，这位名叫上村喜赖的日本宪兵队队长无论李苦禅如何把自己骂得狗血淋头，对这位钢筋铁骨的大画家反而肃然起敬。

上村深知李苦禅是享誉北平的大画家，而日本人也崇尚松、竹、梅、兰，自己也十分想得到一幅苦禅先生的松鹰图，最后上村竟然将严刑拷打28天，而且将准备杀害的李苦禅释放了。

据苦禅大师之子李燕回忆:"出狱后的李苦禅养好伤后就去了天津,一来靠卖画养家糊口,二来也躲避日本人和汉奸经常上门索要字画。上村到了也没有要到一幅父亲书画。"苦禅大师此后专画山石、挺拔的松柏和勇猛的山鹰。他的方嘴鹰、苍劲松柏和嶙峋奇石成为自己人生性格的独特风格。(参见李燕《李苦禅爱国入大狱民族气节照丹青》)

1939年1月1日·八道湾胡同12号·周宅

周作人正在客厅接待客人,女佣走进客厅禀报:"老爷,门外有两位学生求见。"周作人点点头可以接见。他以为节日将至多有送礼者和拜访者。

女佣打开院门两位身穿黑色校服的青年手拿纸盒从容走进。学生走近周作人问道:"先生可是周作人?"

还没有人敢当面直呼其名的,周作人对这个小青年不屑一顾,心想毛头小子竟敢如此放肆,只是哼了一声。

旁边的客人站了起来:"这就是周署长,怎么这么没有礼貌!"

高个青年从纸盒中拿起手枪指着周作人:"汉奸周作人!今天是你的死期!我代表中华民族判你死刑!""砰、砰"两声枪响周作人应声栽倒,旁边的企图扑上来,被青年扬手一枪也打倒在地。

女佣恐惧地尖叫,两个保镖也冲了进来,一保镖被站在院子里的青年一枪打倒在地。另一个吓得抱头鼠窜。两个青年从容不迫地走出大门上了一辆接应的小轿车一溜烟消失在大街上。这就是轰动一时的刺杀周作人案件。

1937年7月30日平津先后陷落,但抗日的怒火却越燃越烈,不屈的爱国学生组织了"抗日杀奸团"(抗团),由天津、北平大学、中学爱国师生组成,其中包括许多抗日名人子女;也包括一些伪政权汉奸高官的子弟,人数最多时曾达到数百人。

这里面有时任第二集团军司令长官孙连仲的儿子、女儿;天津东亚公司董事长宋棐卿之子宋显勇;国民党元老熊希龄外孙女冯健美(冯治安侄女);开滦煤矿总工程师的女儿魏文昭、魏文彦;北平同仁堂乐家小姐乐倩文(女生大

龙 骨

都为北平贝满女中学生。注：该校为贵族学校)伪满洲国总理郑孝胥的孙子郑昆万（北平贝满女中学生）、郑统万；伪华北治安军督办，伪华北绥靖军总司令齐燮元外甥冯运修；东北军旅长之子王肇杭等等均参加令日伪汉奸心惊胆战的锄奸行动。此次锄奸行动由天津抗团实施，由北平抗团配合。

方圻，北京协和医院副院长、教授。当年是燕京大学医预系学生，是北平抗日杀奸团成员，亲自参加刺杀周作人行动。

因周作人外出第一次刺杀未果；第二次刺杀行动由范旭（燕京大学学生）、李如鹏（天津南开学生）、宋显勇（燕京大学学生）等4人实施，方圻未参加第二次行动。因子弹击中纽扣，周作人逃过一劫。

虽此次锄奸未能实现。但极大地震撼了日伪军，也成为轰动一时的新闻。

1939年1月7日沈阳《盛京时报》（这是一家颇有影响的亲日报纸）对此事进行报道：鲁迅之弟周作人被人狙击，未遂，但其门生受重伤，车夫即死。

据北京电称：目前北京城内竟发生对日本文学权威者周作人狙击未遂事件。原来1月1日正午许，北京西城八道湾周作人府邸，有自称为天津中日学校学生之二十四五岁青年两名，要求面晤周作人，周氏当即出见。时该学生，一在大门，一在客厅中。在客厅中者问周作人曰："尔即周先生乎？"周氏方点首，该青年即取出手枪，狙击周氏……该人于肇事后谈述如次："余毫未从事政治运动，亦全无主义色彩，唯以文学的良心，致力著述，被人狙击之理由，真令人难解……"

显而易见，周作人被吓到了，百般解释无外乎就是向那些爱国者喊话，其实他自己心里很清楚他四处参加日伪组织的"东亚文化交流"，鼓吹日本统治下的中华文化如何在日本人"提携下繁荣"……

被刺前还率团去东京参拜天皇，这样一个名副其实的文化汉奸自然被中国人唾弃，不过他之后就谨言慎行了，一般抛头露面的公共场所也少有参加，也成了战后唯一未被判死刑的汉奸。

1995年北京协和医院副院长方圻撰文《惩杀汉奸》揭秘尘封半个多世纪的秘密。

不久，抗团又刺杀了另一个文化汉奸：吴菊痴。

第十九章　龙殇·乱世风流

1940年7月7日日伪决定在中山公园召开"庆祝皇军圣战三周年"庆贺会。

1940年7月7日·中山公园

在花花绿绿的彩旗下，白底黑字的横幅"庆祝皇军圣战三周年庆贺会"在阳光下格外刺眼。伪新民会机关报《新民报》总编吴菊痴在会上肉麻吹捧日本侵略军发动卢沟桥事变是如何"拯救了中华民族"。他无耻的言行激怒潜入会场的爱国者。抗日杀奸团学生冯运修手持三角彩旗悄悄对配合行动的另一学生说："改变行动，待他出来时在外边干！"

原来，抗团发现主席台上原定的日军高官没有到场，而现场多是汉奸花钱雇来的学生与市民，所以临时决定改变原定在现场准备爆炸的计划，在场外干掉这个狂妄汉奸吴菊痴。

草草讲演完的吴菊痴匆匆出来要辆黄包车准备去附近的酒楼赴宴，抗团学生冯运修骑车尾随至南新华街时，冯运修拔枪连开两枪击中吴菊痴头部，吴氏当场毙命。因在闹市，车夫竟然不知吴菊痴已被击毙，继续拉车直到酒楼门口讨钱才发现吴菊痴已歪倒在车上死了，惊恐的车夫惊叫一声跌倒在地。

然而不久（8月），日伪军破获了抗团除奸队，冯运修在抗捕中壮烈牺牲，年仅18岁。冯运修之死颇令人感慨，据抗团成员孟庆时回忆：

> 1940年8月7日在吴菊痴被杀一个月后日本宪兵队包围了西四受壁胡同（现改为西四北四条）冯宅，并以其父做掩护要冯运修出来"投降"。冯运修开枪击中特务科科长袁规的腮颊，枪战中又击毙一名特务，多面受敌的冯运修最终壮烈牺牲。他的父亲，伪沈阳市市长亲眼看见了儿子惨烈之死，一个成为抗日英烈，一个却成千夫所指的汉奸败类，可谓天壤之别！同期被捕的学生共三十一人，关押在炮局监狱，其中十六人被判刑，判无期三人：叶于良、李振英（刺杀吴菊痴）、刘永康；判十年一人：孟庆时；五年四人：纪树仁（死于狱中）王文诚、周庆涑、曹绍蕙；三年两人：应绳厚、朱慧珍；一年六人：纪凤彩、王知勉、李澄溪、马普东、张家铮、王肇杭……（参

龙 骨

见北京政协文史资料委员会《抗战纪事》)

1941年11月·日本宪兵队

与李苦禅经历相似的还有一位燕京大学机器房工人肖田。因参加地下抗日活动也被抓进宪兵队,在严刑拷打后上村将其释放,他对肖田说:"你的,坚强的,大大的!"

日本人到最后也没能弄清楚肖田的来路。其实肖田是中共地下党,在太平洋战争爆发前夕传递过重要情报。1941年11月肖田因协助林迈可、班威廉向抗日根据地运送发报机而被捕,在审讯期间,日军翻译为了诱惑他提供燕京大学的财产状况时透露了一个惊天秘密:"不瞒你说,日本马上就要跟美国开战了!用不了一个月就会打起来。一开战,日本宪兵马上就要接管、占领燕京大学!你把财产登记好,就算为日本人接管燕大立下头功了!"肖田立即将这个重要的情报报告了燕大地下党负责人陈洁,由中共转告通知美国,同时也通知了燕大校长司徒雷登。

1941年11月20日·燕南园

肖田奉地下党指示亲自将一个月内开战情报当面通知司徒雷登,并希望燕大早做准备。司徒雷登听完肖田的通报,感到不可思议。自从1937年8月2日,日军闯进燕京大学就是他义正词严地把日本人轰了出去,这四年来日本人似乎也没敢对燕大伸出魔爪,他自信日本人之所以不敢在他面前撒野,其关键原因是"日本人畏惧美国的强大"。

司徒雷登背着手在客厅里来回地踱步,他不时地看一眼这个不起眼的燕大机器房里的小工人冷笑地说:"不、不!这绝对不可能!日本军部只要不是发疯,绝不敢对美利坚合众国轻举妄动!绝对不敢的。肖,你受骗了,日本宪兵队这是在搞神经战!"

司徒雷登的轻敌与美国官方的想法是一致的,他不相信一个小小的中国工人能获取如此的惊天秘密,那简直是天方夜谭。

究竟是谁第一时间将这个惊天秘密通报给美国人的呢?民间有多个版本:

第十九章 龙殇·乱世风流

主张第一人的人是中统局密电破译专家池步洲，历史学家依据他的自传手稿《一片丹心破日密》得出结论。然而近年台湾军情局则宣称破译日本密码的是时任军统第四处电台台长兼译电科长的姜毅英，姜也是迄今国民党军内唯一的女将军。军情局解释相关档案表明姜毅英破译了日本驻美大使馆向外务省发出的密码，并分析出日军将偷袭珍珠港，遂将情报送戴笠转呈蒋介石，蒋又将此电转告美方。无论是谁将此情报转给了美国，但都没有引起美方足够的重视！

历史就是给这些狂妄自大的美国人一个惨痛的教训：仅过去十多天，1941年12月8日日军偷袭珍珠港；12月9日司徒雷登在睡梦中被日军抓走，临走时连睡衣和鞋都来不及换。与此同时，日军果真如肖田发出的警报一样将燕京大学财产洗劫一空，并且连学校自己储备的一年的粮食也全部抢走。

北平沦陷后日军就下令不得私自买卖粮食，一律只供给掺着沙子和老鼠屎的"共和面"；中国人见了日本军人必须低头鞠躬，违者轻则当场打耳光，重则杀害。当年只有10岁的北京人艺的老职工杜广沛回忆：1937年以后戏单上也见不到梅兰芳和程砚秋的名字了，一些有骨气的演员纷纷迁出北京。但是一些中学还经常上演一些抗日小戏，一次表姐带我去北京十七中看话剧，看见好多的巡警站在那里。后来听说话剧里有抗日内容被禁演了。

赵明福老人对日本人在北平的横行霸道刻骨铭心：1938年夏天8岁的他正在东四牌楼下，突然轰隆隆一辆"铁甲车"直冲过来，小明福左躲右藏，"铁甲车"就像与他周旋一样追逐，他摔倒在牌楼旁，"铁甲车"硬是撞坏牌楼扬长而去，日本人还得意地探出头狂笑不止。

周围人好心扶起摔伤的小明福，一位老者叹息："亡国奴，耻辱啊！"从此，在赵明福幼小的心中种下了仇恨的种子。

北平普通老百姓过的是水深火热的生活，而医院的大夫们也度日艰难。

老协和医院副院长苏圻回忆，从1937年至1945年，日军占领协和医院期间，有许多中外医学专家被迫离开自谋生路。

例如著名脑外科专家关颂涛只好自己开诊所，为了发泄对日本人的厌恶，对上门求医的日伪人员手术收取高额费用，而且只收金条。著名妇产科专家

龙 骨

林巧稚也外出其他医院挂牌出诊。

协和医院是美国洛克菲勒集团以庚子赔款援助计划兴建的医院。护士长以上级别的大夫均为美国人。太平洋战争爆发后日本人占领了医院,许多人离开了医院,医院工作一度中断。

1945年抗战胜利后国民党接管了协和医院,一些美国医护人员才陆续回到医院。协和医院是日本人重点监控的地方,因此许多人莫名其妙失踪也无人敢问。当然,苏圻不知道的主要原因是这里放着举世闻名的"北京人"头盖骨。

1941年春·新生代研究室

新生代研究室正在举办古人类化石展。大幅标语:"20世纪惊人发现。""'北京人'头盖骨全新亮相。"配有图片的海报更是煽情:"珍藏稀世珍品,一睹祖先风格。"展览在沦陷区居然热闹非凡,人头攒动,竞相参观。

裴文中在第一枚头盖骨的展柜前回答记者的提问。镁光灯不断地闪烁。

不少参观者拥上前请裴文中在门票上签名,合影。

裴文中含笑可掬地一一为来访者签名留念。

几乎所有的新生代研究室工作人员都出来充当讲解员。他们穿梭于人群中。从他们脸上洋溢着的兴奋,不难看出大家对今天的展览都十分满意。在参观的人群中,有两个小个子的日本人显得十分扎眼,他们直奔"'北京人'头盖骨"的展柜而去,贪婪的目光死死盯着头盖骨。

魏敦瑞带着一位年轻女子走到裴文中身边:"裴先生,给你介绍一下,这位是我新来的女秘书,克拉·塔什黛安小姐……"

未等魏敦瑞介绍完,克拉·塔什黛安就大方地伸出手:"久闻裴先生大名,没想到裴先生还是一个英俊小生,真是幸会。"

裴文中一愣。魏敦瑞的女秘书高韩丽娥他是认识的。什么时候又新来了克拉·塔什黛安秘书。他一边打量着克拉·塔什黛安,一边绅士地握住她纤细的小手,象征性地吻了一下:"幸会,克拉·塔什黛安小姐。"

克拉·塔什黛安似乎看出了裴文中的疑惑。她飞了一个媚眼:"是因为我没有高韩丽娥漂亮，还是我做得不如她出色？"

裴文中措手不及地："哦，没有，没有。小姐言重了。"

魏敦瑞赶快打圆场："裴先生很忙，我们去其他地方再看看。"

克拉·塔什黛安被魏敦瑞拉着，回头热辣辣地看着裴文中："干得不错。回头见，裴先生！"

裴文中看着消失在人群中的魏敦瑞与克拉·塔什黛安，有种说不出的奇怪滋味。

克拉·塔什黛安与来宾热烈交谈。克拉·塔什黛安，德籍犹太人（后入美国国籍）。其公开身份是魏敦瑞的秘书。但据传她是一名多国间谍。虽然至今仍无法考证其真实身份，但接下来的一系列事件均与她有密不可分的关系。

当晚·协和医院胡顿院长办公室

胡顿坐在书桌前，裴文中与魏敦瑞坐在办公室的小沙发上。

胡顿，美国人。由洛克菲勒任命的协和医院院长。

裴文中把日本人长谷部言人到访的事已告诉了胡顿和魏敦瑞。今天他们一起商讨一下如何安全保护古化石的问题。

裴文中："从日本人高井的造访可以看出，日本人对我们是居心不良，另有图谋。"

胡顿："恐怕没那么简单。事情要比我们想象得还要复杂。'北京人'化石必须尽快想办法转移。否则后果不堪设想。"

胡顿像突然想起什么似的用手指在空中不停地指点："等等，等等，我想起来了几年前我与翁文灏所长有一个安全方案……我拿给你们看……"胡顿在保险柜里翻找了一下拿出一个文件夹。

"在这里……你们看……"胡顿将文件夹摆在两人面前。魏敦瑞一看，纸条上主要是中文便推给裴文中。

"这是翁所长的字迹。"裴文中一眼就看出这熟悉的笔迹正是恩师翁文灏所书，他心头一热不禁赞叹：老所长果然有先见之明！他急急看去："第一，在北京找个秘密之地，把'北京人'化石藏起来，这样可以避免用船外运时可

龙 骨

能遇到的危险；第二，把'北京人'化石转移到国民党政府所在地重庆；第三，把'北京人'化石全部运往美国委托，美国自然历史博物馆保存，战后再送还给中国。"

"翁先生考虑得的确十分周密！"裴文中把内容翻译给魏敦瑞后情不自禁地赞叹。

据胡承志老人接受中央电视台记者采访时回忆：实际上，在日本人进城之前，就担心"北京人"化石会落入日本人之手，于是就送到花旗银行代为保管。日本人进城后并没有马上进驻协和医院，魏敦瑞和胡顿一看没事，就将"北京人"化石从花旗银行取回，重新放回新生代研究室。

事实也证明翁文灏的保护措施最终按第三方案实施。但是"智者千虑必有一失"，"北京人"化石最后失踪在中美协议下的美国盟友手中，至今不知所终。

魏敦瑞："我也曾提过一个方案，就是由我把'北京人'带出国。可后来一想，实为冒险。万一被海关查出，必会被扣留，甚至给洛克菲勒集团带来更大的麻烦。所以那次提出方案后，第二天我就去找过裴先生，否定了这个方案。可是从最近的情况看，别的办法又没有。恐怕还是要想办法把化石运到美国比较稳妥。"

胡顿："现在看来，我们的方案与你们的分析基本相符。不过，翁所长提出了补充意见，就是把'北京人'运往纽约自然历史博物馆，供魏敦瑞教授研究用。但必须在中国驻美大使，他的老朋友胡适先生的监管之下。战后再由胡适先生负责运回中国。"

裴文中心头一热："翁所长太英明了！"

胡顿："是啊。看来，只剩下这条路了。由我国政府出面立刻转移'北京人'头盖骨。"

魏敦瑞长吁了一口气："这下可好了。这样就可以放心地回美国等待好消息了。"

日本人加紧渗透，引起了中美双方的高度警觉。在与胡顿商量之后，以新生代研究室的名义正式给远在重庆的翁文灏打电报，请以国民政府的名义

第十九章 龙殇·乱世风流

与美国驻北平总领事联系,并由领事馆安排"北京人"头盖骨转移美国之事。

就在此事紧锣密鼓地实施时,魏敦瑞提出了一个大胆的方案,就是将"北京人"头盖骨及需要转移的宝贵化石全部复制成三份。由他的助手胡承志完成。

然而,以后发生的事至今也让人们无法明白。这些复制品究竟是为了迷惑日本人,还是为了迷惑世人,使"北京人"头盖骨的丢失变得更加扑朔迷离。

日中文化交流协会常任理事横川键点评:"那真是一个谜团重重的事件。"

日本天皇裕仁在二战中批准了一些重大的行动。例如,山本大将突袭美国珍珠港的行动计划。对于"北京人",他确指示要设法搞到"北京人"头盖骨。但是当时的日本政治主要由军阀控制。1941年时,日本的注意力都集中在对英美的行动上。当时,为了扩大战果,几乎集中了大多数谍报人员前往东南亚各地。所以,对长谷部言人的军事支持实际上很微弱。这也是太平洋战争之前长谷部言人几乎一无所获的原因。

美国人魏敦瑞、塔什黛安的行为多少也有些不合情理的地方。在化石转移这件事中她疑点颇多,因为自从做好了复制品后,一切化石都由美国人保管,中国人是无法接触到的,所以"北京人"丢失都是美日两国的一面之词。

第二十章
龙殇·协和魅影

"……当我们费尽心机在协和医院终于物色收买了一个专事打扫卫生的中国人,并企图通过他将'北京人'化石弄到手时,由于意外的情况使我们的计划再次落空。这使我们不得不考虑其他的方法并马上动手,因为一旦'北京人'化石被转移,以后的事情就更加困难了。"

1939年9月25日·第二次世界大战爆发

1939年,日军占领海南岛,企图切断滇缅公路和包围滇贵作战的中国军队。日本海军在太平洋金兰湾集结,日本特使小西去白宫与美国会谈,日本轰炸机进行低空轰炸训练,美国政府宣布"冻结日本海外资产。"美国太平洋舰队编队在太平洋水域巡逻警戒,美国政府敦促在华侨民撤离。

北平·协和医院·魏敦瑞办公室

一台老式收音机正在播放美国政府的华语广播:"……鉴于时局紧迫,政府告诫在华所有美国侨民、公职人员、商务人员及其家属子女,应立即与当地公使馆取得联系,安排撤离。……由政府统一安排乘坐民用轮船回国。此项工作计划于1941年11月以前全部完成。如有不听从政府劝告执意滞留者,政府将不再提供帮助。一切严重后果将由自己承担。本敦促撤退公告已呈报日本国华北总司令部与日本大本营军事本部，司令长官同意……"

魏敦瑞默默地坐在那里。他环视着自己的办公室，拿起桌上摆放的一个相框，他久久凝视着其中的考古现场照片。"咚，咚"，有人敲门，并喊道："魏敦瑞博士，博士，时间到了！"魏敦瑞站起来，把相片放进自己的提包里，走出来。

1941年4月20日·娄公楼

主席台上挂着横幅：欢送魏敦瑞先生回国。

魏敦瑞一走进会场，全场起立，响起热烈掌声。

魏敦瑞显然大为惊讶，不由得被这种战争中特殊气氛所感动。他一边鼓掌，一边向人群点头致意。

裴文中对着麦克风："各位同仁，请坐下。今天我们欢送新生代研究室名誉主任魏敦瑞博士回美国。我代表全体同仁对魏敦瑞博士表达我们深深的感谢与敬意！魏敦瑞博士大家都很熟悉，他是一位伟大的科学家。他工作严谨，富于挑战，在中国的六年里与我们一起探索与发现周口店的奇迹。我们大家与他朝夕相处，都感受到他严谨的工作作风与宽以待人的长者风范。在这里，我代表各位同仁赠送他一枚'北京人'头盖骨模型。"

胡承志在掌声中把一颗精美的头骨模型送给了魏敦瑞。

魏敦瑞激动地站起来，双手捧过"北京人"头盖骨模型，深深地在头骨上吻了一下。他两手抖动着，眼泪从苍老的眼眶里涌出。开始还是默默地流，后来他抖动着肩头痛哭起来。全场一片寂静。

裴文中和塔什黛安走过来，抱着魏敦瑞的肩头，不住地安慰他。

魏敦瑞哭得如同孩子一般。稍后，他擦了擦眼睛，轻轻放下模型，对着麦克风："对不起，各位同仁。对不起……（他又擦了擦涌出的泪水）大家知道，因为时局的缘故，我不得不离开中国。在中国的六年里，我与各位一起工作。我发现，中国是一个了不起的国家。这儿有挖掘不完的宝藏，研究不尽的东西。这一切令全世界的人都仰慕不已。如果不是战争，我情愿一辈子

龙 骨

留在中国，死而无憾。我走后，希望我们加强联系，多通信息。同时，也希望诸位努力工作。我相信，我还会重返中国，和大家在一起。在这里，我郑重地把保险柜的钥匙正式交给胡顿先生与裴文中先生。"

胡顿、裴文中再次起立，从魏敦瑞手中接过钥匙。全场再次响起热烈掌声。在场的每个人都被现场的气氛所感动。不少人眼含泪水拼命鼓掌。坐在博文旁边的塔什黛安此时却是一副淡淡的神情，似乎并不为所动。

今天看来，魏敦瑞在辞别会上的演讲，似乎有某种难言之隐。作为一个德国犹太人科学家，面对二战期间希特勒的种族灭绝的残酷局势，他只能接受洛克菲勒为他做出的安排，即由洛克菲勒公司为其申请了美国国籍，并安排在美国纽约自然历史博物馆，专门研究由中国周口店龙骨山出土的珍贵"北京人"头骨化石作为回报。当然，也要接受美国政府专门为他安排的特殊女秘书。

欢送会结束后，大家走出会议室准备拍摄一张纪念合影。这是一张极为珍贵的照片，在这张照片上不仅有魏敦瑞还有他身边的两任女秘书！其中左侧喜形于色的人就是刚刚接任魏敦瑞秘书一职的神秘女人塔什黛安（息式白），而右侧的是在新生代研究室工作了10年的高韩丽娥，她脸上却挂满悲哀与失落的神情，她从给步达生当秘书起，目睹了新生代研究室里的风风雨雨，喜怒哀乐。

克拉·塔什黛安身穿一套英格兰刚时兴的套裙，脚上蹬双时髦半高跟皮鞋，在当时战云密布的欧美这种两截套裙是女性疯狂追求的时尚，加上美国最新推出的尼龙丝袜更使上层女性显得美丽性感，她身穿最时髦最昂贵的套裙像个引人注目的模特儿而不是职业文秘，与所有欢送者依依不舍的神情格格不入，她喜气洋洋一脸成就感。而站在魏敦瑞另一侧的前女秘书高韩丽娥却身穿当时最普通的中式长旗袍，与众多同仁一样男穿长褂，女穿传统旗袍。高韩丽娥是位传统贤惠的女性，在贾兰坡眼里她是个恪尽职守，工作一丝不苟几近刻板的人，但她绝对是个心地善良的好大姐。

1934年3月15日早晨，当高韩丽娥捧着一沓文件向步达生报告时发现步达生已伏在桌前去世了，突如其来的死讯让第一个发现的高韩丽娥几近崩溃，

第二十章　龙殇·协和魅影

她哭倒在走廊里，惊动了所有人，她怎么也不相信昨天下午她还陪杨钟健与步达生一起热烈交谈！怎么一夜之间就阴阳两隔！很长一段时间高韩丽娥都无法摆脱心中的悲哀，如今她被一个花枝招展的外国女人取代，她心中除了悲伤还是悲伤。陈志农没有参加这场最后的告别，一个多月前他拿着魏敦瑞亲自签发的推荐信离开自己心爱的职业去外地谋生去了。与高韩丽娥命运相似的是模型大师陈志农。他是由地质所办的培训班进入新生代研究室的，他清楚地记得当年他是由年仅18岁的贾兰坡招收的学员。由于他具有良好的美术基础，很快成为技术骨干。当他也同高韩丽娥一样为新生代研究室工作10年后突然被魏敦瑞解聘！为什么魏敦瑞在临走时解聘两位经验丰富的工作骨干呢？尤其是陈志农与胡承志一起为魏敦瑞精心制作了一枚"北京人"头骨模型之后呢？

1996年身为北京市政协委员的陈志农在《北京文史资料》五十三辑发表回忆录《我与北京人头盖骨》，文中陈老介绍一些鲜为人知的经过，从中或许可以解读魏敦瑞有可能知道一些内情。

魏敦瑞身穿讲究的西服（他一向是个衣着讲究的人），一脸释然开心的神情，他旁边和后排站着两位我们故事中最重要的人物：裴文中和贾兰坡，可以说这张照片囊括了本书主要人物。

魏敦瑞又能做些什么呢？这或许不是他的本意，是否幕后有人为某种阴谋迫使他这样做呢？可悲的是高韩丽娥和陈志农永远也不知道其中的悬疑了。这毕竟是一条生存之路。以后发生的事似乎昭示着的确存在难以启齿的某种交易。对于魏敦瑞，贾兰坡对他的评价似乎有些耐人寻味。魏敦瑞1873年生于德国，1928年毕业于法兰克福大学，1934年在美国芝加哥大学任教，1935年来中国接替步达生任新生代研究室名誉主任。贾兰坡与其共事6年之久，应该说相当熟悉，作为学者他敬仰魏敦瑞的学识，作为一线实际考古学家他对魏敦瑞北京人的学术研究并不完全认同，对于魏敦瑞把持周口店挖掘经费颇有微词，这绝非是贾兰坡一人之见，而是几乎整个新生代研究室同仁共识……

1936年10月5日，贾兰坡的好友卞美年给已捉襟见肘的他来信告知："新

龙 骨

生代研究室从洛氏基金得到6个月的钱，但魏老夫子拿它当自己的，周口店只给1000元……"与步达生的慷慨相比魏敦瑞极度吝啬，简直是天壤之别，为此杨钟健不得不与魏老夫子拍桌争吵！当然，杨钟健除了对魏敦瑞克扣龙骨山经费愤然，而且对魏氏将自己苦心发掘的恐龙经费也停发一事更为不满，在秘书高韩丽娥记忆中她从未见过温文尔雅的杨钟健发过这么大的火，最后魏敦瑞不得不屈服让步于生性倔强的杨钟健。

从送别魏敦瑞到北京人失踪仅仅相隔半年多，一场你走她来的背后究竟发生了什么？是巧合还是必然？一张老照片引发人们的遐想……

原来，作为同样是犹太人的塔什黛安是洛克菲勒集团特意安排的任务，也是美国政府安排的任务，也就是将世界知名古人类学家魏敦瑞借德国排斥迫害犹太人之际吸收为美国的人才，这项计划包括物理学家爱因斯坦等著名科学家。可塔什黛安并不是学者更不是专家，但她知道洛克菲勒之所以热衷中国文物考古是因为对中国古代文明的痴迷！

从20世纪初起洛克菲勒就斥巨资成立专门机构在中国各地到处搜寻文物古迹，著名龙门石雕《帝后礼佛图》就是他们盗取的罪行之一……

深知内幕的塔什黛安自然不会放弃这一绝好机会，让一无是处的她也堂而皇之地以有功之臣自居摇身一变成为美国公民！或许魏敦瑞直至去世也不清楚这场交易背后的缘由，但他的良知一直折磨着他的心灵……

1942年1月底，协和医学院所有的员工才全部被遣散。新生代研究室也随之解散，所有的科研、考古业务也彻底停止，更悲惨的是裴文中和贾兰坡与所有中外职工顿时失去工作和赖以维生的微薄薪水……

20世纪70年代末，贾兰坡从大量的资料中挑选素材，这些历史资料中大都是他亲笔工作日志及挖掘手绘图样（包括曾从日军宪兵司令部盗绘的周口店发掘图纸原件）还有大量由安特生、步林、裴文中和自己拍摄的照片，其中就有这张极为珍贵的合影。贾兰坡在他的著作《周口店发掘记》一书中对这张用心良苦选用的照片感慨万分："照片里的人至少有1/3已不在人世了！"而我们今天从这张已模糊不清的老照片上不仅看到那些已故者的容貌，我们还第一次看到那个神秘的塔什黛安的庐山真面目。

第二十章 龙殇·协和魅影

1941年10月·北平·东交民巷美国公使馆

公使馆门前，出出进进的人个个神色慌张。东交民巷已失去昔日的宁静。

星条旗无力地在公使馆院内垂头丧气。大门口的台阶上坐满了等待签证手续的人。街道上纸片与枯叶随风翻滚着。空气中散发着凄凉与大难临头的恐惧。

裴文中在忙碌的人群中穿过。公使馆里到处在装箱打包，零散的文件遍地都是。

裴文中向一个正在钉箱子的使馆人员询问。那人指指楼上。裴文中拾级而上，不时与抱着纸盒文件的人擦肩而过。在一间敞开的房间里，公使馆临时代办赫利正在急匆匆地向几个人交代着什么。裴文中略等了一下，走进去。

赫利看见他点了一下头："裴先生，有事吗？"

裴文中点点头："是的。赫利先生，有急事。"

赫利为难地看看正在等待的几个人，耸耸肩，双手一摊："你看，这里很忙。人人都有急事。"

裴文中："我要说的是中美两国的大事。请务必给我一点时间。"

赫利稍停了一下，转过身对那几个人低声讲了几句。几个人不满地看看裴文中，走开了。

赫利走过来："很抱歉，我只能给你几分钟。要知道……"他看了看悻悻然走开的几个人。

裴文中："简单地说，我就是为新生代研究室的珍贵化石'北京人'头盖骨来的。请美国公使馆撤退时，一并协助转移至美国。"

赫利："让我们带化石到美国？裴先生，这不可能。公使馆现在连撤离侨民都安排不下，哪有精力去转移化石？"

裴文中急了："赫利先生，关于转移化石，中美两国政府已有过交涉。美方已经同意的。"

赫利干脆地："对不起。形势发展得太快。那时我国政府还没有决定撤出所有使领馆与侨民。裴先生，很抱歉，我帮不了你。"说完转身要走。

裴文中拉住他，恳求地："赫利先生，要知道这是人类最宝贵的财富。现

龙 骨

在只有转移到美国才安全。再说，这也是美国洛克菲勒集团与中国地质所的最大合作项目。万一这珍贵的化石有什么不测，你我都是历史的罪人。谁都承担不了啊！"

赫利被裴文中的一番话所打动。他很清楚这些化石的分量和洛克菲勒的势力。他变得有些犹豫，缓和了口气："裴先生，你知道，我现在仅是一个临时代办。这么重大的事我是不敢做主的。这需要大使先生批准才行。只要他批准，我愿意随时为你服务。"

裴文中穷追猛打："那我们现在就给詹森先生打个电报，请示一下好吗？"

赫利迟疑了一下："那好吧。跟我来。"

"赫利先生，赫利先生。"几个等待的美国侨民看到赫利与裴文中要走，急忙围上来。

赫利："不。不。先生们，我必须先去办一件重要的事，才能与你们谈。"几个人愤愤而无奈地停下脚步。

赫利领着裴文中快步来到电报室。

裴文中与领事馆联合向远在重庆的美驻华大使詹森发出了请示电报。同时，也再次向刚刚提升为行政院院长的翁文灏发出了电报。请求以国民政府的名义与美国政府进一步交涉。然而，这两封电报都没有及时收到回电。

原因是詹森也感到事关重大，需要向美国政府请示，而翁文灏直接向蒋介石提出了报告。可是蒋介石正忙于长沙会战与围困陕甘宁边区之事，顾不上审批这份重要文件。

翁文灏几经周折终于得到美国洛克菲勒基金会的回复：同意将"北京人"化石运往美国。他立即给正在前线巡视的蒋介石发去一封措辞严厉的电报："'北京人'化石在北平安全无望，极有被窃取之可能。倘有险失，乃为世界人类一大损失，其价值和影响无可估量。为救国之珍宝于危难，请速作迁移之去向。"

正在前线焦头烂额的蒋介石并没有理会这份电报。在蒋介石眼里，这些化石的重要性远远比不上抗日与反共重要，时间就这样一天天过去。

两个月以后，在翁文灏再次强烈敦促下，蒋介石才最终做出同意"北京人"转移至美国的方案。

这时距珍珠港事件发生剩下十多天时间，历史就是如此奇怪。常常因一念之差，就会产生不同的结果。

重庆·国防部地下指挥部

蒋介石与何应钦等坐在里面。随着爆炸声，地下室的灯忽明忽暗。墙上巨大的作战地图在爆炸声中沙沙作响。陈布雷匆匆走进来，向蒋介石耳语了几句。蒋介石脸上露出烦躁的表情。他点头示意同意。陈布雷走到门口，带进来一个身穿灰布袍的学者——翁文灏。翁文灏径直走到蒋介石面前。

蒋介石勉强挤出一点笑容："咏霓兄，外面在轰炸，你怎么来了，不要命了？"

翁文灏："总裁，有了要命的事，鄙人只好不要命地赶来拜见您啊！"

翁文灏知道蒋介石在装傻，就直截了当地："总裁，北平沦陷区的化石是人类的珍宝。现在时局瞬息万变，已到了非立即转移不可的地步。我已数次打报告给您，但始终没有回音。

"两个月前，我又有一份报告呈上，不知您收到没有，为何还没有批示呢？"

何应钦见翁文灏言语激烈，赶忙插话："翁先生，总裁这段时间都在前线调动指挥湘西会战之事，各地将领与政府要员，总裁都事必躬亲，一一听取汇报。你看总裁日理万机，国家重任集于一身，哪里有时间为几块化石再分心呢？"

翁文灏对何的话极为不满，愤愤地："总裁要拉我做这个官，真是抬举我这一介书生。我是个搞科学的人，只懂得做学问，国家大事还是另请高明吧，免得误国误己。"

蒋介石见此情景知道这位学究生性耿直，学问了得，是知识界的领袖人物。连忙堆笑："咏霓兄又急了吧？咏霓兄啊，孔子言，道不成，乘桴浮于海嘛。办法总是有的。我一直忙于战事，也望咏霓兄多多体谅。国家多事之秋，大家都多担待些吧。布雷——"为了圆场，蒋回头叫陈布雷。陈布雷连忙上

龙 骨

前。蒋:"你把翁院长的报告拿来。我们研究一下。"

翁文灏一听急忙阻拦:"总裁,再研究,'北京人'可就要落入敌手了。请总裁立刻给美国驻华大使詹森先生打电话,邀请他马上与北平公使馆联系,责令其立刻启动转移方案。此前我已与詹森大使先生进行了交涉。他已同意由美方出兵护送'北京人'化石转移至纽约自然历史博物馆。"

蒋介石闻此有点不高兴。这分明是先斩后奏嘛。再说,他认为用得着美国人的地方还很多,关键时刻要让美国人帮大忙,出大力。不料小小化石却惊动了美国朝野,而且已经获得同意。这多少让他觉得没面子。但他又无奈。嘴上却说:"那好,那好。美国人还是够朋友的。抗战进入紧要关头,我们还要请他们出大力气的。"

翁文灏步步紧逼,指指陈布雷:"总裁,就请给詹森大使打个电话吧。"蒋无可奈何:"你呀,你呀!老夫子就是急啊!"转向陈布雷:"给詹森大使打电话,说我有事找他。"

"是,我这就办!"陈布雷点头退下。

在翁文灏的竭力要求下,蒋介石终于批准了转移"北京人"的计划。在与詹森大使通电话之后,美国方面表现出了异乎寻常的热情与积极性。但也提出了至今让人无法理解的条件:裴文中等中方人员均不得参与。事实结果是,当"北京人"头盖骨一离开中国人的视线,就离奇蒸发了。这多少让人不能不对当年的转移细节产生疑问……

夜·北平·新生代研究室解剖室

早寒的11月份,北风夹着残雪纷纷扬扬。窗外的街道已是人迹罕见的白雪世界。研究室走廊上的挂钟"当,当"地响着。指针指向12点。走廊里空空荡荡。只有风吹进来,门窗的吱吱声。一切都那么寂静地令人不安。

透过窗户,看见胡承志正在工作台上专注地做模型。两个已成型的石膏模型摆在桌上。他修改完最后一个模型,仔细地来回端详后,满意地放下手中的工具。抬头看看表,已经12点10分了。他伸伸胳膊,站起来,把工具收拾了一下,再把模型用布盖好。环视周围查看没有疏漏,就穿上棉袄,走出来。

他锁好门，走到值班室。值班人员正在看报纸。胡承志走到值班室窗外，敲敲玻璃："张师傅，我走了。"

值班员拉开窗口的玻璃："胡技师，您又加班啦。外面下雪了。走路小心点。"

胡承志挥挥手："知道了。老张，您也多注意点。"

值班员看着胡承志往外走。大门的锁在胡承志身后"咣当"一下撞上了。

值班员摇摇头，又继续看报纸。

突然，走廊一角闪过一个黑影。发出一点声响。值班员打开小玻璃窗，伸出头看了看，没看到什么。又把窗户关上了。

值班室的灯熄灭了。黑影又出现了。在微弱的光线下，黑影拉长的影子犹如鬼影。黑影蹑手蹑脚打开裴文中办公室的门闪了进去。

黑衣人提着一只水桶和一个拖把。他打开手电筒，在办公室里翻了翻，就走到保险柜前。把空水桶与拖把靠墙放下，从口袋里掏出一块布，又拿出一张纸，他一边看着纸上的字，一边垫着布拧保险柜上的刻度盘。

突然，靠在墙边的拖把倾斜了，"咣当"一声倒在地上。这声音在寂静的深夜显得格外震动。已睡下的值班员猛地坐起来。

他侧耳听了听，没有什么动静。他刚想躺下，又改变了主意，立刻坐起来，穿好衣服，拿起手电筒，走出值班室。

值班员轻手轻脚地挨个在每个房门前听一听。当走到裴文中办公室的门前时，他发现门是虚掩的。他贴着门缝听见有人的喘息声和微小的转动刻度盘的声音。他警觉地往里看去，隐隐看见一个人靠在保险柜上正在转动刻度盘。值班员大喊一声："什么人？干什么？"

值班员的喊声如同炸雷在空荡荡的夜晚有了回声。在值班员手电的光柱下，一个干瘦的老头被吓得几乎跌倒在地上。保险柜刻度盘上的布也被甩到一边。老头惊恐的脸在光柱下如同死人一般惨白。他不住地颤抖着，惊恐地看着值班员。

值班员"啪"地打开办公室的灯，只见一身黑棉衣的老头，竟然是不久前

龙骨

才来上班的清洁工。值班员奇怪地:"是你!这么晚了,你到这儿干什么?"

"我……我来打扫卫生。擦……擦桌子。"老头结结巴巴地回答。值班员扫了一眼地上的水桶和倒在一边的拖把,松了口气:"半夜三更扫什么地?快走吧。别在这儿待着。"

"嗳,是,是,我这就走。"老头喏喏地,赶忙提起桶和拖把溜出去了。

值班员笑着摇摇头,走到保险柜前试了试都还好,正要转身离去,发现地上有张小纸条,上面除了数字没有什么。他捡起纸条和地上的破布,发现布是干的。他脑子里飞快地回想当时的情景:看见一个黑影在转动保险柜,手里好像就有块布。

老头的声音:"打扫卫生,擦擦桌子……"

值班员猛地想起,办公室里黑着灯怎么打扫卫生,布是干的怎么擦桌子?坏了,这个人有问题。值班员飞快跑出门,可走廊里空荡荡的,早已没有了人影。

值班员拿着纸条和破布向裴文中汇报。裴文中立即带着值班员来到胡顿办公室。一进门,看到塔什黛安与博文都在,裴文中不觉一愣。胡顿赶快招呼:"裴先生来得正好……"

裴文中抢先拉着值班员:"我们先说个紧急的事……"

值班员绘声绘色地向胡顿汇报。在场的人都吃惊不已。

裴文中晃了一下手中的纸条:"我核对过了。这纸条上的数字就是保险柜的密码。"

胡顿、博文目瞪口呆:"啊?!"

博文:"那个清洁工肯定是奸细。我带人去抓他。"

胡顿:"我们一起去。"

几个人匆匆直奔老头的住处。

协和医院的花房平房。一行人走进去,看到零乱的床上乱七八糟地散落着一些衣物。一只亮着的灯泡在顶棚上晃来晃去。显然人已经跑了。

几个人呆呆地站在门口。值班员翻了翻床上被褥也没有找到什么,沮丧地把破烂扔到地上。每个人脸上严峻的表情显示出他们都清楚地知道问题的

第二十章 龙殇·协和魅影

严重性。

二战结束后，美军在日本的一批战争文件中发现一份由日本东京帝国大学教授长谷部言人呈给裕仁天皇的《备忘录》，在这份文件中有这样一段记载："……当我们费尽心机在协和医院终于物色收买了一个专事打扫卫生的中国人，并企图通过他将'北京人'化石弄到手时，由于意外的情况使我们的计划再次落空。这使我们不得不考虑其他的方法并马上动手，因为一旦'北京人'化石被转移，以后的事情就更加困难了。"

果然不出所料，那个黑衣人正是日本人派来的盗窃"北京人"头盖骨的奸细。虽然裴文中当时并不知道有这样一个文件，但他敏锐地感觉到不甘心失败的日本人肯定还会有行动。每个人心里都绷紧了神经。

胡顿对裴文中："重庆方面已来电，美国政府已批准，由公使馆负责转移这批宝贵的化石。不过，裴先生，你的保险柜密码已泄露。'北京人'在你的保险柜已不安全。请立即转到博文办公室的保险柜。另外……（迟疑了一下）与公使馆的联络工作你就不便再出面了。由我和博文先生直接办理。请不要误会，这是贵国政府的意见。当然，这也是为了'北京人'的安全而做出的不得已的决定。"他补充道。

裴文中："我明白。"随即掏出保险柜的钥匙，与那张纸条一并递给博文。博文毫无表情地接过钥匙。

胡承志点评："年代太久了。记不清了。无数的人无数次地问过我，为什么是塔什黛安通知我去装箱，而不是裴文中，不是博文，也不是胡顿。我只记得，'北京人'头盖骨的箱子两次都是我和另一个人一起装的。装好之后就立即送到博文的办公室。此后再也没有见过这两只箱子。这两只箱子的编号是 CASE 1、CASE 2。"

第二十一章
龙殇·"北京人"失踪

当日本偷袭珍珠港几小时后，侍卫匆匆叫醒还在梦中的蒋介石，一听日、美开战的消息，他一骨碌爬起来，他边穿衣服边嚷嚷："这下好了！这下好了，我们不用单独和日本干了！"

然而，"北京人"失踪并没有让战争停下脚步，一场争夺珍贵文物的斗争仍在美国人、日本人和中国人中间展开。

山雨欲来

七七事变之前，中国文化与科技已有了快速的发展。

1928年4月23日蔡元培被任命为中央研究院院长，6月9日中央研究院正式成立，它直属于国民政府，下设物理、化学、工程、地质、天文、气象、历史语言、教育、心理、社会科学、动物及植物共12个研究所和一个博物馆。

聚集了翁文灏、李四光、竺可桢、杨钟健、童第周、秦仁昌、吴有训、严济慈、周培源、侯德榜、苏步青、陈建功、李济、梁思永、梁思成、裴文中等国内外知名科学家和科技人才达3万人；各类学术机构124个，其中属于自然科学的有34个。在短短的9年里收获了大量科技成果，令世界科技界刮目相看。

第二十一章 龙殇·"北京人"失踪

其中有代表性的首当地质调查所：1928年10月甲骨文字学家董作宾首次对殷墟进行试挖掘，1929年3月至12月李济、梁思永对殷墟进行正式考古挖掘，出土大量青铜器、玉器、甲骨、陶器等文物，发现殷代宫殿遗址，十座商代王陵及上千座"人牲"祭坑。由于李济、梁思永开创了中国历史上首次真正意义上的田园考古而被世人誉为"中国田园考古之父"。

1930年9月梁思永顶着日本侵略者在东北大肆掠夺的压力前往黑龙江昂昂溪进行考古，他成为第一个进入东北考古的中国考古学家。

1930年11月至1931年10月李济、梁思永再接再厉成功地在山东历城城子崖新石器遗址进行考古挖掘。在这一时期内，翁文灏、丁文江发现玉门和克拉玛依油田，开创了中国石油勘探的先河；在中国政府批准下瑞典科学家安特生等人在中国科学家的配合下发现龙烟铁矿，并在新疆、甘肃、内蒙古发现丝绸之路高昌古城、光河古城；新石器马家窑遗址和上万支居延汉简。

1929年裴文中在周口店龙骨山主持挖掘时，出土了第一枚"北京人"头盖骨化石，这是人类化石研究史上划时代的发现，1936年贾兰坡又挖掘出3枚完整的"北京人"头盖骨，将古人类研究推上新的巅峰，让世界为之震动。

社会科学方面有郭沫若编写成集的《中国古代社会研究》等论文于1930年发表；由孟森、谢国桢、吴晗等人编写的《明清史讲义》等也在此期间发表；翦伯赞、胡适等人对中国有关亚细亚生产方式、有无奴隶社会阶段、有无封建社会等问题进行了热烈的学术争论。

在李四光的带领下地质所对浙江、广西、湖北、陕西、江西庐山进行了大规模的实地考察，发现庐山为冰川期断裂层，并对中国地震地质与矿产地质、石油地质进行科学勘察，这一领域的科考工作达到了当时的世界先进水平。

由秦仁昌、胡先骕等人对植物分类及植物细胞学的研究同样令人瞩目，这一时期的最大成果就是建立了国立北平天然博物院、中山林园、中山大学农林植物研究所、庐山四个植物园。

在化学研究方面也有所发展，化学家侯德榜用英文写下的专著《纯碱制造》被誉为"中国化学家对世界文明所做的重大贡献"。

龙 骨

1934年南京紫金山天文台正式落成。1928年由张宇哲发现的并命名"中华"号小行星被收入于1933年出版的《天文学论丛》一书中。到1933年,全国已有气象台七座,气象学会会员近百人。

数学是西方传入的先进计算法,与古老的中国算数有着异曲同工之处。苏步青开创了国内的微分几何研究的先河;清华大学华罗庚对数论、代数、多元复变函数论有重大贡献;熊庆来于1930年创办了中国第一个数学研究机构——清华数学系研究部。

水利工程与研究中李仪祉成为近代史第一人,1932年李仪祉完成引泾第一期工程,灌溉面积达20余万亩,二期扩大工程后可达70万亩,这无论是过去还是现代都堪称是伟大工程。1933年黄河决堤后,李仪祉被国民政府任命为黄河水利委员会委员长兼总工程师。

抗日战争的爆发使中国的文化教育、科学研究受到了极大的破坏,据战后国民政府统计:约有56%以上的学校(不包括中小学)因迁移而无法正常上课;80%以上的科研机关因战争无法正常进行科研工作。被掠夺和毁坏珍贵古代书籍文献和科研成果不计其数。仅淞沪战役中被焚毁的古代珍贵书籍达百万册之巨;而南京被掠夺的中国珍贵古代宝典等竟被日军装了几十列车皮还未运完……

但是在抗日战争时期中国知识分子与科学家们展示了令世人敬重的爱国情怀和不屈不挠的龙骨精神。

李济等人在完成了极其艰难的故宫文物迁移工程之后,又马上来到李庄组织科学家们利用现有的条件展开科学研究,并取得了令人瞩目的成就。与李济一起转移的梁思永也颠沛流离历尽千辛万苦。撤退到长沙时突遭日军轰炸,一枚炸弹落在家人居住的院子里,所幸这枚炸弹是枚哑弹未爆炸,一家人才幸免于难。李济闻讯后即让梁思永一家搬到自己家同住。

李济与梁家有着深厚的感情。1925年梁启超力荐李济到清华国学研究院任特约讲师;当1926年李济与清华地质学家袁复礼开始对山西夏县西阴村新石器时代遗址考古时,李济竭力推荐在美国哈佛大学留学的梁思永回国参加考古工作,他赞扬梁思永是"中国最杰出的一位考古学家";1931年李济和梁

第二十一章 龙殇·"北京人"失踪

思永又对山东章丘城子崖进行考古挖掘，1934年梁思永主持并参加了《城子崖遗址发掘报告》部分章节的撰写，这也是中国历史上第一部大型田野考古报告集锦。长期的合作使梁思永与李济结下了深厚的友谊。

1939年梁思永与哥哥梁思成随中央研究院迁移到四川小镇——李庄，与李济比邻而居。

在此期间梁思永拖着虚弱的身体和沉重的家庭负担仍然坚持考古研究工作，1939年他根据携带的出土化石与文物为"第六次太平洋学术会议"专门提供了总结"龙山文化"的研究报告。这位孜孜不倦的科学家后来出任了新中国中国科学院考古研究所第一任副所长。

梁思成和被病魔折磨的妻子林徽因在极其困难的条件下，完成了中国建筑史上的鸿篇巨制《中国古代建筑史》等著作。他们曾步行全国对中国古建筑进行详细调查与研究，著写出经典巨作《中国古代建筑史》；1947年参加设计联合国大厦；1949年为解放军标注北平重要文物古迹避免炮火毁坏，为和平解放北平立下了不可磨灭的功勋；1950年梁思成与妻子林徽因主持设计了天安门广场人民英雄纪念碑；设计了中华人民共和国国徽；绘制第一张国旗图案施工图；一生为中国的大学建立了两个建筑系；指导整修中南海怀仁堂；设计并指导修建民族文化宫、人民大会堂等一批中西结合的建筑（尽管这些大飞檐琉璃瓦式的建筑遭到"太浪费的批判"，但却被人誉为"最美的中西结合建筑"。）；设计扬州鉴真和尚纪念堂等等。

梁思成、梁思永兄弟二人均是中国近代伟大的科学家，在残酷的战争中他们和家人义无反顾地选择与祖国人民同甘共苦，同时在极其艰苦的条件下坚持考古和学术研究，他们这一时期的众多研究专著至今无人超越……

正当中国学者们在南迁的道路上艰难奋斗时，身在重庆的翁文灏急切地不断敦促蒋介石和美国驻华大使詹森尽快转移"北京人"事宜。对于詹森，翁文灏毫不陌生。这位美国外交官他从1930年便开始打交道，在翁文灏发起驱逐文物大盗斯坦因运动时就明显感觉到詹森是个典型霸权主义者，现在一场战争把昔日的老对手摆在同一个战壕里，詹森会丢弃前嫌全力以赴帮助中国吗？翁文灏真的心中没底，倒是詹森一反常态似乎从未发生过不快一样，总

龙 骨

是客客气气应酬翁文灏说："上帝保佑美国也会保佑中国，快了，我国政府会伸出援助之手，不过一切还需要时机，你们中国的老话只欠东风了。"

东风？从哪刮来的东风？这个"中国通"居然引用中国成语令翁文灏哭笑不得，但是他明白当下的形势求助美国人转移"北京人"或许是最佳方案了，但他仍隐隐不信任这个詹森，他立刻给在美国当大使的胡适写信让他直接找美国国务院交涉⋯⋯

正当胡适奔走于国务院与总统办公室时，翁文灏和裴文中、贾兰坡等来了来自太平洋的"南风"⋯⋯

1941年11月·华盛顿美国海军军部

海军部长诺克斯正手持教鞭介绍："根据参谋联席会议的命令，以及我们海军情报部门情报资料表明，日本本土出发的3个战斗群去向不明。经海军侦察均未发现这个联合舰队的动向。日本人搞什么名堂我们不知道，总不会去我们的庄园来烤火鸡吧。

"自从总统下令关闭日本的海上资源通道以来，日本海、空军的油料储备只能维持不到两年半的时间。换句话说，日本人要么狗急跳墙与我一战，要么接受和谈条件。但从东太平洋到西太平洋如此广阔的海域，要想完成对我海军驻太平洋舰队的攻击，那几乎是等于自杀。除非日本人疯了。

"不过，按照国务院的要求，我们抽派3艘大型可编军用船'哈里逊总统号''范盘伦总统号''麦迪伦总统号'已由旧金山出发，前往中国协助驻华使领馆组织侨民、美资企业、商人及使馆人员撤退。"

国务卿赫尔："诺克斯将军，现在这3条船在什么地方？能否按时在11月底之前完成全部撤退工作？假如和谈成功，已撤出的船只怎么办？"

诺克斯诙谐地说："3条总统号已集结在马尼拉港待命，可准时到中国上海、秦皇岛、烟台三地实施撤退。11月底完成全部工作没有问题。当然，如果船一开出码头和谈成功了，那我们也不能停，就让我们的侨胞们免费到马尼拉游玩一周吧。

"我太平洋舰队已由舰队司令官率部集结在珍珠港基地。虽然我军的战船总吨位低于日本联合舰队，但从日本本土到珍珠港3000公里的海域无法做到隐形作战。换句话说，日舰一有动作，我军就会发现。"

1941年11月5日·东京·天皇皇宫御前会议

东条英机身着军装，托着军帽，笔直地站在天皇面前。内阁成员也在两侧站立。裕仁一身戎装端坐桌后。

经过激烈的争论，御前会议终于通过了关于太平洋局势的《帝国国策实施要领》。要领称："今后和美国的谈判是伪装外交。一旦日本完成作战准备，立即开战！"同时，向日本海空部队下达由天皇批准的作战命令。

大海令第二号

兹奉敕命令山本联合舰队司令长官：

一、帝国决定为保存自己计，预期于12月上旬对美、英、荷开战，并决定做好各项作战准备。

二、联合舰队司令长官应进行所需之作战准备。

三、有关具体事项听候军令部总长指示。

军令部总长永野修身
昭和十六年11月5日

1940年日本军部把战争的目光放到东南亚，与美英等国展开资源争夺。

美英等国也日益感到与日本的利益之争的威胁，自1939年9月第二次世界大战爆发后，英美国家由原来的只提供民用物资和贷款开始逐步提供军事援助。

由于美国宣布了一系列对日本禁运法令，日本加紧了对太平洋战争的准备。据日本军部大本营计算：日军所储备的战争物资仅够维持两年，尤其是汽油只能够勉强维持空军、海军两年的时间。更可怕的是，日本人所需的汽油80%来源于美国供给，美国实行禁运无疑使日本军方感到巨大的压力。

 龙 骨

但是在此关键时刻，日本再次为"北进"与"南下"产生分歧。

1938年7月7日日本关东军截获苏联军队"张鼓峰地区部署兵力"的密电。

8月5日在苏军的反击下日军惨败。

从1939年5月11日起至8月23日日军发动了中蒙边境的"诺门坎事件"。

在苏军强烈反击下日军几乎受到毁灭性的打击。据《苏联伟大卫国战争史》与日本防卫厅战史室编辑的《战史丛书·关东军》统计的数据对比表明：日军北进的试探性侵略都被苏联完全粉碎。但是两国的战损统计却相差极大：苏方统计入侵蒙古的日军第六军几乎全军覆没。在诺门坎战役中苏军伤亡约1万人，日军伤亡为52000至55000千人。而日本则承认在诺门坎战役中共战死10646人。

另据日本秋山浩所著的《731细菌部队》披露：日军在发动诺门坎战争时，日军"防疫供水部"在诺门坎战役水源地撒播鼠疫伤寒的细菌，使这些传染病在当地流行。这就是臭名昭著的731部队，这支细菌部队成为第二次世界大战中唯一在实战中使用细菌武器的国家军队。

日军在北进策略的惨败导致日本米内内阁下台。东条英机作为日军军部参谋总长开始鼓吹南下政策。并开始策划发动太平洋战争。

1940年8月30日日本政府迫使法国维希政府缔结有关日本军队进驻"与中国接壤的印度支那"的原则协定。日军进驻法属印度支那地区引起了英美两国强烈的不满。

9月23日美国国务卿赫尔发表声明：不承认日本政府强行改变法属印度支那现状。10月16日美国政府宣布：禁止对日出口碎铁。同年10月8日英国政府正式通知日本：关于停止通过缅甸公路向中国政府输送援助物资的《日英协定》，将予以终止。

南面的硝烟味越来越浓时，日本政府逐渐调整对外策略，暂缓"北进"政策，而转向与苏联和谈。

1941年3月12日日本外务省大臣试探苏联对日本参加"德、意、日轴心国"的反应。由于斯大林已感到德国的扩张野心，也希望在自己的远东能够有一个相对和平的环境，同时也可以利用日本与英美等国太平洋地区利益之争，

460

第二十一章 龙殇·"北京人"失踪

将战火引入日、英、美之间。

双方一拍即合，1941年4月13日松冈外相与苏联外交部部长莫洛托夫签订了《日苏中立条约》（也称《日苏互不侵犯条约》）。两个月后（6月22日）德国法西斯大举入侵苏联，在短短的一周内德军竟深入苏联国境200公里。

第一时间得到消息的松冈外相欣喜若狂立即求见天皇，要求撕毁日苏条约并立刻进攻苏联西伯利亚地区，同时也建议暂缓南进计划。在内阁大臣会议上松冈的提案遭到以东条为首的军方的否定，同时一致通过了由东条提出的南进计划。

在抗日战争最为关键的时期，各国上演了一场令人眼花缭乱的"假和谈，真备战"的外交战，而所有的和谈均以牺牲中国利益为条件。在《日苏中立条约》里斯大林主动提出承认日本在华利益并停止对华援助。

1941年1月至4月美日和谈中，美国也主动提出承认日本占领中国东北，承认日本经济特权，援助日本对东南亚的侵略。

英国也因"和谈"曾一度停止对华援助。企图将战火引向苏联，1941年1月7日山本五十六向海军大臣报告，首次提出"美国舰队主力大部分停泊在珍珠港的情况下，以空军彻底击溃它"的战略构想。

1月27日美驻日大使格鲁向美国发出密电称从秘鲁大使获息："日本可能选择珍珠港向美开战。"美海军部部长诺克斯也有同感："同日本的战争，极有可能是由其对珍珠港的舰队或基地的突然袭击而开始。"然而，罗斯福却不这样认为："日本人的策略是避免同美国发生冲突，他们既不会进攻菲律宾，也不会进攻夏威夷，日本人会在适当的时机进攻俄国。"

11月26日，美国国务卿赫尔在自己的办公室向来栖递交了一份照会表达美国政府要求日军撤出中国，承认蒋介石的国民党政府，并放弃侵占印度支那的意见。只有在此基础上双方可以签署互不侵犯条约。

在赫尔与来栖和谈的同一天，日本海军中将南云率领的一支联合舰队，包括六艘航空母舰、2艘战列舰、2艘重型巡洋舰、1艘轻型巡洋舰、9艘驱逐舰、3艘潜艇、7艘补给舰已悄悄从日本单冠湾出发开始行使海军军令部于11月3日下达的《大海令第九号》《大海令第一六号》。

 龙　骨

也在同一天,白宫召集了最高军事会议,除罗斯福和赫尔以外均为陆海军最高长官:陆军部长史汀生、海军部长诺克斯、陆军参谋长马歇尔和海军作战部部长斯塔克。会议讨论了日本在东南亚的军事动态,一致认为日美和谈不可能有结果,日军对东南亚有侵犯的可能性,但日本发动对美战争最快也要到1942年的上半年。

会后海军作战部部长斯塔克立即向驻扎在珍珠港美军太平洋舰队司令金梅尔发去密令:"形势严峻,日军很可能突然袭击。从各种角度来看,似乎日本很可能进攻菲律宾。而我认为,日本向泰国、法属印度支那和缅甸3个方向采取行动的可能性最大,应采取适当的防御措施。"

这份电报并没有引起太平洋舰队的高度重视,因为他们跟白宫一样相信美日战争至少需要半年的时间。

箭在弦上已不得不发。双方都在暗地里摩拳擦掌,大战一触即发。

1941年11月·北平·协和解剖科

胡承志正在赶制最后的模型。塔什黛安匆匆推门进来。一进门就神秘地回身把门锁上了。

塔什黛安冲着惊讶地望着自己的胡承志悄声命令道:"博文给我来了电话,让你马上把'北京人'装箱送到博文的办公室去。哦,就是裴文中发现的那枚和贾兰坡发现的几枚,统统装箱后马上送去。"

胡承志有点为难:"这里只有我一个人。就是装完了也搬不动啊。"

塔什黛安:"这些要装几个箱子?"

胡承志数了数:"怎么也得两箱。你看,光是保险柜中的'北京人'头骨就必须每个单装一箱,才能防止搬运中碰碎损坏。"

塔什黛安有点不耐烦:"别的我管不了那么多。记住,凡是保险柜的'北京人'必须全部装箱运走。好了,你是模型专家,最后一套什么时候做完?"

胡承志看了看工作台上的模型:"这些再有两天也搞完了。"

塔什黛安:"你寄给魏敦瑞博士的模型他十分满意。送到博文那里的一套,各位看了也是赞不绝口。你这套技术要在美国可是了不起的高级大师啊。"

第二十一章　龙殇·"北京人"失踪

胡承志见塔什黛安有些高兴了，趁机问了一个一直不明白的事："息式白小姐，前几日搞展览，裴文中让我做了'北京人'复制品，是用以保护真的，不让外人获得。可魏敦瑞博士是考古专家啊，要复制品有什么用呢？而且魏博士要我一下子做五套……"

塔什黛安立刻变了脸，严厉地打断他的话："不要问那么多。你只需要做你该做的就行了。"她见胡承志一下子沉默了，又赶快缓和了口气："嘿，我们这也是不想让'北京人'落入日本人之手嘛！好了，你赶快准备吧。记住，箱子一定要直接送到博文的办公室。千万不要向别人讲起箱子里装的是什么。"

胡承志："知道了。那要不要报告裴先生？"

塔什黛安含糊其词地说："这些他都知道了。你只交给博文就行了。"说完匆匆离去。

胡承志愣了一会儿，把工作台推到一边，从小库房里抱出一只木箱，开始从保险柜里取出挖掘出的"北京人"头盖骨。不知为什么，胡承志抱着头骨久久没有包装。他似乎预感到了什么。几个月前，刚接任魏敦瑞秘书一职的塔什黛安就曾通知他"准备装运'北京人'"，胡承志回忆他当时只口头应了但心里却说等等看，做事一向谨慎的他决定先请示他熟悉的上司裴文中之后再动，在得到裴文中肯定的答复后，他才开始准备装箱。

胡承志精心地一层层地包裹着"北京人"，足足包了六层。他把包好的化石先小心翼翼地装进一个小木盒里，周围填充大量脱脂棉。一件一件地装进去。箱子很快装满了。

他每装一件就在清单上记一笔。装满后，他盖好木板，并用钉子钉好。在箱子旁边用毛笔写上"CASE 1"。又在小一点的箱子上写上"CASE 2"。做完后，他擦擦手，试了试箱子，自己搬不动。于是，他走出去，叫了一个工人，一起把箱子搬到手推平板车上。

当他们把箱子搬进去后才发现，博文办公室里坐着两个陌生的美国人。他们两人自称是秘书。

胡承志："我要把东西当面交给博文先生。"

陌生人之一："我们是博文的秘书，就交给我们吧。"

龙　骨

胡承志有些迟疑："这……息式白小姐（塔什黛安中文名）让我当面交给博文先生。"

陌生人："克拉·塔什黛安小姐已告诉我们了，没有问题。明天我们就要交到领事馆去。你们回去吧。"

胡承志无奈，只好走出来。一出门，大门就"咔嚓"被锁上了。胡承志茫然地看着博文办公室的大门。

胡承志在灯下把最后一个复制品做完，并把它放回保险柜。他环视了一下四周他熟悉的环境，下决心似的坐在书桌前，拿着笔想了一会儿，就在纸上奋笔疾书起来。桌面上放着两个信封，一个写着"裴文中先生亲启"，另一个写着"塔什黛安小姐启"。一会儿工夫，信就写好了，胡承志又看了一遍，果断地装入信封里，而给克拉·塔什黛安的，则是一个纸条和一串钥匙。一切搞好后，胡承志打开抽屉，把自己的东西整理出来，装进两个包里，关了灯，站在门口最后一次看了一下自己的工作地，眼里充满了恋恋不舍怀着复杂的心情锁上门。

胡承志走到值班室，把一封信交给值班员后，便头也不回地走出大门。夜，纷纷扬扬的雪花凄凉而无声地扑面而来。胡承志深深地吸了一口初冬雪夜清凉空气，走向黑夜的深处。雪地上留下一行行脚印，淹没在雪夜里。

1941年11月16日，魏敦瑞的女秘书塔什黛安通知胡承志把"北京人"头骨等重要化石装在两个木箱里，直接交给协和医院总务长博文。

当胡承志带着隐隐不安的心情把化石送去时，接收的人却是自称是博文秘书的陌生人。胡承志无疑是聪明的，他在一天里经历这些反常的情况后，越想越不对劲。他只好选择了走的方式，悄然离开了他从15岁就在此工作的地方，在乱世中浪迹多年后才返回北平。这也使他成为日后唯一没有被日军宪兵队抓捕的当事人。

上海·吴淞口

一声长长的汽笛，麦迪伦总统号缓缓离开上海。美国海军陆战队第四联队的300名官兵站在甲板上挥手告别，侨民们也向上海告别。

第二十一章　龙殇·"北京人"失踪

历史有时像一个谜团,在今天的人们看来,当时那些信誓旦旦的和平宣言,或那些做出的错误判断,原本与真相就只有一纸相隔。无论后人如何评说,当时身处此境的人们还是凭着本能的直觉闻到了战争的气息。处在日军控制下的北平,"北京人"的转移也在争分夺秒地进行着……

"哈里逊总统号"起锚在马尼拉港。汽笛长鸣。巨轮的烟囱冒着浓烟。

1941年12月6日夜·北平·东交民巷·美国领事馆

美国海军陆战队员全副武装跳下车。一辆卡车正从领事馆里搬运东西。

强壮的海军陆战队队员从领事馆里搬出两只大木箱。在晃动的手电筒的光照下,依稀可见木箱上的编号:"CASE 1""CASE 2"。

公使馆的工作人员核对之后,军车放下篷布,在重兵护卫下驶离领事馆。戴维斯上尉坐在前导的汽车里,顺着汽车大灯照射的地方,紧张地看着前方。

这一天,北平《晨报》还是印发了关于东交民巷现状的《快报》:

> 由于东交民巷美国兵营还存留有120名美国海军官兵,所以东交民巷也便成了戒备的中心。每一个道口都伫立着荷枪守望的日本兵,于是每个道口都挤满了人。日本兵、中国警察在忙乱地指挥着,每一个人的面上,现着惊恐和严肃,同时心里也意识到战争的可怕。东西大街的西半截,静静的没有一点响动,只有背上佩着标志的日本士兵忙着张贴布告,告诉人们日本和美英交战了。
>
> 美国兵营的大门,静静关闭着,门旁边贴着一份日军的大布告,门口有几个佩戴着臂章的摄影师记者。
>
> 门楼上美国国旗,也现出了衰弱无神而在挣扎的气息。记者在注视着关在门里的一百多名美国兵,现在不知做着怎样的窘状的时候,大门哗啦一声开裂了一条缝,从里面闪出一个手提零碎什物的三个厨师,同时也看到了手握枪柄的无精打采的美国士兵。美兵营将要崩溃了。
>
> 东交民巷的巡捕,已失去了他们昔日所有的威风,低着头坐在

龙 骨

道边，身旁还有一个大茶壶。经记者询问，才知道自从昨日上班以后，到现在还没有移动地方，肚子一直饿到现在。

从东交民巷出来，经过东长安街、东单一带，路上的行人特别多，个个现着有事的神态；同时在每一处壁板下，围聚着仰视日美战争消息的人。这个大的波动，不但是中国恐怕世界每一个角落，都被震动了！

山雨欲来，每个人都能嗅到战争将至的气息！

山本五十六的联合舰队如幽灵一般在太平洋上游荡。舰长室。山本五十六微闭双眼坐在椅子上。副官在为他读新闻："今天美国总统罗斯福致函日本天皇，为挽救太平洋地区的危机作最后的努力。罗斯福总统还强烈谴责目前日本军队进入泰国和越南的侵略行为。"

山本依旧闭着眼。副官念完，等着山本的指示。山本忧心忡忡地睁开眼，看了一下恭立在一边的副官："南云舰队的位置？"副官飞快地看了一下海图："南云司令长官的舰队已到达攻击位置——瓦胡岛以北230海里的地方。"

山本："告诉南云，和谈只要有一线成功，就立即停止攻击，全部返航。"副官很意外："这……"

"嗯？"山本威严地盯着副官。

副官不寒而栗，忙弓身立正："是。向南云大将发报。只要和谈一旦成功，立即停止攻击，全部返航。"

山本五十六，美国哈佛大学毕业的高才生。他20岁就参加了日俄对马海战，生于日本赫赫有名的海军世家。他坚决反对对美开战，他认为对美开战无疑是"向巨人挑战"。在东条政府的威胁下他提出有条件地参战，那就是"一旦开战务必首先歼灭美国太平洋舰队"。在他提出的"攀登新高山1020"攻击珍珠港计划时，一度因参谋总部认为"太冒险，损失过大"而否决。山本以不同意这个方案就辞职的威胁最终迫使东条批准了这个计划。

1941年12月1日下午4点日本天皇再三询问"能否打赢美国"后最终批准了对美开战的计划。

第二十一章 龙殇·"北京人"失踪

战后,在东京大审判时,美国首席约瑟夫·基南曾就珍珠港偷袭事件询问天皇裕仁,裕仁否认"知道要轰炸珍珠港"。但文件证明天皇不仅知道这个计划而且予以具体指示。

12月5日下午·山雨欲来·珍珠港

一架小型单翼飞机,自由自在地在珍珠港"观光"飞行。这天上午天皇御前会议上,裕仁已亲自批准了对英美开战计划,数小时后一封密电发至檀香山日本领事馆。日本间谍吉川根据大本营的命令对美军舰队在珍珠港的情况做最后的侦察,盘旋二周后,吉川将目视到的港口情况发给东京:"……5日下午港内有如下舰只:8艘战列舰,3艘巡洋舰,16艘驱逐舰。"

12月6日日本各大报纸刊登统一标题:

> 美徒劳地拖延谈判,
> 无意与日本和解。
> 恶意中伤,包围日本,
> 践踏日本之和平意图,
> 四周同时开始军事准备。

12月6日,日本大本营任命寺内寿一大将组成四个军的南方军总司令,其任务是占领美国、荷兰、英国在东南亚的所属地,并由山下奉文中将率二十五军攻占马来西亚与新加坡。寺内寿一正是占领北平的元凶。

1941年12月6日,开战前一天,罗斯福总统还亲自给日本天皇裕仁写了封"有些低声下气"的信。日本一方面不断派使节去美国游说和平,一面秘密地加紧战争准备。各怀鬼胎的"和谈"最终无一善终。

同时罗斯福也将准备与日本签署和谈的协议通知了蒋介石,日美签订协议之后将"停止对华援助"。蒋介石得悉后极为震怒,认为这是一种"出卖中国"的行为,当即向罗斯福发去措辞激烈的电报。蒋介石认为在中国抗战关键时期美国此举将使"中国抗日局面完全崩溃",并提醒罗斯福"日本是毫不讲信誉的国家,如签此协议势必也会使美国陷入灾难"。

龙　骨

当晚，美国总统罗斯福亲自给日本天皇裕仁的信用电报明码发出后由美国广播公司公开播出信函全文：

"……我认为，我们也可以从东印度洋群岛政府、马来西亚政府以及泰国政府得到同样的保证。我本人甚至愿意承担义务要求中国政府做出同样保证。因此，日本从印度支那撤军将保证整个南太平洋地区和平。我之所以在此时此刻亲自致函陛下，是因为热切希望陛下能和我一样，在目前的紧急情况下，考虑驱散乌云的办法。我坚信，我们不仅为了两个伟大国家的人民。而且也为邻国的人民，都具有神圣职责去恢复传统的友谊和防止世界再发生死人和遭受破坏。"

罗斯福这封似乎有些低三下四的亲笔信并没有"驱散乌云"，仅隔一天，12月7日（夏威夷时间）日军出动两个批次350架战机，对美国珍珠港基地发动突然袭击，击毁、击伤美军战舰18艘、飞机183架，死伤3500人。（《第二次世界大战大事纪要》解放军出版社世界军事历史研究室1990年）

1941年12月6日晚·大战前夜·天津车站

一列专列缓缓驶出车站，军医费利站在车厢门口望着黑夜里渐渐远离的这座城市感慨万分，五味杂陈！就在白天他还跟几个朋友往返京津两地公园寻欢作乐，可到了晚上却突然接到命令紧急装车前往秦皇岛霍尔姆斯兵营，他们要与前来接应的《哈里逊总统号》会合返回美国。尽管他早就知道这个撤退计划，但是几天的变化还是让他感到眼花缭乱。尤其是此行他们有一个任务那就是"押运"中国珍贵化石标本去美国。作为医生，职业上的敏感，他特别关注了一下，发现这两只大木箱与海军陆战队队员的私人行李堆放在车厢的一角。

他很奇怪，偌大的专列怎么只有他们几个陆战队员？而他清楚地知道眼下北平领事馆门前还拥挤着2000多名急待撤离的侨民和120名海军陆战队队员！"这趟车至少能拉2000人呢！"他心中嘀咕这反常的现象。

所有的人或许不知道，费利他们离开天津的这个晚上北平美国领事馆的工作人员也在这个晚上神秘"人间蒸发"似的消失得无影无踪。两天后，2700

第二十一章 龙殇·"北京人"失踪

余名侨民成了日军的阶下囚被关进集中营,而领事馆官员们无一人被俘。参加转移"北京人"化石的福顿、博文和塔什黛安未被通知撤离而受到日军的羁押,或许这是"北京人"失踪的真正原因所在……

当日深夜·裴文中宅

天气很冷,孩子们早已钻进包裹严严实实的被子里入睡了,隔着屏风,裴文中神色凝重地趴在桌前聆听美联社滚动播发罗斯福致日本天皇的信函。裴文中好几天没有去新生代研究室了,一是那里几乎没有人了,二是他须四处奔走想方设法寻找生计,一家人的生活重担全压在他一人身上……

自半个月前胡承志突然留下一封信不辞而别后,他就对"北京人"的命运莫名地担忧起来,他知道胡承志匆匆离去,一定有自己的难言之隐,但毕竟托美国人转移"北京人"化石是他亲自奔走呼吁的呀,可如今,美国人却一点消息也没有,这让裴文中的心里忐忑不安起来,美国人始终不让中国人参与转移,甚至无视他这位中方新生代主任的存在!今晨,他再次像一个送别子女的家长一样来到东交民巷美国领事馆前远远眺望,这里除了警察外,日本兵端着明晃晃的刺刀在警戒线外来回走动,而美国海军陆战队队员则三三两两地背着枪时不时闪过。领事馆死般沉寂,只有侨民三五成团地焦急等待,裴文中竟没有看见任何一个熟悉或认识的面孔……

夫人轻轻地把一件棉袍披在他身上,他头也不回用手紧抓住妻子的冰冷的手,他清楚地感到罗斯福的公开信并没有让正处寒冷的北平有一丝暖意,相反心更加感到一阵寒意袭来……

同一天·贾兰坡宅

同样在夜里,贾兰坡一家也全然未眠。几天前,贾兰坡收到杨钟健发来的电报:"货已备好,望即日来沪洽谈生意。"

根据以往的约定,贾兰坡知道,杨钟健这是召唤他南下考古。

因洛克菲勒公司已减少新生代职员的薪水,同样也陷入生活的窘境之中的贾兰坡,也不得不另想出路,沦陷的北平又无法找到合适的工作,只能靠

龙 骨

另外打零工维持全家生计。贾兰坡义无反顾听从杨钟健的召唤去南方,可一家人又怎么办?老母亲不停地擦着眼泪叨叨着:"兵荒马乱地往外边跑,怎么让人放得下心啊?!"

父亲叹气劝道:"留在家里也是等死,好歹孩子出去做生意,也是一个出路嘛!"

贾兰坡没有告诉家人他南下的真正目的,只说"去上海做牙膏生意"。他还特别叮嘱家人:"如果有人问起我去哪里了,一概回答不知道,只知道去做生意了……"

其实他是去昆明,妻子默默地为他收拾好一只皮箱和衣物,贾兰坡轻轻地又把厚衣服拿出来,极力想减轻家人的担心:"南方热,用不着厚衣服……"

贾兰坡并不知道这一晚罗斯福的讲话,他一早就踏上南下的火车悄然离开北平……

12月7日太平洋战争爆发当日贾兰坡乘车来到汉口。

1941年12月7日夜·列车上

美国海军陆战队的专用列车已经开出,正沿着京山铁路高速驶向秦皇岛。戴维斯上尉不时地从车窗里向外眺望。美军的官兵们正兴高采烈地打牌、喝酒。

领事馆电讯室发出一组明码:美海军陆战队华北支队戴维斯上尉负责押送中国"北京人"化石箱抵秦皇岛港,与到港的哈里逊总统号会合。由哈里逊总统号运回美国。哈里逊号已于12月4日离开马尼拉。8日抵秦皇岛港。

明码电文立即被日军截收。

日本译码兵边听边抄录着。经过破译后,很快交给日本指挥官手中。

日本大本营司令部永野大将下令电报员发报:"拦截哈里逊总统号。拦截美海军陆战队。不用一枪一弹,全部擒获。"

1941年12月7日凌晨,南云联合舰队。舰载飞机轰轰作响,全部出动。

一架架日机冲入天空,在天空中组成强大编队。

1941年12月7日9点40分·马尼拉

第二十一章 龙殇·"北京人"失踪

麦克阿瑟办公室电话骤响，美国陆军作战计划处处长伦纳德·杰罗向麦克阿瑟通报珍珠港遭日军突袭。

麦克阿瑟大惊失色："是珍珠港？！它可是我们最强大的据点！"杰罗顾不上给他解释更多，他提醒道："如果不出预料，你们不久也将遭到进攻！"

麦克阿瑟满不在乎："告诉乔治不用担心，我这里没有问题……"

话音未落，窗外传来巨大的飞机轰鸣声，麦克阿瑟顺声看去：一大群涂着红太阳的日本飞机正编队朝他俯冲过来。"上帝！他们来啦！……"

麦克阿瑟惊叫一声扔下电话，冲出房间。桌上的电话还传来杰罗焦急的呼喊声："喂，喂！谁来啦？喂！……"巨大爆炸将办公室摧毁。

麦克阿瑟立刻驱车去总统府，想把消息通知总统奎松。但尚未到达，日军飞机已开始空袭。而菲律宾军队尚未得到美国批准援助的飞机与坦克，13万美菲联军根本不是日军凌厉攻击的对手，很快全线崩溃。

麦克阿瑟驻守菲律宾已是两代人了，1935年10月他卸任参谋长一职后，就带着83岁的老母、嫂子玛丽还有他的老副官艾森豪威尔一行应菲律宾第一任总统曼努埃尔·奎松的邀请，担任菲律宾陆军元帅。二战爆发后，他的副官艾森豪威尔不顾麦克阿瑟和奎松的重金挽留离开菲律宾。

他临走时给麦克阿瑟一个忠告："我看，美国站在战争以外的局面不会太久了，南中国海和这里也会爆发战争……"

如今，这个忠告应验了。当天中午日军就对菲律宾、印度尼西亚等东南亚各国发动全面进攻。由日军山下中将率领的四个精锐师团、210辆坦克、800架飞机、64艘舰船，总兵力11万人，兵分三路从中国海南岛出发开始实施"南进计划"。在日军袭击珍珠港的同时，对关岛、菲律宾、威克岛和香港发起进攻，太平洋战争爆发。而此时麦克阿瑟手中拥有美军2万人、菲军11万人、战舰45艘、飞机200余架。

早在一个月前，美国参谋长联席会议批准了麦克阿瑟请求提供340架轰炸机和120架战斗机，扩充军力20万人，并与菲律宾驻守的美军相配合共同抵御日军"南部扩张"计划，当时麦克阿瑟欣喜若狂、信心满满，他得意地向罗斯福打保票："菲律宾将是美国固若金汤的防御墙。"但高兴得太早了，一向

龙 骨

狂妄轻敌的麦克阿瑟这回被他最看不起的"打着绑腿的黄脸皮矮子"打得溃不成军。

到1942年3月11日晚麦克阿瑟带着夫人和四岁的小阿瑟神色黯淡地登上巴尔克利的鱼雷快艇悄悄乘着夜色离开科雷吉多尔，面对消失在暮色中被包围的75000部下的巴丹前线。他悻悻地发誓："总有一天，我还要回来的！"其实，麦克阿瑟走时什么也没说，这句著名的话是他到达澳大利亚阿德莱德车站转车时对闻讯而来的记者发表的讲话："就我而言，美国总统命令我冲破日本人的防线，从科雷希多岛来到澳大利亚，目的是组织对日本的进攻，其中主要目标之一是援救菲律宾。我出来了，但我还要回去！"这句话迅速传遍了全世界，成为太平洋战区最鼓舞人心的口号。

4月9日，科雷希多岛上没有接受任何救援的美国75000守军全部投降，在前往奥东尼尔战俘营的途中有1万多名战俘丧生，这是著名的"巴丹死亡之路"。从1941年12月7日至1942年5月中，日军横扫东南亚，势如破竹，占领面积达3880万平方公里，仅英美荷等国军队就有近20万人被俘。日军的强大战斗力使英美大为吃惊，相比之下中国军队能够在日军强敌作战中独自抗战6年之久，这不能不让英美领导人重新审视中国的重要性。

就是这一天，不仅整个太平洋在燃烧，整个东南亚在燃烧，就连整个中国大陆也同时笼罩在日本发动太平洋战争的风暴中……

1941年12月8日·中国·东海·吴淞口附近

两艘日本护卫舰在游弋。指挥舱内，日本海军军官举着望远镜注视着远方的黑点。参谋官大声报告："左舷十度发现美国船只！"

"能确认是哈里逊总统号吗？"

望远镜中哈里逊号字样清晰可见，桅杆上美国国旗迎风飘扬。

日军大副惊喜道："真是个大家伙！终于等来了！"

日舰舰长狞笑着："两舰进入战斗准备。逼近它。"

参谋官："是！两舰进入战斗准备！"

日舰在海面上画了个半圆，冲哈里逊号而来。

第二十一章 龙殇·"北京人"失踪

哈里逊号船长在驾驶舱。大副报告："前方有两艘日舰逼近。"

船长："发信号。告诉他我们是美国民用船哈里逊号。已得到日本大本营的通行许可。"

信号灯一闪一闪。但日舰并不理会。仍高速冲过来。

船长："再发信号。我们是得到日本大本营特许通过的美国民船。"

日舰长："向哈里逊号两侧发警告炮。驱赶他们！"

"咚，咚"日舰开炮。

"船长，日舰开炮了，怎么办？"大副尖叫着。

船长："再发信号。轮机室，转向避开日舰。"

"左满舵，左满舵。"大副重复地命令。

从空中看，日舰从一侧逼来。哈里逊号转舵，朝吴淞口方向改道行驶。

形成扇面的日舰不停地发炮，驱赶哈里逊总统号。

哈里逊总统号上的船长歇斯底里地咒骂着："该死的日本人究竟要干什么？！"

大副："我们是否停船向他们解释？"

船长："笨蛋。这你都看不出来，日本人分明是想把我们赶出这个海域。"

轮机长："船长，前面就是陆地。再不决定我们要搁浅了！"

船长一听仿佛有了灵感："对了。我们搁浅弃船。"

哈里逊总统号发狂似的高速向海岸冲去。翻卷的浪花飞溅在船两侧。

日舰长用望远镜注视着这一切。

副官："长官，再有几分钟哈里逊总统号就会冲上海岸。"

日舰长面带笑容，满意地："哟西。我们要的就是这个结果。哈里逊总统，哈哈，待会儿由陆军收拾他们吧。总统号？哈哈！"

哈里逊总统号在靠近海岸时停了船，并随海水漂向岸边。剧烈的抖动之后，船卡住了。两侧的铁锚哗啦啦放下。

船长指挥船员们放下小船。有的干脆直接跳入海中爬上岸。湿淋淋的船长上岸后，石堤上一字排开手持步枪的日本陆军士兵。所有的船员绝望了，跌倒在岸边。日本兵走下大堤。远处，哈里逊总统号孤零零地矗立在水面上。

 龙 骨

1941年12月8日从马尼拉开往秦皇岛接应护送"北京人"海军陆战队的"哈里逊总统号"在上海吴淞口外海面被日军拦截,并搁浅于吴淞口外。船上全部船员被日本陆军俘虏。

前往秦皇岛的专列在田野上飞驰。天已大亮。

戴维斯上尉在车厢里不断地叫醒队员:"醒醒,快要到秦皇岛了。喂,快起来,准备下车……"

队员们有的打着哈欠,有的嬉闹着。一个队员兴奋地:"太棒了!今天我们就可以乘船回美国了。回家了!"

车厢里一片欢腾,有说有笑。突然,有一个士兵惊叫着:"有飞机!日本飞机!"士兵们冲到列车窗户向外张望。闷罐车里的士兵则打开车门张望:五架日本飞机低空从列车上空掠过,又从不同的方向飞过来,在列车前面盘旋。

戴维斯上尉也紧张地观看着。机身上鲜红的日本膏药标志清晰可见。

列车前方沿山边是一个转弯。列车减速前进……飞机再次俯冲。为首的飞机向列车前方扫射。列车前方被打起一片尘土。戴维斯一看不好。大声命令:"准备战斗。没我的命令不许开火!"士兵们迅速拿起手中的卡宾枪、机枪、冲锋枪,瞄准天空。戴维斯带了几个士兵穿过列车向车头方向跑去。

列车驾驶室司机见戴维斯进来,慌忙指向窗外。戴维斯伏在司机的瞭望台前一看,立刻被眼前的景象惊呆了。他拿出望远镜看去——几千米外,日军的装甲车、坦克横在铁轨上,炮口直指列车。周围站满了全副武装的日本兵。在一辆黑色轿车旁,一个腰带上佩刀的军官正在拿着望远镜看着自己。飞机又一次飞回,并在列车前示警开枪。戴维斯大喊:"停车!快停车!"

司机拉动紧急制动。列车发出可怕的吱吱声。巨大的惯性使车厢里的海军陆战队队员摔倒在地上,滚成一团。列车带着惯性继续向前滑动。抱死的车轮擦出火花。日本兵荷枪实弹一动不动。

列车嘶叫着继续滑动,越来越近。终于在距日本军队100米处停下。空旷的田野一片寂静,只有列车在吐着白气。戴维斯对身后的士兵说:"快让部队都集中到前面来,做好战斗准备。箱子由军医看管。"队员:"是!"迅速往后跑去。

第二十一章 龙殇·"北京人"失踪

在日本军官的指挥下,坦克从铁轨上向列车开来。炮筒直指列车。装甲车从两侧慢慢向列车逼近。端着刺刀的日本兵从四面一步一步走近列车。在距列车10米处全部停下来。步兵团团将列车围住。列车上的士兵则把枪对准了日军。

黑色轿车摇摇晃晃开到列车一侧。车门打开,一只锃亮的大马靴踏出车门,钻出一个身穿崭新黄呢军装,神气十足的日军军官。副官恭敬地站在他身边。

日军军官给了副官一个手势。副官夹着一个黑皮包走向车头。身后跟着两名日本兵护卫。

日军军官径直走到正在张望的戴维斯面前,向他敬了个礼。然后机械地从皮包里取出一张劝降书,双手递给戴维斯。

戴维斯一边还礼,一边接过文书。

副官:"戴维斯上尉,我大日本皇军已对美、英、荷宣战。奉日本驻华北最高指挥部司令长官冈村宁次大将之令,要求你与你的部下立即缴械,向我驻军投降。不要做无谓的抵抗。"

戴维斯走下列车,争辩着:"我们是奉命撤回本国的部队。我军驻华司令官哈斯特上校已向日本军做过通报,并获得同意的。怎么能不顾协议拦截我军呢?"

副官冷冷地说:"现在是战争状态,一切按战争需要办。现在给你一个小时的时间,希望你们体面地投降。否则我军要强行缴械。另外,从公使馆运出的两箱化石在哪个车厢?请立即完好地交给我军!"

戴维斯大惊。日军怎么知道列车上带有化石,而自己又是专门护送这批化石的海军陆战队军官:"战争?我们未接到战争的任何通知。谁和谁的战争?"

副官得意地一笑,转身向装甲车示意。

戴维斯这才注意到,装甲车上有一个大喇叭。喇叭里立刻放出夹带杂音的海军进行曲。然后是新闻:新德里广播电台综合东京消息:大本营发布第二号公告。帝国海军于今日凌晨对夏威夷方面的美国舰队和空军断然进行了猛

龙 骨

烈的大规模空袭。东京广播电台现在播发日本大本营陆海军部公告：帝国陆海军于今日凌晨在西太平洋同美英军进入战争状态……"

对于中国人而言，或许是另一种绝处逢生的机遇。

当日本偷袭珍珠港几小时后，侍卫匆匆叫醒还在梦中的蒋介石，一听日、美开战的消息，他一骨碌爬起来，他边穿衣服边嚷嚷："这下好了！这下好了，我们不用单独和日本干了！"

蒋介石终于盼到这一天，他立刻命令召集最高军事会议商讨对策。美国由旁观者变成参战者，战局彻底改变。其实，不只是蒋介石，丘吉尔、斯大林也同样因这突如其来的太平洋战争喜出望外，因为大家知道，美国人的参战将会彻底改变战争的走向。

蒋介石当即向罗斯福发去慷慨激昂的电文："中国坚定不移地与美国站在一起，打击我们共同的敌人日本法西斯。"

这一天包括中国在内的20余个国家同时向日本宣战。自1931年起抗战至今中国首次正式向日本宣战，太平洋战争掀开了第二次世界大战最具重要的新篇章。

戴维斯目瞪口呆。耳边仍有广播："日本大本营海军扣留敌国船只200余艘。其中有美国巨型轮船'哈里逊总统号'。……此次是专为撤离驻华美海军而来中国，但当该船行驶到秦皇岛港外200海里处被日海军截获……"

戴维斯沮丧地请求："请允许我与长官商量一下。"

副官："好。从现在开始计时。请记住，一个小时。"

戴维斯上车。众士兵围过来，七嘴八舌地："真开仗了。""怎么就这么巧。""好。咱们跟日本人干。""这怎么打，要打咱们全会死的。"

戴维斯大喊："别吵了。现在打开电台给北京哈斯特上校发报。"

1944年12月8日·北平·东交民巷美驻华海军陆战队兵营

乱哄哄的大街上，荷枪实弹的日本兵封锁了通往兵营的街道。在铁丝网后面围观的市民惊恐地注视着被围困的兵营。远远看去，几个美国海军陆战队员无精打采地背着枪，在铁栅门后不时地闪动。

第二十一章　龙殇·"北京人"失踪

日军特使井向关一少佐傲慢地拿着劝降书递给艾休斯特。满屋的军官，空气仿佛凝固了。艾休斯特上校铁青着脸不知该如何是好。这时，电话响起，话筒里传来戴维斯急促的声音："现在我们完全被日军包围了。日军限我一个小时缴械投降。并交出押运的行李，我们怎么办？"

艾休斯特上校环视了一下四周的军官。军官无奈地点点头。电话中还有戴维斯的声音。

艾休斯特上校的脸痛苦地抽搐着，拿起电话："我是艾休斯特上校。我宣布，华北海军陆战队各分队就地解除武装……听从日军安排……"

井向露出得意的神色。

全体海军陆战队队员列队站在国旗下。艾休斯特上校在《星条旗永不落》的军乐中，缓缓降下国旗。泪水从哈斯特的脸上流下来。士兵们的脸上也流下了泪水。

戴维斯上尉向日本将军敬礼，并向列队的海军陆战队队员示意。战士们齐刷刷地放下手中的枪。整齐地排在地上，并把身上的水壶、弹夹、钢盔都放在地上。

在一个车厢里，身穿白大褂的军医弗利正默默地注视着日本兵从车上搬下木箱。军医也下了车。手里提着一只皮箱。刚一下车，几个日本兵就凶恶地从他手中抢下皮箱。弗利急忙喊道："那是我的私人物品！私人的！"

日本兵凶狠地给他一枪托。军医摔倒在地。戴维斯跑上前扶起了他，愤怒地对日军将军："野蛮人！野蛮！"

日军将军不屑一顾地钻进车里。木箱被装在随后的卡车上，也随即开走。

戒备森严的港口

在一堆帆布盖着的篷布下，堆着两只木箱。木箱的标识"CASE 1""CASE 2"清晰可见。开过来几辆车。车上下来几个日本军官，陪着一位黑衣人。一行人匆匆走到木箱前。军官命令："揭开篷布。"

士兵赶快拉开篷布。两只木箱露了出来。黑衣人惊喜地上前仔细看了又看。回过头又向日本军官说了几句什么。军官命令："打开木箱！"

 龙 骨

两个士兵用刺刀撬开木箱盖。黑衣人上前,小心翼翼地拿出一个包得严严实实的化石,一层层打开。"北京人"头盖骨露出来。在场的日本军官一片欢腾。黑衣人仔细一看,大惊失色。手中的化石掉在地上,摔成一地的石膏块。

"是假的!"黑衣人狂叫着。日本军官们也一片惊慌,不知所措,纷纷到木箱前,把化石一件件打开,一一看来,个个都是假的。黑衣人大怒,用文明棍乱打,满地的石膏碎片。他凶狠地看着日本军官,军官惊恐地低下头,豆大的汗珠滚下来。黑衣人怒气冲冲上车,扬长而去。

剩下的港口里,只有日本军官与一堆碎石膏。日本军官绝望地剖腹自杀。

港口一片狼藉。横躺着的日本军官的尸体。军刀横在他的身边……

美国总统罗斯福在国会演讲:"昨天,对我们美国人来说,永远是个耻辱的日子。就在这一天,美利坚合众国遭到了日本帝国海军和空军的突然袭击。在这以前,美国和日本处于和平状态……

"昨天对夏威夷群岛的袭击,使美国的陆海军遭到了严重损失。大批美国人遇难。……我要求国会宣布:自1941年12月7日星期天无端发动这场卑鄙的进攻之日起,美国和日本帝国之间处于战争状态!"

印刷机飞转。各种报纸都在显著版面刊登了惊人的标题:"中国政府宣布向德、意、日三国宣战!""英国、加拿大、澳大利亚、荷兰等20余个国家宣布对日宣战!""世界大战全面展开!"

这一切似乎来得格外蹊跷,几乎同时发生。日本人在二战期间唯一获取的密码,竟是美国派海军陆战队押送化石箱去秦皇岛,准备登上哈里逊总统号回国的情报!日本人轻而易举地在海上拦截了哈里逊总统号,也轻而易举地俘获了美国海军陆战队全体队员与化石箱。这是美国人一时的疏忽,还是有意为之?总之,日本人气急败坏地称,所获的化石均为复制品。而美国则指责日本人不顾国际法,公然拦截美国海军陆战队及撤退物资。

然而,"北京人"失踪并没有让战争停下脚步,一场争夺珍贵文物的斗争仍在美国人、日本人和中国人中间展开。

第二十二章
龙脊·夜闯虎穴

　　远处，日本兵巡逻队走过。二人紧贴在墙上，手电光在墙上晃来晃去。两个人紧张得一头汗。

　　然而，正当贾兰坡冒死盗图之际，裴文中却正面临着死亡的威胁……

1941年12月8日·太平洋战争全面爆发

日本军部宣布：驻华美军海军陆战队已全部投降。

艾休斯特上校沮丧地向日军敬礼，投降。星条旗降下，美军大型货轮"哈里逊总统号"被日军截获，并改为日本海军供应船只。各种报纸、广播都在报道："日军截获的准备运往美国的中国无价之宝'北京人'头盖骨，被发现是复制品，'北京人'下落不明。"

同一天，装备着荷枪实弹的日本兵冲进司徒雷登的住宅，将他从床上拖出来押上一辆铁皮封闭的囚车，身穿睡衣的司徒雷登紧紧地抓住车窗上的铁栏杆，声嘶力竭地高喊："放开我！我抗议！！"囚车卷着灰尘在警笛声中呼啸而去。

如狼似虎的日本宪兵破门而入，将协和医院美方院长鲍尔与总务长博文

龙 骨

单独抓走,并将他们与司徒雷登关在一起。排着队的日本军踏着整齐而又夸张的步伐走进新生代研究室。

有的日本兵负责贴封条,有的在指定的门口站岗,有的则将留守的工作人员用枪托轰出办公室……

1941年12月9日·东交民巷

胡同里停满了日军的卡车,2700名美英等国的侨民被集中关押在这里,其中包括300名儿童。他们每个人,不分男女老幼都被在身上强行别上一个布条,用字母区别是哪个国家的人。

他们在刺刀的压迫下排成队上车。队伍中不时地有人被日军高声打骂,或被日军士兵夺下行李箱丢在路边。

日军将华北地区英美等国的侨民集中起来,按德国法西斯的方式把他们押解到山东潍县集中营,其中包括燕京大学30余名西方外国教授与家属、协和医院外籍医护人员。

1942年2月15日美国对日本侨民也实行集中营式管理,为了报复日本政府下令冻结4000余户日侨在美的私人存款。1943年后,随着美国在太平洋战区战事的节节胜利,逐步解除了对在美日侨的种种迫害与限制,到20世纪50年代初基本恢复战前水平。

1941年12月28日·上海英租界

大批全副武装的日军冲入上海租界地将租界地的英军和巡捕统统俘虏。

与此同时,另一批日军冲入上海胶州公园"孤军营",将淞沪战争期间固守四行仓库的"八百壮士"中的420人全部抓走,这些英勇的中国士兵是在中、英、日协议下放下武器撤入英租界的,后却遭英国人出卖被关进设在胶州公园内的集中营。现在太平洋战争爆发后,日军撕毁了一切协议强行抓走谢晋元手下的420名官兵。在此之前,即1941年4月24日,谢晋元团长不幸被4名叛徒杀害。400多名官兵被日军抓去后,其中200余人被押到偏远的岛国巴布亚新几内亚做苦役,在海上航行了45天才到达这个荒无人烟的热带小岛,当

第二十二章 龙脊·夜闯虎穴

时到达的战俘多达1500人。日军在此修建军事要塞和弹药库，作为进攻澳大利亚的后勤补给地，在极其恶劣的生活条件与日军残酷的虐待下中国战俘到战后仅剩700余人。

2008年3月一位澳大利亚飞行员无意间发现了密林中有3座刻着中文和国民党党徽的墓碑，他将此事告知了当地的一位华侨，这位华侨聘请了当地一位土著人进入密林找到了这些被外面遗忘的中国战俘的墓群，消息一经传出，海峡两岸的中国人发起了"迎接抗日将士遗骸回国"活动。中国外交部与台湾军方分别派专人前往实地考察核实并将部分遗骨迎回。

"八百壮士"中谢晋元之子谢继民，谢团长继任者上官志标之子上官百成及三位幸存老兵91岁重机枪手王文川、杨养正、郭兴发分别从大陆各地和台湾汇集在北京准备用来自两岸的土和水重新安葬英烈遗骸。（参阅2009年3月1日《北京法制晚报》《北京晚报》）

1942年2月1日·重庆·行政院

一只瓷茶杯从空中落下，碎了。茶与碎瓷片飞溅。

翁文灏感到一阵头晕，秘书慌忙扶住。秘书手中的电报中赫然写着："委托美海军陆战队运送的珍贵的'北京人'化石全部失踪。"

翁文灏顿时老泪纵横。他摘下眼镜，痛苦地站立在窗前，眺望着山城。嘉陵江水从重庆山城穿过。密密麻麻的房屋依山而建，在阴灰的细雨中像一张张痛苦悲哀的面孔。一处被日军轰炸过的废墟仍旧在雨中冒着黑烟。黑烟在雨中一缕缕冲上天空，仿佛是一条不屈的龙喷出的悲哀和愤怒。

北平，裴文中家。昏暗的灯光下，裴夫人紧紧地抱着裴文中的头，一边用手梳理着他的头发，一边默默地安慰他。从裴文中啜泣的背影中，可以看出他悲痛的程度。一张《华北时讯》刊登着"北京人失踪"的醒目标题。

1942年12月21日的中华同盟社电报报道：

> 保存在北平协和医学院地下室的"北京人"化石和部分灵长类化石神秘失踪。这些来自周口店的古人类化石，经科学家鉴定，年代

 龙 骨

在五十万年以上，为亚洲迄今发现的最古老之人类化石，是不可多得的珍宝。它对研究人类的起源及远古人类的进化，具有重大的不可替代的意义和作用。

1941年11月初，日美交战之前，这些化石分装在两个木箱内，准备运往美国。12月5日，带有"北京人"化石的专用列车离开北平驰往秦皇岛，打算在那里送上一艘美国航轮"哈里逊总统"号。这艘轮船原定于12月8日抵达秦皇岛。但由于太平洋战争爆发，专用列车在秦皇岛被截，"哈里逊总统"号也没有驶到秦皇岛。从此，"北京人"下落不明。

南方·某小车站

成千上万的难民在拼命扒上一列火车。有的疯狂地从窗口爬进，有的爬在煤顶上。在一节车厢里，贾兰坡坐在位子上，焦虑地看着潮水般的人群。大人叫，孩子哭，场景惨不忍睹。他不愿再看这种早已司空见惯的场面。他突然发现对面一个乘客拿着的报纸背面的大标题："无价之宝，神秘失踪。"他一惊，不由得夺下对方的报纸，急急地看起来。

那个乘客极为不满，大声呵斥："你干什么！我正在看……"但他看见贾兰坡专注而又惊异的表情，没再往下说。

报道如一发子弹，重重地打进贾兰坡的心里。心脏"咚、咚、咚"激烈跳动，他的脸痛苦而扭曲，他思索着。

他把报纸扔给乘客，拿起包，发疯似的往外挤，并一边挤一边喊："我要下车！让开，让我下车，我要回北平！"

"这人疯了，这是去昆明的车。"

"哪有去北平的车呀！"

贾兰坡在人群中拼命地挤着："我要回北平！"有位老者好心地劝他："年轻人，北平早就沦陷了，谁还去北平呀！"

贾兰坡几乎绝望地喊："求求你们了，让我下去，我要回北平。"

真是奇迹。在人群的洪流中，贾兰坡如逆水而上的船一般，居然冲开了

人群从车上下来了。他失魂地整整衣服，提着包，站在铁轨上。

列车嘶鸣着，带着满车的难民缓慢而吃力地向南开去。车站上除了一些挤不上去的老弱病残外，已是空空荡荡，一片狼藉。

贾兰坡向一个车站工人打听如何搭乘返回北平的火车。

工人惊讶地打量他一眼，摇摇头。

贾兰坡急切地表白着什么。一个老工人指向远方，示意要走很长的路才能找到车站。

贾兰坡走在铁轨中，他戴着一条围巾，焦急而又固执地朝东方走去。四周的绿树与已收割完毕的田野上的荒草，在红土地上透着不屈的生机。

1941年12月中旬·美国纽约自然博物馆考古部

魏敦瑞痛苦地站在大玻璃窗前，眺望着远方。学生夏皮洛不安地站在他身后。工作台上摆着胡承志制作的北京猿人模型和其他在周口店挖掘的化石。

魏敦瑞的一只手扶着窗户。夏皮洛从侧面看去，魏敦瑞已老泪纵横。但他并没有去擦，任它滚滚而下。他的另一只手紧紧地攥着一张报纸，上面有一醒目的标题："'北京人'被日军截获下落不明"。夏皮洛不安地想劝劝老师："博士，请您别……"他一时找不出适当的词。魏敦瑞仿佛没有听见他的话。嘴里喃喃而又恨恨地咒骂："上帝啊！该死的战争！婊子养的战争毁了'北京人'啊！"魏敦瑞仰面长号，痛哭流涕，并不住地用手拍打窗框。

尽管战争机器在隆隆作响，但"北京人"失踪的消息仍像风雨中的霹雳震惊了世界，惊动了大西洋彼岸的魏敦瑞。所有经历了龙骨山挖掘的人，包括一心想保全这批珍贵化石的翁文灏，都绝不会想到他们千辛万苦精心策划的转移国宝的计划，一夜之间就失败了。

这对翁文灏与魏敦瑞而言，更让他们觉得自己犯下了不可饶恕的错误。

而对裴文中和贾兰坡二人更是如同失去自己最宝贵的孩子一般痛苦焦急。贾兰坡不顾一切地改道千里返回北平，他相信一定能把宝贝找回来。冒再大的风险也在所不惜，包括年轻的生命……

然而，铁蹄下的北平，"北京人"的噩梦才刚刚拉开序幕。气急败坏的日

 龙 骨

本特使们又扑向了裴文中和他的新生代研究室……

1941年12月·北平协和医院门外大街

大批全副武装的日军，从疾驶而来的卡车上跳下来，迅速包围协和医院。

行人与医务人员惊恐地尖叫着，被日军士兵粗暴地驱赶。腰挎军刀的日本军官与身穿军便服的长谷部言人和高井冬二一行匆匆冲进新生代研究室。

走廊上，工作人员被日军用枪抵住，蹲在地上，抱着头。

日军挨屋搜索，把屋里人轰出来，看守着。

日本军官的大马靴在走廊里"咔咔"地响着，大步走向原是魏敦瑞办公室，现在是秘书塔什黛安的住地，推门就进去了。

克拉·塔什黛安正对着桌前的镜子在梳头。门"哐当"一下打开，日本人杀气腾腾地冲进来。塔什黛安惊恐地尖叫起来："你们干什么？出去！出去！"日本军曹上去狠狠地扇了她一个耳光："八格！"并用手掐住她的脖子，凶恶地把她推向墙边。

长谷示意日本兵放开塔什黛安："克拉·塔什戴安小姐，你要聪明一点。现在日本帝国已与英美全面开战，北平已完全在我大日本皇军的控制之下。'北京人'在哪里？快交出来！"

克拉·塔什黛安很快冷静下来。她推托道："什么'北京人'？我不明白你们说的是什么！"

高井大喊："混蛋！你是魏敦瑞的秘书，掌管保险柜的钥匙，还装什么？"

克拉·塔什黛安明白，日本人是有备而来，对情况很了解。她故意装出一副恍然大悟和委屈的样子："原来是为这个啊。不过我是一个女人，一个为别人服务的女人，一个小小的秘书，要钥匙得得到胡顿院长或博文总务长同意才行。你们也知道，下级要听上级的指示。"

长谷狞笑了一下，走过去把窗户打开："不要再演戏了，克拉·塔什黛安小姐。你的胡顿院长、博文总务长已被我们皇军抓起来了。你看——这就是不服从皇军的下场！"

克拉·塔什黛安透过窗户看见，院子里胡顿与博文等人被日军押着往外

第二十二章　龙脊·夜闯虎穴

走，双手抱着头。

他们的秘书也被抓起来跟在后面。

克拉·塔什黛安一看，无奈而又圆滑地说："哎，你们为何不早说呢。我配合。我配合。"

克拉·塔什黛安勉强挤出一点微笑。她知道，这时候只能用女人特有的魅力才能让这些如狼似虎的日本人恢复一点人性。她向长谷飞了一个媚眼，指了一下桌子：

"长谷博士，您穿军服可比穿西服漂亮多了！可以让我拿下钥匙吗？"

长谷有点尴尬地挤出一丝不自然的笑容："请便。"

高井扑哧地笑出来，长谷瞪了他一眼。

克拉·塔什黛安打开抽屉，取出钥匙，递给长谷。

高井刚想接过来，长谷按住他的手："小姐果然明理，我们也是学者，迫不得已嘛。这保险柜还是由您来打开吧！"

克拉·塔什黛安得意地一笑，熟练地打开厚重的保险柜。

长谷与高井如猎犬般盯着她的一举一动。很快，塔什黛安打开了保险柜。

柜中一格上端放着一枚头盖骨。下面放满了考古手册、胶片及几块化石。

长谷惊喜万分。他双手恭敬地取出头盖骨，独自走到灯下仔细辨认。高井则从保险柜里把所有东西取出，放在桌上。

灯下，长谷瘦小的脸几乎贴着头骨，像只饥渴的饿狼，在欣赏刚捕获的猎物，惨白的脸上更显充满血丝的双眼。他用手狐疑地在头骨上摸了一下，竟然掉下石膏粉，长谷的脸陡然变得扭曲。他又用力抠了一下，更大的石膏渣落下来。他怪叫一声："八格！这是假的！是复制品！"他拿着头骨狂叫着。

这正是胡承志做的最后一枚石膏头骨。他发疯似的在克拉·塔什黛安眼前狂挥："真的'北京人'在哪里？！快说，真的头盖骨在哪里？！"克拉·塔什黛安害怕地用手捂住自己的眼睛，辩解道："我不知道，我什么也不知道！上帝啊，我只是一个普通的女人。没有人告诉我什么是真什么是假！"

长谷气急败坏地拉开克拉·塔什黛安捂着眼睛的手，另一只手举着头盖骨复制品，咬牙切齿地道："看清楚，小姐，这是假的！看清楚——"

龙 骨

他用力往地上一摔,头骨顿时变成无数的石膏碎片。

克拉·塔什黛安叫着,号啕大哭:"我不知道,我真的不知道。上帝啊,救救我!"克拉·塔什黛安颤抖得缩成一团。

长谷气愤地问:"你不知道?鬼才相信!我问你,'北京人'头盖骨是怎么运走的?交给谁了?你作为魏敦瑞的私人秘书,你会不知道?告诉你吧,我们早就注意到你了。如果你识相,就赶快说出真相,否则……嘿嘿,你就与胡顿、博文一样,到宪兵队去解释吧。到了那儿,你可没有现在这么自在了。你漂亮的脸蛋会变成麻风病人那样,后悔都来不及!"

克拉·塔什黛安战战兢兢地说:"协和总务长博文通知我,让我把装有'北京人'头骨的箱子运到他办公室,后来听说由海军陆战队的卡车运走了,我就知道这么多。看在上帝的分上,放过我吧。我讲的都是实话。"

高井:"是你送去的箱子吗?你自己?"

克拉·塔什黛安:"我一个女人,如何搬得动这么大的两只箱子?是由中国技工胡承志本人送去的,我没有看见箱子。后来我听博文讲,箱子已送走了。其实我什么也不知道。"

高井:"胡承志人在哪里?"

克拉·塔什黛安:"送完箱子后,他就向博文请了假,回家看望老母亲去了。"

高井:"在哪里?"

克拉·塔什黛安:"我也不清楚。我到中国不过4个月,什么地方也没有去过。我只知道好像是去了广州——一个南方的城市。"

长谷与高井交换了一下眼神,表示认可。长谷翻看了一下桌上的化石与胶片,慢慢地说:

"好吧,我先放你一马,记住,最近不要离开你的住所,我们还会再来的。"

高井指派日本兵把资料、化石、胶卷放进一个大包里,然后由两个日本兵搬出去。

克拉·塔什黛安用的"女人方式"让受过西方教育的长谷一时不知该如何

第二十二章 龙脊·夜闯虎穴

是好。他本能地感到这个女人实在不好对付,可此时又一时下不了台。

于是,他话锋一转,转守为攻。他紧盯着她,语调认真地问:"你真的不知道'北京人'到哪儿去了吗?如果胡顿与博文的话与你不同,不知小姐该如何收场?"

克拉·塔什黛安收声止泪,抬头看着长谷,仿佛是在看一个奇怪的人讲一个奇怪的事一般。她边抹眼泪,边走到桌前,从桌上拿起一沓报纸。那是一些英文版的日本报纸,有《朝日新闻》《华北时讯》等。上面都有"北京人"头盖骨与美国海军陆战队一同被日军截获于北平——秦皇岛之间的报道,并配有被俘美军的照片。她默默地把报纸递给长谷,转身抽出一支烟,走到墙角抱着双臂,看长谷的反应。

长谷打开报纸一看就明白了,这是克拉·塔什黛安的回答。

长谷毕竟是一个学者,自知自己让新闻打了个耳光,但又无法发作。只好悻悻地对克拉·塔什黛安丢下一句话:"日本帝国军队截获驻华北美海军陆战队一事不假。但他们押运的'北京人'头盖骨与你这保险柜里的'北京人'一样,都是复制品,是假的!克拉·塔什黛安小姐,你很聪明。这件事只有几个美国人经手,你是其中之一,不会不知道。'北京人'被你们转移到哪里去了?我可以明白地告诉你,我们是奉日本天皇的命令追查这批化石的下落。不找到我们是不会善罢甘休的。你要好好想一想。请你这几天不要外出,会有军方专家找你做进一步调查的。"

克拉·塔什黛安一副老练的样子,不在乎地朝天吐了一口烟:"实在不好意思,你们这么多男人都搞不清楚的事,对我一个普通女人来讲,我无能为力。我相信,再来的日本军官一定是一个绅士,多少会尊重女人,我随时恭候。"

长谷气得"哼"了一声,拔腿就走。

高井与两个日本兵抱着东西紧随而出。

看着一片狼藉的办公室,克拉·塔什黛安一下子坐在地上,为刚才的凶险不断地吁气。

龙 骨

协和医院门口

日本兵把从各处抄来的东西堆在一起，装车运走。一些拿不走的东西，包括那些化石，就干脆堆在地上，与杂物一起焚烧。

日本兵从门口进进出出。门口坐着一个美国人，手里拿着一个酒瓶，一边喝酒，一边醉醺醺地骂着。日本兵也不知他在骂些什么。只看他是一个洋人酒鬼，也不理睬他。

他就是赫赫有名的美国古生物学家葛利普。有一个人走到他身边，蹲下来扶他："葛利普教授，你怎么在这儿？""你是谁，管我？"葛利普抬起头，摇头晃脑地看了一眼来人。但他马上一惊："你，贾——"来人正是千辛万苦赶回北京的贾兰坡。他一到协和，正碰上日本人查抄"北京人"化石。他躲在墙边的人群中，犹豫了一会儿，才下决心进去看看。

没想到一进门就看见坐在门口喝酒的葛利普教授。他向葛利普伸出一个手指头，示意不要出声，并扶起葛利普，走向大门。

在大门上贴着一张日军华北特遣司令部的告示。他从告示上看到三个内容：

第一，从今日起，协和医院被日军征用作为伤兵医院；

第二，所有协和医院与新生代研究室的学者必须按时上班；

第三，这里的新总管是日本军官松本少佐。

贾兰坡见这里还让上班，心头一喜，就扶着葛利普进门。

葛利普边走边骂："没有教养的东西，我要与你们开战。我是罗斯福总统的朋友，我要他跟日本人开战！开战！"

门卫张老汉一看有人进来，忙出来："嗳，干什么的，这不能进。"走近贾兰坡，贾兰坡指了指礼帽。张老汉一看是贾兰坡，惊讶地道："你……你怎么这个时候还来啊！日本人来过几次了，一直要找你们几个人。"

贾兰坡："大爷，别对别人说我回来了。我放心不下，回来看看。"

张老汉："真不要命了，太危险。嗳，快点避避吧！"

贾兰坡应了一声，扶着葛利普走进塔什黛安的房间，用脚把门关上，把葛利普扶到椅子上坐下。

失魂落魄的塔什黛安一见贾兰坡十分惊讶："你怎么来啦？"

第二十二章 龙脊·夜闯虎穴

贾兰坡："快告诉我，到底发生了什么？'北京人'出了什么事？"

克拉·塔什黛安神经质地走来走去："你不知道？'北京人'连同那一批化石全都丢了。"

贾兰坡："丢了？这怎么可能！"

克拉·塔什黛安："我一两句也说不清楚。化石运到美国领事馆后，由海军陆战队押送到秦皇岛。谁能想到，战争爆发了！日本人把华北所有美国海军陆战队都俘虏了。上帝啊，我亲爱的吉米也在里面，不知生死。你刚才不是见到长谷部言人和高井冬二了吗？他们说截获的化石是假的，到这里来抄，能拿走的全拿走了……"

贾兰坡环视了一下屋内，果然一切都空空荡荡。保险柜的门大开着。"裴先生呢？他在吗？"贾兰坡问。

克拉·塔什黛安："我已两天没见到他了，听说日本人三天两头到他家里去找他。"

贾兰坡："胡承志呢？"

克拉·塔什黛安："他在出事的前几天就请假回老家了，日本人也到处找他，不知现在在什么地方。"

贾兰坡沮丧地跺了跺脚："怎么会这样呢？怎么搞成这样呢？"

葛利普坐在椅子上，半醉半醒地说："这里一定有鬼！一定有内鬼啊！该死的小日本，现在全完了。"

克拉·塔什黛安："洛克菲勒已决定解散新生代研究室，大家好自为之吧。"

"那你呢，塔什黛安小姐？你这样也很危险啊！"贾兰坡关切地问。

克拉·塔什黛安："现在到处都在打仗，回国也回不了。我的未婚夫又下落不明，我能怎么办？我只能在协和等着。我需要他们的消息。"

贾兰坡："塔什黛安小姐，葛利普教授您先照顾一下。我出去看看。"

克拉·塔什黛安："天啊！这里到处都是日本兵，你还能看什么。你还是躲躲吧。"

贾兰坡恨恨地说："绝不能让周口店的珍宝落入他们之手，绝对不行！只

龙 骨

要我还活着,我一定要找回来!后会有期!"他看了一下外面就闪身出去了。

葛利普喃喃地道:"这才是真正的英雄!"

克拉·塔什黛安默然无语。

裴文中家

日本军官松本与裴文中面对面坐着。松本恭敬地向裴文中点点头:"裴先生是考古界伟大的科学家,我一直都十分敬仰。我是考古专业的毕业生,热爱考古,很想请教先生。"

"不敢。你们带着枪炮到处考古,我能教你什么?"裴文中冷冷地拒绝。

松本并没有发火。他淡淡一笑:"我知道,先生是忠君爱国之士。我最佩服有先生这样品德的人。不过,本人毕竟是帝国军人,受命于天皇陛下。还是想请先生就'北京人'失踪一事说说你的看法。毕竟先生是世界上第一个发现'北京人'的人,是'北京人'之父啊!"

裴文中一提"北京人"就怒火万丈:"要不是你们,'北京人'怎么会失踪?我实在无可奉告。你是军人,应该知道,我并没有参加'北京人'的转移工作,实在没有什么可说的!"

松本沉默了一会儿:"这样吧,我知道先生心绪不佳,但我相信对找回'北京人'先生还是有兴趣的,希望先生三思。我们共同努力找到'北京人'共同研究这个宝贵的化石……"

裴文中:"我无能为力,请!"并做出送客的手势。

松本起身向裴文中鞠躬行礼,出门。松本走到门口,回头诚恳地说:"裴先生,我真的很抱歉,也请先生好好保重,千万不要让宪兵队找上门,不是所有的日本人都喜欢战争的。请保重。"裴文中默然地盯着松本,好像要从他的眼中找到可以相信的依据。

松本是一个奇怪的人。在他接受协和医院的工作后,他尽可能地利用他的权力保护了协和医院的中、美科学工作者。两年后,他因被指控过于同情中国人而被捕入狱两年多,受尽折磨。战后他返回了日本。

他曾说过,他在协和"无愧于伟大的中国人民"。我们无从了解松本的所作所为。但是，在当时的特定情况下，他能做一点有利于中国人的事，那也是很了不起的。

葛利普教授是最早的周口店发现者与发掘者。他把一切献给了中国的教育事业，最后在北京逝世。他的墓被安放在北京大学校园内。

在血雨腥风的时代，他们用自己微薄的力量为保护中国的国宝而做出勇敢的抗争，是值得我们永远记住的。

1941年底，洛克菲勒集团正式宣布解散新生代研究室。从此，与周口店猿人遗址有关的发掘研究工作正式停顿下来。中国的科学家一下子被抛进极为艰难的生活之中。

当太平洋战争打得如火如荼时，不仅英美这些老牌帝国主义国家处在极为困难时期，中国的抗战也处在最困难时期。侵华日军为了从中国战场抽调更多的精锐部队支援太平洋战争，决定对中国共产党领导下的抗日根据地进行围剿。日军派冈村宁次上将纠集50万日伪军对各抗日根据地进行残酷的"杀光、烧光、抢光"的大扫荡。

由中国共产党领导的八路军已发展成为拥有50万兵力，根据地1亿人口，控制土地100多万平方公里，牵制日军主力70万人的军队，有力地拖住了日军在国民党正面战场的大部兵力。

冈村宁次根据日本大本营制定的《华北治安战》连续五次采用步步为营的战略对八路军、新四军控制的抗日根据地进行扫荡，给中国人民和抗日根据地带来了严重的损失。到1942年时，整个华北抗日根据地人口由原来的1亿缩减到5000万，面积缩小了2/3，八路军、新四军兵力缩减到30万。冀中根据地完全丧失，日军所到之处烧杀抢掠无恶不作，残酷的"三光政策"使得华北大地到处是残垣断壁和废墟，一时间华北出现了千里无人烟的"无人区"。对中国共产党而言，这一时期的艰苦和危险还来自另一个方面，那就是随时随地都想消灭共产党的蒋介石。

从1940年起蒋介石就下令对陕甘宁边区实行经济封锁。在大敌当前的国难时期，蒋介石这一举动引起了广大爱国人士和美国的强烈不满，从而出现了一股"寻找另一支抗日力量"的呼声。毛泽东在极其艰难的局面下提出了

"自力更生"的大生产运动。同时也通过一大批左翼外国记者和以宋庆龄为首的爱国同盟的努力，一批又一批的爱国人士和美军考察团走进了被蒋介石称之为"匪巢"的延安。

这些人的来访不仅打破蒋介石的封锁，更重要的是他们惊喜地发现这里有一群代表中国新兴力量和未来的人们，这是一个与外界传言完全不同的世界。为短时间内迅速恢复、扩大抗日根据地起到重要作用。

截至1943年，华北抗日根据地不仅恢复还得到扩大，共产党领导下的抗日武装还开辟了广东、海南岛等新的抗日根据地。中国战区拖住了日本80%的兵力使其动弹不得。

1942年春，罗斯福对他的儿子说："假如没有中国，假如中国被打垮了，你想一想有多少师的日本兵可以因此调到其他方面来作战？他们马上可以打下澳洲，打下印度——他们可以毫不费力地把这些地方打下来，并且他们可以一直冲向中东，和德国配合起来，在近东会师，举行一个大规模的夹攻，把俄国完全隔离起来，吞并埃及，切断通过地中海的一切交通线……"

正是基于这种对中国重要性的重新认识，在中国的强烈要求下，美英等国于1942年10月9日，由美国正式向中国宣布"即日起放弃在华的种种特权"，这对中国来说，是百年来世界列强首次主动放弃法外权，接到国务卿赫尔的通知时，这一天恰好是民国建国31周年。

10月10日在重庆夫子池广场举行的国庆大典上，激动不已的蒋介石宣布："我国百年来所受各国不平等条约束缚，至此已可根本解除。国父解除不平等条约的遗嘱，已完全实现。我全国同胞，自今日起，应格外奋勉，自强自立。"

当晚兴奋异常的蒋介石久久不能入睡，他在日记中写到："接获美英自动放弃治外法权之通告。此为总理革命以来，毕生奋斗最大之目的，而今竟由我亲手达成，心中快慰，实为平生唯一之幸事。"

蒋介石的欣喜与自得是完全可以理解的，在艰苦抗战的关键时刻废除种种不平等条约，不能不说是抗日战争的伟大成就。

也正因为如此，罗斯福亲自提议中国以4个强国之一的身份参加联合国，100多年挨打受辱的弱国现在比肩站在世界强国之列，这是何等振奋人心的消息。

当日军发动太平洋战争后，贾兰坡应杨钟健的指示，再度赴昆明进行古人类遗址挖掘，刚好不在北平。按原计划，贾兰坡取道上海，越南海防转昆明，到大后方的地质调查所工作。太平洋战争爆发突然打乱原计划，他只好改道从武汉转车，贾兰坡十分担心在北平家中的父母、妻儿和协和医院珍贵的化石，他临时决定终止南下返回北平。

延至1942年1月底，协和医院所有的员工才全部被遣散。新生代研究室也随之解散。

北平·协和医院

化了装的贾兰坡再次出现在大门口。他机警地看看四周后，就大步走向有日本兵严密把守的新生代研究室门口。他从容地迎着日本兵走上前。日本兵"哗啦"一下端起刺刀对准他："什么的干活？证件的有？"

贾兰坡从上衣取出职员证，在日本兵面前晃了一下。日本兵收起了枪，示意让他进去。贾兰坡刚要进去，里面的日本兵推着门卫张老汉："你的，看看，是不是这里的人？"

张老汉一看是贾兰坡，连忙点头："他是良民，是这里的工作人员。"里面的日本兵向贾兰坡挥挥手："你的，进去。好好干活。"

贾兰坡摘下礼帽点点头，又向张老汉点点头，快步走进新生代研究室。他一边走一边注意每个房间。他发现几乎所有的房间都敞着门，里边被翻得乱七八糟。他走到解剖室，这里是他工作的地方。这里堆放着一些化石箱，但显然已被翻过了。

他心疼地拿起一块肿骨鹿化石看了看，想放进怀里，又觉不妥，只好先放下。在成堆的文件前，他意外地看见由他主绘的周口店发掘现场图，竟然未被日本人抄走。

这上面详细地标注着龙骨山每一处的发掘平面分布图。可这厚厚的一大本，他如何才能带走呢？他看着图纸，不禁有些犯难。他把图纸掩盖在一些文件之下，又继续看。他爬上天花板，打开一处方格，天花板的空当里放着

 龙 骨

杨钟健委托藏好的一只皮箱。贾兰坡打开箱子，里面的东西都在。

他拿起毛泽东写给杨钟健的亲笔信，看了看信封，毛泽东飘逸的毛笔字展现在贾兰坡面前。这封不长的信竟被杨钟健视为宝物，可见杨钟健对此是何等重视，而贾兰坡只知道毛泽东是共产党的领袖。

贾兰坡收好信，放回原处，把一切都恢复成原样。

他突然想到，何不把图纸也藏在天花板里呢？他下来，取出图纸，悄悄放进天花板里。此时，他有了一个大胆的计划，把图纸盗出协和医院。

贾兰坡连续几天每天都到协和医院去上班，体验日本人的管理规律。下班时，日本人对每个职员进行搜身。他看见，日本人虽在门口戒备森严，但内部却十分松懈，解剖室这样的地方几乎没有日本人监视。

但这里由于是日本人征用的医院，因此宪兵队也占据了上面很大一块。要去解剖室常常要经过恐怖的宪兵队审讯室。随着贾兰坡的观察，可以看见这里有的改成拷问室吊打爱国志士，有的临时关押一些中国老百姓。惨叫声与审讯室的阴森恐怖在贾兰坡的心中留下深刻的印象。

晚上，整个新生代研究室变得死气沉沉，一片寂静。日本人认为没有价值的化石及文件就堆放在地下室里。

贾兰坡注视着协和高高的院墙，他在选择翻墙进来的最好位置。

一切准备就绪后，他去找张老汉。在门房里，张老汉听了贾兰坡的想法，大惊失色，赶快探出头，看外面没有人，迅速关上门，悄声对贾说："你不要命了！这是要杀头的！"

贾兰坡握着张老汉的手跪了下来，流着眼泪："张大爷，这都是我们国家的宝贝啊！我如果不管，就对不起祖宗，对不起国家啊。我不能不冒这个险，您一定要帮我。"

张老汉扶起贾兰坡。十多年了，他对贾兰坡、裴文中这些引以为豪的中国年轻人格外敬重。他虽不识多少字，但这个大义他还是明白的。他看贾兰坡如此壮烈之举，也十分感动。他想了一下，下决心似的说："我也活够了。干，我答应你。不过，你选的地方墙太高，不行。我看锅炉房那边的墙行，另外，藏一些绳子，也不容易引起怀疑。"

第二十二章 龙脊·夜闯虎穴

贾兰坡很感动,两个人就在草图上仔细地研究起来。

白天,贾兰坡把藏在袖子里的卫生纸缠在手臂上,带进解剖室。他钻进天花板小心翼翼地沿支梁爬到箱子处把挖掘图抱到有光线的通风口,他仔细地用笔在手纸上把图临摹下来。因空间太小,他只好半伏半靠在角落吃力地描绘。有日本鬼子来巡视,他就屏住呼吸一动不动,待鬼子的脚步走远再接着干,狭小的空间使贾兰坡大汗淋漓,也闷得慌。他这样不敢吃不敢喝是为了尽可能多绘一些,他不知道他有没有那么幸运,而每次只能带出一部分。

下班时,贾兰坡高举双手,让日本人搜身,从容地将手纸带走。回到家中,他铺开手纸一笔一画地还原在图纸上。

贾兰坡深夜翻墙进入院内,张老汉已把东西准备好。贾兰坡将挑选的部分重要化石包好,用绳子吊上墙头。翻出墙后,张老汉又把绳子收回,放在墙旁的锅炉房里。

远处,日本兵巡逻队走过。二人紧贴在墙上,手电光在墙上晃来晃去。两个人紧张得一头汗。

就这样,贾兰坡在夜里挑灯复制,很快完成厚厚一大本发掘图,他终于成功了。

贾兰坡在门房张老汉的帮助下,分3次成功地把周口店猿人遗址发掘图纸全部盗出,更为珍贵的是猿人遗址在发掘过程中由贾兰坡及其他中外学者拍摄的图片资料胶片,都被贾兰坡一并偷出并送到王府井大街五兴照相馆洗印出来,其中一张就是1941年4月为欢送魏敦瑞赴美在协和医院办公楼门前的合影,这张珍贵的照片是新生代研究室唯一的合影,从这张照片上我们可以看到《龙骨》故事中主要人物:一排中间者为魏敦瑞,左右两侧分别是新任秘书克拉·塔什黛安和卸任秘书高韩丽娥,右边为裴文中,贾兰坡站在魏敦瑞身后。这张照片也让今天的人们看到克拉·塔什黛安的真容。有了贾兰坡冒死盗图才使这些极为重要的文物资料终于得以保存。

由于没有图纸,日本人要在龙骨山找到发掘地,重新发掘的企图就始终没有得逞。

龙 骨

在黑暗的战争年代,为了怕连累家人和妻儿,年轻的贾兰坡为国家冒死抢救遗产前,决然将全家以奔丧为名送回河北老家。然而,正当贾兰坡冒死盗图之际,裴文中却正面临着死亡的威胁……

第二十三章
龙脊·"带黑斑的金百合"

他的皇亲国戚用这首诗制订一项庞大的掠夺计划——"金百合计划"。

心焦如焚的裕仁不得不再次派人前往中国，目的只有一个："务必找到'北京人'头骨，把它带到日本。"

北平·街道·裴文中住宅

几个小女孩在跳皮筋："平则门，拉大弓，过去就是朝天宫。朝天宫，写大字，不远便是白塔寺。白塔寺，挂红袍，前面就是马市桥，四牌楼，多集市，过去就是后皇城根儿……"突然，一阵警笛声惊散了唱歌谣的孩子们，她们尖叫着四处躲藏。一群戴着白色袖章的日本宪兵杀气腾腾地骑着摩托，把裴文中的家团团围住。

日本兵冲进裴文中的家，四处搜查、乱翻。夫人舒令漪与孩子惊恐地躲在裴文中身后。裴文中愤怒地看着这些疯狂的日本宪兵。一个满脸横肉的军曹走到裴文中面前，傲慢地打量着裴文中："你的，裴文中的干活？"

裴文中横眉冷对："我是裴文中。"

军曹："北京猿人化石你藏在什么地方了？"

龙 骨

裴文中："我不知道！"

军曹冷笑了一下："不知道？嘴硬？那你就到宪兵司令部去讲！"军曹扭头，一旁的日本兵一拥而上，扭住裴文中的胳膊就往外拉。

舒令漪哭叫着："你们凭什么抓我丈夫！"孩子也哭叫着："爸爸！爸爸！"紧紧抓住裴文中的衣角。

军曹扬手就要打。裴文中大吼一声："住手！不关他们的事。我跟你们走！"军曹扬起的手停在空中，狞笑着慢慢收回手："一人做事一人当。好样的。好好与皇军配合，什么事都没有。走吧！"

裴文中对夫人："不要怕，我会回来的。你们多保重！"

舒令漪踉跄了一下，没抓住裴文中，跌坐在地上。

裴文中被押上了车，孩子与夫人悲痛地相拥而哭。日本宪兵乱哄哄地启动摩托车，拉着警报开走了。

舒令漪突然看见，裴文中被抓走时竟然只穿了一只鞋，她抓起鞋扑向门外。门外冰天雪地，杂乱的脚印中，只有一行有鞋、有脚的脚印留在雪地上……

北平·日军宪兵司令部

插着太阳旗的汽车、摩托车隆隆地开进宪兵司令部的大门。门外，手持刺刀长枪的宪兵一边两个笔直地站着。门口还有一个哨兵岗亭，站着两个黑衣伪警察。

院内。车门打开，日本兵推搡着一个人从囚车中出来。来人正是克拉·塔什黛安。她显然也是突然被抓到宪兵队的。她拢了一把凌乱的头发，惊恐地张望着四周。日本兵粗暴地："下去！快！"她扶着车帮，下面两个日本兵一边一个拎小鸡似的架着她的胳膊把她从车上拖下来，差点摔倒在地上。日本兵押着她，走进黑洞洞的大楼。

走廊里，不时传来撕心裂肺的惨叫声和鞭打声。克拉·塔什黛安抱着双臂，不安地看着两侧的牢房。铁窗里趴着许多蓬头垢面的人，用木讷的眼光注视着她。她也努力从这些人的面孔中寻找自己认识的人。

第二十三章 龙脊·"带黑斑的金百合"

在一间大的审讯室里，日本军官拉过塔什黛安，让她往里看。克拉·塔什黛安勉强往这间布满刑具的审讯室看去——铁链上吊着3个人，一个是胡顿，一个是博文，一个是裴文中。

门打开了，军官把克拉·塔什黛安推进屋。审讯室中间烧着一盆炭火，红红的火焰中插着横七竖八的钢钎，火中的钢钎已烧得通红。两个膀大腰圆的日本打手，头扎白布条，白布条上画着日本旗。粗壮结实的日本打手浑身是肌肉，胸脯上长满了浓黑的胸毛。

打手见有西方女人进来，立刻来了精神。色眯眯地怪笑着迎上来。克拉·塔什黛安惊恐地缩成一团，不敢看这些如恶魔般的打手。旁边的门开了，走进两个日本军官。打手们立刻站得笔直，退到一边。

军官走到克拉·塔什黛安面前一个立正，十分恭敬地说："克拉·塔什黛安小姐，让您受惊了。今天请你来，是要麻烦你配合我们查清'北京人'的下落。我想小姐不会拒绝吧？"

克拉·塔什黛安连连点头："当然，我愿意帮助你们。我愿意……"

日本军官很绅士地伸出一只戴着白手套的手，以西式的礼节，让克拉·塔什黛安把右手搭在他的手上，带着她走近第一个被吊者胡顿面前。

胡顿已没有了昔日的整洁与风度。衬衣在鞭打下已血迹斑斑。头发蓬乱，胡子老长。日本军官用一只手托起胡顿的头，故意问道："认识吗？"

克拉·塔什黛安："认识。这是协和医院院长胡顿先生。"克拉·塔什黛安走上前，悲哀地叫道："胡顿先生，你怎么样？"

胡顿睁开眼本能地哀求："救我，克拉·塔什黛安小姐。救救我。"

克拉·塔什黛安对着日本军官："求您了，放过胡顿先生吧。他是一个年过半百的老医学家。"

日本军官微微一笑："我很乐意为女士效劳。"他挥手命令道："放开他。"打手们一拥而上把铁链解开，将胡顿扶到椅子上。

克拉·塔什黛安："感谢您的仁慈。"又走向下一个。

博文也是蓬头垢面，两只眼睛发直，似乎已不认识克拉·塔什黛安。

克拉·塔什黛安上前摇动博文："博文先生！博文先生！"

龙 骨

博文睁开眼睛失神地问:"你是谁?我不认识你。"

克拉·塔什黛安:"我是克拉·塔什黛安,克拉·塔什黛安啊!"

博文突然惊恐地叫起来:"不要杀我!不要杀我!"

克拉·塔什黛安对日本军官:"天哪,博文先生已精神失常了,可怜的人。求你放了他吧!"

军官:"很乐意。"一挥手,打手们上前为博文解开绳索,放在椅子上休息。最后,他们来到裴文中面前。裴文中瞪着眼睛大声说:"用不着求日本人!"

日本军官并不理睬他,反而很客气地说:"裴先生,你是我所见到的最有勇气的中国人,本人十分敬佩。来,放开裴先生。"

日本打手放开裴文中。克拉·塔什黛安想上前扶一把,日本军官却阻止她:"没有关系。我们没有对裴先生动刑,只是稍稍教育了一下他的强硬态度。"

裴文中搓搓手,自己走下来,坐在椅子上。

日本军官得意地亲自给克拉·塔什黛安搬了一把椅子,礼貌地请她坐下:"好了,克拉·塔什黛安,您的同事、上级、朋友都在这里,还有'北京人'发现与发掘的第一人,可以说,这个线索从你们身上都可以找到。怎么样,克拉·塔什黛安小姐,虽然这是战争时期,但我仍愿意与各位共同探讨北京猿人的下落。我愿意为各位争取自由,但也希望你们给我一个协助,也算给我一个面子,怎么样?"

克拉·塔什黛安咬着嘴唇,感到这个对手十分难对付。犹豫了一下,还是决定用女人的方式与这个风度翩翩的日本军官较量。她委婉地道:"军官阁下,非常感谢您的仁慈与宽宏大量,放了胡顿博士、博文,还有伟大的考古学家裴文中先生,这说明阁下是有良好修养的绅士……"

"克拉·塔什黛安小姐,谢谢你的赞扬,我们还是回到主题吧。"军官客气地打断了她的话。

"对,对。在这种场合,我很紧张,可能语无伦次。请原谅一个弱女子的脆弱……"克拉·塔什黛安连连回答。

第二十三章 龙脊·"带黑斑的金百合"

军官:"那好。克拉·塔什黛安小姐,我们的耐心是有限的。他们(指指3个人)的命运可能也掌握在你的手中。你讲讲,为什么要做石膏模型?做了多少套?"

克拉·塔什黛安心中一惊。这个问题从未有人问过她。但克拉·塔什黛安毕竟是一个身份特殊的人。她的心理素质远远超过日本人的估计。她定了定神,从容回答:"阁下,作为新生代研究室魏敦瑞博士的私人秘书,我是4月份到达北平的。在这之前,魏敦瑞博士另有一个女秘书。而做石膏模型是我来中国之前就定了的事,所以我很抱歉,我真的提供不了什么我不知道的情况……"

军官眉毛一挑,没想到克拉·塔什黛安如此轻易地回击了他自认为致命的一问。而且有根有据,合情合理,不能不让人信服。

但他仍要继续盘问:"那好。那么作为魏敦瑞的私人秘书,4月份魏敦瑞就回美国工作了,而你却留下来。你为什么没有跟着博士回去?你是不是有什么别的任务呢?"又是一个咄咄逼人的提问。

克拉·塔什黛安不慌不忙地道:"阁下,我只有一个简单的理由,你可以相信我,也可以不信,因为我还想求您大发善心能帮助我呢。"

军官:"哦?你说。"

克拉·塔什黛安:"我来华应聘洛克菲勒旗下的新生代研究室的秘书职位,完全是出于我个人感情因素。因我的未婚夫所在的海军陆战队来到北平,我也跟着来了。这就是我为什么没有跟魏敦瑞博士一起回美国的原因。军官阁下,女人是不是很傻?我的爱人在北平,我也就留了下来,就这么简单。我想请您帮助的,就是求您帮我找到我的爱人,把他还给我。我们只想做个安分守己的普通人……"

军官:"好了,你讲远了。这不是我的管辖范围,美军战俘现在都就地看守。不过如果你能好好配合我们,也许我能帮你的忙……"

"我一定尽力帮助你。凡是我知道的,我都说,都告诉你们……"一见军官的态度,克拉·塔什黛安赶快打断他的话,抢先表白。

军官:"那好。你留下的主要工作是什么?为什么存放'北京人'头盖骨的

保险柜由你掌管,而不是由任新生代研究室主任的裴文中管理呢?"

克拉·塔什黛安早有准备,立刻回答:"因为魏敦瑞在华还有一些工作没有结束。根据他的安排,他的私人物品暂时由我管理。据我所知,复制石膏模型是魏敦瑞博士的要求。因为中国与美国有化石协议,像'北京人'这样的珍贵化石是不允许出境的。所以,魏博士只能请人复制几个石膏模型以供研究所用。保险柜里的头骨就是没有来得及寄出的石膏模型。由于保险柜是魏敦瑞博士的私人财物,里面的东西也是他的私人物品,所以由我暂时保管。至于裴文中先生,他的办公室不在协和医院。而且,裴先生并非担任负责工作,所以,魏博士走后,裴文中先生也很少到协和来。我们不太熟……"

日本军官沉默了一会儿,几乎是哀求地说:"克拉·塔什黛安小姐,根据你的经验,你认为'北京人'会在哪个环节上出问题呢?它们总不会凭空蒸发了吧。你随便讲讲,哪怕是你的猜测和建议呢。我需要你的帮助。"

克拉·塔什黛安知道,她已完全占据了主动。她露出一丝微笑,表现出一副特别关心的样子。

克拉·塔什黛安说道:"我认为,协和医院不可能再放这些化石。这个道理很简单,协和只是美在华的一个企业,一个医院。既不懂,又没用。所以你们不妨到公使馆和海军陆战队的各个营地去找一找,一定在某个地方。因为美国人在这里就这么几个地方……"

军官悄声对旁边的人讲了几句,并不住地点头。他站起来,走到克拉·塔什黛安面前,久久看着她,克拉·塔什黛安也站了起来。

日本人绅士地鞠了个躬,并拉着她的手说:"克拉·塔什黛安小姐,你讲得滴水不漏。说明你受过很好的训练,不仅仅是一个普通的秘书。不过,我更乐意相信一个漂亮女人的话。裴先生可以由你领回去,至于这两位美国人,你知道我们正在与他们开战,什么时候放人我还得听上司的。当然我会派车送你们的。感谢你的配合。不过我希望这一段时间你不要离开北平。我还会再找你们的。"

军官指挥宪兵送人。当他走到裴文中面前时,一个立正,并鞠躬行礼:"裴先生,受委屈了。我们日本帝国很需要像先生这样的人才。希望先生与我

第二十三章 龙脊·"带黑斑的金百合"

们合作。"

裴文中冷笑了一下,伸手露出伤疤:"就这样合作?我担当不起。"

军官:"在下愚笨,请多多原谅。"

裴文中:"哼!"扭头便走。军官无奈。

在隔壁的房间里,长谷、高井等人从小玻璃镜后观察全部的情况,脸上露出满意的笑容。

这段情景来自克拉·塔什黛安在自己书中的描述,我们无法知道她绘声绘色的故事有多少水分,但根据1946年燕京大学宗教学院院长刘廷芳和燕京大学校长办公室主任谢景升编写的由司徒雷登口述回忆的《司徒雷登年谱》披露却完全不同:

> 1942年1月9日日宪兵队将先生(司徒雷登)由美国兵营移押东单三条协和医院院长住宅。协和医院院长胡顿氏,及协和医院总务主任鲍文氏(有译为博文)同时被押。……监禁生活相当舒适,且有相当自由,能在日本宪兵监视之下,外出赴牙医处就诊。……先生等三人相互慰藉……1945年5月,日政府急欲求和……拟请先生向蒋介石说项……先生坚持其难友两人须同获释放,否则不愿一人独自出狱。8月17日,先生偕难友同时复得自由。先生自被捕至出狱,前后计三年零八个月有奇。

这段珍贵的文献使我们对协和二位有直接关联的人有了直接证据。

刘廷芳与谢景升都是司徒雷登最为亲密的同仁,而且同事很多年,况且年谱是应司徒请求口述实录,应当是真实准确的。

那么可以断定:克拉·塔什黛安有关胡顿与博文"被日本宪兵拷打致疯"的故事显然是刻意编造的谎言。为什么要制造这样一个假象呢?又为什么煞有介事地专门告诉胡承志呢?克拉·塔什黛安究竟葫芦里卖的什么药呢?

据传,长谷一伙在天津找到了"北京人"化石。故认为没有必要再扣押这几个人。这似乎与在战后日本帝国大学地下室发现的周口店猿人遗址挖掘的

龙 骨

同一箱其他化石较为一致。裴文中自己也认为一定是日本人在天津找到了"北京人"化石，否则不会突然停止了一切搜寻工作并放了自己……

在太平洋战争期间，日本人究竟从协和医院新生代研究室掠走了多少珍贵化石？多数人并不清楚。人们所知道的是胡承志装箱送到博文办公室的两箱装有5枚"北京人头盖骨"及其他珍贵化石。它们是：一只白木箱子里，共装有7盒标本……

这一批化石共装了67箱，在箱皮上的号码之外加有一个"∧"形记号。这67箱珍贵化石在抗战期间也全部失踪。

据贾兰坡教授回忆："大概是1942年5月间，北京的许多书摊上都摆上了新生代研究室的出版物。如崇文门的书摊，东安市场及西单商场各书摊和书店也摆出相同的书籍。传说是日本军人在东皇城根一带焚烧书籍时被平民抢出来又转卖给书贩的。"（贾兰坡《周口店挖掘记》）

1942年，也是裴文中和贾兰坡艰难的时刻。由于日军占领协和医院和地质所，他们一下变得无所事事。再加上洛克菲勒基金会早已停发了工资，使得无论是外籍人士还是中国人士本来就很微薄的收入变得一无所有。

裴文中一边想方设法去代课一边将家中一些物品变卖以维持饥寒交迫的生活。

贾兰坡更是如此，他是全家生活的顶梁柱，凭借新生代研究室微薄的工资一家人尚可糊口，现在连基本的生活费也失去了，他只好去打工或变卖自己家中的一点书籍。但是他们和新生代研究室的所有同事都有一个共同的信念，那就是宁可饿死也不为日本人做事。

在北平搜索一年而毫无收获的长谷部言人一伙感到十分的沮丧。这一年他们费尽心思，四处打探翻遍了协和医院地下室和地质所库房，除了一批动物化石标本外，"'北京人'头盖骨"甚至有关的人骨、牙化石也毫无踪迹。他回到东京后即着手向文部省递交一份报告，并由文部省转奏天皇。报告如下：

文部省存放于北平协和医学院密室中的"北京人"化石头盖骨已被转移，目前只存有石器时代的工具和一些科学价值不大的动物骨

第二十三章 龙脊·"带黑斑的金百合"

骸化石标本。经初步调查,是美国人转移了"北京人"化石,因为他们已预料到日本皇军占领北平协和医学院。

如果我们的调查和估计无误,"北京人"化石应该还在中国的某一个地方匿藏着。目前,我们正在加紧搜查之中,只要尚有一线希望,我们决不放弃最后努力!同时,我们请求天皇令华北驻屯军继续负责搜查"北京人"。

长谷部言人呈上
1942年7月3日

正在皇宫小博物馆里把玩中国古董和文物字画的裕仁看到了文部省送来长谷部言人的报告,裕仁本身是一个酷爱钻研古生物的人,在他的私人博物馆里就收藏着掠夺来的各国出土的头盖骨和古生物化石。对于"北京猿人头盖骨",他是情有独钟,当裴文中的第一枚"北京人"头盖骨问世后,他就渴望得到,他曾经多次指示文部省与中国交涉,希望中日联合考察挖掘周口店遗址,甚至提出比美国人更优惠的条件。但是一次次交涉,中方都以已经与美方履行合同为由而拒绝。看不到"北京猿人头盖骨",这让裕仁耿耿于怀。如今已三番五次派人去北平寻找"北京人",但仍是石沉大海,杳无音讯。看了长谷部言人报告。裕仁心里也明白:军部这些混蛋满脑子就是打仗,对于自己喜爱的东西漠不关心,着实让他窝火。

他毫不犹豫提笔对报告做出批复:"令北支派遣军总司令部负责追查'北京人'。待查实后,从速运往日本帝国。"

文部省拿到批示后不敢怠慢,立即转发日本大本营陆军司令部。当北平的北支派遣军司令部接到此项密令后一时也不知该如何办,因为他们正承担着对华北地区抗日根据地进行疯狂的扫荡,而司令长官正是亲自指挥扫荡的冈村宁次。

冈村宁次这个战争狂人头脑里认为平定抗日力量要远比给天皇找几个死人头要重要得多,但是也不能够违抗天皇的命令,因为日本军人是自喻"天皇之军"。在几经与本土大本营军部商议,还是由军部想出一个两全其美办法来

龙 骨

完成皇命。

那就是由大本营物色的日本最著名私人侦探铤者繁晴来完成这项天皇使命。

1942年春·周口店·龙骨山

由两辆卡车的日本士兵保护的两辆黑色轿车停在周口店猿人遗址的废墟上。日本兵如临大敌般在山上山下布满了警戒线。机枪手伏在地上瞄准，随时准备开火。小轿车上下来的是长谷、高井及日本军官。裴文中也被押出来。另一辆轿车上下来两个日本宪兵，押着贾兰坡。

贾兰坡意外地看见裴文中，欲上前打招呼，被日本宪兵拦住。

听见吵闹，裴文中回头，看见了贾兰坡，也十分惊讶。他不顾高井的阻拦，冲上去与贾兰坡紧紧拥抱。眼泪从眼角流下来。裴文中拍着贾兰坡的后背："你怎么回来了。不该啊！"

贾兰坡："裴大哥，你受苦了……"

高井要上前将两人拉开，被长谷拦住，示意士兵不要管。宪兵们退到一旁。

裴文中："你怎么也到这儿来了？"

贾兰坡："一大早宪兵队冲到我家，二话不说就把我塞进汽车，一直拉到这里，不知他们要干什么。您呢？"

裴苦笑一下："跟你一样，抓到这儿。不过，长谷曾多次讲过，打算在龙骨山再开始挖掘。估计今天还是这事。"

"休想！什么都没有。休想！"贾兰坡愤愤地表示。

"两位都是周口店挖掘史上的奇才。今天在此相聚，一定很感慨吧。"

长谷走到二人身边，故作热情地感叹："回到熟悉的故地，一定很感慨吧？"

"那是当然了。在这里，我们花费了十几年的心血，才有了重大的发现。可今天，看看这里，哪里还有一点科学考古的影子。我的心里只有疼……"裴文中指着满山的废墟，纵横交错的战壕，被战火烧毁的树林，愤愤地回答。

第二十三章 龙脊·"带黑斑的金百合"

长谷："我完全理解先生的心情。也正因为如此，鄙国政府诚挚地准备在这里重建更为辉煌的世界第一流的挖掘现场。我们一起重建这个伟大的大东亚梦想。"

贾兰坡冷笑了一下："这里没有5年，根本无法恢复到原有的挖掘状态。再说，凭什么来重建呢？你们有计划书吗？有图纸吗？"

高井带有挑衅地："我们有自己的图纸。"

长谷："啊，贾先生，你当了7年的现场总监，是这方面的专家。请贾先生过目。"长谷命令高井。

高井从皮包里取出一张图纸递给贾兰坡。贾兰坡并没有接。

长谷讨好地亲自展开："请看看，可以不可以。"

贾兰坡看了看，问："你们画的？"

高井："啊，对，对。"

贾："这是发掘工艺图？"

高井："啊，是，是。"

贾兰坡却嗤之以鼻："这种东西也能叫发掘图纸？这最多也只能是一个平面图，而且与现状完全不符。"

长谷尴尬地说："啊，果然是专家。请指教，请指教。"

贾兰坡："周口店的发掘有严格的发掘图纸。而图是在十几年的历次实际挖掘中，不断修正绘制的。我们的图纸被你们抄走了，要重建，没有图纸怎么干？"

长谷一听也有道理。他扭过头，向高井问了几句。高井把手一摊，满脸的茫然。

长谷一看，也自知没有条件。他试探地问："据我所知，周口店挖掘现场的图纸大都出自于您之手。可否凭您的经验重新绘制一份？"

贾兰坡断然否定："长谷先生，你也是堂堂大学教授，这是一个起码的常识。没有图纸，无法施工。这十几年积累的详细数据，不可能仅凭记忆重绘……""砰——"的一声，山头上响起枪声。日本兵紧张得全都趴在地上，高井、长谷也惊恐地蹲下。

龙　骨

长谷向裴文中、贾兰坡招手："快卧倒。危险。"

裴文中哈哈大笑："在周口店我从来不会趴下！"与贾兰坡相视大笑。

一会儿，一个日本军官浑身是土地跑过来，急匆匆地向长谷报告："发现八路军游击队，此地不能久留，请立刻回城。"

在日本军官的催促下，长谷和日本兵仓皇爬上汽车。

贾兰坡一直在开心地大笑。他明白，日本人手里没有图纸。他的盗图起了作用。

周口店车站

车站上躺满了准备上路的伤兵。他们满身血污，垂头丧气。

裴文中欣慰地看看贾兰坡。两人都抑制不住兴奋。

日本军官对长谷："昨天我们与这一带的抗日分子进行了激战，这是华北地区抗日分子最活跃的地区。他们在山区还建立了根据地，给皇军造成了很大的威胁。我军伤亡很大。一位中佐军官阵亡。今天获悉，抗日分子在房山云居寺聚会。皇军航空大队对这个地区进行了毁灭性的轰炸，战果不明。长谷先生要想在周口店建立挖掘考古，恐怕不现实。这里到了晚上无法控制局面……"

长谷制止了他的话。日本军官敬礼，下车："祝先生一路顺风。"

汽车向北平开去。一路上，长谷一直不说话。

裴文中忍不住问："长谷先生，你去过云居寺吗？"

长谷："啊，什么？云居寺？没有去过。"

裴："那是一座始建于隋朝的千年古寺。你们就这么炸毁了。这座古寺1300年来香火从未断过。日本也是个信佛的国家，难道不怕触犯天怒吗？"

长谷："这是战争啊。没有办法。"

"战争？"裴文中冷笑着，"这是谁的战争？是你们的战争。是打到别人家的战争。"裴文中愤愤地。

高井："八格！这是大日本帝国的圣战。谁让游击队袭击皇军。"

贾兰坡："你也算是个学者？杀鸡的时候鸡还要挣扎。何况是人。是一个民族。那云居寺相传是佛祖达摩传经之地。真是造孽啊！"

长谷长叹一声："别争了别说了。周口店的挖掘看来是不行了……"

裴文中与贾兰坡会心地一笑。

东京·皇宫·裕仁御前会议

长谷跪在地上，诚惶诚恐地听从训令。文相麻仁俊一站立一侧。

裕仁带有女腔的训斥声："你们屡办不力，朕实在失望至极。一个完全在皇军控制下的北平，怎么会让美国人与支那人愚弄。朕渴求'北京人'化石已久，实在令人怀疑。麻仁君，你说如何处理？"

麻仁俊一："陛下息怒。'北京人'一事显然美国人早已有险恶用心。日露战争打响后（日露战争是日本人称的日俄战争。），皇军抽调大量兵力投入南太平洋战区，以致已占领的北平地区显得兵力不足。华北派遣军司令冈村宁次大将呈报军部，希望能补充华北之皇军军力。但军部大臣未予重视。仅北平附近的房山等地已成为反日势力的基地。

"由中共'党匪'吕正操、萧克等共党首领在华北反日势力武装达10万人。而这些地方恰在周口店地区周边。虽经华北特遣司令部多次讨伐，效果似乎不大。

"这一带山民众多，对皇军极为敌视。加之周口店地区曾多次发生战事，挖掘地已面目全非，无法按原样挖掘。恢复周口店挖掘实为得不偿失之举。

"长谷君日夜奔波，但毕竟是文人术士，收效不大，有负天皇厚望。依臣之见，支那考古之精华'北京人'的查访恐怕需军部与帮会共同协办，方能奏效。"

裕仁："你的奏折我已看过，这里按你们的意思办，朕也想到这一点。"转身命侍卫："召见朝香宫鸠彦亲王觐见……"

朝香宫鸠彦，裕仁侄弟。负责中国地区"金百合计划"。震惊世界的南京大屠杀就是此人下令所为。但战后竟然逃脱了战争的惩罚。

龙 骨

日本皇宫·竹田宫亲王觐见

竹田宫亲王：负责南太平洋地区"金百合计划"。主要皇室执行人之一。

一身黑色和服，五大三粗的黑龙会首领儿玉誉义夫应召觐见。自甲午战争后，黑龙会作为天皇的社会势力。组织日本浪人专门搜刮中国东北地区的黄金珠宝以及珍贵文物，为日本皇室提供了大量财富，成为"二战"期间裕仁搜刮亚洲财宝的主要依靠力量。年事已高的头山满将黑龙会第一把交椅让给儿玉誉义夫，已在上海、北平等地建立自己的情报机构"儿玉机关"的儿玉，在中国已形成自己的势力网。

3个人依次拜见后，坐下。

裕仁："'北京人'化石一事，朕已向各位讲过。这对大和民族十分重要。黄金珍宝固然重要，但这个古人头骨的价值绝不在黄金钻石之下。东京帝国大学长谷博士多次前往北平，但均未能找回头骨。可见英美西人要比我们更希望占有它们。朕要求你们将查找'北京人'头骨一事列入'金百合计划'之中。各位须鼎力协作，务必将北京人头骨送到帝国来。朕已拟了一道手谕。"

内侍官宣读："令北支派遣军总司令部负责追查'北京人'。待查实后，从速运往日本帝国。"

裕仁："朕已责令北支派遣军总司令部全力配合，提供一切条件。你们说说还有什么建议和意见。"

竹田宫亲王："陛下，我在南洋督办'金百合计划'十分顺利。南洋地区已成为我帝国财富资源的重要来源之地。除战略物资外，黄金、钻石的战利品超出我们的想象。为大日本帝国盈实国力，提供了充沛的财富支持。

"想想明治天皇为发展强国，将一日三餐改为一日一餐，用全体军民节约的资金赢得了帝国甲午海战的胜利。仅清朝赔款一项就达8000万两白银。这是先天皇以身作则富国强兵的实例。如同我帝国与英美西方列强开战，同样存在国力悬殊之势。数百万皇军浴血奋战在大东亚各地，也正是实现天皇伟大大东亚共荣之梦。我虽不懂化石之类的奥妙，但皇叔有旨，自当全力以赴。不过追查化石之事，恐怕需要特别手段。在此，我向皇叔推荐一个人……"

裕仁："谁？"

第二十三章 龙脊·"带黑斑的金百合"

竹田宫:"锭者繁晴。日本赫赫有名的大侦探。他还有个好听的外号——东京猎犬。在他手中所侦破的案件无数,没有他破不了的疑案。"

裕仁:"朕听说过此人。有你如此推举,朕就放心了。不过,南洋计划主要是你负责,成效显赫,朕不会忘记你的功劳。儿玉誉义夫,你家族世代忠于皇室,为皇室和帝国建树功勋。朕已责令通产省批准你兴建大型企业的计划。希望你不辜负朕的期望,把企业办成我帝国的支柱产业。"

儿玉誉义夫跪拜:"谢陛下恩宠。臣将为实现陛下的心愿万死不辞!"

裕仁:"朕以为,在中国查找'北京人'之事,由南宫笠原代表我实施'金百合计划'。记住,这是计划的组成部分。竹田宫君,由你在支那各地的联络网协同。至于锭者,就这样决定。由土肥原贤二向锭者交代任务。但是,他是独立侦破,直接由北支司令部与他单独联系。这样,我们两张网,一明一暗。全力追寻'北京人'。"

"竹田宫,你仍负责整个'金百合计划'。继续负责南洋部分帝国战利品的转移工作。文部省长谷信部人等人,继续提供技术指导,确保帝国之物为珍贵的真品。"

众人:"哈伊!"退下。

北平·北支派遣军司令部

手持天皇手谕的长谷拜会了冈村宁次,"黑龙会"的帮主儿玉也拜会冈村,又有东京侦探锭者繁晴也来拜会,一连串的拜会引起了冈村的不安。对于考古他向无兴趣,他是职业军人只关心战争能否打赢,其他概不关心。

他除了应付差事派人协助外还想让一个人来帮他完成,此人便是随他一起来北平的女间谍川岛芳子,一来借助她熟人故地,二来利用军部情报机关和黑龙会在北平、上海的梅机关网络完成天皇的任务,为自己在天皇面前铺开更高的位置。然而,大包大揽的川岛芳子把此事当成自己谋取更高利益的敲门砖,她大肆高调活动却严重干扰冈村的工作,并且引得议论纷纷。烦恼不已的冈村不得不将自己的心腹爱将今井武夫召来密谈。

冈村宁次一直把今井武夫视为心腹谋臣还有一个不为外人所知的原因:

龙 骨

1931年第一次淞沪战役后不得志的冈村郁闷地闲居在上海。而今井武夫却如日中天活跃在香港和上海,他出没于汪伪和国民党内的投降派之间,在上流圈子里有一个女人注意上了他,这就是赫赫有名的双料美女间谍川岛芳子,中国名金碧辉。

川岛芳子因为日本策划淞沪事变而名声大噪,她利用上海这座十里洋场的特殊作用为自己寻找野心的归宿。

1932年4月29日·上海市虹口公园

日本天皇诞辰纪念典礼正在举行。日军上海方面军司令官白川义则大将与日本驻华公使重光葵肩披贵宾彩带,神气活现地在主席台上频频向台下欢呼的日本妇女与浪人招手致意,冈村宁次则与幕僚们站在白川义则身后。

身穿和服的川岛芳子与白川夫人坐在一角亲密交谈,不时边笑着边把目光扫向冈村宁次。两人的眼神交会在一起时,芳子眼里闪出难得一见的温婉,这种秋波也被另一个人注意到,他就是今井武夫,如今他也是活跃在上海、香港的日军特使。不得志的冈村投奔老同学白川义则,他俩都是陆军大学的校友,更重要的是俩人都在德国留任使馆武官,日军著名的"三羽鸟"极右组织正是在德国成立的,冈村宁次既是发起人之一又是骨干。

在主席台下一个浪人打扮的青年挤到台前,突然从怀中掏出一枚自制炸弹高呼:"还我朝鲜!打倒天皇!"炸弹冒着青烟飞向主席台,白川惊愕地看炸弹向自己飞来却怔住不动,炸弹在白川与重光葵之间爆炸,烟雾中主席台上一片狼藉,血肉模糊的白川与重光葵等人倒在血泊中。

台上台下人群如炸了窝似的尖叫着四下逃散,川岛芳子顾不上浑身发抖号啕大哭的白川夫人,跑到受伤倒地的冈村宁次身边呼唤:"冈村君,你怎么样?冈村君!"

冈村睁开眼:"啊,是芳子小姐?你来救我?……""是,是芳子来帮你……"芳子招呼她的手下七手八脚地把冈村抬了下去。一头灰土的今井胆战心惊地走到白川身边俯下身试试脉,白川已当场被炸死了,一旁的重光葵被炸断了腿,在号叫中疼得打滚。

第二十三章 龙脊·"带黑斑的金百合"

今井站起身,台下投炸弹的青年并没有逃而是站在那里高举用血写的横幅:"打倒天皇!"周围已被日本宪兵包围。

今井大声问:"你是谁?为什么这么干?!"

青年朗声回答:"我是朝鲜爱国者尹奉吉!我恨日本侵占我的国家!"

今井呆呆地看着这个毫不畏惧的朝鲜人无言以对。这名义士最后被日军杀害,这次震惊世界的刺杀事件,让刚上任不久的白川义则送了命,也让日本外交鬼才重光葵丢了一条腿,1945年9月2日日本投降仪式上,他手拄手杖一瘸一拐地拖着一条木制假腿参加密苏里号战舰上的投降签字仪式。

冈村宁次因站在主席台后只受了轻伤,在上海寓所养伤时川岛芳子精心呵护小心侍服,丧妻不久的冈村自然把投怀送抱的川岛芳子当作自己的情妇。

专门浪迹于日军情报上层的芳子有数不清的相好情人,也正因此她为自己寻找靠山和机会。芳子很重视这个失意而忧郁的日军将军……

上海·寓所

昏暗的榻榻米上,赤裸的芳子抚摸着骨瘦如柴的冈村胸脯,云雨之后的冈村已进入梦乡。冈村梦中与已病故的妻子春子缠绵,妻子哀凄掩泪离去,依依不舍。冈村竭力想拉住妻子但怎么也拉不住。"不,别……走,春子,别走……"冈村眼角流出泪,川岛芳子默默地盯着这个梦中挣扎的男人。

"啊,是梦……我做梦了……"冈村醒了,身边正俯视自己的是芳子而不是妻子,从朦胧中的春子到现实里的芳子,一个熟悉温柔一个妖媚,冈村心里五味杂陈。在自己孤独的丧妻日子里是这个女人给了自己安慰与填充,可每每欢愉之后,春子的身影还是挥之不去。

"我就是你的春子,我就在你身边……"芳子贴着冈村百般温柔。川岛芳子是一个男性化的女人,她看不起围着她诺诺的小男人,她喜欢铁血的汉子,哪怕是魔鬼,她也愿为他奉献一切。眼下这个失意的男人她很喜欢,虽然冈村小鼻小眼而且冷酷无情,但她知道这个梦中呼唤妻子的男人要比军部那班装腔作势的帝国小军官强百倍,只有投身这种人她的复辟大清梦才真正有靠山。

龙 骨

　　川岛芳子决心帮助他登上梦想的宝座，于是她上下活动终于把冈村送上驻华北派遣军司令官的宝座。对于这个位置冈村宁次自己也久有向往，早在何梅协议之初他就想借此为日本"建功立业"，眼看着别人一个个飞黄腾达，这让冈村一直耿耿于怀。芳子奔波于东京与上海之间为冈村的前途上下活动，终于她得逞了，冈村终于如愿以偿——当上华北派遣军司令。

　　川岛芳子还为他物色了一位副手，那就是在七七事变上崭露头角的日军武官今井武夫。活跃在上海的今井也成了芳子猎头的目标。在她眼里能言善辩的今井远比刻板冷漠的冈村要有情趣，她甚至幻想着能与今井一起驰骋在国际大舞台上。芳子以功臣和天衣无缝的组合为资本大摇大摆地陪冈村到北平上任，在那里冈村是占领军、太上皇，她自然就是"皇后"。川岛芳子膨胀了，自以为是借势得道却就此败落。

北支司令部·冈村宁次办公室

今井武夫与冈村密谈。

今井："司令官阁下，恕我直言，请务必约束芳子小姐的行为！这个女人会毁坏将军的声誉和帝国的圣战！"

冈村吃惊地望着今井："你是说她爱女扮男装出风头？"

今井："在下绝非因个人憎恶，这个女人实在是个可怕的女人，军部一半参谋哪个没有与她上过床……"

冈村大怒："你难道是责备本司令与芳子的关系？！"

今井："哈伊，在下不敢！我认为芳子小姐过于随便左右军方人员，这会对帝国事业十分危险，对将军前途极为不利！"

冈村对芳子的行为早已心烦，但一想起芳子在上海对自己的悉心呵护和为他跑官又忍不住有种报恩的感觉。虽说大本营上上下下对她议论纷纷，但自己也只能睁一只眼闭一只眼，他知道今井是对的，可割舍芳子他还是不忍。

冈村缓和口气："今井君，我现忙于华北治安与扫荡军务，可天皇陛下又在此关键时刻派人寻找什么'北京人化石'，芳子小姐是满清格格，人脉熟悉，我只得让她去干这件事。如现在放弃她，陛下委托难推其责……"

第二十三章 龙脊·"带黑斑的金百合"

今井知道天皇派人调查"北京人"化石失踪之事,更知道冈村对此毫无兴趣,他寻思片刻:"司令官阁下,当下军情紧迫,战情稍纵即逝,陛下的爱好有学者和梅机关协查将军大可不必顾虑。再说芳子从小在日本由养父抚养,对当今中国国情民意并不熟悉,由她与梅机关联手调查,恐怕化石未寻到,反而招之非议……"

冈村心动:"依你之见,应该如何处置?"

今井:"依我之见,寻化石之事由有御旨的人执行,我部予以积极配合,但对芳子小姐切莫因小失大……"

冈村接受了今井的规劝,但今井没有告诉他川岛芳子也对自己频频发起攻势。川岛芳子失宠了,日本大本营对她大加限制,连冈村和今井也避而不见。她明白日本人不再需要她了,她只好闲居在家与前清遗老遗少打发时光,她不再穿军服招摇过市,也不再用日本名字而用本名金碧辉。她从来就做不了安分守己的事,如今闲居在家,自然怨恨起过河拆桥的日本人,一个被主子抛弃的走狗原本热衷为天皇找"北京人"的事也干脆撒手不管了。

"金百合计划"是日本在"二战"中专为掠夺各国财宝的一个秘密计划。这些计划均由天皇亲自选派皇族子弟实施。日本的黑道社会由来已久。他们常常成为政府及皇族的爪牙。在政府与天皇的派遣下无恶不作。不择手段地掠夺他国财产。黑龙会就是其中一支主要力量,而且是势力最强大的一支。其成员渗透日本各个阶层,甚至军队。日本当今的八大经济产业支柱之一——佳友商社,就是由这家"金百合计划"的收益组建而成的。这只是日本掠夺亚洲行动计划众多组织中的一个。在竹田宫亲王的眼里,黄金、钻石、珠宝、文物、艺术品,要远比一个死人头骨现实得多。正处在疯狂向亚洲各国搜刮财宝的时刻,竹田宫实在不愿抽出人力来寻找裕仁的偏爱。

为了在表面上迎合裕仁,竹田宫只好请侦探锭者来完成这项任务。这样,既可继续与黑龙会儿玉誉义夫一起专注于搜集各国的财富,也给自己有一个抽身的机会。在这种情况下,锭者只能为追寻"北京人"单枪匹马来到北平了。

裕仁十分喜欢百合,与大多数日本人一样,喜欢一位叫夏目漱石

龙　骨

（1867—1916年）的诗人的情诗，为了纪念他，日本还专门制作了1枚千元（日元）面值的钞票。在日本，原野里常常开满白色的百合花，在诗人内心激起圣洁而美丽的遐想，在夏目漱石的《梦十夜》中他梦幻自己去埋葬心爱的女人，女人叮嘱他"请用大贝壳挖墓……等到100年，墓中长出一枝清丽而洁白的百合，发出彻骨的花香，请吻滴落着清凉露珠的百合花瓣"。夏目漱石寄托百合花怀念新婚去世的妻子中根镜子，期盼梦想神奇实现。

裕仁也根据自己做的梦并写下他期待的梦想成真，于是写下了《金色百合花》的诗，他的皇亲国戚用这首诗制订一项庞大的掠夺计划——"金百合计划"。

裕仁酷爱考古，尤其是古生物化石。因此，中国出土古人类化石，自然成了他梦寐以求的愿望。于是就将梦中的"金百合"设计为掠夺中国宝藏的皇家特别行动。那些皇兄们将其扩展成世界上最大规模的皇家大抢劫行动。

"金百合计划"浓缩着裕仁的大东亚美梦，也暗藏着他渴望从"北京人"头骨中寻找自己祖宗的渊源，有趣的是，他对于自己血脉里的痴狂追寻与希特勒痴迷雅利安血统的现象有着惊人相似。不同的是裕仁毕竟是个古生物学家，他的狂热多多少少更关注于古人类起源的秘密，当然，倘若"北京人"确为人类起源之一，那么只能追溯两三千年历史的日本不得不重新认祖归宗。心焦如焚的裕仁不得不再次派人前往中国，目的只有一个："务必找到'北京人'头骨，把它带到日本。"

2005年，一部揭露日本二战期间疯狂掠夺亚洲各国黄金及文物宝藏行动的专著《黄金武士》在中国上市。作者是美国学者斯特林·西格雷夫，佩吉·西格雷夫兄弟根据大量原始资料和调查撰写的，书中揭露到"金百合计划"（也有称《黄金百合计划》代号："Golden Lily"）始于1937年夏，由"金百合会"发起并实施。这是一项专门掠夺亚洲各国文化遗产和黄金珠宝的庞大计划，由日本天皇及皇室成员朝香鸠彦亲王与裕仁表兄竹田宫亲王具体实施，其中日军山下奉文、土肥原贤二等高级将领及日本黑龙会首领儿玉誉义夫实行具体行动。

事实上，19世纪末日本就已经对朝鲜进行残酷的掠夺与占领，时任日本

第二十三章 龙脊·"带黑斑的金百合"

陆相的寺内正毅就指挥黑龙会浪人盗挖开城及平壤附近的3400座古墓，从中窃取了大量古代青瓷、佛像、王冠、铜镜等珍贵文物。他们还摧毁了拥有4000间的汉阳宫，窃走1800卷文史档案及数千件精美的古书卷、绘画艺术品。他们对认为"价值不大的古代图书20万卷册予以焚毁……"

日本侵略军不仅疯狂掠夺他国文化遗产与宝藏，同时又残酷地奴役，奴化受害国民众，仅朝鲜一国在1945年之前就强迫600万朝鲜人到日本做苦役，仅有1/6的人战后幸存！一位史学家曾愤怒地指出："日本的目的是要根除朝鲜民族的认同意识，从地球上根除朝鲜民族。"作为世界上历史最悠久，文化遗存最为丰富的中国，日本从明代就已经明确形成侵吞中华民族璀璨文化的罪恶设想和具体行动，因此《金百合计划》随着日本侵略野心的膨胀而应运而生。

2014年3月一本由韩国作家郑忠济历经10年撰写的一部名为《揭秘黄金百合计划——寻找日军埋在釜山的中国巨额财宝》在中国上市。这是继《黄金武士》发表9年后的另一部有关《金百合计划》的专著。作者披露一个惊天秘密：中国的巨额财宝、黄金、文物被日军秘密运至韩国釜山门岘洞地下鱼雷工厂内，并将一千余名韩国劳工一起封埋地下。消息一出引起世界关注。据作者披露："《金百合计划》1945年5月下达执行命令的。"但据《黄金武士》作者的调查《金百合计划》的实施不迟于1937年，因为1937年南京大屠杀时正是《金百合计划》中国区指挥者朝香鸠彦亲王亲自指挥和实施的。根据史料分析我们认为《金百合计划》是一项大规模掠夺被害国文化遗产和文物宝藏的专项行动计划，这样一项由日本皇室亲自操控的高度机密行动不可能只在行将灭亡之际才开始实施。相比这本书与《黄金武士》人们不难看出斯特林兄弟的这本著作所列举的事实更令人信服。20世纪七八十年代，国内也出现不少类似藏宝线索，这种层出不穷的传闻至今尚无一桩得到证实。

第二十四章
龙脊·"东京猎犬"

　　他跪坐下来，又擦拭了一下刀，闭上眼睛，双手持刀从下往上扎进自己的腹部。

　　桌几上，《备忘录》上，锭者的名字恰好被溅上的鲜血染红。

夜·沈阳——北平的列车上

　　包厢里，一个身穿黑呢短大衣的人静静地坐在卧铺上，一边抽着雪茄，一边翻看着一本《三国志》。对面坐着一个日本大佐，正搂着一个身穿日本和服的妖冶的女人嬉闹。

　　女人故意在读书人面前晃来晃去："哟，先生，看的什么书啊，这么入神哪！"

　　读书人头也不抬，仿佛眼前根本没人。

　　女人见此撒娇地用手按住书的封面："啊，别看了。大家一起玩玩吧！"

　　大佐从后面抱着女人的腰，探过头："嘿，到北平还早呢。路上多寂寞啊。来，大家一起玩玩……"

　　读书人慢慢抬起头，一副冷酷漠然的表情看着两个人，用手捏起女人按着书的手，轻轻一推。

第二十四章 龙脊·"东京猎犬"

女人惨叫一声,连同大佐一起倒在自己的卧铺上,滚成一团。女人尖叫着:"该死的男人,好凶狠。疼死我了。真没趣。"

大佐扭动着肥胖的身躯,搂着不依不饶的女人,出气似的站在读书人面前:"你的,什么人!竟敢不识抬举!你从这个车厢滚出去。否则——"他掏出手枪:"死啦死啦的!"

读书人冷冷地看着这个肥猪般的日本军官,用手慢慢拨开眼前的手枪,拿出一张证明信递到大佐的面前。这是一封日本军部参谋部特别证明。上面赫然有陆军大臣东条英机的亲笔签名和一方大红印章。

大佐的脸抽动着,惊愕地大张着嘴不能合拢。突然咕咚跪下:"我该死。不识特使的驾到,多有冒犯。请原谅我!"

读书人指了指门:"你,还有你,马上滚出去。从我眼前消失!"

大佐慌忙爬起来:"哈伊!哈伊!我立刻滚出去!"迅速拿起行李,拉着还不明白怎么回事的女人往外走。女人还在追问:"怎么了?为什么要让我们出去?这是我们的车厢,平民应给军人让位……"

"别说了。快点走吧!(对读书人)对不起,这个女人什么也不懂。对不起!对不起!"大佐拉着日本女人跌跌撞撞地出了门。一会儿,大佐又塞进脑袋,满脸堆笑地:"啊,真是对不起。请多包涵!"

门关了。读书人摘去礼帽,挂在衣架上。原来,这个神秘的人正是日本著名大侦探锭者繁晴。

锭者是个职业侦探,年轻时就读于英国伦敦一所侦探学校。受英国人狂热追捧的大侦探福尔摩斯影响,锭者繁晴也不例外成为大侦探福尔摩斯的忠诚粉丝,这个来自日本的青年经常徘徊在福尔摩斯当年破案的伦敦贝克街寓所外,感受大侦探神奇的破案经历……

福尔摩斯生于1854年,曾因他侦破轰动一时的恐怖命案巴斯克维尔庄园案,这桩恐怖而离奇的案例,尤其是那只巨大的浑身涂满磷,令人血液凝固的巴斯克维尔庄园猎犬形象深深震撼人们的心灵。

日本人有爱狗的传统,再加上福尔摩斯侦探手法中最重要的手法就是像狗一样嗅着犯罪痕迹,这就是著名的福尔摩斯"嗅探法"。

龙 骨

锭者繁晴在英国学成之后，操着一口流利纯正的英格兰语带着踌躇满志的志向回到日本，一心要成为日本的福尔摩斯。他很快声名鹊起，因华生医生纂写的侦探小说《巴斯克维尔的猎犬》，被人称之"东京猎犬"……

锭者从包里取出"北京人"的照片，眯缝着眼久久地盯着。他在思索从何处下手。他把塔什黛安、裴文中、胡顿、博文、贾兰坡、胡承志及美国公使馆、协和医院相关人的照片反复比对，并在一张大白纸上画着：复制——装箱——送博文办公室——美国公使馆——美国海军陆战队——装车——押运——被截获，并把每个人的照片像扑克牌似的时而放在一处，又换一处，最后，他画出一个图。塔什黛安、胡顿、博文的上面有一个问号。

他满意地看了一下自己的拼图。一个实施侦破的方案已在其脑海形成。

他把裴文中、贾兰坡、胡承志的照片从图上移开，放在一边扣起来。又拿起塔什黛安的照片反复打量，放在图的第一位置，并用手不断地敲打着照片，仿佛在拷问照片上的这个女人。继而他诡秘地一笑，要给塔什黛安搞一个迷魂阵。他决定先从外围人员查起，暂不惊动塔什黛安。

1942年4月·北平·裴文中家

锭者向裴文中出示了自己的证件，并开始询问。锭者不紧不慢地一项项提问，裴文中依旧冷冷地简短回答。

1950年3月香港《大公报》刊载记者采访裴文中的报道，关于锭者此次造访令裴文中印象颇深："锭者来了，说得一口流利的英文。说他是'北支总部'的侦探，奉天皇的命令，要找'北京人'。最后看见'北京人'是什么时候？什么人保管？"最后，锭者命令他最近两个礼拜中不许出门，随时等他问话。

"锭者是个很厉害很狡诈的家伙，3天之内把在北京和'北京人'有关的人都询问到了。"

裴文中对记者如是说。

锭者礼貌地告辞。一切都在他预料之中，所以并不在意裴文中的不合作态度。一只手把裴文中的名字从图上划掉。

协和医院。锭者询问博文却换了一种风格。他紧紧抓住这个知识型的美

第二十四章 龙脊·"东京猎犬"

国人的弱点，对他进行软硬兼施，轮番审讯。

博文的精神彻底崩溃了。

宪兵队·审讯中

一只手放在博文的名字上，犹豫了一下还是划掉了。

胡承志早在太平洋战争爆发前就逃往南京隐藏起来。胡承志后来解释：当他按克拉·塔什黛安的通知将已包装好的化石送至博文办公室之后就意识到这可能是最后见到"北京人"化石！想到这胡承志感到有种莫名的恐惧笼罩着自己。如果美国人向他要还好说，那日本人呢？那还不剥了他的皮？！越想越怕，最后决定三十六计走为上，胡承志第二天便独自跑到南京，直到1947年才回到北平。

果然，日本人来了首先把他列入调查重点，在中国第二档案馆内至今保存着裴文中与胡承志写给国民党中央研究院关于"北京人"化石丢失经过报告。从中央研究院在两人各自报告上的批示看国民党当局认为"胡承志的报告相对准确"。这是一件耐人寻味的事。

锭者审讯与胡承志一起送化石的常文学，又是恐吓又是诱惑，但常文学一无所知。一只手把胡承志与常文学名字从纸上划去。迟疑片刻后，又在胡承志的名字上打了三个问号。

对博文、胡顿的审讯毫无结果，对于这两位美国人他深感无奈，除了一口咬定"北京人"是转至领事馆外，其他一无所知！更让他不解的是北支司令部并不让他深入接触包括司徒雷登在内的这三位特殊犯人，甚至不想让他知道日本与三名特别优待的敌国俘虏之间的内情。

战后我们才从《司徒雷登回忆录》中找到线索，原来当日本人与美国大打出手时留了一手，他们想利用司徒雷登的中国政府人脉与美国官方渠道为日本日后铺路，当然了，是否也如此简单？还有待历史解密。不争的事实是，这三个美国人与所有被俘美国人完全不同，他们非但未受到虐待反而平安到战后释放……锭者自然无法知道更深层次的真相，他明知领事馆交接"北京人"是此案关键，但他无法找到任何经手的领事馆人员，这些人似乎在战争爆

龙 骨

发时预知一样全部消失了！这让锭者愤然不已，他是只猎犬，他已嗅到了气味但又不得不戛然而止，真让他窝火！他在图前沉思许久。用笔在海军陆战队兵营处敲打起来，对，他只能从外围试试运气了……

北平·临时战俘营

锭者身穿日军呢军便装，在四个卫兵的保护下，审讯美国海军陆战队最高指挥官艾休斯特上校。

锭者坐在桌子后面，艾休斯特无精打采地站在对面。

锭者开门见山："艾休斯特上校，请你如实告诉我关于转移'北京人'的具体情况。"

艾休斯特："运送'北京人'化石确有其事。那是根据中美双方的协议由我部押送至秦皇岛港装船，并会同秦皇岛兵营官兵一起撤回美国。我接到命令后就安排两名士兵从领事馆运走化石……"

锭者："等一等，哪两位士兵？"

艾休斯特："上士斯耐尔德和中士杰克逊。"

锭者："请问，你知道多少关于'北京人'化石的情况？"

艾休斯特有些不耐烦："我是一名职业军人。我只对上级的指令认真执行就行了。至于'北京人'什么样，我没有兴趣。"

锭者："化石是什么时候运的？"

艾休斯特看着天花板回忆道："对不起。无可奉告。"

锭者："那么是谁负责这项任务呢？"

艾休斯特："当初确有美领事馆要求我们押运一些东西。按照公使馆的要求，12月4日我派两名士兵去协和医院取货，然后再运回领事馆。至于士兵们去协和什么地方取，是什么样的包装箱，我那个时间正忙于安排撤出北平，根本顾不上去问这些事。只知道化石交给领事馆后，直到装车运往秦皇岛，我们才派人押送。我就知道这些。"

锭者："那么好吧。希望你能很好地与日本军方合作，尽快搞清楚这件事。"

第二十四章 龙脊·"东京猎犬"

艾休斯特耸了耸肩,表示无奈。

锭者接下来又审讯上士斯耐尔德和中士杰克逊。结果也只是知道了一个简单的过程,即从公使馆到协和医院取箱子,又把箱子送到领事馆,再从领事馆运到火车站装车。其他的两人一无所知。

锭者走马灯似的快速对认为可疑的人员讯问了个遍。他认为,一定是在公使馆出现了某种情况。他感到,从公使馆运出的箱子,很可能是已经调包的假化石箱。可美国领事馆的主要人员都已在开战之前离开北平,返回美国,根本无法查询。但他相信,"北京人"很可能就藏在某个有关的地方伺机运出。他反复思考后,决定从那个在他心中一直存有疑虑的女人塔什黛安身上打开一个缺口。

塔什黛安住地

锭者一边喝着咖啡,一边打量着塔什黛安。悬在屋顶的灯直直照向下面端坐的塔什黛安,如同一束光柱罩着朦胧恍惚的她。

锭者繁晴慢慢地在她身边踱步,不时俯身像狗一样嗅她的头发与衣领。

锭者诡异的举动让塔什黛安毛骨悚然,她不知他的意图,不敢与他鹰一样的眼睛对视。

"看着我的眼睛!"锭者托起她的头像欣赏古物一样仔细端详。塔什黛安努力克制自己的恐惧,故作轻松:"是不是很丑?"

锭者笑了笑:"小姐,你比他们讲的要漂亮得多。"

塔什黛安:"真的吗?这是每个女人最爱听的话。"

锭者:"这是一张画皮,你在英国待过?你这身衣裙只有英国才刚兴起时尚,最近去过吗?那可是在打仗……"

克拉·塔什黛安的心如猛击一下咚咚震动,她警惕地看着锭者不知用意。

"一个德国犹太人在战争时跑到敌国,这让人有些费解吧?"锭者见她默不作声又得意地追问一句。塔什黛安惊讶地看着锭者心里却紧绷起来。

"您真是神探!我确去了英国,不过我是应聘,您知道作为犹太人找份工作很不容易,尤其我的英语讲得并不好,所以……"塔什黛安竭力堵上漏洞,

龙 骨

她感到眼前这个日本人很厉害。锭者打断她的话:"你怎么认识的魏敦瑞?怎么做上他的秘书?谁派你去英国,为什么是那……"一连串的问题让塔什黛安喘不上气来,她摸着心口不停抚揉想让自己平静下来。

看着这个女人有点崩溃,锭者心中闪过一丝得意,他拉起塔什黛安的手仔细观察又用鼻子嗅了又嗅:"这双手很软但指尖有茧,是双职业文秘的手,经常打键盘,魏敦瑞已去美国这么久你还这么忙吗?你不用怕我只是个侦探熟悉伦敦的一切,不管你受雇于何人,有什么样的使命,我只关心搜寻到猿人头骨,所以我希望你要明白你必须要配合我找到'北京人'!"锭者不容置疑地盯着塔什黛安,他从对方眼神已看出她的大致背景。

"是恫吓吗?""是交易,是谁也不受伤害的合作!""您需要我什么样的合作?"塔什黛安松了口气,她感到自己马上要崩溃了,而这个侦探却突然止步了,这里卖的是什么药呢?

"你恨犹太人吗?"塔什黛安突然冒出个问题。

锭者怔了一下没有马上回应,只是慢慢品着咖啡:"真的不错。这么好的巴西咖啡已很久没有喝到了。"

克拉·塔什黛安:"那我再给您加一点?"

锭者:"啊,不不。谢谢。在你眼里我们日本人也一定恨犹太人,何况我们与希特勒是盟友,不过塔什黛安小姐,我可以告诉你其实并非如此。为什么要恨犹太人呢?实际上我对犹太人抱有好感,日俄战争时期美国犹太银行家希甫慷慨解囊提供四笔巨额贷款,天皇还破例授予一枚勋章,他可是第一个有此殊荣的外国人呢!我知道现在仅在上海就有两万多犹太人避难,这就是日本并不为难你们的原因吧……"他端着杯子慢条斯理,这番话让塔什黛安涌上一丝暖意,她似乎开始明白他的行为。

犹太人在中国历史上就有,公元70年,从中东遭罗马人驱赶就有犹太人沿丝绸之路颠沛流离逃到中国居住,俄国革命约有15000名俄国犹太人定居中国东北,"二战"时期又有两万多犹太人为躲避希特勒从世界各地逃向唯一可去的国度——中国。其中1938年到1939年9月间经中国驻维也纳总领事何凤山签证约2000多名犹太人安全抵达上海。1997年96岁的何凤山在美国去世,

第二十四章 龙脊·"东京猎犬"

这位被称作"中国辛德勒"的人于2000年被授予"国际义士"称号……

锭者此时心里面已有数了。

眼前这个名义秘书很可能是英美特殊任务的文化特工，受命专门搜集犹太科学家及科研成果，对于他而言对犹太人并无成见，他要的是完成天皇赋予的使命而已，他想不动声色用温情感化她，利用她达到目的。

"塔什黛安小姐，我并不在意希特勒怎么看犹太人，我只关心天皇陛下的旨令，你如能帮助我完成使命，我将保证你不受到伤害……请你诚实地告诉我以你一个女人独特的观察，你认为'北京人'会在哪里呢？"锭者觉得已是水到渠成的时候便轻轻问道。"当然。"克拉·塔什黛安自然明白这个满口纯正英语的日本侦探的意思。她很快做出回应。

克拉·塔什黛安："我想，怎么这么多人都去关心一个远古的人头骨呢？既然大家认为那是一个宝贝，我想问题会出在哪个环节呢？"她看了看锭者。

锭者鼓励的眼神。

克拉·塔什黛安继续："博文只是医院的一个普通管理人员。化石送到他那儿只是一个周转。海军陆战队士兵来取，肯定也不知情。我们美国人的习惯是不该知道的事从不过问，何况是军队呢！如果怀疑有人做了手脚，那也一定不是普通人。那太愚蠢了是不是？所以，一定是哪个环节有问题。我想，不是兵营，就是领事馆。对了，你们应该去这两个地方找找，没准会发现什么。"

锭者哈哈大笑，边笑，边鼓掌："小姐果然不同凡响。告诉你，你的想法与我的思路完全一样。我就是这样认为的。不过领事馆、兵营，还有秦皇岛库房，都查过了，没有。那会在哪里呢？'北京人'不可能自己跑出海外。那一定就在某个地方。"他盯着她的眼睛，像只机警的猎犬死死地盯住自己的猎物。

克拉·塔什黛安一脸天真地："那会在哪里呢？"

锭者："我来告诉你吧。"

克拉·塔什黛安："真的？你知道？"

锭者："对。以我20年的经验，我判断出来的。"

龙 骨

克拉·塔什黛安:"那在哪儿呢?"

锭者:"在天津瑞士仓库里。"

"在瑞士仓库里?"克拉·塔什黛安装作惊讶地瞪大了眼睛。

锭者:"你不相信?"

克拉·塔什黛安:"不,不是。我是难以置信。"

锭者:"克拉·塔什黛安小姐,我很喜欢你这样的西方女人。希望你跟我一起去天津跑一趟。我们共享找回人类文明的喜悦。"

克拉·塔什黛安:"跟你去天津?现在?"

锭者:"对,现在。"

克拉·塔什黛安:"不,这么晚了。我不能去。"

"你一定要去。"锭者严肃地命令道。

克拉·塔什黛安愣愣地看了一下锭者。她知道,她不可能反抗锭者。只好改变态度:"那,那好吧。"

锭者马不停蹄地在北平、秦皇岛两地,像一只猎犬一样把兵营、港口仓库、美领事馆、北平战俘营搜了个遍,查询了一切他能找到的当事人,可一无所获。当他失望时,一个日本军官提供了一个消息。天津瑞士仓库里有一批海军陆战队的行李。这条消息使锭者一下子兴奋起来。他知道,所有可疑的地方只剩下天津一地没有查了。而天津是最容易转移的地方。他料定天津就是发现"北京人"的准确地点。他明知塔什黛安故意装傻,他决定趁热打铁突破迷雾找到"北京人"!他邀请塔什黛安一同前往,一方面是在这个女人面前显示自己的过人本事,另一方面是探一下塔什黛安是不是他感觉的此案的关键人物,必要时揭穿这个与自己周旋多时还在装糊涂的女人的真实身份。

于是他们立刻赶往天津。然而,事情往往如此。当锭者追寻"北京人"的同时,"金百合计划"的中国部一伙及长谷也早在天津秘密搜寻过了。

美国斯特林·西格雷夫、佩吉·西格雷夫在《黄金武士》一书中点评到:"'金百合计划'在中国掠夺了多少财宝长期以来一直是个谜。'北京人'在这次行动中是否成功,我们无法下结论。但我们知道,战后在日本的确发现了这批化石的踪迹。"

第二十四章 龙脊·"东京猎犬"

蒸汽机车"突突"地喷着白雾，吱吱作响地行驶在华北平原上。这条建于1896年的京津铁路，承载着清朝末年到"二战"期间半个多世纪的历史耻辱。

这条由袁世凯极力推荐的铁路，既激活了京津地区的海上贸易，也拉着八国联军直通北京城下。

锭者与克拉·塔什黛安有说有笑，宛如一对年轻的情侣。但当克拉·塔什黛安伏在小桌上小睡时，锭者却马上满脸愁容。他眼前浮现出此次向北支特遣司令部浅田中将汇报的情景……

北平·北支特遣司令部

宽大的办公室内，从墙上到地上全都用木板装潢得富丽堂皇。

在硕大的写字台前，身穿黄呢军装的浅田中将背着手，面色严厉地对锭者："军部对你这两个月的工作十分不满。可以说，一无所获。你作为帝国军人，是帝国一流的名侦探。天皇陛下寄予厚望。但你却辜负了如此的荣誉与信任，工作毫无进展。让整个军部和皇室贵族失望，让他们丢尽了面子。你连长谷都不如。他总算在黑龙会老大儿玉的协助下找到了不少东西。已运回日本……"

锭者闻言心头一惊。原来还有另一支人马也在悄悄寻找"北京人"。他不由得脱口问道：

"长谷君也在北平？为什么没有与我联系？"

浅田愤愤地打断他的话："你不用管别人是怎么行动的。总之都是帝国利益的需要。竹田宫亲王向皇室推荐了你，军部与整个华北军事情报部门都积极与你配合。你要好好想想如果找不到'北京人'的后果是什么。我们都是崇尚武运长久的武士道精神，不成功，该如何尽忠天皇，你自己应当很清楚。"

锭者不由得打了个冷战。作为一个对武士道精神的狂热崇拜者，他自然清楚这个结果。只有杀身成仁以谢罪。锭者突然感到自己就站在悬崖上，背后就是万丈深渊。他想象的画面：他站在悬崖边，石子不断地掉进深渊里，令人眩晕的深渊，使他在风中随时可能掉下去。而他能抓住的只是悬崖上的一棵小树。

龙 骨

他紧紧地抓住这个细小的树枝,已悬空的他眼看着树根一点点从悬崖上被拔起来。他拼命想再抓住点什么,可没有任何东西可抓。树根一点点拔出,一下子断了。锭者大叫一声,掉进万丈深渊。悬崖间回荡着他恐怖而绝望的叫声……

"锭者先生!锭者先生!"是克拉·塔什黛安的呼唤声。

锭者睡着了。手里死死地扯着克拉·塔什黛安的一根手指。他梦中惊恐的叫声使他自己也一下子惊醒了。他满头是汗,茫然地看着克拉·塔什黛安。

"你做噩梦了?"克拉·塔什黛安一边抽出自己的手,一边问。

"啊,睡着了。对不起……"锭者发现自己死死地抓着克拉·塔什黛安的手指,不好意思地松开手。他惊魂未定地看看窗外,烟雾笼罩着大地。他感到一种莫名的沮丧与失落。他避开克拉·塔什黛安询问的眼神,默不作声。

"快到天津了。"克拉·塔什黛安轻轻地说。

司令官是松田中佐。他看完锭者的证明后,立即摇电话调动两辆车,带着四个强壮的日本兵,陪锭者去天津瑞士装卸公司总库。

汽车在天津街道飞驰。

旧天津的租借地,各国洋楼林立。汽车驶进天津港外运码头仓库。在一座巨大的挂有瑞士装卸公司总库的门前停下。

他们径直上楼,找到公司负责人罗契克拉。由于天津也是在日军的控制下,作为中立国的瑞士公司也不得不同意日本人要搜查美军行李的要求。

罗契克拉打电话叫来仓库总管,向他交代了几句。总管看看日本人,看看经理,紧张得不住地点头。他擦擦汗,带领锭者一行进入仓库。

巨大的仓库。里面堆满了各国领事馆人员的行李及货物。

锭者与塔什黛安在瑞士仓库总管的带领下,从堆积如山的货物中穿行。5个日本兵在后面紧跟着。

一行人走到标有"美国"字样的货区停下来。总管指着堆积的货物肯定地告诉他们,所有美国的货物都在这里。

锭者惊讶地看着堆积如山的木箱与行李,显然这些东西已存放很久了。

仓库总管:"自战争开始以来,所有的货物都积压在这里。秦皇岛分库的

第二十四章 龙脊·"东京猎犬"

货也堆在这里。先生们，请你们检查。请检查之后务必把货物再封好。我们是中立国，对任何私人物品与国家物品均一视同仁。请理解我们的意思。"

锭者："与我们敌对国的物品，无论是私人或国家的，都已不受任何法律限制。对于非对抗的中立国，我们很尊重他们的权利。在这里，对于美国的物品我们视为缴获品。这里应由日本军方说了算。希望你们能明白，任何阻止和妨碍我日本帝国的行为都是不能容忍的。"

仓库总管："当然，当然。我们服从阁下的命令，请检查，我失陪了。"

锭者一挥手："需要时再叫你。走吧。"

仓库总管仓皇地连连鞠躬后，快步离去。

锭者与松田围着美国区的货物转了一圈，发现有一处标有北平海军陆战队私人行李的货物，而且正是从秦皇岛仓库转来的。

锭者心头一喜，转身问塔什黛安："你见过装化石的箱子吗？"

克拉·塔什黛安也仔细地看看，摇摇头："还没看到，东西太多了。"

锭者与松田低声商量了几句，对日本兵招呼："过来，从这里开始，把每个箱子都打开仔细检查。"日本兵放下枪，两个人一组，从大箱子开始搬，搬一个，打开一个，检查一个。

起初，几个人还穿着衣服拆箱，他们用刺刀将一个箱子挑开盖子，把里面的东西一样样拿出来，有衣服，有艺术品，还有金佛像、书籍、信件、女人的内衣等等，五花八门。

后来，除克拉·塔什黛安外，每个人都赤膊上阵。粗壮的日本兵累得背上全是汗。地上乱七八糟，什么都有。检查过的箱子都堆放在另一边。起先是另一边的箱子少。很快，另一侧的箱子多起来，未检查的越来越少，最后终于没有了。

几个人气喘吁吁地坐在箱子上，地上一片狼藉，只剩下一堆私人行李了。

锭者死盯着最后这一堆私人行李。

松田问："这些还要检查吗？这些是经司令部批准被俘美军军官可以携带的私人行李……"

锭者有些神经质地："谁同意也不行。就是挖地三尺也要找出来！找

龙　骨

出来！"

松田赶快招呼4个日本兵再来翻查私人行李。能打开的打开，不能打开的皮箱用刺刀划开查找。一个士兵把箱子划开，另一个把皮箱翻过来往地上倒。箱子里的东西散落得满地都是。松田让士兵把箱子里的美元、金银首饰、古董都堆在另一处。

每打开一个箱子或包裹，都要让克拉·塔什黛安过去辨认一下。

日本士兵举着皮箱，克拉·塔什黛安走过去看看，摇摇头表示不是。一会儿又一箱，克拉·塔什黛安还是摇头。

整整翻了一天，天色已黑，仓库里大灯开着，美国区的货物如同被洗劫过一般，一片狼藉。

仓库总管在这片狼藉的货物面前惊呆了。他抱着头："上帝，这让我怎么交代，怎么交代啊！"

锭者毫无表情地坐在一个木箱上，眼里充满了绝望。

克拉·塔什黛安走到他身边安慰他："还有其他地方可以找嘛。别灰心，再想办法找找。"

锭者自言自语："怎么可能？怎么就找不到？它们应该在这里，就应该在这里。……会去哪儿呢？"

克拉·塔什黛安："别着急，再找找看。"

"完了。彻底完了。我辜负了天皇的期望。"锭者哀叹道。他跳下木箱，对松田说："我们撤吧。"

松田一听，正合心意。马上把士兵招呼过来："收拾一下要带走的，其余的就丢在这里吧。"

士兵们："哈伊！"

锭者走到哭泣的仓库总管面前，把日军搜查令递给他，就头也不回地走了。

克拉·塔什黛安走近仓库总管安慰地拍拍他："这是战争时期。没有办法。我相信，所有的美国人都会理解你们所做的一切。"

总管惊讶地抬起头："你是美国人？"

克拉·塔什黛安点点头。

总管这才发现这个美国女人是被日本人押来的。他明白了,不再伤心。

松田带着四个日本兵,抬着大包小包的财物跟在后面。

回北平的列车上

锭者阴沉着脸默不作声,看得出,他心情很坏。

坐在对面的克拉·塔什黛安同情地看着这个日本一流侦探。她虽不知道锭者面临失败的心理,但她能感觉到这个人的内心是痛苦和绝望的。她轻轻摇摇锭者放在茶几上的手:"别难过,再想想办法,或许还会有新的线索……"

锭者猛然一惊,从沉思中惊醒。他用感激的目光看了看这个敌国的对手:"谢谢!真心地感谢你能陪我来这里,看来我的使命已经结束了。没有用,这就是命运的捉弄。"

克拉·塔什黛安:"这可真不像一个神勇兼备的名探说的话。在我眼里,你是真正了不起的,很称职啊!"

锭者苦笑了一下:"请你记住,无论今后发生什么事,你都是一个优秀的职业秘书。我不管你究竟是干什么的,有什么背景,你的任务已经结束了。好好生活吧,享受一个女人所应享受的一切。千万不要涉足危险男人们的阴谋之中……"锭者笑着用手轻轻抚摸了一下克拉·塔什黛安的面颊:"你是一个好女人!如果来世我有机会,一定不放过你。"

克拉·塔什黛安明白这个日本人的意思,她也动情地抓着锭者的手,紧紧地贴在自己的脸上、脖子上,摩擦着,又用嘴唇吻锭者的手背。锭者把脸扭到窗口,可以看到他眼里泪光闪闪。

夜·北平·锭者住宅

这是一套装饰标准的日式榻榻米。锭者跪坐在炕桌前,用心地用毛笔书写报告书《备忘录》。

小野轻手轻脚地端上一壶茶,放在桌子上。

锭者头也不抬继续写着。

龙 骨

小野站在一旁，劝道："先生，夜已很深了，请入睡吧。"

锭者抬起头，认真地看了一下自己的弟子，意味深长地说："是该睡了。等我写完这份报告书，我才能安心地去睡。小野，你跟随我也有两年了吧？"

小野："是，老师。"

"要知道，做事难，做一个人更难的道理。有的时候，你常常会处在两难的境地。"锭者有些语无伦次。

小野没有听明白："老师，您的意思是……"

"不说了，以后你自己慢慢地领悟吧。我建议你今后多看一些中国古代的书，很有哲理。你去睡吧，这里就不用管了。"锭者打断了小野的话头。

"是，老师。"小野退出房间，把门拉上。

锭者继续写报告，他桌子上的纸越来越厚。天快亮时，远处传来了鸡叫，锭者写完了。他把桌子上的报告纸整理了一下，又重新看了一遍，签上名，然后整整齐齐码好放在桌上。他站起来，走到供桌前，点燃一炷香，合掌默诵佛经。

锭者走到墙桌边，墙桌上放着刀架，刀架上架着长、中、短三把日式刀。他拿起长刀，拔出来挥动了几下，又插入。再拿起中刀，试了试刀锋，只见刀锋寒光闪闪。他比画了几下，又放了回去。最后，他下决心似的拿起短刀，并从抽屉里拿出厚厚一沓雪白的毛巾。他把刀擦拭了一下，坐回到桌几前，把刀与毛巾放在桌几上。他脱去黄呢军服，穿着白色衬衣，解开衣服上的扣子，露出胸脯。他跪坐下来，又擦拭了一下刀，闭上眼睛，双手持刀从下往上扎进自己的腹部。鲜血"噗"地喷出来，疼痛使他发出痛苦的呻吟，他咬紧牙，用力往上一挑，鲜血四溅。他一头栽倒在地板上。桌几上，《备忘录》上，锭者的名字恰好被溅上的鲜血染红。朦胧中，歪斜的门打开了，一个人影跑进来，惊声尖叫，物品摔碎的声音响起。一切变成白色。

从天津回来的锭者彻底地绝望了。他知道，他只有一死才能保住自己的名誉。同时，他也想保住另一个人，那就是克拉·塔什黛安小姐。实际上，锭者与其他日本情报人员一样，从一开始就怀疑了塔什黛安的身份。经过实际的接触，他更坚信克拉·塔什黛安是一个训练有素、负有特殊使命的人物。

第二十四章 龙脊·"东京猎犬"

但是，在与克拉·塔什黛安的交往中，他又莫名地喜欢上这个善解人意的女人，天津之行更是彻底击破了他的心理底线。他深感这件事绝非那么简单。

尤其是"金百合计划"的一组人马与他同时在华活动，却得不到任何一点来自这条线上的线索。他突然明白了，他只是日本军部表面文章的一个替罪羊，从一开始就注定要失败。作为三番五次失败的长谷一伙，从来没有向天皇尽忠的意思。那么只有他是一个被巨大的幕后黑手操纵的傀儡，他才是真正应当牺牲的小卒。所以，只要他死，就可以把一切责任推给他，而他可以保住自己的名誉，塔什黛安也可以安全。战争让人性扭曲。锭者原本可以成为一名优秀的名探，在他的谜案世界里大显身手。但他现在却做了不义战争的牺牲品，也成为"金百合计划"的替罪羊。他唯一实现的愿望就是对"北京人"的追查就此不了了之。

对于锭者之死，贾兰坡院士对此一直质疑，他的儿子贾彧彰先生也认为这个说法并不可信（参见《迷失的周口店》），到底日本人在天津有没有找到"北京人"？显然多数说法来源于塔什黛安小姐的说词。

1947年裴文中给国民政府写的"北京人"失踪经过报告中也认为日本人在天津得到了"北京人"并推理认为日本人突然中断搜寻"北京人"是因为"已经得手了"。显然，当时裴文中也对塔什黛安对"北京人"找寻经历信以为真。

然而，锭者究竟有没有自杀？在接下来的所有调查中并没有确切的结论，若如传说中他还活着，那么美军调查员为何不在日本调查锭者和长谷等当事人呢？也许正是塔什黛安这些诡异情节使我们应当清醒地意识到她的故事很可能已将真正的事实"引入歧途"……

北平·裴文中住宅

裴文中穿着一件带补丁的长袍，夹着几本书从外面上课回来。他的妻子赶快迎上去："回来了！"接过他手中的书。孩子也跑过来："爸爸！爸爸！"

裴文中亲昵地亲亲这个，又抱抱那个。

妻子端着沏好的茶走过来，见此赶忙阻止孩子："爸爸累了，让他休息休

龙 骨

息。你自己去玩吧。"

裴文中坐下来，满足地喝了一口茶，高兴地对妻子说："今天北大又给我增加了一节课，这还是葛利普教授介绍给我的。多一课，就可以多几块钱。"

妻子高兴地回应："那也不能累坏了身体。嗳，对了，又有几封国外来信，我放在书桌上了。"

"哦，是吗？是谁来的？"裴文中一边起身去找信，一边高兴地问。

"是红十字会转来的。我也不清楚，你自己看吧。"妻子在厨房应道。

裴文中在桌上很顺利地找到一沓信。每封信上均有红十字会贴的一张标签。这是战争时期国际红十字会与日本军方达成的一种保护战时人道主义的邮件形式。由于日本不承认红十字会，故邮件通常只限于寻找失散亲人和简短话语。裴文中拆开一封信，匆匆看了看。又拆开一封。很快把几封信都看完。由于内容几乎一样，裴文中拿着信反复看起来。

"谁的信？"妻子探进头好奇地问。

裴文中："有法国步日耶教授，瑞典安特生博士，还有巴德尔博士。"

"说些什么？"妻子好奇地问。

裴文中："都是听说'北京人'丢了，感到十分震惊，向我了解一些情况。"

说到"北京人"，刚经历一场浩劫的裴文中心里如撕裂般疼痛。但是他很清楚，世界没有忘记他，世界没有忘记"北京人"。如同它当初问世时震动了世界一样，它的丢失也同样震撼着世界。身处险境的中国学者们，在连维持起码生活都十分艰难的情况下，依然苦苦担忧着"北京人"的安危。

与裴文中相比，贾兰坡则更为艰难。在失去所有生活来源后，贾兰坡甚至不得不到地摊上去变卖一点东西，以维持全家的生活。但是贾兰坡谢绝了杨钟健让他再次南下的建议，他要在北平坚守着新时代研究室。他四处打听寻找"北京人"的下落，同时继续对周口店的出土化石进行研究。他坚信"北京人"会在某一天如被发现时一样突然出现。

第二十五章
龙脊·胜利日

10点10分仪式开始，景山顶上40名中国士兵吹起军号，会场上礼炮响起，军乐队奏起了凯旋乐。

妻子无语，抽出手为他抹去眼泪，两个人紧紧拥抱在一起。

"别，别……这不是挺好的嘛。只要咱们人在，胜利了，什么都会有的。"

1945年7月26日·德国·波茨坦

中、美、英三国举行了代号为"终点"的秘密会议，会议讨论通过了由美国助理国务卿格鲁在五月份就已起草好的敦促日本投降的公告，这就是著名的《促令日本投降之波茨坦公告》。7月26日晚9点20分由杜鲁门、丘吉尔和蒋介石签署的公告通过电台向日本广播。

1945年8月9日苏联红军以排山倒海之势向日军关东军进攻……

中国国内掀起对日寇最后一战的进攻的浪潮，在反攻的汪洋大海中日本侵略军如朽木枯叶一般被卷入深渊……

龙 骨

1945年8月15日·日本·东京宫内省

晚11点30分裕仁天皇被秘密护送到日本广播协会二楼录制投降诏书。突然面对麦克风的裕仁惶恐起来:"我该用多大的声音讲?"他不安地问情报局总裁下村。

"平常说话的声音就够了。"下村做了个示范裕仁天皇用他独特的带着哭腔的声音讲话:

> 察世界之大势及帝国现状,朕采取非常措施,收拾时局……
>
> 帝国政府已受旨通知美、英、中、苏四国政府,我帝国接受彼等联合宣言各项条件……
>
> 帝国臣民康宁,万邦共荣共乐,此乃皇祖皇宗遗范,朕时刻铭记在心。
>
> 诚然,朕曾向英美宣战,究其因,乃出于帝国自存,求东亚之安定,绝非侵犯别国主权及扩张领土。但迄今交战已近四载,尽管国人均作最大努力——陆海将士英勇奋战,百僚有司励精图治,一亿众庶克己奉公——但战局之发展于日本未必有利,世界大势亦于我不利,更有甚者,敌已动用新式残酷炸弹,使无辜民族惨遭涂炭,其破坏力殊难估计。若执意再战,不独日本民族终将灭亡,人类文明亦将毁灭。若如斯,朕何以救亿兆赤子于水火,何以慰皇祖皇宗之灵?此乃朕令帝国政府接受联合宣言之原因。
>
> 朕对曾与帝国紧密提携解放东亚之东亚诸盟邦表示最深切之遗憾。每念及战死沙场之兵及其他以身殉职者,每念及死于非命者极其遗憾,朕日夜痛心,凄然涕下。对伤者、战争受害者、无家可归者、丧失生计者之福利,朕身为轸念。帝国今后苦难自不堪言,朕深知尔臣之哀情。然者,时运之所走趋,朕为和平计。不堪忍者亦忍之,不堪受者亦受之。
>
> 朕聊以自慰者,以尔臣之赤诚使帝国国体得以保持,使朕与忠良臣民得以永世相处。尔等切勿悲伤冲动,勿使事态更复杂,同胞

第二十五章 龙脊·胜利日

切勿互相排挤，致使混乱，误入迷途，丧失对世界之信心。世世代代举国一致，坚信我神州不灭。帝国任重而道远。尔臣共竭尽全力，建设未来。广开公正之道路，培养高尚精神，努力奋斗，与世界共进，发扬帝国固有光荣……

"这样行不行呀？"裕仁转身问日本广播协会技术局荒川大太郎。

"我想再录一次。"裕仁录了第二次后再次提出重录。

"可以了，太辛苦了！"技术人员小心翼翼地拒绝了。

当日军将领听说天皇已经录了投降诏书，纷纷骚乱起来，一些人跟着自杀。

当晚·阿南寓所

陆军大臣阿南大将在国会大厦附近自己的寓所里写好了遗嘱，他的外甥竹下中佐为动员他举行叛乱反对天皇发布投降诏书。但是竹下一进门就明白阿南决意自杀，再跟他谈叛乱已毫无意义。

"我想今天晚上自杀。"阿南喝了一口酒平静地说道。

"你自杀也许是合适的。"竹下也十分平静地回答。

"我现在就走，永别了。"

"要我帮忙吗？"竹下请求着，不等阿南答应就拔刀在他的颈部猛插一刀。

在东京的另一个街区，"神风攻击队"创始人大西泷治郎海军中将在家中切腹自杀但迟迟不能死去，令家人将自己的朋友黑龙会首领儿玉誉义夫叫到家中，因为他切腹的刀正是头一天向儿玉借的。

"我原以为你的刀会锐利一点，可切得也不怎么样。"大西喘着气对儿玉调侃。

"中将，我跟你一起走！"儿玉贴着大西的耳朵轻声说。

"八格！你现在死能得到什么？你应立刻把桌上的信送到厚木基地去，把那些任性的小伙子们控制住。这比死在这里更有益于日本。"

一个月后儿玉誉义夫在家中被美军以甲级战犯的罪名被捕。无论多么疯狂而血腥的自杀潮，仍无法阻挡日本投降的事实。

龙 骨

1945年9月2日·东京湾

1945年8月29日麦克阿瑟乘坐着他特意命名的"巴丹号"C-54型座机飞抵厚木基地。4年前麦克阿瑟败走巴丹,让75000个美国士兵做了日本人的俘虏,这段走麦城的耻辱令他耿耿于怀,如今他以胜利者的姿态代表盟国最高代表踏上了这片土地。

世界上最大的战列舰"密苏里号"战舰上彩旗飞扬,最令人瞩目的是主桅杆上并排悬挂着麦克阿瑟红色将帅旗和尼米兹的蓝色将帅旗,这是美国历史上首次并列悬挂双帅旗。

在将帅旗上方飘扬的美国星条旗是1941年12月7日日本偷袭珍珠港时华盛顿国会大厦悬挂的美国国旗,美国人的精心准备显然有很多含义,就连"密苏里号"的选定也是杜鲁门为女儿特意选定的以自己故乡命名的战舰。

8点50分盟国九国代表相继走上甲板。他们是:美国代表C.W.尼米兹上将;中国代表徐永昌将军;英国代表布鲁斯·福莱塞上将;苏联代表杰列维亚科中将;澳大利亚代表T.A.布拉梅;加拿大代表穆尔·科斯格雷夫;法国代表勒克莱;荷兰代表D.E.L赫尔弗里克;新西兰代表伦纳德·艾西特。

8点55分日本外相重光葵拖着一条在淞沪战役后,上海纪念天皇诞辰集会上被朝鲜义士投掷的炸弹炸残的假腿,一跛一拐地领头爬上甲板,日军参谋总长美津美治郎和其他9名日本投降代表身穿黑色礼服默默紧随其后。

9时整麦克阿瑟宣布受降仪式开始:"我们,各主要参战国的代表今天聚集在此,来签署一项庄严的协定,以图恢复和平……我们胜败双方的责任事实是更崇高的尊严,只有这种尊严才有利于我们行将为之奋斗的目标,使我们全体人民毫无保留地忠实履行我们即将在这里正式承担的责任……在这个庄严时刻,我们将告别充满血腥屠杀的世界,迎接十分美好的新世界,在这个新世界中,我们将致力于维护人类的尊严,实现人类追求自由、宽容和正义的最美好愿望。这是我们的真诚希望,实际上也是全人类的希望。我以同盟国最高司令官的名义,在此声明——以正义和宽容来完成我的职责;同时,为了彻底、迅速、忠实地遵守投降条件,将采取一切必要的措施……"

随后,日本代表在投降书上签字,外相重光葵代表日本天皇及日本政府

第二十五章 龙脊·胜利日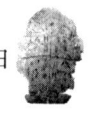

签署投降书,美津美治郎则代表日军大本营签署投降书。

日方签署完后由盟军最高统帅麦克阿瑟代表盟军签署文件,再有美、中、英、苏、奥、加、法、荷、新等国代表依次签字。

当垂头丧气的重光葵一跛一拐地走下旋梯时,天空传来巨大的轰鸣声,两千架盟军飞机编队飞过东京湾,水兵们把帽子抛向空中欢呼,重光葵心中念叨着:"终于结束了,一切都过去了。"

1945年8月21日·湖南芷江机场

一架日式轰炸机在三架战斗机的护航下飞临机场上空。美国空军野马式战斗机升空迎敌,日机在美机的监视引导下,依次乖乖降落。指挥塔前围满了官兵,好奇地看着扎满白绸的日军飞机,为了防止被中国空军和地面炮火击落,日军将白绸布束在飞机两翼机翅和尾翼上,长长的白绸布在空中十分显眼,活像放飞的风筝,任谁都看得出这是投降的飞机。天上警戒的飞机撒欢似的做出倒滚翻后拉烟在空中画出巨大的V形胜利图,地上的官兵欢呼起来把帽子丢向天空。

舱门打开了,一位日军中将从梯上下来,这不是别人正是在中国拼命搞了八年阴谋的今井武夫。如今他作为侵华日军副总参谋长的身份依中国陆军总司令何应钦的命令洽谈投降事宜。作为战败的降将,今井感慨万分。

他从七七事变的北平发迹后到淞沪之战出来劝降中国政府,可以说是使出浑身解数,用其三寸不烂之舌软硬兼施地周旋于中日两国之间。包括汪精卫这样的大卖国贼背叛民族的事件中均有今井武夫的身影。

不过,毕竟是谈判老手,再加上今井熟知中国人情世故,深知与中国人谈判必须抓住中国人千年教育中的孔孟之道,为自己为长官冈村宁次找出一条"体面"的活路来。今井清楚地记得20天前凌晨,当他匆匆拿着刚刚收到的大本营发来的密电,叫醒还在睡觉的冈村宁次时的情景。

1945年7月17日·南京日军司令部

冈村揉着眼睛戴上他的黑边眼镜急忙看电报,他脸色大变目瞪口呆地对

龙 骨

今井嘟囔着:"杜鲁门、丘吉尔、斯大林走到一起了,看来是要联合对付日本了……日本要完了!"

今井心知肚明,两个多月前,冈村发动的湘西战役以失败告终,他突然意识到日军在中国已无力再发动有效进攻,失败已成定局。他不得不对自己最得力的助手今井吐露真言,要么战死,要么自杀保全自己的颜面,或投降留出活路。今井熟悉冈村也知道局势的凶险,他只好试探地说:"将军,我等玉碎义不容辞,可100多万皇军将士与1亿国民玉碎则大和民族亡矣,实在可悲可惜啊。据我所知,天皇陛下已派特使去苏俄求和,只要苏联不在背后下手,我国加紧与中国谈和,美国人就只剩下一股力量,无法最后击垮日本……

"中国陆军司令何应钦是将军旧识学生,此次湘西战役他就是中方总指挥,我了解中国人的特性,如被老师击败不为耻,如战胜老师则必自骄,观此人八年经历并非大德大才之人,如巧用此人将必能扭转形势给我军一个万全的退路……"

冈村认为今井所言合情合理切中要害,但眼下如何去实施,却又矛盾重重,他叹口气:"好是好,可缺少一个恰当的机会……"

"是啊,缺少机会……"今井若有所思。

很快机会来了,7月26日,中、英、美三国发布敦促日本投降的《波茨坦公告》。

8月6日、8月9日美国在广岛、长崎投下两枚原子弹;8月8日苏联正式对日宣战;8月15日10点10分冈村宁次收到东京大本营关于"天皇陛下已决定接受《波茨坦公告》的第68号密电"。他此时清楚他的机会来了。

8月21日今井精心准备,代表冈村宁次先行湖北芷江机场与何应钦洽谈。

今井一改往日先声夺人的气势,表现极谦恭,甚至是一副凄悲的神情。

今井的悲情戏果然让何应钦感慨万分,曾几何时,何梅协议时,冈村毫无商量余地的咄咄逼人,而自己低眉顺眼小心诺诺。如今今井如此谦卑,让何应钦心理上得到极大满足。他不仅满口答应冈村的特殊要求而且许诺保证帮冈村宁次等战犯免除一切战争罪责的追究。

第二十五章 龙脊·胜利日

8月23日今井带着何应钦的承诺喜出望外地飞回南京，今井也接受了何应钦的邀请作为日军遣返联络官。当然，他还要为商定好的投降仪式演一出好戏……

1945年9月9日9时·南京·中央陆军军官学校

随着9点整的钟声敲响，在场的千余名盟军代表与中外记者把目光集中在中方代表肖毅肃身上，大厅里人们屏住呼吸观看这激动人心的时刻。当钟声敲响后肖毅肃将日军投降书中文版交给冈村宁次。冈村低着头匆匆翻阅，他的参谋长小川为其研墨，冈村在两份投降书上签上自己的名字，并在众目睽睽之下取出自己的水晶图章，突然在这一时刻，冈村颤抖了，竟将印鉴盖歪了。

当小川恭恭敬敬地用双手呈上投降书，何应钦竟站起来微笑还礼，观看席上一片哗然。

何应钦签字盖章后将其中一份由肖毅肃转交冈村。仅20分钟的投降仪式就此结束。学着麦克阿瑟的样式，何应钦也即席发表广播讲演："敬告全国同胞及全世界人士：中国战区日军投降签字仪式已于本日上午9时在南京顺利完成。这是中国历史上最有意义的一个日子，这也是八年抗战艰苦奋斗的结果。东亚及全世界人类的和平与繁荣，亦从此开辟新的纪元。本人诚恳希望我全国同胞自省自觉，深切了解今日为我国家复兴之机会，一致精诚团结，奋发努力，使复兴大业迅速进展，更切盼世界和平自此永奠基础，进入世界大同的境域！"讲演博得全场热烈掌声。

1945年10月25日·台湾

陈仪上将代表国民政府在台北接受日本第十方面军安藤利吉投降书。双方签署投降书后陈仪即席讲演："从今天起，台湾及澎湖列岛已正式重入中国版图，所有一切土地、人民、政事皆已置于中华民国国民政府主权之下，这种具有历史意义的事实，本人特报给中国全体同胞及全世界周知。"

龙 骨

1945年8月15日晚·重庆·美国驻华大使馆

美国驻华大使馆文化参赞费慰梅宴请梁思成林徽因夫妇和从昆明赶来的张奚若教授、冯亦代和安娜。第二道菜还未吃完只听窗外如开了锅的沸水,爆竹声夹杂着欢呼声,响成一片。

冯亦代在他的回忆录《忘不了的八年》中饱含激情地回忆当时的情景:"费慰梅一边说是日本投降了,一边打开收音机,果然无线电里一遍又一遍地播放日本投降的消息。……不由得大家雀跃起来。我们相互祝贺,一次又一次地干杯……我已记不起我和同伴们究竟喝了多少酒,我唯一记住的是把盛酒的大茶壶从三楼扔到楼前地上,听着大茶壶在草地上轰然一声,我狂喜地叫着:这是丢在东京上空的炸弹!"

同一天,同一时刻,在重庆临江门的李济和梁思永一家也在欢歌庆祝,他们一会儿哭,一会儿笑,跑上街去与欢庆的民众一起蹦啊、跳啊,整整欢闹了一夜。天蒙蒙亮他们发现地上厚厚的一层炮仗纸,远处仍是锣鼓喧天。

他们相互拥抱着,默默地从薄雾中洒下一缕阳光。"天亮了!我们胜利了!"每个人从心里呼喊。

夜·延安宝塔山下

延安举行盛大火炬庆祝晚会。年轻人举着火把从宝塔山到沿河边跑动着,像一条巨大的火龙在飞舞。

毛泽东和他的战友们也在人群中扭起秧歌,邬家馥和妻子刘系芝与总部干部齐扎起红绸巾围着毛泽东和他的战友们欢跳。火炬映红了每个人兴奋的脸庞。

久久不能入睡的邬家馥和刘系芝抱着刚出生不久的女儿坐在宝塔山下,刘系芝与邬家馥来到延安后即把名字改回原名,转眼间来到延安已8个年头了,从这里可以俯视山下的延河。一轮明月挂在宝塔尖上,把一片银光洒在波光粼粼的延河上。抗战胜利了,每个人心里都荡漾着对和平的憧憬。这对战火夫妻也不例外,与千千万万奔赴延安的知识青年一样,第一次在宁静的夜晚憧憬自己的未来……

第二十五章 龙脊·胜利日

"给孩子起个名字吧!"刘系芝抱着已经熟睡的女儿,是啊!这个出生快一岁的孩子至今还没有来得及起个大名。

"叫什么好呢?"年轻的父亲挠挠头一时想不出,这个被总部首长称之为"秀才"的南方青年到延安已经整整八年了。他抬起头仰望一轮明月又俯视熟悉的延河,突然他眼前一亮,有了灵感:"你看,系芝,天上有一条银河,地下是不是也像一条银河呢?对,就叫银河吧!"

顺着邬家馥的手指,系芝果然看到月光下的延河宛如一条"银河",她激动地摇摇怀中的女儿:"好啊,就叫银河吧!银河,银河,咱们可以回家了!"

一个名叫银河的女孩在母亲的怀抱中惊醒,她响亮的啼哭声与父母的欢笑迎来了新的一天……

房山霞云岭抗日根据地·八路军平西抗日司令部

人们或聚集在商店门口,或围在收音机前,感受着这激动人心的一刻。街上的警察也忍不住挤在人群中。沦陷了8年的北平人民,在饱受日本帝国主义的残酷压迫后,终于有了扬眉吐气的这一天。他们个个饱含热泪,静静地听着受降仪式的每一个细节。

杨得志将军、萧克将军和平西抗日军民也在缴获的一台日本收音机前聆听受降仪式的实况。院落里挤满了军民和山区的儿童。

两个八路军战士坐在长椅上不断地摇着手摇发电机为收音机供电。

收音机里传来新华社记者在现场充满喜悦的声音:"北平是抗日战争全面爆发的地方。当年,二十九路军官兵在保卫北平的战斗中英勇杀敌。一批爱国将领献出了他们宝贵的生命。让我们再一次记住他们的名字:佟麟阁将军,张自忠将军……他们与千千万万的中华儿女一样,用他们的生命迎来了抗战的胜利……"

北平·故宫·太和殿

1945年10月10日上午10点,华北日军受降仪式开始。

龙　骨

雄伟壮丽的太和殿，红墙金瓦。殿前的汉白玉栏杆，尽显王者风范。高昂的石狮威风凛凛如同醒来一般。三座汉白玉龙凤生龙活虎，呼之欲出。在气势恢宏的太和殿举行受降仪式，象征着在列祖列宗面前洗刷百年的耻辱，预示着一个新兴龙的国度诞生，这是何等的扬眉吐气。

受降仪式布置得十分庄严。美式装备的中国士兵手持自动步枪，头戴钢盔，全新的美式军装，个个威风凛凛，排成象征胜利的巨大的V字形。主席台设在正中。台上悬挂着中、美、苏、英等9国国旗。每面国旗下有两名本国士兵守卫。观摩席设在两侧。有社会名人、各国使节、政要观察员及大批记者。记者们纷纷架起照相机，找好角度，准备拍摄。

裴文中和贾兰坡兴奋地站在观摩席上。裴文中穿了一身西服，贾兰坡则穿了一件美式夹克。两个人在商量着什么事，时而开心地大笑，时而不住地点头。受降主席团入座。

中国政府第十一战区司令长官孙连仲上将、美国代表罗基少将、华顿参谋长、苏联代表巴斯里克耶夫将军、英国代表蓝来纳、法国代表马致礼、荷兰代表高克等外宾也相继入座。在热烈的掌声和国民政府的《梅咏》国歌中鱼贯而入。各国代表坐定后，中国政府华北受降官孙连仲上将站起来，庄严宣布："中国战区日军投降签字仪式开始！"

10点10分仪式开始，景山顶上40名中国士兵吹起军号，会场上礼炮响起，军乐队奏起了凯旋乐。

孙连仲上将大声宣布："现在，让我们全体起立，为抗日战争中死去的中国人、美国人、荷兰人，以及千千万万无辜的人民默哀三分钟。"

所有的人起立，摘下帽子默哀。日本投降代表排成一排，一个个低头躬身，向中国人民谢罪。

裴文中和贾兰坡想起了周口店挖掘现场被日军残酷杀害的工友，在龙骨山浴血战斗的二十六路军官兵。士兵排列，朝天齐射。一群和平鸽在太和殿上空盘旋。

受降官宣布："日本国侵华日军华北投降代表团进场！"

随着一声令下，V字形的军人队伍齐刷刷地一致转身，手持带刺刀的自动

第二十五章 龙脊·胜利日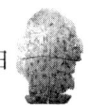

步枪、冲锋枪,做出迎战队形。

一队由日军华北最高司令官根本博中将、参谋长高桥坦中将及副参谋长渡边渡少将一行20人从太和门左掖门入场。他们俯首低眉,面色惶恐,鱼贯而入。

会场上一阵骚动。观摩席上的各界代表都按捺不住自己多年的悲痛与仇恨,愤怒地向投降日军拥去。军警极力阻止。愤怒的人群仍不断往前挤。

人群中不时发出愤怒的吼声:"刽子手!""魔鬼!"

裴文中、贾兰坡振臂高喊:"强盗!强盗!!强盗!!!"

人群中有人把臭鸡蛋投向日军军官,打在他们的头上、脸上、身上。他们的军装污迹斑斑。日军像过街老鼠,缩着脖子,捂着头,狼狈地走过。

这二十几个投降日军军官狼狈不堪地列队站在受降官面前,向各国代表低头鞠躬,并依次解下军刀,摆在受降桌上。被中国军队接过后依次摆在主席台前的长方木案上。

为首的日军军官是根本博中将。他摘下军帽,恭恭敬敬地向初光参谋长递上投降书,再由初光转递给孙连仲上将,并在受降书上签名盖章。各国代表分别签名后,将一式三份的受降书给了根本博中将一份。随后日军带刀者纷纷解配刀依次恭恭敬敬地向孙连仲上将双手奉献,参谋长初光将降刀一一摆在长条桌上。

孙连仲上将宣布:"日本军华北战区投降即日生效。命令日军在华北各部就地解除武装,向当地中国政府与军队缴械投降。如有违反本投降书条款,我国及盟军将坚决消灭之,并追究其战争罪责。凡无条件遵照本条款之日军官兵,我军及盟军将准予其安全遣送回国。你们听清楚了吗?"

日军投降代表诺诺应承,不住地再三鞠躬。

初光参谋长宣布:"日本投降代表退场!"

日军机械地排着队,灰溜溜地退出会场。黯然失色地从熙和门左侧门退出。

全场一片欢腾,人们用手打出V字,参加受降的各国代表互相拥抱祝贺。

太和殿始建于明代永乐十八年(1420年)。最初叫奉天殿,意思是奉天之

545

龙 骨

命统治天下。到了清代正式改为太和殿，含义为万代祥和，国泰民安。这里是历代皇帝上朝的地方，民间俗称金銮殿，这座历经525年的宏大皇家建筑，是世界上现存的最大木结构宫殿。无独有偶，八国联军在攻进紫禁城后，曾在太和殿足足过了把羞辱中国人脸的瘾。

正是在这个殿堂中，八国联军的官兵纷纷爬到金銮宝座上照相留念，并在殿前耀武扬威地举行阅兵式。

1938年，日伪汉奸们也在此举行北平沦陷一周年的庆典。这座饱经岁月沧桑的中国皇宫大殿，目睹了帝国主义列强带给民族的耻辱。

终于迎来历史上第一次让中国人、让列祖列宗扬眉吐气的一刻，让不可一世的日本军国主义分子俯首帖耳向中国人民投降。历史永远记住了这激动人心的一刻。

10万北平民众争相目睹了这一从未有过的淋漓畅快的场面。在万头攒动的人群中，为胜利欢欣鼓舞喜极而泣的裴文中和贾兰坡，在此刻不约而同地想到了，要上书要求国民政府向日本正式索要失踪的"北京人"头盖骨及一切属于中国的珍贵艺术品及出土文物品……

根本博原为日军驻蒙军司令、华北驻屯军中将参谋长，受降时为华北驻屯军司令。奉冈村宁次大将命令率华北30余万日军向国民党第十一战区司令孙连仲上将投降。根据冈村宁次与何应钦、汤恩伯的交易，日军在华投降事宜（包括遣返日侨）日方总联络人为冈村宁次，为此蒋介石特别关照这些已被远东国际法庭列为的战犯"无罪回国"。至此历时25分钟的受降仪式顺利结束。

当天下午·太和殿

孙连仲正兴致勃勃地与参加受降的美、苏、英代表交谈。"报告，日本军根本博中将求见孙长官！"一副官在门口大声禀报。

"这个根本博搞什么鬼？他不是回石家庄明天向傅将军投降吗？"初光参谋长一拧眉头嘀咕道。

"八成漏了什么事吧？"有人插话。

第二十五章 龙脊·胜利日

"让他进来！"孙连仲令道。

"是，传根本博觐见孙长官！"副官立正重复命令。

根本博卑微地走进房间，后面还跟着一个身穿军便服，胳膊上有一个白箍，上面写着"日人遣返联络官"的小川武满。根本博恭恭敬敬地向孙连仲敬礼："孙长官，非常抱歉再次求见。"

"你有什么事情？请讲！"

根本博看了一眼周围的各国代表似乎有点迟疑。"各国首相代表均在此，有什么事请讲。"孙连仲看出根本博的意思，便直截了当地阻止了他。

根本博擦了一下头上的汗从副官手中拿出一个夹子："孙长官，我刚接到派遣军冈村宁次大将的电训，电训称：派遣军司令部已就三军司令官何应钦将军就遣返在华日军官兵的协议，安排整个遣返联络工作由今井武夫中将负责配合。华北驻军遣返工作将在联络处和中国政府指导下进行。

"因为北平地区日本侨民颇多，恳请孙长官予以格外关照！派遣军司令部电令我部绝对服从孙长官调遣，这里有我成立的遣返联络处日方联络官小川武满医官向您报到并请孙长官训示！"

原来是这件事，孙连仲松了一口气，还以为日军又有什么节外生枝的事情。

"我军已收到军令部关于遣返日军的指令，我部由初光参谋长负责，你们日方这个联络官是何身份？"

"报告长官，我是华北派遣军军医官小川武满请多关照！"

初光不满地打断小川的话："在华北日军多达30万人，委派一小小的军医官能调度这么多人员吗？"

"是，小川君，不，小川先生虽是军医官，但他长期在北平，对北平日侨僧侣十分熟悉，再加上他本人精通中国话，与贵军交流更加方便。小川并不负责遣返日军非武装人员，他主要负责联络遣返在北平日侨的工作。这一切都悉听贵军调遣，我，我只想再次希望孙长官对北平日侨遣返给予特别关照。"根本博吞吞吐吐。

孙连仲不由得有点奇怪："现居北平的日本人有多少？"

龙 骨

小川打开夹子取出统计表:"报告孙长官,据最新统计在北平日侨约有6万余人,其中侨民占一半,另一半主要为商社、企业雇员,另外约有2000余人为神社庙宇宗教人士。根据国民政府遣返规定这些日侨中还有一部分朝鲜随军侨民和台湾等地侨民……这些数字均已登记在册,呈报中国政府。"

小川武满双手将装订成册的名录交给初光。初光翻看了一下花名册,用赞赏的眼光看一下小川:"你做得很仔细,希望不要出现过多的错误。"

初光向孙连仲耳语几句,孙连仲站起来对根本博说道:"我军会严格执行我国政府对遣返日军的计划。现在,战争已经结束,我命令你们按我军指令收缴所有武器装备听候遣返,在北平的日侨及守备队、监狱、宪兵等一律按规定集中在西苑兵营等候遣返,除少量自卫武器外,兵营守备部队不得拥有重武器。具体条例由我们初光将军代表国民政府发布细则。根本博先生,对于放下武器的日军和侨民,我可以负责任地告诉你,只要日本人严格遵守中国法律我将保证他们每个人都可以安全地返回日本。"

根本博感动地立正鞠躬:"真是太感谢了!如能实现,孙长官就是我们再生恩人!"

自8年前,孙连仲孤军挺进房山地区浴血奋战一个多月,东保护二十九军全身而退,北掩护汤恩伯十三军免于全军覆没,但最终孤掌难鸣退回保定,这让孙连仲耿耿于怀。8年了,他孙连仲四海征战,血染战袍!如今他回到令他雪耻的北平,不免心潮澎湃,感慨万千!当年他的女儿、儿子都参加了学生除奸队,在日军占领的京津两地抗战,儿女为抗战的父亲自豪,父亲为子女的无畏自豪。如今胜利了,中国人终于扬眉吐气了,孙连仲在太和殿前的受降仪式正是表达这一久违的民族情结,他终于如愿以偿。

数日后·遣返联络处

小川正在四合院内忙碌。形形色色的日本侨民、僧侣、穿便军装的日本商社职员川流不息。有的询问,有的登记,有的焦急地交谈……

"小川君,小川君!"正在交代事务的小川被人群中挤来的人一把拉住,小川定睛一看不觉惊喜万分,他一把抱住来人大叫:"真是你吗?!山下君?

第二十五章 龙脊·胜利日

你还活着！""是我，我还活着！"小川拉住的人不是别人，正是两年前突然失踪的监狱长山下！后听宪兵队吉田队长说是被八路军抓去杀死了。

吉田还说八路最恨宪兵和监狱的日本人，因为抓捕中国人和杀害中国人都是这两个地方的人，只要被抓到只有死路一条。可如今，他分明看见山下就健康地站在自己面前！小川急忙把山下拉进房间急切地问："快告诉我，是逃回来的吧？！""不，是八路军送回来的，我们一行还有20个人呢！是不是说我们都被八路军杀啦？""是吉田队长这么告诉我的，这是怎么回事？"

"吉田这小子的鬼话你也信？我们俩在监狱干了几年这还不清楚？！起初我也以为落在八路军手里绝对死定了，可到了八路军那边我才真正明白我们为什么会输掉这场战争……"

两年前·北平东四

山下讲起这段人生最奇特的经历："你还记得东四有家老字号——'同和春小吃铺'吧？不知怎的，我特别喜欢吃这里的炒肝和豆汁，只要几天没吃就会馋得流口水，那天下午我独自去了这家小店，刚端起豆汁喝了一口就听见耳边有人叫我名字，我刚要问是谁，一个黑布袋就套在头上，只听一个声音低声喝道我们是八路军！老老实实跟我们走！我一听是八路，腿都软了，你知道在狱里杀害了多少中国人，有军人，有学生，有男有女，虽然都是宪兵队干的，但每次行刑都要你我在场验明正身，落到八路手中就是死一百回也没什么可说的……"

两个八路军飞快地把山下装进麻袋放在一辆拉粪的马车上出了城。在深山沟里，八路军放开山下和另外两个俘虏关在一起。

正当惊恐万分时，门外走进两位身穿灰军装的八路军，让山下做梦也没想到的是，两个八路军也是日本人！日本八路军很和气地向被俘人员讲政策，讲形势，有时也让他们近距离观察八路军活动，山下惊奇地发现老百姓与八路军融洽得如一家人，就像邻居朋友一般。

转眼两年过去了，山下也成了八路军的一分子，与许多日本俘虏一样成为反法西斯战士。日本投降后，一天，一个八路军首长问山下愿不愿回家，

 龙 骨

已有两年没有家里的音讯,怎能不想家呢!但他又舍不得离开八路军,在这里他已获得新生。八路军首长劝他带着和平与新生,与家人团聚开始幸福生活。山下回来了。

小川听得入迷了,山下的故事仿佛让他感受到圣徒再生,作为神职人员他一直憎恶战争,也苦苦地挣扎在人性与魔鬼之间,每次为临刑的人做祈祷,但每一次掩埋死者时仍深感罪孽深重而不能自拔。

"你还记得那个姓秦的二十九军连长吗?我很敬重他,当我告诉他明天就要枪毙他时他竟然笑了。我问他想吃点什么,还有什么要求,这是我一个典狱长唯一可以做的,秦连长却说他想穿着军装!这是我一生中听到的最让我感动的话,一个人要死了却要求穿着军装,像一名就义的武士尊严地死去。我无法拒绝,为此与吉田大吵一通,吉田暴跳如雷说是二十九军的挑衅,我不管那一套找来一套二十九军军装给秦连长穿上,我突然发现秦连长一身军装显得那么英武挺拔,一个标准的军人!秦连长满意地说:'谢谢,我可以走了……'"山下眼里满是泪花。

二十九军秦连长的事,山下曾给小川讲过,也许是日军纪律森严未敢细说。其实小川也有类似的经历,他努力拖延一位共产党人的生命,借口有病要治,但宪兵队不干,最终要将这名年轻人活埋,那青年毫不畏惧,自己跳下土坑高声喊道:"来吧!日本鬼子!怕死不是共产党!"小川不敢再看,只记得最后一句:"小鬼子,你们没有好下场……"小川精通中国话,这名共产党最后的骂声他句句听得清楚。

几十年过去了,山下与小川都成了耄耋老人,除了小川一直为中日友好奔走外,山下一直饱受着这段亲身经历的良心折磨,直到20世纪90年代,一名叫方军的中国留学生无意走进他的生活,这件尘封已久的故事才重新被提及。在小川的安排下,山下也进入西苑兵营等待遣返。然而,就在几天后那里发生了一起惊天事件,在小川等人的竭力阻止下避免了一场流血冲突。

1945年抗战胜利后,数万名饥寒交迫的北平百姓冲入西郊日军仓库抢粮,日军未敢阻拦,抢粮持续三天。当初光带着部队赶到兵营时,已有一半粮食被抢走,其他物资与粮食让初光截回。

第二十五章 龙脊·胜利日

孙连仲得知后高兴地说:"这是胜利见面礼呀。"发生在西苑的抢粮事件,曾引起轰动,不少市民还结伴前往观看,有些人甚至还能捡到日侨的物品。

小川负责的北平日侨遣返十分顺利,两年后他也回到日本。他战后重操旧业,成为日本基督联合会一位主教,继续为上帝传播福音,并始终为中日友好奔走,而山下却一直默默无闻地待在家乡,直到一位老八路军的儿子走进他家大门……

方军在他的一本《我认识的鬼子兵》中动情地描述了他采访完山下后的情景:"夕阳照在白云缭绕的富士山上……起风了,黑色的云团一股股地从太平洋上涌来……我漫无目的地走。我非常难过,为中国人当亡国奴的悲惨经历。我也不知道上哪去,我一把把背心拉下来使劲儿擦擦眼眶里不断涌出来的泪水。无意中我惊讶地发现老鬼子山下就在离我不远的地方坐着。他坐在庄稼地里,他看见我哭了!他一直悄悄地跟着我!他不声不响地坐在那里,一直注视着我……"

方军作为一名年轻的留学生,在日本无意间接触了大量老日本侵华官兵,在他们那里他发现了许多沉默在历史尘埃中的真相。已经80多岁的山下曾是一所侵华日军监狱的监狱长,他所讲述的关于一名让他终生难忘的"政府军少校",经查阅小川武满回忆的应该是二十九军秦姓上尉连长,行刑由宪兵队吉田队长实施,由小川武满军医官验明正身,应该说秦连长的英勇就义不仅感动了山下,同时也深深地震撼了小川,这也是小川后半生倾情致力于中日友好的原因之一……

方军的这本书轰动了国内青年,他第一次从敌军官兵手中获取大量珍贵的日军侵华罪行证据,同时也揭示了一大批被人淡忘的抗日义士。年仅24岁的抗日女英雄成本华因方军披露的日军照片才得以魂归故里……

萨苏是继方军之后又一位年轻的旅日学者,他以犀利的目光和独特的视角,从日本大量侵华资料中探寻那场残酷的战争中敌我双方的细节与原委,为我们深度解读发生在北京的许多战争,并对此有了更加深刻的理解。他是个多产的作家,《国破山河在》是他系列作品的代表作之一。

其实,在残酷的抗战中也有一些鲜为人知的小插曲。就在欧洲战局已进

龙 骨

入1945年时,随着德国法西斯、意大利法西斯的先后灭亡,最后的轴心国只剩下日本法西斯,谁心里都明白:日本的末日就要到来了。

位于北兵马司的地质调查所曾被日军在太平洋战争爆发后强行占领并"租"给一位日本知名古人类学家用作"研究"工作。就在日本投降前半年,一直默默租用地质所的日本学者富天达突然送信给贾兰坡和裴文中声称:"将无条件退还地质所展室及全部研究化石标本。"裴、贾二人又惊又喜,但又半信半疑,当二人如约前往时发现,整个展室一尘不染,整整齐齐,显然主人刻意精心打扫整理过。经盘点检查,日军占领前的数量一件不少,而且还多出一部分为富天达自己收藏和收集的化石,他表示对于中国的愧疚与道歉,他只能做这些……

半个世纪过去了,贾兰坡对此耿耿于怀,对这位并不太知名的学者的行为给予中肯评价。当然,历史中的人物各有归宿,这是人性选择的必然结果。但魔鬼最终还是魔鬼。

在太平洋战争爆发后,裴文中与贾兰坡等中国学者最后的阵地被剥夺了,此前无论多么艰难,生活尚能维持。但珍珠港事件爆发后洛克菲勒中断了新生代研究室所有资金来源,而一直千方百计为地质所筹集维持费的翁文灏也断了最后少得可怜的资金。裴文中与贾兰坡仍坚持下来,裴文中找了份清华客座教授的差事勉强度日,最悲惨的当数没有资历的贾兰坡,他不得不变卖书本和打零工艰难维持一家老小的生计。

根本博回国后不久就接受冈村宁次推介,去台湾为蒋介石做军事顾问,当刚退到台湾的蒋介石亲笔致信给他时,他毫不犹豫满口答应。

1949年夏,根本博联络其他六人以钓鱼为幌偷渡台湾,两个月后才到达。其间二次被美军抓获,但表明"到台湾帮蒋介石打共匪","回报蒋的恩义",竟被美军放行。当蒋介石和陈诚接见他一行人时,因得意忘形的根本博连称蒋介石"你,你……"

被侍卫认为"大不敬",用枪顶住根本博后脑勺。蒋笑着阻止:"没事,他是我的老朋友。"

此后,根本博等83人用中国名字列入台湾军事部门,组成日本军事顾问团（简称"白团"，该团因日教官富田直亮中文名"白鸿亮"得名）。根本博策划指挥了古宁头战役（金门战役）和八二三炮战，金门坚固的地下堡垒工事出自根本博之手。

1965年7月，日本顾问团解散，根本博等人陆续回国。（台湾《自由时报》《白团，国民党军隐形部队》2011年5月30日）

在受降广场的一角，还有一群年轻小伙子正亲历这场激动人心的受降仪式，谁都没有注意到这是一群准备接收北平的八路军战士。

1945年8月初，中共根据抗战形势决定在日本投降时接收北平城。8月15日日本宣布无条件投降后，八路军司令员朱德发布命令，令驻华北日军48小时内向八路军投降，此时八路军第一、十、十一、十二、十三晋察冀军分区主力团已在8月12日至23日集结在北平郊区，北平地下党散发大量传单与告示准备占领北平市。

但在美国和蒋介石的反对下，中共根据当时的力量对比分析最后放弃占领北平计划，转向占领二、三线中小城市，至八月底，八路军占领华北11个城市。

于半年前潜入北平的八路军，身穿便服参加10月10日在太和殿门前盛大的受降仪式，年仅20岁的八路军战士李勇田目睹了当时的场面，从此他一直生活战斗在这座城市并成为解放军总参谋部一名高级军官。

北平·裴文中住宅

门外。孩子们兴奋地挥动着写有"胜利"的小旗，互相追逐戏耍。

裴文中、贾兰坡兴冲冲地走来。

"爸爸！爸爸！"裴文中的孩子欢叫着扑上来。裴文中把小儿子架在脖子上，扭起了秧歌。

贾兰坡也手舞足蹈地拉着另一个孩子一起，边扭边走进四合院。

一进院门，裴文中就大叫："令漪！令漪！我们回来了！酒菜准备好了吗？"

裴文中的妻子舒令漪从北屋出来："准备好了。瞧瞧你们这些大教授，也

龙 骨

跟小伙子一样调皮。武忠快下来！爸爸累了！"

"嫂子，您受累了！"贾兰坡客气地打招呼。

"什么话。你和文中是同事，又是好兄弟。现在胜利了，这点累算什么。我心里高兴。比起小鬼子横行时那个苦，还要担惊受怕，现在不知强多少倍啊。"

大家说笑着走进房间。看到桌上摆了满满一桌丰盛的酒菜。孩子们欢呼起来："过年啦！过年啦！能吃肉啦！"

裴文中愣住了。他慢慢放下肩上的儿子，走到妻子身边，有点语无伦次："你这是从哪里弄来的钱？咱家哪儿还有钱啊……你……这是……"

舒令漪："咱们今天不是高兴嘛。"

裴文中突然发现妻子手上的戒指没有了。家里最困难的时候，裴文中把家中一切可以变卖的东西都卖了，包括他的一颗金牙。但是，再苦再穷，妻子从不让他动这枚由他用法国留学时的奖学金买的钻戒。妻子是一位知书达理的人，诗琴书画样样精通，能够嫁给他这样一个来自河北农村的苦孩子，真如他父亲所言，是他三生有幸。妻子陪着他一起度过了苦不堪言的悲惨岁月。如今为了让丈夫享受胜利后的喜悦，她竟毅然卖掉发誓永不离身的订婚戒指，操办了这样一桌沦陷区人民想都不敢想的丰盛晚宴。

裴文中无言地拉起妻子的手，这哪里是一双绣花、弹琴的纤纤细手，简直粗糙得如同农妇的手。裴文中的泪水如珠子似的成串地掉在妻子的手背上。

他把妻子的手举在自己的嘴唇上，不住地亲吻。

妻子无语，抽出手为他抹去眼泪，两个人紧紧拥抱在一起。

"别，别……这不是挺好的嘛。只要咱们人在，胜利了，什么都会有的。"

妻子像哄孩子一样，安慰哭泣的裴文中。

贾兰坡全明白了。他抱着孩子，激动得忍不住泪如雨下。他知道，每个在日本法西斯铁蹄下生活的人，他的父母、他的妻儿老小，是何等的担惊受怕，牵肠挂肚啊。最严酷的生活凝聚了也检验了人间的真情。

令漪看到一家人都哭成一团，赶忙擦了把眼泪，大声说："今天是胜利日，待会儿还要上街看灯火游行。今儿谁也不许提伤心的事，好好吃，痛痛快快地乐。"

裴文中也从悲痛中惊醒："对，对。今天咱们都听妈妈的话。"

孩子们破涕为笑："爸爸，您怎么也叫妈妈啊？"

裴文中："妈妈就是最伟大的女性。一切最伟大的女性就是妈妈。"

"来来来，大家赶快入席。"令漪招呼起来。裴文中夫妇坐在一起。孩子们两边各一个。贾兰坡坐在对面。

令漪为裴文中、贾兰坡倒上酒。贾兰坡拿过酒瓶，给裴文中倒满，又给令漪也倒了一些。令漪急忙推辞："小贾，我不会喝酒。"

"嫂子，今天的酒您一定要喝一点。这是不寻常的日子，是喜庆的日子，也是全中国人喜庆的日子啊。"

令漪看看裴文中。裴文中深情地看着她，点点头："小贾讲得没错。这是大喜的酒，一定要喝一点。"

孩子们叫起来："我也要喝酒。妈妈，我也要喝酒。"

令漪："好。大家都喝。不过你们今天喝的不是酒，而是甜水。好不好？"

孩子们高兴地："好啊，喝甜甜的水啦！"

令漪给孩子们一人倒了一杯用白糖冲的水。孩子们兴冲冲地端起来就喝。

令漪："别急，慢慢喝。"

"来，咱们碰个杯吧。嗯，说两句祝酒词啊！"裴文中举起酒杯。

孩子们拍巴掌："好哇，听爸爸讲演！"

令漪"扑哧"笑出了声。

"咳，咳。"裴文中清了清嗓子，举着酒杯，庄重地说："第一，我们要庆祝我们胜利了。

"第二呢，我们报效祖国的时候到了，我要向翁所长、盟军司令部写报告，要求派我去日本追查被日本人抢走的'北京人'。

"第三呢，我们要重新开始科学研究，重上龙骨山，再创奇迹！"

"太好了。这是我们梦寐以求的愿望。去日本也带上我，去抓长谷和高井那两个鬼子，让他们把咱们的珍宝还回来。现在该我们追查他们了。"贾兰坡兴奋地应道。

龙　骨

　　裴文中："好。咱们说干就干。明天就起草文件。"

　　令漪在一边提醒："别老举着啦，喝吧。喝了愿望就能实现。"

　　裴文中："对，对。来，为了实现这个愿望干杯！"

　　大人、孩子都举起酒杯碰杯。裴文中、贾兰坡一饮而尽。令漪抿了一小口，辣得直扇风："辣死了！"

　　裴文中哈哈大笑："行了，按你的话碰了杯，咱们今后就过好日子了。你这些酒，我替你喝了。"说完一口饮尽妻子的一杯酒。

　　令漪心疼地："别喝那么急，快吃口菜。"大家动手开始吃菜。

　　孩子们津津乐道："真香！太好吃了！"

　　裴文中起身，给夫人倒了一杯糖水："你就喝糖水吧。以水代酒，好不好？"

　　令漪："好，就当是法国波尔多葡萄酒。"

　　裴文中："令漪，你给予我和这个家的太多太多了。我发誓，我一定要把一切属于你的东西都还给你。"

　　令漪："别当着小贾讲这些了。老夫老妻的这么多年，没听过这么肉麻的话。"

　　大家哄堂大笑。

　　贾兰坡站起来："嫂子，您受累了。您让我看到，除了科学事业以外，人间最宝贵的感情。这杯酒是我敬嫂子的，你喝糖水，我喝酒。敬您。"贾兰坡一饮而尽。又斟满一杯酒，举起来，对裴文中："大哥，是你引导我走上周口店考古这条路，使我这个普通的中学生学会了世界上一流的考古技术。我永远热爱这门科学。我今天立一个庄严的承诺，我要永远守望周口店龙骨山，一辈子挖掘古人类古动物的化石，矢志不渝！"裴文中一拍桌子："好，有志气！不过要加上我。我们都承诺永远热爱这门科学，永远属于龙骨山！"

　　"干，干杯！"二人豪爽地碰杯。

　　从窗外看去，一家人热烈而又兴奋。

　　晚上，门外又是放炮，又是放烟花，热闹非凡。有舞狮的，有跑旱船的。裴文中架着儿子，与令漪紧紧相依，走在欢乐的游行队伍中。贾兰坡也在一起，扭起了秧歌。人们陶醉在那个难忘的胜利日。裴文中看到共同在沦陷区生活了八年的妻子头上已开始花白的头发，才突然意识到，"北京人"的失踪所带来的痛苦与折磨绝非只有他一个人。

他的妻子、孩子和所有参与周口店挖掘工作的中外学者和工友，都默默地在黑暗中与他一起承受着巨大的煎熬。他与贾兰坡一起给远在重庆的翁文灏写信，强烈要求派自己去日本追索"北京人"，并要求国民政府请驻日美军司令部协助缉拿长谷部言人与高井冬二，这两个直接掠夺人类珍宝的日本文化强盗。

尽管当时人们尚不知日本天皇的"金百合计划"，更不知锭者自杀前书写的《备忘录》中所调查的线索，但是长谷与高井毕竟是这场肮脏的世纪偷盗事件的具体实施者。从这两个人下手，必将揪出事件背后的罪魁祸首。但是，善良的人们谁又能想到，事情远远没有那么简单。新的利益交易使一个弱国的权益再次受到伤害……

龙骨山·祭典

劫后的龙骨山虽然满目疮痍，但山上枯树旁迸出的新枝依旧坚强地长大，葱绿挺拔。山花朵朵，一片生机。裴文中、贾兰坡、周口店发掘地的老工友、葛利普等外国友人，还有周口店当地的老百姓一起，正在举行祭奠仪式。他们在山坡上稍平坦的一块地方搭起了一个条案，上面摆了供品，并设了一个大香炉。香炉里插着成束的香，烟雾袅袅。两侧悬挂着挽联，上联是："护祖宗，呕心沥血义士捐躯"。下联是："慰英灵，开天辟地重整山河"。

裴文中与贾兰坡都身穿中式长衫。每个人或手持一束香，或手捧山花。村民们按习俗放起了二踢脚与土炮。空旷的龙骨山在震荡，仿佛八年前沉睡的抗日军民被惊醒，呐喊着冲向日军。

一群野鸽子被惊起，在龙骨山上空盘旋。

裴文中手捧祭文："苍天在上，祖宗在天之灵，我等炎黄子孙、中外友善之士，今天特设祭坛，告慰先人，告慰为保卫这块圣土而牺牲的英灵们。龙骨山又回到祖国的怀抱。八年的日日夜夜，子孙们片刻不敢忘却祖先。因为

龙 骨

我们的命脉时时不敢离开祖先的血脉。子孙裴文中、贾兰坡及在场的所有中外友人郑重发誓：永远典守祖先圣地，让龙的传人在龙骨山重振辉煌，告慰众义士们的在天之灵。你们的名字将永远铭刻在龙骨山上！"裴文中念完祭文，带头向龙骨山三鞠躬，并首先捧献三炷香。

贾兰坡泪流满面，取出工友赵万华、董仲元、萧元昌三位被日军残杀的工友牌位放在条案上，并深深地鞠躬，敬香。工友们见到牌位如见真人，痛哭着跪倒在牌位前。人们扶起他们，并敬了香。有位邮电所职员也一瘸一拐地走上前合掌祈祷，三鞠躬，敬香。又一瘸一拐地走进人群。人群默默地继续上前鞠躬，敬香。

贾兰坡突然想到，曾在1937年多次给他邮寄匿名信的人会不会就是这个邮电所职员呢？他急忙撇开人群去寻找，但没有找到。当他失望地准备转身回去时，看见那个人正骑着毛驴走在下山的路上。他的身影在山林间时隐时现。贾兰坡想喊，但离得太远了。

贾兰坡默默地眺望着这位危难时刻挺身而出的义士，尽管不知道他的名字。群山环绕的龙骨山，处处埋着不知名英烈的忠骨。他们与这位至今也不知名的人一样，成为龙骨山上的一块洁白的龙骨。中日战争若从1931年"九一八"算起，共历时14年。其间，中国军民对日作战达20万次。大战200余次。共歼灭日军150万余人，受降日军128万人，伪军146万人。为了这个胜利，中国人民付出了伤亡3500万人的代价，中国财产损失达6000亿美元（军事科学院战史部编《中国抗日战争史》）。据1945年10月26日中国清理战时文物委员会统计（《战时文物损失目录》作者注）："计列书籍、字画、碑帖、古物等8项损失共计3607074件又1870箱，仅南京市公私文物损失为1180982件另1449箱……"

抗战时期，中国文化教育领域也同样遭受空前破坏。从七七事变南开大学遭日军轰炸开始，全国108所高校向内地大后方迁徙了52所，停办17所，高校损失达3360万元，仅1938年上半年迁川14所高校学生就有4647人，教职员2686人（顾毓琇《抗战以来我国教育文化之损失》）。据1946年中国代表团向联合国教科文组织递交的统计报告揭露："战前（1936年以前）全国图

第二十五章 龙脊·胜利日

书馆计有1848所，到1943年之统计，全国亦仅有图书馆940所，约占战前50.86%。"然而，抗战胜利后中国人民没有得到任何赔偿费，巨额被抢掠的黄金、白银和其他贵金属分毫未归还；被抢的300万册珍贵古籍图册仅还了15万册；被掠的15245件重要文物仅讨还2000件！战后，由日本策划、实施的文化掠夺中，无一人追究战争责任，甚至这些战争罪犯在美国的保护下逃避追查。可以说中国在二战中所蒙受的巨大损害而无法得到公正赔偿是那些至今还做法西斯招魂梦的人一手造成的。

而日本发动侵略战争也给本国人民带来严重后果。据日本历史学家井上清所著的《日本历史》统计，日本至1946年末"战死者就已超过156万人，永远残废和下落不明的31万人，其他情况不明的也有24万人。因轰炸和烧毁的房屋也达398万户……按当时共定的价格计算财产损失高达956亿日元"。

"美国在'二战'时期战死30万人，英国死亡25万人，德国伤亡450万人，苏联损失2500万人，中国伤亡3500万人。"（《太平洋战争史》）然而美国也从这场战争中获得了巨额利润，据《第二次世界大战》统计：美国垄断组织的利润从33亿美元（1938年）增加到243亿美元（1944年）。还有一个人物，他的战争财富更是令人吃惊，这就是日本天皇裕仁。据统计：到1945年8月15日战败之时对日本天皇资产的评估是"460亿日元的财产，其中他的财产中除建筑物占4%外，宝石、黄金占7%，书画、古董占9%，有价证券占0.7%（这些有价证券共价值37370万日元，其中公债28570万日元，股票8800万日元。）。此外其他资产是土地和森林（裕仁除拥有170万公顷耕地和300万公顷的森林地等，另外他还拥有皇宫内私人博物馆，里面藏有无法计算的从世界各地搜刮来的珍贵艺术品。其中包括从中国内蒙古出土的史前札赉诺尔人头骨化石。还有一件是大汉奸汪精卫1942年期间送给裕仁的无价之宝翡翠屏风。天皇的资产从1913年的3亿4000万日元增加到1941年的300亿日元，再到1945年460亿日元"（史·格拉德《日本的土地和人民》）。

这些数字毫无玄机地告诉世人，天皇的财产是靠战争掠夺而发家的。仅从1941年至1945年4年间天皇的资产竟增值160亿日元，相当于日本战争总损失的两倍之多。

龙 骨

然而在美国人操纵下，对于受战争侵害最大的中国却没有赔偿，而日本政府通过15条法律向本国国民赔偿4000亿美元。接受补偿或补贴的人员中，包括被起诉的战犯。日本社会学家田中宏说："我们对自己非常慷慨，对别人却非常吝啬。很明显，我们的战争赔偿政策对外国来说是不公正的，也是对历史毫无悔悟之心的。美国政府已经向战争期间被强制收容的日本侨民做出赔偿。每个被关押的人，包括在这一阶段后期降生的婴儿，每人补偿2万美金。"〔（美）斯特林·西格雷夫，佩吉·西格雷夫著《黄金武士》〕

难怪日本人对占领军非但没有仇恨反而充满"感激""臣服"，日本现代作家津田道夫对此也十分困惑，要知道两颗原子弹和东京大轰炸让日本老百姓付出了80％房屋被毁，50万人被炸死的代价，如何摇身一变成了日本的"救星"？

他在《南京大屠杀和日本的精神构造》一书中描述："战败之初日本人对中国和对美国的感情是根本不同的。日本人所谓的'支那事变'之际，对'支那'和'支那人'完全蔑视。……从占领之初日本给麦克阿瑟大量信中……大部分是问安、激励、慰谢乃至'臣服'的表示。在致信的同时，赠送家宝、土地、物产的也相当多，其中最让人吃惊的是，'给麦克阿瑟这个至高无上的男性'写信'请让我生您的孩子'的勇敢女性居然达到数百人。"

1945年10月·葫芦岛港

排着长长队伍的遣散人员低着头匆匆登上回日本的轮船。侨民们拖儿带女背着大包、提箱吃力地登上一艘艘装得满满的人的船只，船舱里人满为患，许多人就坐在甲板上。

汽笛响了，人们拥到船上茫然地看着这块既熟悉又亲切的土地，当船缓缓离开时，人群里突然爆发一片哭声，忍不住向岸边的人挥手告别，有的则久久地鞠躬……

葫芦岛于1930年开始建设，那年张学良与荷兰治港公司签订建港合同，但第二年因"九一八事变"爆发而停工，日本为了将东北的煤炭、粮食等大宗物资运回日本，遂于1936年起计划五年完成全部工程，抗日战争结束时尚未完工，仅有两个半码头。由于苏联占领军拒绝用大连港与营口港运输被遣返回国的日本侨民与日俘，在中国境内3亿2000万日本被遣人员有一半需从葫芦岛遣送（日本被遣人总计6亿6000万，中国占一大半）。

为此，以共产党周恩来，国民党张群和美国总统特使、前参谋长联席会议主席马歇尔为首的三方遣返委员会负责这项庞大的工程。由于在共产党控制地区有33万人，苏军控制区有27万人，国民党控制区48万人，因此葫芦岛顺利遣返的150万东北地区的日俘与日侨，成了国共双方合作最成功的范例。

很多年以来，许多当年被遣送的日本侨民都回到中国去寻找当年曾经温馨的记忆和看望曾经救助过他们的普通中国老百姓。据日中友好协会当年统计，曾有近万名日本孤儿和弃儿被中国人收养，在日本投降的日子里这些被战争所遗忘的日本孤儿却被受日本残酷统治的中国老百姓所抚养，如今那些当年的孤儿已是六七十岁的老人了，他们厌倦那场战争，更厌倦那些至今还阴魂不散的日本军国主义幽灵。他们在有生之年带着他们的子女一次又一次地来到这片再生之地来感恩。

2002年，一位年逾80岁的日本老人佐佐木宗春用多年积攒的养老金在葫芦岛市龙湾公园内栽下四棵银杏树并立下一块刻着鲜红"恩"字的花岗岩石碑。她用这块感恩碑来向葫芦岛三位普通中国人感谢救命之恩。

54年前，1948年8月佐佐木随日本遣返队来到葫芦岛，20多岁的她患上重病，日本人把她丢弃在荒草地上，奄奄一息的她被三个路过的中国老人救起并精心照顾，佐佐木奇迹般地康复，三位老人又送她登上回国的轮船。半个世纪里佐佐木多次重返葫芦岛期盼能找到这三位恩人，但始终无果而归。

日本北海道是日本最寒冷的地方，每当大雪纷飞时，都会让这位最具盛名的茶道博士几多忧伤。1996年她忍不住思念与内疚，把自己的这段经历写成一本自传《熄不灭的火焰》来倾诉衷肠。她知道已永远不可能再见到那三位中国人，在许许多多与自己有相同经历的日本人中，她感受到那是一个民族的善良与宽容，立下感恩碑就是让自己的后代永远铭记。

龙 骨

1946年10月·南京玄武湖

秦德纯作为二十九军副军长和北平市市长,在与日军交涉和抗击中扮演了举足轻重的角色。从7月7日卢沟桥抗战打响,正是秦德纯下令还击,当时的北平最高军政长官宋哲元才托病回山东老家"休假"负责与日军谈判。

军政事务均由秦德纯一人掌管。尽管七七事变发生后秦德纯数次急电宋哲元请他"火速回平主持军务",但都被宋哲元推托。百般无奈的秦德纯只得事事向蒋介石请示,因此,他对蒋介石是打是和的犹豫心理拿捏得比较准确。

也正因为如此蒋介石十分欣赏秦德纯,后干脆将很能理解自己的西北军旧部安置在自己身边,而这在蒋介石的用人策略上是一个例外。1946年10月已升职国防部副部长的秦德纯从日本东京远东国际法庭做证回国,在法庭上秦德纯以亲历卢沟桥事变中方指挥官身份出庭做证:"卢沟桥事变是日本军策划已久的侵华阴谋",并被国际法庭予以采信。他一回到南京却突然想去看看当年与自己明争暗斗多年的今井武夫。

今井武夫在他的回忆录中记录了这次令他十分惊讶和意想不到的会面。

1946年10月·南京金银街4号别墅(原日本驻华使馆)

今井武夫忐忑不安地独自坐在会客厅,他不时地看着庭院中依然浓翠的竹林和修剪整齐的雪松。他猛然想起日本的松树与竹是那样的相像无二,这让他十分感慨:中国自古把松竹梅喻为高贵的品质,日本也同样自古崇尚松、竹、梅、兰。有着同一文化和爱好的两国却厮杀这么多年,这究竟是怎么一回事?真像是在做梦。

他记得当年他与秦德纯面对面谈判,他从秦德纯的眼里看到一个中国军人羞辱、愤怒、无奈的眼神,而今天他以一个胜利者、一个占领军来看自己,而且此时此刻作为一个敌军败将,一个被中国人打败在地的失败者,一下子让他对九年前那个夜晚有了一种说不出的感觉。

身穿上将军装腰佩中正剑的秦德纯走进会客室,卫兵响亮地立正向秦德纯敬礼,今井武夫也立刻起身恭恭敬敬向秦德纯鞠躬。

秦德纯:"今井,我是以一个老熟人、老对手的身份看看你!你不必

第二十五章 龙脊·胜利日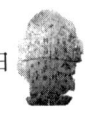

拘礼。"

今井武夫:"是的,但我是鄙国战俘。"

秦德纯:"这可不像你呀今井,胜败乃兵家常事,现在两国不打仗,我们就可以像朋友一样叙叙旧。"秦德纯见这个年龄与己相当的日本军人还是那么拘谨甚至不敢正视自己一眼,便跟他随便聊起旧事旧人。

"你的老对手冯治安师长和刘汝明将军现在都是国军的军长,可惜宋长官、张自忠、赵登禹、佟麟阁这些老的二十九军将领也都病故或战死了……"今井又站起身鞠躬:"宋长官、张将军、佟将军和赵将军都是我敬重的军人,虽然作为敌军将领,他们的品德、勇敢让我永世难忘!"

秦德纯:"在战争中,无论是朋友还是敌人都曾卷入战火,敌我阵线分明但全都不报任何私怨。如今两国战火已停息,再次恢复了和平,当然更不计较恩怨,而恢复昔日的友情。"

秦德纯的话让今井感动万分,紧张的情绪也逐渐平复。他也把自己对未来的惶恐和担忧告诉秦德纯。秦德纯对他今后的命运讲了一番激励和安慰的话,分手时秦德纯拿出一根紫檀木手杖送给今井:"我在这次大战中曾到缅甸战场带回两根紫檀木手杖作为纪念,我将其中一根送给你,让我们用这根手杖分别肩负起勿使本国倾覆的重任,为求国运的昌盛而共同努力吧!"

今井呆呆望着手杖却迟迟不肯接:"对不起……将军阁下,我,我无法接受如此珍贵的礼物……"

"为什么?"

今井:"根据中国军队的规定,日本人回国时准许携带的东西有详细规定,所以这个手杖绝对无法带走。我谢谢将军的盛情。"秦德纯哈哈大笑:"原来如此,这好办!回头你回国时我会安排,一定让你带走。"

今井武夫喜上眉梢:"如此关照那我就收下了!"1946年年底今井武夫和最后一批日侨日俘,从上海回国时秦德纯特意派一名国防部少将帮助今井武夫携带秦德纯所赠的紫檀手杖回国。

今井武夫自豪地回忆:"我被他的友情所振奋,于是以'身穿军服,手拿木杖'怪模怪样的打扮在美军占领下的祖国登陆了。"(今井武夫的《回忆录》

563

龙 骨

第266页）

很多年以后，今井才在自己的《回忆录》中透露出当时他收到秦德纯赠送手杖真实的想法。今井按着自己的理解认为在古代日本手杖是依靠的意思，根据日本谷川士清于1776年所著的《和训刊》的注释手杖是"老人所用以助步行者"。因此，今井认为："自明治维新开国以来，不分老壮，手杖为便于随身闲步的装饰品。尽管秦德纯赠我手杖出于他的好意，实际丝毫无助于国力的复兴。而我身体强壮，还没有老。"

今井并不知道，或根本不懂中国人对于手杖的认识和重要性，早在两千多年前的西汉就已形成国家制度。据中国古史《后汉书·礼仪志》记载："仲秋之月，县道皆案户比民，年始七十者，授之以玉杖，哺之糜粥。八十、九十，礼有加赐。玉杖长尺，端以鸠饰。鸠者，不噎之鸟也，欲老人不噎。"

意思是一到中秋，地方官员要对百姓走家串户进行家访（颇像今天走基层送温暖活动）。凡是20岁以上的老人授以玉杖并亲口为老人喂粥以示尊老，八九十岁的老人则额外加赠礼品。

1959年在甘肃省武威县嘴磨子十八号汉墓出土一根玉鸠杖，杖上还系有"玉杖诏书的木简"，1981年在同一地点又出土了一件西汉玉鸠杖，在玉杖诏书上明确刻有："高年赐玉杖，上有鸠，使百姓望见之，比于节。"在这里明确说明玉杖的功能与用途。在这个木简上还记录了西汉时一个地方官吏因侮辱持杖老人而受到砍头惩罚的案例，这说明至少在西汉时中国就有了尊老养老的明确法规。

也许，秦德纯也不知晓赠予手杖在中国历史还有那么久远的典故，但是他清楚地知道手杖正是歼灭卢沟桥事变元凶牟田口廉也第十五师团的战利品。

今井自恃是个中国通以为秦德纯送他手杖是不明白在日本人的眼里手杖是老年人助步的工具或是西方作为绅士手中"文明棍而已"。其实像日军这样的文字谬解，就在卢沟桥事变中闹过笑话。

七七事变中日军松井特务机关长和今井就跟秦德纯就"城郭"的词义争执，日本人认为驻扎"城郭"就是城以外，秦德纯反驳"城郭"在汉语中即是城墙以内。如今，今井卖弄自己的汉学本领再次歪解手杖作为礼品不可能被

第二十五章 龙脊·胜利日

理解成依靠战胜国的帮助之意。这也说明在今井的头脑深处依旧把中国视为"敌国"。

为什么要送给"敌军降将"今井一根手杖作纪念呢？这也许是个谜。不过倘若秦德纯在死前知道今井拿他送的拐杖调侃一定会贻笑大方。

因为秦德纯明确告诉这两根紫檀手杖是他在滇缅对日作战的战利品，也就是说是中国军队全歼牟田口廉也第十五师团的战利品。

这位血债累累的牟田口廉也正是那个叫嚣"我就是那个打响卢沟桥第一枪的人，卢沟桥事变就是我挑起的"的战争罪犯。洋洋得意的今井武夫在秦德纯去世13年后才发表自己的回忆录，这真是天大的讽刺！

今井武夫在中国共9年。初来乍到他仅是一名少佐助理武官，由于他配合香月逼走二十九军，轻而易举夺下中国北方最大城市北平而声名鹊起。他奔走网罗华北的汉奸，游说筹建汪精卫伪政权和向国民党政府劝降，为侵华战争摇旗呐喊，其官职也由少佐蹿升为中国派遣军少将副总参谋长，直接成为冈村宁次左膀右臂。

他与冈村宁次一起没有受到战争罪行的惩罚。在他和冈村宁次的《回忆录》中从来没有对自己犯下的罪行做出任何一点忏悔，最多不过就是对蒋介石、何应钦、汤恩伯、秦德纯等国民党高级官员对他们"战友般的关照"心存感激之情。而中国共产党人则对这些战争罪犯采取"从魔鬼变成人"的教育改造。

如今离那场中华民族蒙受巨大灾难的战争已经过去半个多世纪，但是国共两党对战争罪犯的不同方式以及战争的阴影至今久久不能散去。

日军随军记者小俣行南于1944年8月调入缅甸战场区的日军第十八师团随军采访，他记载了牟田口廉也从杀气腾腾的接任日军第十五军司令官一职到全军覆没的整个经历。

他在《日军随军记者见闻录——太平洋战争》中写到："攻占新加坡后，得意洋洋地传：经缅甸的牟田口廉也中将率领的第十五师团攻占了曼德勒，接着进兵遥远的中国云南。牟田口廉也从任师团长起就是一个积极主张进攻印度的强硬派，据说河边是个消极论者（河边正三正是与牟田口廉也一同攻打北平南苑的同伙）。"牟田口中将认为，积极用兵取胜的地方只能是缅甸。只要有3个星期的时间就可以攻占英帕尔和科希马。

牟田口中将也承认："我挑起了卢沟桥事变，后来事件进一步扩大，导致卢沟桥事变，终于发展成这次大东亚战争。假如今后依靠自己的力量进攻印度，能给大东亚起到决定性影响的话，制造这场大战最初原因的我……当然是求之不得的事。"

野心勃勃的牟田口万万没想到自己导演了一场"太平洋战争中最大的一幕悲剧"。

到了1944年11月被中国远征军重重包围的牟田口廉也已经被分割围歼，当初不可一世的牟田口廉也的第十五军现在已是溃不成军。小俣行南随溃逃的日军与其他随军记者见证了这支发动战争最后灭亡的情景。

1944年11月·缅甸锡当河

在缅甸，由于没有舟艇无法渡河，有不少日军来到渡口死于空袭，有些士兵扎制渡筏随水漂流，还未到达对岸，就被飞机扫射的子弹打死了。野战医院将撤退中不能走动的伤病员绑在竹筏上顺水漂流，但是没有一个漂到下游。最令人悲哀的是原在内地的慰安妇们也扎制筏子顺河漂去，河宽流急，随身携带的东西都沉入河底。有些慰安妇把积攒下来的一捆捆军票捆成包袱系在腰上，紧紧扎住，士兵的竹筏想渡过河去。由于包着军票的包裹吸水后十分沉重，坠得手都抓不住竹筏了。不管士兵们怎么喊"把那包裹丢了"，女人还是舍不得丢，因为这是卖身积攒的钱！无论如何也不能丢掉。最后终因力竭坚持不住，被河水吞没了。

日军大崩溃时正处于雨季，小俣行南在经历了一场"噩梦"后已患上登革热持续高烧一周，当捡来一条命的小俣行南回到东京才发现母亲已经过世了，父亲也死在中国战场，两个兄长也被征召上了前线，家中只剩下年少的妹妹，正当他拖着虚弱的身体悲哀家中的变故时又接到一封红色应召书成了后备兵。缅甸日军的惨败使缅甸战场的日军战死185000多人，占全部缅甸日军的75%（缅甸日军共计30万人），还有他亲眼看见被日军枪杀的东南亚华侨和无辜百姓，他觉醒了，他决心以自己亲身经历和采访，告诉世人这场由日本军阀给中国和东南亚人民带来无限灾难与令人发指的杀戮。提醒善良的人们勿忘战争的罪恶和英勇抗击侵略的英烈。（参见小俣行南《侵略太平洋战争》随军记者的证言）

1945年9月9日·南京

依投降惯例，战败国一切行为均由战胜国安排，所以对签字仪式、降书内容、投降代表应准备事项，均由中国方面进行决定，不须征询投降代表签字意见，冷欣后来写到"但冈村宁次接获我总部中字第19号备忘录……并盼事先能了解降书的内容……必请示总部同意"，曾于签字前夕9月8日夜间，秘密先给冈村宁次一阅读的机会，随即取回，并约定：

（一）不准抄录

（二）不准提出修改

（三）不得于签字以前宣扬

对方一一承诺，第二天俯首签字，毫无犹疑踌躇之状。（注：冷欣系国民党陆军副参谋长。引自秦风著《民国南京1927至1949》）在南京受降仪式上，当冈村宁次按照事先排练好的程序"恭恭敬敬"地将投降书双手呈给何应钦，何应钦也表情温和地双手接过。

何应钦没有正视他这个当年日本士官学校的老师，冈村也始终表现出一副恭敬的神态。这让并不知情的民众和记者激动不已，当天晚上印着冈村宁次和何应钦交递投降书照片的号外还是让这座饱受摧残的古城再次沸腾起来。

按着前几次的磋商何应钦要求冈村宁次一定要给足他面子，作为回报何应钦承诺"好好优待"。

狡猾的冈村宁次才不要空头的支票，他指名道姓要蒋介石承诺将其无罪释放。经过一番讨价还价，蒋介石答应了冈村宁次的要求，承诺将他保护起来择机无罪释放，作为附加条件冈村宁次必须忠心耿耿地为蒋介石反共服务。

冈村宁次自然知道自己在中国犯下的罪行是万恶不赦的死罪，为报不杀之恩他必须老老实实按蒋介石的计划效力。

 龙 骨

不久蒋介石委任他担任"军事顾问""日本官兵善后联络部"。换句话讲，蒋介石让冈村宁次一夜由战犯变成了亲信高官。

由于国际舆论和中国共产党的坚决反对，冈村宁次一度被关押收监，但是何应钦、汤恩伯对他关心备至，"看来很像是同志"，关押期间的酒肉不断让一同坐牢的日军参谋长今井迷惑不解，因为他以为吃好喝好是中国对临刑犯人所提供的"送行饭"。

经过何应钦与日军侵华总司令三次会谈，决定在9月29日举行中国战区受降仪式。此前有关中国战区受降地被确定为15个战区，所有受降主官全部由国民党将领担任，中国共产党没有任何一席。

为此国民政府军事委员会副委员长冯玉祥愤然拍案："中共有6个军，18个师，战绩卓越，如此安排太不合理！"何应钦振振有词地反驳道："你认为中国应该有两个政府，有两个领袖吗？"在抗日战争时期，蒋介石由消极抗战转化为积极抗战是有一个转化过程，但是他从来没有放弃反共剿共的立场。

当冈村宁次登上遣返的日租英轮后，船上的广播传来《中国共产党关于要求审判冈村宁次的声明》时，冈村宁次面无血色不知所措，他深知如落入中共审判或国际法庭审判，他将必死无疑！刚刚还庆幸自己躲过几次国际法庭传讯，又传来中共的强烈声明，让他一下又跌进冰窟里！日籍船长走到他身边拍拍惊魂未定的冈村宁次肩头："大将先生，我们的船现在已驶出中国领海，在公海区……您是安全的……"冈村宁次半信半疑地看向大海，凭经验船长说的没错，可万一登陆后国际法庭又抓走自己，那又会是什么结果呢？他苦笑一下，想起自己在中国的所作所为……

冈村宁次的无罪判决书，无疑是给浴血抗战十四年的中国人的一个奇耻大辱，同时也暴露了蒋介石、何应钦、汤恩伯等为了阻止历史的潮流而不惜丧权辱国的卑劣行径。

1956年4月日本一家相当有影响力的杂志《文艺春秋》刊登了冈村宁次与何应钦的谈话记录，这是战后何应钦应冈村邀请访日时的对话。我们摘要如下：

第二十五章 龙脊·胜利日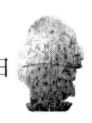

冈村："久违久违，您好吗？"

何："托你的福。我初次见到冈村先生，好像是1933年，在北平谈判塘沽停战协定的时候。"

冈村："是的，在士官学校时我比您高好几班，所以没见过您。在九一八事变时，我们才首次见面。当时我是关东军副参谋长，您是中国军总司令官，不过，互相并没有敌对感觉。那时候我时常去北平见您，而到现在我还没有忘怀当时您所讲的一句话：'日本应该就此罢手了，如果仍然继续向中国本土挥兵侵略，则必使中国共产党日益坐大，结果，也必使日本吃个大苦头。'

"经过二十年后的今天，我们在东京聚首回忆起来，不幸得很，当年您所讲的这句话，到今天变成事实。

"您在重庆的时候，常常受到很厉害的轰炸吧？"

何："时常有轰炸，就是日本的疲劳轰炸较为讨厌，你们叫作什么？"

冈村："日本叫作神经轰炸。"

何："一连轰炸一整天，教人无法工作。"

冈村："都是我的部属干的。"

何笑道："多谢！多谢！"

冈村："可是那里的气候很坏，真使飞机师吃不消。"

何："冬天一直看不见太阳，有蜀犬吠日之说。"

冈村："府上受过炸吗？"

何："我住的地方被炸中了两三次。"

冈村："不是有防空洞吗？"

何："但若中了一千磅重的炸弹，就是避在防空洞，人也会是动。这种情形前后有过三次。"

冈村笑道："真抱歉，如果您先在公馆屋顶上做一个记号，我可以叫他们不来炸你呢！

"还有一件事应该向您深深表示感谢：就是我们打了败仗，却没

龙　骨

有一个人变成'俘虏',这是您的鼎助所赐。照国际法上的惯例,战败的军队应被缴械、分别拘集军官与士兵,并分开受到战俘待遇,一般情形都是如此,苏俄、中共均是,但是我们却不同。我们所受的称呼,不是'俘虏'而是'徒手官兵',就是说,没有武装的军人。

"在签字投降次日,9月10日清晨您召我去。当我去见您的时候,您一开口就说:日本已经没有军队了,现在我们两国可以不受任何阻碍而真正携手合作。您鼓励我:'我们一同努力做吧。'那时您把中国政府的派令交给我,把日本全军及侨民的遣回事务委任我来办理,那张派令是怎么写的?"

何:"是的,是的。是采用这样军队式的派令承担我的指挥权,这样,多达二百几十万的人,因此才被顺利地遣回。

"那个派令,曾使您正正当当地发布命令。"

冈村:"你们当时应把整个运输力量集中到扬子江沿岸,致未能接济东北的军队,从而影响到国军败于共产党,实使我们感觉抱歉!"

何:"不,事情已经过去了。"

冈村:"关于这一点,根据我所听到的:美国顾问团也不好。我相信是美国贻误了远东的局面,它妄图将国军开往东北,但拥有美式装备的精锐部队,多为南方人,中国自黄河以北没有水田,北方人吃稀饭、吃馒头,而南部多是水田,南北情形完全不同,必须吃米的精锐部队开往东北,而遣返日侨,大米不能运往接济,结果在内战上招致了不利的条件。也可以说,为了尽速遣返二百多万日侨,结果付出很大牺牲。"

何:"战争结束的时候,斯大林曾扬言以此报复日俄战争的宿仇,但是当时蒋介石总统却声明'以德报怨'。"

一个是沾满中国人鲜血的战犯,一个是国民党高官,两个人相谈甚欢惺惺相惜令人作呕!甚至调侃中国人遭受悲惨的大轰炸……从这段不长的部分

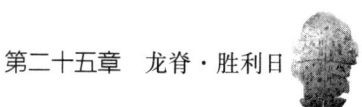

对话，就可毫无疑义地看出这二人卑鄙无耻的行径，而当初，蒋何煞费苦心地保护冈村这样一个十恶不赦的战犯的理由就不难明了。

2003年向井敏明的女儿向井千惠子通过律师控告《每日新闻》（即战前《东京日日新闻》）对"百斩人"之"报道不实"，"损害遗族名誉"，要求赔偿，右翼团体控告的对象虽然是日本媒体，但真正的目的是企图推翻南京战犯法庭的判决，从而在南京大屠杀史实中打开一个缺口，右翼团体甚至准备打五年的官司，以为战争罪行翻案。

1973年石美瑜在接受日本记者的访问时说："我想这两个人的家属说的是，中国人在这场战争中死了有上千万，如果不需证据便可以行刑，日本所有的军人全部都该枪毙！但是，我们并没有采取报复主义。事实上，日本也有许多有良心之士严词批判过去的侵略行为，并主张为了日本长远的利益，让下一代真正了解过去发生的事。"

第二十六章
龙脊·异域追踪

很多年以后,李济每每回忆起那个夜晚都觉得终生难忘。他在回忆中写到,一路上看到的悲惨情景很快就把我初到日本时的兴奋感一扫而光。

1945年8月·大连·远东榨油厂

苏军刚刚对这里进行了"洗劫",在荒草杂生的工厂里,已几乎看不到一套完整设备。在工厂仓库的一个角落里,有一个穿着讲究的日本人围着一个破旧的大木箱徘徊,一连几天,这个神秘的日本人久久不愿离去。

这个人的怪异行为引起了八路军护厂队的注意。他们打开木箱,发现满满一箱神秘的骨头,许多骨头上还刻着字,护厂队员们面面相觑,谁也搞不清是什么东西。队员们想问问那个神秘的日本人,不料那个躲在远处观看的日本人却撒腿跑掉了。

后经咨询这竟然是一箱珍贵的龙骨,而且有1000块之多。

这些龙骨是谁的?那个神秘的日本人为什么冒着危险,不顾遣散徘徊在此?经过调查初步怀疑这批龙骨很可能为前清遗老罗振玉所收藏的。罗振玉是清末民初的古玩金石大家,也是溥仪的老师之一。1900年八国联军进京,

第二十六章 龙脊·异域追踪

最早发现和收藏龙骨的国子监祭酒王懿荣在战乱中自杀身亡,他收藏的千余枚有字龙骨落入刘鹗之手。后又转让给罗振玉大部分,从此罗振玉对甲骨文产生了浓厚的兴趣,一下子就迷上了龙骨研究,他不满足文人墨客手中的区区小数,于是就另辟蹊径从出土地点着手。1912年罗振玉根据他弟弟罗振常所寻到的河南安阳小屯村出土的龙骨编写了著名的《殷墟书契前编》。到此时他所收集的甲骨已逾万片。

他曾骄傲地断言:"我收了这么多甲骨,基本上可以说,安阳的甲骨所剩无几了。"罗振玉的话说大了也说过了,1928年李济在安阳一次出土5000枚甲骨,到新中国成立后竟又出土了数万枚。

罗振玉是典型的保皇党,1934年他和儿子化装成日本浪人偷偷陪溥仪逃到天津,他积极敦促溥仪与日本浪人合作到满洲建立满洲国。溥仪与日本人合作原本是想借日本人的势力恢复大清王朝,罗振玉鼓吹满洲是"皇祖发源之地",在满洲建国可借"祖宗神灵"复辟王朝。不过,他与郑孝胥发生了争官夺位的激烈冲突,结果败在郑孝胥手下。

他只好在旅顺买了两处房子打算养老告终。政治上失意的罗振玉把全部心思都用在收藏古籍与文玩上,龙骨自然也在其中。据专家考证罗振玉在1940年去世前已存各类古卷30万册,龙骨多达2万余枚。罗振玉死前曾向日本人转卖龙骨和文玩。这个日本人与这箱龙骨有什么关联便不得而知。这箱珍贵的甲骨文龙骨后经八路军几经周转最终完好无缺地落户山东博物馆。

1945年冬·北平机场

时任中央研究院历史语言研究所所长的傅斯年作为国民政府北京大学代校长到达北平,一下飞机就问迎接他的陈雪屏:"有没有与伪北大的教员有来往?"

陈雪屏颇为紧张,支支吾吾地回答:"只是在一些必要的场合见过……"

傅斯年几乎是咆哮地吼道:"汉贼不两立!连握手都不应该!"他对所有在场的人宣布要提请司法部门将"罪大恶极的败类,来个斩立决!……对于国难时期苟且偷生的汉奸学者一律不聘,凡伪北大教职员工概不留用……"

龙 骨

傅斯年下车伊始的表态让伪职员们胆战心惊。为了表示支持，1946年蒋介石亲自在傅斯年陪同下造访北平，并有意识地共同参拜了北平有名的"文天祥祠"。其用意昭然若揭，那就是支持沦陷时的文天祥式知识分子而绝不用投降媚日的汉奸学者。

次日，傅斯年又在《大公报》发表声明："北大将来复校时，绝不延聘任何伪北大之教职员……至于伪北大之学生，应以其学业为重，现已开始补习……教育部发给证书后可以转入北京大学各系科相当年级，学校将予以收容。"傅斯年的讲话公布之后，原本北大教授周作人给傅斯年老前辈写信要求傅斯年对自己这样的知名人士予以特殊照顾。他还在信中最后威胁道："你今日以我为伪，安知今后不有人以你为伪。"傅斯年收信后拍案大怒，当即挥书怒斥："今后即使真有以我为伪的，那也是属于国内党派的问题，却绝不会说我做汉奸；而你周作人之为大汉奸，却是已经刻在耻辱柱上，永世无法改变了！"

周作人收信后仍是满不在乎，并向北平一家报纸写了一篇《石板路》的杂文并特意注上"闻巷中驴鸣"来侮辱傅斯年。不过周作人没有得意几天便以汉奸罪被捕入狱。七七事变前北大绝大多数教职员与学生毅然南迁，即使无法离京的宁可忍饥受饿也不去伪校上班，表现出中国人的傲骨与爱国情怀。

周作人任伪北大文学院院长、容庚任文学院教授，并经常参加日伪组织的各种所谓"文化活动"。在傅斯年等人的坚决反对下，这些充当汉奸的文人从此再也没有被北大、清华和燕京大学所录用。

傅斯年完成大学整治工作后向教育部提请胡适担任北大新校长，不久这个提议就被采纳，胡适成为战后新北大校长。而胡适对周作人放了关键一马，1946年7月周作人被判15年徒刑，1949年被释放，1967年病逝于北京。

在傅斯年大刀阔斧接受北大的同时，以宋子文为首的财经接受大员也来到北平。不过他们打着"接受日伪资产"大旗，所到之处，昔日的汉奸、地痞和商业巨头纷纷如苍蝇般整日尾随，或送礼或行贿，甚至把自己的太太也押上供其玩耍。

这些接受大员整日肉山酒海、吃喝嫖赌，把大把大把的金银珠宝与钞票塞进自己的腰包。老百姓在饥寒交迫中编起歌谣讽刺这些中饱私囊的接受大员："想中央，盼中央，中央来了更遭殃！"老百姓还给他们起了一个绰号："五子登科"（帽子、位子、房子、票子、婊子）。

据国民党《民国档案》、《抗战胜利后敌伪产业处理概况》统计截至1948年4月，日伪资产估算总值约为16兆零415亿法币、台币138亿77033万826元、流通券40亿1231万2316元。（注：法币与美元战前兑换比例为30法币兑一美元。）

孔祥熙更是不甘落后，他率领的庞大接受大军乘飞机回到上海。由于在接受中有政府军队和地方势力的同时插手互相争夺，使得接受工作一度混乱。如上海市就有89个接受单位，经过层层盘剥和反复接受，真正归于国民政府敌伪资产处理局的国家资产已经寥寥无几。国民党的败落和丧失民心正是从接受开始。

抗战结束后各地在接受的同时大规模逮捕汉奸。逮捕汉奸全部交予了军统局，由戴笠统一指挥。1944年11月至1947年10月底，全国各地法院处理汉奸情况如下：检察方面计办结45679案，被起诉者30185人，审判方面办结25155案，被判刑者14320人，其中被判死刑者369人，无期徒刑者979人，有期徒刑者13570人，被判罚金者14人。

1949年1月底，军事法庭宣布，所有战犯案件全部审判完毕。据统计共受理战犯案件2200余件，南京大屠杀的首犯谷寿夫等判死刑者145件，判各种徒刑者400余件，其余无罪遣返日本。日本中国派遣军总司令冈村宁次大将竟被南京国民政府无罪释放。（引自《战争罪犯处理委员会三十六年度工作报告》（1947年12月25日）《中华民国重要史料初编——对日抗战时期》第二编作，第451页。）

一架准备加油后逃亡日本的日军运输机刚一落地就被苏军伞兵团团包围，当机舱门打开后竟是伪满洲国皇帝和他的大臣们。溥仪和他的幕僚们作为战俘被苏军随即押往苏联西伯利亚的一所监狱，苏军押送到苏联的日俘与伪满洲国官员共计46万余人。伪满洲国灭亡。

 龙　骨

1945年11月19日·北平·北兵马司地质所·裴文中办公室

杨钟健、贾兰坡等人正在收听收音机里的重要广播。

在"吱吱啦啦"的广播中，传来女播音员娇滴滴的声音："美联社东京消息，在被日本军队送往日本，又被占领当局取得的掠夺品中，发现有来自已知人类最早祖先之一的山洞里的科学上的无价之宝——'北京人'。从现在已知的这些掠夺物中，包括有用粗糙的史前工具雕刻的动物牙齿装饰品和说明这些物品在1929年北平附近的周口店石灰岩山洞中发现的位置略图。这些物品曾在北平协和医院保存过。被没收的信函中透露，'北京人'的遗骸曾被中国人很好地保存起来，躲避了日本科学家三年的追寻。在日本当局通知了盟军总部后，这些物品在东京帝国大学内找到。盟军总部的科学顾问、美国地质调查所的怀特英尔博士，现在保管这些遗骸，并准备送回到中国中央地理调查所……"

"好哇，终于有下落了！"众人欢呼起来，击掌庆贺。

裴文中兴奋地道："没想到这么快。还记得吗？鬼子投降那天，我们还说可能还得找上一阵子。这才过了这么短的时间……太好了！总算找到了！真是民族之大幸，周口店龙骨山之大幸啊！"

杨钟健："给翁院长的信，翁院长也收到了。他老人家比谁都着急。拿着你们写的信就去找老蒋，要求组团去日本查找。这不，老蒋还没回音呢！美国人倒先有消息了。真让人高兴啊！"

贾兰坡："我们是不是请魏敦瑞博士向美国政府查询落实一下此事？或请翁院长敦促政府向盟军司令部查询此事？要知道，日本人把咱们几乎所有有价值的化石都抢走了！"

裴文中："小贾讲得有道理。我马上起草给魏敦瑞博士的信。杨所长，还烦劳您给翁所长再联系通报此事。"

贾兰坡："我准备查询清单与备忘录。"

裴文中："好。说干就干。"

众人开心地一笑。

第二十六章 龙脊·异域追踪

1945年12月·重庆

李济、翁文灏、倪征噢等正商议赴日追索国家宝藏事宜，此时的翁文灏已由司徒雷登大使鼎力推荐，成为国民政府行政院副院长。翁文灏不愿意继续做官，多次要求蒋介石让他在抗战胜利后还是做老本行，继续从事地质考察工作。但蒋介石对于这位在抗战中立下汗马功劳的文人竭力挽留，其中还有另外一个原因，那就是为国民政府守住至关重要的经济。对孔、宋财经集团起到关键的平衡作用。

此次赴日本参加法律审判、经济索赔以及文物古董的追索代表团，经过国民政府多次讨论，决定由朱世明将军担任团长，由李济担任代表团的科技顾问，专门负责被日本掠夺的文物宝藏与艺术品。由于李济在负责故宫国宝南迁与中央研究院南迁工作的突出贡献，这个重任理所当然地落在他的头上，因此他是最佳人选。

对于裴文中的请求则在国民党有关机构受到了冷遇，在搁置几个月后被退回。倪征噢在日本投降前被美国国务院急召赴美进行司法培训，作为远东国际军事法庭首席检察官的随团代表。翁文灏担心在日本追索文物会遇到法律问题，心细的他不敢再有任何闪失，特意就"北京人"化石的追寻问题再三叮嘱了李济。李济是资深的古人类专家，自然明白追索"'北京人'头盖骨"这样珍贵文物的分量，他向翁文灏保证一定尽全力首先追索这批珍贵的化石。

临走时，翁文灏告诉李济原来接洽转移"北京人"的美国大使詹森已调到东京做麦克阿瑟的幕僚，现任的美国驻华大使由燕京大学创始人司徒雷登担任，为此，他还专门给美国联合会议主席马歇尔将军以私人名义写信请求协助寻找"北京人"。民国外交部也应教育部部长朱家骅的要求向东京盟军总部发出协查"北京人"的公函……

李济听了十分高兴，心想这下更好了，所有的官方机构都动起来了，再加上有各国高官的关注，"北京人"回归应该没有问题。然而出乎所有人意料，接下来发生的事情证明了翁文灏的担忧，也给了信心满满的李济当头一棒……

报童正在卖报："看报啦！看报啦！今天的《北平时事日报》有重大新闻。

龙 骨

路透社新闻：'北京人'将归还中国。"

"看报啦！看报啦！重大新闻，'北京人'即将回国！"在小报童的吆喝声中，路人纷纷掏钱买报，边走边看。

贾兰坡兴冲冲地走来，没顾上敲门就闯进来。裴文中惊讶地看着他。

贾兰坡："又有好消息。'北京人'完好无损，即将被归还……"

裴文中听了立刻站起来："快让我看看！"

贾兰坡把一张刚出版的《北平时事日报》递给裴文中。这份刚发行的1945年11月19日的报纸通栏标题上赫然写着："'北京人'将由日本归还中国"。

这是一份来自东京中央通讯社的电文报道，电文说："盟军最高司令部已经找到了被日本人偷走并已经运到东京的'北京人'的骨骼……"

裴文中急忙边看边念："在日本占领期间被日本军队当作掠夺物运往日本的'北京人'，将归还到中国中央地理调查所。据东京大学报告说，这些名贵的遗骸和石器工具已经一同交给了盟国当局。在寻找了三年之后，日本科学家在北平找到了'北京人'。由一个专家负责监督把宝物运回东京。遗骸和图标以及其他文件在日本人手中，没有受到任何损坏。"

裴文中边念边坐下："在日本占领期间，日本科学家曾在发现过'北京人'遗骸的周口店附近进行过新的挖掘工作，但没有新的发现。'北京人'是中国被日本掠夺的宝物中首先将被归还的。但是中国爱国团体现在还正设法取回其他被日本抢走的中国古物和艺术宝物……"

裴文中念完一拍大腿："好哇，真是好事连连。这下可去了我心头的疑虑。"

"'北京人'是不是真的被日本人寻获，现在是不是保存完好，现在看来，长谷这小子突然停止追查'北京人'原来是真的得手了……"

贾兰坡："说的是。要不然日本人怎么可能善罢甘休呢。"

裴文中拿出一封信："驻东京的美军司令部一位叫史克门的少校给行政院发来电报称，在日本东京帝国大学地下室找到了周口店发掘出土的'北京人'化石及一些石器，要求政府派员去东京领取。起初老蒋称经费紧张，后盟军再次来电催促，翁院长亲自找了经费，老蒋才同意派团赴东京……"

"老天有眼，'北京人'可盼到回家啦！"贾兰坡兴奋地手舞足蹈。

578

第二十六章 龙脊·异域追踪

裴文中："别急,我这还有下文呢……由于派团不仅这一件事,还涉及参加东京战犯审判、战争赔偿等,翁院长考虑各方情况,与国防部达成一致。团长由国防部派出的朱世明将军担任。有关'北京人'的领取,由代表团科学顾问、考古学家李济负责。李济是专门负责调查战争期间日本人劫走的中国文物、古董、字画及一切有关物品的专家。真不容易,代表团可谓方方面面,我们实际上也算是只争得了一席啊!"

裴文中匆匆念完信后还给杨钟健："翁院长已很不容易了。战争啊,把一切都毁坏了。'北京人'只是千千万万的损失之一,好在已被盟军发现了,真是万幸。李济,我们太熟了,也是咱们的老朋友啦!他是一个称职而能干的科学家。有他去我们大可放心了。我想,胜利了,'北京人'回来了,我们也该做点什么了。洛克菲勒财团没有恢复新生代研究室,我们也不能总等着外国人的钱才干科学吧。"

贾兰坡："我有个设想,不知当讲不当讲?"

裴文中："重报考古是大家的事,有什么不可以说的。说吧。"

贾兰坡满怀激情地说："我们是否在周口店设一个陈列馆,就像在新生代研究室那样,对公众开放。陈列馆对外开放,就会有一定的收入,用这笔收入推动周口店的重新挖掘工作。'北京人'一回来,这批化石陈列足可以占用相当大的面积。这样一边与外界进行学术交流与研究,一边也可以解决部分资金……"

裴文中不等贾兰坡讲完就高兴地大叫起来："咱们想到一块儿去了。这些天我就一直想,'北京人'回来,得住咱们自己的家。要研究也要有自己的研究体系,什么都靠外国人,有时真靠不住。这不就是个例子嘛。费了这么大精力,让盟国保存,结果搞丢了。更让我想不通的是,在关键时刻却对中国人封锁,什么都不让你知道。说到底,外国人还是不相信我们中国人。所以啊,这回'北京人'回来,无论如何也要永久住进自己的家。"

裴文中拍起巴掌："太好了。经费问题我向翁院长汇报。无论如何再来一次大集资。有了成功的先例,我认为这次也一定能成。"

但是万万没有想到,正当几个人热烈而又兴奋地憧憬着"北京人"回归后

龙 骨

的美好远景时，李济一行飞抵东京后，却面临完全不同的情况。这让同样抱着极大希望的李济一下子跌进黑洞之中……

实际上裴文中在听到塔什黛安关于她与日本侦探锭者在1943年去天津寻找"北京人"经过后曾悲观地认为"北京人"化石行踪不明，确乎她已经失踪……尽管塔什黛安含糊其词称不知道锭者是否真的找到了"北京人"，但他确信"北京人"已落入日本人之手。在日后裴文中写给国民政府的报告中也如是说。

1946年3月31日·东京·盟军司令部

李济按照盟军司令部开出的专项接待人员名录，来到挂着"美国驻东京司令部海军部司令斯托特将军"牌子的门前，狐疑地敲门。

里面有人说："请进！"

李济推开门，见到同样一脸狐疑的美国海军司令斯托特将军。

李济自我介绍："我是中国战后清查小组科学顾问李济。"

斯托特站起来，伸出手："欢迎。李济先生，找我有什么事？我可以为你做什么？"

李济："是这样。盟军司令部的史克门少校向我国通报了关于在日本东京帝国大学发现中国被掠夺至日本的'北京人'猿人化石及珍贵标本。本国代表团应美国政府之邀，来东京进行移交。但是我们到达这里后，接待处的人说史克门少校已不在此工作，有关问题找斯托特将军接洽。这是我们的介绍信。"把介绍信和刊登"北京人"消息的英文报纸递给斯托特。

斯托特看了一下："我就是斯托特将军。我并不清楚这位史克门少校是做什么的。联络部介绍你到我这里，也许只是一个巧合。"他做了一个神秘的手势，拉开抽屉，取出一张照片，上面是斯托特在美国一个博物馆的工作照，递给李济。

李济看看照片，惊奇地问："您也是一位考古学家？"

斯托特："不，不。我只是曾在博物馆工作多年，所以，你说考古、化石，我自然感到有缘。"

第二十六章 龙脊·异域追踪

"那太好了。这样,我们交流可能就更畅通了。"李济高兴地说。

斯托特:"我很理解贵国的意思。我立即派人向东京帝国大学方面进行调查核实。明天上午我给你一个确切的答复,你看可以吗?"

在李济兴致勃勃地要求盟军协助寻找"北京人"下落时,有一位美国地质学家韦特摩特士已经先于他查看了东京帝国大学地下室一批中国著名的周口店"北京人"遗址挖掘的化石与人工模型。这位驻盟军总部的美国科学家在日本东京帝国大学古人类学家铃木教授的陪同下查看了这批来自中国的珍贵文物,1945年11月8日他写信给美国哈佛大学艾丁格博士说:

"11月8日,我们刚在东京大学收回一批从著名的周口店'北京人'挖掘现场搜集来的骨骸和人工制品。同时收回的还有步达生的研究原始记录,完整的挖掘计划和1927年到1938年的财务记录。我们想把这一切交还给北平协和医学院,今天我想去看看怎样可以做得最好……"然而两个星期后,韦特摩特士在给艾丁格博士的信中却有了重要的改变:"当一些专家到收藏遗骨的东京大学去见铃木教授时,跟他谈到这件事时,他却说关于这件事情他一无所知,当专家们把同样的问题再问他一遍时,他说:他听人谈起过但不知放在什么地方。专家们再问他第三遍时,他(铃木)轻声地说:他可以去找找看。五分钟后他带着所有的收藏品走了回来,收藏品里有跟'北京人'遗骨同时发现的薄石块、黑色鹿角等,还有许多从周口店土坑高处挖掘出来的比较进步的工具和装饰品……"

韦特摩特士和"一些专家"三次询问铃木"北京人"头骨的下落,但铃木只是含糊其词推说不知情。他只找出一堆与"北京人"同期出土的化石与装饰品。这些专家是谁?铃木是否真的隐瞒真相?总之,在接下来的追查中,李济竟然发现了洛克菲勒财团已经先行一步从东京大学拿走大量属于中国的珍贵文物,尽管洛克菲勒后来解释他们只拿走了周口店猿人遗址的挖掘财务账簿和1937年以前的影像胶片。

但是这种解释似乎显得十分苍白!李济的苦寻之旅从一开始就蒙上了一个民族的悲哀阴影……

李济独自伏在房间外的阳台栏杆上,看着这条东京最繁华的街道。街道

上，路灯时明时暗，显然是供电不足。在饭店的下方，一些缺胳膊少腿的日本伤兵，在路边乞讨。日本妓女们追逐着美国大兵，勾肩搭背，浪声浪语地嬉闹着。蓬头垢面满身泥污的日本小孩用仇恨的目光看着过往的人群……

很多年以后，李济每每回忆起那个夜晚都觉得终生难忘。他在回忆中写到，一路上看到的悲惨情景很快就把我初到日本时的兴奋感一扫而光。一个国家被战争搞成这样，让人由衷地感到战争对于人民而言，没有胜利者，所有的人民都是悲惨的。

李济忐忑不安地度过了一夜。天不亮他就急忙赶到斯托特将军的办公室。果真，听到的消息让他目瞪口呆……

斯托特一改前一天的热情，只是淡淡地示意李济坐下，递给他一张打印的文件："李博士，很抱歉。这也许是个坏消息。盟军总部问询了东京帝国大学的教授，据他们的答复，'北京人'不在东京，也不在日本……"

李济匆匆看了一眼没有多少字的文件，内容与斯托特所讲无异。

李济："怎么会是这样呢？不久前美联社、路透社都发表了报道，已经在日本发现了'北京人'，而且已在盟军的控制之下。难道是这些报纸搞错了？报了假新闻？这真不可思议，令人难以置信！"李济愤愤地大声道。

斯托特一摊手："很抱歉，我也不希望事情变成这样，但是我得到的情报确实如此。"

李济沉默了片刻："您知道，'北京人'对中华民族这样一个文明古国来说是非常非常重要的！我恳切地希望您再协助我查证一下。"

"这我完全理解。请放心，我会尽力去办的。"斯托特应道。

李济沮丧地走出斯托特办公室。在下楼梯时，突然被一个上楼的人拍了一下："嗨，李博士！"李济定神一看，竟然是旧友美国人鲍尔士博士。

二人久别重逢，热情地拥抱。

"你怎么会在这儿？"李济惊奇地问。

鲍尔士得意地说："我现在是盟军总部的高级顾问，是协助盟军对战后赔偿问题做出评估。你呢？是不是代表中国来参加战争赔偿会议的？"

李济点点头："不过我还有另一个任务，那就是要找回被日本人掠夺走的著名的'北京人'标本……"

鲍尔士关切地问:"怎么样,顺利吗?"

李济回答:"太不顺利了,简直就是不可思议。先是盟军总部来电,催我们尽快到东京取回'北京人'。美联社、路透社都专门发了消息。可我一来,却被告知日本根本没有'北京人'。这是怎么回事?真让人摸不着头脑。"

鲍尔士:"老朋友,我给你一个忠告。据我所知,美国政府对于中国要求日本偿还劫掠的文物是很同情和支持的。但英国则不同。英国是个老牌帝国,早就在亚洲各国进行过掠夺性的科学探险,比如在新疆、甘肃活动的斯坦因教授。因此英国人对归还掠夺文物一事极为敏感,不一定能帮助中国。我建议,你要办的这件事,一定要在盟军总部办理,不要找分支机构去办,否则不会有好结果的。你看到了,各国的战争赔偿代表团已经云集东京。据我们评估,日本目前仅有价值四千亿美元的能力,而仅荷兰一国就提出了二千亿美元的赔偿。这怎么可能?一个战败国的经济已到了崩溃的边缘,拿什么赔偿这么多,真是一个难题。中国是亚洲大国,又是战争中受害最深重的国家,理当赔偿。这是我的地址,有事找我。我一定尽力帮忙。记住,一定要找总部,否则难以解决。"鲍尔士说完匆匆离去。

李济愣愣地站在台阶上,想了一下,觉得鲍尔士的提醒是对的。他返身又跑进总部。

李济听了斯托特的答复后,立刻感到事情绝非来时想得那么简单。鲍尔士的话又使他感到此次日本之行的责任更加重大。他突然感到作为中国代表的他如同与一群人在挤兑已破产的银行一般。他按照鲍尔士的提议,又回去再次寻找史克门少校,这位最初的联络人。

值得庆幸的是,史克门少校恰好刚从上海回来。然而,史克门也与斯托特一样,断然否定了在东京大学发现"北京人"的说法。同样,史克门也没有解释为什么会有两个世界级的新闻社同时对此事做出如此报道。而"北京人"是否在日本,两个关键人物长谷部言人与高井冬二怎么可能在盟军控制的日本找不到呢?在所有的调查中,似乎都在隐约回避和隐藏着什么不可告人的秘密。

龙 骨

在与史克门少校进行调查后,李济无奈,向中国代表团团长朱世明将军作了汇报,并提议向盟军总部发出《备忘录》,请求盟军总部继续协助查找"北京人"。与此同时,远在北平的裴文中获悉李济在东京寻找"北京人"无果,也极为震惊与焦虑。他立即给远在美国的魏敦瑞写信,请求他向美国政府申请帮助。

事实上,在日本投降后,魏敦瑞就已经多次向美国政府呼吁协查此事。同时,魏敦瑞也写信给洛克菲勒财团,要求协查。李济带着失望与困惑于1946年5月5日回国。

翁文灏最早得知"北京人"失踪是在1942年春天,从詹森口中得悉,但一切都含混不清,直到1942年9月10日荷兰医学家佛腾冒险将他听说的"北京人"失窃的详情告知翁文灏:

"亲爱的翁博士:日军已将我和我夫人从北平疏散到葡属东非的洛伦索。值此落脚之际向你问安……"

佛腾博士在倾诉了自己的磨难后,直接将自己在协和医院所亲历的事告诉翁文灏:"……当我们于1942年8月10日离开北平时,胡顿博士、司徒雷登博士和博文先生仍被拘禁在外交部街的一所房子内……

"他们被禁止会见任何来访者……'北京人'头骨原物以及至今尚未完成制图的上洞实物,原拟随美国驻北平海军陆战队一道送往美国。日美开战后不久,美国陆战队队员即在秦皇岛当了俘虏……消息是从一位陆战队队员那里得到的,这位接受委托的队员在北平关押时恰好阑尾炎发作,在北平协和医院做手术。

"他瞅准机会把消息透露给大夫……12月9日我去解剖系和魏敦瑞博士的研究室,在那里遇到一些日本军官,但没有被询问……但在7月份,我意外地被日本人召到北平协和医学校,问我是否知道'北京人'在什么地方。我当然回答'不知道'。"

佛腾告诉翁文灏新生代研究室已被日军"实质上的破坏",魏敦瑞的"房屋已是空空如也"。

他还告诉一个令翁文灏心碎的消息:"当日本宪兵队要用洛克菲勒大楼时,

第二十六章 龙脊·异域追踪

他们把地质调查所的物品和图书统统装上卡车运到城外空地给扔掉。这些物品很快被老百姓哄抢一空,他们认为这些东西也许值几个钱。后来福格森博士还买了些上门叫卖的骨骸,并送给德日进。这就是您在任时曾经付出巨大心血的那项研究工作的悲凉结局。"

佛腾最后在信里颇为悲壮地写到:

> 我的未来去向迄未明朗,也许留在南非,也许最后去美国。请代我向所有的朋友致以最美好的问候,衷心期盼你们进行的那场伟大战争取得胜利,我极感满意的是中国、荷兰和美国站在同一个阵营里。您诚挚的佛腾

不知道佛腾的信是如何通过已经被占领的东南亚来到中国。但不管怎样这毕竟是翁文灏得到的"北京人"丢失的第一份直接情报。尽管不知那位透露消息的海军陆战队队员是谁,那位给他开刀的医生又是谁,从佛腾的信中我们得知"北京人"是在海军陆战队手中被日本人劫走;胡顿和博文被关押在外交部街一所寓所,并没有关在宪兵队或被押解至潍县集中营,这些都是佛腾听说的。唯有新生代研究室已被抢掠得"空空如也"和珍珠港事件两天后佛腾也被日本人传唤询问"北京人"下落,是他所亲身经历的,而且比裴文中、胡承志的报告早六年!显而易见,佛腾的信具有宝贵的真实性,应成为"北京人"失踪事件中重要线索。

今天我们比对司徒雷登的回忆《我在中国五十年》我们得到印证的是:胡顿与博文被关押在协和医院胡顿的住所,此后又与司徒雷登软禁在外交部街一处寓所内,他回忆:"受到了良好的待遇,并可以外出看牙医。"

不敢怠慢的翁文灏立即向远在美国的朋友文森特求助。他在信中描述了事发前与胡顿和詹森大使协商转移"北京人"的过程。

他在信中写到:

 龙 骨

尊敬的文森特先生：

借助洛克菲勒基金会的财政资助，中央地质调查所和北平协和医学校于战前共同组建和管理的新生代研究室。该室以周口店山洞发掘工作和"北京人"化石的发现而闻名。这些化石和另外一些新生代出土物被新生代室和协和医学校的科学家用来进行了精心的研究，同时又放在医学校受到了最仔细的保护。中方与协和医学校先前达成的协议是："北京人"化石属中国政府专有财产，不许带往国外。但随着抗日战争的继续，美日关系日趋紧张。

大约在太平洋战争爆发前一年，我写信给北平协和医学校校长胡顿博士，破例同意他把"北京人"化石带往美国保管，待恢复和平后即刻归还中国。不过，北平协和医学校当时未立即采取行动。

1941年12月美日两国终于开战，"北京人"化石的安全和下落成了有关科学家们的头等心事。去年冬天我收到了佛腾博士1942年9月10日写来的信。佛腾博士是北平协和医学校的一位教授，负责解剖和新生代方面的研究。

他从北平被遣送回国，到了东部非洲之洛伦索。在信中他告诉我，"北京人"化石连同一部分相关物品起先托付给美国驻北平陆战队，打算在他们从中国撤退时带往美国。

不料，他们在滞留秦皇岛时，太平洋战争爆发了，这些陆战队队员都做了日军的俘虏。此后，这些化石的下落竟杳无音讯。

我们迄今尚未公布这件事是为了避免引起日本人的注意和兴趣，毫无疑问，这些下落不明的化石对于整个科学界来说是无价之宝，我们必须马上行动找到它们、追查它们并加以安全保管。

本人冒昧猜测美国国务院和海军部可能会对我们追查这些化石有帮助，因为他们肯定知道当时在秦皇岛或其附近地方船只的一些情况。谨请先生设法让美国国务院关注此事，看他们能否会同海军部一道采取行动追查这些化石。相信这件事会尽快得到您的关心。

您诚实的翁文灏

第二十六章 龙脊·异域追踪

翁文灏很快收到了文森特1943年4月27日从美国的来信。

尊敬的翁博士：

您3月30日那封有关化石和新生代实物在北平托付给美军陆战队的信已收到，我已将此事报华盛顿国务院，请他们一有消息尽快通知我。您忠诚的文森特

与此同时，裴文中也给远在美国的魏敦瑞教授写信呼吁他向美国政府施压传讯长谷等人。中国方面普遍认定只有查询日本经手人，"北京人"下落才可水落石出。裴文中在信中写到：

敬爱的魏敦瑞教授：

本函专为强调我1945年9月27日给你的那份特电，"北京人"及其他标本全部失踪，绝对要找回。告诉我未来打算，我之所以拍发上面的电报是因为王先生把我介绍给拉姆先生，他答应为《纽约时报》写一篇有关这一事件的文章。你与该报外国新闻版的编辑联系一下，他会告诉你这篇文章的发表日期，让你事先看看文章的细目。

基于这个目的，我已经与翁文灏博士取得联系，我现在得到通知，重庆派来的代表很快抵达北京。

我认为这次调查必须首先审问长谷部言人教授，你可以通过洛克菲勒基金会保管委员会去寻找麦克阿瑟将军的情报参谋的合作。我准备随时向他提供一切帮助。

我猜收到此函前，你可能与胡顿博士取得了联系，他也许会告诉你其他细节。搜查行动必须要快，因为这是我们18年发掘和研究的成果，我们的化石收集和考古学标本，成败在此一举。

如你自己和胡顿博士决定采取何种行动，请用航空件通知我。

你忠诚的裴文中

龙 骨

其实，此前翁文灏也向在美国的朋友胡适、魏敦瑞等人致信请求共同关注，因为他们也是"北京人"转移的直接相关人。但是，有一点让我们今天仍旧困惑不解，那就是时任驻美大使的胡适与驻华美国大使詹森都是"北京人"转移的策划与实施者，在涉及中国国宝失踪之后反倒沉寂无声了？按理说，已在日本做了麦克阿瑟幕僚的詹森完全可以不费吹灰之力，就可以将长谷一干人绳之以法交付中国。但迄今为止，没有发现詹森、胡适在这件事上的任何记录。（美国政府也对此保持沉默。）

北平·裴文中办公室

裴文中正在看美国著名地质学家怀特莫尔的信。这位怀特莫尔教授就是前不久美联社提到的美国国务院委托的去日本的科学家。

尊敬的裴文中先生，您大概已经收到了美国陆军当局在东京帝国大学找到的周口店的文件和标本。在魏敦瑞博士的请求下，我附上这些物品的清单。

当年冬天在东京时，我曾努力寻找中国猿人遗骨的线索，但是不能这样做。

如果您对被日本人拿去的任何东西并提供东京任何进一步的情况的话，我建议您和美国陆军中校善克联系。

您亲爱的怀特莫尔
1946年7月12日

裴文中抬起头望着远方，眼睛里露出失望与无奈。

裴文中的眉毛拧成麻花。他不理解，早在1945年怀特莫尔奉美国政府之命去日本查找被日本掠夺的文物及科学材料时，就主动给裴文中来信，要求提供一些建议与线索。当时，裴文中就明确告诉他，要知道"北京人"的下落一定要找到长谷部言人与高井冬二这两个关键人物。然而怀特莫尔没有回信。

而今天的信中，又闪烁其词地提到"不能这样做"，这到底是指什么？似

第二十六章 龙脊·异域追踪

乎他有一肚子的隐情无法说出来。这究竟是为什么呢？

无奈之下，1946年1月14日地质调查所以公文形式向国民党经济部呈报。

中央地质调查所

很显然，文稿出自裴文中之手，不甘心的他再次提出由他赴日本寻找"北京人"。与此同时，翁文灏也极尽所能向所有他认为有可能帮助的人士写信。1947年5月5日他再次向中央地质调查所所长李春昱致信：

> 庚阳吾兄大鉴，日前弟在北平参加协和医学董事会议，在会议席中，弟曾正式提出，从前得洛氏基金社之捐款协助，由地质调查所与协和解剖学系合作，发掘周口店猿人及有关化石等，所得猿人骨骼全部为中国地质调查所之所有，非得所之允准，不得携往国外。事实上系委托Dr.Biack嗣后继任之Dr.Weidenreich研究、描写。在珍珠港攻袭以前数月，弟当时在渝，深感美日和平也难久保，故曾致函其时协和代理院长Dr.Holten特允暂行寄往美国保存，待和平恢复时，即行回返中国。院长对于此事，特为慎重，不轻送发。
>
> 嗣见局面加紧，始装箱托由美国海军人员，经由秦皇岛运出。时适日军已开始攻势，致难实行。日本投降后，虽经觅寻，迄无踪迹。此项骨骼化石，极有科学价值。目前虽有全部模型，但正件拟不幸遗失。兹提此事，并非对任何方面有何责备，但现任所在，深盼协和将办理经过情形，依据事实，作一记录，并函寄至所，俾可查考。当时会中议定，事诚可惜，允为照办。兹特专函奉达，请为查找。又葛利普教授所遗之女书记Wadame Voiange，现尚留平，昨与北大胡校长面谈，拟由胡君与弟会函行政院张院长，请由院核准，
>
> 较所照挂牌市价向中央银行合结不足，弟当设法补凑，并以奉闻。此颂美元六百元，俾可送其返德。此事俟洽有头绪，再为奉告。
>
> 时祺
>
> 弟　翁文灏拜启 5月5日

龙　骨

自得知"北京人"丢失至今，翁文灏四处奔走呼号，甚至代拟致外交部的公函，但除了几个文人响应外，关键部门与关键人物均沉寂无声，在这种气氛中似乎寻找"北京人"成了翁文灏、裴文中、贾兰坡等几个人的"战争"。

1948年12月28日，地质调查所北平分所代所长高平回复中央所训令，这也是地质调查所历时三年追寻"北京人"头盖骨化石无果后，最后无奈地报告。该文如下：

窃奉钧所京总字第3594号训令：略以准外交部代电，关于"北京人"化石在日寻查，迄无下落，仰查明呈复，以便核转。等因奉此。当经通知裴文中技正搜集有关资料汇报答复。兹据裴技正鉴称：查北京猿人头盖骨，下腭骨化石，前于沦陷期间由中国政府与美国驻华大使詹森约定，负责运美保存研究，曾由大使通知协和医院装箱运至秦皇岛，其后因美舰中途被触礁，未能到达华北，该项标本化石下落即无正式消息。兹经钧长发下总所训令，嘱查明报告，理合检具一切有关正式、非正式资料编造报告，签请签核等情。

附化石目录、有关资料及被劫报告。据此，理合检同该项资料报告抄件，备文一呈请鉴核函转。

工商部中央地质调查所所长

附裴技正资料、报告各一份

代理工商部中央地质调查所北平分所所长　高平

3个月后北平和平解放，9个月后的10月1日中华人民共和国在北京成立，北平随即改为北京。

1947年·东京·远东国际军事法庭

大陪审团。由远东法庭庭长韦伯主持。中国首席检察官季楠、首席法官梅汝璈、倪征噢主持中国区审判。

第二十六章 龙脊·异域追踪

梅汝璈用流利的英语审问日本战犯。在铁的事实面前，战犯一个个灰头土脸，呆若木鸡。全然失去了往日的威风。

战犯被处决。在绞刑架上，一个一个上去受刑。

在另一处，美军却放走了岸信介等一批战犯，并免予起诉。各大报纸纷纷报道。

美军海军陆战队队长艾休斯特上校出庭作证，他是证明美军战俘所受到的非人待遇。由于艾休斯特上校是负责押运中国珍贵的"'北京人'化石"的执行人，他的陈述立刻引起倪征噢和梅汝璈的注意。

形如枯槁的艾休斯特上校步履蹒跚地走上证人席时，观众席上发出一片同情的叹息声，显然艾休斯特上校在战俘营里受到了非人的待遇。艾休斯特向法庭讲述被俘的经过后，梅汝璈法官问道："艾休斯特先生，你是否知道你携带的这两个木箱装的是什么东西？"艾休斯特："是的，我得到的指示说是由中国政府委托转运的文物。"

梅汝璈："这批文物被日军截获后又发生了什么？"

艾休斯特："我和我的队员就成了俘虏，后来我们被押到日本北海道做苦役……直到盟军将我们救出……"

梅汝璈："你以后有没有再听说或见过这两只箱子？"

艾休斯特显得有些激动："该死的箱子！我们从被押上去日本的船只后我就没有再见到过这该死的箱子……倒是日本人到战俘营追问过这箱子的问题……上帝，我们当时是奉命调回马尼拉的，只是顺便带上这两只箱子。"

梅汝璈："艾休斯特先生，我们知道你受到了很多非人待遇。但本庭希望再问你一个问题请你回答……你讲的日本人询问木箱的下落，你还记得是一个什么样的人？"

艾休斯特此时也冷静了："请原谅，法官大人，这个日本人没有穿军装，听说是一个什么侦探，我的其他队员也接受过他的询问……"

梅汝璈从夹子里取出一张照片："艾休斯特先生，你可以辨认一下是这个人吗？"

艾休斯特看见宪兵拿来的照片肯定地回答："是这个人，我肯定。"有关艾

龙 骨

休斯特在法庭的证言一直收藏于东京日本历史档案馆中。

此时,时时关注日本发生的情况的翁文灏也按捺不住内心的焦虑,他分别向盟军最高司令麦克阿瑟、美国驻华特使马歇尔将军等人写信发函请求协助寻找"北京人"。

1946年1月19日他致信马歇尔将军:

> 尊敬的马歇尔将军:本人诚请你帮助我把珍贵的"北京人"化石由日本归还中国。在洛克菲勒基金会财政资助下,我曾多年任国立中央地质调查所的所长,与北京协和医学校合作开展史前人类的研究,条件是化石归中国保存。随着这项研究的展开,我们从位于北京西南周口店的山洞中成功地发掘出人类猿牙骨、头盖骨和其他骨骸。这项发掘工作主要由中国地质学家裴文中博士完成,他尤其专注于为数不少的原始工具之研究。动物化石的古生物学研究则主要由德日进和杨钟健博士来做。史前人类的解剖学研究先由布莱克教授负责,他死后有多篇论文发表。科学上称之为中国猿人北京种,俗称"北京人"的这种原始人据认为与特立尼尔(Trinty)人或爪哇人年代相近。周口店地区已经发现了丰富的"北京人"实物。魏敦瑞接手,他们二位均供职于协和医学校解剖系,有关此项研究已经发表了。战争开始后,整个"北京人"实物被存放在北平协和医学校解剖系的实验室里。鉴于国家局势非常紧张,1941年夏我给该校校长胡顿博士去信,破例同意他把这些化石送到美国某学术机关保存,待战争结束后再送回来,胡顿博士非常认真地作了布置,将装有化石遗骨的箱子委托给即将去秦皇岛的一位美国驻平海军陆战队队员,这是胡顿博士在当年11月底或12月初所做的唯一一件事。就在这时,太平洋战争爆发,美海军陆战队队员全当了日军的俘虏。
>
> 一段时间以来,没人知道这些化石遗骨的下落,但日本方面仍在努力寻找这些化石,并最终获得成功。我不十分清楚日本人是如何找到这些化石,又如何将它们运往东京的,它们很可能在日本东

第二十六章 龙脊·异域追踪

京帝国大学保存着。

据最新消息,"北京人"头盖骨化石已经交给驻东京联合代表麦克阿瑟将军,并许诺归还给中央地质调查所。当我得知这些人类早期演化的珍贵遗物还在世上并将归还中国的消息时确实非常激动。作为"北京人"或古中国人的遗骨,这些化石归还中国后将继续受到高度重视和精心保管。

现在的问题是如何安全地归还化石。拜托你费心给麦克阿瑟将军去份电报,请他关心此事。征得他的同意后,我会很高兴地派遣某个中国科学家前往日本接收这些人类史前遗骨。假如麦克阿瑟将军委托某位美国军官将它带到中国交给我的话,我同样乐于接收。在此事上所做的任何方便之举动都是在人类研究这项重要工作中做的巨大贡献,将会得到极高的评价。对你满意的合作提前表示谢意。

你忠诚的翁文灏

翁文灏还代拟了中央地质调查所致外交部的函稿:

敬启者,日本方面在吾国掠去之各种文化物品,现已分别交还吾国,自应尽早交由各主管机关保管、研究。兹查有本所前与北平协和医学校合作,由美国洛氏基金社捐款,在北平附近发掘的各项化石及报告、图样等件,已由美国驻日总部移交驻日代表朱世明接收,所有接收清单,现有教育部移交前来。兹特抄同清单函请贵部知照朱代表世明,早日将单开各件,送交本所。

此致

外交部

中央地质调查所所长李某某

李济根据庭审情况立即再次向盟军总部提出请盟军配合传讯长谷部言人和高井冬二,并设法传讯儿玉和锭者,如有可能直接询问裕仁天皇。几天后

龙　骨

却传来令人无法置信的答复："不可以询问天皇与儿玉，至于长谷、高井冬二、锭者均在战后不知所踪，无法寻找。"美军当时有46万部队接管日本，加上吉田政府全力配合，日本完全置于盟军控制之下，不可能找不到这几个人，作为策划者与执行者，他们都是极为关键的当事人，找到他们则一切水落石出。

美军的这个答复给了李济当头一棒，他顿时感到前景一片昏暗，他决定去拜会一下詹森，因为他是"北京人"转移的美方联系人，如果求得他的帮助或许可以改变美军不配合的状况。

李济天真了，詹森根本就拒绝会面，球转一个圈又回到少校联络官史克门那里。史克门少校是个"中国通"，他向李济提出七条意见，算是美国官方的意见：

一、京都大学的梅原末治教授想约我当面谈退还日本劫掠的中国古物问题，我很赞同，并愿前往。

二、盟军总部管美术品与纪念品物品的一组，保存有珍珠港事变后日本广播新闻的全套材料，其中有数条记载日本搬运中国古物的消息，可供中国代表团参考。

三、现在总部所定的规则为凡是有确定证据，并且容易辨认为日本战时劫掠的属于盟国的器物，总部均可代为搜寻并退还原主。

四、在平时劫掠的美术品与古物，总部不拟办理。

五、周口店上洞层的遗物，已由盟军总部保管，可以退还中国。

六、中国中央图书馆的书籍现在东京，可以请盟军总部代索。

七、要日本政府命令日本收藏家各编一完备的收藏目录，送盟军总部及各国代表团做参考，可以考虑。

史克门少校的提议似乎合情合理，也似乎可适用所有国家代表团。那么，如何解释1945年11月19日美联社向全世界宣布《"北京人"遗骸在日本发现》及1946年1月1日路透社发布的《"北京人"将由日本归还中国》的新闻呢？要知道,这两个新闻单位是世界最具有权威的媒体,难道在东京总部会发这种天方夜谭的假文章?

李济向朱世明作了汇报,最后由李济起草一份以中国代表团名义向盟军总部发去一份《备忘录》。全文如下:

致威娄柏中将参谋长助理

主文

为送还周口店的人类学材料及中国猿人的研究记录,根据报告,以下各项物件在战时从北平中国地质调查所新生代研究室被送到日本:

(1)"北京人"标本,包括7个头盖骨,12个下颌骨,一些牙齿及骨骼材料。

(2)周口店第一地点,第15地点及山顶洞的石器、骨器及动物遗骸。

(3)关于周口店发掘的工作记录、照片和文件等。

(4)安阳发现的狗及狼等哺乳动物化石。

(5)步达生教授及魏敦瑞教授关于人类学的书及单行本等。已经知道,在发掘周口店的工作中及创办了新生代研究室时,跟中国地质调查所合作的北平协和医学院,曾经请求盟军总部查询上列失物。随后一些属于项目(2)的标本被送还了,现在是在盟军总部自然资源组保管。中国代表团李济博士应中国经济部的要求,请对这些高度重要的科学标本作更进一步的查询。经过请求从C、I、E组已发现物件的清单,附在后面的是这个清单的抄件。

为此请求盟军总部指示文物保管处的外国及杂项财产部把重新找到的周口店人类学的标本和中国猿人的研究记录交给中国代表团李济博士,并请盟军总部对那些还未发现的物品继续作进一步的搜寻。

恳切希望你们对于这些请求加以注意。

中国代表团团长朱世明 1946年4月30日

龙 骨

尽管李济与史克门都认为中国的抗日战争"应从九一八事变算起",但在美国的坚持下以"七七事变为抗日战争起算时",这就意味着14年的抗战变成8年抗战,而最为实质的结果就是东北人民所遭受的战争损失从中国整体战争损失中被剥离,东北人民被排除赔偿之外。作为代表团团长的朱世明将军此时也是有口难言,原本依中、美、英、苏联的协议,中国派一个陆军整编师由朱世明率部进入日本名古屋。但是,1946年6月正准备出发时,蒋介石突然调动该师向华东解放区参加内战,该师很快被华东解放军全歼,朱世明成了光杆司令。

假如在日本有一支中国军队,那么什么都依赖美国人的局面就不存在。在当时,除了美军邀请中国象征性出一个师外,还拒绝澳大利亚要派一支特混舰队和苏联派兵的要求。

由于英、美、法有密约,英法在各自殖民地登陆占领,所以,占领军实际上仅为美军一家。美国人的葫芦里卖的什么药?

忙于打内战的蒋介石自己放弃维护中国民族利益的机会,使得中国自甲午战争以来损失空前,丢了200余万平方公里的土地,也使无法计算的大量国宝从此流失海外。

李济的报告充满了无奈与恳求,面对盟军总部的暧昧与推诿他心中充满困惑与愤怒。尽管经过代表团四处奔走呼号也追回部分文物与化石,但那仅是冰山一角。最重要、最珍贵的"北京人"和文物却如泥牛入海从此杳无音讯,如今在日本国与美国许多博物馆中仍存放着大量中国被掠的文物,它们被当成自己的收藏向世人炫耀。

北平·东单路口

裴文中、贾兰坡和刚从外地归来的胡承志从协和医院出来,不料在东单路口与许久不见的克拉·塔什黛安不期相遇。

"嗨,真没想到能在这碰上各位!哦,感谢上帝!裴博士,贾技佐,哦,还有你,魔术师胡!真是你们吗?!"克拉·塔什黛安惊喜地叫道。

"息式白小姐,是我们!您这几年怎么样?快给我们说说'北京人'怎么

第二十六章 龙脊·异域追踪

丢的？！"裴文中急忙拉住克拉·塔什黛安的胳膊。

"裴，你弄疼我了……我们找个地方说吧，那就去咖啡馆吧，我请大家喝咖啡！"克拉·塔什黛安娇嗔地挣脱裴文中努努嘴示意附近的咖啡馆。

几个人围着小圆桌边喝热腾腾的咖啡边静静地听克拉·塔什黛安讲述。

"从小胡讲起吧，开战前我打电话给胡，让你把装好的化石箱送到博文办公室，对吧？"

胡承志点点头："对，送前我还向裴博士汇报过。"

裴文中："我知道这事，小胡送去后，博文有没有告诉你他准备运到哪里？"

克拉·塔什黛安迟疑了一下："我在博文办公室见到了送来的箱子……"

"你见到了箱子？"几个人不约而同地惊叫起来，她可一直说没有见过箱子。

克拉·塔什黛安在博文处见到箱子，这意味着以前传言她并没有见到箱子是诈言，更重要的是塔什黛安有可能知道化石箱的真实去向。

"是的，我确实看到化石箱就摆在办公室内，我听博文讲一两天就会由海军陆战队派车拉走……"克拉·塔什黛安不紧不慢地回答。

这是"北京人"失踪后大家第一次见到塔什黛安，也是第一次从她口中听到有关"北京人"失踪的说法。她讲了她与锭者去了天津海运仓库查找化石箱的情况。她绘声绘色地讲述，不禁让一直默不出声的贾兰坡产生一种说不清的感觉，那就是这个眉飞色舞的女人好像在编造一个神话故事。

他忍不住问道："息式白小姐，你是说你亲眼看见海军陆战队将化石箱装上卡车运走，而锭者又带你去天津仓库查找，那你是怎么肯定化石在天津呢？"

克拉·塔什黛安眨眨眼睛："不、不，我只是猜的，那个日本侦探说他审问过战俘营里的海军陆战队官兵，说他们的行李放在天津而并没有随身带往秦皇岛……"

"那你有没有再见到过博文和胡顿先生呢？他们对'北京人'失踪怎么说？"裴文中显然也不满克拉·塔什黛安含糊其词的说法，他直接问到经办人

龙骨

的态度。

"哦,可怜的博文!我见到他时刚刚被释放,我一提'北京人',他就浑身发抖,他神经啦!胡顿我没见着,听说一放出来就回国了,没人知道他的下落……"克拉·塔什黛安一摊双手。

"博文得了精神病?!"3个人大吃一惊,面面相觑。裴文中清楚地记得,博文亲口告诉他是要把化石箱运到领事馆,再由使馆海军陆战队运往秦皇岛基地,为什么海军陆战队直接从协和运走呢?莫非另有原因?不过战争时期,又是盟军,怎么能怀疑盟友呢?可唯一知道实情的博文又不知下落,关键的环节从此断裂。

克拉·塔什黛安与裴文中、贾兰坡在东单偶遇后不久也返回美国,据她自己的书中回忆,她回到美国后就做起小生意度日,但并没有去探望她的老上司魏敦瑞教授,这似乎与她在"北京人"失踪后的举止判若两人。

塔什黛安明明知道胡承志将包装好的"北京人"箱子交给博文,到海军陆战队拉走中间至少相隔10天以上,她凭什么肯定"北京人"一定没有送到公使馆呢?她明明知道自己根本没有在太平洋战争爆发后见过博文和胡顿,却为什么编出博文被拷打逼疯了呢?锭者和美军调查员都认定"北京人"并未交给海军陆战队,那么是谁"调了包"?塔什黛安到底知情还是另有所图呢?

裴文中和他的同人们在最初相信了塔什黛安的话,毕竟他们并不知道博文等人的下落,更无法向他们核实公使馆从中的作为,但对即将回美国的塔什黛安此次故事多少产生了一些怀疑……

而1972年中美建交后,沉寂20多年的克拉·塔什黛安突然写了一本自传体回忆录《我所知道的北京人失踪事件》,她特意给裴文中、贾兰坡、胡承志寄上自己的著作并恳请裴文中和贾兰坡能为该书题写序言,但裴文中和贾兰坡却拒绝为她的书写序言,理由很简单,经过漫长对"北京人"下落的追寻,裴、贾两位当事人早已不相信她的故事。

但是,令人遗憾的是在许多著作和影视剧中仍沿用塔什黛安编造的故事演绎这场悲剧。

抗战胜利后,翁文灏即着手命地质所调查"北京人"失踪真相,按指令裴

第二十六章 龙脊·异域追踪

文中与胡承志分别向地质所写下失踪报告，我们摘要如下：

裴文中亲笔报告《"北京人"化石标本被劫及失踪经过报告》

……民国三十年春，美、日关系紧张，美大使劝告侨民撤退，魏氏亦决于4月返美，赴纽约自然博物馆继续研究。当时希将该项全部标本携至美国，以免在沦陷区有遗失之虞。在魏氏未离开北平前曾与本所裴文中两度赴美大使交涉启运事宜，但因限于合同条约"所采标本均归地质调查所有，为中国固有财产，并永为中国所有，不得携出国外"所载，在未得中国政府允许前，美方不愿意单独负此重责。于是魏、裴两氏联名电请重庆翁文灏先生，请准魏氏将该项标本运美交纽约自然博物馆保管，待战事结束后再行送还。当以日人监视严密，直至魏氏离华，迄未得翁先生复电，其时，该项全部标本仍存放协和医学校解剖系办公室铁柜中。

1941年8月，翁文灏先生代表中国向美国驻华大使詹森交涉，请其设法由协和医学校取出全部标本，负责运美交学术机关保存，待战事终了再行运返。11月初，裴氏得翁先生来书，即赴美大使馆询问，当时使馆尚未接到大使的命令。裴氏请使馆中人电告詹森大使请示。11月中旬，使馆得詹森大使的复电，令其遵办。协和医院院长胡顿（Dr.Houghton）及总务长博文（Dr.Bowen）两氏即亲手将标本装箱，并由博文氏亲送使馆（该两氏因当时日人压迫华人甚力，一切装运手续均未通知华人参加）。在1941年12月8日珍珠港事件前，日本东大教授长谷部言人及其助教高井冬二来平，高井并请求到该所中即新生代研究室工作两周。12月中旬，日本占领协和医院负责人田冈大尉，约裴氏小酌，并说明保险柜中所存全系石膏模型、追问标本保存地点。

1942年8月下旬，长谷部言人及高井冬二复来平组织周口店调查所，继续开掘，迫裴氏参加，并追问标本的下落。裴氏以迄未经手为答。长谷部言人在平居留月余，以无结果返回。

同时，北平日文报纸及《朝日》、《大阪新闻》均发表新闻一则，即长谷部言人发现协和铁柜所存标本全系模型，依合同所载，该项标本不得携出国外，由美人不顾信义，全部窃去。

1942年4月，日宪兵密探锭者繁晴来访裴氏，追问标本下落未得结果。

锭者遂于三日内分别质询全体有关人员，博文氏致被囚禁五日。其后锭者繁晴调查结束，迄无所知。自此而后日方军政及学术界人士永未再来质询寻觅。

胡承志报告的《北京人失踪过程》

1941年4月，魏顿瑞教授（Dr.Jrang weidenrich）在美国撤退华北侨民之际运走。彼行前分配工作，曾嘱余在时局紧张时将"北京人"及上洞之史前人骨骼一并装箱，交胡恒德校长（Dr.Houghton,协和医学院校长，亦称胡顿），或交总务长博文（Mr.Bowen）一并交美国大使馆运走。于此颇为怀疑。据余所知者、"北京人"永远为中国所有，不能出国一步，当即以此为询，魏答已商得翁先生同意。

魏敦瑞教授所分配之工作，非短期内可完成。同时，美大使詹森（Embasstor Johnson）尚未有所指示应装箱之日期，余只有继续工作而已。将所做成之模型照彼吩咐，源源寄美（时魏在纽约美国自然博物院），并准备随时停止工作，将"北京人"装箱运出。博文先生在魏教授走后，曾来观看数次，但未言装箱日期，余也只好继续工作。

在珍珠港事变前，博文先生匆匆至余处，嘱速将"北京人"装好，要在极秘密之下送至彼办公室……

旋即派工友用车亲自押送至博文先生办公室，当面交彼。彼即立刻将之送到"F"楼下四号之保险室，过夜后即送至美大使馆。

在珍珠港事变前，知道"北京人"装出的有胡顿校长、博文先生及息式白小姐（Miss Clir Heirschberg，彼为新生代研究室工作不久之秘书)。

原装"北京人"骨之保险柜,以及各式照相机及小型电影机、放映机等填满锁上,余即匆匆南下。此其当时梗概……

裴文中和胡承志的报告是根据1948年11月3日中央地质调查所训令发文京总(37)字第3594号令做出的,该训令由中央地质调查所所长李春昱签发。

1948年北平分所正式回复并附裴文中和胡承志的报告。令人不解的是现存于中国第二历史档案馆保存的这两份报告原件上地质所李春昱亲笔加注眉批:"胡承志的报告更准确些。"

中央所为何认为两份报告中胡承志的报告比裴文中的更准确?也许是否与早在1946年地质所向外交部建议拟派裴文中赴日本调查寻找"北京人"而最终被否定有关呢?

然而,还有一份"失踪"报告未引起人们的重视,即"北京人"之父之一的贾兰坡于新中国成立后写的一份报告。这份报告不仅详细回顾了"北京人"失踪经过还附录一个极为全面、完整的损失清单。应该说,这份报告是继裴文中、胡承志于1948年底的报告。它不仅较前二者的报告更加详细,而且更为准确。

1951年贾兰坡教授将手中保存的唯一一份装箱清单副本刊登在1951年3月31日的《文物参考资料》第二卷第三期一篇名为《中国猿人化石的失踪及新生代研究室在抗日期间的损失》一文中。

中国猿人化石的失踪及新生代研究室在抗日期间的损失

自1929年发现中国猿人头骨之后,当时就引起全世界上学术界的注意,是年遂山地质调查所特设新生代研究室,负责在周口店作发掘中国猿人的工作,并在中国境内担任有脊椎动物化石及古人类的采集与研究。新生代研究室之经费由罗氏基金董事会捐助,一切工作人员则由地质调研所任用。

当时地质调查所及罗氏基金董事会并订有合同,合同的主旨是:

龙 骨

（一）新生代研究室的经费，由罗氏基金董事会捐助；

（二）罗氏基金董事会推举一位人类学家担任中国猿人之研究；

（三）所采得的一切标本（包括中国猿人化石在内）均归地质调查所所有，为中国国家财产，永远保存在中国，不许运至国外。

偏偏中国猿人的化石就在预备运国外的期间而遗失了。

中国猿人头骨失踪的前前后后的1941年初，日美的关系日趋紧张，美国大使馆劝告美侨离华返国。

研究中国猿人的魏敦瑞虽是德国犹太人，为了取得美国籍也决定4月间赴美，到纽约天然博物院中继续研究，并希望将地质调查所的一切人类化石运到美国去。但是因为手续的关系未能即时起运。中国猿人化石原来存在协和医院楼魏敦瑞研究室中两个大保险柜里，1941年11月初才将所有化石共装了两个大木箱，箱内套有小木箱，小木箱内是用棉花包好的中国猿人化石，山顶洞人的化石和由云南广西等处发现的褐猿牙齿也装在这两只箱子里。

这两只箱子装的化石计有：

第一小箱：

中国猿人的牙齿（分装74小盒）。

中国猿人的牙齿（分装五大盒）。

中国猿人残破股骨九件。

中国猿人残破上臂骨二件。

中国猿人上颚骨二件。

中国猿人上颚骨一件（由山顶洞最底层发现）。

中国猿人销骨一件。

中国猿人月骨一件。

中国猿人鼻骨一件。

中国猿人腭骨一件。

中国猿人环椎一件。

中国猿人头骨碎片十五件。

第二十六章　龙脊·异域追踪

中国猿人头骨碎片一盒（司于"L"地点之头骨Ⅰ及Ⅱ）。趾骨两小盒（似非中国猿人者）。

中国猿人残破下颚骨十三件（B—，G—，M—等）。褐猿（即猩猩）的牙齿三盒。

第二小箱：

中国猿人"L"地点之第二头骨（女性）。

第三小箱：

中国猿人"L"地点之第三头骨（男性）。

第四小箱：

中国猿人"L"地点之第一头骨（男性）。

第五小箱：

中国猿人"E"地点之头骨。

第六小箱：

中国猿人"D"地点之头骨。

第七小箱：

山顶洞人男性老人头骨，编号为PA.101。

第八小箱：

山顶洞人女性头骨，编号为PA.102。

第九小箱：

山顶洞人女性头骨，编号为PA.103。

以上第一、二、三、四、五、八、九等小箱共装入一只大白木箱里，箱皮之上除写"A"字之外，并无任何其他字样。第六、七两小箱则另装一大白木箱里，在箱皮上只写一"B"字。在"B"箱里，除装第六、七小箱之外，还装有下列各物：

猕猴头骨化石两件。

猕猴下颚骨化石五件。

猕猴残破上颚骨三件。

猕猴头骨残片一小盒。

龙 骨

　　山顶洞人下颚骨四件编号 PA.104, PA.108, PA.109……

　　山顶洞人脊椎骨一大盒。

　　山顶洞人盆骨七件。

　　山顶洞人肩胛骨三件。

　　山顶洞人头骨残块三件。

　　山顶洞人跗骨六件。

　　山顶洞人骶骨二件。

　　山顶洞人牙齿一玻璃管。

　　山顶洞人下颚骨残块三件。

　　协和医学院总务长博文约在1941年11月底将这两只箱子送到美国大使馆中，预备由美国驻北京的陆战队带到美国，交天然博物院暂时保管。声言至战争终了后再运回中国。其实美帝打算将这些东西据为己有罢了。

　　据说来接美国陆战队的船SS Presiden Harrison号，由马尼拉开往秦皇岛的途中，正赶上12月8日日美战起。这只船为日舰追捕而触礁，沉没于长江口外。计算时间，这两只木箱一定没运出国外，不在北京美国大使馆，就在天津或秦皇岛的美军仓库里。后来美国大使馆及各地之仓库均为日敌所占据。这些宝贝的学术材料，不是被凶暴的日敌所摧毁，就是被他们隐藏起来了。

　　这两只箱子自此之后即无下落。据我们推想，被日敌窃走的可能性是很大的。日敌对我国的侵略在各方面都有精密阴谋的。12月8日以前，东京帝大教授长谷部言人及助教高井冬二，曾到北京来，长谷部言人在暗中策划，高井冬二则直接跑到新生代研究室中要求在室内工作一个时期，以便调查详情，当时中国人虽知高井冬二的居心，但是已为德日进将他引入室内，使其他人已无法拒绝。

　　1941年12月8日日敌发动了东亚全面战争，当日的清晨，协和医学院即被日军占领，立即派兵直趋深入，先看管了那两个存放中国猿人化石的保险柜。并将值夜的员工用刺刀迫至一间小屋里，不

第二十六章 龙脊·异域追踪

许外出，随后即令管理人将保险柜打开。将保险柜的东西一一加以检查，然后又将保险柜关好，派兵看守，被禁闭的员工才被释放。

后来日敌发现保险柜内的东西，不是真化石而是中国猿人的石膏模型。日敌即派多人到各处搜查，并对有关方面加以追询。前后搜查了很久，负责搜查的人，据我们知道的，计有：接管协和医院的田冈大尉，日敌北支驻屯军总司令部的特务锭者繁晴，东京帝大教授长谷部言人及助教高井冬二等人。被询的人计有：协和医学院教务长胡顿，总务长博文，总务处员工及地质调查所裴文中等人。

到1943年5、6月间，曾传说中国猿人在天津找到了，但后来又传说天津所找到的并不是中国猿人的化石，而是另外的东西。自此以后消息就沉没下去，直到日敌投降，日敌官方总也没有再提起中国猿人的事。再者寻找中国猿人期间，长谷部言人及高井冬二两人在北京督促寻找，而后来他们二人悄然回到东京，由此可以证明，他们的目的已经达到了。

国民党统治时期，也曾由当时为"中华民国驻日代表团日本赔偿及归还物资接收委员会"，将中国猿人化石的事提出所谓之驻日"盟总"。但始终也没有得到什么结果。

到1945年12月4日天津大公报曾载这样的一个消息："中央社东京11月19日专电，盟军最高总部称：前为日军窃夺并运至东京之'北京人'骨骼，现已发现。主持'北京人'运日事宜之日本科学家，曾详细研究，且曾在出土之周口店继续发掘，惟无所得。'按北京人'系1929年中国科学家一人偕同人类学家所共同发掘者，曾有一时期，文化界纷纷争辩'北京人'与爪哇猿人何者历史悠久，终得结论，以为后者年代较早，蓝前者已近现在之人类。从事研究'北京人'及其附近年表等有关文献之日本科学家，拒绝表示两年来是否有研究心得。"同时路透社亦有相同之报道。

但后来国民党反动政府由所谓之"盟总"接收者，并非中国猿人的真化石，而是石膏模型。这样就会使我们发出下列一连串的疑

龙 骨

问了。

（一）被窃之"北京人"已在日本发现之说，是伪"中央社和路透社又在那里造谣言吗"？

（二）所谓之"盟总"在接收时将石膏模型误认作原来化石吗？

（三）日帝特意拿石膏模型来搪塞所谓之"盟总"吗？

（四）所谓之"盟总"将真化石接到手之后，另换石膏模型来搪塞当时的伪驻日代表团吗？

我们要安心静意地想一想，每一个疑问是不可能的，伪"中央社"和路透社不便造下这个谣言而给他们自己找麻烦。第二及第三两个疑问也不可能，因为接收这些化石时，一定有手续，由日帝手中接收时"盟总"即或是外行，不认识石膏模型与化石，但相信日敌的监交人是不敢马虎的，即或当时可以马虎过去，以后"盟总"发现了非原来的真化石，就不再追问吗？第四个疑问是最可能的，帝国主义的国家根本谈不到什么信义，美帝由日帝袋子里掏出来的东西而又放在自己腰包里是极可能的。至于那班伪"驻日代表团"们即或知道了其中奥妙，在他们主子的面前，还会说声不字吗！

1948年11月27日伪"教育部"尚给有关当局一纸公函，由这纸公函里可以看出他们装疯卖傻地仍然在寻找。这纸公函是这样写的："案准中华民国驻日代表团日本赔偿及归还物资接收委员会本年10月9日接字第五一五一号代电开'查"北京人"骨化石为文化史上重要资料，迄今尚无下落，本会曾于本年8月2日咨行盟总请予彻查归还在卷。兹准总部9月18日复函略开：据日政府报告称虽详细调查并未获得结果。又日方报纸所载消息亦曾阅过。据称曾加力调查该失踪人骨化石之下落，冀以科学研究之道敦睦中日间之邦交，如有续闻，自当函告等语，相应抄同本会与盟总往来咨函各一件电请洽照并转咨有关机关调查该人骨化石当时被劫或失踪各情形及有关资料寄此俾凭续洽'等由……。"多少年来查找的结果，就拿这纸公文代替了。

第二十六章 龙脊·异域追踪

其他标本的损失，中国猿人、山顶洞人、褐猿以及猕猴化石的遗失，只估新生代研究室重要损失一部分。人类化石之外，其他脊椎动物化石损失也很多，今将损失的大概情形叙述如下：

很早就料到日帝的侵略战争，总会有一天波及到北京，所以我们就将研究过的化石预先分别装了箱，假如有机会能将这些标本运到安全地带的话，就可以马上起运，决不愿使这些文物遗落在敌人手里。

我们是分三批装的箱，箱子上只写号码，另外加上一个记号，此外没有加任何字样。第一批一共装二十八箱，在箱皮号码之上加有"？"记号。箱子里装的化石计有：

第一箱：肿骨鹿（周口店第一地点）上颌骨三百六十件。

第二箱：肿骨鹿（周口店第一地点）下颌骨三百一十件。

第三箱：肿骨鹿（周口店第一地点）下颌骨二百八十五件。

第四箱：斑鹿（周口店第一地点）下颌骨六百七十六件及残角四十七件。

第五箱：犀牛（周口店第一地点）上颌骨十三件、桡骨十三件及股骨二件。

第六箱：犀牛（周口店第一地点）尺骨十四件，胫骨十五件、胫骨十四件，距骨十九件及趾骨二十五件。

第七箱：肿骨鹿及斑鹿（周口店第一地点）上颌骨、下颌骨及零星牙齿多件。

第八箱：肿骨鹿（周口店第一地点）头骨十九件，斑鹿残角八十四件，犀牛牙齿多件。

第九箱：鬣狗（周口店第一地点）肢骨三百八十八件。

第十箱：鬣狗（周口店第一地点）下颌骨一百五十四件。

第十一箱：鬣狗（周口店第一地点）下颌骨七十七件。

第十二箱：鬣狗（周口店第一地点）犬齿二百零八个、残上下颌骨四十二件、零星牙齿五百九十件。

龙 骨

第十三箱：周口店第一地点各种动物化石若干件。

第十四箱：鹿类（周口店第十三地点）肢骨多件。

第十五箱：鹿类（周口店第十三地点）肢骨多件。

第十六箱：鹿类（周口店第十三地点）肢骨多件。

第十七箱：鹿类（周口店第十三地点）长骨及距骨多件，犀牛肢骨多件。

第十八箱：鹿及水牛（周口店第十三地点）头后骨若干件。

第十九箱：鹿类（周口店第十三地点）距骨、跟骨及长骨若干件；犀牛肢骨、距骨及跟骨若干件。

第二十箱：鹿类（周口店第十三地点）头后骨若干件。

第二十一箱：周口店第一地点各类动物化石若干件。

第二十二箱：周口店第一地点各类动物化石若干件。

第二十三箱：鹿类（周口店第十三地点）肢骨若干件；犀牛肢骨若干件。

第二十四箱：鹿类（周口店第十三地点）残角、头骨、肩胛骨及盆骨若干件。

第二十五箱：鬣狗（周口店第一地点）上、下颌骨及肢骨若干件；鹿类（周口店第十三地点）残角及肢骨若干件。

第二十六箱：鬣狗（周口店第1地点）零星牙齿及肢骨若干件。

第二十七箱：鬣狗（周口店第1地点）头骨、下颌骨及肢骨若干件。

第二十八箱：中国各地的介壳化石（装一黄木箱中，卞美年经手装）。

第二批共装了九箱，在箱皮上围绕号码画了个圆圈，箱内炸死能的化石有：

第一至第五箱：周口店第十五地点石器若干件。

第六箱：周口店第一地点石器若干件。

第七至第九箱：周口店第十五地点石器若干件。

第二十六章 龙脊·异域追踪

第三批共装了三十箱,大部分是非哺乳动物,只有一小部分是从中国各地发现的哺乳动物。箱皮上也只写了号码,号码之前另加一"C"字,箱子里装的化石有:

第一至第六箱:周口店第十四地点鱼化石若干件。

第七箱:新恐角兽(湖北宜昌)头骨的左半部一件(上有四颗牙齿)及零星牙齿三个;裴氏转角羚羊头骨一件(周口店第一地点);绿龟壳(周口店第三地点)一件;绿龟(河南安阳)外壳、头骨及肢骨一具。

第八及第九箱:古犀(山东山旺)完整的前后腿各两具。

第十及第十一箱:周口店第十四地点鱼化石若干件。

第十二箱:周口店第十四地点鱼化石若干件及垣曲发现的原雷兽左下颌骨一件。

第十三箱:山顶洞发现的赤鹿角一件;武乡发现的中国肯氏兽脊椎八件。

第十四箱:水牛(河南渑池)头骨连同完整的角一件。

第十五箱:斑鹿(周口店第九地点)角一对;新恐角兽(湖北宜昌)角一件。

中国肯氏兽(武乡)上臂骨一件、股骨一件、盆骨一件。

第十六及十七箱:山东山旺发现的植物化石二百五十五件。

第十八箱:鹿类(周口店第九地点)肢骨若干件;犀牛肢骨若干件。

第十九箱:鹿类(周口店第九地点)角、肢骨、距骨、跟骨若干件;犀牛趾骨若干件;马下颌骨一件;兔化石若干件。

第二十箱:鹿及犀(周口店第九地点)肢骨若干件。

第二十一箱:鹿类(周口店第十三地点)角肢骨若干件;犀牛肢骨若干件。

第二十二箱:犀(周口店第九地点)距骨、趾骨若干件。

第二十三箱:水牛(周口店第九地点)头骨、肢骨;犀牛趾骨及

609

狐的头后骨若干件。

第二十四箱：熊及虎（周口店山顶洞）头后骨若干件。

第二十五箱：獾及兔（周口店山顶洞）头后骨若干件。

第二十六至二十九箱：鹿、（山顶洞）骨架若干件。

第三十箱：狼、熊、狐、虎、兔（山顶洞）骨架若干件。

新生代研究室办公的地点，原分别设在地质调查所和协和医学院，协和医学院尚分为两部分，一部分在B楼，一部分在办公楼。凡有关人类学之研究均设在B楼，凡古生物学及史前考古学则设在办公楼。上面所说分三批装箱的古生物化石六十七箱，连同本室出版书籍约三十余箱，清华大学袁复礼先生存之新疆爬行类化石十数箱，以及私人存放之文稿等，均存于办公楼库房之内。

当日敌占领协和医学院之后，过了两天，仍令所有员工照常上班。我们所存放的东西，均原封未动，但各门口均为敌军看守，所有的东西已不能外运。延迟到1942年1月底，协和医学院所有员工才全部遣散。新生代研究室的人员也随着瓦解。我们存在协和医学院的一切标本、书籍、仪器等均未能运出，当我们退出办公室时仍照旧存放于原来地点。

此后办公楼改为日本宪兵队北京队的司令部，为惨杀我国人民发号施令的所在，因而一切的东西一部分焚毁，一部分存于协和库房之内。

大约在1942年的5月间北京许多的书摊上，均摆上新生代研究室的出版品，如崇文门的书摊，东安市场及西单市场各书摊书店也陈列有相同之书籍。传说是日本宪兵在东城根泡子河一带焚烧书籍时被贫民抢出而又转售给书贩的。后来我曾到泡子河一带暗暗去调查，但没有得到正式的消息。

1950年年底中国科学院收到西安韩德山先生转来四件化石，其中有一件是水牛的距骨、三件是鹿的距骨。均为中国猿人产地发现之物。这四件化石又转到科学院编译局局长杨钟健先生之手。杨先

第二十六章 龙脊·异域追踪

生很奇怪这四件化石如何到了西安。后经杨先生向西安韩德山先生探询那四件标本的来源，于本年1月22日接到韩先生来信，说明了得到这四件化石的经过。由这个经过我们就可以看出日帝破坏我国文物之一斑了。韩先生述说经过中，有一段是这样说的："我自1931年1月考入协和医学院食物化学系服务，经二年余调至寄生虫学系服务，直至1942年1月31日协和医学院被日敌停闭，全体教职员工被遣散，我是其中的一个。后转入北京卫生研究所寄生虫学系工作。从先在协和工作时，曾经听说新生代研究室保存骨化石甚多，是从周口店采来的，为我国稀有之古物，当时只是听说而并未亲眼看过。于1942年4月间有一队日本宪兵住协和医学院办公楼，见室内满储书籍及枯骨，日本宪兵不懂古物，因急于用房，遂即下令将书籍及枯骨装入载重汽车，拉至东城根（东总布胡同东口小丁香胡同东口外往北十数步城根下）焚毁。当日我自卫生研究所下班回家（我家住大牌坊胡同，距东城根很近）听说日本宪兵在东城根烧协和的书，我好奇心胜，随即前往观看，到时确见有些书籍正在燃烧，但大部分书籍均被附近贫民抢去，我曾亲眼看到贫民按斤卖给打鼓的（即买卖旧物的小贩）。大批的骨骼已被打成粉碎，散布满地，因为有日本宪兵在场，我不敢多取，只偷偷捡了四块……在一九四九年四月参加革命工作到西安，也就将这四件骨骼带来……这就是这四件化石的来源。"

我们看到上面韩先生连说日敌焚烧新生代研究室的书籍与砸碎化石一段经过，就可以想象出来他们在当时对我国文物摧毁的情形是如何严重了。

抗战胜利，日敌投降，地质调查所恢复，新生代研究室亦随着恢复。

1946年11月间，协和医院清理物资时，发现地质调查所的标本，即通知地质调查所当局加以处理。所方接到消息后即派人前往接收。这些标本均堆积在东帅府胡同路北协和库房的二楼上。化石、

龙 骨

新骨与各项石膏模型均像垃圾一般堆了满室,破坏和混乱的情形十分严重。

这一大堆垃圾般的标本运到地质调查所之后,经过数年来的整理,新的骨骼和模型已大部恢复旧观,惟化石一项因限于人力始终尚未恢复原有之形状。经过整理后,得知地质调查所由协和医学院运回者为从前标本柜中及桌面所陈列之标本的一部分,至于前面所说装箱之六十七箱化石及三十余箱之出版品和袁复礼先生存之新疆爬行类化石均未见到。今韩先生由西安转到中国科学院之四件距骨确为从前所装箱之物,由此可知前日敌所烧毁之件即为从前分批装箱之物。

工作人员的被杀及一般物资的损失。

其实新生代研究室的损失还不止此,前面所说的只是标本的损失罢了。其他如仪器的损失还很多,甚至现在使这门工作因为缺乏仪器而不能顺利展开。

地质调查所在周口店发掘期间,在周口店龙骨山上建有办公室十五间,在抗战期间也被日敌拆毁,利用砖瓦改建了炮楼。木器家具等七十七件被日敌运走,分配到各车站使用。其他如气压计、摄影机、打字机、连同手摇电话机等均被日敌抢夺一空。更令人惨痛的是,看山工人赵万华、萧元昌及董仲元三人,日敌竟以通敌二字为名,加以剖腹惨杀。

北京研究室里,关于仪器方面的损失最多,比如人类学的研究已打下很好基础,一切的设备,如测量头骨所用的各种仪器等均非常齐全,应有尽有。这一全套的设备也不见了,据说抗战期间被敌人窃取带到日本去了。此外如大小摄影机、投影机、电影拍映机等,亦均为日敌窃取殆尽。

日敌窃取新生代研究室物资虽多,而交还为"中华民国驻日代表团日本赔偿及归还物资接收委员会"者,只有其中极小的一部分。(此物原存南京地质调查所)。其中计有:

1. 周口店第一地点剖面图一卷。

2. 周口店发掘简报及账目册二束。

3. 报告文稿一束。

4. 周口店发掘之磨光鹿角一件。

5. 周口店发掘记录七卷。

6. 山顶洞发现之狐和獾之犬齿（四十四件）一盒。

7. 山顶洞发现之狐犬齿（三十七件）及石珠（三件）一盒。

8. 山顶洞发现石制装饰品、骨针，带有红色之石灰岩块及大鹿之犬齿一盒。

9. 山顶洞发现之狐犬齿一盒。

10. 山顶洞发现之穿孔海蚶壳、骨遂、鱼骨、鱼脊椎及石珠一盒。

11. 山顶洞发现之石器（四件）一盒。

12. 中国猿人之石器（四件）一盒。

13. 中国猿人产地之犄角一盒。

14. 周口店第十五地点之石器（五件）二盒。

15. 周口店第十五地点之石器（一件）一盒。

16. 文件（英文）三卷。

日敌在抗战期间除杀了我们的工作人员及烧毁了上述的有关我国文化之书籍和标本外，还窃取了新生代研究室许多的东西，今只发还上述之一小部分，其余大部分仍保留在日本国土之中，或有的已转入美帝之手，我希望文化界的同志们不要忘记了这笔债务，我们一定要向他们讨还的。

根据1945年11月1日国民党政府教育部"清理战时文物损失委员会"统计并编辑造册的《战时文物损失目录》披露："文物损失共367074件又有1870箱，古迹740亿处。由于公私收藏家对于文物损失之申报均不踊跃，此数实未能尽括战时实际之损失。"仅"南京文物损失就达1180982件又1449箱"。

这里尚不包括私人物件。"如杭州王鲲徙被日军劫走东周长方鼎、梁代观

龙 骨

音石造像、秦镜、汉镜、端砚等古物金件，可谓价值连城。"

1946年3月9日燕京大学校长陆志韦报损有："普通书及杂志3万册，明清善本6000册，抄本书5000册，小说唱本3000册，史料500册，稿本书300册，碑帖30件，印谱20部，金石拓本100种，书画40件，印章150方，古钱650枚，古镜3枚，石刀2柄，古经2卷……这仅为燕京大学一位教授私人损失。"

另据陈豫阳等44个所有人调查，被日军抢走的贵金属有：黄金71，748，916克，白银510，539，310克，银圆14，195，846元，钻石3726枚。其中西藏佛宗领袖班禅驻北平办事处被劫黄金12，511，218克，白银8354，375克。在南京大屠杀中，日军从南京一地就掠夺10吨黄金，其中相当部分从被杀害的平民尸体上抢走。"日军还掠走"故宫博物院铜缸66口，铜炮一尊，铜灯亭91件"，北平研究院发掘宝鸡斗鸡台所获文物分藏北平部分被劫300多件。中央图书馆移藏香港冯平山图书馆的四库全书等珍本被劫运日本……

据1943年统计，中国损失图书在1500万册以上。

数量太浩大，本书无法一一列举。

在这场浩劫中还不包括一些日本学者、收藏家和浪人对我国古迹疯狂盗挖与盗墓，东京帝国大学长谷部言人与日本东亚考古学会原田淑人等对平城北魏遗址，邯郸赵王城，齐国，滕薛故国遗址，曲阜汉鲁灵光殿遗址，周口店，殷墟和大同等地遗址进行盗挖……

李济面对成千上万的损失清单，深深地陷入痛苦与无助之中，他对寄予厚望的盟友美国人失去了信心，在日本他所感受的都是虚伪的推诿和西方疯狂的暗地交易，没有人关心和在乎受战争摧残最大国家——中国的利益。

李济带着沉沉的心情返回祖国，他还不知道这一切都源于日美之间达成的"秘密交易"所造成的后果。战争元凶日本在美国的扶持下没有"经济崩溃"，而战胜国的中国却陷入经济崩溃。

美国史学家约翰·托兰在其所著《日本帝国的衰亡》指出："（战后）国民党的工业停滞不前，与1937年的水平相比，物价上涨了两千倍；中国货币的国际兑换值在日本投降后不到一个月中下降了70%多。通货膨胀几乎消灭了中产阶级，使知识分子幻想破灭。"

第二十六章 龙脊·异域追踪

真是一针见血！不光是李济失望而归，整个中国大地充斥着对国民党政府的失望。蒋介石从此从他的巅峰摔落下来。

带着失落，李济给裴文中写了一封信作为赴日追索"北京人"的交代。他信中讲道：

文中先生：

5月21日手示敬悉。弟于5月5日返国，因写报告，各处信都未写。弟在东京找'北京人'前后约5次，结果还是没找到，但帝国大学所存之周口店石器与骨器已交出（弟已看过一遍，确是你们的东西），由盟军总部保管。弟离东京时，已将索取手续办理完毕。兹将致总部之备忘录抄奉，即可知其大概矣。

一切详情容再谈。

专此并颂

撰安弟济手启

卅五·五·二十五

李济没有告诉裴文中，时下他们的前辈翁文灏也正处在另一个政治旋涡中。

当了行政院院长的宋子文一上台就向翁文灏发难，他四处指责翁领导的资源委员会"接收日伪资产不力"，排挤翁文灏为首的"学者内阁"。

早在1942年宋子文与孔祥熙就勾结戴笠制造了一场旨在迫害翁文灏的特大假案。1942年元旦前，翁的二位主要助手寿墨卿和王性尧在家中被中统局特务抓走，紧接着又有十几人被捕，经济部工作立刻陷入瘫痪。翁文灏愤然去找宋子文问个明白，狡猾的宋子文搪塞说："这也许是委员长开个玩笑。"翁文灏知道宋子文对此事心知肚明，他要求孔祥熙与自己一起当面去问问蒋介石。

孔、宋与翁的矛盾从成立资源委员会就开始了，他一方面处处给翁出难题或拆台，想尽一切办法要把由蒋介石直接领导的资源委员会纳入自己的势

龙 骨

力范围。

宋子文当然不肯与翁一起去见蒋介石,因为这个阴谋本身就是他策划的,目的就是搞垮翁文灏。翁文灏是一个秉性正直刚烈的人,在整个抗战期间不仅自己两袖清风还号召部下廉洁奉公,是国民政府中公认的清廉官员。他怒不可遏地当面向蒋介石请辞,心知肚明的蒋介石自然不能同意,他承诺"尽快查清还他一个清白"。不久,戴笠在没有任何证据的情况下将抓走的所有人悄悄释放。后有史者将此案称之"民国最大的冤案"。

抗战胜利后,宋子文当上了行政院院长,他一方面集中所有的力量将日伪在华资产占为己有,同时也想把碍手碍脚的资源委收入自己旗下。翁文灏很清楚孔、宋的意思,他也无心与这两个中饱私囊的太上皇打口水战,于是再次向蒋介石提出解甲归田的要求。

由于孔、宋两家在全国肆无忌惮地敛财使得国民经济严重通货膨胀,人民生活苦不堪言,要求惩治孔、宋贪污腐败的呼声日益高涨,在蒋经国的申请下蒋介石终于答应让儿子去上海整治经济。

蒋经国一到上海就发动了声势浩大的"打老虎"运动,矛头直指孔、宋两家。宋霭龄再次出马要求蒋介石兑现1927年与她的承诺,蒋介石权衡利弊之后再次屈服于"自家人"。

轰轰烈烈的"打老虎"运动草草收场,悲愤难当的蒋经国第一次向父亲提出:"国民党自己打倒国民党。"

其实蒋介石很清楚孔、宋两家已是附在自己身上的两个毒瘤,也很欣赏儿子的举动,不久他就责成儿子将上海等地的黄金与外汇全部运往台湾。

1947年10月·北平

四合院门口几个孩子边唱歌谣,边踢毽子:"天凉了,叶黄了,小鬼子,完蛋了……"甄塑南和贾岐兴高采烈地跑进院子嚷嚷:"哥,哥,我们领到旁听证了……"院里的人都嚷嚷动了,纷纷走出门来:"什么事呀?这么高兴?""去看审判金碧辉!"

贾兰坡闻讯跑出门:"拿到票了?什么时候?"

第二十六章 龙脊·异域追踪

甄塑南擦着汗气喘吁吁:"明天上午的……好像是上午。"

贾岐兴奋地表功:"哥呀,多亏了有您的名帖才好不容易领到票。听说佟夫人和赵夫人也来旁听……"

贾兰坡万分感慨:"忠良眷属观看大汉奸审判也是告慰在天之灵,苍天有眼!"

贾岐:"听说这是最后一审,依我看像金碧辉这样的大汉奸真是死有余辜!"

甄塑南:"听说还来几个日本和尚跑到法院门口念经,说什么金碧辉是日本人,要接回去让她出家……法警把这一帮东洋鬼子轰走了。"

贾兰坡愤愤地说:"这个被日本豢养的败类,干了多少坏事!光在北平她与土肥原就策划过溥仪外逃和淞沪事件,还当个什么'安国军司令',这种沾满中国人鲜血的刽子手,无论是什么身份,不杀此贼不足以平民愤!"

贾岐点点头:"就看明天的判决了!"

贾兰坡看了看表:"那我们可得早点去吧!别像上次那样,人势如潮,最后无法开庭。"贾岐和甄塑南点点头:"行,那明天一早就走!"

贾兰坡所讲的上次开庭是指1947年10月8日下午第一次开庭,由于来旁听者太多,"听说审判汉奸金碧辉法院门外已人山人海,大法庭摇摇欲坠"而被迫改期审理。第二天《新民报》详细地作了报告:轰动全城之国际女间谍金碧辉(即川岛芳子)汉奸案,冀高法院原定昨日下午二时在地院大法庭公审……开庭前一小时,院内外即有数千人等待观审。……观众仍是如潮涌……窗玻璃被挤碎,一法警左手受伤,矮门槛亦折毁。……如不及时制止,恐倒塌之虞。足见观审的盛况空前。

为了庭审安全,法庭决定只允许事先登记的知名人士与新闻人士旁听。

1947年10月22日·北平·北平地方法院大法庭

贾兰坡与贾岐、甄塑南端坐在旁听席上,佟夫人等抗战英雄也坐在特别席中。

龙 骨

上午11点，由审判长吴盛涵宣读判决，而金碧辉身穿黑呢子大衣，绿西装裤，特意梳的短发油光发亮，苍白的面孔故作镇静东张西望。吴盛涵首先宣读判决主文大意为：金碧辉通敌谋敌国，图谋反抗本国，处死刑，褫夺公权终身，全部财产除酌留家属生活必需外没收。金碧辉没想到会判死刑，脸色突变，干咳不止。接着审判长又宣读了判决事实与理由："被告自称为中国血统，日本国籍。然汝为逊清肃亲王之女，肃亲王前往日本时系在满清让位以后，故以国际法第一条第一款规定，汝当为中国人，依法自应由本院审理无疑义。"审判长宣布了她五项罪名后宣判："根据以上事实，罪行确凿，已属明显，按照惩治汉奸条例，处以极刑……"

审判庭响起暴风雨般的掌声，人们拥向佟麟阁将军的遗属想听听抗日忠良的心声，佟夫人平静地只说了一句话："恶有恶报！"记者们发现了贾兰坡一行，便拥上来请他讲讲看法："贾先生，您作为'北京人'之父之一，请谈谈您的看法！"

贾兰坡望着旁边的佟夫人，语重心长地说："我相信，佟夫人的话代表我和所有中国人的心里话！借此机会我也呼吁我们不仅要清算血海深仇，更别忘了要向鬼子讨回我们的祖先——'北京人'化石，让我们的祖宗回家！"

佟夫人惊喜地带头鼓掌。众人群情激愤："严惩卖国贼！追回'北京人'！"

1948年3月26日天津《新星报》北平电话《绝代妖姬恶贯满盈，金逆碧辉昨晨伏法》

一枪毙命、弹穿后脑、满脸血污

冀高法院检察处昨（25日）晨6时在一监枪决金碧辉，因秘密执行，而引起中外记者致不满。因为在事前有好几名外籍记者自沪飞平专为枪决金碧辉而来，行政院新闻局驻平办事处负责招待，在该记者等抵平后，新闻局特备函高检处蒙准参观，但是昨天高检处电话通知时竟把新闻局给忘了。有人认为高检处在早晨六点执行似为故意禁止新闻记者参观，但是为什么先被允许进入的两名外籍记者却于先一日午后接到通知，所有的外籍记者认为新闻局驻平办事处

第二十六章 龙脊·异域追踪

处长朱新民因情感厚薄有所偏袒,于是纷纷打电报到南京去提出抗议。朱氏也着实忙,于是由该处专员凌一鸣赶到高检处抗议,随后朱氏与中外记者也都赶到高检处,一监典狱长吴崎沅与奉令执行的检察官何承斌也赶来了,因为大家都没有看到金碧辉被执行,于是由检察官何承斌口述执行经过,他说金碧辉被执行令于本月九日即已抵平,最高法院的抗告驳回是执行前一日送处而送达被告的。何检察官早晨五点半钟从高检处出发,抵达一监时警宪并先到一监布置,该三名记者已在先期等候,所以只好让入监内,执行时他们请求参观拍照也被拒绝了,这可以证明他是被平等对待的,因为在监狱执行时依法禁止参观。他到监不到十分钟就披起法衣将金碧辉提出,询问年龄、姓名、籍贯后,告诉她奉令今日执行,他说金碧辉真是个了不起的人,聆言后面不改色,她抱怨法官没有证据而判她死刑,她实在冤枉,检察官说今天奉命执行就是诉冤也没有用了,于是金碧辉提出换衣服,检察官对她很抱歉说:"因为催了处理局好几次,可是处理局方面始终未予发回。"于是金碧辉又要给养父川岛浪速写遗书,她拿起检察官的笔,一手拿着红格纸,站着就写了下去。

原函是日文写成,译文是:义父大人:终于3月25日的早晨被执行了,请告诉青年们永远不止的祈祷中国之将来,并请到亡父的墓前告诉中国的事情,我亦将于来世为中国而效力。

义女芳子

这个颇有传奇色彩的末代格格金碧辉在北平被处死。而对于她的死却流传了半个世纪的流言,但最终被澄清确已被枪决。

2010年一本《川岛芳子生死大揭秘》的书言辞凿凿地称川岛芳子并未被枪决而化名"方老太"苟活到1978年。故引发不小的质疑。

但据当年执行死刑的检察官后人证实金碧辉确已被枪决。她的尸体被川岛浪速派人领走并安葬在日本川岛家墓中,墓碑刻"川岛芳子之墓"。正当远

龙 骨

东国际法庭的中国法官独自力挽狂澜时，北平发生了一起美国大兵强奸北大女学生沈崇事件，在北平引起大规模示威游行。时任北大校长的胡适万分焦急，胡适是典型的亲美派，但沈崇又是自己的学生，爱学子是他的一贯主张，两边都很重要，他想到一个人，那就是中国法学摇篮朝阳法学院学长倪征噢。对于今天的人来讲朝阳法学院比较陌生，但在过去却是如雷贯耳。

朝阳法学院始建于1912年，由中国法学界鼻祖汪有龄、江庸、黄群等人创办，汪有龄时任北京政府司法部次长。该校培养出一大批法学家，在国民党司法界几乎所有主要法官、检察官大都来自朝阳法学院，被人誉为"无朝（阳）不成（法）院"，如今台湾的法学界仍沿用朝阳法学院制定的法则，1950年这所法学院变更为中国政法大学。胡适将远东国际法庭的倪征噢检察官请回北平做此案大法官，对美国司法了如指掌的他，轻车熟路与北平地方法院的同学们审理这起美国大兵兽行案。庭审期间忐忑不安的胡适天天旁听，倪征噢严判美国罪犯为受害的女学生讨回公道，这是中国第一次在本土判盟军士兵有罪，此案影响很大，事后沈崇决意改学法律。

1985年2月6日·荷兰·海牙国际法庭和平宫

79岁的倪征噢身穿大法官袍庄严宣誓："本人郑重宣言，愿秉公竭诚，必信必忠，行使本人法官职权。"美联社第一时间惊呼："中国第一次在国际法院赢得了一个席位。"

继顾维钧之后，倪征噢成为中国历史上第二位国家法庭大法官，也是新中国成立三十五年第一位国际大法官。他的当选源于在远东军事法庭的杰出表现，他与梅汝璈等中国法官在极其困难的情况下为中国人民伸张了正义，也赢得了国际法律界广泛的赞誉。远东国际法庭的中国法官们在新中国成立时都义无反顾投入到新中国的法律建设之中。

1958年在倪征噢、周鲠生等法学家倡导中国按国际法应将领海宽度由三海里扩大到十二海里，为争取中国的合法权益立下了不朽的功劳。

1994年2月倪征噢卸任已担任九年的国际法庭大法官一职，在返回祖国的

第二十六章　龙脊·异域追踪

途中也应邀参加在台湾举行的"钓鱼岛国际研讨会"。这一年，倪征燠已是87岁的老人。在会议期间，有一位年轻的法学学者也向大会递交了关于钓鱼岛是中国领土的法律论文，他就是日后成为台湾领导人的马英九先生。国际学者讨论了钓鱼岛的地位与归属问题，一位美国学者提出了一份新证据：清朝末年慈禧太后为了褒奖太医世家的盛宣怀特颁发懿旨，将钓鱼岛赏赐给盛宣怀作为专用采药的私人领地。这份懿旨是由盛宣怀的孙女向大会提交的。

这就是钓鱼岛问题第一次向国际法院宣示是中国领土的行为，87岁的倪征燠这番话在国际上引起巨大的反响，迫使美国政府不得不在1997年发表政府声明："美国只是从谁手里拿的，便还给谁，主权问题由中日两国自己解决。"换而言之美国交给日本的是施政权，而非主权，这与美国至今含糊其词地称不在主权问题上"站边"和"无立场"的态度一脉相承。如今钓鱼岛争端已成为中日关系发展的最大障碍，也是中国人民忍耐的底线。

提起盛宣怀，字杏荪（杏生、荪生），幼勋，号愚斋、补楼、补楼愚斋、次沂、止叟等。那可是清末民初响当当的人物，这位生于1844年的官宦子弟却屡考不中，三次落榜的他于1870年投奔李鸿章门下，由于受家族人经商和康梁改良派"实业兴国"的影响，他创立了中国第一家轮船公司——"招商局"；第一条铁路干线——"京汉铁路"；第一所大学——"北洋大学堂（天津大学）"；第一个钢铁公司——"汉冶萍公司"……

但他深受慈禧赏识。除李鸿章大力推举外缘于其曾二代在清宫做过太医，因慈禧患病由其献秘方治愈，当问及何处药时，盛宣怀称采于东海一仙岛，这引起生性迷信的慈禧的极大兴趣，即召大臣查询得知，盛宣怀所述东海小岛名为"钓鱼岛"，位于琉球国与台湾之间，属台湾省界内，此岛自唐宋之后一直在中华版图内，因岛上生长一种称之"海芙蓉"中药而闻名，其实这种药沿海岛域多有生长，被中国沿海民众普遍采用。为了奖赏盛宣怀献药有功，慈禧特意颁发懿旨将钓鱼岛赏赐予他作为采药私人领地。

这个原本与日本根本不沾边的小岛，在100年后成了中日领土的争夺地……

当倪征燠作为国际法庭大法官拿到这件珍贵的证据后激动地向国际社会

龙 骨

与司法界宣布：

"这是不可争辩的事实——钓鱼岛是中国的领土！"

国际法庭和平宫是美国富翁卡耐基捐款150万美元于1903年建造的。一百多年来在各国出钱出力建设中不断完善与宏伟。由中国捐赠的景德镇珐琅彩瓷器"太平圣像"陈列在大厅，寓意着在法律的护佑下天下太平。

墙的正中篆刻着一行拉丁文："让正义的阳光普照大地。"在这个神圣的法坛上顾维钧和倪征噢先后与14位国际大法官同事们一起，为维护世界正义与公道竭尽全力。九年后，倪征噢于1985年宣誓就任国际大法官，1994年正式从海牙国际法庭退休，这一年他87岁，也是当今世界上年岁最大的大法官。

当获悉他当选新中国第一位国际大法官后，侨居纽约的中国第一代大法官顾维钧特意邀请倪征噢到家中一叙，这位中国近代伟大的法学泰斗高兴地鼓励倪征噢在国际法庭上为中国争光。（引自徐葵主编《法学摇篮：朝阳大学》）

抗战时期，还有一个人也有类似的经历，那就是红遍一时的女艺人李香兰。1937年，长春成立满洲映画协会，这是日本官方电影公司，为配合日本军国主义侵华需要实施文化侵略。1938年年仅18岁的李香兰作为"日满亲善使节"女演员出入日本和中国之间，成为显赫一时的名人，由于她出演一系列日伪电影公司拍摄的辱华、排华和歌颂侵华日军的电影、歌曲，在抗战胜利后以汉奸罪被捕。但在审讯时李香兰辩称："我不是汉奸，我是日本人，我的原名是山口淑子，但我生在中国长在中国，我爱中国。"经查明李香兰确为日本人，1920年生于中国辽宁。最后李香兰——山口淑子被判无罪遣送回国。同为显赫一时的川岛芳子却以真汉奸而终结生命。

北平·地质调查所

杨钟健、裴文中、贾兰坡、李捷和胡承志沮丧地坐在桌前，桌上摆着李济和怀特莫尔等人的信。信，每个人都看过了，心里也都沉甸甸的。

"我们的'北京人'就这样不明不白地没了吗？！"

贾兰坡猛地一拳砸在桌子上愤愤嚷着。

"能想的办法都想了，你看魏敦瑞那边我写了，怀特莫尔那里我也写

第二十六章　龙脊·异域追踪

了……翁所长那里就更不用说了，怎么会是这样？这帮美国佬，到底凭什么发了新闻又说没有，还有长谷和高井这两个鬼子怎么会找不到呢？我真恨不得亲自到日本，我就不信找不到这几个鬼子……"裴文中更是脸色苍白恨恨地说着。

"我看这事不简单，我感觉美国人现在改变了主意，现在咱们中国对它没用，反过来要保护日本了。再说老蒋一心只顾打内战，也没心思去关心国家的宝藏，你们想一想，李博士拿来的清单只不过是翁所长一个初步的战争损失的一小部分，老蒋根本不关心咱们的'北京人'！……"

杨钟健到底是见过世面的人，他并没有就事论事而是看得更远。

"那咱们也不能干等着，咱们也得做点什么……我总觉得，这些美国人似乎什么地方不对头……"

裴文中一愣："此话怎么讲？"

贾兰坡提出自己的疑问："你们看，息式白不是说是他亲眼看到博文把箱子放在他的办公室的吗？胡兄也肯定是把装好头盖骨的箱子直接送到博文办公室。老胡是不是这样？"

胡承志非常肯定地点点头："没错，是我和老常直接送去的。""现在的问题是博文说是陆战队到办公室来取走箱子，可日本人调查说是博文送到领事馆的，这中间至少有几天的时间，接下来日本人又说海军陆战队的箱子里装的是复制品，这会儿美国人先是说在帝国大学找到了'北京人'，可李济博士去了日本，盟军又说根本就没有'北京人'！到底是怎么回事？我总觉得好像是有人在故意耍弄我们……"

李捷也有同感："这件事的确扑朔迷离。不过最现实的是我们怎么办……"

胡承志打断李捷的话："我们能怎么办呢？毕竟是两国政府说好的事……"

贾兰坡眼前一亮，又急忙打断胡承志的话："对呀，胡兄讲得有道理，能否请翁院长查询一下美国方面的经办人，毕竟是国家的委托，现在东西没了怎么也得有个官方说法吧。"

杨钟健："我也想不明白，李济博士是代表中国政府去盟军总部，结果没有一个负责官员来应对，打发几个下级军官搪塞我们。还有那个詹森大使，

龙 骨

明明是他代表美方经办此事,可到了日本就躲着不见了……"

裴文中听了沉思良久:"我也觉得这里面似乎隐藏着什么秘密,而且从一开始就有……莫非……"

大家似乎都眼前一亮,异口同声:"莫非是美国人搞鬼?"

贾兰坡像想起什么似的说道:"大家还记得吗? 1943年5月有篇报道说'在所罗门群岛上空日本海军大将山本五十六的座机被美军击落,山本当时就被击毙在座椅上'。报道说这是美军事先截获了日军的最新密电码才派空军伏击山本。在我的印象中太平洋战争中都是美国人破译日本人的密码,可为什么运送'北京人'的密码却一开始就让日本人破译了?这难道是巧合?……"

大家沉默了,很显然如果我们的盟友真是有意如此,那意味着事情更复杂也更可怕。

胡承志有感而发:"从一开始让我做复制品,我心里就有种说不出的感觉。"

按理说裴博士从法国回来接替了魏敦瑞研究室主任的位子,息式白作为魏敦瑞的秘书理当将保险柜的钥匙与头盖骨移交给裴博士保管,可是恰恰不是这样,息式白直接与胡顿和博文这两个并不是研究室的人联系,而且都是息式白直接命令我包装装箱,然后又按她的指示直接送到博文办公室,从那以后我想我可能是最后一个见到'北京人'的中国人了……"

其实,对于美国人存在的疑点,裴文中心中也想过,也与贾兰坡同感。

只是眼下只有这样模糊的疑问罢了,于是他说:"现在也只是猜测,没有证据。也许塔什黛安当初没有转交我也许出于保护的考虑……毕竟1941年以前我们已经和日本人打了10年了。博文和胡顿虽然不是考古学家,但是在转移头盖骨过程中显然是受领事馆指使……我的意思是现在下这个结论还为时过早。唉,我在想我是不是申请再去一次日本,我就不相信我找不到长谷这个混蛋……"

李捷点点头表示同意:"我也觉得现在还不能过早下结论,对于日本人我们没有任何信任可言,他们这么多年就这么干了,对于美国人我们还得再看看,毕竟为了这场战争他们也和我们一样流血牺牲……我看,老蒋不重视才会导致今天这种局面。抗战刚结束,百废待兴,老百姓苦不堪言还要去打内

第二十六章 龙脊·异域追踪

战,日本人没有打败我们,可老蒋要毁了中国……唉——唉。"

贾兰坡仰天长啸:"这算什么盟友!这还算是什么'四强国'啊!"

杨钟健认为大家讲的都有道理,他虽与贾兰坡同感但也只能提出一个折中意见:"小贾讲的不无道理,怀特莫尔不是来信讲有个美国中校要来调查吗?那我们就拭目以待。另外,我们自己也多了解了解线索,小胡那里我们再多碰几次,大家一起回忆回忆……现在看来翁所长那边也是泥菩萨过河,我们眼下也就不要写信烦他了,至于裴老弟去日本不太现实,一来作为国家代表尚且如此,更何况你单枪匹马在异国呢?"

"我同意。"

"我也同意"。

大家都认为只能如此。

"依我之见,我们中国不久就会发生大变化,我们有希望找回我们的'北京人'!"杨钟健意味深长地说了最后一句话。

大变化?什么样的大变化?杨钟健似乎在预示什么。

一年半以后,这个大变化果然来临……

那么美国、苏联、英国都在战后得到了什么?以美国洛克菲勒石油集团为例,在太平洋战争爆发后的四年里比战前多赢利100多亿美元。苏联在《雅尔塔密约》签订后又向美国提出"参战的条件",斯大林开给美国人的清单是:"提供150万军队、3000辆作战坦克、75000辆机动车和5000架飞机组成的兵力所需的两个月的粮食、燃料、运输装备和其他物资。总数为860410吨干货和206000吨燃油,要求必须于1945年6月30日以前交货。"

美国人看了这份清单一时竟蒙了,尽管英国人反应极为强烈,美国人最终还是答应了这个条件,提供了清单80%的物资。苏联在"二战"后从欧洲战场和远东战场都得到了大量补偿,从德国占领区将德国主要工业设备及科技人员源源不断运回本国,在远东也以同样方式进行,对于分布在中国东北和朝鲜工业设施、银行储备尽可能拆迁一空,更为重要的是获得了日俄战争时期丢掉的大片原属中国领土的"北方四岛"。

做了黑金交易,使各国被日本大量掠夺的财宝、黄金,未列入返还与赔

龙　骨

偿的目录中。这也导致了像"北京人"这样珍贵的人类标本不知所踪。冰封的历史谜团往往随着岁月的流逝露出蛛丝马迹。正是有了这些秘密的黑金交易，才使日本在1952年的国民生产总值超过战前的两倍。如果没有这笔从亚洲各国掠夺的财富，这是根本不可能做到的。

　　至今令人不解的是荷兰如何通过美国总统杜鲁门的关系，获得了1000亿美元的赔偿。但可以肯定地说那是战胜国中损失最小获利最大的国家。菲律宾是麦克阿瑟的第二故乡，自然麦克阿瑟首当其冲要维护他的利益。据《黄金武士》披露日本在占领菲律宾期间将大量从各国搜刮的黄金、珠宝隐藏起来，这是"金百合计划"的一部分。

北平·协和医院地下室

　　刚从国外归来的杨钟健和贾兰坡来到解剖室。这里仍旧凌乱不堪，落满了灰尘。一看就知道，很久没有人到过这里了。

　　贾兰坡一边推开凌乱的桌椅，一边寻找当年他藏皮箱的地方。

　　杨钟健拿着手电筒为贾兰坡照亮。

　　贾兰坡把目光定在一处地方，他反复比较，最后认定就是这里。他搬过一张桌子，跳上去，用手推开天花板。灰尘落了他满身满脸。他抖了抖头上的土，用手电往里照，那只皮箱还在原处。他惊喜地叫起来："找到了！"

　　杨钟健高兴地望着贾兰坡。

　　贾兰坡把皮箱轻轻取下来，递给杨钟健。然后又返身继续寻找，一会儿又掏出一卷周口店挖掘图纸的原件。它是被报纸包好，扎成卷，放在天花板里的。

　　贾兰坡跳下桌子："太好了。没想到箱子放了快9年了，图纸放了也有8年了，都保存完好。"

　　"什么图纸？"杨钟健奇怪地问。

　　贾兰坡回答："就是周口店的发掘详图。1941年我偷偷地钻进来把它藏在这里的。"

　　杨钟健感慨地说："我说呢，这次从日本清退的资料里，只有几份附图，

第二十六章 龙脊·异域追踪

没有发掘图，原来是你！嗨，早知如此，'北京人'就地藏起来，也不至于找不到啊！多亏你了，小贾，在沦陷的日子里，你可是立了大功啊！"

贾兰坡回应道："没啥，任何一个中国人都会这么做的。图纸完璧归赵就是最好的事。杨主任，你不打开看看？"贾兰坡提醒他。

"啊，好，好。"杨钟健打开皮箱，里面正中放着毛泽东给他的一封信。其他都是他的一些证书和奖状。

杨钟健珍惜地打开已经发黄的信看了又看："这封信保存完好，对我个人而言是无价之宝啊。"

"杨主任，您怎么会跟毛泽东认识呢？他还称您为兄长……"贾兰坡还是忍不住问。

"说实话，认识毛泽东还是在北大图书馆的时候。我觉得他是一个很特别的人，特别有人格魅力。他讲一口地道的湖南话，常常抱怨没有人爱听他的湖南话。我印象最深的是，毛泽东对未来的看法十分独特。他离开北京时对我讲：'将来世界一定会变成大众的世界，一个人民的国家。'我感到他的理想正在一天天地实现了。"杨钟健充满敬仰地回忆着。

"杨主任，您是共产党吗？"贾兰坡小心地问了一句。

"我？我哪有这个资格。共产党人是一些一心为了实现共产主义而不顾一切勇敢无畏的人。我不过是一个学者，但我崇敬共产党人，也崇敬共产党人提倡的人民世界。你想想，我们这几十年全要靠外国人的洋血才能维持可怜的生活。政府空设这些科学部门，却不投入资金。用人家的钱毕竟嘴软。"

"'北京人'的丢失根本就是我们太贫穷太软弱，没办法掌握自己的命运，才导致今天的结果。美国人是让我们把东西交给他们，请他们保管，东西丢了，他们倒理直气壮地推托。这是什么道理啊！一个民族的落后是一个政府的无能和软弱造成的。"杨钟健感叹地讲着。"是不是我也被赤化了？"他笑着问。

贾兰坡急忙说："不，不，您讲得太好了。不错，我们作为普通人，无论如何勇敢牺牲也改变不了悲惨的结局。像卢沟桥事变，当初日本鬼子才12000人，而宋哲元有10万人，最终还是失败了。打淞沪战役，日本人只有20多万

龙 骨

人,而我们有70万兵,仗却打成这样。半壁江山,让日本人几个月就占领了,真搞不懂。中国难道一辈子都要把自己的事系在外国人的裤带上吗?真是该换换天地了!"

杨钟健:"嘘,你比我还赤化。在这儿不多谈了。记住,皮箱的事只有你知我知,挖掘图由你保存,我不再相信洛克菲勒了。我们今后的一切工作都要依靠自己。"

贾兰坡:"您放心,杨主任。图您也放心。有我在,图绝不会丢失。"

贾兰坡把藏在协和医院解剖室的皮箱完好地交给了杨钟健。而这箱子里珍藏的秘密竟是一个科学家与一位人民领袖半个多世纪的友情。贾兰坡从毛泽东的这封信中第一次感到,中国的希望就在这些共产党人身上。他终生恪守诺言,将周口店龙骨山的挖掘图完好地保存至生命的终点。

北平·地质所·杨钟健办公室

杨钟健、裴文中、贾兰坡、胡承志正在交谈。

裴文中:"小胡,这些年你到底都跑到什么地方去了,一点音讯也没有。你能回来真是太好了。咱们一起回忆回忆'北京人'失踪前的情况。"

胡承志不好意思地说:"魏敦瑞博士让我复制模具时,我就有一种不祥的感觉,总觉得'北京人'可能要出事。那时魏敦瑞博士也常讲,他常做噩梦,梦见'北京人'丢失了。他走前,我就已按照他的要求做了一套'北京人'的石膏标本。后来他让我再做一套寄给他,我照办了。他还回信说收到了,夸我做得好。"

"这是什么时候的事?"裴文中插话。

胡承志:"大约……是1941年的11月份吧。反正是珍珠港事件前半个月的样子……"

"后来呢?谁通知你把包装好的化石送给博文的呢?"杨钟健问。

胡承志:"是塔什黛安小姐通知我的。我记得那天晚上我还在做最后一个模型,她跑来通知我,让我马上把'北京人'包装好,送到博文的办公室去。

"后来我就把'北京人'仔细分类,包装成7个小盒子,再放进大箱子里。

在箱子外面写上CASE1、CASE2……由于箱子太大，我又去找了一个工友常文学帮我一起把箱子送到博文的办公室，是用协和的小平板车送去的。结果，送去时博文不在，是他的秘书收的东西……"

杨钟健："塔什黛安小姐与你一起去了吗？"

胡承志："没有。她通知了我以后，就匆匆离开了。"

裴文中："这件事我事后听博文提起过。但是博文为什么不通知我，而通知塔什黛安小姐呢？毕竟我是新生代研究室的负责人，而她只是魏敦瑞博士的私人秘书……"

胡承志："当时我也觉得奇怪，还问塔什黛安通知裴先生了没有，她说这是博文直接向她交办的事。我想可能她的办公室离得最近，也就没多想……"

"博文的秘书是怎么回事？是男是女呢？"贾兰坡插问道。

"女的，叫不上名，以前也没见过。"胡承志说。

大家沉默了，显然每个人都感觉到什么地方出了问题。

裴文中："我刚接到通知，盟军总部已派一名叫善克的中校专门调查此事。这也是盟军总部应美国国务院的要求派善克中校一行进行调查，不久他要到北平来。我们各位都要积极配合，早日让'北京人'回归祖国。"

胡承志："我在南京躲了三年，提心吊胆，结果还是出事了。有一点我可以发誓，自从我和常文学把'北京人'送到博文办公室以后，就再也没有一个中国人见过它们。也就是说，我是最后一个见到'北京人'的中国人。"

贾兰坡拍拍他的肩膀："承志，人都健在就是最万幸的。只要咱们人在，就一定要把咱们的祖宗找回来。"

胡承志点点头。

胡承志的归来，让大家知道了一些当时的真实情况。杨钟健、裴文中第一次隐隐感到怀疑，魏敦瑞为什么要让胡承志做三套"北京人"化石模型？难道早已有一个"狸猫换太子"的计划吗？为什么息式白不通过中方总负责人裴文中，直接指挥胡承志向博文送化石呢？博文办公室的神秘秘书又是谁呢？一个神秘的影子似乎一直在"北京人"的周围飘荡。裴文中尽管有了许多疑问，他仍决定与美军陆军中校善克取得联系。此时，中国代表团团长朱世明

龙 骨

将军也将李济拟定的《备忘录》，经美国陆军中将威类柏将军，转至时任盟军军事地质调查组的组长善克中校。

与此同时，在魏敦瑞博士的再三要求下，美国联邦调查局也配合善克中校介入调查。善克仔细研究了由盟军总部转来的相关资料与情报，其中包括日本大侦探锭者自杀时写的《备忘录》。然后组成了一个调查组，开始进行秘密调查。令人称奇的是，善克的调查路线图竟与锭者几乎同出一辙。于是，他们一行先来到关岛的美军医院。

因为被俘的原美海军陆战队官兵幸存者正在这个医院治疗。这些主动放下武器投降的官兵在战争中饱受摧残。他们被日军分别关押在北平丰台集中营、上海江湾集中营。又被押往日本北海道偏远的铁矿场做苦工。战争结束时，原本生龙活虎的官兵们，已有25%被折磨至死，而幸存者也大都疾病缠身。善克的调查无疑又让这些官兵重温了那段痛苦而又耻辱的日子……

关岛·美军战地医院

风光秀丽的亚热带岛屿，一片人间天堂的景象。碧蓝的海水。热带的丛林。各种热带花树果实累累。隐现在山坡上的乳白色病房，在高大的凤凰树下显得格外醒目，让人无法把这里与战争相联系。

医院里，护士们有的扶着头上扎着绷带的伤者慢慢走过，有的推着失去双腿坐在轮椅上的士兵晒太阳。

善克临时办公室。调查组人员摆好打字机等待着。

善克从百叶窗里看见一名男护士推着轮椅走过来，轮椅上坐着一个白发苍苍骨瘦如柴的老人。善克从桌上拿起一幅照片，照片上的艾休斯特上校英姿勃勃，与眼前的这个满头白发的老人怎么也联系不到一起。善克用同情的目光看着这个人走进自己的办公室。

"报告！"士兵的声音在门外响起。

"请进！"门被打开。男护士把艾休斯特推进办公室。

善克急忙迎过去，握着艾休斯特上校的手："是艾休斯特上校吧？"

艾休斯特抬起疲倦的头，眯缝着混浊的眼睛看了善克一眼："我是艾休斯特。"

善克对男护士："你可以出去了，待会儿再叫你。"

"是，长官！"男护士笔直地敬礼，转身出门。

善克亲切地："艾休斯特上校，请允许我向您致以诚挚的问候。您辛苦了！"

艾休斯特迟疑地看着善克，虚弱地道："这是命运，军人的命运，没什么。"

善克用力握了握哈斯特·艾休斯特的手："您是令人尊敬和敬仰的，上校。

"我此次来这里，是奉盟军总部和国务院的指派，查找'北京人'的下落。希望上校尽可能把您所知道的情况详细地陈述一下，好吗？"善克边说边打开一个台式录音机。

艾休斯特机械地讲述。钢丝录音机缓缓转动。

美驻北平公使馆代办向他交代任务。文件上有美驻华大使詹森的签名和"北京人"化石的图片。办公室里，艾休斯特指派上士斯耐德尔与杰克逊去协和医院取回"北京人"化石箱。两个士兵敬礼后，走出办公室。斯耐德尔与杰克逊开着军用卡车到协和取货。

艾休斯特命令麦克·里迪中尉押送箱子先去天津，再由天津押送至秦皇岛。

艾休斯特在日本军人的监视下签署了投降书。美海军陆战队列队降国旗。

艾休斯特与被俘的士兵被押上火车，又登上轮船。在日本北海道的漫天飞雪中，艾休斯特和士兵们在铁矿场做苦工。他们被日本人驱赶、殴打，不时有人倒地而死。日本人把将死或已死的战俘拖出去扔在尸骨沟中。

日本投降了。美军冲进集中营，营救出奄奄一息的艾休斯特及其他战俘……

艾休斯特在东京大审判中出庭作证……

室内一片沉寂。艾休斯特上校的陈述与善克从锭者的《备忘录》中看到的没什么两样。他认为艾休斯特上校仍没有讲出关键问题。沉默片刻，善克忍不住问："上校，难道你没有把搬运'北京人'看成是一个很重要的任务吗？为

龙 骨

什么没有亲自负责这些事呢?你对化石的整个转运过程、存放地点怎么可能一无所知呢?"

艾休斯特突然情绪激动地愤愤叫道:"他妈的,那是什么时候,那时候天都要塌了!情况有多坏你们知道吗?我负责整个华北三个营区的海军陆战队官兵的转移,哪有工夫管什么死人头骨!"

善克示意助手不要记录,并按下录音键停止录音,他理解这个饱受战争摧残的军官的心情。他拍拍艾休斯特的背,大家都沉默着。

关岛·陆军医院会客室

助手拿着几份带照片的资料交给善克。

善克坐在桌子上翻了一下,抽出其中一份递给助手:"马上请他过来。"资料上是年轻的海军陆战队上士斯耐德尔的照片。

助手拿起资料出门。

不一会儿,门开了,助手带着一个架着双拐的士兵进了门。他看见善克,勉强行了个军礼。

善克热情地上去扶住他,让他坐下,紧紧握住他的手。为了不触及战俘们心灵的创伤,善克尽力做出热情与关怀的举动。然而,斯耐德尔却一点表情也没有。

善克拿起斯耐德尔的资料,和气地道:"斯耐德尔上士?"

"是,长官。"斯耐德尔毫无表情,机械地回答。

"请你向我讲一下你和杰克逊下士运送'北京人'的具体情况,越详细越好。好吗?"善克尽可能温和地说,好像是在请求。斯耐德尔仿佛没听见一般,一动不动,没有回答善克,奇怪地看了他一下,善克又连续两次发问:"上士,你在听我说吗?"

"是,长官。"

斯耐德尔又一次机械地回答。

善克尽量耐心地:"我再说一遍。请你详细讲一下你和杰克逊下士转运'北京人'的情况。"

第二十六章 龙脊·异域追踪

斯耐德尔扭动了一下身子,好像闷了很久,不得不说:"又是该死的'北京人'……"

他再次重复了一遍曾在日本人讯问过程中的回答,但他并没有讲出全部,20多年后他隐秘的一封信似乎告诉世人他还有些秘密没说,他想隐藏什么呢?会与"北京人"有关吗?

中校在盟军总部为何不就近访问一下正在东京总部的中美关于化石转移的当事人詹森大使?为什么不去调查美联社神秘的新闻稿出处?为什么不借助战胜国优势查找关键证人长谷等人呢?就连自杀未死的锭者也没有询问一句?太多疑点似乎告诉我们这中间存在问题!

北平·协和医院办公室

克拉·塔什黛安坐在同样的位置接受调查。她显得十分热情友好,不时地把精心打扮后的迷人微笑送给善克。

善克开门见山:"克拉·塔什黛安小姐?"

克拉·塔什黛安:"是的,我是克拉·塔什黛安,纽约自然博物馆魏敦瑞博士私人秘书……"

善克:"我很好奇,为什么无论是中国人还是日本人都叫你息式白?"

克拉·塔什黛安嫣然一笑:"这是我的中文名字,中国人名字多喜欢3个字,日本人则4个字,我很喜欢中式拼法……"

克拉·塔什黛安说得合情合理,善克转了个话题:"既然你是私人秘书为何没随博士一齐回美国而一直待到现在?"

克拉·塔什黛安显得有点激动:"上帝!谁愿待在战争中!我是个女人,我的未婚夫在海军陆战队,我只想和他一齐返回美国!再说,博士还有些事没做完,让我收尾……"

克拉·塔什黛安欲言又止,善克眼前一亮立刻追问:"还有什么重要的收尾工作?"克拉·塔什黛安淡而无味地回答:"魏博士需要让再做几个'北京人'化石模型寄给他……真的,不信可问裴文中博士!"克拉·塔什黛安把众所周知的事挡住善克的追问,这让善克一时措手不及无从问起,他有些气

龙 骨

闷,只好再问问细节:"是你通知胡承志把'北京人'装箱后送到博文办公室的吗?"

克拉·塔什黛安:"是这样。"

善克:"为什么由你通知呢?"

克拉·塔什黛安:"博文打来电话让我去办。我的办公室就在胡承志工作间的隔壁。"

善克:"你曾说,装有'北京人'的箱子里塞的是刨花,不是脱脂棉,是这样吗?"

克拉·塔什黛安:"是的。我不过是听说的。"

善克:"箱子上有什么记号之类的东西吗?比如人的名字?"

克拉·塔什黛安:"好像没有。"

善克:"仔细想想。比如像艾休斯特上校,或其他军官的名字什么的?"

克拉·塔什黛安:"我不敢肯定。但我想不会有的。"

善克:"听说你和日本侦探锭者到天津瑞士装卸公司仓库去了一趟?"

克拉·塔什黛安:"是的。"

善克:"那么你认为日本人在天津到底找没找到'北京人'呢?"

克拉·塔什黛安两手一摊不置可否:"不知道。也许找到了,也许没找到。反正从那以后,日本人好像再也没找过'北京人'。"

善克与公司经理、仓库总管在现场查看,比对。

霍姆斯兵营的善克四处查看,并向留守美军询问。

北平·地质所裴文中办公室

善克拜访裴文中。杨仲健也在场。

善克把整个调查向裴文中做了介绍。他遗憾地摊开双手,无奈地将他写的调查报告副本给了裴文中一份。

善克告辞。裴文中与杨钟健失望地看着善克的吉普车开走了。

几乎完全是锭者当年调查的翻版!善克的调查结论是:"北京人"可能在转移之前已丢失,根本就没有运往秦皇岛;或者"北京人"早已在日本人的枪

第二十六章 龙脊·异域追踪

托与皮靴下化为碎骨。而第二种可能性更大。裴文中、杨钟健听完善克中校草草收场的报告，也同样感到一般人已不可能真正调查清楚这桩离奇的谜案了。他们起草了一份报告，附上善克上校的调查报告，一起寄给时任中国代表团团长的朱世明将军与时任行政院院长的翁文灏，请求由中国自己组建一个调查组，进行独立调查，并与美国盟军总部联系，要求协助调查，追回"北京人"……

令人至今不解的是，善克中校的《调查报告》中为什么没有博文和胡顿的调查记录，更没有当年领事馆经办人的任何信息？就连锭者给天皇的《备忘录》有关审讯博文和胡顿如此关键的部分都没有向中方提供，他们究竟想隐瞒什么还是忽略了什么？

谁又能想到，20世纪70年代克拉·塔什黛安曝出了一个惊人的内幕，斯耐德尔从协和医院开车出来并未回兵营，而是去了他的女朋友家。为此，在美国联邦调查局的调查中，斯耐德尔又神秘地死亡了。而自从善克中校问询过克拉·塔什黛安后，也于1947年离开了中国。

第二十七章
龙骨·东方欲晓

　　新中国给周口店真正意义上的重生，而这次重生完全是依靠中国自己的力量、自己的资金、自己的科技水平。

美国纽约·纽约医学院医院
　　已进入弥留之际的魏敦瑞憔悴地躺在洁白的病床上。他的助手、朋友费尔塞维斯，美国自然博物馆古人类学部主任夏皮洛博士守在床前。
　　魏敦瑞睁开混浊的眼睛望着天花板，似乎在寻找着什么。
　　夏皮洛赶忙坐近他，拉着他的手，悄声问道："博士，你要说什么？"
　　魏敦瑞缓缓地把目光转向夏皮罗，断断续续地问："我给内政部的三份报告……有没有……回复？"
　　夏皮洛摇摇头说："博士，您的报告是3天前发出的，一直没有政府的回复。"
　　魏敦瑞虚弱地叹了口气："'北京人'失踪……7年了，要……政府出面查找……才有希望。太可惜了。……那是无价之宝。……把'北京人'找回来，还给中国……"剧烈的喘息使他不得不停止。
　　"博士，你需要安静，不要多说话。"夏皮洛劝道。

魏敦瑞摇摇头说："没……没有时间了。夏皮洛，我要你答应……我有一件事……你一定要答应我。"

夏皮洛说："我答应。你请讲。"

魏敦瑞挣扎着抬起头，夏皮洛赶忙扶起他。

魏敦瑞紧紧地抓住夏皮洛的手说："我……唯一的请求就是，请你……夏皮洛博士，一定要坚持找……一定要找到'北京人'。"

"博士，我答应你。我发誓，一定要找到'北京人'。"夏皮洛含着眼泪承诺。

魏敦瑞执着的眼睛慢慢松弛下来，露出一丝微笑……

1948年7月22日，世界著名古人类学家魏敦瑞博士带着遗憾和内疚离开了人世。他唯一的遗言就是请求他的助手、朋友夏皮洛，"一定要找到'北京人'"。

魏敦瑞病床前，护士把白色被单缓缓地盖上。

夏皮洛悲哀地站在床前，被单上放着一束鲜花。

世界著名的古人类学家魏敦瑞带着满腔遗憾和不安离开了这个世界。从1948年开始，他多次写信给美国政府有关部门，要求调查"北京人"失踪一案，并且主动要求亲自去日本查找"北京人"。但均未得到美国政府的理睬。也许那时美国政府与国民党政府一样，无暇顾及科学领域中的事务。或者，美国政府在极力掩盖着什么。毕竟，"北京人"失踪有太多的疑问。一向积极参与美国涉外事务的洛克菲勒财团异乎寻常地保持着沉默。魏敦瑞的女秘书克拉·塔什黛安小姐回国后，也从未看望过这位曾经的领导。

中国的内战之火正熊熊点燃。中国人民刚挣脱日本人的奴役，又被美国人支持的内战打破了和平的愿望。中国的土地又陷入了血雨腥风的搏杀之中。

中国的知识分子和科学家们也从崇美、亲美，转变为不相信美国人，憎恨美国人了。美国人在短短的10年里从盟友、解放者，转变成破坏和平、仇视新中国的罪魁祸首。正因为如此，如没有美国阻碍，日本这样直接参与掠夺'北京人'的国家不可能逃脱追查。

龙 骨

1948年·南京总统府

翁文灏、朱世明在客厅外等候。客厅里，蒋介石正与美国大使司徒雷登、美国陆海空的将军们热烈讨论着。席间不断传来笑声。

翁文灏、朱世明见蒋经国从里面出来，连忙迎上前去："经国先生。"

蒋经国："翁院长、朱将军，你们这是——"

翁文灏着急地说："我们是来求见蒋总统的。已经来过几次了，总统一直很忙。可事关重大，不能不面见总统呀。烦请经国先生禀报。"

"翁院长，何事如此紧急？父亲现与司徒雷登大使及几位将军商讨美国援助之事，恐一时难以结束。要知道，这可是50亿美元的巨额军事援助啊。"蒋经国兴奋地说。

翁文灏说："是这样，经国先生。朱世明将军代表政府赴日本东京参与处理受害国赔偿、审判等事务。现遇到一棘手之事。原由我国政府委托美国政府代为转移的古人类标本'北京人'及其他珍贵化石、石器在1941年丢失。

"后发现在日本。盟军总部曾多次来电要求我国派人前去认领。但去了之后盟军又说没有'北京人'。目前美国国务院与美盟军司令部派出一调查小组进行调查，无果而终。这是美方的调查报告。事关国家珍宝，人类文明。朱世明将军汇总地质调查所科学家的提议，拟组建我国自己的独立调查组，东赴日本找寻国宝，并恳请总裁以本国名义与美方交涉，争取盟军通力协助。此报告已于两个月前呈上。虽多次催促，仍无消息。现在盟军在日本的主要活动即将结束。如不抓紧，恐夜长梦多，国宝将无处可寻。故今日务请总裁以明示……"

"原来是这样。不过……"蒋经国为难地看了看里面，说："现在恐怕不妥。可否由我交给总裁？"

翁文灏说："这样也好。此事有劳先生。我代表北平各界在此先表示感谢……""不敢当，翁院长言重了。"蒋经国客气地说。

小会议室又传来一阵笑声。门开了，蒋介石满面春风地与司徒雷登一同走出，在走廊里与众美方人士告别。

蒋经国见此，说："二位先生请稍候，我这就去试试。"急匆匆赶上送行的

第二十七章 龙骨·东方欲晓

人群。不一会儿,传来"啪"地拍桌子声,然后是蒋介石的训斥(浓浓的宁波口音):"简直是胡闹。咏霓迂腐,如此不明事理。现在是什么时候,哪里有工夫去管死人头的事情。现在党内、国内的第一大事就是要消灭共党,统一全国。美国人是我们最重要、最关键的盟友。为了这么一件小事情开口去讨烦美国盟友,岂不是坏了大事?你去告诉咏霓先生,这件事就不要再提了。至少目前不能提。中国这么大,出土几个头骨很容易。过去能挖出几个,以后就挖不出来了吗?可如果没有美国盟友的支持,我们就有可能亡党亡国!"蒋经国诺诺应声。

翁文灏、朱世明听得清清楚楚。两人面面相觑。他们此刻全明白了。这么久不批这个报告,是因为在蒋的心目中,打内战是第一位的。因此他不愿为追查"北京人"而得罪美国人。像这样的政府,还怎么能自立、强盛呢?

蒋经国惶恐地退出来,默默地把文件递给翁文灏。

翁文灏接过文件,撕得粉碎,仰天长叹一声,拂袖而去。

翁文灏这位传奇式的中国学者,满以为科学可以救国,才应蒋介石之邀在政府当了一个两袖清风的官员。从引进安特生这样的国际专家到发现裴文中、贾兰坡这样的本国人才,从"北京人"头盖骨的发现到千方百计想方设法安全保护,他忍辱负重、不厌其烦地求见蒋介石,一次又一次拜访美国大使詹森和马歇尔将军,他也拜托了一切可以想到或可以借助的社会名人与达官贵人,但是无情的事实是凝集了他一生的心血与追求的"北京人"化石失踪了!而平日里称兄道弟,信誓旦旦的"美国朋友"们一个个不是避而不见,就是销声匿迹了!翁文灏崩溃了,他深知自己的罪责深重,是他与胡适商讨的转移方案,在三个方案中只有一项是交给美国人带出境,而这个方案也违反了他与丁文江早年代表中国政府签署的任何国家级文物、化石不得出境的条约……如今自责与愤怒燃烧着他的灵魂,他如同掉入漆黑的深渊,对蒋家王朝彻底失望了,对那些口蜜腹剑的美国盟友失望了,也对寻找"北京人"失望了,不久之后愤然辞去行政院长的职务。

龙 骨

北平市大街上

北平各界人士举着横幅上街游行，抗议内战带来的饥饿与贫困。横幅上写着"反饥饿、反内战"的字样。在游行队伍中，我们看见了杨钟健、裴文中、贾兰坡、胡承志等知识分子的身影。

1948年12月6日裴文中不满李济的寻找结果，再次致信时任中央地质所所长李春昱重述'北京人'失踪经过：

赓扬所长鉴，11月20日大函拜悉。前总所寄平所之公事，弟曾一阅，现在文书处办理复文字中。同时也有故宫博物院转来之行政院赔偿委员会一函亦在文书处拟稿，合并照复中。弟对'北京人'化石遗失一事，于1947年曾作一文，就所知将遗失情形写出，已发表《大公报》之津、沪、渝三版中。此外，更写一英文稿交美联社记者，托在美发表，似未能将原文刊出。就弟所知，已全行写出。然究如何遗失，实无人知也，兹附上全份文卷一本，请就中摘要一闻，以便复教部及外部之公文。至原报纸，本拟寄上，惟太重，必要时请示知，以便照寄。

至所用之材料，因无人目睹，故多传闻。有人曾以此不能对外，然弟实无良法。弟前于李济之先生赴东京之时，曾函他，请询问高井冬二及长谷部言人，因他二人寻找之时，距遗失之时甚近，且曾询问在丰台集中营之美军陆战队官兵，更加利用日军军力寻找，当有所知。然后据李先生到平时云，美军总部以不知二人下落为辞，竟求与二人一见而不可得，现高井冬二仍在东京帝大地质系任助教，岂能以不知下落回答之。

再，兄函附件中日方复函，谓曾询日军中之在秦皇岛者，彼等当不知之，即知之亦否认之。故弟认为，关键仍在东京之盟军总部。如询问高井和长谷部及当时之日宪兵锭者繁晴更为有力，且可得确实消息。他人不必询问，询问亦无结果。至弟对化石之下落推测，则为日人所得（即长谷部），因何以彼于寻找后，即不得再寻找？协

第二十七章 龙骨·东方欲晓

和之胡顿,亦如此想法,惟博文则认为不可能,然无论如何,则询问高井等,可得 First Hand Information 则无疑问。

高井现对人表示(现弟之一学生在彼处读书),曾寻找数月,毫无结果。纯系搪塞之辞。……曾于何处,何人寻找过,所得结果如何?要他历述所找之经历,他不能否认没有找过!

复文完当如何办理,请斟酌办。如所中不便附加意见时,可内叙明为弟私人之意见,如询问高井、长谷部及锭者繁晴等。惟找到之希望甚微,我始终认为,关键在"盟总"。外复寄弟等在西北之账目一份,系报所中用者,至所对外如何报销,请示知及西北分所为盼。

弟 裴文中 12月6日
即请公安

此前,盟军向日本外务省发函转述中方要求追查"北京人",几天后外务省发来一封极为敷衍了事的简约的回复,原文如下:

东京:盟军总部民间财产管理

发自:外务省民间财产

主旨:所谓"北京人"化石骨骸 C.P.B179

1948年3月4日

1. 相关文件:

a. 民间财产管理组备忘录,文件编号293(1947年11月7日,)CP/FP,主旨同上。

2. 复员局对主旨所指之事报告如下:

a. 本局所作调查显示,1941年12月在秦皇岛及其周围驻扎的日本部队是第二十七师团之第十五联队。由于有关材料丢失,该部队人员姓名和现在的地址不详。

b. 未查清该部队是否与"北京人"化石遗失有关。

龙 骨

　　c. 复员局对下列人员进行过询问，没有获得任何与化石骨骸遗失案及备忘录相关文件 a 第三节（a）、（b）、（c）所指各项有关的情况。
　　（a）Yu jiNakamura 中佐，前华北派遣军参谋；
　　（b）Masato tsukamoto 中佐，同上；
　　（c）Takeji shimanuki 中佐，同上。
　　3. 遗憾的是，根据现有情况无法进行更深入的调查。
外务省民间财产局（Yuzo lsono）

　　这是迄今唯一看到的日本官方文件，在这份简短得不能再简短的"文件"我们只看到"美军主政"下的日本当局是何等拙劣的推诿与蛮横。寥寥三句，不是"地址不详"就是"无法查清"，说白了就是"不理"。这哪里是"战败国"模样，分明是赖账者的嘴脸。连"北京人"这样举世闻名的人类化石在日本官方文件上成了不知是否存在的"所谓'北京人'化石骨骸"！日本人何以如此狂妄？我们在研究这一时期的远东形势时或许不难发现真正原因的端倪。

　　1948年8月15日由美国扶持和武装的李承晚集团宣布成立"大韩民国"，拥有8个师，装甲车27辆，火炮89门，飞机32架，总兵力10万余人；而与之对抗的是由苏联支持的金日成将军的朝鲜人民军。同一年9月9日朝鲜民主主义人民共和国宣告成立。由于美苏两国的协商，按苏联与美军实际占领区以南北分界的三十八度线为界划定分为南北两国，这在"二战"后已有多起，例如德国分为东、西二国，越南以南、北划分。

　　早在1945年9月3日，麦克阿瑟无限风光地主持日本投降仪式的同一天，越南河内50万人集会，胡志明主席宣布越南民主主义共和国成立。美国立刻支持法国登陆占领越南，在美国人眼里反共仇共的麦卡锡主义仍是国策，他们宁可扶起昨天的敌人，也不愿看见以苏联为首的共产主义势力快速扩张。

　　这种人为的政治势力划分，使世界在战后几十年里陷入冷战，却最终也没有阻挡住共产主义的历史潮流。内战已发展到后期，中国共产党领导的解放军无论从人数上和装备上已转向压倒性优势，美国人开始担心亚洲大陆将失去美国势力屏障。

第二十七章 龙骨·东方欲晓

美国国务卿艾奇逊在给杜鲁门总统的信中忧心重重地写到:"中国内战的不祥结局超出美国政府控制的能力。这是不幸的事,却也是无可避免的。"麦克阿瑟提出"重新武装日本"的主张。与此同时,他又提出:"应援助它(台湾)而不是放弃它。因为台湾是一艘永不沉没的航空母舰。"日本从骨子里就愿意充当征服他国的急先锋,加之麦克阿瑟与日本的交易使日本免予国家赔偿,并庇护一大批狂热的战争元凶,日本自然情愿拴在美国的战车上以挽回战败的耻辱。日本人把麦克阿瑟视为"大君"和救世主,在美国人的支持下日本又开始傲视各国,它知道在如此形势下美国人也不得不有求自己。

但是,20世纪下半叶的两场战争让美国人首次尝到失败的苦果,美国人开始重新审视中国这个曾经看不起和欺侮过的东方国家。

1949年1月14日地质调查所在国民党政府行将垮台之际,最后向相关部门作出总结性报告,全文如下:

> 外交部、教育部、行政院赔偿委员会公鉴:……查本所在北平南房山县属之周口店,前后十余年,采得古人类化石等甚多,其重要标本均于战前存置北平协和医院,并由魏敦瑞教授(Prof.Franz Weidenreich)等从事研究。当时原有协议,此项标本主权属于中国,不得携出国外。比及1940年12月及1941年1月,鉴于美日关系日趋紧张,本所前所长翁文灏(时任经济部部长)乃分函魏敦瑞教授及协和医学校校长胡顿(Dr.H.e.Houghton)等,请其移送美国暂为保管。此项函件系托当时美国驻华大使詹森(Dr.Nelson Johnson)代为转递。此函去后,久无消息。及1942年9月,接协和医学校佛腾教授(Prof.D.FortuYn)自东非LorenzoMerPues致翁部长函谓:"北京人"化石由美国海军带往美国,可能在秦皇岛遗失。翁部长于接该函后,即致美国驻华使馆托为查询,但未获结果。胜利之后,传闻北京猿人骨化石现存日本。本所即呈请经济部转咨贵外交部商请东京麦克阿瑟总部代为查询,并拟技正装文中赴日本办理。旋奉经济部指令,以政府已派李济前往日本查明文化古物情形,并与美方酌

龙 骨

商办法，所传现存日本之北京猿人骸骨已托该员查洽运回，此时毋庸另派裴文中前往。比及李济先生返回，确曾带回少数石器及模型，但北京猿人骨化石则未寻获。兹经分别饬裴文中、胡承志二员各就记忆所及，各作备忘录一并附陈。唯该二员各略有出入：胡承志谓，当魏敦瑞教授离北平之前，已接获翁文灏部长之通知，嘱将北京猿人运至美国；而裴文中则谓，于卅年11月始行收到。但证之詹森大使来函，应以胡承志所记为可靠。除分别电复外，相应复请查找为荷。

裴文中与胡承志均为北京猿人骨化石失踪案的当事人，同一事件怎么会有如此明显的差别呢？工商部中央地质调查所依据什么判断仅为普通技工的胡承志所记为可靠，而代理新生代研究室主任的裴文中证词反而不准呢？

1984年10月·美国芝加哥大学

原北大历史教授邓嗣禹应《北大校友专刊》邀请，撰文回忆：

1947年8月校友会上，裴文中亲口讲述北京猿人骨化石失踪的经过："1939年春（笔误，时间并非太平洋战争前二年——作者注）平津局势险恶，知难保'北京人'的安全。几经秘密商量筹划，将'北京人'慎重包装，运至美国保存。拂晓，汽车抵塘沽海岸，日本宪兵探知有异，派飞机追赶，并开枪惊骇。司机及押运者停车，忙将'北京人'投至海中。适逢海潮澎湃，转瞬无踪无影。"裴文中长叹一声说："可惜得很，恐怕我们永远找不到'北京人'的下落了。裴先生口才好，一听之后，可使人毕生难忘。以后对'北京人'的下落，他虽有不同的说法，然在那一天，我闻如是。"（《北大舌耕回忆录》邓嗣禹1984年10月于美国芝加哥）

"1947年8月，国民党政府及美军调查尚未结束，裴文中何以把丢失经过讲得如同亲历一般呢？这是真的吗？还是邓嗣禹回忆有误？裴文中曾接受过日本人多次审讯与核查，也多次经美军、同事及翁文灏的询问，用裴文中自己的话讲——"都用同样的理由回答。"那么，怎么会在众多教授在场的情况下讲出另一种版本呢？邓嗣禹却明确声明："那天校友会他确如是说。举世闻名的周口店'北京人'头盖骨发掘，到今天已经有60多年了。我有幸在青年时期参加了其中的一些工作，现在回忆起来写成此文。"

1996年《北京文史资料》第53辑，发表署名陈志农的回忆文章《我与"北京人"头盖骨》，文中讲道：

> 1932年春季的一天，我路过东单永兴洋纸行，由于为他们画过广告所以跟他们很熟。一位叫王友虞的店员叫住我："唉！老弟啊！有个常年的差事，去不去？"我说："哪儿啊？"他说："协和。得会画画！我看你去能行！"我正发愁没有职业，就同意了。可刚刚到家就有老同学皮文琦在等我，他告诉我实业部正在招聘人员，得会画画。消息就登在《世界日报》上。第二天，我就到地处西城白塔寺的实业部报了名。考试的那天，来了足有200多人，我们被引到一个大课堂里，一位十七八岁的年轻人（事后得知他叫贾兰坡）发给每个人纸笔和一块石头，要求画出石头的六面图形。……魏敦瑞博士是一位德国犹太人，身材不高，戴眼镜，表情很庄重。他拿出一枚出土的人类牙齿化石，要求我画出这枚牙齿的各面图形来。就这样，我从东单到白塔寺往返几次完成了两处考试。接着，实业部的考试结果公布了，我以第一名被录取（被录取的还有一名姓沈的女士，她后来在协和医学院护士楼工作）。而魏敦瑞博士对我的绘画能力也给予认可，当即告诉我可以来上班了。到这时我才知道，我两次考试，谋的是一个差事，这就是实业部地质调查所新生代研究室绘图员。从此我就在魏敦瑞手下任职，一直到1941年太平洋战争爆发前才被迫离开。在10年的时间里我以各种变化的线条绘制了大量的古生物、古人类的骨骼、牙齿的化石等资料图。

龙 骨

　　有一具古鹿角化石，宽度近3米，而德国的光学仪器经过多次折射虽然图像外形尺寸缩小了，但轮廓模糊不清，无法依此画图，我就用少年时看到的画匠画壁画的方法，用赛璐珞版画了一个九宫格，把它放在眼睛和实物之间，很快，按比例缩小的古鹿角图画了出来，魏敦瑞和裴文中等见了很是惊奇。

　　除了绘制古生物化石之外，我和胡承志先生共同复制"北京人"头盖骨。这是我在这里最主要的工作。但我最初考入新生代研究室时，胡承志也早些时候在这里工作，他比我小5岁，主要协助魏敦瑞博士的事务工作，他人很好强，很快掌握了英语，这样我和魏敦瑞之间就通过他做翻译。随着工作的进展，我和胡承志开始了复制'北京人'头盖骨的工作。先用头盖骨化石复制了一套模子，待模子干透坚硬后，就开始用它复制头盖骨化石标本的石膏素胎，经修正后就由我对照原件在素胎上着上颜色，最后完成与原件逼真的保本模型来。

　　西方考古界对复制保本的着色用的是各种油色，一方面由于它的光泽不能真实反映原物的质感，而油色的老化又会使模型很快失去最初的那点价值，如果我也按西法为"北京人"头盖骨模型着色，无疑也同样会有永远的遗憾。对此，我大胆采用了中国画传统颜色，运用我画出山水染色的技法，三矾五染，开始了这项工作。工作台上，帆布缝制的O形沙袋上放置着头盖骨化石原件，对照它，在素胎上用毛笔蘸上调好的中国画颜料一笔一笔地完成了第一件复制件的着色。我和胡承志看着模型，抑制着内心的激动，一同在模型头盖骨的里面留下了自己的名字，然后封好口，又在封口外刻上我们的名字。这样，我和胡承志一道，在几年的时间里先后制作了100多件"北京人"头盖骨标本模型。这些模型作为科研标本先后被送到国内外有关学术部门和大学里收藏。

　　……到1941年秋，随着日本准备发动太平洋战争，形势就变得严峻起来，协和医学院的大门全有日本宪兵加以看守，我们上下班

第二十七章 龙骨·东方欲晓

要受到盘查。一天,研究室来了一名日本人,由裴文中陪同,说是考古学者。他到每个房间查看,以后又把一层厚厚的棉花放在四周装满木丝的木箱里钉好后,又全部加封,放到铁制的保险柜里。又过了些天,研究室的工作完全停滞了,我被告知由于时局的变化,不得不解除对我的聘用。我知道早晚有这么一天,所以我并不感到意外。临别前,魏敦瑞博士对我在这里的工作给予很好的评价,口述给打字员,签字后交给我,希望我能尽快谋到新的职业,并对我的离开深表遗憾。

在裴文中和胡承志的回忆中从未提过这位模型大师,这意味着知情人另有其人,而且得知"北京人"装箱前模型已制作完毕。从吴半农的描述我们看不到破绽,10年经历似乎不可能做假,但他讲辞退他时是"1941年秋",那时魏敦瑞为何走前辞了陈半农?而实际上魏敦瑞"离华是1941年四月底",是否吴半农记错了时间?另外在胡承志最后一次装箱前几个月中还有谁打开过箱子?这与胡承志和塔什黛安的说法有很大差异,那么究竟是什么环节出了问题?似乎从一开始就疑点重重。

据天津《益世报》于1948年8月17日报道:

我驻日代表团,已请求盟军总部寻觅1941年为日人所攫去世界闻名之"北京人"。我驻日代表团赔偿与归还组长吴半农称:"'北京人'被认为是与海德堡人及爪哇人同样重要的远古之人类头骨,于1929年在北平西南周口店发掘,后保存于北平协和医学院内。至1941年,协和医学院当局有鉴于我国内局势转劣,经我政府许可后,决定将'北京人'送往美国保存。旋即装成三大箱,外注A、B、C三字,交与乘美'哈里逊总统号'轮船撤离华北返国之美海军陆战队。不幸日本于同日发动阴险之偷袭珍珠港,海军陆战队悉遭俘。'北京人'亦告神秘失踪。战争激烈进行中,'北京人'亦为人所遗忘,1942年,东京帝国大学(现改名东京大学)之考古学教授长谷部言人

龙 骨

旅平赴协和医学院仓库参观，始发现'北京人'并不在内，翌年春，日本宪兵对此案曾进行月余调查。旋传'北京人'已于天津发现，但不久又传前所发现者并非'北京人'，而为鹿齿。后一无所闻。至战争结束时，始派李济博士搜寻此'失踪人'。李济博士得日本中国研究所所长平野义太郎及岩树忍与其他对'北京人'感兴趣之日本人之协助，然迄无结果。由种种已发生之事件观之：欲发现已失踪之'北京人'，似必须寻得接受三箱'北京人'之美国海军陆战队及俘获该批海军陆战队及占据协和医学院之日本部队。但此种工作，将需大量金钱与人力。"

1948年·南京下关码头

国民党海军军舰满载文物和国民党海军的家属匆匆驶离码头。

蒋介石之心路人皆知，1948年的蒋家王朝大势已去。蒋介石已着手准备后路——撤退到台湾，他令蒋经国一面将国库所有黄金及有价证券运往台湾，一面将故宫南迁国宝分三批运往台湾。据1949年4月故宫博物院统计："瓷器——907箱；书画——91箱；玉器——98箱；图书——1334箱；铜器——56箱；雕漆——35箱；珐琅——53箱；服饰——20箱；档案——204箱；杂项——155箱总计：2972箱。"（《故宫档案》）

但据近日两岸重新统计，实际运往台湾的故宫国宝多达6000余箱。目前台湾故宫博物院馆藏的68万件藏品中绝大多数来自大陆。与此同时，国民党将中国知名人士与学者裹胁去台湾，委以高职，诱其为蒋家王朝继续服务。毕竟在抗战中这些爱国知识分子发挥了极其重要的作用。

李济于1948年年底去了台湾，他以为与抗战时押运文物一样很快就能返回。然而，这次他想错了，他与许多押运文物的学者从此再也没有踏上回家的路。1978年李济在台湾去世。

傅斯年1949年去了台湾，同年任台湾大学校长，一年后在台湾去世。胡适1949年赴美定居，1958年返台，1962年在台湾去世。蒋介石1949年去了台湾，1975年4月5日在台湾去世。蒋经国1949年去了台湾，1988年1月13日在台湾去世。

凡去台的学者当初都以为"少则数月多则一二年便可回家（大陆）"。不料从此只能与亲人天各一方，许多人郁郁而终。

1948年12月末·清华大学

清华大学政治系主任张奚若敲响了清华大学新林院八号梁思成、林徽因家门。他趁着夜色来完成一项重要使命。

"这么晚，会是谁呢？"

一向好客的林徽因好生奇怪，因为身体一直不好，平日里热闹的门庭已冷清许久。

"梁教授，我是张奚若，我带朋友来看你们！"

门开了，外边3个人肩披雪花，梁思成隐约可见张奚若身后两个人穿着灰布军装，他突然想起来几天前张奚若就说过要来拜访自己。看他神秘兮兮，自己也没放在心上。梁思成连忙将客人让进屋。张奚若说："介绍一下，这二位是解放军前线指挥部王同志、李同志，他们是奉林彪司令员和罗荣桓政委命令专程拜访您的！"

"林彪司令员和罗荣桓政委？！幸会，幸会啊！"梁思成、林徽因大吃一惊，如雷贯耳的名字早已在北平传遍。几双手紧紧握在一起。"快坐下说！快！"林徽因不知何时披着棉袍走出来，招呼客人。

"不客气，我们奉首长命令，请两位先生为我们标出北平城里哪些地方是文化古迹，哪些地方是民居和学校，以免我军攻城时损毁……"解放军掏出一张北平平面地图摊在桌上。

梁思成、林徽因大为感动，世界上还有军队在作战时要冒风险去敌占区绘制避免毁坏文物的地图！这样的军队必是仁义之师、正义之师。梁思成二话不说拿起红蓝笔在地图上画起来："这是故宫，明代宫殿，不能毁坏。这是清代寺院……这是医院……市民区，这是学校……"不一会儿，他就龙飞凤舞般地画满地图。"这么多地方不能用炮火……"解放军不由得出声惊叹。室内都沉默不语。谁都知道这样打仗，或是古城被毁或是血流成河。

龙 骨

"梁先生、林先生，谢谢你们！首长让我们转告二位，解放军会不惜一切保护古城北平。哪怕再大牺牲，也要完成任务，这是毛主席给我们的死命令。这座城市就要回到人民的怀抱了！""我相信，我相信！"梁思成、林徽因送走解放军后激动得久久不能平静，后来他回忆就是那个晚上起他产生了加入中国共产党的强烈愿望。

他后来真的实现了愿望。1949年2月，北京和平解放，美丽古都完整无缺地回到人民的手中。梁思成、林徽因又马上制作了一本《全国重要建筑文物简目》分发到南下的解放军各部。从1931年至1945年梁思成、林徽因跑遍中国15个省200多个县，考察了2000多个古建筑，他们所测绘的许多古建筑都消失在历史中，人们只能在他们所留下的宝贵文献中看到它们的身影。

在梁思成的一生中还为另一个城市画上免炸图，使这座古城完整地保护下来，这就是日本古城奈良。

1944年夏，盟军在太平洋战场全面展开进攻。美军空军以中国为基地对日本本土与占领地实施大规模战略轰炸。1944年6月美军柯蒂斯·李梅将军接替肯尼茨成为第20远程轰炸机大队司令。由于前期轰炸效果不理想，李梅一上任便提出采用高爆燃烧弹来摧毁日本工业区和军事目标。8月20日李梅下令对九州八幡钢铁所实施轰炸，并取得空前战果。为报复日军将其在武汉上空击落的3架美军飞机上的飞行员残忍地杀害并在机场暴尸的暴行，李梅将军率100多架重型轰炸机、战斗机突袭日军汉口机场，一举摧毁日军在华空军主力。为了配合美军太平洋战役，决定对日本本土和占领区日军目标进行毁灭性打击。

1945年2月13日、14日英、美空军对德国易北河沿岸古城德累斯顿实施了"千机轰炸"，英军出动829架轰炸机首先进行两轮夜间轰炸，美军则出动400架轰炸机实施白日轰炸（共计1229架次），由于半个月前苏联红军已经势如破竹攻入德国境内，大批难民涌入当时仅有60万人的古城德累斯顿，人口剧增到100万人（不完全统计）。两天的昼夜轰炸使这座古城一夜之间化为一片灰烬，据不完全统计死难人数达13.5万人以上（至今没有确切统计数）。由于使用高热量燃烧弹和高爆炸弹，使城区的建筑在1200度至3000度中顷刻

第二十七章　龙骨·东方欲晓

熔化，火焰形成的高温气团使地表上的车辆与人灰飞烟灭！巨大的轰炸伤亡，以致整整几年都无法彻底清理废墟与遇难者尸骸。这次轰炸不仅震惊了参战飞行员，也震撼了一向以强硬著称的英国首相丘吉尔，在德累斯顿千机轰炸半个月后，他终于下令停止此类"恐怖轰炸"。

丘吉尔的名言是："在战争中：决心；在失败时：蔑视；在胜利时：宽仁；在和平时：善意。"（丘吉尔：《二战回忆录》）由他下令的自1943年起的大轰炸到1945年终止，对敌对国城市的轰炸造成大量普通市民（包括部分战俘）伤亡始终令盟军决策人饱受诟病，同年九月千机轰炸的指挥官英国空军元帅哈利斯被迫辞职。（哈利斯回忆录：《轰炸攻势》）

3月18日希特勒在其柏林地下室召开的最后一次最高会议上对于四天前的这次大轰炸产生的德国失败论时绝望地讲道："如果战争失败，人民也将失败。那就不必考虑靠什么活下去。相反，剩下的这些东西也应当摧毁。……因为'大善'已经死亡。"随后德军实施希特勒的"焦土政策"来对抗欧洲战场上盟军进攻。远在东方的另一个第二次世界大战的元凶——日本会有同样的反应吗？美军高层不得不审慎考虑：既要尽快摧毁日本战争机器，又要尽量减少美军和平民伤亡，必须实施对日本本土战略轰炸。有无两全之策呢？同样作为战略轰炸司令，李梅遇到和哈利斯同样的问题。在轰炸机司令部中担任李梅翻译的中国地理学家罗哲文原本为李梅标注中国战区免炸地点的，对于李梅突然询问到日本的情况也一时发蒙，因为他没去过日本，对那里一无所知。二战后期，东西方两个法西斯国家在面对最后灭亡之时表现出惊人的相似：拼死顽抗，日本法西斯提出"一亿玉碎"的口号，裹胁百姓为法西斯灭亡殉葬。在战争的最后疯狂时刻，中国科学家以人道的理性尽一切努力避免文明和生命的毁灭，历史将铭刻这些饱受战争摧残的中国学者这种不计前嫌的伟大人性之举。

正在美军司令部担任顾问的中国地质科学家罗哲文意识到：一旦采用燃烧弹，无论是占领区的文化遗迹还是日本本土的文明古迹都将毁于一旦。美军空军曾在意大利对驻扎在文化古迹的德军进行轰炸，导致千年古修道院基本摧毁。为此，美军也饱受批评。罗哲文提出应使占领区和日本本土的重点保

龙　骨

护文化古迹免于炮火。他的建议得到了李梅将军的赞许和支持。但谁来标注这些著名的文化古迹免于战争呢？罗哲文立刻推荐自己的老师梁思成。此时的梁思成正在李庄陪伴着病重的妻子林徽因。一听罗哲文的介绍，梁思成二话没说就来到重庆与李梅研究标注应当免除轰炸的地点和场所，并在每一处都注上这里文化古迹的重要性和特殊意义。

1945年3月9日美军第21轰炸机联队出动334架B-29轰炸机对东京25.76平方公里的市区进行大规模的轰炸，轰炸持续2个小时，东京城里大火燃烧了半个月，造成10万人死伤，数十万间房屋被毁，百万人无家可归，东京一片废墟。但是天皇皇宫却安然无恙。70多年过去了，日本民众一直不知道奈良、京都和日本其他著名文物古迹免于炮火的原因。直到2010年，这个尘封已久的秘密才展示在人们面前。

2010年10月31日·日本国·奈良市文化广场

"平城建都1300周年"庆典大会上，日本中国友好协会名誉会长平山郁夫为梁思成铜像揭幕，以纪念他为保护京都、奈良免于战火所做出的贡献。平山郁夫代表奈良人民"永远感激古都恩人梁思成"。

1949年4月·北平·六国饭店

当周恩来向张治中和其他和谈代表宣布："中国人民解放军已于26日渡过长江。"和谈代表团已无任何价值。

周恩来热切地表示："欢迎文伯先生和各位代表团代表留下来，和我们一齐建设新中国！"周恩来的宽大为怀让所有人感动。

在接见北平和平代表团时，他走到代表团成员裴文中面前，握着他的手用力摇一摇，说："裴先生，我认识你，你是第一个挖出来'北京人'的人！有什么困难告诉我们，新的政府一定能够解决。国民党办不到的，我们共产党一定办到！"裴文中激动得不知该说什么，心里呼唤着："只有我们的党才能做到，我们的党……我也曾是党的一员啊！"裴文中百感交集，曾被李大钊亲自介绍入党的他算得上是中共创始党员，如今翁文灏推荐他作为科技界代

第二十七章 龙骨·东方欲晓

表出席和谈会议也是用心良苦。那就是请裴文中去探探中共,对他们这些做过国民党高官的学者执什么样的态度。

自从蒋介石下野后,翁文灏把希望寄托在和谈上,他奔走于李宗仁的官邸和民主人士之间,极力劝说李宗仁在和谈协议上签字。他期待和平之后真正解甲归田,回到北平重新干起考古工作。然而李宗仁只不过是个傀儡,蒋介石拒绝在和平协议上签字。和谈代表团团长张治中和大部分团员干脆留在北京,投向共产党。最后的希望破灭,"这就是人心所向啊!"翁文灏绝望了,他等不到裴文中的回音,就选择匆忙逃到法国。

法国·塞纳河畔

翁文灏在女儿的陪同下散步。俩人默默地踏着厚厚的橘叶在河边树林间走着,唯有吱吱的干枝踏断的声音,四处弥漫着初雪后的湿润与泥土的芳香,一切都是那样寂静与平和。

女儿知道父亲心里充满郁闷,也深知父亲的脾气,只能任凭他胸中的滔天巨浪自然翻腾,的确,翁文灏自从来到法国,心情就没有一刻平静过。人很奇怪,越平静,思绪反而更奔腾。他想了很多,包括小时候的事,当然反反复复涌上心头的还是这十几年的事……

"爸爸,昨天不是美国驻法大使馆专门登门请您赴美吗?依女儿之见您还是留在巴黎好歹一家人在一起安度晚年,女儿也能尽孝顺之情!您老人家辛劳奔波一生也该有个安稳的家……"

翁文灏长叹一声:"我何尝不想有个安稳之地啊?!岂止美国人想让我去美国,这些日子美国雷诺金属公司、美国地质调查所、美国矿冶工程及机械工程学会纷纷来函邀我赴美并许以丰厚待遇,但是,女儿呀外国的月亮再大也不是咱们的!今日,心源来信希望我和邵力子叔伯一样回到祖国,我心已定,不愿在外蹉跎时日……"

女儿:"可是,爸爸您在中共战犯名单中列在第十二位,中共能放过您吗?再说蒋介石能放过您吗?报纸上说国民党参议院杨杰院长被特务暗杀,

龙 骨

台湾省长陈诚亲自打电报给您邀您赴台'襄理政务',您正处在三岔路口啊!"

女儿的话句句在理,的确他甚至自己正处在一个极敏感又危险的抉择之中。有一点隐情没有告诉女儿:那就是使他处在尴尬之地的李宗仁此时正在美国。提起李宗仁翁文灏一肚子怨气,1948年刚刚登上代总统宝座的李宗仁亲自来到翁文灏在南京的住所,这套(两间平房)简陋住房既无豪华家居又无用人,这在当年腐败头顶的蒋家王朝上层官员中绝无仅有。

李宗仁又演了一回老蒋惯用的"礼贤下士"的把戏,他亲自登门盛情邀请已辞职的翁文灏出任国民政府行政院院长,此时李宗仁正在推行与中共"和谈",一番"三顾茅庐"式的恳谈,翁文灏终于接受了李宗仁的恳求,翁文灏忘不了不久前的一幕,1948年11月初蒋介石的中学老师,国民党宣传部副部长,侍从室二处主任号称"文胆"的陈布雷突然自杀身亡。与蒋如此亲密的人选择以死分离这对翁文灏刺激很深,自以为与蒋关系不二的他此刻发生根本转变:"彦及(陈布雷字)如此,余何以及",陈布雷死后3天,翁文灏正式向蒋介石当面递交《辞呈》,蒋介石阴沉着脸再也没说挽留的话,他批准了去意已决的翁文灏《辞呈》。半个月后,蒋介石下野。刚刚如释重负的翁文灏还未来得及想好下一步去哪,就让李宗仁堵在家中,经一番苦口婆心的劝说,翁文灏以为新的和平曙光就在眼前,以为李宗仁的新政府完全有别于蒋介石,便接受了李宗仁的邀请,便满腔热情地支持和谈。他甚至给爱徒裴文中致信希望他参加北平民主人士和平谈判团,以知名人士的力量促成国共和谈,保护千年古都。裴文中与在北平的著名人士梅兰芳、徐悲鸿、鹿钟龄、抗日名将马占山等积极为和平解放北平奔走。然而,毫无实权的代总统李宗仁却根本没胆量签署和平条约,他颤颤巍巍地拿着和平谈判文本跑到溪口向名义上下野的蒋介石请示时遭到蒋的大骂,李宗仁只好拒绝在和平条约上签字,绝望之极的翁文灏只能愤而辞职远走法国。

远处塞纳河里一只驳船开过来,很优雅地在青绿的河里画出二道线。卢作孚的长江轮在三峡也曾经画出这样的水线!那画面更美!翁文灏眼前浮起了长江和那千帆百舸的景象,他突然感悟到自己不正是在命运的船上漂泊吗?十多年前他怀着回报知遇之恩与抗日救国的愿望登上蒋介石的船,在国

第二十七章 龙骨·东方欲晓

难危机时他在船上与蒋介石风雨同舟；如今这只船船漏帮破，他不得不下船。他多想爬上岸歇息，多想与妻儿厮守，多想再回到龙骨山去亲手挖一挖令他魂系一生的"北京人"化石。可共产党能同意吗？他可是被列为战犯的啊！想到这儿，翁文灏不由得长吁一口气。其实，他不了解毛泽东的用意。中共宣布战犯名单的用意是加快摧垮蒋介石集团，分化瓦解蒋政权，同时对可争取的人员予以保护。同列为战犯，可以使多疑的蒋介石放弃迫害异己和离开自己的人。果然，翁文灏辞职后蒋介石并没有为难他。但是他心中还是忐忑不安，不知共产党会怎样处置自己。他期待着中国共产党能够理解自己的这片苦心。

他的期盼很快就有了眉目。在北平和谈结束一个多月后，共产党的决策人做出了回应。

4月23日南京解放后，资源委留守的干部职工就主动上街找解放军接管，在万里、孙冶方同志的接洽、组织下，资源委职工随解放军南下协助接收国民党名下国资企业，为上海主要工矿企业免遭汤恩伯军炸毁立下功劳。

1949年4月23日·南京·美国驻华大使馆解放当日

司徒雷登正在洗脸，听见楼下有人大声说话，便穿着未换的睡衣匆忙下楼，迎面碰上几个满脚是泥的军人。他们是解放军三十五军一零三师三零七团一营三连的官兵，在为刚进城的部队找休息的房子。昨晚司徒雷登就因3名解放军官兵来找房生一肚子气，今天一早又来一拨，而且踩得地毯到处是泥，立刻火冒三丈，用中文吼叫："这里是美国大使馆，我是司徒雷登大使，你们进入大使馆，就是侵犯美国！必须立即退出！"司徒雷登当年在燕京大学一声吼就吓跑了日本兵，不料这几位普通官兵根本不吃这一套。三连毛连长大声回敬："我们不知道这是美国大使馆，也没有承认你们美国大使馆。这是中国的领土，凡是中国的地方我们中国人民解放军都要解放！"

司徒雷登哑了，因为他明白共产党尚未承认这个美国大使馆。三连连长毛顺友将使馆人员召集到一起训话："你们美国佬要记住，中国人民是不可欺的！"

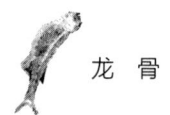

当晚，美国之音就称"中国人民解放军搜查美国大使馆"。毛泽东闻讯后立即于4月27日致电前线指挥部："三十五军进入南京纪律严明，外国反应极好，但是侵入司徒雷登住宅一事做得很不好。"误入使馆的普通官兵根本不知道，中央正在与司徒雷登秘密沟通，欢迎他北上北京，洽谈新的中美关系。

自蒋介石下野后，司徒雷登就试图促使国共和谈，他认为去蒋后的联合政府才能改变中国现状。他多次敦促美国政府批准他与中共接触，中共也及时伸出灵活之手欢迎他北上。突如其来的误会再加上美国政府的强烈反对，司徒雷登不得不提出辞职回国，这使中美关系迟到23年才恢复正常化。毛泽东自然知道这些朴实基层官兵来自中国最底层，能有这样的素质已经令人欣慰，因此并没有查处这些官兵。不久，毛泽东写下了著名文章《别了，司徒雷登》。（引自何振茂《过去并不遥远》）

但中央还是高度重视新的外交政策问题，下一站直指上海。毛泽东派来了陈毅、陈云、万里等中共内最具政策水平的高级干部，并抽调四千名干部集结在镇江丹阳进行解放大上海后的管理集训。中国共产党要在建立新中国时做好一切必要准备……

1949年5月29日·丹阳

陈毅、邓小平受毛泽东与周恩来委托，在镇江丹阳接见资源委员会随军代表。原资委会电业管理处副处长谢佩和回忆："除我们服务团的全体成员外，还有自南京来的邓小平同志及随陈毅同志南下的沙千里及杨公庶二位同志。……陈毅同志首先说：'毛主席很重视你们这个机构，我们对国民党伪政府机构的接管是有区别的……'陈毅在详细介绍了中共政策之后，他关切地问资委会秘书长吴兆洪：'翁文灏先生现在哪里？'吴兆洪犹豫片刻答道：'在法国。他，是战犯。'陈毅语重心长地说：'请他回来，我们也不会难为他的。'吴兆洪说：'他的儿子翁心源现在上海中国石油公司技术室任工程师。'陈毅说：'那很好，即嘱他速请翁先生回来吧！'"（引自谢佩和《我们坚持留在宁沪》，《回忆国民党政府资源委员会》）

当陈毅的这个信号传到翁文灏耳朵时，他简直不敢相信这是中共高层发出的善意信息。他立即给儿子翁心源去信表示:"自身深盼亦能平安返国,做一个安定守法的人民。"被中共列为第十二名战犯的翁文灏此时在国外忐忑不安地关注祖国发生的一切变化。

1950年2月18日·巴黎大使馆

前国民党外交官凌其翰家突然来了一位不速之客:漂泊在巴黎的翁文灏。

五个月前(1949年9月2日)国民党驻法国大使馆礼宾司司长凌其翰联合驻苏联、挪威、瑞士、土耳其、奥地利等领使馆全体外交官集体起义,宣布:"自10月10日起脱离国民党反动政府,拥护中华人民共和国。"同一天,9个使馆还共同发表通电。

凌其翰回忆:"之所以选10月10日,是因为并不知道新中国何时成立,故选辛亥革命、武昌起义之日,可引起更大、更好效果。"

11日时任总理兼外交部部长的周恩来向起义外交官发来复电,全文如下:

> 巴黎前国民党政府驻法大使馆暨驻巴黎总领事馆全体馆员钧鉴,九日电悉,甚为欣慰。你们脱离国民党反动残余集团,接受中华人民共和国中央人民政府领导的宣言亦收到。我对于你们这种爱国行动表示热烈的欢迎,驻在其他国家的前国民党政府的一切使领馆人员与其他工作人员均应效法你们的榜样,脱离反动阵营,服从伟大人民祖国的中央政府,为祖国与人民立功。所有这种脱离反动阵营的有功人员,本部均将量才录用,使能对于祖国有所贡献。希望你们团结一致,坚守现在工作岗位,负责保管公物文件,以待中央人民政府接管。
>
> 周恩来1949年10月11日于北京

九国使馆起义给世界巨大震撼,一时间许多部门与个人纷至沓来。香港招商局宣布起义;中国两家航空公司宣布起义……

雪片般的消息很快传到法国令翁文灏坐卧不安,自1948年他辞去行政院

龙 骨

院长一职后,蒋介石就命他全家转移到台湾,承诺可保障一家人衣食无忧并负责孩子学费与就业。翁文灏虽厌恶国民党政府腐败,但对蒋介石还存有知遇之情,自觉执意辞职有亏老蒋,再加上看到共产党将自己列为战犯,更是走投无路,所以将子女夫人都迁至台湾。1949年年初在上海与老朋友话别时,老友一番话点亮了他的心。老友直言:"蒋介石连自己都保不定,怎么可能还会保护像你我这样已没价值的人?你把孩子夫人送到台湾是个错棋,那是送去陪葬!"

翁文灏如梦惊醒,他立刻在朋友帮助下编个借口在上海解放前把家人又从台湾全部接回来。为防蒋怀疑,他独自去了法国。

凌其翰与翁文灏虽然职位差别很大,但他认识翁文灏,对翁的才华与知识也极为崇敬。一个刚起义的前国民党外交官,一个国民党下野行政院院长,彼此都明白会面的意义。于是直切主题:翁文灏知道凌其翰很快要回国会见周恩来,他想让凌其翰向中共领袖传递自己想回国的愿望。

其实,有这种想法的人大有人在。著名民族企业家吴蕴初在翁文灏之前就拜访过凌其翰,在凌其翰的安排下刚返回祖国,后任上海市政府委员、华东行政委员会委员、上海市工商联合会理事,成为最早实现公私合营的大型民营企业家。

1950年3月30日凌其翰接到周恩来的指示:"凌其翰、王思澄、唐秉成、萧君石、章祖贻等七人及眷属即调回国。"

5月5日一行20余人乘坐法国邮轮"马赛曲"号启程回国。6月9日来到北京,受到外交部、中联部等部门热烈欢迎。凌其翰在回忆录中记录了自己当时的心情:"欢欣之情,难以用笔墨形容。"

凌其翰回到北京后一直沉浸在兴奋与欣喜之中,他将这段回国经历和沿途所见所闻写成《从法国归来》。文章送黄炎培和邵力子看,因这两位著名民主人士是驻法等九国领使馆同时起义的直接指导者,他们不仅是朋友,更是志同道合的同志。

黄、邵先生看后极为赞赏并转呈毛泽东主席看,主席高度评价并附回信:"任之先生:来示并剪报收到,都好。遇见凌先生时,请代我致谢意。他的文

第二十七章 龙骨·东方欲晓

章写得很生动，观点也是正确的。此致敬礼！毛泽东8月20日。"（引自凌其翰《我的外交官生涯》）

《从法国归来》记录了凌其翰离开巴黎时当地发生的一起美军士兵枪杀一名妓女的案件，也记录了沿途经过的锡兰、越南，描绘了那里的民族解放运动。文章叙述了轰动全法国的案件及法国民众对美军拒绝审判的愤怒；而对美国将大量战后淘汰物资强行倾销给法国，导致法国自有民族工业濒临破产，人民怨声载道。根据凌其翰这些最新最真实的所见所闻，毛泽东敏锐地断定法国很可能成为打破美国一统西方的突破口。毛泽东何以对一个归来的前外交官文章如此关注呢？原来，朝鲜战争已经打响，需要了解西方世界的真实情况，找到破敌策略。这正是毛泽东英明的特质。他通过这篇文章发现法、美之间的矛盾之处、软弱之处。事情果真按毛泽东的分析发生了，法国成为与社会主义中国建交最早的资本主义国家，西方并非铁板一块。

凌其翰是一位资深外交官，参与过《对苏友好协议》的签订，与顾维钧一起参与过"九一八事件"后国联斡旋，参与过对德国、意大利断交和宣战文书起草，也参加了日军在越南战区投降仪式。此次在中共驻法支部的领导下联合九个国家领事馆起义给国民党以沉重打击。国民党政府曾下令通缉和暗害他，也同时派人百般以高官厚禄诱惑他，但他义无反顾回到祖国。凌其翰以其深厚外交资历和才华成为新中国国务院外交参事。

1951年翁文灏终于踏上返回祖国的道路，当列车缓缓开进北京站时，中共领导人周恩来和人民政府的代表、翁文灏的亲属、老朋友早已恭候多时，中共广州市委特派专人护送翁文灏抵京，隆重的欢迎场面让翁文灏激动不已，泣不成声。

1954年12月20日，中国人民政治协商会议第二届全国委员会第一次会议在京开幕，翁文灏为第一位发言者，他刚刚受到毛泽东主席的亲切接见，身材魁梧高大的毛泽东紧紧地握着身材瘦小的翁文灏的双手热情地说："翁先生回来了，好啊、好啊！"望着伟岸的毛泽东，翁文灏有种说不出的激动，蒋介石身材也很高，看惯了20年蒋介石的翁文灏，他眼里的蒋介石总是像一棵朽木，一棵总喜欢独自站立在阴暗一角，远远看去如诡异而枯朽的阴影。而毛

龙 骨

泽东则完全不同，须仰视，那是真真切切的一座高山峻岭，在他面前你会不由得充满力量与依重，翁文灏被震撼了，心中涌出一种前所未有的信念：这才是真正的领袖，一个强大国家的希望啊！

久久沉浸在激动中的翁文灏在发言中竟带着颤抖的声音："主席团各位委员……我1948年辞去行政院院长时，开始考虑共产党解放全国的前景，1949年到1950年避居巴黎，观察世界形势，看到社会主义阵营犹如旭日方升，新中国以工人阶级为领导的新政权已经建立，实为中国独立自主的大好机会……"他回顾总结了自己在蒋介石政权任职经历，他说道："认识到从前做蒋介石帮手，实是错走了反祖国反人民的道路，决当改途易辙，回返祖国，痛改前非，且争取立功赎罪的机会。追溯回到人民阵营的思想斗争和克服重重困难、阻挠的过程，以及回国数年来，亲切见到中国因得解放始能复兴，因能反抗帝国主义故能保持主权和领土完整，因向社会主义前进故能建设成功的经历，像我这样曾经走错政治路线的人，更须坚定决心，认真学习，用新得的认识来清除我旧日思想的遗毒……"最后他表示："我决心重新做人，尊重人民、报效国家。以尽我对祖国的责任。我很愿尽我微力，偕同各位委员，加强工作，在人民民主统一战线上，共同努力，以期早日建成强固繁荣的社会主义社会……"

翁文灏的肺腑发言赢得了全场热烈掌声，走出中南海，翁文灏深深地吸了一口气，他觉得浑身那么畅快淋漓，他心中涌起一种强烈的冲动：他要把余生毫无保留地献给这个崭新的共和国！

翁文灏是新中国成立初期最早归来的国民党高官，在他的影响下一大批国民党高官纷纷投向祖国怀抱。中共中央高度重视翁文灏的归来，不久他当选为中国人民政治协商会议第二届、第三届全国委员会委员，中国国民党革命委员会中央常务委员，台湾和平解放工作委员会委员等职。细致周到的周恩来总理还亲自选择北京南池子飞龙桥11号一处大宅子供翁文灏全家居住，这比他在新中国成立前在东城锡拉胡同的居住条件好多了。1958年他的夫人林韵秋去世后，他再度搬家与大儿子翁心源居住在一起，直到1971年去世一直住在菊儿胡同24号的这座住宅中。

第二十七章 龙骨·东方欲晓

中国共产党无微不至的关怀使翁文灏感激备至,从而也激发了高涨的工作热情。他不顾身体疾病与62岁高龄亲自带队赴西南及新疆、西藏、甘肃等地进行地质调查。在没有铁路、飞机甚至不通汽车的艰苦条件下,硬是靠步行和骑马探查到核材料中最重要的铀矿,为新中国拥有自己的核武器奠定了极为关键的基础。(这是翁文灏对中国核工业和稀土工业的最大贡献。事实上我国铀矿在"二战"中已被开采,美国原子弹使用的铀正是翁文灏探采的,新疆大型稀土矿为偿还前苏联军援整整挖掘70余年。这两个矿正是当年美苏支援中国抗战的代价。)今天当我们可以乘飞机、火车直达西藏时仍然是感到不易,那么在新疆、西藏还处在未开发的原始状态下,一位南方老人要忍受多么大的艰难困苦才能做到?

然而翁文灏又有其固有的老知识分子,尤其是晚清民国时期的旧文人陋习,他始终不愿公开骂蒋介石。尽管他早已脱离蒋介石集团的"破船",但内心仍念念不忘蒋介石当年的救命和知遇之恩。刚回国时有关部门要求他发表与蒋介石决裂的声明(凡是起义或回归祖国大陆的前国民党高官要员均要求要与蒋介石"彻底决裂")。翁文灏多次写的材料未能通过,原因就是翁文灏认为"脱离蒋政权没问题,但骂蒋介石我翁文灏做不来"。后在总理的过问下有关部门不再要求他这样做。但是这个今天看来算不得多大问题的事成了"文化大革命"中他的一条"罪行"。

1970年,翁文灏晚年倚重的长子翁心源因不堪忍受"文革"批斗与侮辱含冤自杀,这对翁文灏是个灭顶打击。他留下遗嘱,也试图自杀,但未成功。

1971年心力交瘁的他终于走完了他坎坷曲折的一生。5年后毛泽东、朱德和竭力保护翁文灏的周恩来总理相继去世,几个月后"文化大革命"结束。

在回国的20年里,翁文灏竭尽全力为新中国寻找强国资源,他还首次对北京地区燕山山脉地质运动提出独创论述,对中国地质学增添宝贵的文献。但他一生也留下了难言苦涩的遗憾:虽然离龙骨山十分便利,但他没有再踏上这个曾经由他主导的奇迹之地;近在咫尺,却没有再见过自己的弟子杨钟健、裴文中、贾兰坡……他曾多么向往能在这片热土上重新干老本行,去发现更多的矿,更多的龙骨。也许,到死他也不能原谅自己让"北京人"至今下落不

龙 骨

明……当我们重述龙骨的故事时我们应该给这位忠贞不渝的学界泰斗予公正合理评价。

1949年10月1日·北京

毛主席用浓郁的湖南口音宣布:"中华人民共和国中央人民政府成立了!"在观礼台上的贾兰坡、裴文中、杨钟健激动得热泪盈眶。

当时万众欢腾。人们从内心喊出来:"毛主席万岁!"毛泽东则回应:"人民万岁!"

贾兰坡惊喜地喊:"这就是毛泽东主席啊!"

杨钟健明白他的意思,说:"对。就是他,人民的领袖毛泽东,从古至今第一个喊出人民万岁的领袖。"

1949年12月·宁波

蒋介石穿着灰色棉袍站立在舰舷边,久久凝视着熟悉的山水。他想起昨天向溪口乡绅告别时,乡绅们追问何时归来,他无言以对,只是伸出三根手指。"3个月3年?还是30年?"乡绅们没敢问,蒋介石也没解释。也许真的没法说,总之他至死也没有再踏上这片故土。

1949年·北平·地质所

对地质调查所的现状了如指掌的周恩来也没失约,很快就落实他所做的承诺。到处是一片喜气洋洋。员工们造册的造册,搬东西的搬东西。人们可以看见墙上贴满了标语:"天亮了!""欢迎解放军!""中国共产党万岁!"会议室已挤满了人。横幅上写着:"欢迎人民政府接收中央地质调查所北平分所"。人们交头接耳,兴奋不已。

杨钟健在主席台上站起来说:"大家静一静。现在开会。"麦克风刺啦地响了一下,会场上安静下来。"今天是一个大喜的日子。因为从今天起,我们地质所就是人民政府的北京地质调查所了!"大家热烈鼓掌。杨钟健接着说:"现在由我介绍北京市人民政府派来的联络员、我国著名的地质学家、大家的

第二十七章 龙骨·东方欲晓

老朋友赵心斋同志。请他给我们讲话。大家欢迎！"会场响起热烈的掌声。

赵心斋站起来。他穿了一身中山装，谦虚地说："在座的许多人都是我的前辈，是我们搞地质的老朋友。今天能在这样的场合与大家欢聚一堂，我也特别高兴。叙旧的话今天我就不讲了。我谨代表北京市人民政府宣布几件事情：第一，整理丰盛胡同三号地质调查所陈列室后楼的标本。这项工作，由贾兰坡同志和刘宪章同志负责清理。第二，清算地质所的一切固定与非固定资产，并向人民政府交割。第三，这第三件事是大家最关心的，就是重新挖掘周口店猿人遗址。由裴文中、贾兰坡同志负责，尽快拟出计划，争取七八月间开工。"全场沸腾。有的人高兴地跳起来。

贾兰坡、裴文中简直不敢相信自己的耳朵。这是真的吗？他们激动地站起来，与赵心斋紧紧握手，说："谢谢人民政府。谢谢人民政府。"

裴文中不禁振臂高呼："共产党万岁！毛主席万岁！"大家跟着一起高呼万岁。

停工了12年之久的周口店龙骨山，已被战争摧残得面目全非。恢复周口店的挖掘，是杨钟健、裴文中、贾兰坡这三位早期参加挖掘的负责人梦寐以求的事。多少年来，他们仰人鼻息，几起几落，由中国人自己挖掘是他们最大的心愿。如今，国民党几十年都没有解决的事，刚刚进城的共产党办到了。

这怎么能不让苦守这片热土的科学家们激动万分、心潮澎湃呢？

1949年8月，在人民政府的安排下，地质所一切就绪，恢复了生机勃勃的景象。周口店沉寂了12年的山上，由裴文中、贾兰坡及闻讯回来的老技工们，盖起了陈列室和接待室。他们怕给新生的政府带来困难，就自己动手了。这让来参观的人民政府代表十分感动，当即追加了一万块钱经费，以扩大恢复周口店猿人遗址的办公地点。

龙骨山·周口店猿人遗址陈列室

用门板搭成的台子上摆着饭菜，大家或坐在石头上，或坐在木桩上。裴文中、贾兰坡高兴地与工友们打招呼。裴文中举着一碗酒站起来说："各位工

龙 骨

友，应该叫同志了。"

众笑。一个工友说："叫啥都行。"

裴文中说："各位工友，我们周口店龙骨山的挖掘就要恢复了。为了这一天，我们盼了12年。大家都吃了很多苦。如今解放了，我们自己当家做主人了。我们一定要争口气。为人民政府，为咱们龙骨山的所有人争口气。来，我先干了！"

"好！"大家看着裴文中的豪爽，齐声叫好，也纷纷喝酒。

"小贾，该你了。这都是你的人，你好好讲讲。"裴文中拉着贾兰坡让他讲。

贾兰坡激动地站起来，也举着一碗酒说："我这碗酒先献给为保护咱们龙骨山而死难的赵万华、董仲元、萧元昌3位好兄弟。是他们用生命保护了龙骨山。愿他们在天之灵保佑我们重开龙骨山……""还有好些人哪！"老工友柴凤岐痛苦地叫出声来，"当时留守的还有26位工友，死的死，亡的亡，就剩我们三人。"

"还有唐光主任，您还记得吗？人称化石侦探的唐光，最后饿死在北平街头……"

"刘义山、乔岐、贾儒站起来，让主任看看。"乔德瑞招呼幸存的3个人站了起来。

"好兄弟，我们共同干了这碗酒。"贾兰坡动情地邀请。

裴文中激动地说："所有的人站起来，大家一起干。""对，大家一起干。"几十个人一起站起来，把碗中的酒一饮而尽，并把剩下的酒倒入篝火中，火舌猛地蹿了起来，火光映红了每个人的脸。

贾兰坡说："大家都是在这里做过多年的老技工，不用我多说什么。如今我们是周口店龙骨山的主人了。为人民政府，为自己干事业。挖掘工作计划在九月份正式开始实施。现在我们已有了21个人。分两组可以开始干了。不过龙骨山让日本鬼子祸害得不轻，就连我们大伙儿辛辛苦苦栽的几千棵果树都给砍了……"

"日本鬼子把龙骨山北边的寿光寺也给毁了。"一个工友插话。

第二十七章 龙骨·东方欲晓

贾兰坡说:"是啊。那是一座多么漂亮的千年古寺啊。真是禽兽不如。我们需要按计划分批清理龙骨山的挖掘现场。这里还有很多遗留的炸弹。大家要格外小心。另外,生活设施上也要再增加。现在大家暂住山下的石灰厂宿舍。上下班不方便,要尽快解决。"

"我们要重栽一些树木。"一个工友提议。

贾兰坡说:"对。我们的龙骨山绝不单单是一个挖掘工地,更是一个环境漂亮,可以让人们游玩的地方。这是我们的家园。我们可不能像山下的石灰场,把方圆几十里都搞得呛人。"众人大笑。

龙骨山·阳光明媚

众工友上山,在挖掘区清理现场。贾兰坡时而跑过来,拿着图纸进行比对,时而到另一边检查。

一些工友排成一行,从山上往山下拉网式的排查。每个人手里提一个柳条筐,把捡到的手榴弹、弹夹、刺刀等放进筐里,再集中在一个坑里。

贾兰坡不时地叮嘱工友:"小心啊,看见炸弹先不要捡,大家先趴下,用长竹竿捅捅,看炸不炸。这山上已伤过几个放羊的孩子了。"

正说着,一个工友说:"贾主任,那里有一个手榴弹。"

贾兰坡说:"在哪里?"

工友指着说:"在这边草丛里。你看——"

贾兰坡招呼大家趴下。他用一根长竹竿捅手榴弹。那枚手榴弹已是锈迹斑斑。捅了又捅,没有动静。贾兰坡爬过去看看,把手榴弹拿起来放在筐里。嚷道:"没事,继续清理。"

他把手榴弹集中在一个大筐里,看看筐已经满了,他喊道:"乔金泉,你过来,把这筐东西送到山背面那边的一个大坑里,回头一起销毁。这刺刀还能用,可以劈柴。"

乔金泉喜滋滋地跑上前,提起装满手榴弹和子弹的筐就走。

贾兰坡赶忙嘱咐着:"小心点。别往坑里倒,连筐轻轻放进去就行。"

乔金泉说:"知道了。"

龙 骨

贾兰坡又来到宿舍工地。老远就看见裴文中趴在房顶上，给房梁钉大钉子。

贾兰坡站在房下关切地喊："裴主任，你歇歇吧。你身体不好，如果累坏了，我没法向嫂子交代啊！"

裴文中乐呵呵地说："没事。这比鬼子的老虎凳可舒服多了。干这活我会。别看我现在老了，干活还没问题。"

贾兰坡钦佩地看了看，又叮嘱道："这可不能逞强啊。毕竟几十年没干这种活了。"

裴文中说："放心吧。我钉完这趟就下来。"

贾兰坡环视了一下周围，几个工友已把陈列室门前的路平整一新，并在路两侧栽上了树木。一切都是那么欣欣向荣，充满朝气。贾兰坡深深地吸了一口气。蓝天白云下的龙骨山，又恢复了青春。

环境如变魔术一般。3间草房变成一排的漂亮房子。原来几十平方米的陈列室，变成了一千平方米的陈列馆。

原来用木板搭成的陈列室，变成了正规漂亮的玻璃大柜。

原来仅有的几百件标本，变成了分类陈列的、大型的、有上万件展品的展览。

源源不断的中外参观者进来参观。驻足于展柜前，凝视着由胡承志复制的"北京人"头骨，和7个男女老少头骨复原标本。

从1949年8月开始，贾兰坡和他的同事们就以惊人的速度重建和发展了北京猿人陈列馆。截至1952年，已有10万人次到现场参观。贾兰坡和他的同事们，还从重开的挖掘现场整理出3枚人齿，人肱骨（上臂骨）和胫骨（小腿骨）各一块。从而弥补了"北京人"骨骼中的一个空白。随之还出土了一些哺乳动物化石与部分石器。

1951年北京市人民政府将龙骨山和西边的一座小山全部划归中科院管理。

中国科学院地理研究所筹备处主任由原浙江大学校长竺可桢担任。古脊椎动物与古人类研究所挂牌成立，杨钟健任所长。他和他的伙伴们曾经憧憬的愿望在新中国实现了。

同一年，中科院考古所成立，梁思永任副所长。他哥哥梁思成此时正担任北京都市计划委员会顾问兼人民英雄纪念碑兴建委员会副主任，建筑设计组组长。

1955年5月党和国家领导人朱德、刘少奇、董必武、林伯渠参观周口店遗址。

1955年时任中科院院长的郭沫若亲自组织挖掘；中科院副院长竺可桢组织挖掘；古生物学家赵资奎、李炎贤主持了1959年的挖掘，出土了一件老年女性的下颌骨；1960年，由考古学家戴尔俭、赵资奎组织挖掘；1966年由裴文中主持的挖掘，出土了一枚头盖骨，可与36年前出土的"北京人"头骨中的两块颞骨合并成一个近乎完整的头盖骨……

邓小平、方毅等第二代领导人参观周口店遗址。

新中国给周口店真正意义上的重生，而这次重生完全是依靠中国自己的力量、自己的资金、自己的科技水平。这让一代考古学家们从内心深处感到从未有过的自豪。当年轻的共和国从废墟中崛起时，片刻也没有忘记下落不明的国家珍宝"北京人"的命运。但由于20世纪50年代中美关系处于敌对状态，寻找"北京人"毫无可能。今天我们客观地回顾这一段历史，无法回避当时确实阴郁的中美关系。

美国纽约·自然博物馆

夏皮洛博士办公室。

1950年3月21日的香港《大公报》刊登一则采访录，数日后这篇题为《"北京人"被劫美国——裴文中根据种种迹象判定，美日勾结掠夺我无价之宝》的报道便摆在夏皮洛博士办公桌上。

作为魏敦瑞的学生与助手，这则报道让夏皮洛五味杂陈。裴文中博士是他敬仰的世界级权威，但朝鲜半岛正在进行一场以美国为首的联合国军与红色中国的战争，而离"北京人"失踪不过10年，这位红色博士的表态让他极为纠结。

香港《大公报》报道：

 龙　骨

"北京人"发现者裴文中博士发表谈话,根据种种迹象证明,美国政府已将中国人民的无价财宝之一的'北京人'从日本运到美国纽约,这个保存完整的"北京人"头骨,是1929年在河北房山县周口店发掘而得,我们可以骄傲地说,它是中国人民无价财富之一,因此,也就自然为帝国主义者所垂涎。七七事变后,它就留在北平协和医学院。太平洋战争爆发时,辗转流落,不知去处。今天,要追问一下,我们的"北京人"究竟在哪里?……

从以上的情形看来,日本人是在天津真的找到了"北京人",不愿宣布,运到东京去了。因为自从说在天津找到了"北京人"之后,虽然后来又加否认,但以后永远没有再因"北京人"的事找过裴先生(1943年裴文中先生被捕受刑,关了五十多天,也与此事无关)。再说,查找"北京人"之时与"北京人"失踪时相距不久,押运"北京人"已在美国。

日本投降后,路透社和国民党反动派的中央社,曾两次宣布说,"北京人"已在东京发现,并由日本人交给麦克阿瑟总部。当时麦克阿瑟总部交给国民党反动派"军事代表团"团长朱世明的,只是一些毫无价值的破模型和照片、账本等。

……这个把戏是很容易戳穿的。第一,日本人不会把毫无价值的"北京人"模型和照片送给麦克阿瑟总部("北京人"的模型曾制作了若干份,分送给世界各国,所以模型并不是最珍贵的)。那个地质学者(笔者注:指美国的怀特莫尔),前后都给裴文中先生来了信,中间一段却总无回音,也就说明其中的诡计了。我们相信,日本人找到了"北京人"后秘而不宣,后来被麦克阿瑟总部"接收",就运到美国纽约去了……

国民党反动派对这个中国人民的珍宝是漠不关心的。裴先生当时曾托"军事代表团"中的李济之在东京查问长谷部言人和高井两人,麦克阿瑟总部的答复是,长谷部言人在乡下住,不知详细地址,

第二十七章 龙骨·东方欲晓

高井虽然是在东京，但"住址不明"，"无法查找"。而我们知道长谷部言人是"学士院"的副院长，而高井当时是东京帝国大学讲师，裴先生的学生在东京都曾见过他们。因此，日帝与美帝所表演这套"双簧"是极为拙劣的。

在夏皮洛看来，另一份报纸更令他不安。中国的《人民日报》发表"帝国主义野心毕露——珍贵的'北京人'化石在美国发现"。文章称：

最近，一位共产党人去美国旅行时，在纽约自然博物馆发现正在展出的古人类头盖骨化石。这位共产党人经过向该馆的一位人类学家了解后惊奇地得知，展出的头盖骨化石正是中国1941年丢失的"北京人"头骨。

夏皮洛立刻写了一篇反驳文章登载在1951年3月27日的《纽约时报》上。文章称：本馆从未展出过"北京人"化石。也未隐藏所谓的"北京人"头盖骨。关于美国自然博物馆占有"北京人"并进行展出一事，实为中共造谣惑众。不值得信服和推敲。

中美之间关于"北京人"是否在美国的口水战，与朝鲜战场上的战局一样如火如荼。1954年香港《虎报》再次刊载这两篇报道并断言："'北京人'藏于西方……"

三年后，一场震惊世界的朝鲜战争降下帷幕，这是"二战"结束不到5年的又一场局部"世界大战"，近十余个国家的"联合国军队"与中朝军队作战，但结果让世界大跌眼镜，弱国打败强国！中美之间的"口水战"也停息了。

夏皮洛深深地感到中国人要找到"北京人"的强烈愿望和受外国人长期欺侮而产生的仇恨心理。他由此产生强烈愿望，亲自去中国，查清事实，让"北京人"回到周口店。从1948年起，夏皮洛一直向美国政府申请要去中国调查寻找"北京人"，为了这一天，这位正直的学者苦苦等待了20年。

1980年9月16日，夏皮洛终于实现了向魏敦瑞做出的承诺，到中国去，协助中国同行寻找"北京人"。

第二十八章
龙骨·总统的"礼物"

春风得意的尼克松一连喝了几杯茅台酒,他带着微微醉意拉着周恩来的手神秘地说:"我还有一份礼物,总统的礼物,送给阁下,送给中国……"

经过3年的打捞,"阿波丸"号出水了3000吨锡锭和1000具尸骸,并没有发现"北京人"的任何踪迹。

猎鹰初飞

1971年由新华社编发的《内部参考·国际动态》中摘引美国《纽约时报》的一则消息:"……'二战'前驻中国的原美国海军陆战队军医费利也译为福莱·弗利博士已向中国方面提出申请,准备亲赴中国北京、天津等地,寻找'二战'期间失踪的'北京人'化石。太平洋战争爆发前,费利受上司指派,专门负责'北京人'化石的转移事宜,但化石尚未迈出中国大门,太平洋战争爆发,美国驻北平、天津等地的海军陆战队全体官兵被日军俘虏。费利被押送到日本战俘营前,避开日本人的监视,巧妙地将装有'北京人'化石的几个军用箱子分别寄存于瑞士人在中国开办的百利洋行天津分行,以及法国人设在天津的巴斯德研究所和两个居住在天津的中国人家中。费利博士本人表示,无论此去中国的计划是否实现,不管失踪已久的人类文化巨宝'北京人'化石是否还能找到,他都将自己参与寻找'北京人'的有关事实和线索以回忆录的形式写出来,公布于天下。"

解学恭阅后沉思了一会儿,作为当时天津市最高行政一把手和军人,他敏感地意识到,这个内参的消息是很有意义的一个信号。

20世纪70年代初,中美关系迅速解冻,两国以各种形式向对方示好。著名的"小球带大球"的现象就是当时的真实写照。考虑到这个美国人提到的3个地方全在天津市区,他认为有必要做一些准备工作。他在询问了一些相关情况后,迅速以军人的作风在《内参》上做出了批示:

市公安局:美国人提供的关于"北京人"失踪的三条主要线索都发生在我们天津。请你们组织人员查一查是否属实。若确有其事,尽快组成专案小组立案查处。此事关系重大,注意保密。

这时正处于"文化大革命"期间,全国公、检、法尚处在半瘫痪状态,可想而知,组织一场行之有效的旧案调查有着难以想象的困难。然而正是这次政府行为和警方调查为有效地甄别线索,寻找"北京人"提供了难能可贵的经验。事实证明政府出面协调公安执法部门寻找国家宝藏是唯一行之有效的手段。

很快,天津市公安局组成了专案组,对费利提出的线索进行核实,并致函中国科学院,请求协助。中科院当即抽调正在"五七干校"劳动改造的张森水、吴茂霖两位副研究员协助调查。而这两位学者都是裴文中的学生和助手。

仅仅过了两个月,调查就有了结果:

第一,费利本人的身份查明。他于1941年曾在美国海军陆战队天津兵营任军医(实为司药中士)。太平洋战争爆发后被俘。

第二,瑞士百利洋行天津分行在太平洋战争前的确做过一些倒卖中国文物的生意,但相关人员否认他们曾收到过费利送去的军用

龙 骨

箱子,更没有见到什么"北京人"化石。有的则否认认识这位美国军医。

第三,费利交给他最信赖的中国朋友的两个箱子已全部找到。由于时代的原因,两人因为认识费利而被定为"里通外国"的反革命分子。两人早已离婚。女人住在上海,男人在四川劳改。两人承认费利曾存放过两只箱子。但箱子里并没有什么"北京人"化石,只有几件古董瓷器及费利的衣物和二百美金。"二战"后,费利专门来信,让他们将箱子交给美国驻天津领事馆转给他。

第四,天津巴斯德研究所的有关人士否认费利曾在那里存放过任何东西。有趣的是,天津公安局居然找到了巴斯德研究所所长的中国情人。她提供了一个惊人内幕,1941年12月6日,她与巴斯德研究所所长及费利一起在北平北海公园玩了一天,晚上才赶回天津。第二天太平洋战争就打响了。费利在八号就与所有的海军陆战队队员被俘。他根本不可能向巴斯德研究所提交什么箱子……

由此天津市公安局必须求得北京市公安局的协助,因为一些北京地区的情况无法跨区调查。但遗憾的是接下来的调查没有得到北京公安部门的协助,很显然由民间或科研单位的调研远不及官方介入有效果。

正在天津市公安局调查揭开了费利等人在"北京人"丢失的线索是不真实时,围绕塔什黛安(息式白)、夏皮洛、贾纳斯等人对"北京人"失踪所提供的线索展开核实。

我们大致可以将其分为三类:第一部分是由翁文灏、裴文中、贾兰坡、胡承志等当事人提供的证言证词,这一部分证言证词基本勾勒出"北京人"头盖骨丢失前和转移时的真实情况,应该说这一部分事实是准确无误的;第二部是由塔什黛安(息式白)、费利、博文、日本侦探与美军调查员对"北京人"失踪的描述,在这一部分我们不难发现相关描述自相矛盾,整个事件充满重重疑点,因此说这一部分不能作为确定真实失踪的事实;第三部分是由学者夏皮洛、商人贾纳斯及塔什黛安(息式白)所描述的寻找经过,客观地讲,作为学者夏皮洛的寻找经历应该说是可信的,但对于他所转述的塔什黛安(息式白)

第二十八章 龙骨·总统的"礼物"

和贾纳斯等人的描述却明显有故作玄虚的迹象,尤其这段如同侦探小说般的转述更是毫无事实根据。

实事求是地讲,当我们重新审视这段历史时,最重要的莫过于要用我们自己的视角,以客观真实的事实为依据甄别所有故事中以假乱真的材料。以国家的名义,以公安刑侦的特殊手段为配合,扎扎实实寻找我们中国的国宝是当今最重要的任务。

1972年2月20日·北京

冰河解冻。江河上的冰块碰撞着,融化着,浩浩荡荡向前涌动。

一架标有美国空军一号标志的总统专机徐徐降落在北京西郊机场。中国人民解放军仪仗队整齐划一地按海、陆、空三军方队排列。尼克松走下舷梯,赶上几步,主动伸出手,紧紧握住周恩来总理的手。这戏剧性的一幕立刻传遍整个世界。

2月21日中南海。毛泽东在中南海书房接见了尼克松一行。

随着中美关系的解冻,大西洋彼岸的美国和西方国家产生了极大的热情。据报道,仅在尼克松访华后的两个月内,中国驻加拿大使馆就收到四十万份来自美国的签证申请。在这些向往神秘东方古国的人群中,美国芝加哥银行家、时任希腊遗产基金会主席的克里斯托佛·贾纳斯先生,幸运地成为美国商界首批访华人士。谁也没有想到,他的到来竟引发了20世纪70年代至80年代世界范围内对"北京人"的一次全球大搜寻……

在尼克松访华期间不仅赠给中国一件精美的琉璃天鹅艺术品,在招待国宴上,春风得意的尼克松一连喝了几杯茅台酒,他带着微微醉意拉着周恩来的手神秘地说:"我还有一份礼物,总统的礼物,送给阁下,送给中国……"

尼克松示意随从拿出一份英文打字文件。黄华精通英语,他粗略地看了一下便低声向周恩来耳语。原来这份"秘密礼物",是一份美国海军和美国情报部门关于一艘名为"阿波丸"号日本货船的分析报告。

这份报告称:"据美国海军、情报部门掌握的详细材料反映:'阿波丸'除装有黄金、锡锭等贵重金属外,还有40多箱艺术品,其中可能有'北京人'

龙 骨

化石……"

最后报告还着重解释道:"据确实报告反映,这些(指沉船装载的所有货物)都是在战争期间日本政府占领中国之后,从中国偷运出去的。……"

一石激起千层浪,美国人的情报如果属实,无疑是给中国的一份"厚礼"。

看着尼克松殷切的眼神,周恩来冷峻的脸上露出恳切的微笑:"谢谢总统的好意!"

周总理立即部署国务院相关部门组织研究实施。

这份秘密文件,使人们的思绪一下子回到1945年4月1日那个漆黑的夜晚。

1945年4月1日晚10点·中国牛山岛海面

正在台湾海峡巡弋的美国海军潜艇"皇后鱼"号与它的僚舰"海狐号"突然发现有一艘巨大的船只快速在海面上行驶,舰长查理·拉福林(Lowghlin)发现这艘未开灯的巨船正以十八节航速快速行进(折合每小时33公里)。4月1号是一个特殊的日子,麦克阿瑟指挥58万美军正在登陆冲绳岛。在惨烈的冲绳岛战役中日军竟出动三千多架"神风"敢死队与美军殊死搏斗。日军的顽强抗击是为了保住通向日本本土的这个"南大门",交战双方都很明白,拿下冲绳岛日本将无险可守。

查理·拉福林在大战之际不敢怠慢,便立刻下令"发出警告,令其减速,接受检查",但这艘神秘的大船却毫不理会,继续加快行驶。

查理下令:"发射鱼雷!"随着口令,"皇后鱼"号连续发射3枚鱼雷。漆黑的海面上发生爆炸,几分钟后这艘巨船消失在牛山岛海面。

事后日本向美国提出强烈抗议,称这是一艘经盟军同意通行的日本红十字游船"阿波丸"号。据日本提供材料,"阿波丸"总吨位11249吨,全船总长5084英尺,船体宽41英尺,高30.5英尺,航速16节至20节;国际电报代码为JRMR。当时载有2008人和大批物资。此次攻击仅有一人生还。

1977年4月5日中国国务院、中央军委正式批准打捞"阿波丸"号,文件编号为"国发77年36号"。经过3年的打捞,"阿波丸"号出水了3000吨锡锭

第二十八章 龙骨·总统的"礼物"

和1000具尸骸，并没有发现"北京人"的任何踪迹。但是，在沉船中发现了伪满洲国总理郑孝胥的私人印章。这也为这条船上究竟有没有"北京人"化石制造了更大的谜团。这次历时3年的打捞花费了中国近一个亿的支出，而根本没有美方所说的40吨黄金、12吨白金以及40箱至60箱的珠宝及艺术品。

换句话说，捞出的东西仅仅够打捞成本。

是美国人给中国人开了一个天大玩笑，还是另有意图？假如尼克松提供的这个特殊礼物是"北京人"失踪的美国官方调查文件岂不来得更实惠吗？！

打捞"阿波丸号"落下了帷幕，中国政府将捞出的日本人遗骸与私人财物全部移交日本政府及"阿波丸号"遇难家属。但"阿波丸"号的秘密也永远埋在牛山岛海域。

1972年5月13日·北京周口店

刚刚落成的周口店猿人遗址陈列馆。为了迎接新中国成立后第一批美国参观者，到处都是连夜赶制和新粉刷的痕迹。这座"文革"期间新修的陈列馆到处是毛主席语录与最高指示的标语牌子。

衣着朴素的讲解员向美国商人贾纳斯一行介绍陈列品："……这是65万年前至55万年前人类的发展时期。这是最早使用火种的原始人之一——'北京人'。……这是生活在山洞以烤肉为食的，甚至可能制作兽皮衣服的'北京人'。……这是中国乃至亚洲大陆发现的最早的人类头盖骨模型。……这些化石被尊为人类文明的瑰宝。"

贾纳斯专注地看着陈列于玻璃框中的"北京人"复原头像久久未离去。

陪同的中方馆长在他身边叹息道："这批从这里出土的珍贵'北京人'头骨全部在'二战'中丢失。这不仅是中国人民的巨大损失，也是全人类的巨大损失。"

贾纳斯惊讶地问："难道一直没有找到吗？怎么会这样？"

馆长详细地介绍了丢失的过程后，诚恳地向贾纳斯说："贾纳斯先生，你回国后，还希望敦促你的政府帮助寻找'北京人'。我确信，这批化石还是在世间，也许就秘密藏在美国或者别的什么地方。当然，我的意思并非是说

675

龙 骨

'北京人'就肯定藏在美国。但是它是在美国人手中丢失的,却是毋庸置疑的事实。"

贾纳斯被这个故事所打动。他当即向馆长承诺:"我回国后一定想办法把中国的这层意思和愿望转达给美国有关部门。作为我本人,过去虽然听说过'北京人'的事,但从未想到这里还有如此惊人的秘密。为了中美之间的友好,我个人一定尽最大努力帮助找回'北京人'。"

对于20世纪70年代初的中国而言,对于美国人来访充满未知与期待。事实证明,解决历史悬疑没有当政者过问是很难有结果的。而贾纳斯仅是一个普通商人而已,他的慷慨承诺很快变成泡影……

克里斯托佛·贾纳斯和威廉·布拉谢勒合著的《搜寻北京人》1975年在美国出版,后改为《北京人之谜》,在整个书中不难看出始终充满了希区柯克式的悬疑……

回到美国的贾纳斯迫不及待地想约美国古人类学家费尔塞斯博士共同探寻"北京人"下落。恰好纽约自然博物馆古人类学博士夏皮洛新近在《自然历史》杂志上发表一篇文章《神秘的北京猿人化石》,这让他欣喜若狂。他联系到夏皮洛,约好尽快面谈。

在纽约的一家小餐厅里贾纳斯与素不相识的古人类学博士夏皮洛见了面。一阵寒暄后,两人直奔主题,讨论了寻找"北京人"的线索。贾纳斯十分高兴,把他的中国之行和周口店的所见所闻向夏皮洛娓娓道来。他与贾纳斯越谈越投机,很快两个人就达成一致,要共同发起民间寻找"北京人"的活动。

此后,他们共同举行了一个新闻发布会,并语惊四座地承诺,以5万美元的酬金悬赏"北京人"化石的确切消息。新闻发布会无疑在长期被封闭的美国人心中引起了巨大的反响,惊醒了众多美国人对遥远东方的关注。

新闻发布会后,贾纳斯突然收到一个陌生女人的电话,女人自称是原美国海军陆战队队员的遗孀,在收拾丈夫遗物时意外发现一只手提箱中有枚类似"北京人"头骨……贾纳斯欣喜万分,立刻约这位女士面晤。

帝国大厦是纽约最著名的景点之一,也是众多影视剧的外景地。20世纪30年代一部《人猿泰山》惊人场景就是在这里拍摄,这部轰动一时的影片使帝

第二十八章 龙骨·总统的"礼物"

国大厦成了家喻户晓的观光地。从帝国大厦上鸟瞰,整个纽约几乎尽收眼底。远处的河流纵横交错,海港吊塔如林。近处是高楼大厦林立,汽车密布。来自世界各国的游客络绎不绝。

一个身穿黑色长风衣的女人,走向贾纳斯,不用说来人正是电话中的神秘女人。但是两人刚刚开始交谈那个女人不久借口有人监视就迅速离开。

贾纳斯呆呆地站在那里,不知所措。

必竟是商人,贾纳斯不顾夏皮洛的反对,轰轰烈烈地在各地公开悬赏5—50万美元寻找"北京人"线索。于是各种消息与形形色色的人物蜂拥而至。贾纳斯大出风头之时,一些沉寂了几十年的亲历者纷纷冒了出来。备受争议的克拉·塔什黛安也坐不住了,也要为诱人的赏金出头露面了……

她突然也对夏皮洛博士进行了一次不寻常的拜访。夏皮洛做梦也没有想到,沉寂多年的克拉·塔什黛安竟会突然造访自己。

克拉·塔什黛安的故事

纽约自然博物馆夏皮洛办公室。贾纳斯的寻找活动惊动了一位沉寂已久的人物魏敦瑞神秘的前秘书克拉·塔什黛安。自从离开中国来到美国,塔什黛安如石沉大海般淡出人们的视野,据说她来到美国后无所事事,经营起一家小店维计生活,也许是受到贾纳斯大肆悬赏寻找"北京人"的冲击,不甘寂寞的她自然要浮出水面!要知道她认为与那些前海军陆战队员和那些来路不明的寡妇相比,自己绝对是寻找"北京人"最具资格的人和知情者。

一副养尊处优的阔太太打扮的塔什黛安,已是50多岁的老妇。她坐在夏皮洛的对面,从女式皮包里取出一封发黄的信递给夏皮洛。

塔什黛安神秘地说"这封信是28年前收到的,我昨天翻看过去的一些物品时发现的,很有意思。不是吗?这可是一个重要的线索。"

自从有了神秘女人的事,夏皮洛对女人的来访十分警惕。他满腹狐疑地打开这封已经发黄的信。

塔什黛安小姐:不知道你是否还在协和医院。如果你还在并能

龙 骨

收到这封信,对于我来说则是最幸福的事了。你知道,我是多么想念你和我们在一起的那段生活,我做梦都想回到北平,和你及乔治蒂·赫本他们团聚。但是战争使我们远隔万里而不能相见,这是多么令人痛苦的事情……小姐,你能告诉我乔治蒂·赫本小姐的住址吗?我给她写了无数的信,但都没有收到回信。我现在迫切需要与她联系,因为在她那里有我的一份东西,一份极为珍贵的东西。我要让她还给我。如果你知道她的住址并能告诉我,我将十分感谢。希望不久能收到你和她的来信。

祝好!

你的朋友斯耐德尔

1946年2月17日

"我不明白,这封信能说明什么问题?"夏皮洛不解地问。

"当然,仅凭这封信看不出什么。但如果你了解斯耐德尔和乔治蒂·赫本的情况,那就不一样了。"塔什黛安故弄玄虚。

夏皮洛说:"我应怎样称呼您?塔什黛安?还是赫斯伯格小姐?"

"随便哪个都可以,对我而言更喜欢人家叫我'息式白'……"塔什黛安一脸无所谓的样子。

夏皮洛说:"那就请您谈谈吧……"

塔什黛安娓娓道来,原来这封信正是当年奉命押运"北京人"的海军陆战队上士斯耐德尔写的,而他的女友正是塔什黛安的朋友!一个是新生代研究室的女秘书,另一个是前海军陆战队执行接送"北京人"化石的上士,这二者都是"北京人"直接经手人,他们相交应该高度可信,夏皮洛有了兴趣。

塔什黛安见夏皮洛明显兴奋起来,于是滔滔不绝讲起斯耐德尔上士于1941年12月4日开车去协和医院运送装有"北京人"化石的箱子的经过:"1941年12月4日那天,当斯耐德尔驾驶的卡车到达协和医院卸货平台时,他按响了汽车喇叭……"

第二十八章 龙骨·总统的"礼物"

塔什黛安从旁边楼上的窗户看见，斯耐德尔从驾驶室里跳出来。博文指挥搬运工往车上装箱。两只大木箱，正是胡承志装好的两只箱子。搬运工们在装车，张姓中国女职员正站在车旁与斯耐德尔谈着什么。克拉·塔什黛安看见两个人亲热的样子，不屑一顾地离开了窗前。"我想，他们是亲密的朋友，也就忙自己的事了。可当我乘坐一辆黄包车路过南河沿七十四号时，我看到斯耐德尔的卡车停在路旁，而附近就是赫本的私人住宅。"

"后来呢？"夏皮洛追问道。

"后来？后来'北京人'就失踪了。"塔什黛安一副幸灾乐祸的样子。

夏皮洛激动地站起来，一边搓着手，一边踱着步。

当塔什黛安兴致勃勃地向夏皮洛介绍自己写的一本以"北京人"丢失之谜为背景的侦探推理小说时，夏皮洛表示，小说与真实线索是不一样的。塔什黛安辩解道，很多推理小说也是根据实际案情写成的，这也许正是这位神秘女人的真实意图。

这次会面不久，传来消息斯耐德尔竟意外出车祸死了！这条由塔什黛安提供的线索戛然而止，塔什黛安也再次销声匿迹了……1977年塔什黛安果真写了一本《"北京人"失踪》的书。尽管她费尽心机想请裴文中和贾兰坡为这本书写序，为自己这本充满谎言的"亲身经历"盖棺定论，但是她的愿望破灭了，中国科学家们无一例外地拒绝了她，仍不死心的她只好自吹自擂，出版了这本无中国科学家写序的书。

1974年2月25日，路透社发布了一条消息，金融家贾纳斯寻找"北京人"被指控有欺诈行为。

路透社芝加哥2月25日电："寻找'北京人'头骨的芝加哥金融家克里斯托佛·贾纳斯今日被联邦检察官起诉有欺诈64万美元之嫌。联邦大陪审官指出，贾纳斯先生现年69岁，根据法律第三十七条款，指控他将为寻找'北京人'化石而筹集的款项已大部分据为己有。起诉书称，退休的银行家贾纳斯先生从银行借款中得到52万美元。另外，从投资者手中得到为寻找和摄制'北京人'影片筹集的12万美元。目前此案正在审理中。"

随着斯耐德尔的突然死亡与贾纳斯的被诉，轰轰烈烈的民间寻找"北京

龙 骨

人"悄然落下帷幕。

夏皮洛的故事

由于塔什黛安提供的知情人斯耐德尔的突然死亡与贾纳斯的被诉,夏皮洛深感有价值的线索只有到中国去找了。于是,夏皮洛带着女儿于1980年9月17日至10月1日来到北京,开始了他久违的中国之行。夏皮洛憧憬着能与中国同行,尤其是与两位"北京人"之父裴文中和贾兰坡相见,当面就50年代的"口水战"表示歉意,同时也期待着寻找"北京人"有所收获以告慰已去世的导师魏敦瑞的在天之灵。不巧的是裴文中正在弥留之际,而贾兰坡又在国外讲学,他只好与中国科学院古脊椎动物与古人类研究所派来的有关学者在天津卫校校长的陪同下,拿着一沓费利提供的老照片边走边比对着。旁边还跟着几位老居民,也在协助指认。最后大家指着操场,一致认定6号楼遗址即在这里。夏皮洛看着照片,也点头认可。

校长说:"这座楼在1976年唐山大地震时倒塌了,才平出这块地方当操场。"

夏皮洛说:"倒塌前,这里的地下室有没有木地板?"

校长看看几个老职工,异口同声地说:"没有。从来没有看到地下室有木地板。"

夏皮洛问:"那么以前呢?20世纪三四十年代是不是有过?会不会后来装修过?"一位老居民说:"这里过去也没有发现地下室有木地板。"夏皮洛有点着急。

另一位老居民指了指7号楼:"这座楼与6号楼完全一样。我们能否去7号楼看看呢?如果7号楼有木地板,那么6号楼也一定有。"校长说:"有道理。那我们现在就去7号楼看看。"众人向7号楼走去。

地下室地面上全是水泥地面。夏皮洛不甘心地蹲在地上,仔细地用手沿着墙角摸索。周围的人打开手电筒为他照亮。他看了一处又一处。脸上露出失望的表情。临出门时,他又蹲下来,用手量了一下水泥地面,发现水泥地面比门槛低许多。事情露出一丝希望,他说:"会不会曾经有过木地板,拆除后才铺上水泥呢?"

周围的人互相看看,无法回答。

夏皮洛也觉得自己的话令人尴尬。他站起来,走出大楼,又指着老照片上的一个建筑问:"过去那儿是不是美国海军陆战队队员经常出没的一个妓院?"老居民回答:"的确,那里是被称为美国大院的妓院。"夏皮洛征得校长的同意后,要求在6号楼前的操场位置上挖开。校长立即指挥一些学生进行挖掘。不一会儿,操场上挖开了一个大坑。夏皮洛艰难地跳下大坑,仔细地用手抠土层中的杂物,寻找木地板的痕迹。最后他失望了。

众人把这位年已七旬的老人从土坑中拉拽上来。

夏皮洛默默地拍拍手上的土,不甘心地一遍又一遍看着周围的建筑,心情沉重。他对陪同他来的天津自然博物馆专家黄维龙以及中科院的年轻学者董兴仁等说:"'北京人'化石在这里没找到,看来美国提供的地下室有木地板这一线索并不准确。我本人对此深感遗憾。但是我还是有些不死心。也许'北京人'化石就深埋在这个操场下面的某个角落里,而一直未被发现。如果还有机会的话,我一定争取再来天津。那时,我想办法把美国最先进的探测仪器带来,和中国朋友一起对这个操场的地下做一次全面探察,彻底弄个水落石出。我也许会重新找到线索。"说完,他转身就走。女儿一直在一旁观察情绪激动的父亲,她看到父亲的眼里已满含失落的泪水……

周口店·龙骨山

夏皮洛一行在中方人员的陪同下参观龙骨山。他来到裴文中当年挖出"北京人"头骨的猿人洞挖掘地,感慨万分地说:"人类的历史真是有趣。半个多世纪前,'北京人'头骨好不容易在这儿被寻找到了,没想到一场罪恶的战争又让它下落不明。也许,人类的历史就是一部没完没了的寻找史。等着吧,只要有机会,我一定还会回来的!"

夏皮洛带着满腔遗憾离开了中国。他既没有找到"北京人",也未能如愿地与裴文中、贾兰坡等人见面,并当面向他们表达自己深深的歉意与敬意。此后,他再也没能有机会重返中国……

龙 骨

这是夏皮洛自己的经历,他把这段经历写成《北京人》一书并寄给失之交臂的贾兰坡教授,以此表达他遗憾的心情。可怜的夏皮洛自己没意识到,寻找"北京人"恰好需要从美国官方查起。但是贾兰坡教授高度评价这位不曾谋面的同行并将其经历素材毫无保留地提供给大家,他认为夏皮洛所描述的与费利、贾纳斯、克拉·塔什黛安的谈话过程应该是真实的,但这仅是夏皮洛个人认为,并不意味着费利等人的故事是真实的,尤其经天津市公安局数月的侦查证明费利的话不足以信。

贾老对费利颇有微词,在整个寻找过程中他把这件事吵得沸沸扬扬并直接写信给贾兰坡教授,要求他给中国总理报告并要求中国总理亲自签发请费利来华寻找"北京人"的签证。这个几近荒唐和无理的要求把贾兰坡教授激怒了,他毫不犹豫回信拒绝费利:"我不认识总理,总理也不认识我,我无法满足你的这一要求!"(参阅贾兰坡《周口店发掘记》)

1989年,著名的古人类学家夏皮洛博士走完了他人生的历程。贾兰坡教授对夏皮洛评价很高。他认为,夏皮洛博士是一位优秀而又敬业的古人类学家。他治学严谨,是可信赖的诚实正直的人。寻找"北京人"的过程也暴露出这位学者单纯的一面。这种单纯使他卷入贾纳斯、费利等人的商业运作和虚构线索之中。他晚年的经历与困惑也反映了当时美国社会复杂的一面,证实了寻找"北京人"的艰难。贾兰坡院士在自己亲著的《周口店发掘记》《周口店纪事》(一部成书于1984年,另一部成书于1999年)两部著作中都对夏皮洛的《北京人》一书及其人谈了自己的看法。

贾兰坡院士一生著作极多,绝大多数为专业论文与学术文献。作为"北京人"头骨化石发掘者之一,他是被世界公认的中国古猿人化石之父,对于"北京人"从挖掘到失踪再到世界范围内苦苦寻找的整个过程极其熟悉与权威。他根据亲身经历整理大量文献资料、档案,并亲自收集几十年的各种公私电文信件著作成书:1950年7月出版首部"北京人"专著《中国猿人北京人》;1984年出版《周口店挖掘记》、《北京猿人来去匆匆》;1999年出版的《周口店纪事》为读者提供翔实、准确的基础素材。

尤其在1984年出版《周口店挖掘记》和1999年出版的《周口店纪事》中,

第二十八章 龙骨·总统的"礼物"

他抽丝剥茧地对各种线索与传闻做出客观清晰的分析，最大限度地为后人寻找"北京人"指明方向。

1951年3月由贾兰坡亲自撰写的论文《中国猿人化石的失踪及新生代研究室在抗日期间的损失》在《文物参考资料》第三期，第二卷发表。这是继裴文中、胡承志于1948年向中央地质研究所做出的有关"北京人"失踪经过报告后的第三份由当事人、经手人撰写的"北京人"失踪报告，作为"北京人"之父之一的贾兰坡，不仅是龙骨山发掘的实际发掘人，同时，他又是继裴文中之后主持周口店发掘、清理、统计的关键当事人。因此，相比这三份报告后不难发现贾兰坡这份1951年的报告（是裴文中、胡承志报告三年后）更加详细和权威。其中损失清单较之胡承志列出的清单要多的多，而且更加详细。然而，这份报告被长期忽略了。

贾兰坡院士一生坚持书写《工作日志》，无论野外考古如何辛劳，也无论外界发生何等大事，几十年如一日，从不中断！他有个独特嗜好：凡是来访者其无论是名片或是采访提要，哪怕是当时的字据便条都一一收藏在当日日志中。这种经年累积的记录日志成为研究"北京人"，寻找"北京人"最真实有据的第一手历史档案。

2001年贾兰坡院士走完了他93岁的人生道路，这位伟大而慈祥的大科学家把毕生的心血毫不保留地献给考古事业，献给了人类自身进化的探索科学中！由夏皮洛写的《北京人》、由克里斯托佛·贾纳斯和威廉·布拉谢勒合著的《搜寻北京人》以及塔什黛安的《北京人失踪》，这些书无一例外地都寄给了裴文中和贾兰坡，希望中国的两位"北京人"之父能够予以认可，塔什黛安小姐更是恳求贾兰坡院士为自己的书作序！

对于这些书，贾兰坡专门征求裴文中和胡承志等人的意见，大家一致拒绝为塔什黛安的所谓"亲历真相"一书作序。贾兰坡多次告诉《龙骨》作者："塔什黛安这本书的描述如过去一样充满谎言。"

1984年起在历史学家周谷城和贾兰坡亲自鼓励和支持下，作者斗胆创作《龙骨》，最初作者也没逃脱世俗的套路，仅描写失踪与找寻中富有刺激的段落，贾老看了之后，意味深长地说："这件事本身就充满传奇，无须去编造，

龙　骨

我们需要的是一部真实、完整体现中国人自己的观点的作品。"周老也一遍遍教导作者："就要写眼前这位长着龙骨的贾先生，他就是'北京人'全过程的见证人！"

让我们粗略地看一下这个时期的作品吧：由夏皮洛写的《北京人》1975年在纽约出版；由克里斯托佛、贾纳斯和威廉·布拉谢勒合著的《搜寻北京人》1975年在美国出版后改为《北京人之谜》；另一本就是由曾任魏敦瑞秘书的美籍犹太人克拉·塔什黛安的《北京人失踪》，1977年在美国出版；克莱尔·塔什德简写的长篇推理小说《北京人下落不明》，日本人伴野朗《五十万年的死角》于1984年在北京翻译出版；日本考古学家松崎的推理小说《北京原人》；《震旦人与周口店文化》，叶为耽著。（注：《震旦人与周口店文化》一书是叶为耽根据1933年出版的著作《北京人》加工重版，其中震旦人名称出自地质学"SINIAN"一词，意为猿人。叶为耽称该书名征得时在法国留学的裴文中认可，裴在信中称："我很同意用震旦人这个名。"）

贾兰坡院士自1950年7月出版首部"北京人"专著《中国猿人北京人》到1984年出版《周口店挖掘记》《北京猿人来去匆匆》，特别是在1999年发表的《周口店纪事》中，已是91岁的贾老总结以往从发掘——失踪——寻找"北京人"的线索，再次汇总出版。他以亲历者的身份详尽地叙述全过程，他以生命之光为后来人照亮追寻"北京人"之路。

针对国内外层出不穷的胡编乱造的影视文学作品，贾老表达了深切忧虑："担心真相被虚构代替，历史本来面目因以讹传讹而变得似是而非！"

1985年他接受《人民日报》海外版记者专访时，指出："'北京人'作为20世纪最重要的考古发现之一，其重要性与价值无法估量。'北京人'失踪是日本军国主义侵略的结果，每个中国人都铭刻于心的伤痛！"

"文学创作不应把这个真实历史过分虚构，事实上也没有必要过分渲染，这个事指'北京人'失踪本身就充满传奇，我们中国应该有一部中国人自己写的完整、真实的'北京人'故事，应该有我们自己的视角与观念。因为那是发生在这里，由中国人自己发现和挖掘的文物的故事……"

他再三强调："一定要有一部完整、全面、真实地阐述这一事件的来龙去

脉的作品。一定要完整、全面！"

他太渴望中国人用自己的视角对"北京人"失踪事件有自己的观点与声音！

他甚至恳请道："多给我拍一些素材，让我在镜头上讲，现在活着的当事人不多了，留些影视资料今后会有用……"

这次采访发表在当年的《人民日报》(海外版)上。那时，贾兰坡已近80岁，他不顾年老体弱，到处奔走呼吁："要真实完整地告诉世界，要以中国人自己的视角科学地反映一个世纪的考古真相！"

1986年4月9日《人民日报》海外版刊登《中国与美洲大陆联系又添新线索——汉中盆地出土矩颌乳齿象化石》。新闻指出："在汉中盆地首次发现与美洲出土相似的乳齿象化石，从而进一步为亚洲中国与美洲大陆存在关系提供新的依据……"这条新闻稿由贾兰坡院士亲笔撰写，以记者名义发布。同年九月，中国太平洋历史学会与八一电影制片厂电视部编导室合作制作八部科教片：第一部《你从哪里来》，第二部《祖先的脚步》，第三部《古迹寻踪》，第四部《从轩辕氏族征说起》，第五部《殷人东渡美洲》，第六部《两岸情缘》，第七部《两位高僧的故事》，第八部《远古的精神》。这部片子由贾老、周老和航海史学家房仲甫担纲顾问，撰稿人也包括《龙骨》作者。

然而，社会上人们的猎奇心理仍汹涌扑来，有些人不关心真实而热衷光怪陆离的编造与猎奇。老一代亲历者带着无限遗憾一一离世，活着的人真的甘于谎言与误导淹没真实吗？

2005年一部由美国学者，斯特林·西格雷夫、佩吉·西格雷夫兄弟合著的《黄金武士》一书在中国出版。这本书以外国学者的视角首次披露二战期间日本掠夺亚洲各国宝藏的惊人内幕，可以说这本因维护二战国人权益而赫赫有名的女学者王选翻译的书，让我们了解到鲜为人知的大量黑幕资料，也让人们第一次了解到战争罪魁们对'北京人'掠夺的成因。

贾兰坡、裴文中等人为何拒绝为克拉·塔什黛安的书写序言？贾兰坡解释道："我们这些人(当事人)都一致认为她书中所描写的与事实不符，更多的是把自己吹捧成保护'北京人'的英雄，在我们看来这个女人很可能是个有特

龙 骨

殊经历的'间谍'，让我们为她的书写序并为她的书盖棺定论，我们反而成了她编造故事的证人，假的东西成了真的历史。我们绝对不干！我们必须清醒地认识到虚构的故事只能离真相更远。"

晚年的贾兰坡院士在其去世前3年出版了他人生最后一部著作《周口店纪事》，他竭尽所能将自己收集到的所有相关"北京人"之谜的资料尽可能详尽地提供给后来者，尤其他对年青学者充满厚望。除了1984年起他就指示中国太平洋历史学会会员邬江着手创作一部全面、完整的反映"北京人"来龙去脉的传记《龙骨》外，他还热诚支持青年作家李鸣生、岳南先生创作了一部反映"北京人"失踪、寻找的报告文学《全球寻找北京人》。尽管遗憾的是贾老未能生前看到这本书，但他还是应邀为该书书稿预先撰写序言，但他十分热情地肯定和评价了这部书，该书于贾老去世五年后（2006年）出版。

质疑点在于从转移到失踪两阶段，"北京人"化石转移正是经中美两国正式签署委托转移协议，具有国际法效力的合法国家行为，这也是这一事件的关键。整个事件回过头我们看到，整个过程分五个部分"探索、出土、转移、失踪、寻找"。从一开始就充满诡异，作为委托方的中国科学家始终被排斥在外，不得插手，自模型师胡承志将木箱送到博文办公室后就没有任何中国人再见到化石。

据胡承志回忆："箱子是太平洋战争爆发前十几天送到博文办公室的。"那么这些箱子在博文处的十几天里都发生了什么？为什么博文与克拉·塔什黛安的说法自相矛盾呢？一说送到领事馆，一说是海军陆战队开车去取的。

日本侦探锭者与美军调查员善克中校为什么都做出'北京人'并未交运给海军陆战队结论呢？谁在说谎？谁又在隐瞒真相？

至今我们尚未找到这份至关重要的文件，而与此案关联的关键人物从未露面，做出任何只言片语的证词，让我们记住他们：前驻华大使詹森，与中方签约人和具体实施者，战后赴日成为盟军总部要员，《黄金武士》披露其为日美秘密交易主要参与者之一；长谷部言人，日本东京帝国大学教授，日本天皇亲派盗掠文物特使，战后隐藏至今；协和医院院长胡顿、总务长博文均为具体实施转移文物者，太平洋战争爆发当天与司徒雷登一齐被软禁，战后返回美

第二十八章 龙骨·总统的"礼物"

国,至死未透露真相;还有一人,那就是克拉·塔什黛安(息式白),这位神秘的女秘书似乎藏有更多秘密,使所有人不得不怀疑她的真实身份,这个满嘴谎言的女人究竟想掩盖什么?由于关键阶段充满诡异,致使日后的寻找异常艰难与扑朔迷离。

真相是"北京人"确实丢失了,在运进博文办公室前它真实地存在,而失踪过程却扑朔迷离,真假难辨。因此,接下来的寻找就更加杂乱如麻,难定方向……当历史渐行渐远,我们如同乘坐太空飞船在浩渺的星空中眺望地球,我们看到什么?我们能看到我们曾身临其境,却无法看清的事实吗?答案寄托于梦想成真,答案寄托于一代代不懈追求的人……

于是,夏皮洛走了。日本人来了……

1998年7月7日,91岁高龄的贾兰坡院士与其他14位中国科学院院士联名写了一封寻找"北京人"的倡议信,让我们再次重温这封充满激情的一代老科学家的心声吧:

> 斗转星移,记载着无数光荣和苦难的20世纪马上就要过去了。此时此刻,全世界的人们都在思考着这样一个问题:我们究竟应该做些什么来迎接新的20世纪20年代初,中国和世界的几位杰出的科学家根据当地一些可信的线索,在中国北京附近的周口店龙骨山上日复一日地苦苦寻找了多年,终于有了一个伟大的发现——周口店北京猿人遗址的诞生。这一发现使人类对自身的认识发生了根本的改变。
>
> 人是从猿变化而来的。这一在今天看来十分简单的事实,在周口店北京猿人遗址发现之前还是一种似是而非的理论。达尔文的进化论、爪哇猿人的发现都曾经被斥之为奇谈怪论。但是,当周口店北京猿人遗址以其丰富而完备的原始人生活遗迹展现于世人面前的时候,一切就都变得清晰而无可辩驳了。
>
> 或许可以这么说,从1929年12月2日第一枚北京猿人头盖骨出土的那一刻起,人类就真正开始重新认识自己的过去了。然而,令

龙 骨

人痛心的是,这一伟大发现中最珍贵的部分——北京猿人头盖骨化石和在中国发现的其他重要灵长类化石都在第二次世界大战的战乱中下落不明了。数十年来,不知有多少人为此痛心疾首,也不知有多少人为寻找化石丢失的线索而努力。随着世纪末的临近,随着多数当事人和知情人的辞世,我们寻找丢失的北京猿人头盖骨化石的愿望越来越急切。我们在想,这样一件发现于20世纪的人类科学珍宝在世纪中叶日本发动的侵华战争中遗失,而今天人类将告别这个世纪的时候,它们仍然不能重见天日。即使它们已经损毁于战火之中,我们也应该努力找到一个确切的下落。否则,我们又将如何面对后人?当年北京猿人化石的失踪涉及战乱中的多个国家的多个当事人。随着时间的流逝,许多重要的线索可能流失于民间。现在,中国和世界上许多关心此事的人士一直在查访有关线索,但是他们的力量毕竟有限,需要我们大家各尽所能,提供自己所知道的线索和其他一切有用的支持,一起来帮助寻找。

因此,我们想在这里向全世界所有热爱科学进步的人们呼吁:大家携起手来,做一次全人类共同寻找。也许这次寻找仍然没有结果,但无论如何,它都会为后人留下线索和资料。并且它还会是一次我们人类进行自我教育、自我觉悟的过程。因为寻找的不仅仅是那些化石本身,更重要的是要寻找人类的良知,寻找我们对科学进步和全人类和平的信念。让我们行动起来,为继续寻找"北京人",为即将到来的新世纪做出自己的贡献。

当这封充满渴望,发自肺腑的倡议书一经发表,立刻引起了世界范围内已淡化的寻找"北京人"的有识之士的热烈回应,也激起了日本国内的热烈反应……

在贾老等14位院士的寻找"北京人"的呼吁发表两个月后,这股强大的电波立即在这个岛国再次引发惊涛骇浪。

其实,早在1987年,随着贾老一本《北京猿人来去匆匆》在日本出版就引

第二十八章 龙骨·总统的"礼物"

起日本各界极大兴趣,日本最大的电视台 NHK 电视台立刻组织专访摄制组前往北京,制片人是日本著名女演员大源丽子(化名)。她着迷于"北京人"的传奇,一连六年不断跟踪采访贾老,由于她热情奔放,竟多次请求做贾老的"干女儿"。

由于贾老的著作里对美国人的线索进行详细分析,这让许多日本人感到欣慰。因为战争的原因,"北京人"丢失的罪责一直扣在日本人头上,贾老虽未指明是何人所为,但也暗示美国人的线索多有水分,尤其是费利军医和息式白的表现不得不让人生疑。

1998年10月28日,《朝日新闻》刊登了标题为《揭开世纪之谜,寻找"北京人"化石》的文章。岛国日本有一位80岁的老人深深地被贾兰坡倡导的世纪末寻找"北京人"的倡议所感动。

80岁的中田光南,前侵华日本关东军参谋本部情报官。毕业于日本东京外国语大学俄语专业,专门从事搜集研究苏联红军军事情报的间谍工作。

贾兰坡院士的倡议书让他陷入深深的回忆:苏军出兵东北。苏军的坦克在大兴安岭一侧的呼伦贝尔大草原行进。当苏军以150万大军从三个方向发起攻击时,已获知天皇已下诏投降的命令的关东军顷刻土崩瓦解,100多万非法的日本屯垦移民顷刻树倒猢狲散,到处都是慌不择路溃逃的日军残部和扶老携幼、携带大包小箱的日本移民。东北大地上到处是日本人亡命逃窜的影子,一些日本人为了逃命甚至丢弃了自己的孩子,冲进农舍民宅自愿当"老婆",为了活命日本人什么都不顾了……

穿着一身又破又脏军装的中田光南与一个部下山口在混乱的人群中边走边商议。山口指指车站上长春方向的火车,指指自己,意思是先去长春再设法寻找逃回日本的途径,两个人当即决定拼命扒上去长春的火车。

落荒而逃的中田光南看着大崩溃的形势只好接受了山口的建议,先到其长春岳父家中躲避一时。山口的岳父就是伪满洲国自然博物馆自然科学部部长远藤博士。他是一位毕业于日本东京帝国大学,后留学美国的日本著名考古、地质与古人类学家。

中田与山口狼吞虎咽地吃完饭,这是他俩仓惶逃跑以来吃的第一顿饭,

龙　骨

俩人打着嗝呆呆地等山口的岳父远藤的训示。

"喔，喝点清酒吧，这是我最后一瓶了……"远藤不紧不慢地给二人斟上酒。

"还他妈有心思喝酒？什么时候了还不赶快想法子逃命！"中田心里恨恨地骂道，但他不敢说，只得默默无言地一饮而尽。远藤也看出二人已急不可待想立刻逃亡的心思，便拿来便服和一沓钱摆在他们面前。

"喔，这是我的西装，你们拿去穿吧，记住从今天起不要穿军服！如想活着回日本就按我说的做，明白吗？！"中田与山口诺诺应承。

"这些钱，是我的一些报酬，也不知还能不能用，短时应该还可用……这有几封信是以博物馆的名义开出的证明，或能帮助你们，这也是我这个满洲国博物馆馆长最后的权力了！各位好自为之吧！"中田与山口换好衣服后就匆匆离开，果然他俩凭借满洲国博物馆的证明信以博物馆职员身份顺利逃回日本。几年后中田听说远藤也已回国便决定拜访山口和远藤。

他曾听远藤亲口说自己手上有大名鼎鼎的北京猿人头盖骨并想将其带回日本。远藤乘着酒兴让他们看了头骨，可惜惊魂未定的二人根本不懂也没兴趣，那么现在这枚"北京人"头骨是否也被带回到日本呢？没想到此行远藤告诉他们一个秘密……

中田问："远藤先生，我们那次回日本前在您家里看到的'北京人'头骨是否这次也带回来了？"

远藤连连点头："那当然了。带回来了。带回来了。你看，它就躺在那边的包里。不过我正考虑如何处理它呢。"

一晃50多年过去了。当80岁高龄的中田光南看到报纸上刊登的贾兰坡等14位中国院士的联名倡议时，他激动不已。他想在自己告别人世之前，把这个秘密作为礼物献给中国。不过，远藤已在20世纪70年代末去世了。

中田在资料堆里查阅大量资料。他手拿一本《北京原人》，兴致勃勃地读起来。

这本由日本考古学家松崎所著的《北京原人》披露了一个线索：太平洋战争爆发前，有一个名叫挪野的关东军中将带着几个军官前往协和医院地下室

第二十八章 龙骨·总统的"礼物"

取走了"北京人"头盖骨。当时中国科学家裴文中也在现场。中田从一部研究关东军的书中得知，挪野中将确有其人，而且是一个古生物化石爱好者。中田得出结论，如果松崎的这条线索准确，那么远藤作为伪满洲国的自然博物馆馆长，得到"北京人"就是可能的。如果有误，则一切无从谈起。他决定到中国将自己的秘密告知中国政府，并通过中国政府与日本政府的交涉，对远藤的墓进行挖掘。他把自己的想法告诉了日本众议院议员平沼纠夫，请求联系与帮助。

1999年9月7日，中田来到北京，与中国科学院研究员周季华教授，拜会了中国科学院古脊椎动物与古人类研究所副所长叶捷。当两位中国专家问中田，他所看到的"北京人"是什么样子时，中田从包里取出一本松崎所著的《北京原人》一书，指着封面上的照片说，当年看见的与此极为相似。

周、叶看了看《北京原人》书上的封面照片，交换了意见。对于这类信息，周、叶都有经验。他们很快直率地告诉中田，真正的"北京人"只是一块头盖骨，而不是完整的头骨。中田连忙推测，会不会是远藤在得到"北京人"之后又做了修复呢？看来简单的解释无法说服一腔热心的中田。周、叶两位专家当即决定，第二天带中田去周口店博物馆，看看真正的"北京人"是什么样子。汽车停在博物馆门前，周、叶陪同中田参观。在展柜里摆放着6个"北京人"和山顶洞人的头骨。中田看了没有反应。走到一个头盖骨、下颌骨和牙齿都完整的头骨前，中田眼前一亮，兴奋地指着这枚头骨说："对，就是它。我当年在远藤手中看到的那个头骨和这个头骨差不多。"叶捷把中田领回摆有六个头盖骨的展柜前对中田说，这才是"北京人"。很遗憾，远藤手中的可能是假的"北京人"。中田默默无言。贾兰坡教授回忆道："中田光南提到的远藤先生确有其人。远藤在中苏边境主持和参与发掘过一大批古生物化石与古人类化石。在内蒙古发掘了札赉诺尔人头盖骨化石。裴文中曾从远藤手中要回一个札赉诺尔头盖骨，放在新生代研究室。其余由远藤放在伪满洲国自然博物馆内。

"1941年前，远藤曾到过协和医院。中田当年在远藤手中看到的头骨，是札赉诺尔人头骨，而不是'北京人'。但是，历史还是留下一些疑点，为什

 龙 骨

么远藤在'北京人'失踪前到协和医院来研究'北京人'呢？他会不会真的与'北京人'丢失有关呢？因此也不能排除远藤收藏'北京人'的可能。但是，我们不能挖开远藤的墓，万一不是呢？"也许，事情从一开始就陷入迷途。

1996年·夜·东京·东京某医院

一个日本老人气息奄奄地躺在床上。鼻子上插着引流管，干瘦的脸上眼睛混浊而无神。这位日本老人自知来日无多，示意周围的人全部退出，只留下特意赶来的老朋友久三枝先生一人。

久三枝坐在病床前，俯下身子聆听这个即将离开人世的老友的嘱托。

老人吃力地向久三枝讲着什么。从久三枝不断变化的表情和追问的神情上可以看出，一定是一个惊人的秘密。

这位弥留之际的老人讲的果然是一个惊天的秘密。原来，这位老人是原日军731部队的上尉军医。1941年太平洋战争爆发时，他奉命到协和医院解剖室进行有关细菌的秘密研究工作。不久，日军情报部门查获了"北京人"头骨化石，并秘密保存在协和医院进行研究。

他就成为保管研究"北京人"的具体负责人。1945年，日本宣布投降后的一天，他接到上级要求迅速转移"北京人"的命令。

他趁着外边一片混乱之际，在一个夜晚，将藏匿在协和医院地下室的"北京人"头骨化石及孙中山先生的内脏标本等，匆忙装箱后运了出去。并在距协和医院约两公里的一个有很多古树的地方挖坑掩埋了。埋好后，还特意在不远的一棵粗壮的松树上砍掉一块长约一米，宽约20厘米的树皮作为标记。

一切完成后，他又趁黑夜返回了协和医院。不久他被俘了，随即被遣返回日本。

也许这个老兵自知罪孽深重，想在临死前把这个秘密托老友久三枝转达给中国政府，以便让珍贵的"北京人"化石及其他珍贵标本回到中国的怀抱。

老兵说出嘱托之后不久就去世了。

久三枝感到事情重大。他考虑再三，找到一位在北京工作的朋友——仰木道之。他通过各种渠道找到了中国科学院。中科院的有关部门对此高度重

第二十八章 龙骨·总统的"礼物"

视。因为这是一条既特殊又具体的直接线索。中科院立即委派古脊椎动物与古人类研究所所长叶捷和裴文中的学生张森水教授与仰木道之会晤。

由于仰木道之也是辗转受托,故无法更多地说出那个731部队上尉军医的具体情况,更回答不了一些细节上的质疑。例如:孙中山先生的内脏已公开安葬于南京中山陵,不可能再有一副,并由日军一个下级军官保管。

然而,尽管一切疑点重重,不尽如人意,两人商量后认为,宁可信其有,不可信其无。决定与仰木道之一同再去日坛公园现场勘查。

日坛公园,旧称"朝日坛"。位于使馆区内。公园内古树参天,十分清静。3个人沿神道直朝那棵古松树而去。

日坛始建于明嘉靖九年,即公元1530年。为明清两代皇帝每年春分时节祭祀太阳的地方。新中国成立后,日坛面积扩大了20多公顷,成为北京市的一个公园。3个人观察古松树的伤痕。

叶捷与张森水向中科院副院长陈宜瑜做了汇报。中科院决定制定方案,先进行实地地表探测。

1996年5月8日,中科院地球物理研究所用电震探测仪对日坛公园地区进行探测。

工作人员在围起的幕布后面进行地毯式的探测。

探测结果:11线9点附近下方存在电震异常体。异常体深度约1.5米至2.5米。厚度、宽度均为1米。长度方向占6个测点,约3米。

一切似乎都很顺利。中科院两位领导迅速做出决定,进行挖掘;并指示古脊椎动物与古人类研究所与仰木道之的北京共同保安服务有限公司签订《关于挖掘失落的"北京人"化石可疑埋藏地点的协议书》。

万事俱备,只欠开挖。1996年6月30日,中国科学院协调发展局局长、著名冰川地质学家秦大河在仪式上向中日两国数十名专家、记者、技师讲了话。在众人见证之下,挖掘开始了……

秦大河,来自西北的地质专家,长期从事冰川冻土研究,艰苦环境下的长年磨砺使他成为一位性格坚毅而果敢的学者。今天他要代表中国科学院和中国人民首先挥动铁锹破土,这多少让他有些激动与紧张。紧接着由专业人

龙 骨

员开始挖掘。

观察人员不断地报出深度:"现在深1.5米。有少量的杂质土层。""现在深度2.2米,细砂岩,未见任何物质……"

大坑里仍旧是一目了然,没有任何藏有物品的迹象。

当时针指向12点58分时,秦大河与几位领导在现场研究后,向仰木道之等三位日本来宾做了说明,宣布停止挖掘。

追寻"北京人"的工作再次落下帷幕。

随着20世纪七八十年代中日、中美关系正常化,民间掀起了一次次寻找"北京人"热潮,但我们也看到民间寻找存在致命缺憾,一切线索仍止于在个人含混不清的记忆和猜想中,到今天为止当事国的美国和日本政府从未正面做出官方回应,而所有日美当事人也未出面做出任何解释,官方文件与当事人均人间蒸发一般!毕竟中美之间是正式签署政府间协议,按国际法则美日两国有责任有义务向中国说明真相并交回中国文物。

也许我们应当静下心认真地总结这个长达半个世纪的追寻,也许我们应当开启新的思路,也许我们需要海峡两岸共同携手,也许我们应当有一个不分国界的"北京人"研究中心,也许我们需要在联合国主导下协调中、日、美三国来追寻着一份属于全人类的文化遗产,也许……

第二十九章
龙骨·无悔追寻

2006年深秋的一天,一位东北边陲的保卫干部向周口店"北京人"化石寻找工作委员会提供了一个惊人的线索。

在这段特别的日子里他们立下人生的共同盟约:"死后并排埋葬在龙骨山下,守候'北京人'归来。"

2001年夏·龙骨山西南五公里田园林场

承包这块林场的场长田秀梅正带着几个人在山上找水源。几个人在山上一字排开。在一个杂草丛生的地方,发现有一个山洞。技术员向田秀梅招呼:"田场长,这里有个山洞。""嗳,这就过来!"随着一个清脆的回应,一个三十几岁、一身精干的中年女子应声出现。她是梳着短发的田秀梅。田秀梅,房山人,田园林场承包人。自1999年开始承包这片山林。为了山林的灌溉问题和长远发展,在山上就地寻找水源。

山洞口虽小,几个人尚可鱼贯而入。在手电筒的照射下可以看到,山洞不大,洞深约10米,高6米,洞内面积约40多平方米。山洞顶上还吊着大量钟乳石。田秀梅蹲下身,用手四处摸摸,惊喜地:"地上还挺湿,来,挖挖看看有没有水!"

技术员用随身带来的铁锹挖了起来。刚挖了几下,就碰到什么东西,发出了响声。他嚷着:"这是啥东西?"

闻讯而来的田秀梅问:"哪儿?哪儿?"

技术员用手指着说:"你看,这些是什么?"铲出的土中有一些化石露出白色的颜色。

田秀梅捡起几块看看:"这不就是骨头嘛。龙骨呗。"她很熟悉似的,一眼就下了定义。

"龙骨啊?可这离龙骨山得有五公里远哩。"技术员有些不信。

"再挖挖看,有没有水。"田秀梅催促技术员接着挖。

"土是潮的,可没水。"技术员观察了一下,失望地说。

田秀梅从新挖的土里又看到几块化石,拿在手上,自言自语地说:"没准,这儿也是'北京人'居住过的地方呢。"

田秀梅果然说中了。当中科院古脊椎动物与古人类研究所的专家闻讯赶来挖掘后证实了这一点。因为出土了一个完整的、距今四万—五万年前的山顶洞人的下颌骨,而且带几个牙齿。

这是周口店猿人遗址自1918年开始挖掘至今一百年的历史上第一次发现完整的人牙下颌骨,它填补了这一领域的空白。2002年田园林场被正式命名为周口店遗址群中的第二十挖掘点。

田秀梅带着发现的化石样品,不安地来到古脊椎动物与古人类研究所办公室。研究所科研人员一直热情地接待了她。

研究所实验室。工作人员对田秀梅送来的化石标本进行测定。

经中科院检测,这些古人类化石及其他动物化石为距今2.5万年左右,与山顶洞人同属现代智人。

2005年10月27日,除田秀梅的意外发现外,自1997年至2005年中法两国科技工作者在九年的时间里分别于1998年、2003年、2004年、2005年多次联合采用高科技手段对龙骨山全貌进行勘探。

主持勘探工作的法兰西科学院院士伊维斯·科庞斯表示,这几次勘探运用了断层照相、地电测量、地质电波探测、地震测量、电磁测量、微重力测

第二十九章 龙骨·无悔追寻

量等手段，获得了周口店"北京人"遗址不同地区的电阻系数、传导率、密度和磁梯度等大量系数，并于2004年钻探取得了11个岩心。这些数据初步表明，周口店龙骨山遗址地下有大量断层和未知洞穴。

其中龙骨山西坡的一个洞穴长达70米，高2米至6米。由于这些洞穴的地质特点，很可能被古人类利用做居住场所。在勘探中，人们无意中还发现了曾在1937年为防止日本人偷挖而掩埋的鸽子堂洞。在那里，当年挖掘的一些工具与化石又重见天日。令新老科学家感叹不已。

2007年4月3日《美国国家科学院院刊》发表中外科学家共同研究结果，2001年在周口店田园洞出土的人类化石及哺乳动物化石（39种）由中科院古脊椎动物与古人类研究所尚虹等研究员与美国圣—路易斯华盛顿大学特瑞考斯（Trinkaus）教授共同研究后证明："田园洞出土的古人类化石是42000年至38500年前。"这个发现意义非凡，它不仅是早于山顶洞人的最早现代人，而且再次挑战"现代人均来自非洲"的"夏娃说"。

一年前，2006年12月26日，这一天也是一个特殊的日子——毛泽东诞生113周年。这天下午，中国科学院古脊椎动物与古人类研究所的黄万波、顾玉珉两位研究员及遗址博物馆工作人员在整理化石标本的时候，有两件"骨片"引起了黄万波的注意。

黄万波是贾兰坡教授的得力助手与弟子，在长期合作中有许多令人瞩目的发现。他在仔细研究之后发现，手上这两件标本并非骨片，而是完好的骨管。从其形态来看，均属肋骨的一段。它们长短相近，粗细相当，两者之腹上面均被磨制而变平，磨面上还有编号：写的是"第四地点"。黄万波意识到这两件骨管非一般的骨化石，而是史前文化精品。

为核实情况，黄万波拿着标本到图书馆查阅文献，进行对比。不出所料，在1939年出版的《地质学会志》上记载着："1937年，在第四地点顶部发掘时，除了发现石制品，哺乳动物化石，还找到了两件小长的骨骼，就其形态似胫骨沿腹面将其磨制而使其变平，从磨平的表面黏附着的钙质沉淀物判断，其磨痕的年代为早。"

黄万波认为，这两个骨管磨制得如此精致，很可能是古人用来祭祀时吹

奏音律的原始骨笛或骨哨。这意味着山顶洞人的活动范围与生活质量要远比原来的发现更丰富、更久远。

这两次极为重要的发现似乎是冥冥之中，贾老在天之灵的惠顾。

这正是贾老1937年工作的地点，一个是当年为保护龙骨山而将工具和挖掘点掩埋地，另一个是1937年挖出来的骨化石，因日军发动七七事变而来不及研究的化石标本。这些重见天日的物件都是贾老半个多世纪前亲手使用或挖掘出的化石，上面无处不有贾老的痕迹，这是新的龙迹。

周口店北京猿人遗址

1961年国务院把"北京人"遗址列为全国第一批重点文物保护单位；

1987年联合国世界遗产委员会正式批准中国周口店北京猿人遗址、长城、故宫等六处地点为第一批列入世界遗产名录；

1992年北京市将周口店北京猿人遗址列为青少年教育基地；

1993年周口店北京猿人遗址被评为北京旅游"世界之最"；

1997年中宣部宣布周口店猿人遗址为全国"百个爱国主义教育基地"之一；

2005年9月5日，北京房山周口店猿人遗址中国"寻找'北京人'头盖骨工作委员会"成立。

北京市房山区区委副书记、"寻找'北京人'工作委员会"主任崔国民，周口店猿人遗址管理处主任杨海峰，中科院古脊椎动物与古人类研究所副所长叶捷，房山区人民政府各界人士数百人参加揭牌仪式。首都各大媒体进行采访。会场上，大幅放大彩色照片是丢失的"北京人"头盖骨图。时任房山区副书记的崔国民讲话并宣读中共北京市房山区委京房发（2005）22号文件：

"为深入贯彻党的十六届四中会议精神，弘扬龙乡文化，宣传文化遗产，将人文奥运理念和根祖文化紧密结合起来，7月2日房山区将举行'奥运北京，根祖房山'第三届'北京2008'奥林匹克文化节暨房山区第十一届旅游文化节开幕式。为进一步唤起全社会对丢失'北京人'头盖骨的寻找，实现老一辈国家领导人和科学家的夙愿，为研究古人类提供充足的科学依据，经区委、区

第二十九章 龙骨·无悔追寻

政府研究决定，发起寻找'北京人'头盖骨行动，为确保寻找……"

正式成立官方找寻"北京人"头盖骨工作委员会是整个找寻工作里一个质的转化，也是关键的转折点。它向世界庄严申明："中国政府决心找回属于全人类的文化遗产——'北京人'头盖骨。"

这个强劲的信息立刻传遍全球，给全世界关注"北京人"的人们以极大鼓舞。尽管如此，各种线索还是源源不断：仅一年时间，找寻"北京人"工作委员会（简称：找寻工委）收到有价值线索107条，涉及全国包括台湾在内23个省市。据找寻"北京人"工作委员会透露：正当海内外各国热烈响应全球找寻人类的文化遗产——"北京人"头盖骨化石倡议时，日本官方却以种种借口拒绝了中国政府要求协查的正当要求。这与日本政府在半个多世纪前拒不配合中国政府要求追查"北京人"化石失踪线索及有关涉案人员的行为一样，继续掩盖和逃避战争罪责。战后日本走过一段和平路线，然而近年来却在否认历史的路上越走越远了。2016年3月29日东京37000余名愤怒的日本民众包围国会大厦抗议安倍政府用《新安保法》修改《和平宪法》。他们高呼："安倍下台！我们不要战争！！"据《日本时报》3月29日网站报道："日本律师联合会当日宣布反对新安保法，称它们违反了宪法，侵犯了人们和平生活的权利。将有超过600名律师定于下月向东京地方法院提起诉讼。"

2005年10月·河南偃师山化乡

在崔国民宣布成立找寻"北京人"头盖骨工作委员会前5个月，一条重要线索从古脊椎动物与古人类研究所传来，信息称一位李姓老乡自称手中有确凿的"北京人"化石线索。苦寻数十年无果，而今日发现就在眼前，这个消息顿时让所有人欣喜若狂，翘首以待。

刚刚成立的找寻队立刻赶赴河南偃师山化乡牙庄村与64岁的李姓村民展开挖掘。李老汉向人们讲述了一段尘封已久的秘密：

那是1941年冬天的一天，一辆破旧的国民党军车在河南汝阳路上抛了锚，押车的国民党官兵跳下车帮助修车。此时恰好另一队溃败的国民党溃军路过，便好奇地围了上去，准备顺便捞点东西，败兵们不顾押车官兵的阻挠纷纷爬

龙 骨

上卡车翻箱倒柜，搜寻可用的财务。李老汉的父亲正是当年这伙败兵中的一员。一个士兵从车上的皮箱里翻出了金银珠宝，顿时爆发一片抢夺。

李老汉的父亲看见车上有两只白色的木箱，便用刺刀将箱子撬开，他目瞪口呆地看着他从来没见过的东西：一些玻璃瓶里装着人的牙齿，瓶子上还贴着红色标签，还有几个像"葫芦模样"人头骨……败兵仗着人多势众将车洗劫一空，但是因为分赃不均败兵们互相残杀，最后躲在一角的李老汉父亲成了唯一的幸存者。他从此改名换姓，将财宝与装着头骨的木箱秘密埋在一个废窑洞里……

20世纪70年代李老汉的父亲去世，临终前父亲告诉他这个藏了半个世纪的秘密，要求他等国家安定了，再把这个秘密说出来。

听上去这个故事的确传奇，找寻队在得到当地政府和公安部门支持后立刻进行挖掘。经过5天的挖掘，这里根本没有所说的任何物件的踪迹。

2006年·河北白洋淀

2006年深秋的一天，一位东北边陲的保卫干部向周口店"北京人"化石寻找工作委员会提供了一个惊人的线索。

一个名叫辛景田的少年，在20世纪40年代曾在白洋淀水边捡到五个箱子，其中两个箱子，无论大小、质地还是里面的物品，都与胡承志送出的'北京人'化石惊人的相似。老人如今已经去世，但是保卫干部何墨福清楚地记得老人的话："箱子被埋在白洋淀老家的一处河滩上。"当年的埋藏地被绘制成图，化石寻找队历尽周折，在河北安新县的马家寨找到了图纸上的地点。

目标锁定在一片河滩开阔地，中国地球物理所的专家与中国地质大学的师生将联手进行排查。异常情况接连出现，在探测麦田的屏幕上出现了4组深蓝色的可疑地方。经过甄别，最终河滩上一处明显的异常点让何墨福兴奋不已，这与他框定的重点区域正好吻合。

但是，经过对这块圈好的神秘藏宝地的数日挖掘，结果却令人大跌眼镜：探测仪检测异常的地下一无所获，此情与日坛公园挖掘结果如出一辙。人们在失望之际，不由得质疑起这种高科技仪器的可靠性。

第二十九章 龙骨·无悔追寻

到2009年止找寻委员会对大量的信息进行梳理和甄别，分别对河北白洋淀、河南汝阳、天津、北京等地线索进行了实地考察和挖掘，但仍一无所获。对于日本《产经新闻》报道"北京人"头盖骨可能"在东京皇宫地下室保管着"等涉外线索，由于得不到当事国的配合而无法进行。

2001年，一部由美国人斯特林·西格雷夫、佩吉·西格雷夫历时18年调查的专著《黄金武士》面世，2005年在中国翻译出版。这部著作以大量翔实可信的资料、线索、证据揭露了一个惊天的秘密。"二战"期间日本掠夺亚洲巨额黄金的黑幕就此被揭开。在这个黑幕中也包括日、美两国从皇室到政府高官如何在这批黑金面前做了大量牺牲亚洲各国人民利益的政治交易。从这本书中我们意识到，为什么日本天皇裕仁以及协助他实施金百合计划的弟弟在犯下滔天罪行之后被免予问责。我们也似乎从中找到了当年美军盟军为什么不热心去追查长谷与高井，还有恶贯满盈的黑社会头目儿玉誉士夫的缘由了。

正如书中的评论所说："我可以对《圣经》发誓，这些化石（指'北京人'头盖骨）和其他财宝一起被放在（日本）皇宫的地下室里。"也正因为如此，锭者也好，善克中校也好是根本无法追查的。他们心里也很清楚，他们只是这个游戏中的替代棋子。

崔国民如今是北京市文物局党组副书记、副局长，他至今仍兼任找寻委员会主任。总结这一经历，感悟到我们解决找寻'北京人'头盖骨工作的根本所在，一个关键要害的所在，就是以人类的名义，以中国政府的名义在联合国的协调下要求日、美两国政府对"二战"期间的这一悬案做出官方正式调查，他透露：追寻"北京人"的同时，中国的古人类考古也与共和国同步快速发展，到2009年止新中国已挖掘古人类遗址达200余处，石器出土地点达1000余个，成为这个领域中领先的国家之一。

1956年·广西柳城县洛满镇

这天是当地传统集市，十里八乡的村民一大早就带着自己种的菜、养的鸡、鸭、猪、牛赶集，还有的山民带着编织品与山上挖的草药赶几十里路来换些日常用品，集市一开就人山人海，摩肩接踵。山民覃秀怀背着竹篓也来

龙 骨

赶集，他很快把山货卖光，筐里还有几块从山上洞穴里捡到的骨头没有卖掉，他听说这是"龙骨"可卖药铺，但人家看像人下巴骨便未收。在镇上银行换钱时被银行职工看见，这名城里来的职员知道裴文中挖掘"北京人"的事，便劝覃秀怀将化石交给文化部门，转给北京的大科学家研究。淳朴的覃秀怀一听可以献给国家，当即痛快地答应。

几个月后，化石辗转送到裴文中手中，这枚广西发现的"下颌骨"让裴文中欣喜异常，原来有位荷兰古生物学家孔尼华曾在1935年香港一家中药铺中发现被中国人称之"龙骨"的中药里有几枚酷似人的牙齿化石，所不同的是这枚臼齿比人类牙大出一倍，而且齿冠高得多。孔尼达为它起名"巨猿"，种名为"步达生"，以纪念在北京去世的著名人类学家步达生。不久孔尼达将巨猿牙齿送到时任协和医院新生代研究室主任魏敦瑞手中。魏敦瑞在研究这枚巨齿之后认为：这种牙应为人类祖先猿类之齿，随即为其改名："巨人"。

1952年孔尼达又在印度尼西亚的华人中药店中收购七枚巨猿牙齿，他即发表论文，为纪念已故的魏敦瑞，正式同意将名改为"巨人"。让人摸不着头脑的是魏敦瑞有什么必要将巨猿齿改为巨人齿呢？在词义解释中这二者并无差异，联想起魏敦瑞赴美前后一系列近似反常的行为，不能不让人对他多少有些雾里看花。

眼下裴文中如证实"巨猿"源自中国西南，那就是证实他20年前看到这枚巨牙时做出的"广西可能是巨猿的老家"的大胆猜想。因为，新中国成立后，孔尼达悲观地说："我从此无法找到巨人的老家。"孔尼达对巨猿的生活源地锁定在"东南亚或中国南部的山洞"，这同比裴文中的预测范围大得多。裴文中决定从这巨猿考察为突破口，并为巨猿正名。在他看来，巨猿是猿而不是人。

1957年·巨猿洞

楞寨山是社冲村外一座孤零零凸起的小山，四周是美丽的平原水田，在这座山90米处就是覃秀怀所讲的山洞。考察队艰难地攀爬在陡峭的山坡上，费了九牛二虎之力终于登上这座神秘的小山。这次考古挖掘取得巨大收获：取得巨猿下颌骨3枚，牙齿1000余枚。经过对柳城巨猿和之后在湖北、重庆等

第二十九章 龙骨·无悔追寻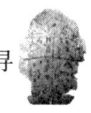

地出土的巨猿化石研究测试,巨猿是生活在距今200万年前的灵长类动物,是形似猩猩但不是猩猩的动物。裴文中如愿以偿,那个小山洞从此命名"巨猿洞"。

虽说不知巨猿究竟是何种动物,但有一点可以确认,它们早在100万年前已经灭绝。两位年已古稀的老人在这一时期足迹遍布南北,有了一个又一个惊人的新发现……

自1938年贾兰坡来过云南考察后,新中国成立后又多次来云南,1957年在云南省开远煤矿发现五枚腊玛猿牙齿;1976年在云南禄丰发现一具基本完整的腊玛猿下颌骨;1980年又连续发现3枚头骨,这些骨骸被定为1000万年前,为研究人类起源提供了十分珍贵的佐证。

20世纪70年代·湖北神农架

神农架自然保护区位于湖北省西部群山之中,在原生态状态下,整个自然保护区占地3294平方公里,由于该地区山陡谷深,竹茂林密,大部分山区为无人区,特殊的环境与气候,使这里生长着数以万计的珍稀动植物。这里有关野人的传说早在2000年前就有记载,20世纪70年代以来不断传来发现"野人"踪迹的消息。

1976年5月某日有六名林场职工报告称与"一个红色毛发的野人不期而遇",并绘声绘色描述称这个红毛怪物还冲着他们"拍巴掌"。一时间,各种各样的"目击报告"如雪片一般,涉及数百人。

1976年6月应当地政府的强烈请求,中科院古脊椎动物与古人类研究所派黄万波(贾兰坡教授助手)、张振标、汪松等研究人员,组织一支科考队前往神农架一探究竟。经过对目击者调查与实地考察,科考队代表中科院做出"依照当地生态条件不可能有野人存在,目击者所看见的动物可能属于灵长目种"的结论,这让满怀期望的人们极为失望。

同年9月23日中国第一支民间"野人考察队"在神农架保护区边的房县成立。在随后的三十年间,由学者、教师、爱好者自发组织的"野人研究会"多次进入人迹罕至的深山老林中考察寻找野人踪迹,但都无功而返。

龙 骨

1997年10月，有一位上海"野人迷"在媒体上公布了一段2分钟的视频，在1988年湖北省长阳县白氏坪镇，一户人家里发现该农户家有一形态酷似"猴"的男子，传说他的母亲曾被野人掠去后生下这个外号"猴娃"的男子。后经媒体报道后，一时满城风雨。

1999年"猴娃"去世，年仅33岁。为了求证"猴娃"是否是野人后代，1999年12月19日野人考察队从坟中取出遗骨向有关学者求证。

新华社记者欧阳采薇向古人类学家吴新智求证，吴教授婉转地提示可将头骨送医院做病理检察，看"是否由病变所致"，后证实确为病变畸形所致。

并不赞同专家结论的科考迷们又将猴娃的骨骸几经周转送到贾兰坡教授面前，据说贾老手持放大镜反复观察，自言自语地说："真是邪门，这是从哪儿弄来的？"

贾老并没有给出野人迷们期待的肯定，因为稍稍了解贾老20世纪50年代以来的考古实践与理论，就不难知道他不可能做出与同事、助手相反的意见。

作者与贾老相处18年里从未听过他对野人一事讲过类似的话，相反，贾老对是猿还是原始人有着旗帜鲜明的态度。

1964年·西双版纳

20世纪60年代至80年代，中国西双版纳勐纳县盛传"野人"的故事，有人还活灵活现地称"亲眼见过野人围着篝火跳舞"，中科院古人类学家吴汝康教授与昆明动物所、北京动物所组织联合考察队深入无人区密林中进行为时三个月的考察。结果未发现任何野人存在的证据，在此次考察中唯一收获是猎取一公一母的两只长臂猿，当把这两只长臂猿摆在县政府门前展出时，许多人指认这就是他们"看到的野人"。

在此后的80年代曾有"野人研究会"提供的野人实物证据——一只"野人手"，经古脊椎动物与古人类研究所检验证实这是一只作假的熊掌。

几十年来中科院古脊椎动物与古人类研究所一直十分低调地应对社会上种种传言，一方面不挫伤群众探求真相的热情，一方面积极考察验证各种传闻。

第二十九章 龙骨·无悔追寻

对于流传已广的"西藏雪人、野人、大脚怪"之传闻抱着用科学态度对之，既不认可也不反对探索未知生物。按科学家们的理念，无论外界如何，他们都按部就班地按计划进行考古探索。

1952年到1966年期间（1957年周口店猿人遗址暂停挖掘），贾兰坡和他的同事们分别到全国各地进行考古挖掘并有了许多重要的发现：1964年贾兰坡带队在陕西省兰田县公主岭发现"蓝田人"头骨；1965年又发现"元谋人"等，这两处遗址化石被证明为170万—180万年前的古人类。

到2009年止中国境内共发现200余处古人类遗址，其中17处为国家重要古人类遗址。出土了大量古人类头骨化石及各类石器，为中国古代人类从直立人阶段、早期智人阶段到晚期智人阶段的完整进化脉络。

1958年贾兰坡再次主持龙骨山考古挖掘。

1959年7月6日由古生物学家赵资奎和考古学家李炎贤主持挖掘，后在周口店出土一枚比较完整的"北京人"下颌骨，经研究认为它属于一个老年女人。

1966年春天在裴文中的主持下挖掘出一枚"北京人"额骨、一块枕骨和一枚牙齿，令人称奇的是这次发现的化石竟与1936年发现的"北京人"五号头骨中的二块颞骨恰好拼成一个几乎完整的"北京人"头盖骨，这是五枚头盖骨丢失首次发现和拼接的唯一完整的"北京人"头盖骨，年过花甲的裴文中再次为古人类考古立下奇功。

然而，从20世纪60年代到90年代围绕谁是我们的祖先展开了长达30年的激烈争论，贾兰坡教授把它戏称为"持久论战"。但谁也没有想到，这场论战竟是在两个同甘共苦的"北京人"之父之间展开……

1957年贾兰坡教授和他的学生、考古学家王建在《科学通报》第一期发表了论文《泥河湾期的地层才是人类最早的脚踏地》一文。30年后，当贾兰坡教授回忆起当时的情景，还心有余悸。他回忆道："不料，这一篇才1100字的短文却惹起了一场预想不到的旷日持久的争论。今天回过头来看，科学上建立一个新的概念确实不容易。一般说来，这个过程绝不会是一帆风顺的。"

他们在文中之所以使用"泥河湾层"这一名称，是因为我国从1954年起根据在伦敦举行的世界地质学会议的决议，把欧洲的维拉方期和我国的泥河湾

龙 骨

期规划为距今100万—300万年的更新世早期；可是在此以前却是一直把这一组地层作为上新末期看待的。

2012年6月4日美国每日科学网站发表卡内基自然历史博物馆古生物学家克里斯·比尔德的一个国际研究小组"在缅甸中部发现的距今3700万年前类人猿化石证明人类最早进化地在亚洲"。同样在这一年泥河湾古人类遗址被证明是迄今已知最古老的人类遗址之一。

裴文中和法国人德日进都认为"北京人"的石器是不进步的，前苏联B·K·尼科尔斯基教授也认为："碎的石子，以其所成的偶然形状为工具，作为一般使用。"

贾兰坡和王建的看法却与此有所不同，在他们的这篇短文中是这样认为的：

> 中国猿人的石器，从全面来看，它是具有一定的进步性质的。我们从打击石片来看，中国猿人至少已能运用三种方法，即摔击法（或碰砧法）、碰击法和直接打击法。从第二步加工来看，中国猿人已能将石片修整成较精致的石器。从类型上看，中国猿人的石器已相当的分化，即锤状样性石器在用途上的较繁的分工，无疑是标志着中国猿人的石器已有一定的进步性质的……人类是否有一个阶段是用"碎的石子，以其所成的偶然形状为工具"呢？肯定是有的。但事实表明，这种人类不是中国猿人，而应该是中国猿人以前的、比中国猿人更原始的人类在使用这种工具。假如没有这样一个阶段，就不可能有中国猿人那样的石器产生。因为事物是由简单到复杂、由低阶到高阶而发展的。同时有很多事实表明，人类越在早期，他的文化进步越慢。那么，中国猿人能够制造精细的和种类较多的石器，这是人类在同自然作斗争的漫长岁月中逐步演变而成的。由此可见，显然与中国猿人时代相接的泥河湾期还应有人类及其文化的存在。

第二十九章 龙骨·无悔追寻

这篇文章的基本观点,在我国学术界是有争论的,裴文中就不赞同。三年之后,裴文中在1961年《新建设》第7期发表了题为《"曙石器"问题回顾》一文。文章里说:

> 有人认为在旧石器的初期,人类制造的石器,如欧洲阿布维利的手斧和中国猿人的石器,已经相当进步了,人类从不会使用和不会制造石器到制造出这样进步的石器,一定经过了一个相当长的酝酿或过渡的时期,就是使用半天然半人工的石器,在这个过渡以前,还应当有一个人类只知使用而不能制造石器的阶段。这个说法看来似乎很合乎事物发展的规律,但实际上却不然。这是一个如何划分人和动物的界限的问题。
>
> 中国猿人制作的石器,可以有几种类型,如尖状器、刮削器、砍砸器、石锤、石砧等实际上都是适合上述能满足这三种基本要求(即尖、刃、重)的工具。如果不能满足这三种基本要求,就不成为"石器",就成了所谓"曙石器"。所以在我看来,中国猿人制作的石器的类型正是具有原始性质,而不代表进步性质。
>
> 至于说中国猿人石器之前有人工打制的"石器",我觉得这种说法也难以成立。周口店第十三地点的时代是要比第一地点较早一些,但周口店第十三地点的石器,我们始终认为它仍然是中国猿人制作的,而不是比中国猿人更原始的另一种人类使用的……
>
> 至于说中国泥河湾(即更新世初期)有人类或有石器,我们应该直率地说,至今还没有发现。同样的问题,也就是"曙石器"问题,在西方学者中曾争论了近百年,也有许多人尽了很大的努力寻找泥河湾(欧洲的维拉方期)的人类化石和石器,但没有成功。

吴汝康为了和裴文中商榷,写了《从"曙石器"问题到中国猿人是否是最早的人》一文,发表于1961年9月6日的《光明日报》上。他的这篇文章中谈道:

龙 骨

这里先就后者表达我的意见。我认为爪哇猿人肯定是比中国猿人稍早的一种能够使用和制造工具的人。

很明显，裴先生认为爪哇猿人还不能肯定能够制造工具，还不是真正的人，因而，"不能证明比中国猿人之前，存在着另一种人类。"真正的人是从制造工具开始的，即说中国猿人是最早的人。

中国猿人是否是最早的人类？无论从中国猿人的体质特征和文化性质以至中古猿人化石发展的地质时代来看，都会得出否定的回答。

中国猿人已有相当大的脑子，平均脑量在一千立方毫米以上，中国猿人不仅完全能够自立走路，而且四肢已经与现代人很相似，因而从体质上可以肯定中国猿人不是最早的人类。从中国猿人的文化性质来看，中国猿人已经能够用火，制作石器，根据这次裴先生的说法也可以分几种"类型"。中国猿人的地质时代，一般认为是更新世中期，根据地质条件来说，整个更新世都有人类存在的可能。而且事实上现在已经发现有爪哇猿人以至南方古猿类的各种真正的人类或近似真正人类的化石证明，因而我认为中国猿人不是最早的人。

……最接近于人类的各种古猿的脑量，一般都不过是中国猿人的一半，如果中国猿人以前有更原始的人，那就是古猿的脑突然增大了一倍而成了中国猿人。中国猿人已经能用火和制作几种类型的石器。中国猿人发现于北京周口店，那就表明人类可能是起源于周口店。中国猿人以前再没有另外一种能够使用和制造工具的人，而爪哇猿人无论从体质形态和地质时代上来看，都比中国猿人要早一些，那就更该把爪哇猿人剔除人的系统而归于猿类。如果这些论点能够成立，现今所有的世界各国有关人类科学的书籍的有关部分就得需要重写，包括裴先生本人写的一些文章和小册子在内。但是，裴先生在文章中没有能提出任何可靠的证据，因而是难以使人相信的。

人类学家吴定良以《中国猿人是不是最早的人类》为题也写了文章，1961年11月9日发表于上海《文汇报》上。他说：

> 中国猿人制作的石器，除原料和半成品外，依据裴文中、贾兰坡两位同志的研究，每件工具都有个别的式样，且具有多种类型，包括尖状器、刮削器、砍砸器、石锤、石砧等种类。在刮削器中又有直刃、凹刃、凸刃、复刃之分。据贾兰坡意见，尖状器制作过程，并不简单，须经过两道程序，骨器亦有多种类型。这些工具，虽然具有进步性质，似非最原始人类所制成。
>
> 据现有资料，就国内论，中国猿人却是已发现的人类化石中最早的一个；就全世界论，中国猿人是代表猿人阶段较早的人类，而不是最早的人类。爪哇猿人生存年代，从各种的证据来看，比中国猿人要早。

1962年裴文中的学生，考古学家张森水支持自己的老师的观点，他在《古脊椎动物与古人类》第6卷第3期发表了《对中国猿人石器性质的一些认识》一文：对中国猿人的石器是不是最早的，他没有明说，但显然不赞成贾兰坡的观点，他在文章中说：

> 中国猿人所制作的石器和石片都没有一定的形状。这表明中国猿人打石片和修理石器的技术尚未形成确定的方式方法。由此可见，中国猿人制造石器的技术水平尚处于相当原始的阶段。

1957年至1959年·山西

贾兰坡教授为了进一步对自己论点进行充实考证，他率队在对三门峡地

区、陕西潼关地区、山西匼河等地两次进行考察，发现多处旧石器文化地点，并采集到人工打制的石器和少量的动物化石。根据对两次考察的石器与动物化石的反复比对与研究，贾兰坡、王择义、王建等人于1962年出版了《匼河》一书，在这本书的"后语"中写到：

> 在能够鉴定或大体上可以辨出"种"的动物，虽然仅有七种，可是这些化石不仅可以把含有旧石器时代的堆积划归更新世中期，而且由于有占有相当比数的古老或残存动物的存在，还可以进一步把时代划在更新世中期的早期。
>
> 匼河石器与中国猿人的石器相比，中国猿人的石器在类型上和打制技术上都比匼河者进步。彼此间既有共同性，又有不同特点，但不同性是主要的。
>
> 匼河石器和丁村石器相比，虽然丁村者在类型上和打制技术上比匼河者更加进步，但它们彼此间却保持着一定的渊源关系，从而我们根据现有的材料，做出了这样的推测：丁村文化史由匼河文化逐步发展而来的（周口店第十五地点的石器与中国猿人保持着密切关系）。
>
> 根据石器的研究、化石的性质与地层的上下关系，我们认为这含有旧石器的地层时代，系属于更新世中期的早期，文化本身系属于旧石器时代初早一阶段。

首先谈到匼河问题的裴文中先生，他在《新建设》1962年第4期发表的一篇《中国猿人究竟是否最原始的"人"？——答吴汝康、贾兰坡二位先生和其他同志》文章中说道：

> 关于匼河附近11个地点的所谓早期中更新世的石器问题，基本还是地质年代问题。
>
> 根据这个初步报告，在这许多地方（特别是6054地点）中，黄

第二十九章 龙骨·无悔追寻

土底部的砾石层都非常少或者没有。我们从原则上看，在华北地区，在高原地、山坡和丘陵上都堆积有黄土；但离河流近的地方，则正当土在高地堆积的时候或在黄土堆积之前，一般都有砾石层或底砾石层。而在这里，除6054顶部只有很薄的黄土外，在这个黄土时期都没有砾石堆积，而有许多地点与古黄河都很近，显然与华北其他地区的情况不同。

裴文中先生又以《关于古人类学研究的动向和问题》为题，写了一篇文章，于1962年6月24日发表于《文汇报》。他说：

> 原著者从地层上看，认为匼河石器发现于"红色土"下，所以匼河石器的底部，"红色土"相当于周口店中国猿人的时期，所以匼河石器早于中国猿人的石器。但问题是这里所谓的"红色土"究竟是否就是地质学家所谓相当于中国猿人时期的"红色土"，或者是比中国猿人晚一个时代的"黄土"，人们的意见还很不一致……原著者则谓相当于周口店的下部地层，而周口店下部地层又存在着比中国猿人更古老的另一种人……从石器方面看，原著者认为石器方面有三种性质：一、是与比中国猿人更晚的丁村文化中石器方面相同的，如大三棱尖器、石球；二、与中国猿人的石器相似的石器；三、比中国猿人的石器更原始的石器。根据原著者的分析，有人提出不同的意见，即所谓比中国猿人的石器更具原始性者，实际是天然破碎的石块（曙石器），并不是真正的人工有意识打制的石器。其余两种，都不能证明比中国猿人者古老，因此，从石器方面也同样难以证明匼河的石器比中国猿人古老。在匼河石器的时代未解决之前，就做出匼河石器时代有一种比中国猿人文化更古老的一种"匼河文化"，似乎还不够成熟。

让贾兰坡始料未及的是，他那篇仅有1100百字的论文竟然引发了裴文中、

龙 骨

吴汝康、吴定良、张森水等一大批国内外知名学者参与论战，这场论战长达五年之久，期间共有22篇论文参加争鸣。事实上，当时的论点分歧是：一是，贾兰坡为首的主张"'北京人'之前还有文化存在"；与其对立的是以裴文中为首的主张"'北京人'文化最原始，'北京人'是最早的人"。

也许在今天看来，这早已不是值得争论的问题，但在当年这却是在全世界争执的关键。20世纪20年代在国际古人类学界有一个观点：最早的人类不超过50万年，著名的爪哇人是人类最早的人，裴文中1929年挖出的第一枚"北京人"经碳14检测要略早于爪哇人，约50万年以上，因此被公认是人类发源地之一。

问题是这两个针锋相对的论点恰恰发生在情同兄弟，同为"北京人"之父的贾兰坡和裴文中之间，这多少让人有些尴尬。贾兰坡教授每每回忆起这段历史总觉得心里忐忑，他生前多次向笔者提及此事时说道："裴先生那时很恼火，说你喝过几天墨水！大家都知道我没有上过大学，比起任何一个院士我都是不可比的……可是对事物真理的探讨并不以墨水喝了多少来裁定……"

贾兰坡教授靠刻苦自学和实践赢得了国际科学界的认可，他拥有3个院士称号，其中之一是美国科学院授予的。

裴文中教授是一位性格耿直而又固执，多少还带着几分霸气的科学家。

他发现了贾兰坡并把他带入考古的新世界。每当周口店处于最困难时期，裴文中都力挺贾兰坡作为周口店猿人遗址挖掘总管，可以说没有裴文中的引路很难成就贾兰坡的辉煌。在抗战艰苦的日子里两个人同甘共苦，共同经历了痛苦与喜悦，他们的感情早已超过学术的界限。但事情往往是这样，关系越紧密的人就越挑剔对方，仿佛期盼对方更完美。然而，裴、贾龙骨之争似乎不断升级，双方集结了自己各自同道之人，其学生与同事纷纷卷入论战。这场几乎囊括所有国内顶尖学者参与的大争论，在今天看来并不重要，在当年却是原则之争。这场论战不可避免地在裴、贾二老心上留下挥之不去的阴影，但当"文化大革命"爆发后，这场历时五年的大论战戛然而止。

"牛棚"里的誓约

贾老回忆道:"刚进牛棚时,心情特别郁闷和压抑,大家几乎都不说话,可时间一长也就'疲了'。杨钟健那时是所长,自然算是'走资派',我和裴文中就算是反动学术权威……后来没多久吴汝康也被关了进来,一打听原来吴汝康刚出国参加一个学术研讨会(坦桑尼亚'东非人'),他的一篇论文描述了被世界学术界认定是170万年前的古人类化石。这下子让所里的年轻造反派抓住了把柄,造反派说:'毛主席著作讲人类最早只有50万年,你竟然敢说170万年,这是反对毛主席!'"于是吴汝康也被关进了'牛棚'。

在今天看来"文化大革命"中的许多事情令人啼笑皆非,但在当时对于那些被世界所敬仰的科学家看来这简直是对自己和科学的亵渎。

贾老回忆道:"在牛棚里没人再提起我们的那个争论,也许是同病相怜的缘故,我们反而感到彼此十分亲切的感觉,自从新中国成立后我们还没有过这么长一段时间朝夕相处!……"

的确如此,自从裴文中与贾兰坡因学术争议一时沸沸扬扬时,各自的学生与中外学者纷纷卷入进来,因两位均被称为'北京人'之父,而且都生性倔强,虽说彼此都知道这不过是个学术之争,但因两位泰斗却因太熟悉而无法放下面子,贾老坦承:"那时心里实在难受……"机会在蒙难时来临了。

1965年坦桑尼亚总统尼雷尔邀请中美苏法英五国古人类学家共同见证这枚古人类头骨回归坦桑尼亚的盛会,我国著名人类学家吴汝康参加了这次盛会。吴汝康回国后在《光明日报》发表文章介绍了"东非人"被学术界证明将人类历史又推前了100万~170万年。

但吴汝康遭到造反派们大批判,也被关进了"牛棚"。1960年玛利·利基的儿子乔纳森在母亲发现"东非人"头骨不远的地方,又发现一枚小孩的头骨,据测量脑容量达650毫升,经过4年的研究这枚化石被取名为"能人",距今190万年。

因"文化大革命"的冲击,中国对外科学文化交流基本中止,吴汝康能在非常时期参加境外学术讨论那真是个意外惊喜,因为已很久没有国外同行的研究信息了,吴汝康突然关进"牛棚"立刻让杨钟健、裴文中和贾兰坡围了

龙 骨

上来。

杨钟健迫不及待地问:"汝康,外边有什么新闻?"

裴文中和贾兰坡更是心急地问:"国际上有什么新发现?"

吴汝康原本沮丧的心情立刻被一张张渴望的眼神所感动,他知道这几位同行最想知道的是什么,便先介绍参加坦桑尼亚总统亲自主持的中、美、苏、法、英五国古人类学家对"东非人"学术研讨会情况。当听到与会专家一致认定"东非人"为100万—170万年前的远古猿人时,裴文中沉默了,显而易见他的'北京人'是最早人类的观点已被无情的事实打破了,裴文中和贾兰坡的学术之争在这一刻终结了。"好事嘛,来,咱们难兄难弟拉拉手,对今后许个愿吧!……"杨钟健不愧是学界老大哥,今天的巧合让他抓住机会让两个好朋友冰释前嫌。贾兰坡对杨钟健和裴文中有着特殊的情感,这不仅是三个人有着半个世纪的龙骨山情缘,更重要的是他们有着生死与共的追求。贾兰坡动情地说:"我有个愿望:等我死后就埋在龙骨山!我要守候'北京人'回家……"

"好你个兰坡,那我们呢?我也要埋在龙骨山!别忘了当年还是我买下的龙骨山呢!"裴文中着急地也举手赞同。

"这真是个好主意,也算我一个!你呢?汝康?(吴汝康点点头:算我一个!)来咱们击掌为约,日后都葬在周口店龙骨山!"杨钟健哈哈大笑伸出手掌。几个人紧紧把手拉在一起摇动……

在"牛棚"生活中,杨钟健、裴文中和贾兰坡,这三位龙骨山的奠基者们在这段郁闷日子,好像什么都没有发生一样,他们紧紧地倚靠在一起,相互鼓励,相互关爱,共同憧憬着龙骨山的未来,想象着下落不明的"北京人"回家的情景,在这段特别的日子里他们立下人生的共同盟约:"死后并排埋葬在龙骨山下,守候'北京人'归来。"如今他们都静静躺在龙骨山的丛林中,第一位是杨钟健,其次是裴文中和贾兰坡,就像曾经约好的那样……

溥仪1959年12月4日被特赦回到北京时,他已阔别北京整整34年。这位"真龙天子"一生坎坷,充满传奇。他在回到北京的八年中感到"如获重生一般",对新生活充满向往与激情,1962年4月30日他与做医务工作的李淑贤女

第二十九章 龙骨·无悔追寻

士结婚,这是他一生中唯一的感到幸福的平民妻子,也是最后一位妻子。"文革"风雨也毫无例外地冲击着这位已做"平民"的皇帝,尽管在周总理的保护下免受遇难,但他还是在惊恐中病逝。

这一期间,一生备受争议的周作人也在"文革"冲击中凄凉去世。

1970年12月10日中国著名石油管道专家翁心源在饱受迫害之后突然去世。翁文灏闻讯后悲痛万分,病倒了。翁心源是翁文灏的长子,曾积极配合党和国家动员翁文灏回国报效祖国,"文革"开始后他为了保护父亲免受批斗以虚弱的身躯一次又一次地经受造反派的批斗与迫害,此次突然去世就是在批斗过程中心力交瘁,昏倒在地,不治身亡。在翁心源去世前,翁文灏的妻子已经去世,而1944年儿子翁心翰在空战中不幸以身殉国,当时他刚新婚一年,年仅27岁。一连串的打击使翁文灏失去了生活的信心,1969年年初翁文灏就留下了第一份遗嘱,试图自杀,但未成功。

1970年12月8日翁文灏再一次写下了遗嘱,他强调说:"我死后火化,骨灰还于大地,不要保存,不要开追悼会。"一个月后,1971年1月27日翁文灏终于走完了他曲折而又传奇的一生。

他的坎坷人生令人唏嘘。自1951年回国直到1971年去世,翁文灏在京的日子长达20年,但同在北京市里,而且相隔很近,翁文灏却始终没有与裴文中、贾兰坡、杨钟健等人见上一面,更没有再踏上他魂牵梦绕的龙骨山。相对而言,杨钟健、裴文中、贾兰坡等古人类学家还算比较幸运,在关进"牛棚"不到一年后被释放回家。到1976年"四人帮"垮台前,他们似乎淡出人们的视线,整个国家的科研都停顿了,何况他们是专门研究古生物、古人类的专家。

贾老回忆说:"那段时间过得可叫百无聊赖,整日无所事事。……后来在老同志们的建议下,开始写点回忆录什么的。……"8年后他根据自己半个世纪的回忆及20世纪70年代国内外掀起的寻找"北京人"热潮,整理出版了"文革"后第一部详细、全方位的论著《周口店发掘记》。

世界并没有因为中国的"文化大革命"而停下脚步,从20世纪50年代起古生物与古人类的考古研究有了长足的发展,最大的特征就是出土的古人类

龙 骨

遗骸年代越来越久远,且古生物考古与古石器考古同步进行,一改过去对人与器分别研究的惯例,很明显这是为了区别人类进化的不同阶段特质。

1975年中国云南禄丰县发现迄今800万年的古猿化石。20世纪90年代后似乎发现的古人类记录被不断刷新:1994年非洲埃塞俄比亚发现大约400万年前的古人类化石;2000年一支法国考古队在肯尼亚发现一批距今600万年前的化石,被命名为"千禧人"……

由于距今最早的古人类化石大部处于非洲,故产生一个新的论点:"走出非洲说。"而这个争论的矛头首先指向"北京人"。

1985年10月中科院古脊椎动物与古人类研究所黄万波研究员在重庆龙骨坡发现一段下颌骨,第二年又发现两件上内门齿,这是迄今发现最古老的人类化石,距今已有203万年。

1987年美国加福利亚大学威尔逊教授和康恩教授共同署名在《自然科学》杂志,发表名为《遥远的伊甸园》的论文,他们提出:"15万年前从非洲向世界各地迁移的'夏娃'说":"约5万年前非洲人进入东亚,3万年前非洲人分两支在东亚汇合,中国人是从非洲迁移而来的。"

上海复旦大学遗传研究所金力教授根据从中国不同地区采取血样进行DNA比对,金力选择男性Y染色体(6000万个域点)进行染色体研究,M—六八测定非洲为最早,如果找不到M—六八东南亚的样本则证明中国人是独立的,但在一万个样本里(12000个)却全是M—六八的突变体,据此金力的研究支持人类非洲起源的理论。一时间,"北京人"成了"非洲后裔和灭绝种"。

早在20世纪40年代,魏敦瑞根据对"北京人"的研究认为在"北京人"的3个头骨中应属3个民族:101号男性头骨属于原始黄种人;102号年轻女人的头骨属于南太平洋美纳西尼亚群岛类型;103号中年女人则属于更遥远的北极因纽特人种。而且这些头骨有陈旧的伤痕,魏敦瑞认为"北京人"属于"灭绝"的人种。

我国著名古人类学者贾兰坡与吴新智批驳了这个观点,他们认为:"在我国迄今已发现的古人类化石头骨中其眼眶呈长方形、脸面较扁平、鼻梁较矮、

第二十九章 龙骨·无悔追寻

上门齿呈铲形,这与非洲、欧洲等地的同期化石有明显区别。其次,在我国出土的石器第一模式与国外170万年前石器模式一致,其他模式也与世界同期石器相吻。其三,根据中国出土的古人类化石与生物学的研究证明基因突变速率是不恒定的,如果将果蝇DNA过去6000万年的平均进化速率来估算三个多细胞生物界共同组建生活的时期,那可以追溯到70亿年前。显然用DNA的技术来断定生物进化年代有相当大的误差区,而且一个广泛分布的早在170万年以前就存在的种族不可能使用6万年才迁徙到东亚大陆的石器"。吴新智教授和多数国际古人类学家否定了"北京人"灭绝或源于非洲的学说。

法国著名考古学家艾瑞克·波衣达博士认为:

元谋人—长阳人—巫山人—北京猿人……说明至少在一百万年前东亚地区就已经存在自己进化的古人类。这个进化链的结论就是无论一百万年,还是两百万年中国人都在那里自然繁衍至今。

古人类学家吴新智院士指出:

近年,有人从尼人化石DNA试图得出比用现生人的材料更好的结果,但是最多只提取了300多碱基对,而人类有30亿碱基对。根据遗传物质的1/1000万来推测人本身的进化,能有多大的代表性呢?……可以证明非洲人在最近10万年中完全取代了各地古人类的学说不符合实际。……

2009年3月12日美国最新一期的《自然》杂志发表了中科院古脊椎动物与古人类研究所研究员高星、南京师范大学教授沈冠军等人发表的最新研究结果:"将北京猿人的生存时间推向更久远的77万年前。"2003年中国古人类学家们采用最新技术"质谱铀系测年法"对周口店龙骨山挖掘地进行的测量取得上述结论。此次在周口店提取的样本是取自遗址下部的第7—10层石英砂和三件早年出土于第8—9层石英质石制品,其结果得出一致结论:"北京人"距

龙 骨

今77万年，正负误差不超过8万年。

这个消息使人想起了1986年贾兰坡教授接受笔者采访时的一段对话。

1986年·贾兰坡教授宅邸

因邺江与贾老要核实一条将在《人民日报》发表的古人类考古的新闻稿，所以拿报社清样请贾老过目。审阅后，邺江提出了一个问题："从挖掘发现的'元谋人'证明它是170万年前的古人类，巫山人是两百万年前的古人类，那么'北京人'为什么只有50万年？……"也许问题显得很唐突也很荒唐，他略加思索后，耐心地讲道："'北京人'头盖骨是1929年和1936年挖出的，一出土后就经多个国际权威单位进行碳14检测，当时的国际权威专家一致确定为50万年正负误差1万年。用碳14检测手法差不多用了一个多世纪，误差也比较大……那时候的科学技术手段是相当落后的，我相信将来的科学技术手段检测会刷新这一年代纪录……以我的估算，'北京人'应当在70万—100万年之间，我认为，七八十万年应当更准确些，与'元谋人'、'蓝田人'、'柳江人'属于同一时代或相差不远的年代……"

2008年3月4日法国普瓦捷大学研究人员米歇尔·布吕内在《美国科学院学报》称："世界上迄今为止最古老的人类化石是2001年在非洲乍得沙漠地区发现的约八百万年前的人类头盖骨化石，起名'图迈'。"

1980年中国云南禄丰县出土的3枚头骨和一具相当完整的下颌骨是距今约1000万年前至1400万年前的腊玛猿头骨。

到底是今天的人类都来自非洲，还是来自多源进化？

是"北京人"向四周迁徙，还是由非洲取道南方进入北京？

是泥河湾人走进龙骨山，还是"北京人"来到泥河湾？……

两种学说之争均在2009年年末再次爆发。

2009年10月23日中科院古脊椎动物与古人类研究所副所长高星研究员宣布："现在完全可以将泥河湾和周口店联系在一起，从而将中国北方乃至东北亚的直立人发展进化脉络连接起来；而周口店本身的化石，就能把从'北京人'开始到'新洞人'、'田园洞人'到'山顶洞人'串联起来，证明中国人是在自己的地域上独立发展进化而来的，不但人类化石没有中断，就是石器文化也有了连续。"

2009年12月14日上海复旦大学副校长金力教授接受记者采访时承认："科学界公认人类起源于非洲，但对人类是如何来到亚洲的一直存在争议。"金力就是20世纪90年代用基因检测技术认定中国人源于非洲的基因学专家，此时的金力身份是与国外90名科学家组成的国际小组——马普学会计算生物学伙伴研究所所长，此举意在否定以中科院吴新智与法国法兰西科学院院士易夫·柯篷思所倡导的人类起源多源论。

易夫·柯篷思认为："人类史前有4位祖先：露西人、爪哇人、尼安德特人、'北京人'。目前已证明全世界六十亿人口中，'北京人'至今遍布地球各个角落。"

吴新智院士也有类似的观点，他认为人类以肤色为种类各自进化着。

2002年吴新智院士与沃尔波夫和桑恩二位外国学者联名提出了一个关于现代人起源的学说：多地区进化说。

他们主张："世界上四大人种的来源，都与该地区更古的人类不可分割，大多主要来自本地区。比如，东亚现代人主要起源自中国的古人类，澳洲土著人的祖先来自印度尼西亚的爪哇。他们的证据主要根据化石的形态。"

其实早在1982年，上海市输血研究所免疫遗传研究室主任赵桐茂和他的同事就按遗传基因的方式对人类祖先与现代人遗传关系进行了探索。经过对国内28个地区32万人的资料研究，检测Gm血型时发现黄种人特有的St因子，另外还有5个因子为各民族所拥有，他们根据计算显示出中华民族分为南北两大类。

有趣的是这一研究成果也引起了日本学者的注意。日本人松木秀雄根据这一计算公式分析出日本民族主体属于蒙古系北方型，具体地说日本民族源于西伯利亚的贝加尔湖。松木的学说一出引起一片哗然，因为日本传统认为日本民族的主要起源地在亚洲大陆的西南部，也就是中国云南一带。（参见1986年第8期《科学画报》）

1974年贾兰坡在发表的《有关人类起源的问题》一文中提到：

龙 骨

　　腊玛猿（即腊玛古猿）最靠西边的地点（如果把肯尼亚猿包括在内的话）为肯尼亚特尔南堡（东经35.21°，南纬0.12°），靠中间的地点是印度西姆拉（约东经77.0°，北纬31.0°）的哈里塔良格尔，最靠东边的地点为中国云南开远小龙潭（东经103.15°，北纬23.50°）把这三个地点用点线连接起来，呈一个不等边三角形，南亚正位于这个不等边的三角形的中心地带。早期人类化石或文化地点是围绕这三角地带分布的……

　　贾兰坡教授说："在人类起源问题上，我们是一祖论者，……我们相信，人类的第一把石刀还得到在古老的地层中去寻找……"

　　贾老支持吴新智世界多元进化的论点，他也期待将1400万年前到800万年前的拉玛猿是否是人类的祖先的问题搞清，那么当下的争议则不攻自破。

　　2012年7月中央电视台宣布将摄制五集纪录片《泥河湾》，这部再现200万年前至5000年前泥河湾东方人起源地的全景式科教片将以最翔实的出土文物令人叹服地证实中国人的发源地就在中国。

　　2013年6月5日美国《纽约时报》刊登一篇名为《手掌大小的化石重新确定灵长类动物进化历程》。该报宣称根据一支国际古生物学家团队的报告证实：在中国湖北省一处远古湖泊沉积矿中挖掘一副几乎完整灵长类骨骸化石，这副化石的年龄可追溯至5500万年前，这与恐龙灭绝的6600万年前已相差不远……这真是一个惊人的发现，它距20世纪60年代发现的1000多万年前的腊玛古猿化石和前两年在中老边界附近发现的距今3000万年的远古灵长类动物化石大大迈进了一步。这具被命名"阿喀琉斯基猴"的动物化石是由中外科学家历经10年反复研究后做出的结论，它再次证明灵长类动物起源于亚洲而不是非洲。

　　人类文明迄今不过万年，人类探索的考古却只不过一两百年的历史，在百年的不断探索中人类不断刷新事物的认知度，不断修正谬解与误判，人类正是在这样不间断的自我完善中前进。我们不妨假想一下，如果有一天我们在更深层次地方发现更早的远古人类痕迹，发现远古人类的祖先与恐龙同在一个时代再次改写历史……那将会令人心旷神怡！

来自伊利诺伊大学古生物学博士丹尼尔·格博含蓄的评价一样耐人寻味，值得深思："让我们停下来并开始深思，这到底是什么东西？"（指湖北出土的灵长类化石——《纽约时报》2013年6月5日。）

第三十章
龙骨·永恒的足迹

周谷老稍停顿片刻，指着站在身边的贾老感慨地说道："贾先生就是一位长着龙骨的人！"

"究竟有多远，我也说不好，从我查阅的资料显示，这本书记载的应至少在二三千年前的事，这不我实地考察后把我的发现告诉中国的考古学家，让他们分析远古时是中国人最早来到美洲！"

1980年4月29日·日本佐贺县

这里举行金立神社2020年大祭，同时也是金立山"司农、司药、司织"三司主神徐福的大祭。天蒙蒙亮，大街上已万人空巷，浩浩荡荡的队伍向山下进发。

队伍由两位大神汉开路，以"天狗""神旗""大鼓队""吹笛队""大刀队""神枪队""五色旗队"为先导，簇拥着一个打扮得金碧辉煌的神像，徐福头戴冲天冠，身穿龙袍，坐在神轿上，数万信徒簇拥四周。神轿后是一支身穿盛装的女子，她们边舞边唱道："微微高耸金立山／红叶秋日已过来／枇杷花开又一年梅花在笑迎黄莺／叽叽铃铃清脆的鸣声中／那四月佳日这就来临两千余年的历史啊／欢心庆祝神社的祭奠／奉到秦皇旨令率领童男和童女／那金山上的登山路上……如今芦苇变成了片片单叶／山上一望眼前多么辽阔……"

浩浩荡荡的游行队伍来到中宫，在此又是一番祭拜。第二天6点游行队伍从中宫出发前往下宫，在这里再一次举行隆重的祭拜，因为这里有座"阿辰观音庙"，相传徐福在这里与当地土著首领的女儿——一位叫阿辰的姑娘相爱，后徐福上富士山求仙药，阿辰日日想念，竟郁郁而终，后人感其忠贞不渝，奉为观音祭拜。第三天游行队伍在徐福"登路地"进行隆重的祭拜之后，将徐福的神轿恭敬地送还上宫。一连三日的大祭活动才告结束。这种每50年举行一次的徐福大祭十分壮观而又神圣，也唤起了人们对争论多年的徐福之谜再次掀起热潮。新华社驻东京记者张焕利亲临现场，被宏大的场面所震撼，不久他为此向国内发来"金立山神社祭拜的是徐福"的报道。

与张焕利一起为之震撼的还有一位来自台湾的学者彭双松，就是他在1949年发表了《神武天皇——徐福传说之谜·神武天皇即徐福》曾轰动一时。

1983年北京市人大代表团访日期间与一群身穿印有"嵯峨野人"字样和服的日本人相遇，当这些人得知代表团来自中国后异常激动和兴奋，他们向代表团解释：自己是徐福的后代，印在和服上的"嵯峨野人"意思是"秦人"之意……

与秦朝人后代不期相遇令代表团成员惊喜不已，大家纷纷举起照相机与这群"秦人"合影留念，代表团成员郑宁将这些照片送给了作者。

针对1985年中国太平洋学会在长岛召开年会时，会议上就"徐福研究会"会长、徐州师范学院教授罗其湘发表的《徐福村与徐福研究》展开激烈的争论，反对派主要以学院历史系学者为主，他们与日本学者大都持否定意见。

2007年中央电视台著名主持人水均益对前日本首相羽田孜访谈中披露，90年代初日本拍摄过一部《徐福》的电影。这位前日本首相兴致勃勃地介绍自己是一位徐福迷，对于徐福东渡日本深信不疑，自己的名字"羽田"是秦字演变而来，是徐福的后代。的确，如羽田首相所言，在日本有许多姓氏被考证源于"秦"……

 龙 骨

1985年夏·大连

应大连海运学院（现改名为大连海事大学）盛情邀请，中国太平洋历史学会在大连海运学院举办年会。应秘书长贾兰坡和副秘书长航海史学家房仲甫先生的请求，学会会长周谷城欣然命笔为大连海运学院和《龙骨》题名。散场时，周谷老带着一点遗憾对贾老和房老说："人一老，字写不好，回京后我重新写！"

半月后，贾老、房老带着作者再次应约来到周谷老家中，一阵寒暄之后，周谷老拿出几幅已题好的题词摆在书案上让我们挑："写的不好，反反复复写，我看也就这个水平了，你们挑挑吧……"

圈内人都知道周谷老的墨宝十分了得，著名航运实业家卢作孚在北碚公园里的纪念碑正是周谷老亲笔题写并铭刻在一块青石之上，这块碑成为北碚一道风景，每年都有感于卢作孚慈善事业的人们自发地汇集此碑之前凭吊伟大的北碚奠基人卢作孚。

周谷老兴致勃勃地一次次题词《龙骨》，也是对作者莫大的鼓舞和支持，1983年太平洋历史学会成立时，周谷老就亲自提议："写一本中国考古传记，就从贾兰坡先生的经历写起。"并指定由作者来写，最初的名字是《第二十四层水平方格》，那时以龙骨山发掘现场的技术术语命名，脱稿后，贾老认真地反复阅读后诚恳地对作者说："'北京人'失踪是真实存在的事件，这段历史其实本身就十分神秘传奇，无需人为再去编造……我特别希望能有一部中国人自己的真实、完整作品，以表达中国对这个事的观点和主张……"

贾老首先十分中肯地肯定作者的主流，同时又热切地期待有一部真实、完整介绍周口店考古的故事。贾老带作者到书房里把自己珍藏的大量原始资料，信件甚至当年他潜入被日军占领的新生代研究室内偷偷"转移的周口店发掘图"和照片资料提供给作者。

在周谷老和贾老的坚定支持下，作者调整了思路，重新改写。1985年初稿脱稿后，作者抱着忐忑不安的心情呈给周谷老和贾老过目，不承想却得到几位大家的热情鼓励与肯定。

令人感动的是，周谷老一直把此事挂在心上，并反复题写书名，他将题

第三十章　龙骨·永恒的足迹

好的题词交给作者后，兴致勃勃地对大家说："这个名字起得好！（注：指龙骨）龙骨是一味中药可以治病，同时它又是可以探索人类起源。其实，中国的历史正是由一代代长着龙骨的人书写的！就今天而言，龙骨也象征着一种民族精神！"

周谷老稍停顿片刻，指着站在身边的贾老感慨地说道："贾先生就是一位长着龙骨的人！"

正当周谷城和贾兰坡等学会领导人决定将撰写一部以贾兰坡院士一生为蓝本的考古传奇的时候，太平洋彼岸的美国寄来一封不同寻常的信引起了20世纪80年代至90年代一场轰动国际学术界的大讨论！而刚成立不久的中国太平洋历史学会几乎所有主要学者都参与其中。他们有会长周谷城，秘书长贾兰坡，副秘书长房仲甫，民俗学家王大有等。

事实上随着20世纪70年代中美、中日关系正常化，中外文化科学交流空前热络。就在贾兰坡收到美国人莫斯小姐的信不久，周谷城也收到一封来自日本女作家的信，信中请求中日合拍一部《米之道》电影，女作家表示秦朝方士徐福率三千童男童女到日本的传说在日本家喻户晓，日本人感其为日本带来大米种植，历代将其供奉为"司农""司药""司织"的主神。周谷老即指示会员邬江代表学会创作一部历史剧《海客》作为中方脚本，周谷老为该剧题写片名，但由于种种原因该剧未能如愿拍摄。

此次莫斯小姐的来信是直接寄给贾兰坡院士的，这源于20世纪80年代初贾老被美国国家科学院授予"外籍院士"的殊荣，联合国也同时授予他"第三世界科学院院士"称号，至此贾兰坡院士成为中国唯一获此殊荣的"三院士"称号的中国科学家。莫斯小姐慕名给贾兰坡院士写信不仅感动了贾老也同时感动了周谷老和一直研究海外交通史的航海史学家房仲甫，他们决定从历史、考古和航海技术上为莫斯提供理论支持……

无独有偶，在1986年中国陕西汉中地区出土了大量短颌乳齿象化石，这种史前化石在中国大陆首次发现，而在美洲却时有出土。这个信息第一次提供了亚洲人史前到过美洲的实证。

龙 骨

台基厂·北京市委宿舍

邬江拿起电话一听就知道是贾老那熟悉的声音,电话那端贾老告诉他:"最近在汉中盆地出土了大量短颌乳齿象化石……"怕邬江记不住过于专业的化石名称,贾老一字一句重复:"短颌……对短颌,乳齿象,乳汁的乳,牙齿的齿……对,短颌乳齿象!"

对古生物一窍不通的邬江提出一个幼稚的问题:"贾老,这种短颌乳齿象化石有什么特别的吗?好像各地到处都有吧?"

"那是完全不同的概念,这种短颌乳齿象化石仅在美洲出土过,在中国还是第一次发现呢!这说明什么?这说明美洲大陆与中国大陆在亿万年前存在某种关联!这不是假想而是实证……"贾老显得有些激动,这让邬江多少有些惶恐不安,毕竟在平时的接触中贾老总是那样温和那样从容不迫。不敢怠慢,邬江立刻驱车赶到二里沟贾老家中。

贾老将自己亲自拟好的新闻稿交给邬江:"小邬,我先起草了一个新闻稿,不知行不行?我的意思是这篇新闻以你的名义发表为好。"

以自己的名义发表如此重要的科学发现固然是老专家对自己的厚爱,但如此专业的报道对涉历不深的他来讲还是有些忐忑。也许是听出邬江的些许犹豫,贾老笑着安慰他说:"小邬,没关系的,技术上有我把关呢……"有贾老做后盾那还怕什么?可一向致力于古人类学研究的贾老源何对中美洲发现的古象化石如此激动呢?邬江还是按捺不住心中的好奇:"贾老,稿子我马上带给总编室,请孙老安排见报,不过我还是十二分好奇,是什么原因让您如此关注这次考古发现?"

贾老沉思片刻从书柜文件夹中取出一封信和一本英文书递给邬江。这是封寄自美国亚特兰的信,信上龙飞凤舞有些潦草,从颤颤巍巍的笔迹中不难看出是位老年人,果然书的扉页有位白发老太太照片,这位老太太与汉中发现的短颌乳齿象化石又有什么关联吗?这中间会有什么故事呢?好奇心再次挑动了邬江的兴趣,他几近央求地问:"贾老您快讲讲这是怎么回事?"看着邬江急迫的样子,贾老拿起这本带有作者肖像的书若有所思地回忆起来:"这本书是一位90岁的美国老人莫斯小姐(Martz.Henrietta)写的,书名翻译过来

叫《谈墨——中国人在美洲探险的两份古代记录》!"这位老太太还很风趣地给自己起了个古代雅士的名字:"谈墨"。

"90岁的老太太写的书?!"邬江惊讶地叫出声。在他看来这简直是天方夜谭!

"在咱们中国自古以来,年过七旬已是古来稀了,何况九十高龄?!这个岁数无不待在家儿孙绕膝享受天伦之乐。可我看了她的信便由质疑变为由衷敬佩了……."

美国西海岸·沿岸公路

90多岁的莫斯小姐自驾一辆红色雷诺敞篷轿车沿海岸线走走停停,她停在一处回形公路旁,对着周围高耸的山峰看得入迷,她从随身的挎包中取出复印的一沓图摊在车前盖上不时看看图再用坤式望远镜观察远处山川。老太太神秘而古怪的举止引起公路巡警的注意,他把警车停在老人的车后走过来。"嗨,女士请出示你的证件!"警察命令道。

"哦,我在看风景呢!"老太太漫不经心继续看远方。

"女士,你必须出示证件!"年青的巡警不容置疑。

"好吧,好吧,你好好看看,我这个足以做你祖母的人有什么不对的地方?别老用枪指着我!"老太太掏出证件让巡警看。证件没有任何问题,但她的举止却让巡警十分好奇,这位年龄90多岁的老太太擦着浓艳的口红,穿一身无领时尚连衣裙,独自在人迹罕至的公路上看一份看不懂或说从未见过的文字图画,年青的巡警指着图册笑嘻嘻地问:"我说亲爱的老祖母,这是什么书?是印第安人的占卜书是吗?"

"小子,这是一本中国古书,可比你爷爷的爷爷老多了!"

"老祖母,你这是骗人吧?你怎么会看懂中国的古书呢?"巡警摇头不信。

"嗳,说实话我也没完全搞明白!你看看对面这座山峰是不是与书中这张图很相似?不!简直就是一模一样!"莫斯叹口气说道。巡警拿着书反复与对面的山川比对。

"还真是很相似啊!我的上帝,这是什么时代的书?怎么会有美国的地

龙 骨

图？！"巡警更惊讶了。

"究竟有多远,我也说不好,从我查阅的资料显示,这本书记载的应至少在二三千年前的事,这不我实地考察后把我的发现告诉中国的考古学家,让他们分析远古时是中国人最早来到美洲!"

莫斯小姐称她是在1972年偶得一本1500年前由一名叫慧深的和尚点校的《山海经》,她立刻对这本奇异的古书产生浓厚兴趣,于是她历时10年亲自跋山涉水对《山海经》所描述的山川风貌、地理、人情、物产习俗等与北美洲西部和中美洲诸山川进行实地考察,她发现《山海经》《海外东经》《大荒东经》是远古中国人在美洲的探险记录,她甚至坚信那位叫慧深的和尚一定来过美洲!因为她对西海岸及印第安人居住区的地貌比对后惊奇地发现那些山川与《山海经》中的描述"几乎一模一样"!

由于莫斯小姐最近从新闻中得知美国国家科学院把外籍院士的殊荣授予中国一位杰出的考古学家,他的名字就是贾兰坡!她把这个发现写在信中寄给中国考古学家以求得到印证。于是,这封信就直接寄给贾兰坡院士。

莫斯小姐依据的中国北魏时期山东日照石凤寺秦姓和尚慧深的亲历考证:公元445年因北周周武帝灭佛运动,慧深"愤而出海",此后在海外漂游达50年。这与莫斯小姐提到的"1500年前"之说和中国古籍《梁书》记载相吻合。

但《山海经》并非慧深所著,这本号称中国有史第一书很可能是由春秋战国时期不知名人士逐年集体编撰而成(据贾兰坡推测"约在先秦至战国时期"。),慧深则极有可能依据《山海经》进行海外旅游,他在《山海经》中批注的内容则很可能是他在海外的游历见证。贾兰坡将这些意见与资料寄给了莫斯小姐,这无疑也对她探讨的议题是莫大支持,而对贾兰坡和他的史学界朋友们而言这是一件对于早期人类迁徙的重要研究课题,遗憾的是自1972年至今30余年间仍对这个论点存在争议!这或许正是科学探讨的宝贵之处。

看了这封太平洋彼岸的信让贾兰坡感动不已,一位外国人,一位90岁高龄的老人执着地迷恋中国古代文化并亲自驾车沿海岸线寻找和考证古书记录的遗迹,这种探索精神不能不让人肃然起敬!同样被感动的还有历史学家,中国太平洋历史学会会长周谷城和副秘书长房仲甫先生(著名航海史学家),

第三十章 龙骨·永恒的足迹

周谷城从太平洋历史的角度指出："我们从太平洋这个大的区域来看中国，对中国的历史能看得更清楚些。关起门来研究中国，有些问题看不清。反之注意周围的环境，从全局可以决定部分，这便更能对中国历史有贡献。这样研究，一方面于整个世界史有贡献，另一方面于中国史有贡献，这是很有意义的事，我们应该感到自豪。至于有助于爱国主义教育更不必说了。"

更为重要的是，作为通晓史学的周谷城向贾兰坡提供一个重要的史料线索，那就是早在1752年一位法国学者德·岐尼在同年12月的《学人》杂志上刊登了他的研究报告《中国人沿美洲海岸航行和亚洲极东部几个民族的研究》首次提出"中国人发现美洲说"，1885年学者艾·维宁发表了《无名的哥伦布：慧深与来自阿富汗的佛教僧团于五世纪发现美洲的新证据》，一时间世界为这个论说进行了长达200多年的激烈争辩，但至今仍各持己见。周谷城提出的意见让贾兰坡十分震惊，尽管他从小就听说过这些论点，但并未引起他过多的注意。

如今莫斯小姐的信再次把人们的注意力集中在这个历史悬疑上，他也向好友著名航海史学家房仲甫求援。当房仲甫看到莫斯小姐的来信后也同样被深深感动，他将自己在20世纪70年代末的研究报告提供给贾兰坡，希望从现有考古和历史档案中为她提供帮助，其中，他在1979年发表的《扬帆美洲三千年——殷人跨越太平洋初探》一文中讲道："尽管重洋环绕，古代美洲并非与世隔绝。秘鲁山洞里的一尊奇特的裸体美洲女神像，向人们展示了5世纪时中国同美洲之间已有联系：她双手（右臂残）提着牌，两牌各铸'武当山'三个汉字，字体近似南北朝的八分书（这座裸体女神像是1865年一名叫瓜基的秘鲁人在秘鲁北部喜玉山洞中发掘出来的，1948年由美国人拍照并公布，因不识汉字，这张照片被印反了。——作者注）。在墨西哥还发现的一方'大齐田人之墓'，据认为是战国或秦末从山东半岛放舟美洲田齐人的埋骨遗迹。此类汉字，在美洲发现了140多个。至于其他一些表明中国和美洲早有渊源的文物，就更多了……"

1972年美国，距纽约70公里海底发现35个"带孔石礅"，地质学家雷·奥提兹和海洋学家尼古拉·马克西、考古学家拉森·皮尔森等人反复研

龙　骨

究确认是"石锚",并"怀疑是早期中国船带来的"。中国航海史学家、太平洋历史学会副秘书长房仲甫先生在收到美国学者的求证信后,组织有关专家分析检测了石锚样品,经论证,"在美洲海底发现的'石锚',与早期中国古代船碇(锚)一致"。1979年他在《人民日报》刊登了《扬帆美洲三千年——殷人跨越太平洋初探》学术报告,新华社全文转载,引起世界学界轰动。房老将文献出处及出土实物照片比对资料尽数提供给贾老。

房仲甫还将自己研究的"在美洲海底发现的'石锚',与早期中国古代船碇(锚)一致"的文献出处及出土实物照片比对资料尽数提供给贾老。

有了周谷城从历史学角度考证,以及房仲甫提供的航海史研究报告,贾兰坡有了丰沛的资料支持,但他要从考古实证视角,科学地为莫斯小姐提供宝贵的支持。

1987年10期《海洋》期刊上公开了他自己的意见:"中国人和美洲土著,都是蒙古人种或黄色人种。黄色人种的一个显著而稳定的特征,是具有颧骨突出,脸面扁平,鼻梁不高而较宽等等,他的煤铲形门齿,在世界人种所占的比例最高——这些特征在周口店'北京人'的面骨上均已经存在;煤铲形门齿(舌面凹入)性质来源更远,距今170万年的元谋人即已存在。在中国发现的古猿和古人的遗骸日见增多,人类历史愈来愈向前推移。只要有面骨或门齿存在,基本上都具有这一特征,把有关材料排在一起,可以看出大概演进序列,说明黄色人种的发源地是在中国。华北可能是腹心地区,在漫长的岁月中,这些古人类主要是向南、向北迁徙流动,足迹遍布环太平洋地区。

"……大致在2万年前,亚洲人已经开始经过白令海峡进入美洲大陆,形成了美洲最早的居民——印第安人进入美洲也并非一次,因为带进美洲的石器文化有所不同。"

这是贾兰坡首次旗帜鲜明地表明中国考古人的观点,但他并不认同史学家和莫斯所认为的是三四千年前的殷人首次进入美洲的观点,他认为至少在"2万年前的冰河期"亚洲人就到达过美洲,殷人及慧深则是"石器时期晚后期多批次到达美洲各地的先民"。这一观点被世界多数学者所接受。

第三十章 龙骨·永恒的足迹

古脊椎动物与古人类研究所宿舍·贾宅

贾老讲述的经过让邬江热血沸腾，尽管他与周谷老和房老时常接触，而且也常听房老念叨美洲大陆与中国大陆的远古关系的故事，更从他起草相关论文时就事先看过草稿（俩人是同一个科研院的同事），但如此深层次的经过还是让他对这些老前辈，大名家更加崇敬！

"老实说，莫斯的信令我汗颜了，惭愧地说，那时对美洲大陆与中国大陆的远古关系史一无所知啊！在美国洛杉矶以南帕洛斯弗迪斯半岛附近海域约25英尺海底发现一些带孔石锚，后经加利福尼亚大学航海史专家研究证实，这些石锚很可能来自中国。你知道，房先生是航海史专家，同时又进一步考证出这些石锚的石质与中国山东特有石材一致！周谷老又是史学家，他们提供的线索可谓太重要太及时了！从那时起，我才从考古角度开始关注美洲大陆与中国大陆的关系。"贾老恳切地对邬江如是说。

贾老给莫斯写了封热情洋溢的回信，对她热衷于中国古代文籍研究表示崇高敬意，同时也表示："当我翻开书稿第一页时，就被您的卷首语所深深打动，您写到对中国古籍《山海经》推崇时说：'对于四千年前就为白雪皑皑的峻峭山峰绘制地图的刚毅无畏的中国人，我们只有低头顶礼。'您根据1500年前一位北魏和尚慧深点校的《山海经》《海外东经》《大荒东经》中的线索，从东亚利桑那州一路向北旅行，实地调查，这是一件很了不起的考察之旅，是一件非常有意义的事……"

贾老以自己独有的考古学视角支持这位异国老者。很快，莫斯再次给贾老来信并请求他为自己的书《谈墨——中国人在美洲探险的两份古代记录》一书写序，贾兰坡教授欣然为这本书撰写了序。在《序》中贾老不仅高度评价了莫斯小姐的精神，同时也为新的探索领域指出前瞻性评论。

到此时，邬江才完全明白贾老为何对首次发现古象化石一事如此激动的原因了，今天他终于有了美洲与中国大陆有关联的实证，他想用这份迟到的证据告慰那位90岁老人的生命探索！

1986年4月9日贾兰坡教授亲自拟写了新闻稿并以邬江的名义发表在《人民日报·海外版》，题目为"中国与美洲大陆联系又添新线索"，副标题为"汉

龙 骨

中盆地出土短颌乳齿象化石"。文章报道说:"远古时期,中国大陆是否与美洲大陆有过某种有机的联系,这曾是世界上众说纷纭的课题。……证实了亚洲大陆(中国)确实有一种类似美洲乳齿象动物的存在,这为我国晚新生代乳齿象化石的系统分类、进化的研究以及中国大陆与美洲大陆的关系提供了新的线索"……

贾兰坡教授认为:"发现于日本、西伯利亚及北美洲的旧石器遗物,尤其是细石器材料发现更多。上述这些地区的细石器文化是由中国传播出去的,大概是用不着怀疑了。"

1991年10月美国《国家地理》杂志第180卷第4号,公布了一项令世界震惊的史料:今美国纽约州莫洽克河奥茨顿哥村易洛魁,保存着中国轩辕氏和蚩尤氏的《轩辕黄帝族酋长天祈年图》与《持有凤归墟值夜扶桑图》等图腾,考古学家布鲁洽·约瑟(By Joseph Bruchac)研究认为"这些被发现的印第安人图腾是距今3000—2000年前的移民文化"。并用《轩辕黄帝族酋长天祈年图》作为这一期《印第安文化专刊》的封面,还特意标注1491(意指哥伦布时期前文化)。

2006年吴新智院士回答记者提问时称:"古印第安人人种一直被科学界公认为美洲人的祖先。……而古印第安人的来源,科学界的主流意见是来自亚洲。"

2009年12月美国《科学》杂志称:一支由90名科学家组织的"亚洲人起源"研究小组,对2000名亚洲人采集基因样本,研究后提出亚洲人在距今三一四万年前从南往北的路线迁徙。这个研究报告无疑是对中外科学家研究的史前亚洲人由北向南迁徙论点的颠覆,也是对人类起源非洲说与人类多源说的挑战。

2012年2月28日,英国《独立报》宣称:"石器时代来自欧洲的人首先发现了美洲,比源自西伯利亚印第安人祖先踏进新大陆早1万年。"文章援引考古报告称:"在美国东海岸六个地点几十件欧洲式样的石器是距今19000年至26000年,与几乎同样的西欧石器工具属于同一时代。"

2012年3月14日,美国《基督教科学箴言报》发表署名诺拉·多伊尔伯尔

的文章"发现新人类种群?中国化石可能重新定义'人类'"。文章称:在中国广西隆林洞和云南的马鹿洞中发现人骨可能属于未知的人类种群。这是中国科学家于1979年和1989年在上述两个地方出土的人骨,经测试分别是14500年前和11500年前的与现代人十分相似的人骨。

这是澳大利亚和中国云南考古学者共同的认定,并起名为"马鹿洞人"。报上还配置了专家们的想象图:一个黑人模样的"马鹿洞人"。2006年美国《时代杂志》刊登了一篇研究最早的美洲人的文章说:人类学家吉姆·查特斯在检测一具1996年由两个大学生在肯纳威克的哥伦比亚海岸发现的一具人骨架时,这具身高约1.80米的强壮男性骨架竟然是来自九千年前的美洲人。在此之前发现的最早美洲人头盖骨检测为四五千年前的美洲人,这种被命名为肯纳威克人被证实为印第安人。

2012年一位美国古人类学家丹尼斯·斯坦福教授和埃克赛特大学的布鲁斯·布拉德利教授根据出土的史前人骨测定认为在美国东海岸6个地点几十件欧洲式样的石器是距今19000—26000年,与几乎同样的西欧石器工具属于同一时代。并以此认为美洲大陆的原始居民是欧洲人种,而中国人则晚些。2009年12月美国《科学》杂志称:一支由九十名科学家组织的"亚洲人起源"研究小组,对两千名亚洲人采集基因样本,研究后提出亚洲人在距今三万年至四万年前从南往北的路线迁徙。这个研究报告无疑是对中外科学家研究的史前亚洲人由北向南迁徙论点的颠覆,也是对人类起源非洲说与人类多源说的挑战。

2012年7月中央电视台宣布将摄制五集纪录片《泥河湾》,这部再现二百万年前至五千年前泥河湾东方人起源地的全景式科教片将以最翔实的出土文物令人叹服地证实中国人的发源地就在中国。

2012年6月《美国国家科学院学报》刊登学术报告,根据法、美等国科学家最新发掘的化石证明:"人类起源于亚洲,进化后期移居到非洲。"

"走出非洲说"遭遇颠覆性否决。也许是个巧合,早在1863年进化论者海克尔就在自己的《自然创造史》一书中断言"人类起源于南亚",并在书中绘出当今各人种由南亚中心向外迁移的途径。如果说海克尔天才地预见了人类

 龙 骨

起源史,那么今天的科学研究成果更具划时代性。

2012年开春,美国最新一期的《国家科学学报》刊登相关研究报告:美国波士顿大学、加拿大多伦多大学以及以色列希伯来大学的科学家对南非旺德沃克洞穴的碳化骨骼和植物灰烬进行研究分析。得出的结论是人类用火的历史达到一百万年前。多伦多大学教授、人类学家扎赞说:"这项分析将人类使用火的时间向前推了三十万年,显示人类祖先早在直立人时可能就开始用火。"而此前希伯来大学2004年的研究报告证明:"人类用火的历史可以追溯到七十九万年前。"

那么究竟谁是最早的美洲居民?人类还需多久的探索才能确定?不过,这段鲜为人知的大讨论却是贾兰坡和他的同事们探索人类起源进化的一个重要贡献,它直接挑战了"人类皆出自非洲"的理论……

斗转星移,我们这颗星球已风驰电掣般度过又一个世纪!从第一位龙骨发现者王懿荣谢世到最后一位"北京人"之父贾兰坡院士去世已整整一百年!中国第一代龙骨人,第一代现代考古开创者均已谢世了,让我们怀着无比崇敬的心情回顾大师最后的归宿吧:

1900年8月14日(光绪二十六年)国子监祭酒,京师团练大臣王懿荣以身殉国,享年53岁,葬于山东福山祖地。

1909年最早将龙骨研究编辑成《铁云藏龟》的刘鹗因"触犯大清律法"客死在被流放的新疆迪化(今乌鲁木齐),去世时年仅53岁,死后由子女移灵故乡淮安安葬。

1929年1月19日一代改革家、思想家、国学大师梁启超因肾病在北京去世,享年56岁,其与发妻李蕙仙合葬于北京西山卧佛寺。

1940年中国研究甲骨文第一人罗振玉病故于旅顺,享年75岁,他葬于日本人为他选择的墓地:旅顺水师营西沟村,村民们俗称为"罗茔"的地方,抗战胜利后,罗振玉的墓被人损毁,至今不知所踪。

1946年3月20日给龙骨山出土的人牙命名为"北京人"的美国地质学家、古生物学家葛利普博士(Amadeus William Grabau)在北平西城豆芽菜胡同15号的寓所内去世,享年76岁。死后他被安葬在任教二十六年的北大校园地质

第三十章　龙骨·永恒的足迹

馆前草坪上。

1948年7月22日"北京人"的研究者，美国著名古人类学家魏敦瑞教授在纽约去世，享年75岁。这位经历坎坷的犹太科学家在战争中的龙骨山找到一块事业上的净土，尽管他留下太多谜团但他仍是被世人和同行所尊重和敬仰的人。

1952年2月8日伟大的民族实业家卢作孚在重庆民国路20号的家中去世。他与夫人蒙淑仪合葬于故居北碚"作孚园"，20世纪80年代此地改为北碚公园，"作孚园"仍在其中，时任全国人大副委员长的周谷城为卢作孚石碑题词："北碚开拓者卢作孚"。

1954年4月2日第一代考古学家梁思永因病在北京去世并安葬于八宝山，梁思永是在北京协和医院因心肺并发症而去世，年仅49岁，去世前他对守候在病床前的夫人李福曼一字一句地告别："我不奋斗了，我奋斗不了啦，我们永别了！"

1955年4月1日一代才女、中国古代建筑艺术家林徽因在北京去世，享年51岁，她的治丧委员会成员有解放军夜访她家的老朋友北大教授张奚若，也有终身追求她的传奇挚友金岳霖。

1960年龙骨山发掘第一人瑞典人安特生（Johan Gunnar Andersson）博士在斯德哥尔摩去世，享年90岁。这位传奇式的地质学家、考古学家把毕生精力献给亲手发现和发掘的仰韶文化与"北京人"的研究，这是一位值得人们永远缅怀的友好使者。

1971年1月27日，82岁的地质学泰斗，"北京人"发掘的领导者翁文灏在北京去世，根据他的遗嘱，他将一生节俭积攒的六万元人民币全部捐给了国家。

1972年1月9日，第一代古建筑学家梁思成因病在北京去世，享年71岁，他与妻子林徽因均安葬于八宝山公墓。

1979年被世人称为恐龙之父的古生物古人类学家杨钟健在北京医院去世，这位把裴文中、贾兰坡两位大师引进周口店圣殿的科学家有一个遗愿，将自己的墓立在周口店龙骨山上，他要永远与这块土地、与祖先融化在一起。

龙 骨

　　1979年8月1日近代伟大的考古学家李济在台北温州街寓所去世，葬于台北，享年83岁。

　　1982年9月18日，裴文中在弥留之际紧紧握住前来看望他的副总理方毅的手，久久说不出话。但他去世前，却说出一句令世人心酸而震撼的话："我……死不瞑目啊！"他的遗愿是把他的骨灰埋葬在周口店的龙骨山下，祭日改为12月2日，那是他发现"北京人"的日子。

　　1989年2月24日，日本天皇裕仁因患肠癌在东京病逝，葬于东京都八王子市长房町，享年87岁。裕仁是位精通古生物学的日本君王，1984年还获得"国际生物学奖"。但他领导并参与了对环太平洋各国的侵略战争，为此他亲自指挥了一系列旨在劫取东南亚国家宝藏的劫掠行动，对中国至今失踪的"北京人"头盖骨等文物负有直接责任。

　　1945年8月15日，裕仁代表日本无条件投降，同年9月27日他还亲自向麦克阿瑟请罪："我（天皇）对因为日本推行战争而发生的一切问题和事件，负有全部责任。"（参阅［日］河原敏明著《日本天皇——裕仁》）然而，在美国庇护下免予战争罪责。受其影响参加战争的皇室成员及黑龙会头目等战犯纷纷被释放，成为日后极右翼分子否定历史、恢复军国主义的急先锋。

　　1996年中国近代著名历史学家、中国太平洋历史学会会长周谷城因病在上海去世，享年99岁，他致力于东南亚邻国关系史，尤其是中日2000年的文化交流史；晚年受贾兰坡等学者的推拥支持研究中美洲交通史，也是最早倡导坚守和传承中国美德"龙骨精神"的大家。

　　2001年7月9日，最后一位去世的"北京人"之父贾兰坡院士，享年93岁。根据他的遗愿，骨灰的一半安葬在他出生的故乡——河北省玉田县邢家坞村，那是他生命的起点，另一半则安葬在龙骨山，那是他与杨钟健、裴文中曾约定共同栖守之地，那也是他生命的终点。追访贾老十八年的邬江与所有接触过和聆听过他教诲的人一样深深怀念这位伟大的考古学家！2001年7月17日追悼会结束几天后，邬江冒雨开车将在房山区精心订制的一座汉白玉骨灰盒送到贾老子女手中，这座精美的灵盒也代表了房山区人民对贾老无限怀念之情，这块一尺见方的特级汉白玉出自毛泽东主席纪念堂坐像同一地点

第三十章　龙骨·永恒的足迹

的房山石窝乡。

至此，最早发掘、研究龙骨和争夺"北京人"的考古的一代先贤和相关人物都已去世。令人赞誉的是杨钟健、裴文中和贾兰坡三位院士最终选择葬于龙骨山，实现毕生追求的考古梦想！最令人嗟叹的是甲骨文鼻祖罗振玉未能善始善终，他与周作人的归宿相似，最终淹没在历史的长河中；而最令人担忧的是那些阴谋获取"北京人"的相关人至今还阴魂不散……

但历史并没有停住脚步，科学探索的足迹沿着先驱的脚印正继续由后来人一步步走来……

2008年8月8日·北京·北京奥运之夜

夜空中从永定门上突然出现一双巨大的"脚印"，一步一步坚实地向奥运会场走去，天幕中留下一串巨大的脚印，当足迹走入奥运鸟巢上空时夜空升起的串串缤纷五彩烟火随即炸响，一朵朵灿烂无比的花朵开满天空……

那是中华民族的足迹，也是百年来龙的子孙走过的足迹！在满天的辉煌中你能看见这样的画卷：邓世昌指挥战舰冲向日舰；李鸿章吐血签国耻条约；斯文·赫定挖出楼兰宝藏；梁启超、康有为公车上书；李大钊、陈独秀传播"天火"；安特生敲开龙骨山山门；翁文灏、丁文江起草第一部文物保护条约；裴文中、贾兰坡发掘"北京人"；日本天皇派鹰爪劫取中国国宝；冰心、老舍、梁思成举家迁移抗日英雄舍身为国，也有一批汉奸叛逆充当日寇走狗……我们看到美军被日军截获文物丢失；看见贾兰坡潜入宪兵队寻找珍贵挖掘图……我们看见李济奔波在日本寻找线索，也看到美国人、日本人纷纷躲避追查，经历半个世纪的寻找我们依然身处迷宫……

北京·延庆

2011年北京延庆的山谷里赫然发现在山壁上有一排巨大的圆形"足迹"，随后官方宣布这是6500万年前的恐龙脚印，后经科研考证这片遗迹是距今约1.5亿年前晚侏罗纪硅化木和恐龙足迹化石。

被誉为"恐龙之父"的杨钟健终于在去世30年后圆了"在北京地区有恐龙

龙 骨

存在"的梦想！这片总面积达620.38平方千米的园区被开发为地质公园对世界开放……

2012年6月9日·阳原县·泥河湾博物馆

  中国最大的旧石器博物馆在中国第7个文化遗产日举行开馆仪式。这座整体按古猿人头盖骨形态设计的博物馆历时5年的建设，占地20亩，建筑面积达4623平方米。进入馆内，人们可以参观"东方人类出现"、"现代人类起源的证据"、"人类社会的巨变"、"中华文明的摇篮"、"亲历历史"、"远古时代的泥河湾"六大展区，展品多达5万余件出土文物，将泥河湾上至200万年前下至5000年前的人类演变、发展尽收眼底……那么，这座位于桑干河畔的人类发源地，至少可以证实是东方人发源地，仅距北京周口店猿人遗址280公里。说明了什么？它们之间有无必然的联系？这一切给人类留下了足够大的探索空间。20世纪初（1910年法国神甫文森特在此进行地质调查，1924年法国古生物学家德日进和桑志华收集到泥河湾大量古生物化石（德日进参与过龙骨山早期挖掘）；20世纪50年代古生物学家杨钟健、裴文中、贾兰坡教授均先后来到泥河湾遗址。贾兰坡在研究泥河湾出土化石后就预言："泥河湾期地层才是人类最早的发源地。"

  1978年中科院古脊椎动物与古人类研究所的尤玉柱、汤英俊和李毅对小长梁遗址进行测定，结果证实该遗址属东北亚北部已知最早的人类遗址，距今已136万年。

  2000年，小长梁遗址被镌刻在中华世纪坛青铜甬道第一格上。

  这个世界每时每刻都发生着令人目不暇接的变化，斗转星移，这个星球上的进化似乎加快了步伐，人们不断颠覆过去的认识，刷新已知的定论，同时又不断发现和探索新的领域。不过当人们冷静回顾历史后，会恍然大悟：人类的一切进步均是踏在前人的足迹之上……

  当世界陶醉在日新月异的新发现、新创造中时，也有一些奇怪的事件不断扰乱人们的视线。

  2013年，美国得克萨斯州奥斯丁的一家怪异博物馆高调宣称，将要公开展出已经消失45年的"明尼苏达雪怪"，一石激起千层浪，人们一下将目光投

第三十章 龙骨·永恒的足迹

向这个博物馆即将展出的"不明生物尸体"。据说这个身高约1.8米,全身毛发覆盖的怪物是1967年一个名叫弗兰克的人发现的,当年展出时因为面对铺天盖地的质疑而一度藏匿起来,45年后的今天再次出现在公众视野不能不引起惊动。如同1934年在中国营口发现的"龙的遗骸"一样称为昙花一现的假发现。据美国著名学术打假机构史密森学会调查,这个"雪怪"很可能是汉森用乳胶制作的假怪物。无独有偶,在我国山东一位年轻商贩向警方报案称:"自家冰柜里保存一具电死的外星人尸体。"一经报道,轰动一时,经警方调查,所谓外星人尸体,只是此人用乳胶自制的标本。多年来围绕世界神秘事件和怪异物种的消息层出不穷,例如,尼斯湖水怪、曼尼托巴水怪等都曾轰动一时。

据美国《华盛顿邮报》2015年3月2日最新披露:有学者对2014年知名某科学期刊上发表的数十篇研究报告进行甄别,发现其中有相当篇幅是人为捏造的科学骗局!有人选出5个典型科学骗局,其中四项为古生物、古人类造假,一项为物理类。最为引人注目的科技界丑闻是日本考古学家藤村新一的古人类化石造假事件:1981年至2000年九年间,藤村新一对外声称他"发现多件史前4万—60万年前日本国本土古人类居住过的洞穴及最早人类生活遗迹与石器"。藤村新一面对蜂拥而来的电视、报刊、媒体的疯狂采访,一时间他成了举世焦点人物,也成了苦于百年来始终没有古人类考古重大突破的日本国民心目中的大英雄!但到了2000年,人们开始质疑他的考古照片造假,更有人拍到他到遗址偷埋石器的画面!在排山倒海的质疑声浪中藤村新一不得不承认"是自己制造日本史上这起最大造假案"。

面对世界上层出不穷的科学造假,无论出自什么样的主观动机都是对人类探索科学的亵渎,理当坚决否定!然而对于科学的不同见解与争议则完全与造假不同(本质不同),我们是否能这样换位思考?孰是孰非从来都是对立共存的两个矛盾体,当科学大步发展时,当一种学说问世,常常争议很久甚至千年讨论仍无最终定论……也许这才是人类进化的必然、科学发展中的正常现象。

一年前,人们从玛雅人的历法中发现2012年是玛雅人旧历法的终结时,

龙 骨

一时间有人断言2012年是"世界末日"。研究证实：玛雅人也是远古来自中国大陆的民族，这些历法与图腾与中国发现的远古先民历法、图腾惊人相似。那不是末日，而是新历法的起始。玩笑似乎开大了，尤其是冠以学者专家之名的狂言更让人抓狂。世界没有毁灭，地球依旧转动，灾难与新生交替，在末日论的喧嚣中"好奇号"探测器登上火星，这个足足让地球人好奇了100年的红色星球终于缓缓撩起自己神秘的面纱。

2012年7月31日美国科罗拉多大学自然历史博物馆馆长维拉和南非威特沃特斯兰德大学古人类学家布莱克威尔，在联合对南非夸祖鲁——纳塔尔一处被称为"边境洞穴"遗址进行考古挖掘时发现大量古人类生活遗迹，"经研究测定，这些遗迹（骨箭头、鸵鸟蛋壳、木铲、甚至人造树脂等）是距今42000年—44000年前的旧石器中期。这意味着人类文明史向前推进了两万年。"这个发现刊登在《美国国家科学院院刊》上。维拉的研究论文与泥河湾的发现有异曲同工的一致性，这说明新的研究证实人类起源与文明开端远比已知更早。

2013年，中国把自己的"玉兔"降落在月球上，实现了几千年向往月宫的梦想……

人类什么都敢想，什么也都能想，但是当人们低头审视自己脚下的星球时，不禁扪心自问：我们究竟了解多少自己这片土地上发生的事情？"北京人"失踪并不遥远，或许就藏在某个地方，如同当年安特生自问的那样"它应该就在离我们不远的什么地方"！

2016年是中国传统农历猴年，远在丝绸之路通道重镇敦煌传来一个好消息：在莫高窟三层窟檐内南山墙发现一组《西游记》壁画，经敦煌研究院专家考证这十幅残破的《西游记》壁画仅有两幅依稀可辨。根据斯坦因当年邂逅王圆禄道士时拍摄的照片，及1943年罗寄梅所拍摄中的老照片清晰的面貌，专家推测其中一幅壁画可能是根据《西游记》第十五回"蛇盘山诸神暗佑，鹰愁涧意马收缰"绘出的。专家们进一步考证莫高窟三层楼《西游记》壁画是清末明初由王圆禄道士筹募善款重建莫高窟三层窟檐楼时聘请当地画匠绘制的，其中被斯坦因拍照留影的那幅白龟驮着唐僧师徒渡过通天河的情景重绘了壁

第三十章　龙骨·永恒的足迹

画。当人们有机会目睹这些壁画，将会怎样揣摩王圆禄重绘这组壁画的良苦用心呢？……

2016年2月29日美国《科学新闻》刊登一则震动科技界的消息：一种约在5.2亿年前的《最古老神经系统化石被发现》。这种被称作昆明澄江虾（Chengjiangocaris Kunmingrnsis）属于抚仙湖虫类群，是现代节肢动物的远祖。剑桥大学生物学博士哈维尔·奥尔特加－奥尔南德斯指出："这是一个独特的机会，使我们得以一窥远古生物神经系统模样。这是寒武纪最完整的中枢神经实例。此类化石发现的越多就越有助于我们了解神经系统以及早期动物的进化过程。"这位完整的远古化石是在中国云南首次发现的。

正当世界探索的新发现与新成果日新月异之际，南非传来久违的"北京人"线索：美国《国家地理杂志》3月26日宣称：根据前美国海军陆战队队员理查德·博文的儿子保罗提供的线索，"北京人"可能至今还埋在秦皇岛的海军兵营里。这条新线索引起有关部门的高度重视，在中科院和秦皇岛市文物局配合下，伯杰教授与保罗先生应邀来华对秦皇岛原海军陆战营地进行实地考察……

据保罗称：1947年父亲博文在位于秦皇岛的海军兵营里曾挖到一个装有化石的木箱。由于当时的情况紧急又将木箱掩埋。

保罗是根据80多岁的父亲回忆确认了箱子埋藏的地址为北纬39°53′5949″东经119°32′5132″的地方。伯杰教授与刘斌、吴秀杰立即走访博文最后看到化石的地方，现在那里是一个物流中心的停车场。

无论结果如何，这条新闻都足以震惊整个世界，把已沉寂多年的探索欲望重新点燃。尽管中科院和外国专家们保持谨慎的态度，毫无疑问人们对"北京人"归来的期待越来越迫切。

一年以后，对秦皇岛原海军陆战队营地的探寻无果而终，这也从一个角度证明了当初一些专家学者的推测。是理查德·博文老先生记忆有误？还是根本上就子虚乌有？我们不妄加结论，至少作为国家主管部门还是抱着"宁可信其有而不可不为"的态度，应当肯定中科院及相关部门的积极应对措施。

但我们似乎应总结一下，为什么类似探寻屡屡无果而终呢？是什么原因

龙 骨

所致？是什么地方出了差错？让我们冷静地思索一下，恐由如下原因造成：首先对信息源的正确分析，以本案为例：理查德·博文老先生为前美国海军陆战队士兵，这位年事已高的老兵（八十多岁）称："1947年为应对进攻，而在兵营外修筑机枪掩体时偶然挖到疑似'北京人'化石……因战事紧，只得就地掩埋……"

经查实，美国海军陆战队在秦皇岛确有一处兵营，美军称之霍尔库姆兵营。

该兵营自1941年12月8日被日军占领，日本投降后秦皇岛由八路军冀中军区接管。1945年8月28日，正当毛泽东主席来到重庆，为争取和平做出最大努力时，美国政府却公开支持蒋介石"抢地盘"。1945年9月29日，美国出动五艘军舰在烟台登陆。同时，美军1.8万海军陆战队队员云集天津塘沽港。10月1日海军陆战队1400多人未经中方同意突然强行登陆，与八路军冀中军区守备部队发生短时交火。中共中央针对频繁的美军为国民党军抢占地盘引发的摩擦及时指示华北、华中部队主动退出这些地区，避免内战爆发。

10月30日美国海军陆战队掩护国民党九十四军抢占北戴河，美国人公然站在台前帮助蒋介石打内战，在战后又突然转向扶持日本军国主义，把矛头对准刚刚与之并肩反击日本侵略军的中国人民。但其倒行逆施并没有扭转历史的车轮，四年后中国人民站起来了……

前美国海军陆战队士兵理查德·博文的回忆或许没错，但经中科院古脊椎动物与古人类研究所专家在北京市文物局和秦皇岛市文管部门通力协助下，实地探察，无果而终。著名考古学家徐光冀教授回忆："类似前美国海军陆战队官兵直接寄到社科院考古所的各种自称有'北京人'线索就有不少，通常我们会转给古脊椎动物与古人类研究所……"

问题究竟出在哪呢？半个多世纪的追寻为何总是围绕着美国海军陆战队官兵的线索打转呢？既然日美调查人员异口同声地咬定海军陆战队没有实际转移"北京人"化石，那么层出不穷的陆战队线索又为何经久不断呢？我们需要，世界也需要一个理性冷静的判断。

一次次满怀期待的信息却一次次被现实击得粉碎！"北京人"化石依然像

飘浮在天穹中的星辰忽隐忽现，如同虚渺的太空中神秘的光彩……

事实上，有个关键问题始终悬在我们心头：那就是"北京人"失踪的两个最重要（也是嫌疑最大）的当事国——日本与美国！日本是侵华战争的罪魁祸首，从天皇裕仁到东京大学的长谷部言人，一个国家自上而下地疯狂掠夺他国文化宝藏而战后未受追查；一个国家间委托协议竟然至今没有官方解释！甚至1947年中国代表团就在东京而刚调入盟军司令部充当麦克阿瑟幕僚的前驻华大使詹森竟拒绝会见中方人员！所有最后经手"北京人"的人，博文、福顿，美国驻北平领事馆人员，当然也包括与翁文灏签订协助中方将"北京人"转移至美国，战后归还协议的詹森统统避而不见，而日本直接参与掠夺"北京人"的所有相关人也全部"人间蒸发"！这难道仅仅是巧合吗？！

在未来的找寻"北京人"的道路上，我们有理由坚定地疾呼：以国家的名义，以人类共同遗产的名义要求当事国做出负责任的解释，归还中华民族的瑰宝"北京人"！让其回到龙骨山！

北京·长安街·首都博物馆

2016年3月至5月间这里展出二个大型展览：2015年刚刚考古出土的西汉海昏侯墓及殷墟妇好墓考古展。代表着近年考古最伟大的发现：公元前59年，只当了27天皇帝的刘贺被贬到今天的南昌封地当了个拥有7000户人口的海昏侯。这位短命的侯王在历史上记载很少，以致二千多年的漫长岁月中他的墓未被惊扰过。此次出土的西汉海昏侯墓大量陪葬品之丰富令世界震惊。殷墟妇好墓为三千年前殷商王武丁的妻子，她还是一位鲜为人知的远古女将军！有关这位代夫征战的王后的故事正是由李济、梁思永等一代考古学家于1928年挖掘出的刻字龙骨（甲骨文）上逐步解读出来的，有趣的是，从这二个考古展览中还透露出远古丝绸之路的信息。著名考古学家徐光冀先生作客这二个展览开幕式，并做了精彩的现场讲演。在首都博物馆的大型展览吸引了海内外观众的热切追捧……

首都博物馆是2006年5月18日由北京市政府投资兴建的大型现代地标性文化设施，这座占地2.48万平方米，气势恢宏的大型博物馆在北京长安街西

龙 骨

沿线惊艳亮相。

　　这座地上五层，地下二层的超大展厅里陈列着北京市78万年前人居史、3000年本土城市史、800余年京都珍贵遗存和近现代民俗文化遗存的大批极其珍贵的各类文物。这里有出土于房山区琉璃河遗址的西周"青铜伯矩鬲"；元代"青花凤首扁壶"；元代鲜于枢行草《进学解》及大批北京出土的明清古玉器、瓷器、书画及各类宫廷用器。按照北京市文物局的规划到2020年将实现每20万人拥有一座博物馆（现已有注册博物馆172家），走在国际大都市前列。

　　那年，踌躇满志的新任北京市文物局副局长兼首都博物馆党委书记崔国民经常走到博物馆礼仪大厅中，迎面而来的山墙下矗立一排古朴亮丽的仿明清三进牌楼，中间匾额蓝底白字"景德街"，而旁边则利用自然光线巧妙地构造成翠竹庭院、潺潺流水，营造了一个高雅艺术的人文环境。他很喜欢这种开门见山的构架，每每巡视完全馆各个角落，他都愿意在那里停留片刻。他坚信仅把博物馆作为窗口还远远跟不上时代发展的需求，他要把那里打造成北京的大门，让世界文明的灿烂文化在这里交汇，他要使首都博物馆走出去，也能吸纳海内外文明精华！繁忙的北京市文物管理工作让他常常马不停蹄地在全市各处奔忙，无论工作有多忙，他都设法抽出一点时间专门召集遗址文管人员与《龙骨》文创人员共同探讨研究有关"北京人"研究与宣教事务。再忙，他也要心里揣惦着周口店猿人遗址的发展，他总要在事无巨细中挤出一点时间，自2005年起至今十多年从未间断。他常自嘲道："谁让我至今还兼着找寻'北京人'工作委员会主任一职呢？……"

　　尽管如此，那年一场突如其来的特大自然灾难却突然袭击了龙骨山……

2012年7月21日·龙骨山

　　虽然这一年并没有"末日来临"，但这个龙年也确实灾难丛生，一场百年不遇的大暴雨突袭北京城，也冲刷着龙骨山。

　　站在顶层客厅向窗外望去，四周一片白茫茫，一道道闪电随着声声炸响像匕首刺向楼间。如注的大雨如天漏了一般倾泻而下，周围的房屋像置放在水龙头下的盒子，在大雨中战栗着。楼下平日静静的小河此时汹涌突涨……

第三十章　龙骨·永恒的足迹

一天后，各种令人惊悚的消息与受灾画面扑面而来：洪水裹着泥石摧毁房屋村庄道路；杂物与车辆如海啸后的场景一片狼藉；龙骨山山顶洞积满水，部分堆积层坍塌；一些古刹庙宇护墙倒塌；十渡景区石桥被冲垮，娱乐设施被冲毁，北京市因灾死亡78人，仅房山区损失达一百多亿！电视里房山区区长祁红表情凝重地宣布灾情。令人揪心的是，龙骨山怎么样了？这场突如其来的特大暴雨会不会给龙骨山带来灭顶之灾呢？！要知道仅在10天前国家文物局刚驳回北京市文物局"周口店遗址第一地点——猿人洞保护建筑设计方案"。我知道，这个洞自1921年安特生发掘以来共出土"北京人"化石200余件（分属40余个男女老幼个体）、出土石器近10万件、发现各种哺乳动物化石90种、鸟类化石62种，是世界级古人类与古脊椎动物化石宝库，是国际上古人类学极为重要的研究基地。由于长期挖掘，龙骨山遗址极其丰富的堆积层受自然的侵袭与风化，整个山体松滑，随时都有彻底坍塌的危险！北京市文物局和中科院对于这座不可再生的宝贵遗址早在几年前就开始反复勘查，研究制定保护措施。

然而这个方案在特大暴雨前被驳回，理由是方案不符合"最小干预的原则"……

科学被不断推新，历史的疑问也同样不断澄清，以往或淡忘了或似是而非的记忆被重新认识，重新载入历史。

尾声·清明节·"北京人"遗址

孩子们蹒跚地把花放在墓碑上，好奇地扒着碑看。镶嵌在大理石墓碑上的.照片上的贾兰坡正在微笑。孩子们天真地笑，仿佛是两个世界的笑。

"妈妈，妈妈，爷爷笑呢。"孩子稚气的声音。

"宝贝，爷爷对每个人都笑。"母亲温柔的声音。

众人深情地环视着沧桑幽古的龙骨山。在层层树木花草丛中，他们分明看见一群群远古的肿骨鹿在安详地饮着湖中的水。翼龙在天空飞过，一群身裹兽皮的猿人手持捆着石矛的木棍在狩猎。女人们或袒胸哺喂着婴儿，或打磨着贝壳，把做好的项链挂在脖子上。女孩们互相比美。老年人在火上烤着

龙 骨

野兽的肉，篝火映红了他们的脸庞……

你们是否看见：一些猿人在山洞里对死去的亲人进行祭拜。他们在死者的脸上涂上朱砂。在遗体的周围撒下一圈黑红色的铁矿末。他们向太阳、月亮跪拜。有的则在司仪模样的人主持下吹着骨笛，跳着原始的舞蹈。现实中的人仿佛与另一个世界的人相隔一层透明的墙。当众人走近时，如水晶宫一般闪出一条透明的走廊。走廊的两侧，古人类各种各样的生活场景伸手可及。

试着伸进一只手，就如插入水中一般。他走进去，从里向外看，众人还在外面。他招招手，众人也穿过透明墙进入。当他们与古人相遇，两者穿透身躯而过，漠然前行。

青翠的龙骨山，洁白的墓碑静静地伫立在参天大树和花草中。

你们是否看到了王懿荣和罗振玉、王国维、刘鹗围坐在石桌旁讨论龙骨上的甲骨文？

是否看到了年轻的安特生、师丹斯基、葛利普嬉笑着在周口店寻找龙骨，众人追上他们……

但这些另一世界的魂灵却穿身而过，又走出了；翁文灏、丁文江、杨钟健、裴文中、贾兰坡，他们一边走一边热烈地讨论着什么，手里拿着"北京人"向我们招手示意……

宁死不屈的赵万华、萧元昌等人艰难地从龙骨山走出，昂首挺胸。他们伤痕累累，义无反顾地走向龙骨山。与无数的英灵在龙骨山上组成一道高耸的长城……

魏敦瑞、夏皮洛正在龙骨山下热烈地讨论什么。他们向我们挥手，隐去。鸽子洞。一群鸽子带着哨音轰然飞起，在龙骨山上盘旋。

他们都回来了，都站在龙骨山上。有二十九军的战士，有周口店的老百姓，有几十个工友，有现代的关心"北京人"的外国朋友、天津警察、海军陆战队的队员，他们都在招手。我们也走进去。走近这些为发现、挖掘、寻找"北京人"的人们。这些有着龙骨的人们融汇在一起，化成一座凝聚人们精神力量的龙骨山。

现实中的我们就站在化成青绿色的英灵之中……

第三十章　龙骨·永恒的足迹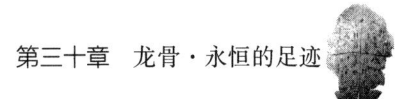

在天地间回荡着贾老的声音：

"人类的摇篮到底在哪里？是谁最先走进人类的门槛？前面还有许多难关等待我们去克服……还有许多问题有待于我们今后去解决……

"我们有理由相信我们的祖先既然选择了这片土地，就如同当年安特生的那句脍炙人口的预言：'我知道，它也许就埋藏在我们附近。'

"'北京人'的故事并没有结束，它将一代一代流传万世。让世人永远记住你们的，包括那些令人起敬的外国科学家们的音容……"

——贾兰坡

后记·与先贤共舞

《龙骨》是考古系列小说之一，写到今天已整整过去了30年（其他两部，一部《海客》描写战国末至秦朝的传奇故事，另一部《骊靬城》讲的是西汉末古丝绸之路上的传奇）。我常常想，本人有何德何能去写一代先贤泰斗呢？但当一章章写下去时，我总感到大师们就在我身边，与我时时交谈。他们中绝大多数人已逝去了，我突然顿悟：原来我有幸与先贤们伴行，与他们共舞！我常常回想起他们最后的时刻，因为此时我才深切地感到自己是那么怀念他们……

2000年·贾老住宅

2000年冬，我照例去看老人家。贾老看上去十分憔悴，脸上失去往日乐观与光彩，眼里闪烁着悲凉与茫然若失，老人一见我，就拉着我的手喃喃自语："小邬啊，老伴没了，老伴没了……"

在我心目中，贾老脸上永远挂着坚毅与开朗，他的神情让人心碎。看到老人状态不好，让我十分担忧，贾老反而安慰我："没事，孩子们轮着来照顾……还有朋友最近送来的几只小乌龟倒也有趣……你信吗？这乌龟通人性呢！""真的吗？！"贾老看我惊讶的样子，得意地一笑："我给你示范一下……这小东西可通灵哩！"贾老像个老玩童似的用手指伸进玻璃缸。果真，小巴西龟慢慢爬上手指，贾老把扒着乌龟的手指凑近自己的鼻尖。"它会跟我通话……"

小乌龟神奇地伸出小小的脑袋亲亲贾老的鼻尖，然后目不转睛地看着贾老，一个白发苍苍的老人与一只指甲盖大的绿色巴西龟在不到三寸的距离间互相对视，这太神奇了！一瞬间老人露出了顽童般的笑容。要不是我亲眼所见，实在难以想象。我用手中的DV拍下了这段奇妙的场景，这也可能是贾老生前最后一段影像资料。2013年5月，我找出尘封已久的资料带，抱着试一试的心情去复制。没想到画面依旧清晰、真实，贾老在天之灵的保佑让我再次看到这熟悉的音容笑貌。

2001年7月17日·八宝山一号告别厅

贾兰坡教授遗体告别仪式。白发苍苍的贾兰坡教授安详地躺在鲜花丛中。哀乐低回。来自全国各地的各界人士排着长队，缓缓地走入告别厅，向贾兰坡教授鞠躬告别。来自外地的王大有先生泣不成声地跪在地上向贾兰坡教授告别。

我手捧着一大束菊花走在告别的人群中，把鲜花轻轻放在敬爱的贾兰坡教授的脚下。菊花中插着一张《龙骨》的题词……

贾兰坡教授去世后，我专程到房山挑选了一块上等的汉白玉石料并请大师精心雕刻成一尊精美的骨灰盒，用烫金字标注"伟大的中国科学家，院士，贾兰坡教授"，不久，贾兰坡教授的儿女告诉我，他们已将贾老的骨灰用这个汉白玉骨灰盒安葬在龙骨山。贾老一侧是裴文中的墓，另一侧是杨钟健的墓地。他们实现了当年牛棚里的约定："共同守望着龙骨山，等'北京人'回家。"

邬家馥、刘系芝是我的父亲母亲。父亲生于1918年的溪口上坞村，爷爷邬生林是位海员，母亲长三岁于父亲，不同的是她却出身香港望族（1915年），精通英语还弹手好钢琴，千金小姐与小学徒工如何相知相恋，始终是我们子女心中的谜，父母从不提及。只知道淞沪战役时父母参加了国民革命军第三厅下属的第24抗日救亡宣传队，三厅是由郭沫若任厅长，周恩来领导的由共产党和爱国青年组成的抗日救亡宣传队，俩人从武汉由八路军办事处介绍奔赴延安，从此成为一生革命伴侣。1989年12月13日父亲突因术后并发症去世在他曾任八路军总医院政委（汪东兴任院长）的兰州军区总医院；父亲去世后家乡宁波、北

龙 骨

京市市政府、浙江省、总后等军队和地方发来唁电，周谷城、贾兰坡和房仲甫等老前辈闻讯后专门给我打电话慰问及发来唁电。父亲是个温文尔雅的老军人，写一手好字也会画画，他被誉为"军队才子"。父亲生前极其支持我创作《龙骨》，他不仅是第一读者，而且还请他的好友原八一电影制片厂剧本创作部主任陈宗凤叔叔、国防大学教育长刘瑞芳叔叔提改意见。为此还与周谷老、贾老互相致信感谢他们对我创作《龙骨》予以的支持与关怀。

父亲去世前（1986年），军委经审核确认他1936年已参加革命的事实，特补授父亲一枚二级红星勋章（独立与解放勋章已于1955年授予）。由过去一直定成的抗战时期，改为红军时期参加革命的老红军让父亲晚年十分开心，还特意戴红星勋章拍张照片。父亲的骨灰依他的遗愿撒在溪口剡溪和东钱湖中，14年后（2003年）母亲也去世了。去世一年前她时常出现幻觉，夜里叫醒我和弟弟说父亲坐飞机来接她回老家……

郑宁，她虽是我的岳母，但在我心中却永远是值得怀念的母亲！是她引导支持我走上龙骨山，1985年8月带着我和妻子来到房山十渡卧龙山参加平西抗日烈士陵园建园典礼。曾任抗日挺进军司令员的萧克将军、杨成武将军即兴讲演。这是我第一次走进房山，也是第一次了解到中国第一块抗日根据地——平西抗日根据地的历史，这块以北平为中心，包括周边十二个县，面积达四万平方公里的根据地，由于地理位置独特，在八年抗战与解放战争中发挥了极为重要的作用！两年后郑妈妈鼓励我到这块热土挂职工作三年。她为了支持我创作《龙骨》，还经常带我拜访老战友和老同志，请他们为我把关，但这位和蔼睿智的南开大学高才生却突然病逝在工作岗位上，让家人都深切地疼痛和悲哀！她同样是一位真正令人敬仰的龙骨人，我和女儿都永远怀念她！《龙骨》出版也是献给我亲爱的父亲、母亲和所有养育过、关怀过我成长的亲人们！

房仲甫，航海史学家，太平洋历史学会副秘书长。是他的引见，我与周谷老和贾老等泰斗们成了朋友，得以持续18年的贴近采访。坦率地讲，那时的我什么也不懂，只是对大师们有种本能的敬爱。房老说他觉得我与贾老有父子情结，我说不清，但与他交往的18年中我的确从心底很亲近他们。

我父亲去世时，房老与周谷老、贾老极为关心，亲笔题写悼文，送花圈为

素未谋面的父亲致哀。真的,3位老人把我当自家孩子关怀呵护。

孙乃,《人民日报》海外版副主编,高级记者。与贾老不同的是,孙老除心地极善良外还带有浪漫文人的忧郁气质。我第一篇大块头论文(5000字)在海外版刊登就是孙老鼎力支持。当报社转来大批读者来信时,我这个初出茅庐的小子不知所措,孙老鼓励我在《内参》上发表回读者信。没有孙老和其他前辈力挺,我不可能大量刊登文章。走近孙老,源于一次我组织的中央新闻采访团去湛江。一日我和孙老、房老沿路散步,这条新修的马路尚未开通,但路旁的新栽树却花开满枝头,听陪同的港务局徐秘书说这些树是台湾人捐献的,到了湛江到处是开满枝头的紫荆花,这是湛江市花。可眼前这种开满淡黄色花的树却不曾见过。孙老见这种花树显得十分激动,他拨过一枝,闻了闻,陶醉地说:"你们闻闻,是不是很香?"我们闻闻,的确一股浓浓的花香扑面而来:"特别香!这是什么树?""这叫相思树,台湾才有……"我发现孙老眼里闪着泪花。

临离开湛江的黄昏,孙老再次约我一齐来到这排相思树下,孙老讲述他自己的一个深藏故事:1947年孙老与他的恋人在上海匆匆话别,作为爱国青年的他因上街抗议打内战而遭受追捕,他只好告别准备结婚的女友逃到解放区去。女友是年轻漂亮的女护士,两人感情深厚,难分难舍,约定再见永不分离……不承想一分手竟然永世相隔。孙老参加革命,女友随父母撤到台湾,两人从此音讯全无。20世纪80年代孙老随团访问日本,不承想到报上照片被台湾的女友发现,她几经周折终于打听到孙老的下落,并得知孙老已结婚有三个孩子。女友自分别后一直孤身等待,她迫切地想再见到挚爱的情人。于是想方设法在香港再见,但在电话中两人倾诉思念之情后却不敢相见!也许都害怕内心难以承受的苦恋,也许都害怕伤害已有的亲情,最终两人放弃见面。回到北京后孙老写了一篇名为《相思树下相思人》的散文在《人民日报》海外版刊登。

一日在孙老家做客,李阿姨拿出这份报纸满脸疑惑地问我:"你们不是去海南采访港口建设吗?怎么写出这么一篇酸溜溜的文章?"孙老默然无语,我赶忙解释:"港口系列报道都登了,这篇文章是随笔采风。"李阿姨不再说什么了,作为女人她敏锐地感觉到有什么自己不知的隐情。

龙 骨

　　几年后，一部《云水谣》的电影感动了千千万万的人，我突然发现影片的故事情节竟与孙老的经历有惊人相似之处。

　　孙老走了，与贾老相比，他孤独而寂寞地走了。他走的前两年打电话给我，悲凉地告诉我："甜甜没了！"甜甜是孙老的女儿，从小喜欢文学诗歌，曾是孙老的寄托，因"文革"下放，甜甜落户河南并成家生女，艰苦地生活着。孙老一直愧疚自己的女儿，一直想把女儿调回身边，但因种种困难终无结果。不幸的是甜甜突然失踪了，至今生死不明。孙老走了，多好的一位老人，多有才华的老报人，带着淡淡的相思树的馥郁花香，永远地走向另一个世界，祝愿他在那个世界里和相思的人相逢……

　　梁思明（别名王平），高教部干部，老伴宋仁，别名孙文仁，是北师大副校长。我一直称他们为"梁阿姨、宋叔叔"。梁阿姨是个身材消瘦的人，与梁家后人一样有着深凹的双目，是典型的福建人特点。梁阿姨是梁启勋的长女，父亲梁启勋正是梁启超的胞弟。走进梁家完全是偶然，但对我一生影响极大。1972年冬，我因要去301医院住院，一下火车先来到位于南长街大宴乐胡同的梁家，与胡乔木家对门。这是一座青砖灰瓦的三进大院，因是"文革"时期，大院住满了杂户，梁阿姨一家就住在院子最把角的一排"柴房"中。我很快与她的两个儿子小军和小二成了好朋友，而且这种友谊一直持续到今天。

　　在那间柴房里，铁壶喷着热气，昏暗的房中杂乱地堆着书和杂物。梁阿姨一讲起小时候的生活与趣闻，两眼就闪着难以掩饰的兴奋，其中有一件事让我终生难忘。1924年，军阀孙殿英将慈禧地宫炸开，抢掠宝藏。不久溥仪率前清遗老前去东陵为老佛爷收尸重葬，年仅8岁的梁阿姨随父亲前去，她目睹了当时足让一个小女孩心颤一生的情景："慈禧几乎半裸地躺在甬道的一角，地上到处是破碎的瓷器与杂物，有老臣用件衣服盖上慈禧。我紧紧抓住父亲的衣服，忍不住偷偷看看传说中的太后。我到现在都奇怪，一个已死了10多年的人还像活人一样，要不是亲眼所见，死也不会相信！"梁阿姨的父亲梁启勋曾任民国第一任中国银行监督，著名的袁大头银圆就是出自他的设计。

　　由于梁启超与梁启勋兄弟关系极为亲近，因此，有关梁启超许多佚事与文物都如数家珍一般讲给我听。如今，我与梁家的感情仍在继续，《龙骨》中梁家许多故事就是从四十多年的交往中吸取。

汪向荣，中国社科院日本所所长，中国对外关系史学会会长。与汪老交往想起来也颇有缘分。汪老是国内日本史泰斗，当今国内各大院校及外交领域的日本问题专家大都是他的弟子。

1985年因《龙骨》中涉及中日关系史的关键问题，贾兰坡教授和房仲甫亲自与汪老联系后由我登门进行采访，说来也巧，汪老的女儿也在我们同一个单位，只是从不知道她是大名鼎鼎的汪老之女。

汪老的家位于雅宝路一个临街胡同里的四合院中。当我走进这座大宅院时却空无一人，正在奇怪之时，从堆满书籍的条案桌后站起一个头发蓬乱只穿背心的老人。"你找谁？"老人警惕地打量我。"我找汪向荣教授。""我就是汪向荣，你是……"听说眼前的这位老人就是大名鼎鼎的汪教授，我一时怎么也对不上号，我慌忙掏出介绍信表明来意。老人戴上眼镜匆匆看了一下挥手示意："坐，随便坐！"我环顾四周无处可坐，因为所有的椅子、凳子都堆满了书。汪老这才意识到确实无处可坐，指着一个凳子发令："那，把这个凳子上的书放在桌上就可以坐。"我顺从地将书小心翼翼放在桌上坐了下来。与汪老在堆积如山的书丛中面对面谈话真是一种十分奇特的感觉，我甚至怀疑眼前这个几乎邋遢的老人会是誉满天下的大学者吗？

"我这里要搬迁，乱得很。"汪老挠挠头抱歉地解释。他递给我一把蒲扇，自己也摇一把扇："这里书太多没法开电扇，扇扇扇子……"好奇怪的老头！我们就这样透过一摞摞书的缝中摇着扇子对话。谈到中日关系的历史，很自然就谈到两千多年前秦国方士徐福东渡日本的传说，因为作为中国太平洋学会接到日本一位女剧作家发来的求助信，期盼中日合作拍一部关于徐福的电影，会长周谷老和贾老将任务交给我，因我正受命写一部以贾老考古为线索的电视剧《龙骨》。

"历史上就根本没有徐福这么个人！"汪老听完我的介绍断然否定有徐福其人其事！这太不可思议！徐福是历史史记中记载最多的一个人，从《史记》开始中国历史上官方史书与野史均不间断记载，汪老怎么会认为并无此人？！是《史记》错了还是汪老错了呢？我一时困惑，不知该怎么说。我们两人就这

龙 骨

样默默地扇着扇子从书缝中端详对方，看着他一脸正经的神情，我不由得一时血气冲头："汪老，您认为司马迁在中国历史上是否可信的人？难道他有必要在《史记》中虚构徐福东渡的事件吗？！"我的话充满火药味，也不知怎么了就脱口而出。奇怪的事情发生了，汪老竟然像一个顽童，灿烂地笑着并把椅子拖到我面前面对面："前不久，我在大会堂与来访的日本历史学家还谈起过徐福的问题，当下日本最权威的史学家井上清是我在20世纪40年代日本帝国大学的同学，他的意见可以说代表了日本史学界主导意见。他对我说徐福这个问题日本人不愿意承认，那是怕说成是自己的祖宗，我看徐福这个事应该没有问题……"

"您的意思是徐福确实东渡日本了吗？"我又惊又喜。"你先别急，先说司马迁，司马迁是中国历史上最伟大的史学家，日本人也极为推崇他。井上清对我说司马迁绝不可能无缘无故在《史记》上记载一个虚构的人物。司马迁与徐福的故事仅相差五十年，很难想象作为同时代的人会去编造一个当时轰动一时的大事件。我是相信司马迁的，那是一个真实发生的事情。司马迁是史学泰斗，考古证明司马迁的记载都是准确的。其实我在日本上学时就多次到徐福的遗址去考察，前些年去日本访问我还拍了一些照片……"汪老找出一些照片递给我，这是一组彩色照片，都是日本徐福遗迹和祭拜的照片。真是太好了！我又惊又喜。汪老笑着说："这些照片送你了，我支持你的观点！"汪老详尽地讲述他在日本留学时，也曾怀着一颗好奇的心独自寻找徐福踪迹的经历，他发现日本人，尤其是流传甚广的徐福登陆地、徐福采药地的当地人不仅极为崇尚徐福，还有很多人坚信自己是徐福的后代！

但自从日本走上军国主义道路后，很多日本人，尤其是极右的民族主义者，不愿承认历史，千方百计淡化中国对日本的影响，有相当一批学者也参与其中……

1985年太平洋历史学会在山东长岛举行研讨会，贾兰坡秘书长主持这次盛大的研讨会。会议期间，贾老专门安排两个活动：一是与会者参观长岛博物馆。这座仅有二万居民的小岛却有一座漂亮的博物馆，其中最令长岛人自豪的是这里出土了大量新石器时期文化遗存和东夷人生活实证。贾老亲自对展品一一仔细观察并与当地文物专家讨论。去庙岛群岛考察是我一生中最难忘的美好回忆,我与陈老翰生、贾老、房老一大批文博泰斗一起坐在木机帆船上,在碧海上前行,海面上奇石怪峰矗立,如同海上石林,景色异常壮丽。

在庙岛海上博物馆我们看到人类早期航海的实物与甲午海战中的致远号铁锚,一位老渔民向我们讲他所亲历的故事。

没想到在接下来的专题讨论会上却发生意想不到的事。在专题研讨会上,江苏徐州师范大学教授罗其湘宣读了自己的论文《发现徐福村》,罗教授在当地一次户籍普查工作中意外发现秦皇岛附近的一山村竟是古代琅琊郡,这个山村以徐姓为宗,村中庙宇竟供奉着徐福,普查村民家谱皆称是徐福后人。

罗教授将普查结论披露于世引起海内外一片热切关注。当然,最热烈的莫过日本,每年都有大批自称徐福后人的日本人来此寻根并在徐福出海地成头山上集体祭拜,场面颇为壮观。时任中国佛教协会主席的赵朴初先生闻讯后专程来此并亲笔书写"徐福村"碑。但罗教授这篇论文却遭到国内一些知名大学历史系专家的猛烈抨击:"徐福是历史上虚构的人物,不足为信。"

学者们对罗教授群起而攻,我忍不住拍案而起,我以采访汪向荣教授的经历,再次提出应如何评价司马迁和《史记》的问题,我问道:"如果今天有人说司马迁只是个传说,《史记》不足以信,你们这些史学家作何感想?作为仅与徐福东渡不到50年的同时代人,司马迁凭什么要用三段文字专门记录此事?他有什么必要去杜撰一个根本不存在的人呢?"说实话当时发言也是脱口而出,我看不惯有些人动不动就以日本人怎么认为,仿佛日本人的理论就是他们否定一切的根据。会场上一片寂静紧张,我偷偷看了一下主席台上的贾老,他不动声色地给了我一个坚定的眼神。会后,有学者找到我悄声说:"我们都是汪老的学生,汪老都这么讲,我们肯定听老师的!"

不久,我在《人民日报》海外版刊登《徐福下东洋》的大块文章,所配的照片正是由汪老送的照片,不久汪老也在《人民日报》海外版刊载他的文章《徐福与徐福村》,汪老以他的方式支持和肯定了我的观点。不久,汪老特意邀请我参

龙 骨

加中外关系史学会，成为他旗下的一名会员。

不久，汪老还转来日本学者的一份日文杂志，杂志上赫然登了一篇介绍我的文章，这位叫福岛的日本学者是怎么知道我的，事后才知道这位日本人对中国学术的关注程度要远比国人关注日本周密得多，他翻译了我的论文并摘要刊登在1987年（昭和六十二年）7月的《日本与中国》一书中。这令人汗颜。在创作《龙骨》的过程中涉及中日早期关系的依据无不渗透着汪老的智慧与提携，我永远怀念这位可亲可敬的大家。

樊锦诗，敦煌研究院院长。2004年拜会了这位传奇式的老大姐，这年夏天我来到敦煌，她刚做了手术，却坚持亲自带我们参观莫高窟，如此贴近地触摸历史，让我为之震撼！大姐如数家珍地讲述敦煌的前世今生……

那天中午她用自产的蔬菜宴请来访的有关领导一行，大姐特意安排我作陪。临行时大姐还特意送给我们每人一本著作与一幅木刻水印敦煌壁画。大姐解释这是专门从敦煌临摹壁画中精选出来，委托荣宝斋制作的，历年作为国礼赠送重要嘉宾。我能有幸获得一幅，让我欣喜若狂！从此，我一有机会就去敦煌拜访大姐，并去丝绸之路寻古探秘……

《龙骨》的创作过程也是我提升自身水平的过程。每每回想起，许多前辈大师一直默默支持着我，甚至手把手地教。记得一次我向贾老转述导演的建议，为了收视率，要虚构一些情节，尤其要加入美女的戏份和惊险片断。贾老听完后，十分严肃地对我说："绝对不要虚构，这件事（指'北京人'失踪）本身就足够传奇，千万不要胡编乱造，我们中国的宝贝，要有一部中国人自己声音、自己观点的作品！外国人搞了很多猎奇的影视，那些是为了金钱而不是向历史负责……"

邬家馥、刘系芝是我的父亲、母亲。1937年淞沪战役父母告别故乡奉化，来到抗日前线，与千千万万的爱国青年一样，他们义无反顾地选择了去延安，成为两位百炼成钢的革命军人。把他们写进《龙骨》寄托着对老一代人的思念，更是去理解他们所走过的征程……

朱毅（化名）、李宏癸是我同一研究所同事，我有幸与二老同住过一个宿舍。朱老毕业于德国柏林大学，是我国第一代枪械专家，1949年受学长——

时任国民党兵工署署长俞大维竭力推荐成为该署枪炮局少将副局长,他回国后被指派验收美国援华军械,原本想报效祖国的他看到蒋介石一心打内战而失望,后弃官跑回北京家中,新中国成立后他作为留用人才到一机部某研究所工作,20世纪80年代他退休回北京与在协和医院当护士的女儿在一起,因我和朱老同在一个宿舍成了莫逆之交,我还跟他学过一年的德语,本书的德国留学生以其为原型。1986年冬,我随部领导到武汉视察工作,一天晚上民生公司总经理卢国纪来访,因为生病,他是被人背着到我们驻地拜访的。卢国纪是卢作孚的第二个儿子,他详尽地给我们讲述了抗战时期父亲指挥长江大撤退的壮丽故事,不知不觉中我们谈了很久,因考虑到他的身体只好结束了谈话,临走时他送给我一本亲手签名的书《我的父亲卢作孚》和一些关于民生公司的资料。他恳切地对我说:"如果你要想写这段经历可随时来找我,我将全力支持!"

1987年我参加国务院长江上游考察团来到金沙江上游时,亲眼看见一群纤夫艰难地拉一艘木船,他们就在我面前不足几米的地方经过,赤脚踩在岸边的沙石地上,竹编的纤绳深深地勒进了已经变形的肩膀……这个场面强烈地震撼了我,让我联想起卢国纪讲述的宜宾大撤退中的纤夫……

1992年我随瑞中友好贸易团访问瑞典斯德哥尔摩,热情的使馆工作人员带领我们参观瑞典王宫花园,那是个美丽的岛上花园,看着古典的皇家建筑和宁静的花园时我突然想起安特生与古斯塔夫王子当年或许就站在这里,畅谈着向往中国的理想和先辈们曾经的辉煌。我仿佛也身临其境……

这一切的一切都为我创作《龙骨》注入了活生生的感受与第一手素材……

在创作中我还得到许多前辈,斯季英阿姨、老首长王成斌司令员等,当然还有我的父母和郑宁妈妈的帮助,他们始终是我坚实的支持者,如今他们几乎都已逝去。如今又到了一年一度的清明节,府学胡同36号里的海棠花和玉兰花争奇斗艳,满园芬芳馥郁,朵朵柳絮与花瓣在风中起舞,象征着我们共同的纪念。愿人们可以从《龙骨》中看到他们的身影。

邹江
2016年清明于北京宅中

《龙骨》主要参考资料来源说明

长篇传记小说《龙骨》是一部以中国百年考古为主线的传奇故事，作者历时30年倾心打造，其主要创作资源取材于以下三大类：

一、第一手资料

由我国著名考古学家、古人类学家贾兰坡院士本人亲述并提供大量原始素材及本人《自传》、著作、文章、学术报告等，包括他本人绘制的周口店猿人遗址图册等，几乎囊括家藏所有原始资料，作为《龙骨》创作主体脉络，即以贾老自传自述展开。

其次，作者自1983年至2001年，18年间持续不断贴近采访报道，并始终得到贾老亲自指点；与此同时，作者以著名历史学家周谷城、陈翰生，日本史学家汪向荣教授、近代史学家徐葵（东亚所所长）、敦煌学家樊锦诗、民生公司总经理卢国纪（卢作孚次子）、航海史学家房仲甫等专家学者，文学家周而复，老前辈斯季英等亲历者作为长期采访与搜集资料的对象；作者与梁启超后人梁思明一家有着四十余年的亲情交往，从中获取大量鲜为人知的晚清民国亲历史料，这些珍贵的素材（照片、录音、录像、信札）为本书奠定真实可信的基础。

二、档案资料

1. 大量调阅清史档案和民国档案（清史档案现保存在中国第一历史档案馆，民国史现存中国第二历史档案馆及北京历史档案馆）。

2. 亲历者回忆录：已搜集到的相关亲历者的回忆录及自传有：蒋介石、翁文灏、司徒雷登、冈村宁次、今井武夫、卓别林、贾兰坡等人的。

3. 中日战时文告：《满洲事变作战经过概要》日军参谋本部1935年版，蒋介石《告抗战全军将士书》等。

4. 新闻网讯：《美国每日科学网站》2012年6月4日，《化石的发现：人类最早进化地在亚洲》等。

三、书报杂志

1. 旧报纸、旧新闻主要参阅民国时期自1920年至1949年期间国内主要报纸。

2. 书信与杂志、中外名家对科技考古探索创作的著作；杂志类重点参阅了日本颇有影响的史料性期刊《文艺春秋》《支那事变画报》《侵华日军特刊》等；参阅国内同类文史汇编、地方志，例如《炎黄春秋》《北京文史资料》《房山文史资料》等。

本书的宗旨是客观、真实、完整，还原发生在北京地区的百年沧桑考古历程，并以一代学者考古为线索折射出抗日战争时期中国学者和知识分子不屈不挠，与全国人民一起抗击日本侵略者侵略的英雄气概，同时以独特的方式展开探宝、护宝、追宝的艰辛历程，热情讴歌老一代学者的龙骨精神和他们鲜为人知的心路历程。

附录：（1）
主要参考资料细目

一、书刊类

1. 贾兰坡、黄慰文：《周口店发掘记》，1984年版；贾兰坡：《北京猿人来去匆匆》，日本NHK电视台1987年版；贾兰坡著（裴文中作序），《中国猿人北京人》，龙门书局1950年版；《周口店纪事》，上海科技出版社1999年版；贾兰坡、陈淳：《亚洲和北美洲的史前文化联系》《太平洋》，海洋出版社；贾兰坡：《中华祖先拓荒美洲之序言》，黑龙江人民出版社1992年版。

2. [瑞典]安特生：《黄土地的儿女——中国史前史研究》，伦敦1934年版；《中华远古之文化》，文物出版社2011年版；《甘肃考古记》，文物出版社2011年版；《地质报告》第五号第一册，京华印书局1923年版。

3. 樊锦诗：《中国敦煌学论著总目》，甘肃人民出版社2010年版；《解读敦煌》，上海人民出版社2007年版；《莫高窟史话》，江苏美术出版社2009年版；（唐）玄奘：《大唐西域记》上、下卷，中华书局1970年版。

4. 季羡林主编：《敦煌学大辞典》，上海辞书出版社1998年版。

5. 罗振玉：《雪堂自述》，江苏人民出版社1999年版；《三代吉金文存》，中华书局1983年版。

6. 王国维：《观堂集林》，中华书局1959年版。

7. 李济：《关于中国古代史的新史料与新问题》，1933年5月27日，载《名人名师武汉大学演讲录》，武汉大学出版社2003年版。

附录：（1） 主要参考资料细目

8．步达生、德日进、杨钟健、裴文中：《中国猿人史要》1933年版。

9．汪向荣：《日本的中国移民》，三联书店1987年版。

10．邬江：《徐福下东洋》，《人民日报》海外版，1986年。

11．梁启超：《李鸿章传》，1901年版。

12．汤仁泽：《枪炮轰鸣下的尊严》，上海文艺出版社2005年版。

13．［法］毕耶尔·路谛：《撕裂北京的那一年》（原名《庚子外记》），1931年版。

14．阿德里亚诺·马达罗：《1900年的北京》，东方出版社2006年版。

15．［英国］托尼奈斯：《发现之旅》，商务印书馆2011年版。

16．张克复：《甘肃史话》，甘肃文化出版社2006年版。

17．南京中医学院编：《中药大辞典》，上海科技出版社1985年版。

18．日本国际研究会：《徐福会报》，1987年（昭和六十二年）10月第三号。

19．［瑞典］斯文·赫定：《我的探险生涯——西域回忆录》，贵州人民出版社1997年版。

20．徐葵等主编：《法学摇篮——朝阳大学》，东方出版社2001年版。

21．张慎思：《国际大法官倪征燠的传奇人生》，《法律与生活》杂志，1997年第九期。

22．傅斯年：《挖掘殷墟之经过》，中央研究院与历史语言研究所报告，上海《民国时报》1930年3月13日至16日连载。

23．房仲甫：《中国人最先到达美洲的新物证》，载《人民日报》，1976年8月19日；《扬帆美洲三千年——殷人跨越太平洋初探》，载《人民日报》，1981年12月5日。

24．中国政协北京委员会文史编委：《宣武文史》第四辑，1995年版，《29军高级将领访谈记》。

25．《梁启超死于病菌》，《民国时报》1929年1月22日上海。

26．“北斋”：《人类化石——周口店旅记》，天津《大公报》连载，1929年12月12日。

27．步达生：《周口店发现人猿》，天津《大公报》，1929年12月29日。

28．尚海等主编:《民国史大辞典》,中国广播电视出版社1991年版。

29．任学亮:《从九一八到七七事变》,广西师范大学出版社2009年版。

30．[美]约翰·托兰:《日本帝国的衰亡》,新华出版社1982年版。

31．军事科学院历史研究部编:《第二次世界大战大事纪要》,解放军出版社1990年版。

32．[日]读卖新闻编撰:《检证战争责任——从九一八事变到太平洋战争》新华出版社2007年版。

33．凌其翰:《我的外交官生涯》(回忆录),中国文史出版社1993年版。

34．郭景兴,蒋亚娴编:《七七事变追忆》,政协丰台文史资料,人民出版社2007年版。

35．《苏联军事百科全书》第七卷,1983年版。

36．《中苏美空军抗日空战纪实》,北京航空联谊会,世界华人社团联合总会2005年版。

37．《后汉书·礼仪志》。

38．(唐)李袭誉修订:《明堂针灸书》。

39．《红旗飘飘》,中国青年出版社。

40．美国著名历史学家赫伯特·比克斯:《裕仁和现代日本的形成》,书中抨击裕仁是个"聪明的战争策划者"。

41．[美]约翰·席福曼:《追缉国家宝藏》,三联书店2013年版。

42．杜导正,廖盖隆主编:《炎黄春秋》,南海出版公司2006年版。

43．陈爱玉主编:《百年苦语》,济南出版社1998年版。

44．杨奎松:《失去的机会?战时国共谈判实录》,广西师范大学出版社1992年版。

45．《人物》,人民出版社1985年版。

46．徐宗懋:《老照片》第36辑,山东画报出版社,2004年8月《宝岛岁月半世纪》。

47．廖代茂,杨会国编:《中华百年祭1840—1945》,重庆出版社2006年版。

48. 费正清主编:《剑桥中华民国史》,中国社会科学出版社1994年版。

49. 张秀章编:《蒋介石日记揭秘》上、下两册(1915年至1949年),团结出版社2007年版。

50. 刘琅、桂苓编:《记忆——旧时月色前朝影》,收有刘海粟《忆梁启超先生》、傅斯年:《我所认识的丁文江先生》、林徽因:《纪念徐志摩去世四周年》等,中国友谊出版公司2005年版。

51. 周作人:《周作人精选集》,北京燕山出版社2006年版。

52. 秦风编:《民国南京1927—1949》,文汇出版社2005年版。

53. 爱新觉罗·毓赡:《回忆录:末代皇帝的20年》,中国社会出版社2000年版。

54. 李敖:《扒蒋介石皮》,中国友谊出版公司2001年版。

55. 爱新觉罗·溥仪:《我的前半生》,群众出版社2007年版。

56. 北京党史研究室编:《北京抗战史话》,中共党史出版社1995年版。

57. 孙恩白主编:《红楼风雨——北大历史回顾》,北大出版社1988年版。

58. 《联合国教科文组织公告》2013年11月25日:《尼泊尔发现佛祖诞生遗迹——释迦牟尼诞生时间或提前几百年》。

59. 《全国中草药汇编》。

60. 《故宫建院75周年特别专辑》,紫禁城出版社2000年版。

61. 边东子:《国宝,同仁堂》,人民出版社2010年版;《北京饭店传奇》,当代中国出版社2009年版。

62. 蔡东藩:《民国演义》,华夏出版社2004年版。

63. 《南长街54号梁氏旧藏重要档案》,梁氏后人回忆录。

64. 叶为耽著:《震旦人与周口店文化》,商务印书馆1936年版。

65. [日]本伴野朗著:《50万年的死角——北京人奇案追踪》(侦探小说),世界知识出版社1984年版。

66. [美]克莱尔·塔什德简:《"北京人"下落不明》,北京出版社1982年版。

67. 贾彧彰、窦忠如:《迷失周口店》,新世界出版社2004年版。

68. 崔国民、周文海等主编:《人类文明主脉源——周口店》,京华出版社2005年版。

69. 苏宝敦、高星主编:《北京人》2006年第十三、第十四、第十五期,北京市房山区北京猿人遗址管理委员会编辑。

70. 祁国琴、董为主编:《蝴蝶古猿产地研究》,科学出版社2006年版。

71. 《先锋国家历史》,《成都日报》报业集团出版,2010年5月。

72. 李树喜:《双X档案:"北京人"失踪和"阿波丸"沉没》,人民出版社2005年版。

73. 郑忠济(韩):《解密黄金百合计划》,上海社会科学院出版社2014年版。

74. [美]斯特林·西格雷夫佩吉·西格雷夫:《黄金武士》,中国对外翻译出版公司2005年版。

75. 李鸣生:《全球寻找"北京人"》,北京出版社2006年版。

二、旧报纸、旧新闻

1. 《秦德纯与土肥原谈判察事经过——初步谈判颇称顺利,秦患失眠恳切请辞》,上海,《申报》1935年1月27日,《长沙通讯:地质学家丁文江在湘中毒逝世》,上海,《申报》1936年1月12日;《申报》专电《日军炮轰宛平县城》,上海1937年7月9日;《申报》1937年8月30日,保定通讯:《沦陷后的北平:齐燮元、江朝宗等甘做傀儡,宋哲元等住宅均被敌查封》;《申报》汉口1939年2月17日《俩傀儡被杀均陈尸路隅:屠为伪"地方法院长",高系伪"警局之书记"》;《申报》1939年5月4日,《日机狂炸重庆》;《盛京时报》1934年8月14日,《本埠河北苇塘内发现龙骨骸》。

2. 《大公报》天津1935年2月9日(无锡通讯):《无锡黄土荡河底发现狄青棺木》;《大公报》天津1935年10月17日(彰德通信):《殷墟发掘成绩:发现珍贵古物多件》;《大公报》1939年2月8日:《另一个世界:北平在敌人统治下民众不能自由呼吸》。

3. 《救国时报》巴黎1936年12月20日:《中共主张和平解决》;《救国时报》巴黎1936年12月28日:《内战避免举国欢腾》。

附录：（1） 主要参考资料细目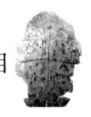

4.《文汇报》上海1938年5月27日（天津通信），《夕阳灼人的北平，日人口中的"天堂"》；《文汇报》上海1938年10月4日（延安特约通讯）《今日之延安》。

5.《盛京时报》沈阳1939年1月7日北京电:《鲁迅之弟周作人氏被人狙击未遂，但其门生受重伤，车夫即死》，现存国家图书馆。

三、文史档案

清宫档案:《西狩丛谈》《庚子传信录》《光绪朝东华路》；清宫档案之《德国外交文件》第十四卷；《清德宗实录》卷五四五；翁同龢：《开国方略》；黄鸿寿：《清史纪事本末》；利玛窦：《中国札记》1610年；清宫档案：《孝钦显皇后升遐记事档》第九本；《清史稿·马福禄传》；马竹华：《庚子前门之战爷爷殉国》2011年6月4日《北京晚报》五色土专栏；《奏对》盛宣怀对慈禧太后，李鸿章：《筹议海防折》1874年11月7日；李超琼《庚子传信录》,《义和团史料》；《顺天府尹陈夔龙折》:《梦蕉亭杂记》；扑笛南姆威尔：《庚子使馆被围记》；奕谟：《庚子手札》；邓之诚：《骨董琐记》卷四；使美杨儒致全权大臣奕劻，李鸿章电《联军议谈密报》1901年1月18日至3月18日；《杨儒庚辛存稿》；现存于中国第一档案馆。

民国档案:《社会统计月刊》伪北京特别市社会局1940年1月；《北平市政统计》北平市政府统计室1946年11月、12月合刊；《北平市都市计划设计资料第一集》北平市工务局1947年7月；谭炳训：《日人侵略下之华北都市建设》：《北京档案史料》，新华出版社1999年版；《日伪统治下的北平》，北京市政协文史编委。孙冬虎：《北京近千年生态环境变迁研究》，北京燕山出版社2007年版；《房山文史》第五辑、第八辑，裴文中：《第一个"北京人"头盖骨发现经过》；韩宗喆：《孙连仲将军抗战记》政协房山文史委员会1995年1月；《文史资料选编》，何基沣、邓熙哲等亲述：《七七事变纪事》第52辑；关续文：《日军侵华期间在北平西郊建立的忠灵塔与靖国神社》；《文史资料选编》第53辑陈志农：《我与"北京人"头盖骨》，王灿炽：《档案学家、明清史学家单士元》；《文史资料选编》第54辑谭伊孝：《抗战时期北平的几处日本牢房》；第59辑李正修：

《收回北京外国兵营始末》；裴文中：《"北京人"化石标本被劫及失踪经过被报告》，胡承志：《"北京人"失踪经过》；[荷兰]佛腾，协和科学家：《致翁文灏的信》1942年9月10日翁首次获悉"北京人"丢失亲历者的信息；翁文灏收到佛腾信后即向美国国务院工作的朋友文森特写信《翁文灏致文森特》1943年3月30日；《文森特复函》1943年4月27日；《裴文中致中央地质所所长李春昱等人信》1945年8月28日；《致魏敦瑞信》1945年9月28日；中央社重庆20日电：《我将组织调查团赴日调查战时文物损失》1945年11月20日；《翁文灏致美军马歇尔将军函》1946年1月19日；《李济复裴文中函》1946年5月24日；《关于调查"北京人"化石骨骸经过的报告》1948年3月4日；《民国教育部致中央地质所公函》1948年11月27日；《地质所致国民政府外交部，教育部，行政院关于追查北京猿人骨下落案报告》1949年（此亦为新中国成立前最后一次报告，3个月后南京解放）；《文史资料选编》第61辑，2000年10月，张复合：《北京协和医学院校园建筑》；金蕴达：《北京"奉天会馆"与"东北义园"》；《文史资料选编》第68辑，2004年12月；程永江：《黑山扈旁的农夫——程砚秋在北平沦陷时期》；蔡世英：《晚清太监李莲英的有关史料》，《文史资料选编》第83辑，文史资料出版社1982年版。刘廷芳、谢景升：《司徒雷登年谱》；周作人《北京大学感旧录》；K.瑞阿和G．O．布留尔：《被遗忘的大使：司徒雷登的报告》（1946年至1949年）；《文艺春秋》2007年日本前宫内厅内侍小仓库治披露的《裕仁天皇战争日记1939年至1945年6月间》（共六百页）；《文艺春秋》[日]，1956年第四期；《何应钦会访冈村宁次记》。以上文史资料均存于中国第二历史档案馆、北京历史档案馆。

注：三类资料来源数目众多，故仅罗列部分索引。

附录：（2）
《龙骨》部分主要中外人物名录
（引自贾兰坡《周口店发掘记》）

中国：

王懿荣（1845—1900年）　字正儒，国子监祭酒、团练总管大臣、甲骨文发现者。

李鸿章（1823—1901年）　字渐甫，晚清重臣、著名洋务运动领袖。

梁启超（1873—1929年）　字卓如，近代政治改革思想家，文学家。

盛宣怀（1844—1916年）　字杏荪，晚清政治家、实业家及洋务运动代表人物。

丁文江（1887—1936年）　著名地质学家。

杨钟健（1897—1979年）　字克强，著名古生物学家、古脊椎动物研究所所长。

李　济（1896—1979年）　著名考古学家。

翁文灏（1889—1971年）　字咏霓，著名地质学家、民国行政院院长、第二三届政协委员。

裴文中（1904—1982年）　中科院院士，著名考古学家、古人类学家。

贾兰坡（1908—2001年）　中科院院士，美国科学院外籍院士、考古学家、古人类学家。

孙连仲（1893—1990年）　抗战时期任第十一战区上将司令长官。

 龙 骨

外国：

哈贝尔　K.A.Haberer 牧师，医生，古生物学者

安特生　Mohan Gunnar Andersson 瑞典科学家

魏敦瑞　Franz Weidenreich 美籍犹太考古学家

古斯塔夫六世·阿道夫　King Gustavus Vl Adolphus 瑞典六世国王

葛利普　A.William Crabau 德籍考古学家

福　顿　A.B.D.Fortuyn 美洛克菲勒基金会东亚资金管委会负责人

步日耶　H.Breuil 法国考古学家

威廉·费利　William Foley 美海军陆战队军医

霍尔库姆营地　Camp Halcomb 美海军陆战队秦皇岛营地

艾休斯特上校　Colonel Ashurst 美海军陆战队军官

克拉·塔什黛安　Claire Taschdjian（中文名息式白）

哈里·夏皮洛　Harry L.Shapiro 美国考古学家

克里斯托弗·贾纳斯　Christopher Janus 美商人

莫里循（1862—1920年）　G.E.Morrison 著名记者

司徒雷登（1876—1966年）　传教士、美国驻华大使、燕京大学创始人

胡顿协和医院院长，美国人

博　文　Trevor Bowen 协和医院总务长

步达生　Daridson Black 加拿大古人类学家

师丹斯基　Otto Zdansky 奥地利古生物学家

侵华日军：

冈村宁次　（1884—1966年）侵华日军总司令

香月清司　侵华日军华北派遣军中将司令

今井武夫　侵华日军中将参谋长

儿玉誉义夫　日本黑帮黑龙会首领

长谷部言人　日本帝国大学教授，天皇科学顾问

锭者繁晴　日本侦探

小川武满　北平日军监狱狱医

秘境传奇之一

邬江 崔国民 著

龙骨

（上）

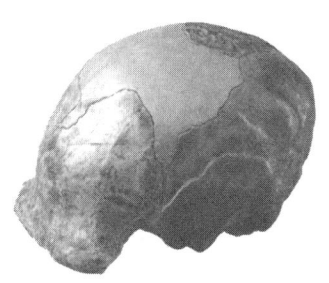

北京燕山出版社

图书在版编目(CIP)数据

龙骨 / 邬江，崔国民著 . —北京：北京燕山出版社，2016.7

ISBN 978-7-5402-4178-0

Ⅰ.①龙… Ⅱ.①邬…②崔… Ⅲ.①长篇小说—中国—当代 Ⅳ.①I247.5

中国版本图书馆CIP数据核字（2016）第156262号

龙骨（上下册）

作　　者：邬　江　崔国民
责任编辑：刘一丹
封面设计：王晓芳
内文排版：北京麦莫瑞文化传播有限公司
出版发行：北京燕山出版社有限公司
社　　址：北京市西城区陶然亭路53号
邮　　编：100054
电话传真：86-10-63587071（总编室）
印　　刷：三河市灵山红旗印刷厂
开　　本：700mm×1000mm　1/16
字　　数：730千字
印　　张：50
版　　次：2016年7月第1版
印　　次：2016年7月第1次印刷
书　　号：ISBN 978-7-5402-4178-0
定　　价：78.00元

图1 贾兰坡院士在书房的工作照（该照片发表于1985年3月《人民日报·海外版》的《一支古人类生活圈的畅想曲》。邬江专访、撰文并摄影）

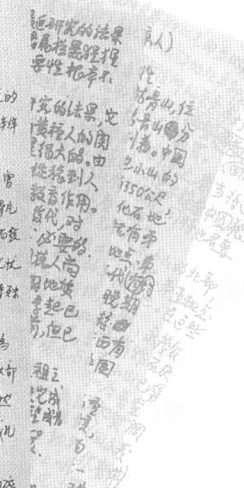

图2 贾兰坡手迹

图3 1900年李鸿章赴京调停,登陆后由八国联军派俄军护送(此图刊登在法国《Le Petit Parsien》画报增刊上)

图4 王懿荣官像

图5

图6

图7

图5、图6、图7 攻战正阳门(此图为1900年8月15日,八国联军士兵舍恩伯(Schonberg)参加攻正阳门的战斗后,根据回忆绘画的3幅连环画,刊登在《泰晤士报》上)

图8 1921年,安特生在仰韶村遗址(安特生提供)

图9 1930年,李济、董作宾、傅斯年、梁思永在殷墟考古现场合影(河南博物馆文史资料)

图10 1936年11月26日,贾兰坡在考古现场(贾兰坡提供)

图11 1930年4月,翁文灏在周口店遗址办公室考察(贾兰坡提供)

图13 1929年秋,杨钟健与裴文中在周口店办公室外合影(周口店遗址提供)

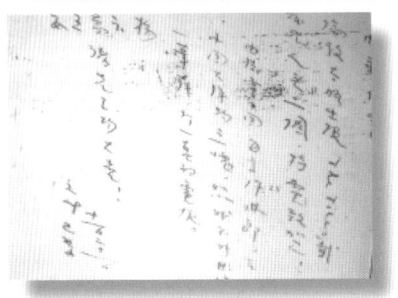

图12 1936年11月26日,获悉贾兰坡发掘出三枚北京人头盖骨后,远在巴黎的裴文中发来了贺电,以上为当时的贺电(贾兰坡提供)

图15

图14 爱国青年学生奔赴延安途中(库史资料)

图16

图15、图16 卢作孚宜昌大撤退,宜昌码头挤满了难民和大批军用物资(该照片摄于1937年,民生公司提供)

图17 民生轮船"民俗号"运送抗战的川军出川，遭遇日军轰炸，死70人（该照片摄于1941年，民生公司提供）

图18

图19

图18、图19　1945年10月10日，故宫太和殿前，10万北平市民、知名人士参加盛大的第十一战区日军投降仪式，仪式由第十一战区司令长官孙连仲上将主持，日军华北派遣军司令根本博中将签署投降书（历史资料）

图21 1984年作者采访贾老（邬江提供）

图20 1921年，北京人遗址试挖时，由奥地利古生物学家师丹斯基、美国古生物学家葛兰阶在安特生的指导下挖掘（贾兰坡提供）

图22

图22、图23 20世纪30年代，随着周口店猿人遗址的重大发现公布于世，中外学者纷纷前往周口店参观

图23

图24 欢送魏敦瑞回国的合影（左起从第三个人开始，依次为塔什黛安、魏敦瑞、高韩丽娥、裴文中。第二排中间者为贾兰坡。该照片是新生代研究室主要成员的唯一一张合影，太平洋战争爆发后，日军占领了协和医院。贾兰坡冒死三次潜入日军宪兵司令部，将关键文件偷出，其中包括这张极为重要的照片胶卷，由贾兰坡提供）

图25 关于打捞"阿波丸号"的文件，交通部转发美国解密文件译文（油印件）

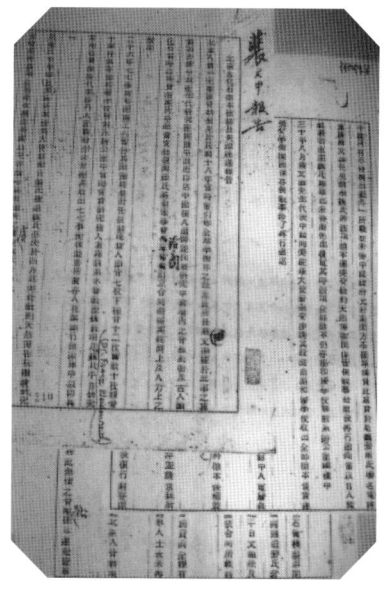

图26 裴文中、胡承志撰写的关于"北京人"失踪的报告（中国第二历史档案馆提供）

图27 新中国成立初年,作者邬江的母亲离家参加革命,带着儿女和刚出生的作者回到阔别15年的家乡——宁波奉化,图中穿棉袍的是外婆和二位姨妈,戴红领巾的分别是大姐与哥哥,穿军装的是作者的母亲,怀中抱着作者

图28 部分自1930年至1999年期间有关"北京人"事件的专著

我们讲述的是百年考古的前世今生，那是一代长着"龙脊"的中华学者的传奇故事。在科学探索的险峰上，他们勇于拼搏；在民族危难之时，他们义无反顾，英勇无畏地与侵略者殊死斗争！尽管人类瑰宝依然下落不明，但执着的"龙骨"人锲而不舍，四海追寻……

或许，我们无法给出确切的答案，但这一定是努力做到的最完整、最接近真相的故事。因为，它至今还影响着我们的现在与未来……

——作者

序

崔国民、邬江两位长期在北京房山区工作的朋友，由于均是主管文物工作的领导，对位于房山区"北京人"的发现地——周口店遗址非常熟悉。他们踏查遗址，收集相关资料，走访相关人士，邬江先生早在20世纪80年代初，中国太平洋历史学会成立时，即与周谷城、贾兰坡两位先生相识，从那时起即对著名考古学家贾兰坡先生进行过长期专访，积累了丰富的素材，用了30年的时间终于完成了长篇历史考古小说《龙骨》。两位先生既不是考古学家，也不是专业作家，凭着对房山的热爱，凭着对周口店遗址的热爱，凭着对从事周口店遗址工作的地质学家、古生物学家、古人类学家、考古学家的景仰，以锲而不舍的精神，完成了这部巨著，实在难能可贵，令人敬佩。两位先生邀我为该书写几句话，实不敢当，虽从事考古工作，但旧石器时代考古非我所长。中学时代学历史课时，学习过周口店遗址"北京人"，由裴文中先生首先发现"北京人"头盖骨化石。大学时代聆听过裴文中、贾兰坡两位先生的讲课，参观过新生代研究室，并在周口店短期参加教学实习，有这点渊源，对崔、邬两位先生的盛请邀请，只好勉为其难了。

北京房山区周口店遗址的"北京人"，发现于周口店龙骨山的洞穴堆积——周口店第一地点，是中国华北地区旧石器时代早期的人类化石，属直立人，同时出土大量石制品、骨角器和用火痕迹。地质年代为中更新世。用铀系法等方法测年，其年代距今约70万年至20万年。

 龙　骨

　　1918年，北洋政府矿政顾问、瑞典地质与考古学家安特生，在周口店发现一处含动物化石的裂隙堆积，1921年安特生等人在周口店龙骨山找到一处更大更丰富的含化石地点——周口店第一地点。1921年至1927年先后发现三颗人类牙齿，时任北平协和医学院解剖科主任、加拿大籍解剖学家步达生经过研究，给这一从未见过的人类定名为"中国猿人北京人种"，简称"北京人"。

　　重大的发现是1929年，在中国考古学家裴文中的主持下，于12月2日发现一个完整的"北京人"头盖骨化石，消息公布，震动了世界学术界。其后于1936年11月在中国考古学家贾兰坡主持下，又发掘3个完整的"北京人"头盖骨，至1937年抗日战争爆发，发掘工作被迫中断。至此，"北京人"遗址的发掘已发现"北京人"头盖骨五个，还有头骨碎片、面骨、下颌骨、股骨、肱骨等，牙齿147颗，这些珍贵标本存放于北平协和医院。这是按照《中国地质调查所新生代研究室章程》的规定施行的。《章程》中规定："人类学标本将暂时委托北平协和医院保管以便研究"，这是规定科学研究中美双方可共享。《章程》最重要的规定："一切采集的材料包括人类学标本在内，全部归中国地质调查所所有……一切标本均不得运出中国。"《章程》规定了中国对文物的所有权，以法规的形式阻止外国对中国文物的掠夺行为，对维护中国的文物主权具有重大意义。

　　1941年12月7日在日军偷袭珍珠港前，中国政府提出为保证"北京人"化石的安全，将化石暂运美国保存，战后再运回中国，得到美国政府的同意。

　　此事由新生代研究室的美国人员办理，在此期间日本也千方百计觊觎"北京人"化石。也就是在此交接运输过程中，"北京人"化石下落不明了。国宝的遗失，使国人十分痛心。从第二次世界大战结束后，中国相关机构和外国热心人士一直在寻找"北京人"化石的下落。2005年6月房山区成立"寻找'北京人'工作委员会"，由崔国民先生任主任，并开展大规模的寻找工作，至今无果。目前仍在继续寻找中。

1949年后周口店遗址考古工作得到恢复。经多次发掘，又发现"北京人"的牙齿五颗，下颌骨一具，1966年从靠顶部的堆积中，发现一个残破的头盖骨，并从1937年以前发掘的碎骨中认出一段上臂骨和一段胫骨。遗址前后总计发现了约10万件石制品及丰富的骨角器和用火痕迹。"北京人"遗址的资料，在全世界发现的同一阶段的人类遗址的资料中，是最丰富也是最全面的，为研究旧石器时代早期人类及其文化提供了珍贵的资料。可以认为它是中国研究早期人类及文化的圣地，也是全世界研究早期人类及文化的圣地。周口店遗址是研究古人类的宝库，在第四地点发现了距今约10万年的"新洞人"，在"北京人"遗址顶部的山顶洞发现了距今2万年的"山顶洞人"，在距"北京人"遗址6公里处，还发现了距今2.5万年前的"田园洞人"化石。至今共发现和发掘包含人类化石、古生物化石或人类居住遗迹27处。1961年国务院公布，周口店猿人遗址为第一批全国重点文物保护单位。1987年，周口店猿人遗址列入世界文化遗产名录。2010年国家文物局公布周口店猿人遗址为第一批国家考古遗址公园。

崔国民、邬江两位先生的这部历史考古小说，围绕"北京人"周口店遗址的发现的艰苦探索历程及取得的丰硕成果，展开详细描述。描写了从北洋军阀时期、北伐战争时期、抗日战争时期到新中国成立后，周口店"北京人"遗址取得的成果。展现了从中国近代考古学发端、发展至今近百年的历史，讴歌了几代科学家艰苦奋斗的成果以及丁文江、翁文灏、杨钟健、裴文中、贾兰坡、李济、梁思永等地质、古生物、古人类、考古学家的功绩。其中也包括外国科学家如安特生等人的贡献，安特生作为北洋政府农商部的矿政顾问，在中国境内进行地质、考古工作，是经当局许可的，与一些外国探险家在中国境内掠夺文物的性质是不同的，应予区别。

小说不仅是围绕"北京人"周口店遗址，叙述其从发现、发掘、逐步取得成果的相关的人和事的故事，而且将它放在整个中国历史发展的大范围中，甚至包括世界范围内重大事件之中，使小说气势磅礴高屋建瓴。历经清末戊戌变

龙 骨

法、辛亥革命建立民国、北洋军阀时期、北伐战争时期、抗日战争时期及在中国共产党领导下建立新中国，走上具有中国特色的社会主义道路，走上中华民族的伟大复兴之路。灾难深重的中国人民，经过艰苦卓绝的奋斗，牺牲了多少仁人志士，探索振兴中华民族的道路，特别是抗击日本帝国主义的侵略，经过八年抗战牺牲上千万人，终于胜利，证明中华民族是不可战胜的。这些在小说中都有详细的叙述。可以说《龙骨》是史诗般的巨著。小说文字流畅生动，相信会得到广大读者的喜爱。

徐光冀

2014年5月3日

前　言

龙，中国人心中最神圣，也是最具想象力的图腾，承载着中华民族太多的期盼与梦想。但是，从龙图腾出现一万年以来，我们至今不知，龙究竟是由何种动物演变而来？

公元前500年，孔子专程赴洛阳拜会了老子。关于龙的话题，他们之间展开了一场十分有趣的讨论。老子自称见过龙："夫龙之为虫，可狎而骑也，然喉下有逆鳞径尺，若人有婴之者，则杀人。"（引自《韩非子·说难》）孔子则调侃道："鸟，吾知其能飞；鱼，吾知其能游；兽，吾知其能走。走者可以为罔，游者可以为纶，飞者可以为矰。至于龙，吾不知其乘风云而上天，吾今日见老子，其犹龙邪！"（引自《史记·韩非子列传》）

孔子对老子绘声绘色地形容龙的存在并不感兴趣，以至弟子们十分诧异，归来后的孔子对这次轰动一时的会晤竟避而不提。"孔子见老聃归，三日不谈。"弟子问曰："夫子见老聃，亦将何归哉？"孔子曰："吾乃今于是乎见龙。龙，合而成体，散而成章，乘云气而养乎阴阳。予口张而不能胁，予又何归老聃哉！"（引自《庄子·天运篇》）

用今天的话讲，孔子并不认为龙是真实存在的动物，而是一种精神修炼的"气场"。

关于孔子与老子的会晤是历史上流传甚广的经典事件，20世纪70年代，山东嘉祥县出土汉代大墓中，赫然在列一组石刻画像，内容正是孔子拜会老子。

事实上，类似石刻、砖刻画在各地多有出土，这说明这场会见对中国历史

 龙 骨

产生多么大的深远影响……

1987年，河南濮阳西水坡，考古工作者挖掘了一个新石器的墓葬群，其中标注M45号大墓出土一具墓主人骨架（墓主人身高1.84米），在东侧由白色蚌壳摆出长1.78米、高0.67米，头北尾南的"龙"形图案，与之对称的则是一条虎形蚌塑。据考古学者用碳14测定，该墓为6500年前仰韶文化后期墓，而辽宁阜新县石块堆塑的龙则被考证为8000年前的。

出土的青铜器、陶器龙纹式则为代表良渚文化的玉手镯（杭州余杭瑶山）和甘肃渭水出土的鲵纹彩陶瓶，商周青铜器龙纹被证实是存在于3800年至5800年以前。这些实物证据可以充分地表明"龙"以及"龙"的文化在中华民族进化过程中始终陪伴左右。

众所周知，恐龙的发现距今不到200年的历史。1822年在英国的一个小村庄，世界上第一块恐龙化石被发现，这个发现如同在已知的世界里投下一个足以改变世界观念的震撼弹。从此，古生物热和恐龙热席卷世界。中国古代流传的"龙"的概念就是指"恐龙"吗？难道8000多年前的中国人就已经知道这个地球上还有一种早已灭绝的动物——恐龙？龙究竟是从什么样的动物演化而来的呢？考古界可谓众说纷纭。

闻一多先生在其《伏羲考》一文中认为："大概图腾未合并以前，所谓龙者只是一种大蛇。这种蛇的名字便叫龙。"闻一多先生的主要依据是汉代砖刻像，这种伏羲、女娲交尾图在马王堆辛追墓中再次展现在世人面前。

关于龙的演变，学者们归纳了10种可能演变成龙的动物或现象，如：蛇、马、蜥蜴、河马、鳄鱼、鹿、猪等以及云彩、闪电、彩虹、松树等自然现象合成的图腾。

龙骨，不言而喻，就是龙的骨骼。我们惊喜地发现2000多年前中华医书中就已明确记载："龙骨"是可入药治病的中药，这比西方提出的动物化石早2000年。更有趣的是，古人早已知道龙骨并非是龙变成的，而是动物"石化，而非龙化耳"（参见《神农本草经》）。

生物学家达尔文在研究了明代李时珍的《本草纲目》后赞叹其为："十六世纪中国百科全书。"

前 言

2013年8月间,成都"老官山"汉墓出土了920余件竹简,其中被考古学家推断,疑似含有失传已久的扁鹊医书,这些被初定为《敝昔医论》等九部医书的竹简至少将中国医学古籍的出现时间提前了数百年……

"龙"字,最早大致见于崖刻图腾与甲骨文中,成书于春秋战国时期的《山海经》《左传》《周易》《论语》《尔雅》等著作中,还有大批出土的被证实至少应是殷商时期的甲骨文中。

我们称自己是龙的传人。可我们从哪里来?我们是谁?对于这个问题,现在是否可以给出基本的答案呢?100多年来,几代学者不懈地试图解开这个困扰人类的问题。然而,当人类面对历史时总会提出这样那样的质疑:那是真实的吗?

英国人柯林伍德提出一个新观点即一切历史都是当代人自己对发生的事件的认知,也就是说历史本身或存在人为的不确定性。学界将这种历史观称之"思想史学派"(柯林伍德学派),与之对应的学派为传统的"考据派"(兰克学派)。疑古或否定历史是有失人们普遍认知公允的偏颇之举,历史记载固然存在史者个人因素在内,但纵观人类几千年文明史基本是准确地和有依据的。当然,后人对历史有不同解读并不奇怪,但对历史基本事实却是一致认同的。好在现代有了考古学,它不掺杂任何个人恩怨,真实准确地以出土文物为证据,无论史前还是有史历史都予以客观佐证。有哲人说"史者是忠实的历史记录者,而考古者则是历史的鉴证者",现在的探索正是从考古与历史相互印证揭晓千万年遗存的谜底!

根据著名考古学家贾兰坡教授1984年的著作《周口店发掘记》、自传等著作与贾老本人亲历口述为主线索,并参考大量第一手文史档案进行创作而成的《龙骨》,从清末国子监祭酒王懿荣发现中药中的一味叫"龙骨"的药上有文字起,到瑞典科学家安特生发现"北京人"牙化石开始,拉开了中国近代百年田野考古史的序幕。

然而,正当中国考古成就让世界震撼和瞩目时,日本帝国主义发动侵华战争。世界陷入东西两个法西斯国家发动的第二次世界大战。在法西斯军队的铁蹄下无数的生命涂炭,无数的财富与文化遗产被掠夺、破坏。在惨无人道的

龙 骨

暴力战争同时，还有另一场特殊的战争——"文化战争"也如影随形。双方拼搏的"战士"不是带枪带炮的"军队"，而是敌对国顶尖学者、文人！人类文明的魂宝——"北京人"头盖骨化石正是在这场没有枪声的"战争"中神秘失踪！几代考古人冒着生命危险锲而不舍地追寻国宝"北京人"头骨。

自1984年起，受命于周谷城会长、贾兰坡院士亲自委托，由中国太平洋历史学会、中国对外关系史学会会员邬江创作一部以贾兰坡院士为原型的中国考古人经历的40集影视剧。为此，他对贾老持续贴近采访18年，是《龙骨》原创作者。

1985年《龙骨》影视剧剧本脱稿后，原全国人大副委员长、历史学家周谷城先生予以高度肯定并欣然命笔为本书题名。周谷老说："这个名字起得好！龙骨是味中药可以治病，同时它又是化石可以探索人类起源！就今天而言，龙骨是种民族精神！"他指着身边的贾老感慨地说："贾先生就是位长着龙骨的人！"

如今敬爱的先贤们已静静地安息在龙骨山的绿茵中，但他们留在龙骨山的足迹仍在前行，他们的英灵永远守候在那里等待"北京人"归来……

崔国民和邬江是30多年的老同事和朋友。2005年，根据有关专家学者的建议将《龙骨》剧本先行还原成小说，日后再适时改编成影视和其他文化作品的意见，崔国民和邬江协商决定由邬江执笔共同合作将影视剧《龙骨》还原成小说。经过数十年（32年）的不懈努力与数百次反复修改与补充并经受国家有关部门两次严格审查，终于于2016年批准出版。

《龙骨》时间跨度大（从清末、民国到现代），人物众多（科学家、艺术家、实业家和军事家）在重大时代事件背景下演绎全景式百年传奇故事，小说采用真人、真事为基本素材并适度进行艺术加工，尽可能使不同时代背景的人物鲜活生动，让历史场景感同身受，期待广大读者能喜欢它。由于在创作中涉及到的专业知识、历史背景、事件回忆等须查询海量资讯和文史档案，须一一作出合理甄别并予以筛选，故创作难度极大，其中本书对历史相关传闻、传言进行甄别和探索。作者非职业作家，更不是考古学家，难免对专业技术及历史悬疑存在一定疏漏与谬误之处，恳切欢迎大家予以斧正。

前言

本书创作过程中始终得到太平洋历史学会会长周谷城（已故），古人类学家、考古学家贾兰坡院士（已故），中外关系史学会会长、著名日本史学家汪向荣教授（已故），中国敦煌研究院院长樊锦诗和中央电视台副台长高峰，导演刘毅然，制片人邹小提、贺东平，中科院考古所研究员徐光冀老先生，中科院古脊椎动物与古人类研究所研究员林圣龙先生，著名作家从维熙、赵思敬先生的长期关注与支持，借以《龙骨》面世之际，在此表达深深的感激之情！

特别感谢房山区区委、区政府、区人大各级领导长期支持；感谢周口店猿人遗址杨海峰同志和房山区广大人民群众和朋友无私关怀；感谢梁思明阿姨（已故），著名画家张学成先生，还有邬志超和邬晓林先生，倪晓梅女士，没有他们的关怀与鼓励便没有今天的作品。今天他们中许多人已去世，但愿人们在《龙骨》中看见他们不平凡的经历。

"本书谨献给伟大的科学家贾兰坡院士与考古学、古人类学的先贤们；
谨献给我亲爱的父亲，母亲和已逝去的先辈们；
谨献给至今仍锲而不舍地寻找'北京人'头盖骨的人们！"

作者：邬江、崔国民
2016年4月于北京

目 录

第一章　龙迹·"好一朵美丽的茉莉花"　　1

"不仅知道,我还是玄奘和尚的崇仰者!你看——我还随身带着他的书走遍世界呢!"斯坦因激动地从牛皮挎包里抽出一本已有些破旧的书向道士展示。

在众目睽睽下,王懿荣打开一个木盒,掀开包布露出几片龙骨,他神秘地拿出龙骨递给刘鹗、王国维和罗振玉:"请上眼,仔细瞧好。"

李鸿章清清嗓子用高亢的淮北小调唱道:"好一朵美丽的茉莉花,好一朵美丽的茉莉花……"

第二章　龙迹·传教士与中药店　　35

已病入膏肓的载湉(光绪)突然有一种久违的冲动,想要在瀛台海子边坐一会儿。

"你知道?这个鸡……骨头的地方?它在哪?"哈贝尔急切地比画着手中龙骨。

第三章　龙迹·来自乌普萨拉的"蝴蝶"　　71

王子用力地摇了摇着安特生的手:"我支持你,请沿着祖先的航线去中国吧!"

安特生打了一个漂亮的开门红,也给北洋政府一个振奋人心的惊喜。袁世凯亲自为安特生颁发一级三等嘉禾勋章。

第四章　龙迹·你好，龙骨山　　100

其他4个人围上来，都兴奋不止，把安特生抬起来抛向天空，并欢呼："我们找到龙骨山了！我们找到龙骨山了！"

安特生迎面拉住一个正在跑着的工人，急急地问："发生了什么？怎么有炸弹的声音？"

第五章　龙吟·龙的盛典　　117

正在这时，葛利普满脸通红，醉醺醺地举着酒杯凑过来："喂，安特生博士，北京人是怎么搞的，它到底是人还是食肉类动物？"葛利普的叫声引起一片笑声。他本人也乐不可支。

第六章　龙吟·天火　　142

李大钊热诚地打量着眼前这位眼中闪着智慧光芒的年轻学子，郑重地说："我，介绍你加入中国共产党！"

第七章　龙吟·龙出云天　　155

翁文灏仔细看了看自荐信，对丁文江说道："我看这个年轻人行！"

两位学界泰斗一拍即合，一个徘徊在窘境的北大学子从此改变了生命的轨迹。

第八章　龙吟·横空出世　　168

裴文中再次仔细观看爆炸点，然后对宋国瑞等人说："再炸。"

4个人齐声喊道："我们找到'北京人'啦！"

第九章　龙吟·天降大任　　188

裴文中上下打量了一下眼前的这位少年，和气地问："你愿不愿意跟我考古？"贾兰坡毫不犹豫地说："我愿意！"

第十章　龙啸·龙与虫　　226

当前的局势好比在惊涛骇浪中的一叶小舟，舟内只能坐下一人，我们两人中谁离开这只小船好呢？"蒋介石直勾勾地盯着张学良问，等着下文。

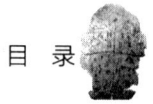

第十一章　龙啸·寻觅龙踪　　　246

云水洞中的石钟乳与遍地石花让寻找恐龙的杨钟健、贾兰坡惊叹不已……

魏敦瑞站在山坡上，居高临下地指着站在下面人群中的贾兰坡："你——贾先生，你告诉我一个问题，食肉动物的腕骨与人的腕骨有什么不同之处？再比如狼与狗的区别？"

第十二章　龙啸·唤醒祖宗　　　268

天皇问道："难道我国科学家就拿不出自己的考古证据吗？难道支那周口店的古猿化石可以证明大和民族的历史吗？"

贾兰坡高举着刚出土的头骨化石高喊："祖宗万岁！！中国万岁！！！"

第十三章　龙啸·在战云边飞翔　　　281

穿着笔挺军装的汤恩伯信心满满地拍着胸脯信誓旦旦："我军有清一色的德军最强大的装备，华北固若金汤！"

第十四章　龙殇·龙骨义士　　　296

杨钟健脑中闪过的第一个人就是贾兰坡。他对贾兰坡最了解，这样一个吃苦耐劳、勤学苦练而且胆大心细、忠诚有信的人，在危难时期唯有他可担当此任。当然他也有一个隐藏多年的秘密想托付给贾兰坡。

赵万华在电话中大声地喊道："要好好保护咱们的祖宗啊！"

第十五章　龙殇·1937·血色北平　　　311

当宋哲元看了秦德纯转来的通牒文件，顿时气得脸都变了色，他此时猛然惊醒自己上了日本人的当，大拍桌子高叫道："欺人太甚！"

佟小姐趴在花坛中的泥土上，用双手捧起一棵怒放的月季花栽在父亲坟头上。

第十六章　龙殇·大撤退　　　342

翁文灏的那段日子如同噩梦一般。

第十七章　龙殇·战火流莺　　379

北平死去了!我至爱苦恋的北平,在不挣扎不抵抗之后,断续呻吟了几声,便悄然的死去了!　　——冰心《默庐试笔》

第十八章　龙殇·手持天皇手谕的教授　　404

长谷神秘地从怀中掏出一封精美的手谕捧示在裴文中面前,"这是天皇御前赐予的手谕,请多多关照!"

第十九章　龙殇·乱世风流　　426

李苦禅把桌上的日本茶甩在周作人的怀里,手指着大门咬牙切齿地吐出一个字:"滚。"

第二十章　龙殇·协和魅影　　442

"……当我们费尽心机在协和医院终于物色收买了一个专事打扫卫生的中国人,并企图通过他将'北京人'化石弄到手时,由于意外的情况使我们的计划再次落空。这使我们不得不考虑其他的方法并马上动手,因为一旦'北京人'化石被转移,以后的事情就更加困难了。"

第二十一章　龙殇·"北京人"失踪　　454

当日本偷袭珍珠港几小时后,侍卫匆匆叫醒还在梦中的蒋介石,一听日、美开战的消息,他一骨碌爬起来,他边穿衣服边嚷嚷:"这下好了!这下好了,我们不用单独和日本干了!"

然而,"北京人"失踪并没有让战争停下脚步,一场争夺珍贵文物的斗争仍在美国人、日本人和中国人中间展开。

第二十二章　龙脊·夜闯虎穴　　479

远处,日本兵巡逻队走过。二人紧贴在墙上,手电光在墙上晃来晃去。两个人紧张得一头汗。

然而,正当贾兰坡冒死盗图之际,裴文中却正面临着死亡的威胁……

第二十三章　龙脊·"带黑斑的金百合"　　497

他的皇亲国戚用这首诗制订一项庞大的掠夺计划——"金百合计划"。

心焦如焚的裕仁不得不再次派人前往中国，目的只有一个："务必找到'北京人'头骨，把它带到日本。"

第二十四章　龙脊·"东京猎犬"　　518

他跪坐下来，又擦拭了一下刀，闭上眼睛，双手持刀从下往上扎进自己的腹部。

桌几上，《备忘录》上，锭者的名字恰好被溅上的鲜血染红。

第二十五章　龙脊·胜利日　　535

10点10分仪式开始，景山顶上40名中国士兵吹起军号，会场上礼炮响起，军乐队奏起了凯旋乐。

妻子无语，抽出手为他抹去眼泪，两个人紧紧拥抱在一起。

"别，别……这不是挺好的嘛。只要咱们人在，胜利了，什么都会有的。"

第二十六章　龙脊·异域追踪　　572

很多年以后，李济每每回忆起那个夜晚都觉得终生难忘。他在回忆中写到，一路上看到的悲惨情景很快就把我初到日本时的兴奋感一扫而光。

第二十七章　龙骨·东方欲晓　　636

新中国给周口店真正意义上的重生，而这次重生完全是依靠中国自己的力量、自己的资金、自己的科技水平。

第二十八章　龙骨·总统的"礼物"　　670

春风得意的尼克松一连喝了几杯茅台酒，他带着微微醉意拉着周恩来的手神秘地说："我还有一份礼物，总统的礼物，送给阁下，送给中国……"

经过3年的打捞，"阿波丸"号出水了3000吨锡锭和1000具尸骸，并没有发现"北京人"的任何踪迹。

第二十九章　龙骨·无悔追寻　　　　695

2006年深秋的一天，一位东北边陲的保卫干部向周口店"北京人"化石寻找工作委员会提供了一个惊人的线索。

在这段特别的日子里他们立下人生的共同盟约："死后并排埋葬在龙骨山下，守候'北京人'归来。"

第三十章　龙骨·永恒的足迹　　　　722

周谷老稍停顿片刻，指着站在身边的贾老感慨地说道："贾先生就是一位长着龙骨的人！"

"究竟有多远，我也说不好，从我查阅的资料显示，这本书记载的应至少在二三千年前的事，这不我实地考察后把我的发现告诉中国的考古学家，让他们分析远古时是中国人最早来到美洲！"

后记·与先贤共舞　　　　748
《龙骨》主要参考资料来源说明　　　758
附录：（1）主要参考资料细目　　　760
附录：（2）《龙骨》部分主要中外人物名录　767

（引自贾兰坡《周口店发掘记》）

第一章
龙迹·"好一朵美丽的茉莉花"

"不仅知道,我还是玄奘和尚的崇仰者!你看——我还随身带着他的书走遍世界呢!"斯坦因激动地从牛皮挎包里抽出一本已有些破旧的书向道士展示。

在众目睽睽下,王懿荣打开一个木盒,掀开包布露出几片龙骨,他神秘地拿出龙骨递给刘鹗、王国维和罗振玉:"请上眼,仔细瞧好。"

李鸿章清清嗓子用高亢的淮北小调唱道:"好一朵美丽的茉莉花,好一朵美丽的茉莉花……"

1900年·敦煌

18世纪的德国诗人维尔泰尔在《发现一个充满异国情调的世外桃源》中写到:"没有哪个地方能比中国更闪现出太阳下的光霞,它站在亚洲最远的地方向着东方,它对我们欧洲人来说是多么的遥远啊!"

在这位伟大的诗人对中国如发现新大陆一般赞美的百年后又有一些外国人来到这个神秘的国度。

广袤的戈壁滩,骄阳似火,万里无云的苍穹下大地被太阳无情地烘烤着,缕缕隐约可见的水汽在空气中颤抖着,被吸收殆尽,大地看起来毫无生机,

龙 骨

干燥得仿佛要把一切生命榨干。

荒无人烟的戈壁上，一匹筋疲力尽的马驮着一个灰头土脸的人摇摇晃晃地艰难前行。年初，告别朋友的马尔克·奥莱尔·斯坦因便转身去了新疆探险，一路上他惊奇地发现，许多考古者如他一般，把注意力集中在中国西部，他坚信沿着古代波斯通往东方的旅途，一定会有无数的宝藏等着他。斯坦因碰上了日本人的探险队、俄罗斯人、瑞典人……他们也刚刚拥进这块土地，斯坦因深感竞争的压力，自己像站在竞技场的跑道上，已与别人位于同一个起跑线上了……

敦煌三危山下，斯坦因朦胧中看见一排山间窑洞，"有人！"斯坦因一阵眩晕从马上栽了下来，他又渴又热，昏倒在马下。

破旧不堪的寺院

"好了，醒了，醒了！"斯坦因恍惚中睁开眼：眼前是两个模糊不清的虚幻的身影，一个长着稀疏的灰白长胡须的道士，一个持毛鞭的放羊娃。姓王的道士扶起他并喂给他一碗水，斯坦因贪婪地一口气喝光，他定了定神环顾四周，这时才发现，这里是画满佛像的洞窟，熏黑的墙上隐约可见精美的画像，墙的一角还有烟熏火燎的痕迹。从新疆沿丝绸之路走来，沿途有许多这样的洞窟。对此，斯坦因十分熟悉。他脸上露出惊喜的神情。"我这是在什么地方？""这是敦煌。"道士平淡地回答。

"这就是敦煌？上帝！我来到敦煌了！"斯坦因兴奋地爬起来。

老道士姓王，名叫王圆箓，他问斯坦因："先生从何处来又要去何处呢？刚才放羊娃子看见你摔倒在地，叫上我把你拖到窟洞里，你一定是渴坏了吧？"善良的老道士又递上一碗水。

"啊，真是万分感谢，还有你，牧羊小子。"斯坦因以手抚胸像阿拉伯人一样致谢。

放羊娃憨憨地笑了笑表示明白了，"娃娃耳朵聋着呢，可心里啥都明白！"道士头也不抬，淡淡回应。

他发现眼前这个矮个子中国人十分善良友好，于是他拿出照相机要给道

第一章 龙迹·"好一朵美丽的茉莉花"

士照张相,从未见过相机的王道士见洋人举着个奇怪的"镜子"对着自己,便大惊失色,死活不肯。斯坦因弄了半天才明白,在中国人眼里镜子有摄人魂魄的迷信传说,哭笑不得的他好不容易才说服道士为自己来到敦煌做个见证人。

他拉着王道士来到一处光线较好的壁画前拍照,随着转动焦距,镜头里的道士渐渐清晰起来,斯坦因突然发现道士身后斑驳的壁画竟是幅玄奘取经图!壁画上一只巨大的乌龟背上驮着一个和尚,渡过汹涌的大河……斯坦因的手颤抖起来,久久未按下快门……

拍完照,斯坦因扑向壁画仔细查看了半晌,没错,这是幅色彩绚丽的取经图!"你认得这张画?!"王道士惊讶地问道。

"这不就是中国古代有名的玄奘和尚取经图吗?!"斯坦因肯定地叫出来。

"你也知道玄奘的事?!"道士更惊喜了。

"不仅知道,我还是玄奘和尚的崇仰者!你看——我还随身带着他的书走遍世界呢!"斯坦因激动地从牛皮挎包里抽出一本已有些破旧的书向道士展示。

王道士虔诚地双手接过书,这是他再熟悉不过的《大唐西域记》:"阿弥陀佛!贫道也是唐玄奘的忠实信徒啊!"

斯坦因心中不免叨咕:"一个道士怎么满口佛家用语?"然而,道士显然不明白这个洋人讲的探险是怎么回事,他认为不远万里来此一定是疯了,谁会来这种鸟都不拉屎的地方?!这个洋人八成真是一个虔诚的朝圣者,一个信徒。听到他说从印度来又途经高昌古国,道士一下子兴奋起来。"是唐僧取经的印度?与高昌王结为兄弟的那个高昌国吗?!"道士激动地问。

"是啊,正是中国远古著名的大和尚唐圣僧玄奘学习佛学的地方!怎么你也喜欢唐僧的故事!"

"嗯,贫道自幼就喜爱老人讲《西游记》,唐玄奘西天取经的故事那可是我们中国家喻户晓的事呢!自从边关退下来,到此说来也有10多年了,没想到在这里能看到圣僧唐玄奘亲书的《大唐西域记》手卷呢!"

"真的吗?!我能否看一看?"斯坦因急切地请求。

龙 骨

"那当然可以了！你等一下我拿给你。"王圆箓欣然答应。不一会儿王圆箓就从堂屋里拿出一个用旧布包裹的包袱，摆在斯坦因面前，随着包布打开，一沓木刻版古书露出真容。王圆箓拿出《大唐西域记》，小心翼翼地吹了吹上面的浮尘后递给斯坦因："看看吧，这可是唐宋的刻本，说不准还是唐玄奘亲自点校的刻本……"

"这真是奇迹！我真的是在看1000多年前的著作吗？我太幸运了！"斯坦因惊喜万分，捧着书的双手也不由得瑟瑟发抖。

王圆箓感觉这个外国人如此喜欢唐玄奘的历史，一定也是一个虔诚的佛教徒，他感觉自己似乎遇到了一个知音。他轻轻地叹了口气："你真的信奉唐僧吗？"

斯坦因信誓旦旦："我是忠实的唐僧崇拜者！我在印度探险时就时常听到印度佛教徒提起唐玄奘是一个伟大的、智慧的、神奇的高僧。我途经高昌和龟兹古国，虽然那里的庙宇已经坍塌，风沙也掩埋了许多寺院屋顶，但到处都可以看到和听到有关唐朝大和尚玄奘的传奇故事……"

王圆箓聚精会神地听着，眼前仿佛浮现出玄奘在印度那烂陀开坛讲经的盛会……仿佛看到高昌国王与玄奘依依惜别的景象……王圆箓的眼睛里流出两行浊泪，他完全被眼前的这个洋人的故事感动了。他拍拍身上的灰尘站了起来："先生，我无缘亲眼看到唐玄奘取经的地方，也没机会到他圆寂的长安去看一看。可我有缘碰上了你，哎，这也是缘分哪！请你随我来看点东西……"

王圆箓提着油灯在黑漆漆的莫高窟台阶上行走，斯坦因从行囊中拿出一只手柄式手电，一下子在黑暗中射出一道光柱。这灯光把王圆箓着实吓了一跳："这是什么宝物？还能自来光！"

"这是手电，在我们国家几乎家家都有，你看这样按就是打开，再按一下灯就关了……"

斯坦因给王圆箓做了示范，而王圆箓就像孩子似的，把玩这种从未见过的新鲜玩意，他一会儿打开一会儿关上。斯坦因看王圆箓如此开心，就把手电放在他的手心："它属于你了！"

第一章 龙迹·"好一朵美丽的茉莉花"

王圆箓回答："你送给我了？真的吗？"

斯坦因慷慨地点点头，拍拍王圆箓的肩膀："我们是好朋友了对吗？送给你！"

王圆箓嘟囔着："这下好了，以后黑天也可以看到路了……"

王圆箓带着斯坦因钻进一个洞窟，斯坦因正想看看满洞的彩绘佛像时，王圆箓拉了他的衣袖示意让他跟着走。在洞窟一角的墙壁上赫然有一个打开的洞，王圆箓敏捷地一弯腰就钻进洞内。透过洞口，王圆箓向斯坦因招手："进来，进来吧！"两个人用手电和油灯环顾四周……巨大的洞窟中堆满了整齐摆放的经文书画。

斯坦因张着大嘴合拢不上，他被惊呆了。他万万没有想到在这个荒无人烟的地方竟然隐藏着一个巨大宝藏！"我的天！这简直就是阿拉伯神话中阿里巴巴的藏宝洞！"

王圆箓看着被深深震撼的斯坦因有些得意："没想到吧？这荒蛮之地也会有宝贝！我这是上个月才无意中发现的……"

王圆箓在一个月前清理洞窟时无意发现，墙里还被封着一堵墙，当拆出一个洞时，他钻进去看到堆满整个洞穴的经卷与书札。王圆箓初到此地时，不堪忍受寂寞与孤苦的和尚们将寺院交给王圆箓一并代管，住持并未提及此地还有一个藏经洞，也许这些僧人自己也不知道有一个日后震惊世界的艺术宝库。斯坦因彻底被眼前的一切震撼了，他索性坐在地上，成包成册地翻阅起经文书画……

就这样，斯坦因日复一日地沉浸在翻阅宝库的兴奋之中……随着不断的翻阅，精美绝伦的飞天画像在他眼前闪过……斯坦因不知不觉中已在洞窟中疯狂地挑选了十多天的时间，长长的头发和长长的胡子把整个人的脸都遮住了，活像个野人……

2013年年末，联合国教科文卫组织公告称："一支多国联合考古队在尼泊尔迦毗罗卫城考古发现佛祖释迦牟尼出世时间要比过去认定的早几世纪。"

千百年来，人们一直认为释迦牟尼成佛是以印度孔雀王朝国王阿育王公元前245年亲自来蓝毗尼树立阿育王石柱纪念柱为准，石柱上刻有敕文。公元

龙骨

403年，中国高僧法显朝圣此地并留有《法显传》记录此行。两百多年后，公元636年唐朝高僧玄奘也到此朝圣……

　　1896年考古学家A.Feuhrer博士根据唐玄奘的《大唐西域记》记载，发掘出这根阿育王石柱。如今，斯坦因看到敦煌珍藏的唐宋刻本的《大唐西域记》，这怎能不让他欣喜若狂？！莫高窟的标志性建筑为三层窟檐楼，南山墙发现10幅《西游记》壁画。（引自《参考消息》2016年2月26日）

　　莫高窟的庙宇门前来了一支骆驼队，斯坦因和王圆箓面对面地坐在洞窟中，两人默默对视着，斯坦因像是想起什么，从旅行箱中取出大号手电和打火机等小玩意推到王圆箓的面前，并从盒子中取出6锭50两银锭，也整整齐齐地摆在王圆箓的面前。斯坦因打破了沉默："好朋友，我们都是热爱唐僧的弟子，我要走了，我也是去沿着唐僧的取经之路弘扬佛法。这是挑出来的8000件经卷与25箱丝绸艺术品，正是要继承佛祖的意愿，弘扬佛祖的圣意。这三百两银子给你作为维护庙宇神像之用，当然这也是我的补偿……"

　　王圆箓悲哀地看着人们把一箱箱装好经文的木箱放在骆驼背上，默默地注视着。

　　突然间，莫高窟前平地刮起狂风，漫天黄沙飞舞，顿时飞沙走石一片昏暗，莫高窟若隐若现，据敦煌历史记载：就在斯坦因启程时运走藏经洞宝藏的同时，敦煌城突遭一场前所未有的沙尘暴，莫非天公发怒了？！

　　王圆箓站在莫高窟上远远眺望着骆驼队越走越远，最后消失在戈壁滩上。

　　王圆箓心中突然感到一种莫名的失落与疼痛，他似乎感到什么地方有些不对劲，他突然发现自己脚下的沙土在颤动。仿佛地下涌动的沙海正旋转着，形成一个巨大的旋涡……

　　他做出了一个连自己都惊讶的举动：他要报告官府让朝廷把这些宝贝保护起来。

　　于是王圆箓在第一时间里步行数十里，首先报告给知县严泽，在得不到知县的支持后又带着两箱精选的经卷与书画骑毛驴走了800里，到安肃（今天的酒泉）去找时任安肃兵备道的道台大人廷栋，结果依旧。最后，王圆箓除了留下宝物独赏外没有任何结果。

第一章 龙迹·"好一朵美丽的茉莉花"

斯坦因大盗花300两白银第一次从敦煌莫高窟看守道士王圆箓手中掠走8020卷精美书卷及5大箱华丽无比的古代丝织物（共24大箱）。此后斯坦因又四次来到敦煌成为窃取中国国宝最多的首恶大盗。

当瑞典人斯文·赫定在罗布泊湖地区发现消失千年的楼兰古国后将大量出土的汉代五铢钱、罗马钱币、波斯贵霜帝国钱币和古陶、漆器、工艺品、木简、汉代官方文书等打包运回本国。更有甚者，日本大谷探险队在新疆沿古丝绸之路大肆盗挖，竟将新疆阿斯塔那古墓挖掘并从挖出的几百具古尸中挑选了10具运回日本。其中在库车苏巴什佛寺盗走了2000多年前匈奴人供奉的一只彩绘舍利盒，现藏于东京国立博物馆内，并被列为镇馆之宝。敦煌10万多卷珍贵经卷、佛造像、丝绢绘画大多数被掠夺到国外……

掠走经卷的斯坦因将中国极为珍贵的宝物献给英国女王作为礼物，如今，这些国宝仍默默无言地躺在大英博物馆内或者被世界其他十多个国家收藏。1910年斯坦因再度到敦煌掠取大批珍贵文物而声名鹊起，达到顶峰，这一年英国女王亲自授予他爵士勋章，英国皇家学会向他颁发金质奖章以及炫目的各种荣誉与聘书。具有讽刺意味的是当初资助他去敦煌的瑞典王室和发明家诺贝尔却没有得到这个匈牙利人的任何回报。尽管人们对斯坦因究竟何时从敦煌劫走巨额宝藏尚有不同看法，但不争的事实是在20世纪初的列强文化掠夺者中，斯坦因是最早、最疯狂、最无耻的文物强盗代表。正因如此，当斯坦因最后一次来到中国，企图再次从敦煌掠夺更多宝藏时，遭到了中国学者和中国人民的强烈反抗。直到1908年继承王懿荣遗志的罗振玉（学部参事，京师学堂学监）已是大清学部的官员，在他的奔走呼吁下清政府终于挤出银两将莫高窟剩余六千卷经卷运回北京保存，据统计莫高窟藏经卷约10万件，抢救回来的敦煌遗宝包括罗振玉自己花钱从洋人手中购买的总计不足1万卷！（不足流失的1/10）

千夫所指的王圆箓背上诸多的骂名，这多少也让王圆箓感觉有些冤屈。昏聩的清政府根本顾不上这些他们认为是"烂纸"的文物，更不愿为此再花费银两，便一纸批文让王圆箓自行封洞看管之后再无人问津。这让这个边关病残退役的老兵失望之极，便斗胆直书慈禧太后一信，他天真地认为一心拜佛

龙骨

的老佛爷一定会龙颜大喜呢！

然而，他哪里知道正当敦煌首次蒙受浩劫时，远在几千里外的北京城也同样经历着一场史无前例的庚子耻难……

那年河北怀来县县令吴永曾记录了当时慈禧逃亡的狼狈情景，当时，慈禧太后忽放声大哭曰："予与皇帝连日历行数百里，竟不见一位百姓，官吏更绝迹无睹……谓连日奔走，又不得饮食，既冷且饿。途中口渴，命太监取水，有井矣而无汲器，或井内浮有人头，不得已，采秫秸秆与皇帝共嚼，略得浆汁，即以解渴。昨夜我与皇帝仅得一条板凳，相与贴背共坐，仰望达旦……今至此已两日不得食，腹馁殊甚……"（引自吴永的《庚子西狩丛谈》）

王圆箓自然等不来他望眼欲穿的圣旨。

从1900年起，斯坦因、斯文·赫定等人蜂拥进入中国新疆开始，大批珍贵楼兰古国文物、敦煌文物大量被盗掠，到1905年，俄国人勃奥鲁列夫等一大批外国盗宝者就更加肆无忌惮地公开掠夺中国文化遗存，中国的文物古迹遭遇空前浩劫。

1907年10月，曾在八国联军打进北京时立下汗马功劳的法国人伯希和带着一支法国考察队来到乌鲁木齐，他特意拜访被流放到此的清辅国公载澜。俩人的会面颇有戏剧性：载澜是载漪的弟弟，庚子事变中兄弟二人统领清军和义和团焚烧西什库教堂，组织攻打东交民巷各国使馆，表面上看兄弟二人似强势主战派，而实则另有企图。载漪利用慈禧的宠护极力将自己的15岁儿子溥儁立为大阿哥欲取代光绪。庚子事变后的1901年2月13日清朝颁旨："降调辅国公载澜，随同载勋……著革去爵职，均著发新疆，永远监禁。"然而，载漪中途改道去了内蒙古，只有载澜到乌鲁木齐水磨沟安家。

7年后两个曾在庚子事变中你死我活的对手为何在中国西部"惺惺相惜呢"？

1907年·水磨沟别墅

湍急的小河被茂密的树灌丛掩盖着，宁静致远而鸟语花香，小河上有几座水磨房而得名，载澜的别墅就隐于其中。伯希和惊讶地看到含笑可掬的载

第一章 龙迹·"好一朵美丽的茉莉花"

澜一副悠然自得地主动迎接他的造访:"呵,久违了伯希和博士!""澜侯爵吉祥!"伯希和有些受宠若惊。载澜亲热地拉着伯希和的手一同坐进依斗亭内。伯希和打量着周围的优雅环境,他怎么也无法把眼前的流放皇亲与7年前凶神恶煞的义和团后台相提并论!7年前他与载澜兄弟有过多次面对面的交锋,可以说两人是不共戴天的仇敌,可此一时彼一时,今天的会访却各有所求。

大家各揣心思不言而喻,载澜开门见山:"你我不打不相识,也算是故交。博士远道而来,必有本王效劳之事,尽可道来。"伯希和是个中国通,汉语极好,他见载澜并不记前仇便干脆直接讲明来意:"辅国公可听说敦煌有批珍贵佛教艺术品?前几年英国人斯坦因搞到数千卷在西方引起轰动,只是那斯坦因是个冒险者并不懂中国文化,所以研究其价值就无从谈起。本人此次率巴黎考察队来此就是想借助亲王您的虎威助我考察获得真正艺术的成功⋯⋯"载澜猜到伯希和此行的目的,他也乐得借洋人的路子使自己重返北京,他听说这个法国人深得慈禧太后的宠信,有了他的进言自己没准又重新得宠呢!想到这他差仆人取来他收藏的敦煌藏经与织锦卷画给伯希和看。伯希和打开一看惊喜万分:"我敢肯定,这些是8世纪以前的东西!太珍贵了!"见伯希和爱不释手,载澜故作慷慨:"贤弟如若欢喜就权当赠予你了!"伯希和假意欢喜无比又进一步提出让载澜帮助他获得更多的敦煌藏书。

载澜满口应许,他当即给甘肃的安西州治及当地官员写了亲笔信给伯希和:"这些信上的人都是本王多年手下,定可助你大业有成!不过本王也有一事相托,请博士在太后面前为本王多多美言,让本王早日离开这蛮荒之地!"欣喜若狂的伯希和胡乱吹嘘一番自己与慈禧太后如何无话不谈和对自己如何言听计从的许愿之后,伯希和立即带人第二天就改变原订去哈密的计划直接奔赴敦煌。他再次故伎重演,操一口流利的汉语吹嘘一番自己如何在慈禧太后面前得到宠信的。从未到过京城的道士王圆箓也像载澜一样对此深信不疑。

1908年2月王圆箓听信法国人伯希和称慈禧批准拨银一万两修缮莫高窟的谎言,再次写了呈报慈禧的奏件申请"善款",这是他第二次"上书"慈禧了。而王圆箓一次次被斯坦因和伯希和巧舌如簧的欺骗,望眼欲穿地幻想慈禧太后能批准他的奏请拨万两银钱修复莫高窟,而慈禧太后与光绪皇帝却双双去

9

世了!与王圆箓一样,载澜也没等来伯希和的许愿,辛亥革命爆发后已流放10年的他干脆自己携家眷绕道俄罗斯西伯利亚回到老家沈阳,最终病死故土。载澜死后的1931年9月12日,饱受世人诟病的"千古罪人"王圆箓去世了,他的徒子徒孙为他在莫高窟前建立一座佛道合一的灵塔。墓志铭上也是佛道合一的称号:"太清宫大方丈道会司王师法真",在他的塔旁,当年王圆箓亲手栽下的白杨树如今已是参天大树……

北京国子监·太庙

悠扬的古乐在太庙回旋,身穿周朝礼服的伶人们在乐师的指挥下按周礼变换队形,原来这里正在排演皇家祭祀韶乐。

头戴羽毛的表演者排着整齐的队列依次祭拜……

身穿周朝服装的乐师敲击编钟,有的吹笙,有的击鼓为祭祀表演奏乐……

几个身穿大清朝服的官员坐在太师椅上观摩,中间的身穿三品官服的正是国子监祭酒王懿荣,在他身边坐着的是他的挚友刘鹗,另有两位布衣青年神色拘谨地坐在刘鹗身后,他们就是名载近代史的大学问家罗振玉和他的弟子王国维。因罗振玉刚在上海办了一家专门研学东方文化的《东方学社》和一家传授东洋农业技术的《农学社》,王国维在罗振玉资助下免费学习研究中华诗经礼乐,在刘鹗的举荐下当面拜会大名鼎鼎的当代大儒王懿荣。

能与当朝文界泰斗面对面交流,尤其能在皇家孔庙亲眼目睹皇家祭祀韶乐,这让一向羞涩内敛的王国维既兴奋又紧张,他目不转睛地盯着排演的每一个细节。他偷偷扫视了一下大家发现每个人也都兴致勃勃地观看排练,不时地指指点点,或抚掌赞许,看得出来宾对祭祀表演十分赞赏。

刘鹗余兴未尽:"果然不负有心人哪!今儿我也开了眼,这失传千年的韶乐大典,懿公苦心挖掘,使之重现周礼盛典,可谓我大清之幸,佩服,佩服!"

王懿荣摆摆手:"嗳,惭愧哟!自先帝雍正二年孔庙一场大火毁了大成门以内大部建筑后祭祀韶乐就渐于荒疏了,虽然历代君王格外垂重孔庙予以重

第一章 龙迹·"好一朵美丽的茉莉花"

资修缮,但礼仪祭祀却少了许多!本监就职,力主恢复周礼责各路才艺人等加紧练习……"王懿荣说到此突然想起刘鹗推举的两位江南才俊是专修礼乐之人,便指着罗振玉和王国维说:"两位才俊专修诗经楚辞,礼乐古曲实在当下难得,今观韶乐大典习练可有高见?"

罗振玉赞叹道:"观其韶乐大典,如同再现大周盛世!韶乐绕梁三周,我大清必重整雄风!王大人功不可没……"

刘鹗追加道:"两位已奉高帽,我也加一顶冠,大人研修祭祀皇礼也是为孔圣人再现鼎世辉煌,功在千秋啊!"

王懿荣指了指王国维:"这位少年儒子有何见教?"王国维慌忙跪下:"学生不敢……"

"嗳,刘知府保荐,但言无妨!"王懿荣不想听恭维的话,他已从这位年轻的秀才眼中看出他是个有思想的人。

刘鹗鼓励道:"懿公是惜才之人,儒子不必拘泥。"罗振玉也用鼓励的眼神鼓励他。

王国维鼓足勇气:"学生斗胆了,适才观其韶乐大典犹如盛典再现,不过……不过音律中笙笛齐鸣缺少中鼓与铜钹之声,所谓铿锵之力正是此意!"王国维语惊四座,终有懂行之人,一直总感演练的韶乐缺点什么,味道不够纯正!今一少年一语击破水中天,让王懿荣恍然大悟。他连忙起身拉起王国维的手大笑:"好啊,好啊!儒子一语中的!不知本监能否请两位来国子监做教习官?!"

王懿荣求贤若渴是有原因的,作为大清最高学府国子监祭酒的他目睹大清的日益衰败与列强弱肉强食,国家需要,朝廷也急需有才识的青年才俊担当救国救民的重任!眼下朝廷上下不是夜郎自大的王公贵族,就是贪腐无用混取俸禄的小人,国家兴亡靠的正是人才。突如其来的邀请让平日口齿伶俐的罗振玉和有些木讷的王国维不知所措。

一旁看得明白的刘鹗大喝一声:"还不快快拜谢恩师?!"怔在一旁的俩人恍然大悟,一齐跪在王懿荣面前高呼:"谢恩师!弟子罗振玉、弟子王国维给恩师磕头了!"

11

龙 骨

　　王懿荣虽求贤若渴但并非想收入门弟子,老友误解了他的意思了,他怪罪地看了一眼刘鹗,慌忙伸出双手扶起俩人:"使不得,使不得!快快请起!"俩人正想行八拜大礼却被恩师扶起,他们不由得看向刘鹗,那眼神分明在质问他怎么回事?已明白自己有些唐突的刘鹗显得有点尴尬,不过他毕竟为官多年应付这种场面不在话下。他干咳二声说道:"懿公求贤若渴,两位才俊又时逢伯乐,以鄙人愚见两位何不追随懿公左右,一来可辅佐懿公国子监事务,二来也有机会研究诗经音律?既可为朝廷效力又可发扬才智可谓一举两得!"

　　这回说到点子上了,王懿荣满意地点点头:"正有此意,大家都是书香同门不必分此仲伯,吾等同趣,做个同门兄弟岂不快活?!"一番坦言让罗振玉和王国维又感动又受宠若惊,俩人又扑倒在地:"学生不敢造次,哪能与懿公同辉,斗胆以兄弟相称?!"

　　"情同手足乃人世最佳情谊,切莫辜负懿公真诚!"刘鹗看着着急,书生有时被礼数弄昏了头,反而耽误前程,便大喝一声。还是罗振玉脑瓜转得快,见刘鹗急了忙拉着王国维接受王懿荣邀请:"恩公在上,门生罗振玉、王国维愿追随懿公左右……"

　　王懿荣也不再推辞,他笑着扶起二人:"几位中我最年长,吾倚老卖老,从今后与诸君互相提携共同研考国粹吧!"

　　欢欣之余,王懿荣问起罗振玉有何打算,罗振玉、王国维回答愿将上海学社迁至京城操办,同时也全力协助恩师国子监教育。王懿荣与刘鹗闻之大喜:"此为甚好!国子监国学有望矣!只是当下京师颇乱,可稍后平静后再办。"罗振玉、王国维知道王懿荣所讲的情况:外有外国列强逼宫,内有义和团拳民造反,此时不宜操办,想到恩师如此明理宽仁,俩人更是感激:"全听恩师安排!"

　　庚子事变出乎他们的预料,风波并未消退,反而演变成一场浩劫,罗振玉、王国维的迁移计划未能实现,也与王懿荣的国子监教育复兴失之交臂,但到京城发展的念头却从此成为俩人心中的火种。

　　说到这王懿荣突然想起什么,他神秘地说:"各位贤弟折杀吾也!来,来给你们看个宝贝,要是这宝贝鉴赏有道,那吾中华文字之初就有了印证……"

第一章 龙迹·"好一朵美丽的茉莉花"

罗振玉、王国维、刘鹗不约而同地追问:"懿公,什么宝贝?快让吾等一睹。"

"请到府上一看便知!"王懿荣欣喜之余邀请他们到家中观"宝"。

王懿荣府邸·客厅

在众目睽睽下,王懿荣打开一个木盒,掀开包布露出几片龙骨,他神秘地拿出龙骨递给刘鹗、王国维和罗振玉:"请上眼,仔细瞧好。"

在放大镜下,龙骨上的划痕清晰可见,3个人露出惊愕的神情:"这,这是何物?!"

刘鹗:"啊,我知晓了,这可是兽骨……好像可作入药,也叫龙……龙骨!"

王懿荣赞许地点点头:"果然不愧是名医世家慧眼,此物正是龙骨,不过此龙骨非一般龙骨……"

罗振玉仔细观察许久,忽然叫道:"我知道了,这龙骨上有字……这字好……像与陶器上的文字,对,还有青铜器上的铭文十分相似!"

王懿荣得意地点点头:"对,依我愚见,这正是中华最古老的文字……"

罗振玉问道:"大人从何处得到此物?!"

王懿荣回答:"去年,夏初,我突得赤痢卧床不起……"

(回忆)王懿荣卧室

王懿荣躺在床上,头上敷着毛巾。夫人和用人轻手轻脚地小心伺候。夫人从用人手中接过一碗汤药给王懿荣喂药。王懿荣坐起来倚在床头,接过药碗便大口喝下,碗底剩下一块指甲盖大小的碎片。"这老王头,每回都叮嘱药熬好一定要滗干净再倒出来……"夫人边抱怨着边用手指从碗中拿起这片龙骨,当这片白白的龙骨从王懿荣眼前慢慢滑过时,他突然眼前一亮:那块龙骨上分明有一个残缺的划痕。"慢着,让我瞧瞧。"王懿荣一把抓住夫人的手并慢慢拉回自己的眼前,仔细端详,没错,这小小的龙骨上分明清清楚楚地刻着半个奇怪的字。

龙 骨

夫人捂着心口怪责地说:"老爷,你吓着我了……"

王懿荣如梦初醒,赶快松手:"这药何时取回的?快把剩下的几服都拿来!"

管家和用人手忙脚乱地把一包包尚未煎熬的药摊在八仙桌上,王懿荣也顾不上与他们说话,急急忙忙打开每一包药寻找龙骨,在拨来拨去的药中,王懿荣又发现了有字的龙骨,他举着有字的龙骨哈哈大笑。夫人和用人们面面相觑,不知发生了什么。

夫人说道:"老爷,您还发烧呢,快快躺下吧!"

"我没事,好了,我的病好了。"王懿荣乐呵呵地推开夫人的手。

管家王贵哭丧着脸:"老爷,这药都乱了,怎么再熬呢?"

王懿荣询问道:"王太医开的这方子你是从哪个店抓的?"

管家回答:"回老爷,按太医的盼咐,他的处方只能到鹤年堂去抓。"

鹤年堂是京城赫赫有名的老字号,太医们开出的方子都愿意在这家药店抓药,相传鹤年堂也是太医出身的医师所开。这家药店因其选料考究,炮制独特而闻名京城。

王懿荣自然对京城名店耳熟能详。他稍稍想了一下便说道:"王贵,你拿太医的方子再抓10服,记着跟掌柜的讲有无像这种有刻字的龙骨,给我找来,无论大小我按片付钱……"

管家王贵果然到鹤年堂与药店老板翻箱倒柜,从一大堆龙骨中找来尚未砸碎的有字的龙骨,王懿荣也亲自到药店寻找。短短几个月他收藏的龙骨竟达1550块之多。

(回到现实)客厅

刘鹗、罗振玉、王国维兴趣盎然地仔细揣摩。

刘鹗说道:"吾辈皆为金石玩家,此物依愚弟之见,这骨甲刻记应比金文更早,应为殷商之物……"

王懿荣点点头:"正合吾意,从鉴赏而论似是古人卜辞或占卜神像之用……"

第一章 龙迹·"好一朵美丽的茉莉花"

罗振玉兴奋之余问:"懿公,可问此物出自何方?"

王懿荣回答:"可惜得很,这些店家只说来自河南,具体什么地址谁也说不清,这些刻字清晰的整片龙骨还是敝人去年两下潍县从古董商范维卿、赵执斋手中购得,这一片竟要价两纹银!"

刘鹗惊呼:"真乃稀罕之物!值了值了!"

罗振玉说道:"在下倒有一个主意,在下有一个内侄常年浪迹于民间搜索古物,对于龙骨出自何方,不妨也让他巡查一番,必有收获。依叔蕴愚见,这刻字龙骨与青铜器铭文相似,应为殷商之物。如能考证确为中华文字之祖,那可是一件功德无量的大事!"

正在几个人热烈讨论之时,门外突然传来消息,原来慈禧太后急传王懿荣进宫商讨国事。王懿荣立刻告辞,匆匆乘轿前往。

王懿荣,字正儒,生于1845年,山东福山人,1894年出任国子监祭酒。刘鹗、罗振玉是清末著名金石学家,而王国维却对诗经、音律情有独钟。经刘鹗引见,罗振玉与王国维第一次见到当朝大儒之一的王懿荣,这次会见彻底改变了俩人的命运,从此迷恋上首次见到的神秘龙骨。有趣的是他们3人不仅是做学问的挚友,后来也成了联襟亲家关系:罗的长女嫁刘家四子为妻,罗的儿子又娶王国维女儿为妻,亲上加亲让这3人成为继王懿荣之后甲骨文与敦煌学的开山鼻祖……

1900年·紫禁城

公元1900年,也就是中国的庚子年,仿佛注定是这个王朝多灾多难的一年。这一年伊始,世界上就弥漫着一股莫名不安的气氛,新年开始,德国皇帝威廉二世踌躇满志地发表了令世界战栗的讲话,他在新年贺词中宣称:"新世纪的第一天意味着我们的军队,这就是说,我们的人民已全民皆兵!"威廉二世大概是继他的祖父威廉一世之后最疯狂的人。

事实上,日本与中国同时跨入新世纪前,当德皇向李鸿章面授"军国主义强国"的理论时,走出国门到西方"取经"的李鸿章大惊失色,竟一言不发。第二年,日本人也步中国后尘来到德国考察。日本首相伊藤博文也向德国皇

龙　骨

帝求教强国方略，威廉二世再次搬出他的军国主义理论："使全国之民皆得为兵。"

过去，康有为对德国的"全民皆兵理论"不屑一顾，但他游历德国之后完全改变了想法，他说："德国之所以致强，全在全民皆兵。这正是中国起死回生之剂，国民化弱为强之性。"

1906年当清王朝派出的考察团拜见威廉皇帝时，他再一次宣扬了他全民皆兵军国强盛的理论，深受孔孟之道教育的考察大臣戴鸿慈却不以为然，在向慈禧汇报的考察奏折上声称："就中国现象思之，尚武精神固所缺乏，而通国皆兵之制尚不能急图。何也？诚虑其为兵之后，一不能谋生，必至于为匪，反以为悖乱之阶也。"（引自戴鸿慈的《出使九国日记》）

北京·京城来了义和团

1900年4月、5月间，来自山东、河北的大批义和团、红灯照等民众团体拥入天津、北京城，展开轰轰烈烈的反帝运动，民间自发的反抗浪潮在清朝政府的推波助澜下形成排外仇外的混乱局面。

一时间，北京城里成群结伙的扎着红头巾、黄头巾的义和团民众手持刀叉土枪在街巷游走，大街小巷贴满义和团的揭帖，引得大人小孩围观喝彩。义和团揭帖写到：

> 神助拳，义和团，只因鬼子闹中原。
> 劝奉教，乃霸天，不敬神佛忘祖先。
> 男无论，女仙节，鬼子不是人所生。
> 如不信，仔细看，鬼子眼睛都发蓝。
> 不下雨，地发干，全是教堂止住天。
> 神爷怒，仙爷烦，伊等下山把道传。
> 非是谣，非白莲，口头咒语学真言。
> 升黄表，焚香烟，请来各等众神仙。
> 神出洞，仙下山，扶助人间把拳玩。

第一章 龙迹·"好一朵美丽的茉莉花"

兵法易,助学拳,要揍鬼子不费难。
挑铁道,把线砍,旋再毁坏大轮船。
大法国,心胆寒,英吉、俄罗势萧然。
一概鬼子全杀尽,大清一统庆升平。

1900年6月20日,北京东单路口,端郡王载漪的神机营官兵与义和团拳民砍杀德国公使克林德。载漪倚仗慈禧欲立自己的儿子为大阿哥,取代光绪,故在对外政策上极力支持慈禧,借义和团力量转移甲午战败后人民的不满情绪,因此他打着顺从民意的旗号鼓动铲除各国使节与教会。

6月22日慈禧采纳他的建议以光绪皇帝的名义发布宣战诏书:

朕今涕泣以告先庙,慷慨以誓师徒,与其苟且图存,贻羞万古,孰若大张挞伐,一决雌雄!

一时间,调入京的清军与义和团加紧对各国使馆、教堂进行攻打,混战中大批民房被毁,仅正阳门一带约4000余家店铺被焚毁,在大栅栏大火中,著名百年老店同仁堂也未能逃过一劫。

在清政府的怂恿下,北京城内出现大规模烧教堂,攻打使馆,砸洋商号的浪潮。各使馆也架起大炮筑工事拼死抵抗。

意大利驻华使团代办朱塞佩·萨尔瓦戈·拉吉回忆当时的情景:"天朝帝国就要结束了。对王朝最后的血腥的震动就是义和团运动,这是一场延续了很长时间的战斗,在55天的围攻中,共有67位外国人包括士兵、非军人和神职人员和大约9000名中国人义和团团民和清兵3000人、教民6000人丧生。"事实上,在这场动乱中无辜被害的中国平民及义和团、清军官兵死伤无数,尤其是北京陷落后,联军下令烧杀抢掠3天。除了洗劫紫禁城外,还对民宅店铺进行抢劫,当街屠杀被抓捕的义和团战士与参加抵抗的清军。亲手杀死克林德的端郡王载漪的侍卫恩海在德军行刑队面前向围观的人群仰天大笑:"我死得值了!"德国人割下他的头作为战利品运回德国向德皇请功。

龙 骨

1901年,根据《辛丑条约》规定清政府在东单牌楼建立一座纪念德国公使克林德的牌坊,民国时期移至中山公园内,新中国成立后由郭沫若先生亲题:"保卫和平"。自此,令中国人饱尝耻辱的牌坊改换正气凛然的和平警世碑。

亲历了整个事件的罗伯特·赫德爵士在他的《1900年的北京》中预言:"在半个世纪里,今天的义和团团民们的子孙将要赢得他们的先辈所从事的事业的成功。"

他的预言果然实现了,1949年中国真正地"站起来了"!恰好是半个世纪。

紫禁城·养心殿东暖阁

风烛残年的李鸿章由太监李莲英、盛宣怀搀扶着颤颤巍巍地应诏进殿。两个多月前总理衙门转来各国公使馆发来的求救电文,李鸿章因病重未能进京而派得力助手盛宣怀向慈禧奏见,希望朝廷制止义和团在华北掀起的"铲除"洋人运动,但慈禧未采纳盛宣怀的劝告。6月间英国驻华舰队司令西摩尔海军中将率八国联军2000人进攻北京,慌了神的慈禧立刻发电报,要李鸿章从中斡旋,万般无奈的李鸿章只好抱病冒死进京……

慈禧倚在太师椅上抽着水烟,一阵炮声震得玻璃"哗哗"作响,慈禧不由得打个寒战,朝窗外看去:"小李子,这是哪里在响?"

李莲英回答:"回老佛爷,可能是西什库义和团攻打教堂的声音……"

慈禧说道:"你这猴仔也敢糊弄我……庆亲王,你以为这炮声来自何方?"

奕劻故作糊涂地回答:"回太后,老臣老眼昏花,不清楚这炮声来自何方。"

忧心忡忡的慈禧说道:"各位臣工,现在我大清国家社稷危难,外有各国联军兵临城下,内有义和团暴民兴风作浪,如何是好?"

李鸿章说:"禀太后,老臣从广州奉旨进京,一路看到不少地方围攻教堂和洋人场所,天津尤为暴烈,在塘沽上岸后因铁路已被拳民所破坏,下官只得由天津直隶提督聂士成派兵护送,各国公使团与联军将领纷纷找老臣请求斡旋。联军统帅瓦德西元帅亲自拜见老臣,强烈要求停止京师围攻各列强公

第一章 龙迹·"好一朵美丽的茉莉花"

使馆与教会,为促使早日化干戈为玉帛,俄国派一队俄军卫队护送老臣进京。臣以为乱民无所管控,有愈演愈烈之势,对我大清与各国关系大为不利。先帝十六年,臣奉旨周游西洋列国,各国总统、国王均友善相待,德皇威廉二世会见臣使从有名言相劝:贵国要想变革为强国须全民皆兵,全国军国化。臣不敢应对,我泱泱大国以孔孟仁爱治国怎能以武恃强?臣默然无语。一年后日本首相伊藤博文亦拜会德皇,德皇也以同样的话教育日本,一向尚武的伊藤博文奉为圣明,举国强军……如今现又有各国联军威逼京城,更是难以阻挡,以微臣之见,列强兴师动众无外乎就是对拳民之乱宣泄不满和索取银两而已。在下以为朝廷以保重皇威为上急,拿拳匪谢罪以平息列强之怒为当务之急,切莫以卵击石,小不忍则乱大谋……"

一向对李鸿章不满的光绪忍不住开了口:"自甲午战败,不思原委,只知一味乞和,任凭列强欺侮,身为朝廷命官却毫无良策,有何颜面?!"

李鸿章扑倒在地:"臣罪该万死!"

慈禧一脸不满地瞥了一眼光绪:"好了,好了,李中堂也是尽心尽职!该罚的也罚过了,甲午失利也绝非一人之过,革职闲置快有两年了吧?"李鸿章战战兢兢地回复:"正是。""本宫看这么着,李中堂先回沪养病随时候旨进京,唉,这会儿倒要听听少卿见策,世事艰难呀,洋人欺我太甚,如何对策呢?打仗总要筹饷,你作为洋务大臣可有心数?"

时任正三品太常寺少卿、中国电报局总办的盛宣怀回答:"各国逼京之势已经昭然,但此战并非非打不可,现俄国人、日本人已在东三省形成重压之势,仅旅顺的俄兵已达万余人,现各国列强已兵临京畿而我中华内地幅员广阔但贫瘠落后,英、法、德觊觎我西南、东南,与日俄形成合围之态……鉴于此,臣与张之洞等臣工反复研商,以为中国并非无钱,关键在于要兴国强军发展经济,因此,以微臣之见,避列强之锋芒,大力兴办铁路、铁矿、煤矿、银行、轮船、电报等新型工业以滋养国力……"

慈禧说道:"少卿所言好是好,但远水解不了近渴!如今人家打到咱家门口了,恐怕议和也是一厢情愿吧?皇上已决定与洋人列强开战,以雪甲午之耻!教训教训洋鬼子也好振兴大清天威,借用百姓之勇不仅民心所向,也为

龙　骨

大清节省浩荡军资，岂不一举多得？大不了让拳匪乱党背负罪名，也可保全我大清不失尊严。爱卿你以为如何？"

总理衙门大臣端郡王载漪回答："老佛爷圣明，那些洋毛鬼子向来欺我大清无人，掠我财宝，还以鸦片、奇巧之物蛊惑纯善民心以所谓上帝取代我佛国之体，长此以往必将灭种亡国。今天时、地利、人和均在我大清，何不借天意驱逐洋祸？6月之战，我甘军大败英军，李大人切莫长了洋人志气，灭了自家威风。本王所见，偌大京城，我大清国固若金汤，兵强马壮，北京有我百万民众又有我几十万精锐神机营、龙虎营将士，指定叫洋鬼子哭爹喊娘滚回老家去！"

李鸿章见慈禧、奕劻等人如此愚昧，知道自己再多说也没用，只好托词："庆亲王威武刚勇，令老臣汗颜！卑职年迈多病在此也难以效命，恳准以回乡养病。"

慈禧说道："李中堂也不必沮丧，本宫看你且可与少卿一同返沪，一来可安心静养，二来又可敦促江南各洋务工厂早日发展。京畿之事先交与庆亲王，郡王载漪全权与各国斡旋，同时，敦促拳民速速平息洋人战事，切记官府明里向列强示好，可供给食物等，让洋人挑不出什么礼数来，官军一律不得公开参与围攻战事！"奕劻、载漪兴高采烈地答道："臣领旨！"

李鸿章、盛宣怀面面相觑，此时他们明白慈禧铁了心要借义和团之手彻底雪洗国辱，再说什么也于事无补。于是双双扑倒在地："太后、皇上圣明！万万不可轻率开战！列强聚众而来决不可轻敌，否则将是大祸临头！"

慈禧说道："何以如此！两位快快起来……本宫已下旨调甘军入京，也调河南、江苏两军驰援京畿，以我数十万大军何以惧怕区区万把洋人？对了，还有一事尔等还需立即去办！洋人如今云集塘沽，京畿军机电报全靠北京到大沽联通号令，一旦洋人锁闭电报局该当如何是好？"

盛宣怀连忙禀报："去岁我奉太后旨意与李大人亲临勘察，重新设立了一条自上海至西安电报电缆，现业已完工，随时可启用！有这条线可贯通南北，与京城至大沽线又相呼应，既可四通八达又可随时号令全国兵马！"

慈禧大喜："好一个南北贯通，好一个随时随地号令全国！不愧为我大清头？"说罢顺手还给光绪。

光绪惊喜地叫道："有字！真的有字！王祭酒这是个什么字？"

王懿荣答道："禀皇上，几番辨认这是个龙字！不过臣至今只收集到1000多块，与金石大家刘鹗、罗振玉等君鉴赏，臣以为此物乃为前古中华最早之文字，可惜现在尚不能全部辨认……"

光绪："龙字？！3000年前的龙字，真是神奇！！"

慈禧再次眯着眼仔细看了看，一边的李莲英惊呼："太后，真是龙哪！！"

"这玩意看不懂，这有何用？"她示意让李鸿章、盛宣怀等人传看。

李鸿章赞叹道："恭喜圣上！此乃圣物，只有盛世方可出显，真为好兆头！"

慈禧半信半疑："真的吗？就如佛舍利一般珍贵？"

王懿荣："此物自古有之，明朝医圣李时珍所著《本草纲目》中注释早在秦朝医书中，就是一味奇药，微臣因病无意间发现有刻字，才知是古人初字，可见我中华历史5000年并非虚言！而龙字也证明中华祖宗自天荒之时就将龙视为天子之身！"众人交口惊叹。

光绪喜形于色："如此圣物，理当深探！看吾中华真宗源渊！"

王懿荣见光绪对这块龙骨爱不释手，心中也十分感动："臣禀皇上，龙字兽骨献与皇上，是我中华龙腾虎跃之时！"

光绪满心欢喜，高高举起龙骨："朕有此圣物乃天下共庆！"

众人山呼："吾皇万岁，万万岁！！"

李鸿章叹口气，自言自语："自古都云奸逆误国，如今贤士也能误国啊……哎！"

慈禧容光焕发地说："好了，好了，两位爱卿返回江南后，一来好好休养生机，二来抓紧各项洋务工期让咱大清宝库积累更多财力！对了，盛爱卿你前两年献上的祖上秘方本宫和皇上吃着还不错，我还赏给宫里各位王爷服用，那个药叫什么来着？"

盛宣怀说："回太后，这药称为'海芙蓉'，生长在东海沿海小岛上，取此物根茎煎药既可防风除湿，又可调心脉血涨……"

龙　骨

　　慈禧说道："噢，本宫想起来了！对，对，是叫海芙蓉，让御药房辨认，竟无人认识此药！如此宝贝在我大清的仙岛生长这是上苍对大清的恩赐！那个岛叫什么来着？"

　　盛宣怀说道："回太后，那岛位于台湾省和琉球国之间，叫钓鱼岛……"

　　"前两年本宫不是将其封赏给你专做草药园子了吗？这等仙药你可以好好多栽培吧！"慈禧说道。

　　盛宣怀回答："谢太后隆恩，吾皇万岁万万岁！臣即刻差人进奉海芙蓉！"

　　慈禧打了个哈欠："好，你们都下去吧，该干吗的去干吗。小李子？同春院的戏班子来了吗？"李莲英殷勤地答应着："喳，戏班早在同春院候着哪，老佛爷！""本宫要去看戏了！"慈禧拂袖而去。

　　盛宣怀搀扶着步履蹒跚的李鸿章来到太和殿前。此时，金碧辉煌的紫禁城沉浸在夕阳的余晖中，虽然依旧金光闪闪，但已呈现败落的景象，李鸿章看着熟悉而陌生的地方，突然感到眼前的一切正如自己一样已渐入枯朽，他感到这也许是最后一次来紫禁城，虽然又伤感，又苍凉，但这里也曾是他历经辉煌的地方。突然间，他哼起小调："好一朵美丽的茉莉花，好一朵美丽的茉莉花……"

　　每每哼唱《茉莉花》时他会有种莫名的解脱感和愉悦感，尽管此时夕阳西下给人一种凄凉晚唱的感觉，但依旧让站在一旁的盛宣怀用惊诧的眼神看着这位权倾一朝的恩师……

　　李鸿章当然忘不了当年环球巡视时曾让他难以忘怀的一幕：会场上人头攒动，热闹非凡，来美留学的中国第一批官派留学生，120名幼童也来到现场，在他们中有一个男孩兴奋地看着一尊铜制火车模型，不时地好奇摸摸，这位幼童日后便是赫赫有名的中国第一位铁路工程师詹天佑，20年后他把这件火车模型带回中国，并在八达岭上创造了世界第一条"之"字形铁路。会上有贝尔发明的电报发报机，有爱迪生发明的电话机和刚发明的电灯……这些不仅令中国人大开眼界，也令美国人和各国人惊喜不已。

　　作为特邀贵宾的李鸿章欣然参加了博览会。大会首先奏各国国歌，升国旗，临时到场的毫无准备的大清国只好匆匆将精心刺绣的三角黄龙旗升起，

第一章 龙迹·"好一朵美丽的茉莉花"

没有国歌,黄龙旗只能悄然升起。观众一时茫然,交头接耳议论纷纷。主办方急忙找到清国参展团团长宁波海关关长李圭寻求应急方法。李圭深知大清国压根就没有国歌,此时才意识到一个没有国歌的国家在世界之林会多么尴尬。

此时,端坐在主席台上的大清全权特使李鸿章看在眼里,作为洋务运动发起人的他见多识广,并不以此而紧张,尤其今天,当着1870年送出的第一批120名他亲自挑选的留美中国学童的面,无论如何也要驳回国面,他突然冒出一句:"我来唱歌!"

唱就唱呗,有何惧?可唱什么呢?李鸿章慌了,他求盼似的看看随从。"大人就唱几句最熟悉最常唱的曲……"随从说道。

李鸿章豁然开朗,对,唱最熟悉的家乡小调……《鲜花调》,对,就唱它!李鸿章清清嗓子用高亢的淮北小调唱道:"好一朵美丽的茉莉花,好一朵美丽的茉莉花……"

据音乐史学家章鸣先生考证,民歌《茉莉花》曲源于安徽民歌小调"鲜花调",有数百种唱法。有传闻李鸿章以《茉莉花》为国歌在环球使团访问各国时在法国、西班牙、美国多次唱起。

1905年考察大臣端方在日本考察时也痛感一个大国没有国歌的尴尬,他责成在日学习的海军参谋官严复与禁卫侍卫官傅侗临时创作国歌《巩金瓯》。

歌词道:"巩金瓯,承天帱,民物欣凫藻。喜同袍,清时幸遭,真熙皞,帝国苍穹保。天高高,海滔滔。"

1911年10月4日清朝正式将《巩金瓯》定为国歌。

1901年,清光绪二十七年病入膏肓的李鸿章强撑着身体签署了中国近代史上主权丧失最严重,赔偿数目最大的丧权辱国的条约《辛丑条约》,相传心力交瘁的他签约之时呕血不止,两个月后竟溘然辞世,享年78岁。

1900年7月·国子监

刘鹗、罗振玉、王国维等人来向王懿荣告辞,京城此时已是兵临城下,城内义和团与洋人教会的冲突白热化,几位老友决议回乡避难,由于龙骨研

龙 骨

究已突飞猛进却遭遇兵荒马乱，几位知己都想劝王懿荣离开京城与友人一起回乡专心研究龙骨……

清静的太庙松树下，一张石桌一张石椅，几位老友围坐在一起……

尽管气氛有些沉闷，罗振玉还是率先开口："懿公，鄙人与两位老友多日研究推敲，初步断定这刻于龟甲之字可能为古人祭祀致辞……"他掏出几块龙骨摊在王懿荣面前："大人请看，我们几人推敲其内容，也比对青铜彝器铭文，依稀辨得几十个字……您看，就是这段刻文……大致意思是王征战卜凶吉……"

王懿荣饶有兴趣："喔，那结果呢？"他的心思显然又联想起当下的战事。

"从卜卦上推断，午时阳气最盛，王此时开战可大胜，而卯时阳气有谢，王战有凶……"刘鹗小心翼翼地解读。

王懿荣心事重重地说："国难当头，焉知祸福哪！"

罗振玉乘机劝王懿荣不如回山东老家避一避："那样大家尚可对龙骨一探究竟！懿公乃是学界泰斗，又是发现龟甲文的第一人，我等跟随懿公潜心研究定能为炎黄子孙书写鉴古新篇章！"

王懿荣自然明白老友的苦心，龙骨研究何尝不是他毕生最爱？但是身为重臣，皇上又委以重任，怎能脱身？！沉默半晌，他拍案站起："国难当头哪有臣子弃国弃君，只顾自己苟活？天大的学问莫过保国为民！诸君为国家栋梁，速速离开是非之地，为研究龙骨留存一脉人才，各位拜托了！老朽决意与京城共存亡！如有不测，恳请诸君传承龙骨研究，不负皇天厚土啊！"

罗振玉等人见王懿荣决意已定，视死如归，大为感动地跪倒在地："懿公为长，吾辈仰之！深明大义，慷慨保国，永为众弟楷模！恳请伯兄全家万全保重，我等不日回京共同研讨龙骨之深奥！"

之后，罗振玉等人只好带着各自搜集到的龙骨依依不舍地向王懿荣告别，他们万万没有想到仅仅时隔一个月，他们竟然与这位深受尊重和爱戴的师长阴阳两隔……

第一章 龙迹·"好一朵美丽的茉莉花"

1900年8月14日·北京城·正阳门箭楼

据《清史稿·马福禄传》记载,马福禄"挥短兵闯入阵,喋血相搏,敌不能支,乘火轮而逸"。(火轮是火车的意思)6月兵败的英国海军中将西摩尔逃回天津后仍惊魂未定,他在给女王的信中描述道:"中国军民所用若为西式枪炮,则所率联军必全军覆灭。"西摩尔暗中庆幸:"清军使用的武器幸亏不是西式枪炮。"

然而随着6月大清正式向列强宣战后形势急转而下,联军纠集约3万精锐军队一路向北京杀来,仅两个多月,清军10万军队与20万义和团被击溃,而联军已兵临北京城下……王懿荣在马福禄的陪同下巡视正阳门。马福禄指着箭楼下不远的大栅栏:"脚下之地乃我大清国门所在,而身后正对的就是紫禁城,此处是我等尽忠报国之地!"王懿荣被马福禄的英雄气概所感动:"将军不愧为铁血英豪!中华龙种啊!"

箭楼上马福禄抚摸着大红灯笼对王懿荣问道:"大人可知这红灯笼有何妙用?"

"此举灯为号?"王懿荣试探着问。

"王大人果然饱学,这正是信号之用,不过这灯不用调兵而用于向皇宫报警!""报警?如何使得?"王懿荣不解。

马福禄回答:"王大人,你看,我如挂一盏红灯,对面天安门也挂出一盏,后面午门所见也挂一盏,宫中侍卫即可向太后禀报。一盏为有敌寇来犯;二盏情形危急;如挂出三盏……那就表明国门即破!只要挂出红灯不消片刻即可传至宫中,皇上太后亦可有时间从容撤离紫禁城……"

王懿荣赞叹道:"将军安排如此精妙周详必能斩获大功!"

马福禄苦笑:"洋鬼子必不甘心,必定有场恶战,京津间大清防线早已溃散,京城周边已无兵可调,城内拳民又久攻洋人使馆不下,国门洞开亦是早晚……王大人你早早回家吧,为家人找条活路吧……"

"将军何出此言?本官虽是一介文人,比不得将军能拼杀战场,但也可为国捐躯而不惜,国破焉能苟活?!"王懿荣一时激奋起来。

马福禄深为感动,他深深长揖:"下官并无羞辱之意,大人义气冲天视死

如归，下官佩服之极，满朝文武若都能像大人一般，国家黎民皆有望了！下官是个粗人武夫，只当为国肝胆涂地以报天恩！大人是国家栋梁，为人师表，万民敬仰，理当保重，此乃国民之幸！"

王懿荣大恸："义士壮举！请受我一拜！"两人对拜而泣。

马福禄奉命镇守正阳门。他率领骑兵、步兵营官兵与正面八国联军的英军部在前门血战三天三夜，农历八月初六马福禄绝地反击，率众士兵冲击英军阵地，最终在最后一道栅栏前全部阵亡。据马福禄的孙子马竹华回忆："在这一次战役中，我家共有六位亲人战死在前门。"

根据清宫档案记载，由日军一个团主攻的东便门和俄军进攻的宣武门均受到顽强阻击，日军企图用工兵挖城墙装埋炸药未得逞，反被守城清军歼灭。

8月14日中午一点·正阳门城楼

英军在大栅栏布下炮兵，直接瞄准正阳门炮轰，炮弹如雨点般在城楼爆炸起火……马福禄冒着炮火指挥反击，炮火中清军伤亡惨重，马福禄抱起战死的亲人悲愤欲绝，亲手操炮向敌军开炮，箭楼燃起大火，三楼也摇摇欲坠，马福禄忍着伤痛冲上去，从死去的士兵尸体旁将红灯一盏盏挂起来。

天安门城楼上的侍卫从单筒望远镜中清楚地看见浓烟中正阳门升起的三盏红灯，便立刻也挂起红灯，午门随即也挂出红灯，神机营侍卫冲进大殿高声报告："国门陷落，三盏红灯！三盏红灯！"大殿里顿时乱作一团。只听李莲英尖着嗓子喊："快扶太后出宫，保驾！保驾！"王懿荣失魂落魄地骑着马随逃亡的人潮涌出西华门，远远望去，正阳门方向浓烟滚滚，箭楼在大火中轰然倒塌，巨大的尘土笼罩在前门……

英军参战士兵舍恩伯绘制的三幅《前门攻战图》让我们了解到，100多年前那场惨烈的战场上的一些清史上没有记载的细节，这对于今天的人们更多更深层地了解自己生活的祖地的历史尤为重要：英军对正阳门久攻不下，便派200名印度兵从水门（古城下排水道）绕至哈德门打开城门让英军拥入，不敢靠近正阳门的英军仍从排污道潜入英国领事馆，当一群浑身臭污的士兵钻出被围困数月使馆下水井时，整个使馆沸腾了，男人女人此时也顾不上礼

节抱着臭烘烘的士兵欢呼:"救星来啦!"由于背腹受敌,清朝守军很快崩溃了……

当年居住在南长街的老人还记得满街溃败的清兵纷纷躲进沿街百姓家中,有的则脱去兵服化装成老百姓逃命,联军见人即不分皂白开枪射杀,来不及逃避的百姓与溃兵横尸街头,联军划片清剿,杀戮一直持续到第二年春天!更令人难以理解的是参与杀戮的疯狂联军中竟夹有数千名曾被围困使馆教堂中的中国教徒!

深知文物更有价值的英、法、德等西方列强在饱吞圆明园珍宝之后直接将魔手伸进紫禁城中,联军司令瓦德西竟干脆住进仪鸾殿!英国公使馆书记官朴迪南姆威尔在其《庚子使馆被围记》中写到:"瀛台珍宝已被英国人偷尽……"

20多年后一本《民国通俗演义》根据晚清风传一名京城名妓赛金花以身救北京的传闻演绎了这场惨案,而事实却绝非如此。据李希圣《庚子国变记》记载:"9月18日,李鸿章与瓦德西见于仪鸾殿。"显而易见,起决定性作用的是谈判而非青楼女子所为。

另据清史档案之《庚子纪闻》记录:"火光冲天者三日夜……尽皆焚毁,抢掠淫虐……"

事后还有清官洪寿山《时事志略》推测"约死者数百万人也"。尽管惊魂未定的清朝官员草草估测,夸大数字,但庚子沦陷无疑是历史上令北京人心中无法抹去的淌血记忆(当年,京城人口约150万左右)。

为了表彰马福禄的精忠报国的壮举,慈禧在返回京城后下旨对他册封并授予其后人世袭爵位,马福禄阵亡后,他的族人63岁的马海晏率青海河湟子弟兵、西北甘军继续护送慈禧西逃,不幸途中病故,其子马麒接任父职继续鞍前马后护卫慈禧西行。

王宅卧室

王懿荣跟跄地将夫人推出卧室关好门,取出龙骨仔细地用放大镜看了又看,他突然从两块残片中对出一个他认识的青铜器铭文中的"龙"字,他又惊

龙 骨

又喜，久久端详，紧紧握在手心，仰天长叹，浊泪横流。他呆坐许久后猛然拔出光绪赐给的镶宝七星剑，这把宝剑据说是明代抗倭名将戚继光佩剑，不用说，皇上赐剑的用意是想激励王懿荣也像戚继光一样杀敌保国。他苦笑一下仔细看了看寒光闪闪的宝剑，他此时主意已决，决定破例文官武死！他先在文案上飞笔题写一首《绝命书》，然后他又提着剑走到墙边用毛笔在墙壁上重写《绝命书》："主忧臣辱，主辱臣死，于止之其所止，此为近之。"落款："京师团练大臣国子监祭酒南书房翰林王懿荣。"（此《绝命书》现藏于故宫博物院）写罢绝命书后，他仰天长啸："吾可以死矣！"随即横刀自刎。鲜血染红了手中的龙骨。谢夫人与管家破门而入抚尸痛哭……

王懿荣手中的"龙"字龙骨上沾满鲜血……

入夜，谢夫人与长子媳妇张氏独自来到后花园投井自尽……

一代大学问家，中国第一位发现龙骨上刻有最早文字的考古鉴定家王懿荣就这样过早离开他热爱的龙骨研究事业。1900年11月15日已逃亡到西安的光绪看到侍郎张英麟的奏折后得知王懿荣在京师破城之日壮烈殉国，感怀王懿荣的忠烈与才华，光绪与慈禧太后下旨赐予王懿荣谥号："王文敏公"，追封"侍郎衔"。光绪帝亲书圣谕褒扬他："临难捐躯，从容就义"；"敦品绩学，持躬清正"；"平日夙怀忠义，恩济时艰"；"忠烈可风，大节凛然……"不难看出痛心疾首的光绪与满朝文武是何等感动。王懿荣的妹夫张之洞在王懿荣殉国三年后（1903年）在其故寓北京锡拉胡同建立祭祀家祠并亲题"福山王文敏公家祠"祠匾。

一年后·国子监王宅

刘鹗、罗振玉和王国维结伴再次来到王懿荣故宅前，这里已没有昔日的清静，故宅已坍塌破碎不堪，一片劫后狼藉。3个人在发辫上扎着白色麻布条，神色悲戚寻找当年的影子，刘鹗凭着记忆走到一处残垣断壁前感慨地说："这就是懿公生前殉国的地方……"王国维扑倒在碎砖乱瓦上放声悲哭："恩师，弟子来迟了！"一声哀号也让刘鹗和罗振玉忍不住泪流满面匍匐在地。3个人哭了许久才渐渐停下来，罗振玉和王国维取出大把大把的纸钱撒向天空，

第一章 龙迹·"好一朵美丽的茉莉花"

纷纷扬扬的纸钱落满一地,刘鹗从随身带的笔墨找了一块残壁白墙,悬笔疾书:

> 文魁引刀溅圣庙,
> 惊煞五岳天地崩!
> 犹如隔夜音容在,
> 泪飞龙骨谁来拾?

罗振玉看罢激动万分也接过笔题诗一首:

> 阴阳两隔音容在,
> 切磋骨文业未完,
> 湘妃泪洒化斑竹,
> 恩公遗骨变天书!

3个人一会儿哭一会儿吟诗,把祭奠的酒洒在废墟上,又把剩下的酒3人分喝。王国维抽泣地问刘鹗:"师伯,恩师的家人到哪里去了?"罗振玉颇有同感地问道:"是啊,这么大的变故,好端端的一个家怎么说没就没有了呢?!"刘鹗长叹一声:"世事难料啊,原以为一场风波总会平静,哪知道一夜之隔京城竟成了鬼蜮之地!"

刘鹗告诉罗振玉,当他闻讯赶到王懿荣宅邸后发现王夫人也一同殉葬,可怜几个孩子哭成一团不知所措,问过管家王贵得知,王懿荣平日痴迷搜集龙骨,竟然家中已无银两,就连夫妇3人的尸体也无钱收敛下葬。刘鹗悲痛万分,当即决定将自己毕生积蓄2000两银子全部拿出将王懿荣夫妇安葬并安置老友遗孤。一日,年仅9岁的王懿荣次子王崇焕带着年幼的弟妹来到刘鹗家中,3个孩子一见刘鹗便齐齐跪倒在他面前,双手吃力地将一个漆盒捧过头:"恩公在上,请受我兄妹一拜,父母双亡多亏恩公倾家相助,孩儿年幼无一相报,特将父亲毕生珍爱之物——龙骨悉数代父赠与恩公,请务必收下!"漆

龙 骨

盒打开，里面放满刻字龙骨，刘鹗眼前一亮：这分明是无价之宝！这漆盒刘鹗多次见过，每次王懿荣都如数家珍般的仔细呵护。他知道这些珍宝的珍贵，自己念朋友之情伸出援手是君子之交理所当然，可收了人家的珍宝是不是有乘人之危之嫌？他急忙推脱："万万使不得！我与你父是生死之交，也是知己，如此珍贵之物，如何收纳？尔等现在尚幼不知此物珍贵，待你们长大后自然明白其价值不菲。"

王崇焕哭着恳求："恩公如再生父母，危难时帮我兄妹暂为收敛于花园空地中，爹娘在天之灵也会如此报答！明天我兄妹扶灵故土福山安葬，此生不知能否再与恩公相会，此去也不知命归何处！今日之别万求恩公了却亡父遗愿！求您了！"3个孩子悲悲切切地磕头，刘鹗明白如不照办他对不起自己的挚友，更无法拒绝3个可怜的孩子，是啊，只有在刘鹗这样的金石家才识的龙骨的价值，也只有他才能去完成王懿荣未了的事业。他知道在兵荒马乱之际老实忠厚的管家王贵能带着主子的遗孤回到故乡也是万幸之事。想到这刘鹗释然了，他扶起3个孩子："好吧，我代表你们的爹爹先收下这些龙骨，待你们长大之后可随时来找我取回这些珍宝！"

然而，这些孩子离开京城之后从此杳无音信……

刘鹗把王懿荣最后的时光告诉了罗、王二人，这个经过让几个人唏嘘不已。罗振玉郑重地向刘鹗表明："兄台为安葬懿公倾尽家产，令人崇敬！吾等经营学社，传授新技颇有收益，吾等决意资助懿公后事所需两千两纹银，由叔蕴全额付君，也算吾等尽师徒之心，如兄台恩准请分与在下一半龙骨作为鉴赏？"刘鹗正为生活窘迫、家徒四壁而为难，罗振玉的提议让他眼前一亮，俩人一拍即合，罗振玉付2000两银票给刘鹗，同时得到1000块龙骨。有了资金的刘鹗全心身地研究甲骨文，1903年（光绪二十九年），在王懿荣死后三年，刘鹗出版第一部甲骨文论著《铁云藏龟》，在这本书中他精心选拓收藏1058片龙骨拓片，此时他已收藏龙骨5000余片。1908年7月19日清朝外务部上奏请旨要求"惩处"刘鹗，同年批复"革员刘鹗违法罔利，怙恶不悛，著发往新疆，永远监禁……"。1909年12月，刘鹗被流放至迪化（今乌鲁木齐市），宣统元年新疆巡抚联魁接到大赦诏令对前朝流放到新疆的32名贬官实行大赦，

第一章　龙迹·"好一朵美丽的茉莉花"

但最后批准的仅有两人,刘鹗不在其中。失望之极的他于同年8月23日中风猝死,死后灵柩由儿子护送回淮安归葬。

王懿荣一家三口壮烈殉国强烈地震撼每一个人,从那时起罗振玉和王国维决心要继承王懿荣遗志研究发现龙骨的秘密所在。首先罗振玉决定先从源头寻找龙骨的线索,几年后,罗振玉终于查找到带字龙骨出自河南安阳一个叫"小屯"的地方,这正是已消亡3000多年的商代古都。

"殷墟",小屯实际上只是在明代万历年间逐步形成的小村庄,几百年来辛勤劳作的人们并不知道地下埋葬着巨大的远古秘密。清朝末年,人们陆续发现田地里散落着不少"龙骨",当地人将其卖给药店治病。王懿荣是第一个发现在"龙骨"上刻有甲骨文的人,罗振玉、刘鹗成为继王懿荣之后的龙骨研究者,并将甲骨文的研究推向世界。

罗振玉自在王懿荣家第一次见到"龙骨"后就迷上这种神秘的东西,到了1910年他已收藏龙骨1万余块,成为中国历史上拥有龙骨最多的私人藏家。罗振玉也是最早到小屯考古的人,并首次确认"龙骨"为殷墟之地,为此他先后编著了《殷墟书契前编》《五十日梦痕录》《殷墟古器物图录》等著作。据说他一生收藏龙骨达4万余枚。

中国第一代考古先驱李济博士高度评价:"罗振玉将此类收藏的很多,经他考证出来的也不少,这是一个很大的贡献。"罗振玉为此还获得法国国家学院奖。

1914年,研究甲骨文十多年的罗振玉联合挚友,后成为亲家的王国维合著《流沙坠简》一书,此书为中国近代史上第一部简帛学研究专著,是开启从文学追寻历史的考证之作。罗振玉的研究正是在斯坦因从敦煌盗取的简牍及少量纸质文学的时候开始的。

2009年北京大学接受海外捐赠又收藏了3330多枚西汉时期的竹简,使原以为早已失传的先秦著作得以抢救再现。

1928年国民政府成立历史语言研究所,首次组织了由董作宾带头开展的在殷墟遗址进行的考古挖掘工作。

1929年李济、梁思永主持的考古被誉为中国真正意义上的第一次考古挖

龙 骨

掘。到1937年共挖掘15次，共出土"龙骨"24980片。

同年，有一位在大革命失败而流亡日本的学者郭沫若也迷恋研究"龙骨"，1931年他发表了《甲骨文学研究》，被学界公认为甲骨文专家。然而，一个外国传教士的出现却把"龙骨"与人类起源联系在一起，人们对龙骨的探索又开始注入了新的内涵……

第二章
龙迹·传教士与中药店

已病入膏肓的载湉（光绪）突然有一种久违的冲动，想要在瀛台海子边坐一会儿。

"你知道？这个鸡……骨头的地方？它在哪？"哈贝尔急切地比画着手中龙骨。

1908年·秋·北京

"当晨雾笼罩全市，全城就像一片寒冬季节的灰蒙蒙大海洋，那波涛起伏的节奏依然可辨，然而运动已经止息——大海中了魔法，莫非这海也被那窒息中国古代文明生命力的恶魔所震慑？这大海能否在古树吐绿绽艳的新的春天再次融化？生命还会不会带着它的美和欢乐苏醒过来？我们还能不能看到人类新生力量波涛冲破那古老中国的残败城墙？抑或内在动力已经凝固，灵魂业已永远冻结？"

以上这段充满忧郁气息的诗一般的话语是一位名叫奥斯瓦尔德·席仁龙的建筑学家在1924年冬爬上北京城的城楼眺望满目疮痍的皇城时发出的咏叹。他对北京的印象写进了一本名为《北京的城墙与城门》的著作中。

八国联军炸毁的正阳门城楼虽然塌陷一角但仍顽强地屹立在废墟上。紫

龙 骨

禁城那落满尘土的飞檐陡壁依然在阳光下倾诉昔日的辉煌。

站在紫禁城城墙上向远处眺望，晨雾下，青灰色屋檐如同成群的黑鱼在水面游着，聚在一起，这年的秋天似乎冷得早，早霜覆盖着黑砖白墙，让人看不清天地颜色，一切都毫无生气，唯有不时从青灰的屋顶上冒出的缕缕炊烟在晨雾中懒懒地飘动，环视四周，唯有紫禁城金色的屋檐给青灰一色的世界抹出一片亮丽的闪光。

1908年·中南海·瀛台

又干又冷的寒风卷着枯叶漫天飞舞，凌厉的北风掠过中南海的湖面直扑瀛台涵元殿，殿堂的门窗在风中"吱吱"作响。已病入膏肓的载湉（光绪）突然有一种久违的冲动，想要在瀛台海子边坐一会儿。他挣扎着想坐起来，但久卧病榻的他除了满头虚汗与剧烈咳嗽外，无法坐起来。这几天载湉在昏睡中总是重复梦见他亲政20多年的一些刻骨铭心的人与事：与志趣相投的爱妃珍妃在一起的日子是他最幸福与甜蜜的时光，与老师翁同龢、康有为、梁启超共商"变法维新"是他一生中最雄心壮志的时刻，被慈禧幽禁瀛台10年，是最黑暗和压抑的日子，而令他刮骨彻痛的是，慈禧逃离紫禁城时竟当着他的面将心爱的珍妃塞入枯井杀害！

他眼前不时浮现珍妃穿着男装与自己在灯下批阅奏折的景象，珍妃那美丽高雅的目光让他感到阵阵心碎。

空荡荡的卧室，他耳边回荡着康有为在上书时那句震撼他魂魄的话："在二次甲午战败之后如再不除弊兴政，我真不忍心看到煤山的事情再一次发生！"如今，仿佛应了康、梁之言，他没有死在破城之时，却要死在养母之手……他下意识地伸出手想拉住幻觉中渐渐远去的珍妃："珍，救我……别走……珍！"

"皇上，是我，是隆裕！"皇后隆裕抓住光绪的手，光绪的眼神中恍惚的珍妃身影渐渐虚化，而眼前渐渐清晰的却是隆裕那张永远都充满委屈的瘦长脸。光绪失望地松开手。

隆裕看着形容枯槁的夫君又心疼又无奈，她招呼太监将皇上扶起，靠在

第二章 龙迹·传教士与中药店

御榻上，这里可倚窗看到外边的景象。隆裕很少来瀛台，一来是敬畏慈禧的淫威不敢，二来这位总叫自己"姐姐"的夫君从不爱自己，如今这两头的冤家都已时日不多，这让这位深宫怨妇突然怜悯起来比自己小的夫君。她不敢细细端详眼前多日不见的真命天子，这与她心目中那个清秀英俊的帝王有着天壤之别。光绪苍白铁青的脸上毫无血色，身上的衣衫竟然又破又脏，光绪勉强睁开眼，看见是隆裕，惨然一笑："姐姐，告诉亲爸爸，她可以放心了……"

隆裕心如刀绞，她明白光绪的意思，其实她更明白慈禧的心思，他们双方都惦记着"谁死在前面"。不过事到如今，隆裕有了破天荒的头一次自己拿主意的念头，她要亲自安葬光绪并在死后与他合葬。

她轻轻抚摸光绪的头低声说："来，喝点老佛爷刚差小李子送来的高丽参汤！"隆裕打断了载湉的思绪。一听又是李莲英送来的东西，载湉紧闭的眼猛然睁开，厌恶地看了一眼冒着热气的参汤便转过头拒绝喝。

站在一旁的李莲英冷冰冰地上前："皇上，这参是日本使臣伊集院彦吉觐见老佛爷时转赠日本天皇送来的高丽千年老山参，老佛爷舍不得自用，特懿旨给皇上补用，皇上切不可辜负老佛爷的体恤之情！"李莲英字句中透着不容违抗的强硬。

光绪深知慈禧和李莲英的狠毒，他又一次屈服了，就像昨日一样，李莲英奉慈禧懿旨带着3岁大的载沣之子溥仪到自己病榻前，宣读立为嗣皇帝的遗诏：摄政王载沣之子溥仪，着入承大统，为嗣皇帝。（参见《清德宗实录》）

这一天是光绪三十四年（1908年）10月21日，光绪享年仅38岁。第二天下午，这位让中国近代饱受屈辱与苦难的独裁女人慈禧太后也走到了生命的尽头，享年74岁。一个是当今皇上，一个是稳操实权的太后，在不超过24小时内先后去世，这在世界史上也是绝无仅有的事。

同一年十一月初九，3岁的溥仪在大哭大闹中登基，国号宣统。在我国东部不远的地方漂浮着一个岛国——日本。当光绪与慈禧相隔一天就双双离世的消息传到这个岛国时，为追求强国富民真谛的中国人震惊了，他们中有寻求救国之道的革命党人，也有一心求学的众多留学生。众人对于光绪帝与慈禧太后之死的感受有着强烈的反差。

龙 骨

德国与奥地利边境

康有为携女儿正在欧洲考察。光绪去世的消息传来,康有为拉着女儿朝着东方跪拜在地,号啕大哭。被惊动的德国游客们不时探头观望这两个痛不欲生的东方人。

1908年·东京

梁启超也在夜晚摆上香案祭拜这位敢爱敢恨、追求真理、敢于变法求强的年轻君主。在梁启超心中年轻的光绪帝不仅是一个智慧的君主,而且多才多艺,在宫中,光绪可与外国使节用英语对话,还常与珍妃一齐弹钢琴,唱西洋歌曲,尤其是当第一次甲午战争失败后光绪为了筹集军费下令停办慈禧六十大寿的庆典,这一件事让康、梁为首的维新派大为振奋。如今,年轻的皇上撒手人寰了,梁启超最担心的事终于成为现实,光绪的死让梁启超把中华复兴寄托在皇帝身上的梦想彻底破灭了,救中国必须唤起民众,必须走共和立宪的道路。此时,梁启超有了新的思路,那就是与恩师康有为的保皇党彻底决裂。他的眼前浮现出10年前的一幕:

1898年9月21日·北京戊戌政变

慈禧下令全城搜捕维新党人,北京城九门戒严,新军与禁卫军四处设卡抓捕,大街上一片白色恐怖。

紫禁城西侧有条著名的街道叫南长街,这条并不长的大街北面正对北海,南面即是长安街,是皇域显赫的王公贵族聚集地。西靠中南海的第一个胡同就是梁启超胞弟梁启勋的宅府。这座占地14亩的三进院的大宅院是梁启超以其弟的名义与胞弟共同购置的,实质上这是梁启超与家人共居的真正家园,梁思永、梁思成兄弟与伯父、儿女一起在此渡过欢乐的童年。一向淳厚的梁启勋与哥哥兄弟感情极深,学问也不分伯仲,梁启超经常感叹:"启勋的诗文在我之上。"众所周知梁启超将自己的宅号称之"饮冰室",而很少有人知道梁启勋的宅邸叫"曼殊室"。在这里兄弟二人经常讨论天下大事,也常常吟诗作赋。

只是梁启勋为人低调从不张扬，他总是默默为梁启超筹集资金和照顾家人。戊戌变法失败，京城四处搜捕革命党人，形势紧迫。

曼殊室（书房）

梁启勋说道："留在京城实在危险，伯兄万万不可迟疑，家中事我自当照应，嫂侄均有弟照顾尽可放心！"

梁启超万分沮丧："仲弟哇，变法失败，国家前途渺茫，我等壮志未了却要苟活！"梁启勋："留得青山在何愁无柴烧？伯兄何以自弃！天津有日本兵船，兄素与日领事林权助相交甚深，何不求助于他逃往日本，权当避一时，待局势稍安再回不迟……"

梁启超叹口气："只要皇上无事，我等兴许还有重归之幸，我担忧皇上安危，太后狠毒料不肯放过皇上。哎，天下哪有大难之下臣子先逃的道理啊？！"

梁启勋："想必太后也不敢冒天下之大不韪，公然加害皇上。倒是伯兄与康老师是太后心头大恨，必遭诛杀。伯兄切不可犹豫，贻误时机！"

梁启超低头不语，沉思良久。他心里明白弟弟的话句句在理，实际上这也是唯一的一条路。

梁启勋不仅协助哥哥梁启超成功逃脱，而且成了康、梁在逃亡海外期间国内信息与资金援助的关键渠道之一。更重要的是启勋默默地承担起扶养父母和嫂子一家的重任。民国初年，梁启勋以其才华品德担任中国第一家银行——中国银行监督，中国第一枚袁大头银圆也出于他的设计。

日本公使馆

公使林权助正与日本首相伊藤博文聊天。一侍从悄悄走进来对他们禀报：梁启超有急事求见。伊藤博文立即指示林权助马上会见，而自己则在屏风后暗自听梁、林会谈。

梁启超满脸憔悴地匆匆走进来，与林权助相对而跪坐，因没有翻译，梁启超拿起桌上的白纸便写。林权助略懂中文但不会口语，所以能基本上看懂

龙 骨

梁启超写下的内容：

"皇帝变法因耄老顽固大臣墨守旧规，不是与以共事，打算改用年轻的臣僚，此事触怒了太后，试想如果用太后的旧作法，无论怎样也不能改革现在的中国，荣禄、袁世凯与太后同谋，加害皇上，悬赏捉拿康先生。"梁启超又另抽出一张纸重重地写下：

"我对自己的生命毫无所惜，早就准备献给祖国，我得就捕，不出3天，在骡马大街菜市口处死。"他把"死"字写得很大又很狂草，双眼紧紧盯着林权助，眼神中充满了不容推辞的坚毅。不等林权助表态他又"唰唰"飞笔写下几句："现在我有两事奉托公使，一是请设法保护皇上免遭幽闭，玉体安全，二是先师危急，望设法营救，贵公使若不忘中日同为亚洲兄弟之国，珍爱往昔友好情谊，请同意我的要求。"林权助虽然并不能完全看懂字条内容，但从字里行间却读懂了梁启超想要表达的意思。林权助在其回忆录中写到："当看到梁启超焦虑而又憔悴的充满期待的眼神时，就决心一定要帮助他。"

林权助看完之后，也马上在纸上答复："可以，君说的两事，我一定承担。"

梁启超眼含热泪又重重写下"谢谢"两字。

躲在屏风后的伊藤博文只闻笔声不闻人声，不免着急。梁启超一告辞，他就迫不及待地问林权助。伊藤博文听取了林权助的汇报并看了两人的纸上笔谈后当即表示赞许和支持："是做了好事。"两人立即对此事进行研究，并部署营救光绪和康梁的具体计划。

两天后，梁启超在林权助的安排下在领事馆内剪去辫子化装后，在山田良政等4位日本义士的护送下登上天津一艘日本商船，此时北洋水师总办王修植获悉，率几十捕快乘"快马"号快船赶到，虽然梁启超进行了化装，但王修植认识他，便执意将他捉拿归案，山田良政等四位日本义士与商船上的日本人一拥而上，阻止了王修植一伙清军，此时停泊在附近的日本军舰"大岛"号闻讯赶来赶跑王修植，将梁启超接上"大岛"号，10月21日到达日本国。

几乎同时，正在南方的康有为也受林权助的协助登上英国战舰"重庆号"脱险。慈禧已密电发往沿海督抚：对查获康有为"一旦挈获，就地正法"。

第二章 龙迹·传教士与中药店

林权助对光绪十分敬仰，与各西方列强一样称赞他是一位"英明帝君"。接受梁启超的委托后立即与英、法、德、意四国公使联名致函清总理衙门表示对光绪病情关切并要求觐见光绪帝。10月7日各国公使再次致函庆亲王奕劻限令48小时内答复其要求，迫于压力，慈禧最终同意由英、法医生"进宫侍诊"，为光绪治病。梁启超预感到慈禧不会放过光绪，他在逆境中奔走于各国公使间，呼吁各国保护光绪的安危，但他毕竟能力有限。

伊藤博文高度评价梁启超为"中国罕见的高洁之士，热心策划北京政府根本改造的大丈夫，对于中国是珍贵的杰出青年"。

然而，作为20世纪初，世界上最具盛名的四首相之一的伊藤博文却是对中国挑起甲午战争和吞并朝鲜半岛的元凶。1909年10月26日朝鲜爱国义士安重根在哈尔滨火车站击毙新任殖民统治下的朝鲜统监伊藤博文。2013年6月韩国总统朴槿惠访问中国时提议，在哈尔滨火车站为安重根立碑纪念。

作为近代史上著名的思想家、史学家和改革家，为了探索新的救国之道，梁启超开始在欧美考察，他渴望在那些被称之西洋列强的新兴大国里探索富民强国的道路，他每到一国就仔细研究和考察该国的历史与发展方式。

1903年6月美国纽约出版了一份宣传社会主义理论的杂志——《国际社会主义评论》，这份杂志是北美社会主义机关刊物，也是共产国际早期的理论刊物。《国际社会主义评论》第三卷第十二期刊发了记者维斯顿对梁启超的采访，维斯顿在这份采访录写道："梁启超有着优秀的思想理念"，他断言："中国必定在百年之内实现社会主义。"这是我们迄今为止知道的梁启超早年研究过共产主义理论的最早证据。有趣的是，在光绪皇帝的坚持下，由考察团戴端传口信于在日本的梁启超，要求他随团考察并草拟宪政考察请定国事，奏请立宪等事宜提起奏折。梁启超不负厚望洋洋洒洒地写出20余万言奏折。梁启超对自己为清朝大臣所做的考察宪法之奏折——《请定国事以安大计折》心怀忐忑不安，毕竟自己仍是清朝通缉的要犯，并无赦免，因此他请好友徐佛苏万勿将此文公示于人。

尽管在清朝五大臣出使西方各国考察时，梁启超曾给出尖锐的抨击，但对于载泽的日本奏折却给予大力赞许。（以上参见夏白鸽《隐藏的宫廷档案：

龙 骨

1906年光绪派大臣考察西方政治记事》）

然而，光绪之死让梁启超刚刚燃起的君主立宪的愿望陡然熄灭，康、梁的保皇党也由此产生了巨大的分歧，梁启超在游历各国后有了新的启发："大凡一个国家的强盛均以整个国民的革命得以成功，而少数上层的革命则不能唤起全民族的觉醒。"

当光绪与慈禧去世的消息传到日本时，却让一大批革命党人欢天喜地。

其中就有革命党人的领袖孙中山与他的同志们。

孙中山认为："满清的末日到来了，一个共和的新国家就要在中国诞生了！"在一片革命救国、科学救国、实力救国的口号声中，一大批热血青年抱着富强国家的雄心壮志回国投入到波澜壮阔的民主革命运动中。我们可以在中国近代史上清楚地看到他们的身影。

慈禧死后一个月，清朝为慈禧举行了隆重国葬。

这次葬礼恰被一个在京行医的德国传教士不期而遇，8年后，我们的龙骨传奇就再次开始……

1908年12月·北京·前门

一场残雪混杂着满天的纸钱在北风中漫天飞舞。一支浩浩荡荡的送殡队伍从紫禁城出发经沙滩、西四、六部口、和平门直奔前门火车站。

队伍在沿途的大街缓缓行进，为首的引路的五彩大幡由64人抬起，远远看去足有四丈多高，随后是数百杆五颜六色的"万民伞"和"万民旗"，紧跟其后的是上千人的"法驾卤簿"，也就是宫廷仪仗队和"凤辇舆轿"，由128名头戴插着黄雉翎荷叶帽的抬凤辇舆轿的杠夫齐力抬扶。凤辇舆轿后是僧、道、番（喇嘛）、尼（尼姑）四路道场，各持法器边走边诵，各种经文此起彼伏。一条长十八丈、宽二丈的木框结构扎起的法船载数十人侍从篙工左右推动。

船上楼、殿、亭、榭，一应俱全。旁边站满纸扎的狰狞的鬼怪和判官，船中竖起十丈高的桅杆，上面悬挂一条巨幅黄缎，上面写着四个大字："普度中元"。

此后，十路纵队的武装马弁，他们是宫廷侍卫与新军抽调的士兵，这些

第二章 龙迹·传教士与中药店

剪了辫子的士兵个个佩刀肩枪，作为跟随护卫，引路大幡前有两排人手持"金锹"和"玉镐"，边走边高声吆喝开道："太后奉安，万民恭送！如有阻拦，杖刑勿论！"最后是文武官员、皇亲国戚、后妃嫔妃的车队，大约不会少于2000辆。整个队伍连绵十几里。

随着吆喝声越来越多的百姓拥向送殡队伍，一时间万人争睹，人头攒动，拥挤不堪。人们惊愕地看着大清国自建国以来不曾见过的如此奢侈浩荡送殡队伍，这就是慈禧出殡。

然而，可怜的光绪皇帝却没有这么风光，他的瘦弱尸身被辗转停放数地，直到1913年才与皇后隆裕合葬在崇陵，真正安置好竟相隔长达6年之久。

就在送殡的同时，离前门不远的八国联军的德国陆军医院的门口，一辆黄包车拉着医院的一位洋神甫匆匆来到前门大街，恰好与送殡的队伍相遇。车站前人山人海，无法通行。

这位洋人只好站在黄包车上目睹了中国历史上最奢华的出殡场面。洋神甫突然发现人群中还有一个大个子洋人正忙着跑前跑后给送殡的队伍拍照。

神甫一眼就认出这是在北京城出尽风头的英国《泰晤士报》记者莫理循。作为袁世凯的私人顾问，他当然不会放过这个历史珍贵镜头，慈禧送殡过程莫理循拍摄了大量胶片，其中20余幅发表在《泰晤士报》画报上，今天我们所看到的送殡写真图基本都出自他手。

作为"中国通"，莫理循成为最早获得民国初由袁世凯亲自颁发的一枚一级三等嘉禾勋章的外国人之一，这是民国初北洋政府颁发的最高级别的褒奖，其中两枚一级三等勋章首次颁发给做出"特殊贡献"的两位外国人莫理循和安特生。

128名杠夫抬着"凤辇舆轿"在持刀枪的护卫队护卫下缓缓移至开往东陵的专列上，送殡的文武百官及宫廷皇族也登上火车。按清朝规定从北京到东陵送葬需要步行5天，如今京城已开通火车，慈禧的奉安程序改为由北京将灵柩运至马兰峪，再步行安置于东陵。

移灵后，大法船在众目睽睽下焚烧。随着"噼里啪啦"的木材燃爆声，大火卷起纸人纸马和彩旗在风中"呼呼"作响。洋人此时不由得环视了周围沉默

龙 骨

的人群，他惊异地发现这些衣衫褴褛的人，因营养不良而显憔悴的脸上分明写满了愤怒与仇恨，而且没有丝毫的悲哀。

　　数年后，这位洋人就从一份宫廷文件上看到了这种怨恨的答案。这份清宫档案《孝钦显皇后升遐记事档》记录了慈禧入殓时同时放入寝宫的殉葬品，今天让我们也来看看这份陪葬品清单："正珠朝珠五盘；东珠朝珠四盘；红碧瑶朝珠四盘；绿玉朝珠二盘；珊瑚寿字朝珠二盘；珊瑚双喜朝珠二盘；红碧瑶手串三盘；绿玉莲子手串一盘；珊瑚手串一盘；正珠念珠六盘；红碧瑶念珠二盘；绿玉兜纪念一挂；正珠挂钮一副；金镶正珠镯子一副；金镶各色真石正珠镯子一副；金镶珠挂钮一副；珊瑚雕螭虎朝珠一盘；珊瑚朝珠二盘；龙眼菩提朝珠一盘；大正珠手串一盘；正珠手串二盘；东珠手串二盘；金镶正珠龙头软镯一副；东珠软镯一副；白玉镶各色真石福寿镯一副；金镶正珠龙头软镯一副；金镶各色真石白钻石葫芦镯子一副；珊瑚园寿字念珠一盘；绿珠镯子一副；镀金点翠穿珠珊瑚龙头镯一副；东珠软镯一副；白玉镶各色真石福寿镯一副；绿玉圆镯三副；绿玉烟壶三件；茶晶烟壶一件；白玉皮烟壶一件；玛瑙烟壶一件；洋金镶白钻石小表一件；洋金镶珠日带别针小表一件；洋金镶白钻、宝钻桃式别子一件；紫宝石桃式别子一件；白玉透雕活环葫芦珮一件；绿玉透雕活环珮一件；珊瑚鱼珮一件；大蚌珠别子一件；白玉鱼一件；蚌珠别子二件；汉玉珞一件；汉玉仙人一件；汉玉玩器二件；汉玉玩器二挂；金镶钻石带别子一件；白玉蘑菇一件；白玉羚羊小别子一件；白玉猫一件；黄玉杵一件；雕汉玉针一件；玉扳指二件；红碧瑶玉圈纹扳指一件；雕汉玉镶金里扳指一件；汉玉箭隔一件；汉玉蚕纹璧一件；汉玉英雄鸡心玦一件；汉玉昭文袋一件；绿玉猴耙杵簪三支；红碧瑶猴耙杵簪一支；正珠抱头莲二支；金平安小耳挖二支；蓝宝石抱头莲二支；红碧瑶抱头莲一支；紫宝石抱头莲一支；子母绿抱头莲四支；茄珠抱头莲二支；大小正珠抱头莲一支；绿玉抱头莲一支；绿玉镶红碧瑶抱头莲一支；蚌珠抱头莲一支；绿玉镶红碧瑶抱头莲一支；珊瑚绿玉蝠一件；金镶红白钻石蜻蜓一件；金镶白钻石蜂一件；红碧瑶绿玉穿珠菊花一对；金点翠佛手簪一支；绿玉佛手簪一支；金镶绿玉佛手簪一支；金点翠镶绿玉小珍石米珠佛手簪一支；雕绿玉兰花佛手簪一支；雕绿玉杵佛手簪一支；绿玉宽镏子二件；

第二章 龙迹·传教士与中药店

绿玉镏子二件；绿玉马镫镏子四件；绿玉小马镫镏子一对；珊瑚宽镏子二件；珊瑚镏子一件；红碧瑶宽镏子一件；红碧瑶万寿无疆镏子一件；红碧瑶马镫镏子大小三件；绿玉镶红碧瑶福寿镏子三件；金镶红白钻石镏子一件；金镶红碧瑶小正珠镏子一件；金镶大小正珠镏子六件；金镶蓝宝石镏子三件；金镶子母绿镏子一件；正珠戒箍一副；正珠戒箍一副；大正珠帽花一件；金镶红白钻石桃式帽花一件；金镶红碧瑶绿玉白钻石帽花一件；大蚌珠桃式帽花一件；大正珠帽花一件；红碧瑶桃式帽花四件；金镶红碧瑶子母绿帽花一件；金镶红碧瑶珠边帽花一件；金镶钻石帽条一件；红绳帽条茄珠褂钮一副（镶软正珠二百零四颗）。"

据说这份清单中还不包括众宠臣、外国使节葬礼时赠送的葬礼品，也不包括慈禧生前喜欢把玩的珍宝与服装，可以说慈禧入葬的每一件物品都价值连城。

中国传统葬法有五葬之说，即、金葬、木葬、水葬、火葬、土葬。这就是所谓的中国传统"阴阳五行"之说。慈禧之葬历时一年，耗资220万两白银，在庚子赔款的沉重负担下无疑又给已是民不聊生的百姓雪上加霜。

慈禧统治清朝48年之久，她的"金葬"如此奢侈，怎能不激起天下人的厌恶与仇恨？相传，当时一位参加葬礼的宫女也实在看不下去，她事后偷偷对亲友说："这么多的殉葬品，日后必遭后患，到那时老佛爷恐怕连一条裤衩也剩不下。"

果然，20年后小宫女的预言应验了。1928年军阀孙殿英的军队以"军事演习"为名炸开了东陵，将慈禧的寝宫洗劫一空。如狼似虎的士兵为了不放过任何一件宝物竟用刺刀撬开慈禧的嘴取出夜明珠并剥光身体，将用金丝金线织成的珍贵衣物全部抢走。

据梁启勋的女儿梁思明女士回忆，当年仅9岁的她随父亲一起去东陵现场，以溥仪为首的前清遗老遗少为慈禧收尸。"那场景可谓悲惨之极：在凌乱不堪的一地碎瓷片上，慈禧披头散发几乎一丝不挂地横卧在地宫里，当溥仪率领前清遗老遗少们赶到地宫后无不为眼前的惨状掩面痛哭。"

冥冥之中，慈禧的遭遇应了小宫女的随口预言，但老百姓却认为这是慈

龙 骨

禧一生恶行的报应。

北京前门大街，经历了庚子国难的老城依旧随处可看到被损坏的惨象：残雪覆盖的前门楼虽已修复，但被八国联军炸毁的一角仍然露着可怕的痕迹，未清理的碎砖烂瓦中还挂着几根随风微微颤动的断柱与残破的窗扇，仿佛向路人哭诉当年的遭遇。

前门新建的火车站里，除了吐着蒸汽的火车不时地鸣叫几声，表示自己的存在和街道上偶尔匆匆跑过的黄包车外，就是那些穿戴五花八门，破烂肮脏的穷人。成队的骆驼在城墙角下等待装货，寒风吹动着驼铃"叮当"作响。临街的一些店铺也紧闭大门，唯有门外高挑的蓝底白心的字号布幡，在寒风中翻滚抖动。

不时，有一队扛着洋枪的清朝新军走过。一个老乞丐蜷缩在一家药店的门前拐角处，头上分不清是落满了雪花，还是白发。老乞丐不时地从长发的缝隙间麻木而失神地瞥一眼路过的行人，然后又失望地闭上眼睛。胸前用麻绳拴着两块砖头随他的动作摇晃。

"叮铃——铃"随着一声车铃响，一辆装潢考究的黑漆镶铜铃黄包车停在这家挂着黑地鎏金大匾"康芝堂"的药店门前。

"是哈老爷来了！快请，快请！"康芝堂药店的伙计隔着玻璃看到是老顾客驾到连忙吆喝着迎出大门。

老乞丐眼前一亮赶忙凑上前，他知道这位被称之为"哈老爷"的人每回都会给他施舍。

"您请！您老，请慢着点儿……"一根盘在头上的辫子被戴护耳毡帽盖得严严实实的车夫，满脸殷勤，他一手撩开遮风的车帘，另一只手扶住下车人的手臂。

"行行好——老爷——行行好！"老乞丐从车夫身后伸出一只残破的土瓷碗。

"去——去一边待着！你没看见人家门上挂着符吗？"旧时京城丐帮规定凡在店铺外挂有符者表明店家已向帮会缴纳过费用，普通乞丐见之即自行离去，如有散乞仍然上门乞讨必将受到帮会惩罚。

第二章 龙迹·传教士与中药店

"嘻嘻,嘻嘻,我不认识它,它不认识我,倘若不行善,小心破财不免灾!"老乞丐一边用砖拍打胸脯一边满不在乎地按着节奏随口念出乞丐的诅咒顺口溜。车夫知道这是个难缠的江湖乞丐,并不在意,只好用身体堵住他。

一个身穿一身黑袍的传教士走下车。他胸前戴着一条挂着十字的银链,头戴一顶黑礼帽,一副金丝眼镜架在消瘦的长满胡须的脸上。

哈贝尔,德国人,是一位职业医生兼牧师,同时,也是一个古生物学爱好者。哈贝尔到中国已有十多年了,尤其亲历了庚子年发生的一切,他深深地同情这个多灾多难的国家并和其他传教士一起游说各国政府,呼吁减免庚子赔款或从赔款中拿出一笔教育经费和医疗慈善经费。他与这家康芝堂药店老板的交情是在为其女儿治病时建立起来的,日久天长他们成了朋友。

今天他来访并非看病,6年前他对中国的一味中药产生了浓厚的兴趣。作为古生物学爱好者,他惊喜地发现这个被中国人称为"龙骨"的药,其实是古生物化石,于是他挑了几块自认为不错的龙骨寄给他的好友,英国著名古物学家,达尔文的得意门生欧文博士。

欧文收到后欣喜若狂,对其中一枚被称为"龙齿"的牙化石格外关注,他认为,这枚牙化石就是当下一些科学家推测的在东方的中国埋藏人类起源的秘密物证,并附入他的论文中。一石击起千层浪,欧文的论文引发世界大讨论,也把世界的目光聚焦在中国。由于仅一枚牙齿尚不能充分证明欧文的推论,他给哈贝尔回信,希望他能去"龙骨"出土的地方看看能否找到更完整或更大些的古人骨化石。最后他特别叮嘱哈贝尔一定要找到出土"龙骨"的具体地点……

哈贝尔不敢怠慢,赶快与康芝堂联系。今天听说又来了一批"龙骨",他便赶忙走访。对于康芝堂老板康仲甫,历史上无从考证,哈贝尔的著作中也没有找到更为详细的描述,但是,关于"龙骨"的故事确实从这个药店开始。

哈贝尔拎着一个黑色的折叠软皮包走下车,微笑着给车夫塞进一枚银角子,又从怀中掏出几枚铜板方,伸到他面前的乞丐陶碗里。车夫和乞丐闪到一旁,恭敬地让他走进药店大门。

老乞丐得意地把装着铜板的陶碗摇得"哗哗"响,向青年的车夫炫耀,而

龙　骨

车夫并不理睬他，心满意足地小心装好银钱后掸掸车上的灰尘，并把车拉到店门口另一侧，等候洋神甫哈贝尔出来。

康芝堂

一进门，首先进入眼帘的是靠里面的几乎占了整面墙的装中药材的药柜，上面贴着白纸标签，用毛笔字工整地写着中药材的名字。抓药的师傅在木头柜子上面铺开包药，不停歇地拉开抽屉，柜台中摆着一架精巧的铜制药秤，药师熟练地用16进制的小秤称好分量，分装包好。

靠外面的部分是卖西药的柜台，玻璃柜子里摆着各种药盒和大大小小的玻璃瓶子，上面也贴着标签。店堂中间摆着一张八仙桌，几个红木绣墩，桌上擦得铮光雪亮，摆着一把大号白底青花镶铜把壶和几只碗，这是专供针对小病小灾的抓药人，休息一下可就水服下。

店内有一位头戴玳瑁镜，头上一顶瓜皮帽的坐堂老中医。他的帽子里露出一根又干又细的黑白杂乱的辫子，一副茶色的水晶玳瑁镜搭在鼻梁上。透过低低的架在鼻梁上的镜片，审视着买药瞧病的人。

他的手不时地用毛笔在药店专用的处方签纸上，龙飞凤舞地写方子，瞬间一张字体清秀飘逸的处方一挥而就，堂医把开好的方子从头到尾再审视一遍，又不时在方子上改动一二味药的药量后，递给病人："去抓药吧，记着此药先煎小包后煎大包，切不可颠倒，另外此药用武火煎熬后再用文火煎一个时辰即可，一日三剂，早晚各一服，午后一剂……"病人唯唯诺诺，点点头去取药。

当钱放在柜台上后，小伙计飞快地捡起铜钱一手递出已包扎好的中药："25个铜板。您拿好！"一回身投入身后的钱柜，"哗啦啦"一阵响，铜板就飞快地进入钱柜中，那是一个木制的、带漏斗的钱柜。

哈贝尔虽说来过多次，但他特别迷恋这个到处洋溢着浓郁中国艺术与文化气息的地方，连空气中都弥漫着勾魂摄魄的中草药味。

他饶有兴趣地欣赏着东方古国这种神奇而独特的行医方式。当哈贝尔的目光环视到墙边时，发现离他不远的墙边，蹲着一位身穿黑棉袄的老汉。花

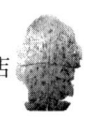

白的头发在脑后梳成一根细短的辫子。饱经风霜的脸上布满皱纹,默默地抽着长长的旱烟袋,不时"吧嗒、吧嗒"地吸两口。

老汉的身边放着一只大麻袋。他看见哈贝尔在看自己,本能地向自己的麻袋靠了靠,保护着自己的东西,并警惕地盯着这位笑容可掬的洋鬼子。

"哎呀,抱歉,抱歉。哈先生!有失远迎,失礼了!快请落座!"药店老板康仲甫匆匆赶来。一边抱拳作揖,一面连连道歉。

"没关系。没关系。康先生。"哈贝尔站起来,礼节性地向康仲甫施礼。

"里面请,里面请。请!"康仲甫做出一个请的动作。就在他说最后一个"请"时,他也看见了蹲在墙角的老汉:"哟,张老汉也到了。来来,德子,你帮张老汉拿上药袋一起进来。"康仲甫冲着旁边的伙计叫了一声,随即跟着哈贝尔先走进内院。

被叫德子的伙计应道:"哎,知道了!"他上前拎起麻袋,太沉,又放下:"可真沉。大爷,您自个儿背这么老远?!"

张老汉轻蔑而得意地一笑:"那敢情。60里地,不就是自个儿扛的嘛!我自个儿来!"张老汉提起麻袋扛上肩,看着德子:"走吧,您前面带路。"德子乐呵呵地托着麻袋:"好嘞。您老辛苦,这边请——!"也随之进了内院。

康仲甫宅屋·客厅

一间布置清雅的客厅。中堂是一幅丈二的轴画。画的是身穿树叶编成的草裙盘腿坐在岩石上尝草药的神农氏。画两侧是一副对联,左边的条幅是:"悬壶济世一视同仁。"右边是:"精调秘制药如仙丹。"横批:"妙手回春。"

哈贝尔饶有兴趣地观看这幅酷似野人的画,他虽不明白这画中人是什么人物,但在中国这么多年,他知道挂在正堂的画像上一定是重要人物。但这个人物太狰狞了,而且没有衣物,活像个原始人。这让酷爱古生物学的他产生了浓厚兴趣。

"康,很抱歉,这幅画里的人是谁?"哈贝尔实在忍不住,还是好奇地指着画问道。

康仲甫看着哈贝尔一脸的狐疑不禁乐了。这也难怪,这幅画还是不久前

龙 骨

一位被他治好顽症的病人所赠,哈贝尔自然没有见过这幅画。

"这是我们的祖先,药圣神农氏呀……"

"祖先?有多久?"哈贝尔刨根问底。

"大约有5000年前吧……他还是我们中国传说中的第一代王……"

"哇!我的上帝,比耶稣还要早几千年……他为什么是这样的打扮?他不是帝王吗?"哈贝尔眼睛惊讶地瞪得很圆。

"他为何这般打扮,我无法得知。不过我想他是为了在深山密林中遍尝各种各样药材方便所为。这里还包括动物的骨头,像龙骨,还有动物的脏器之类……神农氏为他的子民解除病痛而尝千百种花草,从中发现了360多种中草药。人们感激他舍身试药的勇气,推崇他为百药之王。神农总结的《神农本草经》三卷流传至今,许多方剂仍被现代医师应用。比如大黄用于泻药;苦艾花用于驱虫;萝芙木用作镇静剂;高岭土用于治疗腹泻;麻黄碱用于哮喘;大风子油用于治疗麻风;还有一味草药叫'入地金牛',还可用作止痛和麻醉呢……"

提起医药,康仲甫自然再熟悉不过,面对这位洋大夫情不自禁地滔滔不绝。

"哇!他实在是个伟大的祖宗!康,你知道我看到这幅画像也想起了达尔文先生画的一幅人类祖先,猿人的画,看来我们东西方人在对祖先的想象中还真是异曲同工呢!"哈贝尔赞叹不已。

"不过,我还有一点不明白:据我所知中国人发明纸在2000年前,神农氏在五千年前怎么就写书?"

"我们现在得知的最早的文章约有5000年,据说应有8000年历史。在没有纸前古人用口口相传方式和在织物和竹简、石岩上刻写东西。神农氏的《神农本草经》和他后来的《黄帝内经》,都是先口口相传,直到战国后期才编纂成书卷……"

"啊,我明白了!是否可以这样说:人类所有进化都如此?它需要有一个相当漫长的过程。"

"也许吧,还能有什么更好的解释?"对达尔文理论闻所未闻的康仲甫只能含糊回应。为了掩饰忐忑的心情,他冲着站在一旁的德子一摆手:"德子,给我们上茶!来、来,我们坐下谈!""是咧!"德子欢快地应了一声就跑出去。康仲甫殷勤地招呼哈贝尔入座喝茶,可看见张老汉还提着麻袋呆呆地站在门角,犹豫片刻也招呼张老汉过来喝茶。张老汉连连摆手:"使不得,老爷们都是金贵人,哪能与我这乡巴佬同桌喝茶呢?"

"不必客套,你我是老客户,再说我与哈先生是老交情,没有那么多礼数,来,来一齐入座!"

"老汉!在上帝面前没有贵贱之分!一起来喝茶!"哈贝尔半生不熟的中国话让气氛轻松了不少。德子拿来一只大个竹药笸箩,打开麻袋倒出一些东西放在盘内,又把盘子端上八仙桌。哈贝尔拿起一块被砸碎的三趾马下颌骨,用放大镜仔细地看起来。稍后,他拨着盘中的碎骨,反复端详着。然后,他又蹲在麻袋前,用力地掏着,挑拣着。他抬起头用征询的目光问道:"可以吗?"

康仲甫随意挑出几块龙骨,把其中一块放进口中用舌尖舔一舔,脸上露出满意的笑容。哈贝尔十分奇怪,他实在不明白中国人为何要舔一块骨头。他一脸惊愕地问:"康,为,为什么要这样?"他做出一副舔的样子。

张老汉大笑:"不懂了吧?!康老板是行家,一舔便知这龙骨的成色好坏!"

哈贝尔不解:"这怎么可能?!这需要化验才能知道它的成分。"

"您也舔一下?试一试?"康仲甫鼓励道。

"不,不,这太不文明,这骨头也许有10万年的时间了!上帝,这太可怕了!好……我试一试。"哈贝尔一边推辞一边又忍不住康仲甫的诱惑,学着康仲甫的样小心翼翼地去舔龙骨。

"不对,要让舌头去舔龙骨的表面……对,对,就这样,怎么样?什么感觉?"康仲甫比画着手把手地指点。

"没什么感觉,好像有点涩……"哈贝尔翻着白眼嘟哝。

看着哈贝尔滑稽的样子,康仲甫和张老汉忍不住大笑起来。"康,你不是在捉弄我吧?"

龙 骨

"岂敢！岂敢！"康仲甫好不容易收住笑出泪花的脸，拉起哈贝尔的手："来，来我带你到我药局炮制房看看，这地方按我们中国传统是密不告人的！"

炮制房内没有窗户，屋内只有两名上岁数的老药师在配制秘方，见老板带一洋人进来，老药师极为惊讶，呆呆注视着康仲甫，康仲甫低声附耳说明来意，老药师点点头，熟练地从墙边架子上取出一箩筐龙骨，取出一部分放在案台上的一只铜捣药罐中"叮当"捣碎，然后将捣好的龙骨倒在麻纸上筛选，很快分成两部分，另一药师拿起碎片放在口中品尝，最后确认，上好的龙骨用纸包好，次的则倒入一个瓷罐内。

康仲甫从精选的龙骨中分别拿出两块不同档次的龙骨递给哈贝尔："你再试一试，看有何不同？"

"这块白色的淡淡的有点涩，这块有色的有些腥……"

康仲甫惊喜道："哈贝尔先生果然聪慧，有悟性，有悟性啊！这龙骨以白色无味为最佳，舌舔之后有吸黏感为更佳，而杂色腥臭则药力而减。这种上品龙骨能治各种恶疾，其中主治赤痢、妇科崩漏、小儿惊悸等顽症……"

"那什么样的龙骨是最好的？大的？小的？久远的还是新的也可以？"哈贝尔认真地问。

康仲甫没想到哈贝尔问到一个连自己也并不清楚的专业问题，一时也不知该如何回答。他沉思片刻："你还真问倒我了，凭我祖上传授和自己的经验而言，我以为龙骨，越是上品、极品者一定是更古远的好，也就是说越古远越好，你看上好的龙骨骨中多呈细孔，故舔之干涩吸水，至于多少年为好，实无凭据，不可空口妄言。不过从先祖医书推算也应为千年乃至万年。以鄙人十余年经验，龙骨为大型兽骨为佳，至于究竟是何种兽却无经验，哈贝尔先生是西方贤士，我愿聆听先生高见。"

哈贝尔对康仲甫这样的中国文人佩服至极，同为医者，却有完全不同的医学理论，虽说对他这样一个西医而言，中医简直是不可思议的玄妙，但对龙骨，哈贝尔却与康仲甫找到了神奇的共同点与兴趣，他心里明白眼前这位中国人也在向自己，不仅仅是他个人也是向整个世界刚刚兴起的古生物学求证。他无法回答也回答不了,因为他也是探寻者。

"康,很抱歉,我不知道,这也是我来这里的原因。我们外国人把龙骨认定为动物化石,这需要上万年甚至几十万年的变化成为石质,至于是什么动物变成的,那是需要探索考证才能得出,也是你们所说的龙,或是其他什么动物变的,谁知道呢?也许是远古人类的呢!"

哈贝尔的话纯朴率直,康仲甫默默地点点头以示赞同。俩人又重返客厅。康仲甫知道,眼前这位洋人是个极认真的人。他一定要把东西仔细看过才算完。哈贝尔吃力地推倒麻袋,碎骨撒了一地。他伏在上面仔细地看着,不住地说:"古登,古登。"表示满意("古登"是德语"好"的意思)。最后,他站起来,拍拍手中的土,指着挑选出来的十几块龙骨,用半生不熟的中文问张老汉:"这些龙骨多少钱?"张老汉看了看康仲甫,含糊地说:"20两银子吧。"

"哦,上帝。这只是些骨头。20两银子太贵了!"哈贝尔在胸前画了个十字。

"贵?你们洋人明白这是宝贝!你瞧,你真会挑,都挑龙齿!一麻袋龙骨就这么几块龙齿!别小看这龙齿,有时一年也挖不着一块,知道吗?早些年菜市口西鹤年堂药店一块龙骨二两银呢!哎,要不是王大人死得早,死得冤,今天这个价也不会给!"老汉恨恨地回答。

"谁?王大人?他是什么人?为什么他对龙骨价钱有影响?"哈贝尔不解地望着康仲甫。

"不急,不急,各位坐下谈!德子,沏茶!"康仲甫见俩人话不投机赶忙招呼大家坐下。哈贝尔满脸狐疑地坐下,张老汉瞥了一眼也悻悻地坐下。

康仲甫小心翼翼地从一个首饰漆盒中取出一个用绛丝锦缎包裹的包放在众人面前。他打开包裹,里面是一片完整的刻字龟甲龙骨。"这是我珍藏8年的宝贝……哈先生您请过目……"康仲甫轻轻地递给欧文。"哎呀!这就是王大人最喜爱的带字龙骨啊!"张老汉惊诧得叫出声。哈贝尔接过这枚巴掌大的龟甲凑到灯下仔细观看,一时看不清又急忙从随身带的《圣经》中取出书中夹带的一个精美的袖珍放大镜来仔细观看。

"亲爱的康,这上面刻的符号是什么意思?"哈贝尔睁大了眼睛疑惑地盯

龙 骨

着康仲甫,用生硬的中国话问。"这就是我们中国人最早的文字,我们叫它甲骨文。这也是王懿荣,王大人最先发现的……"康仲甫看着哈贝尔惊讶的神情不禁微微一笑,接着解释,"这个王大人就是刚才张老汉讲的王大人。他可是个大学问的人,按你们西洋人话说就是大博士,大科学家。他是大清国子监祭酒……"

"祭酒是个什么官职?怎么与酒有关?"哈贝尔好奇地打断康仲甫的话。

"不、不,你理解错了。在我们中国国子监是最高学府,祭酒相当于这座太学院的校长,在我国只有德高望重和最有才识的人才能担当此任……王大人正是这样一位德高望重的大学士。"说到这儿,康仲甫的神情不由得凝重起来,他停了停,看了看聚精会神的哈贝尔接着讲来,"那是光绪二十五年的夏天,对,对你们洋人讲西历,也就是1899年的夏天,王大人突然得了疟疾高烧不止,他差仆人去鹤年堂抓药。王懿荣有个习惯,凡是外面抓来的药他都要亲自将药方与药仔细看过。他突然发现这一味叫龙骨的药与众不同,在砸碎的骨片上有一枚竟刻着奇怪的符号,他将这块有刻字的骨块留下,其余的则令仆人立刻煎煮。

"王大人喝过药后顿感神清气爽,高烧也退了。他躺在床上仔细地打量这块神奇的龙骨。3天后他刚病愈就迫不及待地跑到西鹤年堂药店寻找带字的龙骨。

"很快,功夫不负有心人,他竟然找到未来得及砸碎做药的完整刻字龙骨,他给它们起名龟甲殷文,也就是甲骨文。

"王大人如痴如醉地搜集和研究这些刻有神秘文字的龙骨,短短几个月他几乎花尽了家中所有积蓄,搜集的刻字龙骨竟达1500多块……一块龙骨二两银就是当年药店卖给王大人的价格。所以说张老汉的要价也并非空穴来风……"

"原来如此,实在对不起,对不起,张先生我误解你了!"哈贝尔恍然大悟,赶忙站起来向张老汉表示歉意。张老汉慌忙站起来摇摇手:"使不得,使不得,不知者不为过,没什么!"

"康先生,我能好奇而冒昧地问一句,这块小小的刻字龙骨上面说的是什

么?"哈贝尔冷不丁地问了一句。"哦,你说的是我的这一块?"哈贝尔点点头。康仲甫笑了笑,指着这片龟甲说:"这块讲述的是殷商时期,一个镇守边关的将军给皇上写的信,请求补充军队武器和兵力。""太妙了!"哈贝尔一边端详这片甲骨文一边赞不绝口。

"后来呢?王大人是怎样研究出这是中国最古老的文字的呢?"哈贝尔急切地追问。

"王大人是位满腹经纶的大学士,他从中国现存的最老古书《尚书》中考证中国的文字'惟殷先人,有册有典'。《尚书》据考成书于春秋,记载上古夏商周三代的历史。王大人据此推断甲骨文实为殷朝文字,距今已有三四千年了……"

哈贝尔赞叹不已:"真是了不起!据我所知,我们所用的文字不过2000多年的历史,而古埃及、古巴比伦现在发现的文字是世界上早已知的最早文字,约5000多年,古印度文字'哈拉巴文明'也有5000年,1839年美国人约翰斯蒂芬在南美洲热带雨林中发现玛雅文明,距今也有3000多年历史,1901年法国一支考古队在埃及古都苏撒遗址挖出一块历史上著名的《汉谟拉比法典》石刻碑,上面记载着约4000年前的古巴比伦社会,而被世界公认的最早的文字却是出土于两河文明的古苏美尔'楔形泥版文字',约有7000多年……其实这种楔形泥版文字也在8年前(1900年)被考古学家亚瑟·伊文思在爱琴海克里特岛发现,他还发现了古希腊传说中的克诺罗斯王宫,据考证这座占地2.2万平米的宫殿是约3800—4000年前建筑的!"

"你说的这个地方在哪里?"康仲甫忍不住问道。"啊,对不起,苏撒在当下中东伊朗国,克里特岛在当下的土尔其国。""哦,古代波斯国。"哈贝尔点点头表示同意。康仲甫听了哈贝尔的一席话不禁惭愧得一头冷汗,康仲甫对于国外的人文地理,除了邻近的几个国家外几乎一无所知,哈贝尔轻松地讲出许多遥远国家发生的大事情,使他由衷地对这位与自己年龄相仿的洋人肃然起敬。

他双手抱拳向哈贝尔深深地作了一个揖:"先生一番话,让鄙人受益匪浅!鄙人孤陋寡闻,对于西方各国毫无知晓,今日开眼了!先生乃是通晓人

龙 骨

文地理之士，何以低就做个传教士呢？岂不埋没先生的才华？"哈贝尔见康仲甫如此大礼反倒不知所措起来。在他眼里他所讲的事情不过是众所周知的平常事，怎么能值得像康仲甫这样的饱学之士惊讶，他真的有点想不通。

其实，在清末由于实行闭关自守的国策，中国的教育除了传统四书五经外，根本不学习和了解国外人文地理，使得一代代学子只了解本国文化历史而对国门外的世界一无所知。这也许就是鸦片战争以来中国屡屡遭打，贫穷落后的重要原因之一。

"康先生过奖了。我到中国来传教是受主教大人的派遣，为上帝传播福音是我的荣幸。其实像我这样，原本是医生职业做神甫的人很多。拿你们中国人的话说，给别人治病是'悬壶济世'，我说得对吗？"康仲甫笑着说："对，对，治病救人是医师的功德嘛！""康，您是位饱学才识的绅士，您今天的故事才真让我大——开——眼——界！今天看到如此远古的文字，真是上帝的恩赐！这真是令人匪夷所思！这位王大人现在何处？我能否去拜会他？"

"那是不可能的！王大人早就升天了！一代世袭宗祠也早已烟消云散，踪迹全无……"张老汉悲愤地捶胸顿足。"怎么？王先生不在人世？"

康仲甫看着满脸惊讶和不解的哈贝尔，拍拍他的肩膀示意坐下。"王大人不仅是一位满腹经纶的大学士，同时也是一位性格刚烈的忠臣。拿现在时髦的话讲是一个伟大的爱国者！光绪二十六年，也是西历1900年，联军打入北京的那一年，皇太后带着光绪皇帝逃走了，想必是临走时太仓促，竟胡乱委任王大人这样一位饱有才学的大学士去当京师总团练保卫京城，洋枪洋炮打得京城火光冲天，尸横遍野，满城的百姓遭受了最悲惨的庚子国难，国破家亡，王大人空有其职，既无兵将又无枪炮，只好以死报国。他怕破城亡国后受辱，便自尽为国尽忠！"

"就连王大人搜集的满屋龙骨最后也散尽流失！"张老汉愤愤地补充。

此时，客厅里一片沉寂，空气中充满了悲哀与无声的愤怒。

"康先生，张先生，我，我真的非常非常地抱歉，我真的不知道这些军队对如此古老而闻名的国家都做了可怕的事情，但是上帝是仁慈的，它会帮助你们，也会惩罚那些罪人……像王大人这样的好人一定会受到上帝的眷顾，

第二章 龙迹·传教士与中药店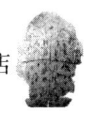

他的灵魂在天国会享受极乐……"

"哈贝尔神甫，在我们北京市面上有两个赫赫有名的药店：一是在菜市口的鹤年堂，一个是在这里大栅栏的同仁堂。这两家药店都曾经营过龙骨，可惜呀！王大人殉国后龙骨就少有人问津，再加上光绪二十六年，哎，一把火把大栅栏给烧了，那火可真大啊！足足烧了半个月，后来统计下来，光前门这一带就有四千多间民宅店铺毁于一旦啊。老乐家的同仁堂也给烧了！多好的老店呀！如今同仁堂的后代分了家，重新换地开店，可毕竟大不如以前了，要不哪有我康芝堂的地方啊！"康仲甫一提起各药店的艰难就感慨不已。

"康先生，我知道这块刻字的龙骨是个无价之宝，但是很抱歉，我对文字的研究是一个十足的外行。所以我的关注恰好是另一种龙骨，没有刻字的龙骨。在我们西方人眼里它是年代更久远的动物化石，很抱歉这可能是龙骨的另一种文明，简单地说我们是想考证出人类的发源……就是人类的祖先的生活情况。"哈贝尔怯怯地一耸肩说出自己的遗憾。此时康仲甫也醒悟过来：这小小的龙骨原来蕴藏着完全不同的学识，换句话说，眼前这个洋人所追寻的龙骨是研究史前人类的秘密，而他手中的刻字龙骨则是中国人研究有史以来中国文字文明的传承。

康仲甫知道，张老汉会在洋人面前漫天要价。他对张老汉劝道："张老汉，这位洋人，哈贝尔先生是我的朋友，是位洋大夫。我家内子的病是哈先生用西方医术治好的。看在我的面子上您就给个实价吧。"

张老汉想了想："好吧。康老板也是仗义之人。我又是您的老客户，您就给出个价吧！"

康仲甫瞅瞅地上的这堆龙骨："这些有多少？"

"少说也有40来斤。"德子应道。康仲甫看看张老汉，张老汉连忙说："没错。我来时约过秤，是40斤。"

"那我就做主出个价？"康仲甫对张老汉征求道。

张老汉回答："行，康老板。洋人是您的朋友，您就做主吧。"

康仲甫说道："那好。这龙骨我照现市行价估，包圆价，30两银子，行吗？"

龙 骨

张老汉说:"行啊。都依你。不过麻袋你得还我。我还有用。"

康仲甫对哈贝尔说:"一共是30两银子。你也看到了,不能再低了。"

"好,好。"哈贝尔一边答应,一边从黑袍口袋里掏出几张银票,一张张看过:"这是30两银票。你看,这是30两。这张20两,这张是10两。两张,一共30两。"哈贝尔把银票交给康仲甫。康仲甫摆手说道:"给张老汉吧。"

哈贝尔又交给张老汉。

张老汉有些迟疑。康仲甫看得明白,张老汉想要现银。他把德子叫过来:"德子,你把银票拿到账房那儿去,兑30两银子。快去。"

"哎。"德子答应着,接过银票就要出去。

"待会儿回来你把这儿收拾收拾,装好,等会儿给哈贝尔先生送过去。"康仲甫又把德子叫回来叮嘱着。

"哎。"德子答应着出去了。

康仲甫说道:"来来,大家坐,喝茶!"

哈贝尔呷了口茶问道:"康先生,你是医生,又是药学家,我也是医生,但是一个生物学家,一名虔诚的基督徒。我始终不明白,在我们西方人的眼里这些已经有几万年、几十万年变成石头的骨头,马、鹿、狼的骨头与牙齿,为什么你们把它称作龙骨呢?在我们西方人看来,它们不过是古代的动物化石而已。"

康仲甫回答:"哎哟,真给问着了。虽说我也曾是当朝的举子,世代从医,还真说不上来您的问题。不过,说起龙骨,祖上传下来说,这是一味药。"说着指了指桌上盘中的骨头,"将其碾成细末入药,可外敷止血,也可调治小儿惊风、皮肤疖痈等疑难杂症,十分有效。您知道,龙是我们中国人自古的圣物,是能兴云作雨的神异动物。春秋时的《管子·水地篇》形容龙是欲小则如蚕,欲大则无藏于天下,欲上则凌于云气,欲下则入于深渊。到了东汉,有位大学士许慎写了《说文解字》,称:'龙能幽能明,能细能巨,能短能长;春分而登天,秋分而潜渊。'所以,中国自古以来历朝历代都尊龙为神物。千古至今的皇帝也称之为龙子。"

"在这里,你到处可以看到龙。龙可谓无处不有啊。哈贝尔先生,你去过紫禁城吧？"哈贝尔点点头。"那里的台阶上有雕龙，华表上有盘龙，大殿里的柱子上有盘龙，皇帝穿的是龙袍，睡的是龙床，就连你登上长城，看到的也是一条蜿蜒在山中的龙。在中国，就是一个龙的世界，龙的天下。"

哈贝尔点点头："太有趣了。把一种动物的图腾尊为国家的神物。我明白了。龙骨就是神的骨头。"哈贝尔兴致勃勃。

康仲甫有点哭笑不得。他做了一个无奈的表情："哈贝尔先生，这也许是我们中国人与你们西洋人想的不同吧。我们世世代代传承先人的思想。我们称之为学问。据我所知，你们德国大概也只有两千年的历史。可贵国却对我们祖先的东西如此用心研究。啊，恕我直言，也许本人才疏学浅，为什么呢？我真的不明白。"

哈贝尔沉思半响，恳切地对康仲甫说："那是科学。了解了过去，中国人崇尚远古，外国人崇尚现在与未来，这有点奇怪，但我相信，总有一天中国人会接受我们的观点，推崇科学。"

"康老板，时间不早了，我还有六十里路，得早点回去。"看二人谈笑风生，没有停的意思，一直在一旁插不上话的张老汉有些坐立不安，忍不住插了句话打断了二人对话。

康仲甫问："怎么来的？"

张老汉回答："咱骑了条驴，就拴在对面街上，有三四个时辰就到了。啊，两位大人，老汉这就告辞。"张老汉拱拱手要走。

哈贝尔连忙说道："这位老先生，请问这些龙骨出自什么地方？"

张老汉本能地脱口回答："龙骨山。"

哈贝尔追问："在什么地方？龙骨山在哪里？"

张老汉警惕地盯着他："你问这干什么？"

哈贝尔见此有些着急，便赶忙向康老板求援："康老板，你帮我问问，哪里能找到龙骨。这对我，对科学很重要，很重要。"科学两个字他说得很重。

张老汉看看康仲甫，二人对视了一下，此时无须对话，康就从老汉坚定的目光中知道他肚子里没讲的话："门都没有！"

康仲甫只好慢慢地说："哈贝尔先生，你太着急了。庚子国难前北京附近，

龙 骨

河北省有个安国县,有个药料市场向全国批发,以前京津两地药店进货多从此买药,近年来北京附近也出龙骨,而且质量甚好……不过,按我们这里的行规,旁人不许打听药的产地。像我们店家也从不打听。那是人家的秘密!在你们洋人的洋枪洋炮攻占了北京城后,没有一个中国人会告诉你这些有价值的宝物从何而来。你要让中国人相信你,你才能去问。"

"难道你们不信任我,不相信我,康先生?张老汉?"哈贝尔更着急了,可怜巴巴地向二人解释。他知道,八国联军在中国烧杀抢掠,无恶不作,引起了中国人对外国人的普遍敌视。他有些失望了,沮丧地跌坐在桌旁:"我知道,八国联军做了很多坏事,伤害了你们的民族心。可是哪里都有好人,哪里也都有坏人,对吧?康先生,您也是这么告诉我的。我是坏人里的好人。对吧?为了科学,仅仅是为了科学……"

康仲甫无奈地拍拍坐在椅子上的哈贝尔。他也想不出怎么来安慰这位执着的洋人,大家都陷入尴尬的沉默中。

其实,张老汉被两个人的对话感动了,他虽然听不懂他们深奥的话,但他凭直觉看出这个洋人是一个有大学问的老实人。张老汉的一个儿子是义和团在庚子年围攻西什库教堂时被打死的。他永远忘不了那年夏天与几个乡亲去找儿子所看到的惊心动魄的惨景:在教堂门前马路上横七竖八地躺满了被教堂里的枪炮打死的人群,他的心紧紧地抽缩在一起,死的人太多了,以至连落脚的地方都没有。后来听说围攻西什库教堂的义和团死了2000多人。老汉号哭着用绳子把儿子的尸首捆在自己的背上一步一步往家走,儿子赤裸的脚在血水浸透的土路上无神地划出一道血红的痕迹。

埋葬了儿子,张老汉也一夜白了头。他虽然不清楚年轻的孩子们为什么群情激奋地闹着去教堂,但他听说儿子并非死在教堂里射出的枪弹,而是被教堂的人抓去处死的,而行刑的竟是他万万没想到的荣禄的新军!这些当初为义和团供枪供炮竭力鼓动百姓围攻教堂的清军一转脸却成了屠杀义和团的急先锋!老汉糊涂了,怎么也想不明白这究竟是怎么回事,但他心里痛啊,因为他心爱的小儿子还不满17岁!

从那以后他一想起儿子就恨洋人,也恨官兵。然而面对今天这个洋人他

却怎么也恨不起来，甚至还有点说不出的喜欢。他喜欢耿直而又执着的人，他心底里纯朴的善良压倒了仇恨。可是，如果告诉他出龙骨的地方不仅要遭到所有药农的仇视，他无疑成了出卖大家利益的叛徒。可是如果告诉他就能成就一个人的终生追求，而自己将断了赖以生活的财路。张老汉陷入两难之间。

他思索半晌郑重地把康仲甫拉到一边悄声说："这个洋人，看得出是一个好人。但是我不能告诉他地点，得他自己去找。找到找不到全看自个儿的造化了！但按理，我只能告诉您一个大概其，记住，等我走后过些日子再告诉他……从这儿向西五六十里，有一个地方叫鸡骨山。到那儿去找吧……"

"那也好，我瞅准一个合适的时机再告诉他……"康仲甫此时十分明白张老汉矛盾的心理，他冲着站在一旁的德子大声招呼："德子，代我送送张爷——！"康仲甫有意把"爷"字拖长音。"是嘞！爷，我送送您！"德子热情地撩起门帘。

张老汉冲着哈贝尔和康仲甫一抱拳："告辞了！"

哈贝尔不知张老汉与康仲甫低声地嘀咕了什么，一见张老汉要走便急忙起身："老先生……您为何……急着要走呢？"

张老汉迟疑片刻，看了一眼康仲甫，便拂袖而走。其实两个人双眼对视的一瞬间，两人便心领神会。

"哎，我……"康仲甫摇摇头拦住满腹狐疑的哈贝尔。

"哎，让他去吧！他也是国恨家仇集于一身的人哪……你想一想这挖龙骨不是件容易的事，药农们养活生计全靠它……连我们这些开药店的都不知道这药的具体出处。何况你是一介洋人！慢慢来，从长计议吧！"康仲甫安慰似的拍拍满脸沮丧的哈贝尔。

"难道就这样放过好不容易得到的线索？！康，我的朋友，我只是想找到与人类有关的化石，我只想得到这个，不会影响张老汉，对，你们所称之的药农的利益！我会去买……这是科学的研究……"

哈贝尔几乎绝望了，他认为放走眼皮底下的有着重要科学发现的人，无疑是让自己错失良机的一种失败。康仲甫看着情绪激动的哈贝尔不禁有些同

龙 骨

情这个执着的外国朋友,他盯着哈贝尔郑重其事地说:"你相信我吗?"哈贝尔肯定地点点头:"那还用问嘛!""那好,我会在适当的时候告诉你去鸡骨山的路线。但你要以你的人格向我们保证找到龙骨一定是为了科学,保证不损害我们中国人的利益!"

"我保证!我以上帝的名义向你们保证:如我违背了我的诺言,我愿意接受上帝最严厉的惩罚!"两个人紧紧地握住双手。

哈贝尔的执着寻访终于有了眉目,半个月后,康仲甫才将张老汉的话告诉哈贝尔,哈贝尔听完简直不敢相信自己的耳朵,喜出望外的他一下子跳起来紧紧拥抱着康仲甫:"太好了!康,我终于能去找龙骨山了!谢天谢地!哦,我的上帝……"

"嘿!放开我!哈贝尔先生!你先别高兴太早,当年王大人也曾找过龙骨的出土地,可到了那儿也仅知道一个大概其的方向,再说现在是年末,天寒地冻,如何挖得动?还是开春后再做盘计吧!"

哈贝尔找了几年也没有任何线索。今天却从康芝堂药店得到一位采药人提供的线索。虽然那老汉只给了他一个大概的方向。

但这个消息却足以令哈贝尔欢欣鼓舞了。不过,他觉得康老板讲得有理,尤其对他的独自外出安全担心,千叮咛万嘱咐一定不要穿神甫长袍……面对如此周密的安排,他从心底里感谢这位博学仁厚的人,他当即决定听从康老板的建议来年开春后要亲自到这个叫鸡骨山的地方寻找龙骨化石。

这个冬天足以让哈贝尔过得忐忑不安,整整一个冬季他都在琢磨去鸡骨山的地图。他脑海里翻来覆去的图像全是模糊不清的,他想象中的鸡骨山要不像德尼特山谷,要不像爪哇岛上的热带雨林。一想到爪哇岛,连他自己也笑了:这太荒谬了!北京位于东北亚,是温带,怎可能有热带雨林。一定是崇山峻岭中的山谷。他从康仲甫那里得知鸡骨山位于北京西南约60公里的河北房山县境内。不过,哈贝尔弄不清的是那天明明张老汉讲的是"龙骨山",可到了最后又改口说是"鸡骨山"!到底是同一地方还是另有原因?不过,这已经让他知足了,到实地去一切不就清楚了吗?

第二章　龙迹·传教士与中药店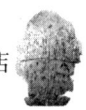

1909年·北京

春天来了，北海边的绿柳在暖洋洋的春风下轻柔地抚慰着满园粉红的杏花、桃花，在青灰色古城楼下，一群鸽子在蓝天下盘旋，仿佛呼唤着沉闷的大地：春天来了！希望来了！

哈贝尔骑着毛驴，一副十分滑稽的装束：他头戴花格呢鸭舌帽，身穿短外套，里面的白衬衣领上扎着绅士小领节，脚上蹬着一双双排扣长筒靴，背着一只牛皮野外背囊，晃晃悠悠地在田间小路上行走。所到之处，小孩们如见怪物一般，跑得远远地看着他。大人们则冷漠地盯着这个外国人。

哈贝尔牵着驴在河边休息。驴在河边喝水。他摘下身上的水壶喝了几口，擦擦汗，欣赏着四周的风景。

哈贝尔走到乡间的草棚中，向那里的农夫打听鸡骨山。农夫奇怪地把哈贝尔从头到脚打量一番："你打听那干什么？"哈贝尔不厌其烦地重复着他的理由，可农夫仍然茫然地摇摇头表示不明白。情急之下他从背囊中掏出两块龙骨给农夫看："我找……骨头……鸡——骨——山的这个骨头！"农夫仿佛恍然大悟："鸡骨头？噢，知道了……找鸡骨头干什么？"农夫奇怪而不解地看着哈贝尔手中的龙骨。

"你知道？这个鸡……骨头的地方？它在哪？"哈贝尔急切地比画着手中龙骨。

"埋鸡骨头的地方？"哈贝尔兴奋地点点头。"就在那边，不远，看见了吗？那座白不咧的山包就是！旁边还有个石灰窑！"农夫指着不远处的一座不大的山对他说。

哈贝尔长舒一口气，激动地在胸前画了一个十字："感谢我主！终于找到了！谢谢，太谢谢你了！"他向农夫鞠了个躬便一路小跑地朝小山包跑去。

农夫茫然地看着这个有点癫狂的洋人，自言自语地嘟囔起来："真怪，洋人找鸡骨头干什么？鸡——骨——头，这洋人八成是疯子。"

鸡骨山

这是山？哈贝尔站在一座石灰岩成分的大土包面前愣住了。他似乎不敢

龙　骨

相信这就是出土龙骨的"山"。莫非张老汉在戏弄他？还是这里还有别的什么地方？

他伸出手在鸡骨山前比画了一下，然后坐在石堆上，取出纸笔，画了一张草图。在这张草图上，他标出：高约十米，底基直径约五十米。当他正准备起身时，突然发现碎石中有几块小动物的骨头。他把骨头捡起来，用手擦了擦，在阳光下仔细地看了看。脸上现出喜悦的表情。这是化石，是类似兔、鸡、獾之类的化石。他急忙弯腰在地上寻找，在岩石中寻找。从爆裂的石缝中，他找到了一块小动物化石，满意地装进自己的背包。

他从开采的石灰岩工地上找到了一些小化石。

他像狗一样，时而趴在地上，时而攀在石崖上。

这里几乎到处都是采石灰的工场。在山上开采石灰岩与烧石灰的工人用布包着嘴，满身灰尘地劳作。看见一个洋人在山上和碎石堆里找什么东西，不由得引起了他们的注意。工头看见工人们停下了手里的活，呵斥道："干活！"自己却好奇地走过来。此人是个高个儿，脸上晒得黑黑的，还长着络腮胡子，一看就知是一个长期在野外干活的壮实汉子。他走到哈贝尔背后，打量这个满身是土的洋人。见他不时地从泥土和石缝中敲下一些小骨头，如获至宝地放入背囊。

"喂，你在干什么？"汉子终于忍不住问道。

哈贝尔正在往碎石堆上爬，听见有人问话吓了一跳。因为地上有碎石站不稳，他摇晃着转过身，好不容易才站住。"嗨！你好！我是哈贝尔医生。"哈贝尔讨好地伸出手，向汉子打招呼。

"你会说中国话？"汉子惊讶地脱口而出。

"会一点儿，不多……"哈贝尔不好意思地解释。

"你在找什么？我说，你在干什么？"汉子显然友好了许多。哈贝尔："我在找化石。"

"什么化石？"汉子一脸茫然。

"啊，是龙骨。"哈贝尔取出一块动物化石。他见汉子不懂什么是化石，忙改口解释："像这样的东西。"

第二章 龙迹·传教士与中药店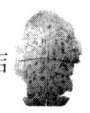

汉子接过骨头看了看，没觉得有什么特别，又还给他。不明白地问："这不就是骨头渣吗？这些东西有什么用？"

哈贝尔："科学研究。研究很古远的动物如何生活。"汉子仍然不明白地摇摇头。哈贝尔知道一时也无法讲明白，干脆用最直接的方式问道："这个东西这里多吗？哪里还有更大的骨头？"

汉子友善地笑了："这东西这里多得很。跟我来吧！"

哈贝尔惊喜地问："很多？你说很多是吗？"

汉子："对。我在这开矿。碎石里有很多。你到那里就看见了。"

两人走过筛选过的石灰岩废料堆。果然有很多碎骨头。哈贝尔惊喜地蹲下，一边挑一边观察，头也不回地问："先生，这里为什么叫鸡骨山？"

汉子坐在一块石料堆上，拍拍身上的白灰，得意地回答："听老辈人讲，很早很早以前，这里住着一只狐仙。它特别爱吃鸡，远近的百姓为求一方平安，就纷纷给狐仙送鸡啊鸭啊什么的，好好供着它，让它别祸害老百姓。后来慢慢地日久天长，这狐仙吃了太多的鸡，最后这就成了鸡骨头山啦！"汉子又故作神秘地一笑："你不会也是来吃鸡的吧？哈哈！"

哈贝尔一愣，马上明白了，也哈哈大笑："我可不是狐狸，不吃鸡，只是来找骨头的。"二人又大笑不止。停了停，哈贝尔又问道："什么地方能有大的骨头？有像这样的化石？"他比画着，"这里叫鸡骨山，那么出这种龙骨的地方应该有个龙骨山吧？"

汉子突然停住了笑，严肃地说："龙可是圣物，动了神可要遭报应的。这里到处都是这种鸡骨头。你还是赶快回去吧。别再找这些东西了！"汉子起身走开了。走了几步他又回过头来叮嘱道："记住，不要打神物的主意，赶快回去！"

哈贝尔怔怔地目送着汉子走进灰尘满天的石灰场。他低头看看手中的化石，悻悻地又蹲下挑了一些骨头放进背包。然后起身离开。太阳照在这个土石山包上。石灰的白尘像雾一样笼罩着。远远看去像一个神秘的墓堆。

65

龙 骨

夜·药店门口

风尘仆仆的哈贝尔从毛驴上跳下来,把驮在驴屁股上的背包卸下来提在手上,抬头看看,没错,是康芝堂药店。门仍大开着。他冲着门口喊道:"伙计,德子!"

里面应声:"来啦!"德子飞快地跑出门,看见哈贝尔灰头土脸的样子,不禁打趣:"哎哟,我的洋爷,您这是把灰窑给搬回来啦!"

哈贝尔一脸苦相:"我说德子,你把这驴牵进院子,还给你家东家。康老爷在吗?"

德子勤快地牵过缰绳:"这就给您牵进去。老爷呀,在堂屋里候着您哪。我们老爷说了,给您备了酒菜,给您洗尘哪。"

"洗尘?这身土能洗?"哈贝尔显然没明白"洗尘"的意思,奇怪地看看自己浑身上下,是够脏的。他苦笑地摇摇头。

"瞧您这身土,这灰。哈贝尔先生,您先站这儿别动,我给您掸掸再进去。"德子一边把驴牵进院,一边叮嘱哈贝尔。

哈贝尔点点头,就站在门外。他摘下帽子,自己往身上掸掸,尘土飞扬。他觉得在门口太不礼貌,又往边上挪了挪,就自己从上到下先掸了起来。

德子拿了一个布掸子一溜烟似的跑出来,远远看见哈贝尔浑身处在尘土之中:"哎哟,我的洋爷,您怎么自己劳累起来了。来来,我给您掸掸。"德子跑过来,一手捂着嘴,一手拿着布掸子给哈贝尔掸灰。上上下下掸完了,又给自己掸了一遍。

哈贝尔问道:"完了?"

德子说:"完了。"

哈贝尔说道:"那走吧。"

德子应道:"别急,再跺跺脚。看像我这样。"

哈贝尔边看边学着跺脚,果然跺出了不少灰土。哈贝尔笑了。两个人进了门。

哈贝尔从厢房洗漱完,手里还拿着毛巾,边擦边走进来。德子跟在后面。

康仲甫从八仙桌旁站起来招呼他:"哈贝尔先生,来来,一路辛苦了。收获一定不少吧?"

哈贝尔把毛巾递给德子,来到桌旁。八仙桌上已摆上了几样精美的小菜,还有精致的玉酒壶和酒杯。哈贝尔贪婪地看着满桌的美味佳肴,深深地吸了一口气:"啊,真香,太丰盛了。再辛苦也不怕。"两人哈哈大笑。

康仲甫示意哈贝尔坐下,并亲手给他斟酒。哈贝尔眼看着康仲甫把酒倒进酒杯,面呈难色,可怜巴巴地说:"康先生,中国酒实在厉害,我领教过。康笑着安慰他:"今儿,我不劝酒。头三杯我敬你,你自己喝多少斟多少,好不好?"

哈贝尔回答:"好吧。"两人端起酒杯,碰了一下,各自一饮而尽。按照中国的规矩,二人双手将空杯亮给对方。然后二人各自吃了几口菜。

康仲甫又给哈贝尔斟满了一杯:"这第二杯酒我得问问,此行如何?收获如何?"

哈贝尔没有马上回答。他歪着头,眯着眼问康仲甫:"康老板,你没有告诉我实情吧?"

康仲甫瞪大眼睛不解地问:"先生何意?"

哈贝尔说道:"我找到了鸡骨山,可那不是个山,最多只能是个土山包。我只找到了一些小动物的化石,可没有见到张老汉卖的那种大动物的化石。你一定知道龙骨埋藏的地方。可你不愿告诉我。为什么?我们是朋友,好朋友对吗?"

康仲甫见哈贝尔有些激动,赶忙说:"来,咱们先喝了这杯酒。"

哈贝尔说道:"不,先把正事说完再喝。按中国人的说法,喝完酒再说是小人之举。'看子明事,先予酒。'"

康仲甫回答:"好、好。哎呀,你来中国十年,已经是'中国通'了。好,我先饮此杯。中国还有句老话,酒后吐真言。也就是说,喝了酒之后,人讲的都是心里话,掏心窝子的话啊。"

哈贝尔说:"你这么讲我同意。来,这杯酒我们共饮。"与康碰杯一饮而尽。

康仲甫放下酒杯,诚恳地对哈贝尔说:"俗话说,行有行规,道有道法。

龙 骨

我呢，行医，噢，与你一样，行医兼卖药。祖上一直就这样传下来的。行医卖药者，并不过问药的具体产地。只知大概就行了。你看，我这《本草经疏》上有记载，你看，这，这……产地河南、河北、山西、陕西、山东、云南、广西等地。龙骨，生晋地川谷及太行山岩水岸土穴中。"

康仲甫又拿起一本《本草图经》念道："龙骨并齿、角，今河东州郡多有之。"

康仲甫不时说着，从书架上取下插纸条的古籍善本医书拿给哈贝尔看："这几本医书都是明朝以前的，差不多有500年到1500年了。您瞧，《本草纲目》500多年前大医圣李时珍毕生心血所著，他说龙骨又称白龙骨、青花、五花龙骨，以白龙骨为最佳。刚才您在后院也看到这龙骨选料之后刷净泥土，打碎，煅龙骨烤干，在无烟炭火或坩埚内煅红透，放凉，用酒浸一宿，晒干，碾碎成粉状，每斤用黑豆一斗，蒸一伏时，晒干用……"

"李时珍，我知道，伟大的医生！英国大生物学家达尔文博士看过《本草纲目》，他赞扬这是一部'古代中国的百科全书'呢！不过，康，我很好奇，我们西洋人认为这就是动物化石，怎么可以用来治病？"哈贝尔的头摇得像拨浪鼓，满脸狐疑。

"嘿，我的洋大人！这龙骨入药治病可是几千年的传统灵方呢！神农尝百药时就知此物可治各种病，比如妇女病、小儿病，还可以治大人、小儿的癫狂、惊搐、风痫、神志不宁等病。罗列起来可治22类疾病，甚至可治烫伤、淋巴肿痈等伤毒顽症。其实，关于龙骨，最早追根溯源可到5000年前，当今大儒罗振玉、大学士王国维考证殷墟甲骨文，证实夏商时就有医药记载呢！过去怀疑《黄帝内经》《神农本草》，这些记录龙骨的医书最早成书于战国或两汉，带龙骨字的这些书应在殷商时就已有了。梁任公前几年就讲：'人类无论何种文明，皆须根柢于历史。中国的医学，可分为四个时期：上古时期；中古时期；近世时期；现代时期。'"

见哈贝尔惊愕的样子，康仲甫又无奈又得意，他知道中医千年精深之道让一个洋人一时半会儿就明白简直是对牛弹琴，可他确被眼前这个执着的洋人同行所感动，他叹口气："与你们西洋人不同。你们的药是工厂造出来的，

而我们的中药则全是采集天然的花草树木、动物身上的东西和地里的石头，按比例加工研制而成。不过，治病结果都一样。"

哈贝尔真诚地指了指康仲甫和自己的心口："虽然我还不能明白其中的奥秘，但我承认中国医学确神奇玄妙！来，我也敬你一杯。"

哈贝尔拿起酒壶，给康仲甫也给自己斟满了酒。康仲甫默默地与他碰杯对饮。

康仲甫抱拳施礼："先生一席话，胜过读十年圣贤书啊。多日来，鄙人一直在想我们的谈话，你讲科学，科学！我泱泱千年大国，曾有过蔡伦造纸、活字印刷、张衡的天文地理、李冰父子的水利工程、火药、指南针、大明朝郑和宝船的航海壮举，祖宗的科学知识一点儿不差。可到了大清本朝，却一代不如一代，穷困潦倒。倒是西方列强，科学大发展。就连近在咫尺的弹丸小国日本也因学了西方的科学与朝政建树，成了东洋列强，反过来欺侮邻国。这些年，朝中有识之士也喊变法维新。南方革命党人也频频举事，大清国风雨飘摇。我虽是一个商人，一介书生，但也知道国家兴亡，匹夫有责啊。我很赞赏阁下的话，科学落后了，国家就由强变弱了。唯有科学重振，方可救国。先生执意回国，我盼先生早日返回。日后先生有何事业上的需求，康某当鼎力相助。"

二人兴致勃勃，对酒畅饮。

三个月后，药店前

马车上放了几只木箱，康仲甫正在与哈贝尔话别。康仲甫赠送给哈贝尔一些精心挑选的化石，并为他包装成箱。德子也站在一旁。

哈贝尔紧紧拥抱康仲甫："再见了，老朋友。我或许一两年后再来中国。也有可能让我的朋友来找您，请多多帮助。"

康仲甫："放心吧。无论是你来，还是你的朋友来，我都会像对你一样对待的。哦，还有一件小礼物，请您笑纳。"康仲甫让德子拿来一个锦盒。

哈贝尔："什么东西？"打开一看，锦盒里放的是一个玉酒壶与两只玉杯。

康仲甫说道："不成敬意。这件小玩意是祖上传下来的。据说也有千年了。"

龙 骨

只有朋友、知己才能千杯不醉。送给朋友,能时常想起我们的交情。"

哈贝尔回答:"如此珍贵,如何担当得起。这,这,"他从怀中取出自带的一只金壳怀表放入康仲甫的手中,"我来时是个穷光蛋。走时,却满载而归。这只怀表是我祖母留给我的,是威廉皇帝赠给她的金表。它伴随我父亲度过了一生,又传到了我手里。这也是我身上唯一值钱、唯一可纪念的东西了。送给您留作纪念。表在我们西方人眼里是很重要的,因为它就是时间。"

康仲甫:"如此珍贵,实在不敢当。时间对你我同样重要。科学需要时间。祝你在科学上有惊人的发现与创造。也祝我们的国家拥有更多更新的科学技术,重新富强起来!"二人再次拥抱。

哈贝尔返回了德国。虽然他没有找到龙骨山,而且只在鸡骨山上发现一些小动物的化石。但是他从药农那挑出来带回国的一包化石中,首次发现了两枚古人类的牙齿化石,这使哈贝尔名声大噪。哈贝尔的学术报告引起了轰动。然而他再也没有回到化石的发现地——中国。

哈贝尔此时更加明白他的国家和盟国是怎样摧残这个古老的文明国家,更加坚定了在教会去说服各国放弃或减免压在中国百姓头上那沉重庚子赔款的念头。

事实证明,哈贝尔们发起的说服活动取得了显著的效果:由美国政府带头退返部分赔款并用退款兴办慈善医院和资助百名学童赴美国留学。

到民国初用庚子赔款兴建的医院、桥梁、教堂、院校已达20余座并产生效益。但中国仍付出了总计6亿两白银的赔款。

贾兰坡教授曾经这样评价哈贝尔鸡骨山之行:"哈贝尔的发现,揭开了作为人类起源地之一的中国的序幕。虽然他没有找到龙骨山,但很快,就有另一位外国学者找到了离鸡骨山仅两公里的龙骨山。"

第三章
龙迹·来自乌普萨拉的"蝴蝶"

王子用力地摇了摇握着安特生的手:"我支持你,请沿着祖先的航线去中国吧!"

安特生打了一个漂亮的开门红,也给北洋政府一个振奋人心的惊喜。袁世凯亲自为安特生颁发一级三等嘉禾勋章。

阵痛中的世纪之交

世纪之交的19世纪至20世纪初,整个世界宛如即将分娩的女人,在剧烈的阵痛和呻吟中诞生新的生命。1848年新年伊始,意大利人首先在西西里岛爆发大起义;二月法国人成立了"第二共和国";三月奥地利人爆发了起义;仅隔两天,匈牙利、捷克、罗马尼亚、普鲁士、西班牙、俄罗斯等国相继爆发大起义,矛头直指帝制欲成立共和制。

1853年美国海军司令佩里将军率舰队开抵日本,让尚在使用刀剑甲胄的冷兵器幕府武士们大惊失色。1857年印度爆发了以22岁女王克拉希米·巴依为首的反抗英国殖民统治全国大起义;1851年中国爆发了太平天国起义,曾国藩请来了外国洋枪队。李鸿章聘请英国军官查尔斯·乔治·戈登率兵攻打南京,因镇压太平天国有功,同治皇帝加封其为"提督",英国女王也封其"巴

龙 骨

兹勋爵士"。这个沾满中国人鲜血的英国流氓摇身一变，成了1860年英法联军对圆明园进行的大肆烧杀掠的先锋。

社会的急剧变革也同时催生了新思想、文化、科学大发展，也推动了工业经济突飞猛进地跨越式发展，一批新兴国家站在了世界强国的前列。

1859年英国古生物学家达尔文发表划时代的巨作《物种起源》，第一次向世人宣布"人类是不断进化形成的"，"并非是上帝创造了人"，这在当时神学盛行的西方犹如引起一场地震。

1860年英国·牛津皇家科学院

在牛津皇家科学院内，正在举行一场轰动世界的神学派与科学家关于祖先从何而来的激烈大辩论。当激烈的辩论在大吵大闹中接近尾声时，大主教傲慢地环视座无虚席的会场，冲着科学家们吼道："你们这是亵渎上帝，亵渎神灵！没有人，没有任何一个人会愿意把自己的祖先归结到猴子身上去！"神职人员拼命拍打桌子和尖叫以示支持主教的观点。

在一片嘘声和叫喊声中，达尔文的支持者——古生物学家赫胥黎缓缓地站起来指着得意扬扬的主教轻蔑地说道："羞耻的不是有猿猴一样的祖先，而是像你这样的傲慢态度，去面对自己的祖先！"赫胥黎铿锵有力的反驳让全场顿时鸦雀无声。主教尴尬得一阵脸红一阵脸白，不知所措。

1867年一位伟大的思想家、哲学家，经过40年的倾心研究出版了鸿篇巨作《资本论》第一卷，他就是共产主义理论的奠基人马克思。作为达尔文同时代的人，马克思不仅完全赞同达尔文的《进化论》，同时进一步提升了这一理论的精髓："劳动创造了人。"

世界在大动荡、大变革，中国也发生着改变。列强的舰船和炮打破了千百年的封闭，中国大地上发生了翻天覆地的变化。

清王朝终于在以孙中山为首的革命党起义中轰然解体。

1912年1月1日孙中山就任临时大总统，向全世界宣告：中华民国成立。

数月后，皇太后隆裕在袁世凯的监视下代表年仅六岁的宣统皇帝发布退位诏书，一年后隆裕皇太后去世。

第三章 龙迹·来自乌普萨拉的"蝴蝶"

1915年5月袁世凯接受日本提出的丧权辱国的《二十一条》以换取日本人对他的支持。事与愿违,这份卖国条约在全国人民的坚决反对下没有得逞,并引发了日后的著名的五四运动。

同月28日蔡锷在暂居天津的梁启超的策动下化装潜逃回云南,树起"讨袁护国"大旗。1916年1月袁世凯改国号为"洪宪",3月22日被迫取消帝制。

这个野心勃勃的窃国大盗袁世凯在全国上下一片声讨声中死去。

1916年9月陈独秀在上海将头一年主编的《青年杂志》正式改名为《新青年》。《新青年》的问世,吸引了一大批留学海外的知识分子精英回国传播马克思主义学说和领导新文化运动。

1916年12月26日,蔡元培受命担任北京大学校长,他一上任就提出"思想自由,兼容并包"的办学方针。他聘请一大批被称之"思想启蒙者"的学术精英作为北大教授,一时间北京大学成了中国新思想、新文化运动的主要阵地。他聘请《新青年》创办者陈独秀为北大文科学长、北大教授,刚从美国康奈尔大学和哥伦比亚大学毕业的博士胡适任北大教授。胡适当年就在《新青年》发表"文学改良刍议"而轰动全国。从日本早稻田大学毕业的李大钊被聘为北大图书馆主任,经济学教授;与此同时从日本留学归来的章士钊任北大教授。同年,从苏格兰勒伯丁大学毕业的杨昌济受聘于北大文科哲学系教授。

值得一提的是这位杨昌济教授就是毛泽东的引路人,毛泽东夫人杨开慧的父亲。

他一到北大就与同事共同组建了北大哲学研究会,发表《治生篇》《劝学篇》《伦理学之根本的问题》等一大批著名学说,经鲁迅介绍,其弟周作人也在北大做教授后,成为新文学运动领头人之一。

1918年毛泽东为了出国留学来到北京,他和好友蔡和森一起住在位于北京豆腐池胡同十五号的杨昌济住宅的一间南房里,而日后成为毛泽东夫人的杨开慧则住在西里屋。毛泽东与杨开慧在这里初次相遇,两年后两个人喜结连理。杨昌济十分器重他的这两位弟子,他不仅把毛泽东介绍给李大钊作为图书馆的助理管理员,使他尽可能够筹集到出国留学的资费,同时又带着毛泽东结识在当时社会上最享有盛名的学者和参加由他主办的哲学会活动。

 龙 骨

蔡元培还聘请了如傅斯年、罗家伦等一批大学者,这些人不仅成为了北京大学奠基者,也是中国教育和科技学史上不可缺少的重要角色。

在中国历史上与北大同辉的另一所大学也在这一时期酝酿登场,这就是著名的燕京大学。这是由基督教北方教会四所学校:汇文学校、通州协和学校、数公会在北京所办的协和大学与协和神学院联合组建的。

1919年1月一位身材高大的外国神父顶着刺骨的朔风来到北京,他就是影响民国史的外国人之一司徒雷登。

这位时年44岁的美国人却是一个生在中国长在中国50年之久的"中国通"。这一年他受教会的聘请到这所新组建的大学担任校长,但是没想到的是,一到北京就因为大学起何名而争吵得烦透了心。

在大学理事会上,司徒雷登以主席名义对争吵不休的各校校长讲道:"诸公爱护旧校,理所当然。然基督教运动前途,实赖教育,幸勿以小害大。"此言一出,刚刚争得脸红脖子粗的各校代表不吭声了。无功而返的司徒雷登在上海就校名请教著名学者诚敬一博士,诚博士听完司徒雷登苦恼的叙述,淡淡一笑:"何不采用北京古名'燕京'?!"

从此燕京大学便应运而生。

燕京大学的成立使司徒雷登正式走上中国的政治舞台。他借鉴蔡元培的治校理念,广揽人才,独树一帜,使燕京大学成为与北大齐名的新潮流育才基地。他招聘一大批有影响的社会名流与学者并与他们建立了十分友好的私人关系,并在日后的政治舞台上将他们纳入统治者制定政策发展经济的智囊班中。例如,梁启超、丁文江、翁文灏、胡适等,为了提高知名度,他还与北大实行双校聘用制,使许多名流兼有两校教授之名。1949年,司徒雷登黯然辞去驻华大使的职务回国,为此毛泽东还专门写了一篇《别了,司徒雷登》以示旧中国统治的结束。

一大批胸怀富国强民大志的青年走出国门去探寻救国的真理,他们中有怀抱科学救国的,有主张军事强国的,有主张实业救国,也有主张艺术复兴的。总之,一切不甘落后和耻辱的中国人兴起前所未有的图强图变的变革浪潮,洗涤千年的腐朽与愚昧枷锁的新思想、新思维冲击着我们这个五千年的

第三章 龙迹·来自乌普萨拉的"蝴蝶"

文明古国。

中国的千年古老的大门在那时轰然打开了,开放的国度涌入世界上形形色色的人,他们中有梦想发财的冒险家、探宝人和强盗,也有抱着寻求科学真谛的理想的科学家,他们踏进这个神秘的土地,在这个启蒙时代的大对流中把中国的大进化掀起惊涛骇浪……

1908年春,一艘邮轮离开烟台开往日本。邮轮在浩瀚的大海中起伏前进,天际线上一轮红日跳出海平面,把海面和天空染得通红。一群海鸥围着邮轮在鸣叫着,盘旋着,仿佛与大海欢快共舞。

船头上站着几个青年,正兴奋地眺望远方。他们是清朝保定军校保送日本陆军士官学校的留学生蒋瑞元(日后赫赫有名的蒋介石)、何应钦、张群、黄郛。自甲午战争和日俄战争后弹丸之地的日本作为战胜国一下子成了世界军事强国,而许多战功显赫的日军将领有很多来自这所学校,因此许多热血青年抱着强军救国的愿望进入这所学校,盼望着有朝一日自己也能够成为战无不胜的中国将领,报效祖国雪耻国辱。

蒋瑞元踌躇满志地在船头任海风迎面扑来,他心潮澎湃,突然许多往事涌上心头。就在临行前的一天半夜里,他在被窝里突然被人叫醒,睁眼一看,是军校学监。留着浓密八字胡的学监提着灯笼站在他眼前叫道:"蒋瑞元,批准你去日本留学的申请!明天就可以去日本了!"没等目瞪口呆的蒋瑞元回过神来,学监打了个哈欠便扬长而去。

许多年后,蒋介石仍耿耿于怀那晚突如其来的喜讯:"真像做梦一样!"的确,要想进日本陆军士官学校可不是一件易事,他多次申请要求赴日留学,但校方一直没有答复,现在终于如愿以偿。其实,蒋介石在1906年已去过一次日本,因日本军校不收不懂日文的学生,所以他只得在东京专修半年日语,因家中有事只得悻悻返回家乡。

心潮澎湃的他又想起了另一件事,也正因为这件事使他下决心一定要出人头地干一番大事业。那是由日本教官教授的一堂细菌课,这名日本军医官向来鄙视中国人,他傲慢地指着桌上的一个泥块说道:"你们知道这块泥中有多少细菌吗?"

龙 骨

他环视四周的学员，无人能答得上。

日本教官得意地狂笑："这泥里寄存着四亿个细菌，就像你们4亿个中国人寄存在这块泥里一样！"台下一片哗然，这分明是在侮辱中国人！

"我来回答！"课堂里站起一个瘦高的青年，他跑上讲台拿起桌上的泥块将其掰成5块，"啪"的一声拍在桌上："日本有5000万人，就像5000万个细菌寄藏在这些泥块里！""哈哈！"台下哄堂大笑。

日本教官气急败坏，竟一时说不出话来，突然他发现这个身材挺拔的学生竟然没有拖着辫子，便哆哆嗦嗦地指着这个胆大妄为的学生咆哮："你、你，你是革命党人！"在同学们的欢呼声中，蒋瑞元拂袖而走。

事后日本教官发了疯似的到处告状，但更激起蒋瑞元和他的同学们决心强军报国的决心。

也许是历史的巧合，在1908年前后，有一批志在军事救国的热血的中国青年也走进了这座学校，试图以日本军人的方式指挥中国军队。他们中有蒋介石、何应钦、程潜、蒋作宾、张群、黄郛、汤恩伯、方鼎英、方胜涛、臧式毅、蔡锷、郭汝瑰等。

据史料记载，清末民初时期中国在日本陆军学校就读的学生约60余人。这些人在中国的近代史上也同样留下了浓重的一笔。当然，他们中有叱咤风云的英雄，也有遗臭万年的民族败类，更有铭刻于史的枭雄。

就在这一年，新婚一年的冈村宁次踌躇满志地在日本陆军士官学校走马上任，担任何应钦、汤恩伯等中国班学生的军事教官，这一年他满28岁。

蒋介石经他的青帮大哥陈其美介绍参加了孙中山领导的同盟会。两年后在陈其美的引见下，见到了景仰很久的英雄孙中山，事后，孙中山对别人讲起对蒋的印象时评价："他一定会成为革命实行家。"

也是这一年，年长蒋介石5岁的夫人毛福梅为他生下第一个孩子——蒋经国。然而，去日本陆军士官学校的道路并不顺利，按照日本与清朝政府的协议：外国留学生不得直接进入该学校而是进入专为中国留学生设立的预科学校——振武学校学习一年以上方可进入日本陆军士官学校学习。多少有些失落的蒋介石和他的学友不得不开始预科学习。

第三章 龙迹·来自乌普萨拉的"蝴蝶"

为了表明自己心中积愤,他和同学们分别照了身穿和服和身穿军装的照片以示自己与日本人没有什么两样。他在照片上写下一首自编诗:"腾腾杀气满全球,力不如人肯且休!光我神州完我责,东来志岂在封侯!"他有些自得地把写好诗的照片寄给表兄单维,这一年他24岁。据综合史料分析,蒋介石最终并没有进入梦寐以求的陆军士官学校,而何应钦、汤恩伯等在振武学校预科一年后均进入日本陆军学校,唯独蒋介石却在振武学校待了3年。是什么原因让蒋与日本陆军士官学校失之交臂?没人做出解释。在日本学军事的4年里究竟发生了什么?无论是蒋介石本人日记或回忆中均没有提及半句,而他的同学也没有任何人予以澄清,倒是台湾学者李敖对这段学历公开质疑,经过两年赴日查阅陆军士官学校历届就读学生名册及所有在校资料后,李敖著书《扒蒋介石的皮》,揭露蒋介石可能伪造学历。

不过,不可否认的是在日本留学的经历给蒋介石留下极为深刻的印象,他深深意识到强国须强军,强军则必须建立有培养军事人才的军校。

当他把这一想法告诉孙中山时,也引起了孙中山的强烈共鸣。两人对于在中国也办一所像日本陆军士官学校一样的军校的设想一拍即合。

1924年6月,中国第一座现代军校——黄埔军校诞生了。孙中山任军校总理,蒋介石任校长,廖仲恺任军校国民党党代表,周恩来、邵力子任政治部正副主任,他的日本陆军士官学校同学的何应钦担任第一任教育长,叶剑英任教授部副主任,李济深、邓演达任训练部正副主任。在潮州、武汉、长沙、南宁等地设有分校。

1928年迁址南京更名为:"中央陆军军官学校"。在日后的政治生涯中蒋介石手下的军事将领多出自于这所学校,历史也充分证明了建立这所军校对于国民党统治起了十分重要的作用。

当然,这位不甘心东渡留学只当诸侯的一代枭雄,真的圆了自己在日军高田师团当了一年马夫的的雪耻之梦。

日本陆军士官学校是日本明治维新时兴建的一所专门培养中下层军官的学校。日本的军事学校为了满足对外军事扩张的需要实行三级培养:即从幼年开始培养的陆军中央幼儿军事学校,之后是日本陆军士官学校,再之后是日

龙 骨

本陆军大学。从儿童时期即开始灌输军国主义和武士道精神，而士官学校则重点培养军队基层实战指挥官，陆军大学是在其基础上将优秀者加以再深造。

纵观百年中日战争史，不难看出这样的现象：几乎所有的日本战犯与元凶都出自陆军士官学校。例如：被远东军事法庭判为死刑的板垣征四郎，正是这所学校毕业的，而同一个学校毕业的南京大屠杀元凶，日本第六师团长谷寿夫大将在屠杀了30万手无寸铁的南京平民后最终被判为战犯，枪决于南京雨花台。同一学校毕业的河本大作，是策划九一八事变，策划刺杀张作霖的日军谍报军官。还有曾任日本本土第一司令官杉山元大将，曾任华北日军司令官多田骏，都是从日本陆军士官学校毕业的。罪大恶极的东条英机、荒木贞夫、土肥原贤二、日本陆军大臣畑俊六、"满洲国太上皇"南次郎、关东军司令山田乙三、二十三军司令官酒井隆、日本陆相寺内寿一、"马来之虎"山下奉文，几乎二战中所有侵华日军高级将领也都曾是这所学校的学生。

另外，任日占领军台湾总督的安藤利吉，日近卫师团长西尾寿造大将，日本关东军司令官本庄繁，侵华上海派遣军司令官松井石根大将，同样是南京大屠杀的罪魁祸首，曾任侵华日军驻屯军司令官梅津美治郎都毕业于日本陆军士官学校，就是他与他的同学何应钦签订了臭名昭著的《何梅协定》。

冈村宁次是在侵华战争中罪行最多，侵华时间最久的战争罪犯。曾任侵华日军总司令，他与他的学生何应钦签订了丧权辱国的《塘沽协定》，唯有他借以日本陆军士官学校教官与蒋介石、何应钦、汤恩伯等师生的名义逃脱了战争的惩罚。

这一年，有一位美丽的中国少女来到美国佐治亚州卫斯里安大学，她就是日后伟大的革命先驱孙中山的妻子宋庆龄。

此时她的姐姐宋霭龄和正在日本留学的何香凝正在辅佐孙中山的革命事业，她们与其他革命者一样忠诚地追随在孙中山左右，并与他共同流亡日本，成为孙中山辛亥革命早期最忠诚的革命战友。当妹妹庆龄从美国留学归来时，宋霭龄毫不犹豫地将仅19岁的庆龄介绍给孙中山，接替自己担任他的英文秘书。

从而引出宋氏三姐妹在中国历史上留下的浓重的一笔。在那些岁月里，

著名教育家蔡元培已赴德国留学，著名地质学家翁文灏赴比利时留学，著名地质学家丁文江赴日本留学，著名考古学家李济不久也赴美国留学，著名实业家李铭赴日本留学，著名文化人宋教仁赴日创办《民报》。

20世纪初的中外交流可谓"你来我往"，有大批中国人走进被称为东洋和西洋的地方去学习汲取那里先进的科学知识与技能，而大批外国人也涌入他们视为神秘的东方古国去探求梦中的人生巅峰。据统计，在1910年，数万中国人在海外求学，其中在日本的中国人的数量居首，而在美工作的华人数量则已超过20万人，而来华的外国人也达10万余人。在北京、上海等大城市，人们对那些形形色色的外国人已没有新奇感……

1917年5月30日·北京·紫禁城

有一群人匆匆地来到紫禁城养心殿溥仪的寝宫。他们是北洋军阀张勋、北洋政府参谋总长兼陆军总长王士珍和戊戌变法发起人之一的康有为等50余人，他们此行为的是与溥仪商定复辟清朝之事。几天前，张勋亲领3000名"辫子军"占领了北京城。在康有为、王国维等人的劝说下，原本还有些犹豫的溥仪终于同意了这个复辟的计划，当天夜里这位年仅14岁的末代皇帝第二次登基，当殿封官授爵。封时任临时大总统的黎元洪为"一等公"，授张勋、王士珍等7人为内阁议政大臣，封康有为为弼德院院长，著名铁路专家詹天佑为邮传部尚书……

康有为作为戊戌变法名人此时已堕落成顽固的保皇党人。自1908年光绪与慈禧龙凤归天后，君主立宪就已成为泡影，为此康、梁之间发生了严重分歧：康有为继续追求君主立宪的梦想，把全部复兴的愿望寄托在年少的已退位的宣统皇帝身上，而梁启超则顺应潮流投身于共和制和孙中山领导的中华民国。

多少有些令人不解的是詹天佑，这位早年留学美国的工程学博士满怀着工业救国的梦想，回到祖国，主持了中国第一条铁路"京奉线"并发明了车厢自动挂钩。如此满怀才学的爱国者为什么会弃之共和不顾反而参与君主复辟呢？我们无法知道他们当时的心情。总之，他怀着一颗郁郁寡欢的心在第三

龙 骨

年,也就是1919年悄然去世。

在张勋一行觐见溥仪的第二天,一架从南苑机场起飞的航空学校的飞机飞到紫禁城上空,投下了几枚炸弹,这是北京人,包括皇宫里的人平生第一次看到飞机在自己头顶上飞行,一时间万人空巷,争睹会飞的"铁鸟下蛋",震耳欲聋的爆炸声把皇宫里的人惊吓得四处躲藏。惊魂未定的复辟者们也知道大势已去,便各自纷纷逃离皇宫,这个复辟的闹剧仅12天就破产了!

1932年9月12日,张勋在天津寓所中病逝。去世前溥仪曾派人看望他,张勋闻讯竟翻身下床朝着紫禁城方向哭拜谢恩。张勋至死也未剪辫子,而他的皇上溥仪早在民国宣布剪辫子不久就剪掉了自己的"猪尾巴"。溥仪的英文老师十分厌恶溥仪的辫子,将其称之猪尾巴。

而备受失败打击的康有为从此一蹶不振,抛下7个妻妾和一大群子女后在上海凄惨地逝去。昔日的弟子梁启超闻讯后悲痛万分,当即汇去1000块大洋充当丧葬费,并写了一篇催人泪下的悼文。

当段祺瑞的部队进宫迫使溥仪退位时,这位瘦弱的少年谕旨"退位诏书"后放声大哭,这撕心裂肺的哭声充满了委屈与耻辱。这位命运多舛的末代皇帝怎么也没想到命运的噩梦才刚刚开始……

1917年11月7日,停泊在涅瓦河上的"阿芙乐尔号"巡洋舰向沙皇的冬宫开炮,打响了震惊世界的无产阶级十月革命的炮声。这艘建造于1900年的巡洋舰不曾想到,17年后它的命运如它的名字("阿芙乐尔"是俄语中黎明和曙光的意思,古罗马神话中是主管星辰的女神)一样为俄罗斯带来新的曙光。

成千上万的红色水兵、工人在彼得堡高呼"乌拉",挥舞着"一切权力归苏维埃"红旗冲进冬宫,沙皇被推翻。这是自从1871年5月28日巴黎公社起义失败后无产阶级第一次革命成功并掌握国家政权。

徘徊在欧洲的共产主义"幽灵"正式登上历史舞台。

1917年12月,世界上第一个社会主义国家——苏联向世界宣布:废除一切对华不平等条约。同年,刚刚留学回国的翁文灏作为北洋政府代表与苏联正式就废止《辛丑条约》(即庚子赔款)进行谈判。然而,尽管苏联政府多次公开宣称废止对华的一切不平等条约,但并未实质废除:庚子赔款直至1937

年才最终终止，而实际上中国已支付了绝大多数赔款。

关于领土条款的执行则拖得更远：直至2007年由时任俄罗斯总统普京签署下中俄两国边境划定的协议。事实上这是一个务实的妥协协议，而不是前苏联宣称的废除一切不平等条约。为了这一切，中国足足等待了90年。

1918年8月第一次世界大战结束了，消息传到国内一片欢腾，这是中国近半个世纪以来第一次以战胜国的身份在世界各国中有了一席之地。尽管作为战胜国的中国并没有实际参加远在欧洲的世界大战，但也招募了数万雇佣军到美英两国军队参战，其中相当的费用抵扣巨款庚子赔款。

第二年，在巴黎和会上以顾维钧为首的爱国使节在亿万同胞的强烈支持下粉碎了丧权辱国的"二十一条"。

而中国国内一股渴望国家强盛的热流冲击着这个古老的国度，一批批学业有成的学子回国投入科学救国的浪潮，一批批海外含辛茹苦的实业家回到祖国，抱定实业强国的雄心壮志，也有一批批的外国学者和冒险家带着不同的目的来到这个古老的东方大国寻找科学的真谛和发财的梦想。

1914年第一次世界大战爆发，整个欧洲都陷入了战火之中。随着战争的需要钢铁成了最抢手的战略物资，几乎所有的参战国均严禁钢铁出口，一时间钢铁成了国家实力的象征和战争胜负的保障。战争爆发当年中国上海的钢铁价飙升十倍之多。例如，年仅生产3万吨的上海兴和铁厂和年产20万吨的陕西阳泉铁厂，每担生铁的价格在几天内就从3两银子飙升到14两银子。

钢铁成为第一商品，一时间从南到北无论是军阀还是实业家都十分兴办铁厂。在巨大利益的驱动下北洋政府决定在北方京畿地区兴办一个年产量50万吨到150万吨的铁厂。

这一年身为瑞典皇家科学院著名地质学家的安特生·米斯托成为北洋政府最佳首选人。

一只斑斓绚丽的蝴蝶在美洲亚马逊热带雨林中翩翩起舞，它扇动着翅膀在峡谷中飞舞，穿过河流、山川、大海，地球的另一端则山崩地裂，大地颤抖！两周后，远在美国的德克萨斯州引来一场可怕的龙卷风……

1963年一位名叫洛伦兹的气象学家给这种现象起了一个动人的名字："蝴

蝶效应。"这个理论称在地球的一侧一只蝴蝶扇动翅膀就有可能在地球另一端产生"共振"。这一理论似乎有点荒诞而且惊世骇俗，但越来越多的人正在认可这个理论。

安特生宛如乌普萨拉的"蝴蝶"，他注定扇动的翅膀将给遥远的中国带来惊人的震撼。

1913年·瑞典乌普萨拉大学安特生办公室

安特生仔细地打量着一封来自遥远中国的牛皮信封，久久不敢打开，他实在想不出远在万里之外的中国会有什么人给他写信。陌生的毛笔字和钢笔字越发引起他的好奇心，揣摩好一阵后，他还是决定打开看看究竟。

他打开信封，一张印刷精美的印花信笺滑落到地毯上。他慌忙捡起一看，竟是一份书写精美的聘请函书，上面还正正规规地盖着朱红的四方印，安特生自然看不懂方印上古香古色的汉字是什么意思，但凭考古学家的敏感，他意识到这一定是来自高贵的皇家或最高官府的文书，他知道印鉴对于东方人是至关重要的信物。安特生突然想到应当还有更为具体的说明，果然信封内还有一封漂亮的花体字书写的英文信。信是由一位名叫丁文江的人和中国地质调查所副所长翁文灏联名写来的。

丁文江在信中自我介绍自己是地质所所长，更主要的是他还是中国政府农商部矿政司司长，代表中国政府。两位均是中国顶尖地质学家。他们仰慕安特生在地质学的大名，也仰慕瑞典矿业是世界矿业的领头羊，尤其是瑞典拉普兰地区享誉世界的优质的铁矿。中国是一个地大物博的国家，但技术落后、人才缺乏，至今未发现可供工业使用的矿产，尤其是急需的铁矿。丁文江还告诉安特生在中国宣化地区发现疑似赤铁矿，但因缺乏勘探能力至今无法确认铁矿的品质与规模……最后信的结尾写道："代表中国政府诚挚地邀请安特生到中国来，帮助中国探明急需的矿产。"

安特生努力抑制自己内心的一阵阵激动，他站起身走到书柜旁的一个精美的地球仪旁边，寻找这个叫中国的地方。地球仪在他的手中转动，他的眼睛随着转动在寻找，最后目光停在一块像一个"元宝"形状的国家："找到了，

这就是中国了！天哪，这足足比瑞典要大四倍！"

安特生用手掌粗略地"丈量"距离："从这儿到英国，再从这坐船到埃及……再到孟买……再进入新疆……再往北到北京……"这么长的里程，足足跨越半个地球！

安特生明白了，两位素未谋面的异国同行如此信任他，并将国家重任托付给他一个外国人，这让他非常感动！他的脑海中立刻闪过一个念头：一定要去中国，立刻！

可是家人和朋友们、同事们是什么意见？能支持自己远渡重洋去陌生的国度吗？他想起一个人，一个至关重要的人，必须征得他的意见！他就是瑞典王储阿道夫·古斯塔夫六世。

斯德哥尔摩·瑞典王室御花园

御花园位于王宫附近的小岛上，斯德哥尔摩是一座神奇而美丽的水城，说神奇是城市毗邻大海（纳维亚海），是一座世界上最奇特的首都城市，它是由14个小岛组成，由70余座桥连接而成的滨海城市。

城市由星罗棋布的小岛组成，皇家花园位于斯德哥尔摩王宫附近的小岛上。岛上森林覆盖，鸟语花香，岛中湖泊环绕着寝宫，如同仙境。王宫花园每到星期天向公众开放。形态各异的塑像立于花丛草坪之中。

安特生陪着王子漫步在花池畔，天鹅优雅地游来游去，树林中不时有长着角的马鹿悠闲地出没。

王子："亲爱的安特生，我想起来，3年前我赴比利时参加世界地质大会时曾在会场门口遇上一个奇怪打扮的矮个子东方人，因没有邀请函，门卫拒绝他入场，当我进入会场时听见那个小个子喊道：'你们总有一天会意识到把一个有着四亿人口的大国拒之门外有多么愚蠢！'大厅里的人们似乎都凝固了，我打听到这个小个子是在比利时大学攻读地质学博士学位的中国人，不知道他是否就是写信的其中一人？他的叫喊让我印象深刻，这样有抱负的同行我坚信一定错不了！他叫……"

"翁——文——灏，中国地质调查所副所长。"安特生回应。王子与安特

龙 骨

生都不知道3年前那个中国人正是已获地质博士学位准备回国的翁文灏。他的名字已让尚未谋面的安特生铭记心中，日后他把翁文灏亲昵地称为"我的小个子"。

"我实在羡慕你！能有机会踏上遥远的东方古国！要知道，自当意大利人在15世纪来到中国，世界才突然发现东方有一个比我们繁华很多的国度，在十多年前，几乎全世界的人尤其是考古学家都把目光投向那里……"

王子用力地摇了摇握着安特生的手："我支持你，请沿着祖先的航线去中国吧！"

"正如殿下所言，10年前几乎所有西方考古队、探险队纷纷进入中国，发现一个又一个奇迹，打开一个又一个科学谜团……而现在，古生物、古人类学家也蜂拥而至，他们相信人类起源的秘密就藏在那里……"安特生激动起来。

"你还记得吗？当我们背着行囊踏遍拉普兰山区时我们就燃起一种梦想，跨过这座大山，跨过西班牙的加迪斯，跨过大西洋，穿越赤道和圣诞岛到达雅加达，最后从那里抵达中国的广州……在那个广袤的土地上，我和你一起去探索远古的秘密！那将是多么惬意！"

王子酷爱古生物考古和地质勘探，是欧洲著名的地质学家，还担任瑞迪地质学会主席一职。听说安特生应中国政府邀请去中国勘探地质，自然让这位学者王储激动不已。

"去，一定要去，毫不犹豫！亲爱的安特生，我有些迫不及待了，恨不得和你一起横跨大洋去那块神奇的土地考古！"王子显得有些激动。

"如果我能与殿下同行，那是我毕生的荣幸！我坚信我们能够，也一定能够像过去一样创造奇迹！"安特生同样也激动万分，他从前与王子肩并肩手拉手探访过多少山山水水，如果能和挚爱的朋友一起去中国实现梦想，那将是多么大的幸福！

可是安特生知道，王子很快要继位，作为王国的未来君主此时如何能离开？……其实王子兴奋之余自然也想到这个难以横越的现实问题……

"可是……我又何尝不想呢！"王子欲言又止。

第三章 龙迹·来自乌普萨拉的"蝴蝶"

安特生自然知道老朋友的难处,能有王室的支持已是相当不易之事:"亲爱的殿下,王室身系国家,有更重要的事情,我明白,我必须独自前往中国,殿下放心,我一定不辜负殿下的嘱托!"

"谢谢你,我的朋友!我发誓我一定会去中国看你!"王子激动地拥抱自己的朋友,也顾不上王室礼节。

安特生更显激动,这不仅是因为未来国王莫大的信赖,更是因为一种民族的支持!

"亲爱的朋友,你还记得去年我们两人去哥德堡港附近的纳维亚海湾勘探时我说的话吗?"王子眺望着远方似乎有些惆怅。

"当然记得!而且清清楚楚,您告诉我就在这几百米的水下躺着一艘差不多160年前从中国归来的古船……"

"没错,你记得很准确!是168年前,也就是1745年9月从中国满载700多吨货物的'哥德堡一号'商船,我从小就听我的爷爷讲这个故事……那是160多年前的秋天,整个哥德堡港倾巢而出,国王和王后也亲临港口迎接。码头上人山人海,许多人甚至从各地专程赶来迎接'哥德堡一号'的归来。

"在薄薄的雾中,'哥德堡号'像一艘仙境中出现的城堡缓缓地驶近港口……港口上10万多市民欢呼雀跃,鼓角齐鸣……

"船上的水手也拥堵到船舷边挥手欢呼,心急的舵手竟然放开船舵也冲向狂欢的人群……"

王子说到这里戛然而止,安特生熟悉这段历史,他知道接下来发生的事情:无人看管的船舵开始打转,船头慢慢偏离了航向,驶向附近不太明显的暗礁……船上的人和岸上的人全然没有注意到,海面上数百条大大小小的船迎上"哥德堡号"……只剩800米了,心急的水手纷纷跳入水中游向岸边,他们太想家了!航行了足足8个月,快有两年没见到亲人了!

一位最先靠近"哥德堡号"的船长突然发现"哥德堡号"偏离了航向,正驶向一片暗礁,他拼命敲响船钟并挥手高叫,但一切都晚了,巨大的"哥德堡号"根本看不见近在咫尺的小船,震耳欲聋的欢呼声掩盖了一切声音……

"哥德堡号"重重地撞击到礁石上发出巨大的撕裂声,高大的桅杆顷刻倒

85

龙 骨

塌下来……海水汹涌地冲进船舱，欢呼声顿时变成了尖叫与哭泣声……

"是啊，我和殿下的感受是一样的！不过值得庆幸的是虽然只抢救出1/3之一的货物，竟然拍卖出足以抵消'哥德堡号'中国之行的全部成本，还获得14％的利润！这是个奇迹。"安特生深知历代国王及王室一家世代对"哥德堡号"在家门口，可以说是在眼皮底下眼睁睁地看着其沉没的事件而痛心不已，耿耿于怀。

"哎……要知道这700吨来自中国的茶叶、瓷器、丝绸等等当时估价有2.7亿元瑞典银币！我的爷爷、父亲每年都带我到哥德堡港来看看，我知道'哥德堡号'成了我们家族的心痛，永远挥之不去……我将来一定要把'哥德堡号'捞上来！我不行，让我的下一代一定做到……"

"哥德堡号"是由瑞典东印度公司于1738年建造的，船上有140名水手，是东印度公司38艘远洋商船中的第二大商船。

1986年开始，瑞典国对"哥德堡号"沉船进行了大规模打捞，出水了9吨多残片和茶叶以及400多件清代瓷器，都是中国登峰时期制造的精美瓷器……

这些珍贵的艺术品被保存在斯德哥尔摩博物馆中，这座博物馆就是由从中国载誉而归的安特生亲自建造的，安特生还担任博物馆馆长。

2005年经过10年打造耗资约3亿元瑞士克朗，"哥德堡号"被重新复原。

2005年10月2日"新哥德堡号"正式起航，它将沿着260多年前的航线驶往中国。这一天同样还是国王、王后与瑞典10万平民一起来到哥德堡港为它送行，海面上500多艘形形色色的船只挂满旗簇拥着这艘巨大的复古船如时空交错一般驶向大海……

王子当年未实现的愿望终于由继承者实现了。2006年7月18日上午，"哥德堡号"顺利地抵达了广州港南沙客运码头。瑞典国王卡尔十六世·古斯塔夫携西尔维娅王后亲自登上"哥德堡号"。终于实现他爷爷和皇室世代的梦想！

在美丽的珠江河畔盛大的烟火晚会照亮了整个江面，数十条龙舟在"哥德堡号"周边举行隆重"龙舟赛"，当五彩缤纷的烟火映红了数十万欢迎来自瑞典的友好使者和"哥德堡号"的人们的脸庞时，祖辈的世代遗愿终于在第十六世国王这一代实现！每个人都陶醉在其中……

第三章 龙迹·来自乌普萨拉的"蝴蝶"

　　瑞典成为世界上对华最友好的国家之一，1950年5月瑞典成为第一个与中国建交的西方国家。在19世纪中国人民遭受世界列强欺辱时，瑞典东印度公司旗下38艘远洋商船没有向中国运送过一两鸦片，这在东印度公司内是绝无仅有的事。

　　哈贝尔回国10年后，安特生踏上中国土地，他勇敢地扇动翅膀，飞向遥远的东方，他将怎样震撼那个神奇的古国？

　　那年是1914年，安特生万里迢迢终于来到中国，他果然不负众望为中国找来第一座大型赤铁矿，有趣的是这座铁矿的品质与瑞典拉普兰矿一样，是含铁率高达60%以上的优质矿！安特生打了一个漂亮的开门红，也给北洋政府一个振奋人心的惊喜。袁世凯亲自为安特生颁发一级三等嘉禾勋章。并且，袁世凯任命安特生为地质调查局副局长，地质调查所所长丁文江为局长。嘉禾勋章分九等十级，是北洋政府奖励对国家经济建设做出最大贡献人士的最高褒奖，同时获此殊荣的另一位外国人是英国记者莫理循。

　　丁文江时任龙烟铁矿股份公司股东，他的命运与龙烟铁矿股份公司息息相关。

　　在京畿的燕山山脉找到了优质的铁矿为在北京建立大型冶炼厂提供了坚实的基础。在卓宏谋主编的《龙烟铁矿之调查》里是这样评价的："矿层之厚，矿质之佳，亦足为世界太古纪以后水成铁矿中罕见者，推龙烟为首创，而肾状、鲕状矿并生，亦为其它矿所未有。"

　　不久，在北京石景山东麓征购了1300亩土地作为石景山炼铁厂的用地。

　　一场轰轰烈烈的钢铁实业开始筹备，由北洋军阀、商人、政客和实业家共同筹资250万银元，由财政部次长陆宗舆担任筹建矿山及炼铁厂的龙烟铁矿股份公司，后来陆宗舆担任了第一任董事长。

　　然而随着第一次世界大战的结束这个钢铁计划一时间陷入困境：钢价狂跌至战前价格的1/2，许多风光一时的铁厂也纷纷关闭或停产。雄心勃勃的龙烟铁矿计划也陷入无法开工的境地。

　　据史料记载，石景山炼铁厂直至1938年在侵华日军的管理下仅出过一炉铁水，当时的总耗资已达580万两白银。直到北平解放后才获得了新生。这座

87

龙 骨

后来改名为首都钢铁公司曾达到年产量近千万吨。

由于龙烟铁矿公司已几近破产,使得北洋政府的开支捉襟见肘,安特生一时间变得无所事事。一天地质调查所所长丁文江和翁文灏去看望安特生,发现他独自在房间里喝闷酒,安特生一看是老朋友到来便十分高兴地一股脑地向他们倾诉自己在龙烟铁矿公司的苦闷与失落。

丁文江和翁文灏自然非常清楚目前窘迫的情况,整个矿政司和地质调查所的行政办公费都十分困难,更别说继续投资。

3个人谈了很久,大家心里都很明白,龙烟铁矿公司眼下成了花钱的漏斗,如无大量资金跟上,短时间内是不可能上马的。

让一个处于巅峰时期的优秀科学家跌落到无所事事的境地,没有什么比这更痛苦和沮丧的。当安特生讲起他来中国时是从印度经巴基斯坦到新疆、甘肃辗转来到北京的,他在新疆和甘肃时遇到了几支外国考古队,其中有位法国古生物学家桑志华给了他一块古象化石。

这位起了中国名字的法国学者神秘地告诉他中国是野外考古的天堂,在这里集中了几乎所有列强国家的探险队,在这里一定会有惊人的发现。安特生讲到这里时,脸上露出了无限神往的神情。

丁文江和翁文灏此时才知道安特生不仅是一个优秀的地质学家,同时也是一位优秀的古生物考古学家。听到这儿,翁文灏突然提议:"既然博士有此专好,何不利用现在空闲之时也开展古生物考古呢?"安特生眼前一亮,用请教的眼光看着丁文江:"那当然好!可是我毕竟是你们政府聘请的矿业专家,这行吗?"丁文江和翁文灏相视一笑:"安特生博士,你多虑了,其实我与翁先生最近也在反复考虑过让地质所利用目前矿业萧条的机会也尝试着搞一搞野外考古,在我们国家野外考古还是个新鲜事,是一个新学科哪!先生有此雅兴,何不共同携手考察呢?!"

安特生兴奋地跳了起来:"这是真的吗?太好了!我愿意,我愿意和地质所的同事们一起进行野外考古!"

翁文灏说道:"安特生博士,有一点我必须事先提醒你,你知道时下政府财政无法支付考察费用,所以考古的经费恐怕要自筹解决……"

第三章 龙迹·来自乌普萨拉的"蝴蝶"

安特生爽快地回答:"我想到这个问题,只有我们自己想办法解决……"

丁文江说道:"我还要补充一点,对于今后在我国土地上挖掘的文物、化石及其他珍贵物品,我们恐怕要搞一个协议,也就是说珍贵的文物一定要留在中国,有学术研究价值的可以借用或复制,研究成果可以归你们或双方共有……具体的我们可以再商定。"

安特生没想到这个瘦小的长官会提到一个前所未有的要求,在他看来,他所遇到的和听到的所有外国考古队或探险队一直都是抱着理所当然的心态把考古和探险发现的中国珍贵文物运出国外,而没有任何官方机构进行阻拦。他在途经甘肃时也听说了各国探险者肆无忌惮地掠夺敦煌宝藏。

出于一个科学家的良知,安特生也十分痛恨这种强盗行为,因此他十分理解丁文江和翁文灏提出的这个维护本民族利益的正当要求。于是他稍加思索便痛快地同意了。临分手时,丁文江语重心长地对安特生说:"你可以根据自己的兴趣先到各处走一走,看一看……请记住:中国这个地方是你可以出大成就的地方!"

1918年·北京前门火车站

"快到站了,请收拾好自己的行李准备下车!北京前门车站到了!"火车检票员大声地提示旅客,喊声也把陷入回忆的安特生拉回到现实中。他看了看窗外,列车已经到了东便门,很快就要下车了。他这次回京是已经交接了龙烟公司的手续,专门改变自己的人生轨迹,开始他的另一个辉煌——考古。

前门车站到了,机车头疲惫地吐着白色的蒸汽,人们纷纷从各个车厢走出。他提起行李箱挽着呢子大衣顺着人群走出车站。

高大的正阳楼城楼下一群骆驼驮着麻包走过。黄包车车夫在城墙下扎堆等待顾客。被人们称之为铛铛车的有轨电车塞满了人,"叮叮、咚咚"地驶过。马路上有身穿黑衣,打白布绑腿的警察在指挥交通。

安特生先生提着简单的行李箱,在车站门口好奇地观察这个城市。

在出站口,有两个身穿长布衫的男士翘首张望。

安特生提着箱子径直走到两人面前:"嗨,丁博士、翁博士我回来了!"

龙 骨

"安特生博士,我们又重逢了!"3个人热烈地拥抱在一起。

安特生急迫地问:"什么时候可以开始工作?"丁博士和翁博士二人心照不宣。

"不急,不急,博士是否已有计划?"翁文灏知道安特生回京的意愿,他和丁文江也酝酿着地质调查所将工作重点转向与外国考古队联合开展野外考古。

眼下几乎所有的知名古生物考古学家都云集在北京,这是一个千载难逢的好机会,既借助外国考古队资金,又可随着世界顶级考古学家培养一支中国自己的考古队。不过设想虽好,但关键仍然是资金。所以,丁文江和翁文灏也迫切想知道安特生是否已经有了一个切实可行的方案。

"是的,我有了一个初步的计划……但还需要得到现在在北京的一些古生物学家的支持……关于经费我已向瑞典皇家科学院提出申请,皇太子特意批给我8000块银元,用于初期筹备费用。我知道这点钱用中国话讲有点杯水车薪,但是我们终于可以开始了……"安特生也十分理解丁、翁二人的想法,于是把自己在考古上的选项首选为在北京地区寻找古人类化石,这是个当今世界最热门的学科。

"真是英雄所见略同,我们可以说是不谋而合!"丁文江和翁文灏听完安特生的计划不禁大喜过望,因为北京大学正好聘请了几位世界著名的古生物学家,其中有著名的德国生物学家葛利普、匈牙利古生物学家吉布等。而他们来华的目标也正是探寻古人类在东方起源的证据,而北京附近出土大量龙骨正是远古时期动物的化石,这为寻找古人类线索提供了切实可行的基础。

当安特生获悉葛利普和吉布等他所熟悉的人已被北大聘为教授后异常兴奋,他感到他离成功更近了一步。

"太妙了!有这么多的知名同行在北京,我们的计划不就可以实现了吗?我恨不得马上见到他们!"

丁文江和翁文灏相视一笑:"我们已经给你安排好了,今晚我们和北大搞一个酒会,到时候你的这些朋友都可以见到你了。"

"今天?!今天就可以见到他们?丁博士、翁博士真是太谢谢你们了,谢

第三章 龙迹·来自乌普萨拉的"蝴蝶"

谢你们安排得这么周到!"安特生由衷地感谢他面前的这两位中国学者。在他回国后的日子里,在许多著作中他都提到这两个著名的中国学者,由衷地感叹:没有丁文江、翁文灏等中国最优秀的科学家们的帮助,他根本无法取得在中国考古上的辉煌成就。

"那好,你先休息一下,今晚由我们矿政司的技佐杨先生来接你,记住今晚七点,六国饭店。"丁文江叮嘱安特生今晚的活动,在他们眼里这是一个期盼已久的聚会。

"小杨,杨钟健,把车开过来!"翁文灏转身朝马路对面一辆黑色轿车旁的年轻人挥手招呼。随着翁文灏的叫声,一个满头大汗、穿着西服的年轻人跑过来,接过安特生的行李箱。"啊,这是我们地矿司技师,恰也是刚从海外留学归来的博士杨钟健,由他开车接您。"

安特生看了一下:"哦。你好,杨先生。我们走吧。"

"车就在那里。"杨钟健一边向车子挥手,一边对安特生介绍着。汽车开了过来。是一辆黑色的雷诺牌轿车。司机下车打开车门和后备厢。杨钟健说:"安特生先生,我来拿箱子。"

"安特生博士,杨先生先送您下榻休息。今晚北京考古界有个小小的party,届时我和丁所长及地矿司同仁与您商量工作安排,您看如何?"翁文灏和丁文江与安特生礼节性地握手告辞。

安特生回答道:"好的。谢谢!我会准时参加。"

翁文灏突然想起什么,从公文包里取出两盒名片递给安特生:"啊,差点忘了,这是部里给您印的名片……请……"安特生打开名片盒,一张巴掌大的白纸卡片上赫然印着:中国农商部地矿司顾问安特生博士。名片十分简约,一目了然。

安特生惊奇而不解地看着翁文灏,4年前他刚到北京时就是翁文灏给他的这种名片,如今他已不是龙烟公司的顾问了,为何还要给他这个头衔的名片呢?翁文灏看出安特生的迟疑,他拉过安特生的手轻轻地把名片盒放在他的手中,意味深长说:"你今后无论去何处考察都会用得着!"果然,无论日后在周口店龙骨山还是河南的仰韶或甘肃的马家窑考古时,安特生都充分地利

龙 骨

用这个名片的效应。名片的名头使安特生不仅在各地得到了当地军警的保护与支持,还奇特地劝阻了军队在考古地进行作战。

安特生知道翁文灏之所以在这种情况下仍然给他使用这种名片一定是出于爱护和支持,他恭敬地接过名片:"谢谢你们所做的一切,那么晚上见!"

4个人各自上车。车驶向台基厂头条的瑞典使馆。

瑞典使馆·台基厂头条三号

院内古树参天。哥特式的小洋楼使人感到仿佛置身瑞典,充满浓浓的北欧风情。碧绿的草坪围着一个带喷泉的鱼塘。金鱼在里面悠闲地游动,并时而在莲花旁浮出水面。莲花正在盛开。安特生穿越了大半个中国,中国的北方大都是黄土高原,满目干荒缺水,突然看到具有家乡风情的景色让他脑海一下子浮现出皇家花园的情景……"啊,已4年了!"似曾熟悉的景色令安特生倍感亲切。

汽车停在其中一座楼前。杨钟健提着行李箱陪着安特生走进大厅。

两位身穿白色制服的门童上前向安特生鞠躬,并接过杨钟健手中的箱子。在他们的引导下,安特生和杨钟健走入一间装饰典雅的套间中。高大的房间内,门窗均是乳白色的。窗户外面就是花园。水晶吊灯熠熠闪光,实木地板油饰一新。

杨钟健说道:"这原是瑞典领事馆,一切是均按瑞典的风格建造的。现有鄙国政府农商租用,不知您对这里还满意吗?"

安特生没想到在中国还能住在如此漂亮的地方。而且想得如此周到,他是很满意的。他频频点头:"太漂亮了。我很满意。"

杨钟健说:"您先休息一下。今晚本部有个小小的酒会。到时我来接您。"

"好。谢谢!"安特生绅士地向杨钟键点点头。

杨钟健离去。

晚·六国酒店

招待舞会正在进行。社会名流、达官贵人云集于此。舞场中,穿旗袍的

第三章 龙迹·来自乌普萨拉的"蝴蝶"

女人和穿长袍的男人在跳着交际舞。也有身穿旗袍的中国女郎与身着西装的外国人共舞。还有穿长袍的男人搂着穿西式裙的外国女郎跳舞。乐队的伴奏和眼花缭乱的灯光,让人有一种奇特的感觉。

安特生焦急地托着一只红酒杯靠在桌子旁边。一位高大的外国人走到他身边:"嗨,你是安特生?瑞典来的安特生博士?"

安特生打量着对方,快速地思索着:"你,你是吉布教授,麦格雷戈·吉布,是你吗?"

"对。正是本人。"大个子吉布爽快地回应。

安特生伸出手:"安特生,现担任中国农商部地质调查所顾问。"

吉布:"我早听说你要来,好像一下子全世界的地质学家、考古学家、生物学家都闻着味到了北京。我受聘于北京大学,教化学,也受了传染,也喜欢找骨头……"

安特生惊奇地问:"找什么骨头?"

吉布:"还有什么骨头?只有龙骨才能吸引这么多学者。"

安特生:"龙骨?你也找龙骨?"

吉布有些自豪,又有点抱怨:"瞧瞧,你给我写了那么多信,讲的不就是龙骨吗?等一等,等一等,给你看样东西。"吉布从西服内的口袋里摸出一个纸包,示意安特生坐在椅子上。他自己也坐下,打开纸包,露出一小块骨片。

安特生拿在手上仔细看起来:"这——是猿还是人类的头骨碎片?"

吉布得意地说:"对了。这是一块或是猿或是类人猿的头骨碎片。是我去年在一个叫周口店的地方附近的小山上找到的。这与你论文中提到的哈贝尔发现的两枚齿骨都属于人类的情况相符。为此,学术界还在争执不休,大都不承认这是人骨。"

"很简单,不承认是古人类化石,就是否定远东地区的中国可能是人类发源地之一。"安特生忿忿地说。

吉布回答:"虽然许多学者嘴上也反对,但这不都也云集北京了。谁都想第一个找到古人类居住过的龙骨山!"

"都谁来了?"安特生有点不安地问。

龙 骨

吉布拍拍脑袋："有施洛塞尔教授、奥地利古生物学家师丹斯基教授、瑞典古生物学家维曼教授、美国古生物学教授葛利普、加拿大生物学家步达生……可以说，当今世界上的顶尖学者悉数来到中国……哎，谁都想成为世界上第一个发现者。"

"葛利普教授也来了？他可是个厉害的家伙。古生物学界还没有人能比得上他。吉布先生，你的化石是从哪里得到的？"安特生明白这十几年来最热门的学科莫过于对古人类的探讨。众多顶级专家云集北京，可见北京即将是一个有惊人发现的地方。他不由得追问了一句。

"是从北京附近一个叫周口店一带的小山上发现的。"吉布有点吞吞吐吐。

安特生直截了当地问："是鸡骨山吗？"

吉布惊讶地回应道："你怎么知道？"

安特生："我是从哈贝尔的报告里读到的。"

吉布："我也是。"

安特生大声地说："不对。哈贝尔讲那里只有小动物的化石，没有大的，没有人类的。告诉我，到底在什么地方？"

"真的是在鸡骨山。不过好像是在鸡骨山附近的一个小山上。"吉布有点不肯定地嘟囔着。

安特生摇着他的双肩说："朋友，你要明白，如果我们在那里真的发现了人类的骨化石，那将改写历史，一段关乎这里也关乎人类发源地的历史！"

吉布推开安特生的手："好啦，安特生，我明白。这需要一个计划。"

安特生几乎把头顶住吉布的头："对。要有个计划。一个探索的计划。一个与什么人一起去的计划。能动员葛利普教授一起去吗？他如能见证这一切，那将是有伟大意义的。"

吉布说道："我想想。这样，安特生，我去联络葛利普教授。你呢，你去动员那个奥地利人师丹斯基。大家一起去。怎么样？"

安特生喜出望外，伸出手掌："OK！就这么定了！"

吉布与他以手击掌："一言为定！"

安特生神秘地说："不过，在我们去鸡骨山之前，先要去拜访一个人。"

吉布问道:"谁?"

安特生回答:"康芝堂药店的老板康仲甫。"

吉布说:"是一个中国人?"

安特生回答道:"对。是哈贝尔介绍的。"

吉布问:"带个中国药店老板,有必要吗?"

安特生肯定地说:"非他莫属。"

街道·康芝堂药店

还是那条街。但18年过去了。这条街破旧了许多。康芝堂药店的挂幡和招牌也已变了颜色。原本的金字匾额也在风的侵蚀中暗淡无光。

安特生与吉布提着一个精美的盒子走进店堂。一切如旧。一位账房先生身穿长衫,正在柜台上核对账目。算盘珠"噼里啪啦"地响着。

两个人一进店就东张西望。一个小伙计上前:"您二位需要点儿什么?"

安特生用生硬的中国话说:"我们要找康老板。"小伙计看了一眼柜台上打算盘的掌柜。掌柜也听见了他们的话,抬起头问道:"你们是——"

安特生:"我们是哈贝尔先生的朋友。受他人之托,想拜会康仲甫老板。"

掌柜闻言兴奋地从柜台后跑出来。原来他就是德子。18年过去了。他现在已是药店的掌柜了。他高兴地与安特生和吉布握手。小伙计说:"这是我们康掌柜。"德子说道:"我是康德,认识哈贝尔先生,太欢迎你们了。我家老爷这几天身体不适,正在内屋躺着。我这就通报去。老爷子一定高兴得不得了。你们先请稍坐片刻。"

"伙计,快沏茶!"小伙计应道:"哎,就去!"

安顿安特生和吉布坐定,康德说:"二位稍候,我进去禀报一声。"

安特生和吉布点点头,又相视一笑。然后开始打量这个中式药店兼诊所。

不一会儿,康德转回来:"老爷子请你们进去。实在抱歉,老爷子行动不便,请二位上他的卧室坐一会儿吧。"安特生和吉布连忙说:"不要紧,不要紧。"

他们一起穿过客厅。客厅的摆设基本没变。只是那幅中堂的画像变成了

龙 骨

一幅画着老寿星与梅花鹿的画。条幅也变了。上联是：寿身良方祛邪扶正。下联是：回春妙术固本清源。

康仲甫卧室

床是明式带帷幔架的红木雕花木床，极为讲究。床前的脚凳上放着一双手工布鞋。几个民国早期打扮的妇女在旁伺候，已老态龙钟的康仲甫斜靠在床头。

安特生、吉布上前与康仲甫握手。康仲甫依旧风趣地说："见哈贝尔那会儿，我从里屋一下就跳到客厅。你们来了，我却躺在卧室里，实在不好意思。快快请坐。"两名妇女在床前摆了两把椅子。安特生、吉布恭恭敬敬地坐下。

安特生双手捧着一封信："这是哈贝尔先生给您的信。这封信还是请翻译庚子赔款协议的留学生翻译成中文的。"

康仲甫戴上老花镜，打开信看了一遍："好啊。哈贝尔先生的科学有了进步，有了发现，可喜可贺啊。这么多年，我一直盼着他回中国，一起讨论讨论龙骨，研究研究生物。18年了，都变成老头了。头发也白了。眼睛也花了。还是没有等到他来啊。"

安特生说道："康先生请不要伤感。哈贝尔先生现在在大学教书。平时也致力于古生物的研究。他在德国也很想念您。他说，您是他最聪明最值得信任的中国朋友。"

康仲甫回答："哈贝尔过奖了。我不过虚度光阴，苟活而已。哈贝尔信中介绍二位是世界顶级古生物学家、考古学家，为龙骨的研究而来中国。让我像对他一样信任你们，帮助你们。不瞒二位，18年前哈贝尔从我这里带走龙骨后，我也就留了心，不过本人只是一个老朽，不知二位有什么要求？需要我帮什么忙？我尽力而为吧。"

安特生说道："是这样，康先生。你给哈贝尔的化石中，有两枚被怀疑是古人类的牙齿。这就说明古人类有可能在北京附近生活过。如果证实了这一点，那就改变了此前世界上一直认为亚洲不是人类起源地的说法。但是哈贝尔去鸡骨山实地考察找到的却都是小动物化石，现在最关键的问题是一定要

第三章 龙迹·来自乌普萨拉的"蝴蝶"

设法找到大型动物和人的化石。哈贝尔讲，只有找到龙骨山，才能找到古人类化石。所以，我们需要您的帮助，找到龙骨山。"

康仲甫没有马上回答他们。他吩咐道："德子，你把我这些年收的龙骨拿给两位专家看看，看看有没有帮助。"

"哎。我这就去取。"德子应声出门。很快，他端了一个竹编的大筐箩进来。筐箩中装的都是各种骨化石。

安特生和吉布眼前一亮，在盘中挑选起来。安特生拿起一枚人的牙齿化石对吉布说："看，这可以认定这是一枚人的上颌第三颗齿牙。"吉布频频点头。安特生拿着这颗牙迫不及待地问康仲甫："这是从龙骨山挖出来的吧？"

康仲甫回答："我想是的。哈贝尔讲过，他需要大动物和人的化石。在我们收购的中药材里，齿骨与其他龙骨的价格是不同的。齿骨的价格要贵很多。"

安特生回答："那我冒昧地问一下，这龙骨山究竟在什么地方呢？"

康仲甫回答："具体的地方我也说不清。快十多年了，我侧面问过许多药农，都没人告诉我确切的地点。但有一点我可以证实，这个龙骨山应该离鸡骨山不远，就在那附近。"

安特生说道："这就对了。吉布在鸡骨山附近找到了一块头骨片，哈贝尔也去过鸡骨山。那里有大量化石，但都是小动物的。大动物应该在一个适合大动物生活的地方。至少要比鸡骨山大。"

康仲甫从床头柜里取出一张纸递给安特生："这是我询问药农后锁定的龙骨山的范围图。应该说不会相差太大。"

吉布凑到安特生身边看图。这是一张用毛笔描画的草图。上面标有周口店、坝尔河、大石河、鸡骨山等。

吉布感叹："太好了。这和我去的地方十分相似。对，就是周口店，以这里为圆心画一个直径为两公里的圆，龙骨山就应当在其中。"

安特生计算着："以周口店为圆心，以2.5公里为直径画圆。那差不多有三十几平方公里范围。如果我们两个人大概要用几年的时间才能全部勘察完，这过于繁复。"

龙 骨

吉布说道:"过去我们是漫无边际地乱撞乱找,而这次则大不一样。我们已有鸡骨山化石群的基础。我的那块头骨又是在周口店西南距鸡骨山不远的一个地方找到的。这说明,从鸡骨山到周口店之间选一个点,在这个点周围1.5公里的范围内,必有龙骨山存在。如此,何须耗费10年的时间对三十几平方公里勘察,最多5年就会有突破性发现。"

康仲甫说:"这位先生所言极是。以鄙人的观察,这龙骨山就应在周口店与鸡骨山之间。而且据药农们讲,龙骨的出现有其一定的规律。龙骨多的地方大都是有洞穴的山岭。我们中国人讲脉络,如同人身上的脉络一样,有一定的规律和走向。所以啊,有大量小动物化石的地方,附近必有大动物的化石。因为大动物最容易得到的食物就是小动物的肉啊。"

安特生惊喜地感叹:"康先生果然是不可多得的专家,怪不得哈贝尔对您如此推崇。您分析得太精确了。小动物是大动物也就是人类或猿的重要食物,这是一条食物链呀!康先生,我们想最近就去实地调查一下,您能帮助我们吗?"

康仲甫说道:"你们此时去恐怕不适宜。现在已是初冬,周口店一带很冷,冰天雪地,山土坚硬,很难挖掘。我建议你们在明年开春之后,也就是五六月间去。如那时我这腿疾能好,我亲自陪你们去。如果我腿不行,那就让康德带你们去。他就是本地人,从小没了爹娘,跟着我。这孩子实诚。这不,10年前我收他为义子,改姓康。他常年与药农打交道,用土话说是'门清'。"

安特生回答:"太感谢您了。这样吧,我们在勘察龙骨山期间,一切费用由我们出。所挖到和所收购的龙骨,一律加倍付给您费用,以冲抵您收购药品的经济损失。您看行吗?"

康仲甫没想到外国人竟然考虑得这样周到,一时不知说什么好:"这,这让我多不好意思。你们远道而来,又是哈贝尔的朋友。我们能帮什么就尽力帮忙。再说,我们不也长了见识了吗?"

安特生回答:"康先生,您就不用推辞了。劳动有了付出,付出有了回报,这是应该的事。哟,不早了,咱们先谈到这儿吧。我们就采纳您的意见,明年春天再出发。当然,出发前我们还会常常来向您请教的。"二人起身告辞。

第三章 龙迹·来自乌普萨拉的"蝴蝶"

康仲甫说:"那好,就依你们的规矩办吧。随时欢迎二位来访。"

吉布发现忘记送礼物了,拉了一下安特生。安特生做了一个自责的鬼脸:"哎呀,光顾着说话了。哈贝尔托我给你带了件礼物。"他递上盒子。

康仲甫回答:"这么远还带礼物,实在不敢当。谢谢,谢谢。"

吉布帮忙打开盒子,是一个精美的自鸣座钟。吉布把钟放在床头柜上,上了弦,指针走动起来。当指到正点,有一只报时鸟跳出来叫着……

康仲甫感叹:"太精美了。我们这条街也有人曾卖过洋钟。我知道,德国造的钟是很有名的。谢谢。不过在我们中国,给上年纪的人或有病的人送钟是犯忌的,成了'送终'了。哈哈。不过这都是旧俗,是迷信,我不信这些。西方科学发达,手工艺也十分高超,值得我们学习啊。我接受,接受。哈哈。"

德子悄悄地向安特生、吉布解释中国的民俗。二人恍然大悟,不禁有点尴尬,大家一起笑起来。

在一个用红木盒玻璃柜内摆着的一个挂件,正是哈贝尔送给康仲甫的那块金怀表。

安特生细细地打量四周一切,这奇特的布置,尤其是弥漫在整个房屋里古怪的草药味和说不出的气味,这种气味好像古墓特有的气息……

安特生暗自欣喜:哈贝尔果然好眼力!找这位康先生找对了!凭他的直觉,只要找到龙骨,也就是大型哺乳类动物的化石就离找到古人类踪迹不远了!想到这儿,安特生热血沸腾:"找到龙骨山,一定要找到!"

第四章
龙迹·你好，龙骨山

其他4个人围上来，都兴奋不止，把安特生抬起来抛向天空，并欢呼："我们找到龙骨山了！我们找到龙骨山了！"

安特生迎面拉住一个正在跑着的工人，急急地问："发生了什么？怎么有炸弹的声音？"

1921年5月·周口店火车站

在去周口店的火车的车厢里，4个洋人有说有笑。年轻的师丹斯基吹起了口琴。大家欢快地唱起奥地利名曲《卡洛依》：

山坡上长满了野花，风儿带着清香。
远处走过一位美丽的少女，是她散发着诱人的香气。
美丽的姑娘头戴花环，你要去哪里？让我心碎。
亲爱的请不要走开。让我们相爱到明天……

一个小得不能再小的车站，车站旁有一排平房。列车缓缓开来，停在车站上。安特生、吉布、师丹斯基和葛利普带着各自的行囊跳下车，走向平房。

第四章 龙迹·你好，龙骨山

这时他们发现，康德穿着一件短对襟衣服，笑呵呵地在等他们了。

5个人高兴地互相握手。康德指着车站的一边，几个人都高兴地点头。原来，康德找了五5驴，还找了一个药农当向导。大家高兴地骑上驴，在康德和药农的带领下，向鸡骨山走去。

5个人姿态各异地骑在驴上，在农田里行走五月的农田，一片片的菜籽花黄灿灿地开着。

坝尔河

驴队蹚着水渡过坝尔河。浅浅的流水，毛驴在快干涸的河床里走着，留下了一串串的驴蹄印。

安特生与葛利普快乐地手舞足蹈。

驴队穿行在林荫道中，与牛车相遇而过。

驴队走过河塘。农家的小孩赤裸着身子，在水中扑腾着。看见几个洋人骑着驴的怪样子，引得孩子们一边撩水，一边嘲笑他们。

鸡骨山还是老样子。到处是碎石。大家朝吉布指的方向，从鸡骨山朝周口店有山的方向走。

药农指着不远处有草有树的山："这里有大的龙骨。"

吉布拿着指南针四下看："对。应该是这一带。"

几个人分散在这个小山上进行勘察，有时用小登山锤子刨几下，有时用小榔头敲几下。

吉布举起手："我找到一块肿骨，应该是鹿的。你们来看看。"

大家围上来。葛利普把那块龙骨拿在手里仔细看了看："应该是野猪的下颌骨。"

安特生也接过来看："在这儿发现的？"

吉布回答："对。在这儿。"他用手指了指脚下。

师丹斯基说道："那就集中在这一块挖。应该还有其他的碎片。"

葛利普说道："师丹斯基讲得对。在一处地方有大块，那么碎骨也应在不远的地方。我们把每块碎片都收好，回去再研究。好不好？"

龙 骨

3个人齐声道："赞成！"

葛利普应声道："那我们干吧！"

几个人又开始伏着身子在地上小心翼翼地刨着铲着。远处的树林里不时地有鸟飞起。

他们不时地有所发现，挖出后用纸包好，立即塞进背包内。

安特生头上的汗在往下滴，滴进土里。

葛利普的背上出现了一个水印，汗水浸湿了衣服。

地上的包裹里的龙骨越来越多，很快包裹就装满了。安特生还找到一根完整的腿骨。是三趾马的腿骨。他高兴地在山坡上跳起来。其他4个人围上来，都兴奋不止，把安特生抬起来抛向天空，并欢呼："我们找到龙骨山了！我们找到龙骨山了！"

欢呼声正在寂静的山岭上回荡，惊起一群野鸽子，"扑噜噜"地飞上天空，整个天空都在旋转，龙骨山上的余音响彻天地间。

四年后·龙骨山

龙骨山挖掘现场。数十名中国工人在挖掘。师丹斯基、安特生在监督指挥，葛利普与吉布则在分拣柳条筐里的化石。

山上已挖开了一个很深的洞。工人们东一个坑西一个坑地挖着。洞顶上的碎石不断地掉下来。工人们把碎石、堆积物装入筐里，再提出洞外。洞口用木头搭起的架子歪歪斜斜的，每拉起一筐土都发出可怕的声响。师丹斯基大声地喊着，指挥着。但工人们动作仍然慢吞吞的。

从发现龙骨山到今天已4年了。除了找到大量的小型动物化石外，一直没有发现人类活动的踪迹。这多少让安特生等人有些沮丧。挖掘工作由原来在地表上发现裸露的或浅层的化石已逐步转变为开始规模地挖掘。然而，随之而来的又是经费不足的困扰。

师丹斯基自己钻进狭窄的洞中，和已在那里的安特生一起蹲在化石堆积层断面边，师丹斯基急躁地说道："这样下去不行。进度太慢，效率太低。看看这里，除了贝壳层就是碎骨堆积。这简直是晚宴之后的垃圾场！"

第四章 龙迹·你好,龙骨山

安特生仍然不紧不慢地专注于自己的挖掘,头也不抬地挖着:"亲爱的师丹斯基,我敢发誓,我们的祖先就在这里,在某个离我们很近的地方,耐心点,你看这里还有灰烬层。这说明这里至少曾经有智能的古人类生活过,我们会找到的,一定会,我相信它就在里面,在某个地方……"

师丹斯基看了一眼灰烬层,用手掰了一块,看了看,叹口气:"安特生,这没错。可我们足足挖了有四年了。没有任何突破性的发现。除了碎骨还是碎骨。工人的工资也发不出来。这样手工地挖土运渣土,堆土层越来越多。在这样的井里打洞很危险。随时都有塌陷的危险。"正说着,上面又掉渣土了。师丹斯基朝上看了看,只见井架被渣土带得直摇晃。

井口上,康德趴在井边呼叫:"安特生先生,安特生先生,快上来,井架要塌了。快啊!"

师丹斯基大惊:"不好,这井要塌。快点上去。快!"井下的几个人慌忙地爬出井口。只见德子与几个工友拼命扛着井架的支撑木,勉强把已倾斜的井架顶住。安特生等人刚爬上来,井架就轰然倒塌。木杆、石块砸进洞里。

安特生、师丹斯基、葛利普与吉布也都跑过来,神情沮丧地看着横七竖八的倒塌现场。

师丹斯基狠狠地把地上的一根木头踢进挖掘现场:"该死!我就知道会这样。我们今天还在用最原始的方式考古。这样下去什么时候才能找到人的化石?安特生博士,你挖掘出了更大的史前文化遗址——仰韶文化遗址。那里有大量的真正的史前人类器物出土。为什么不继续挖呢?我要去那里,去找近古人类的遗迹。那可能更有意义。"

安特生回答:"仰韶遗址并没有停止。但大家很清楚,仰韶遗址只是先人的遗址。而这里是猿人,或是古人类的遗址。这个意义太不一般了。"

吉布看看各位,说:"我也赞成去仰韶遗址参加挖掘。在这里挖下去真是很渺茫。这完全是一个未知的世界。"

葛利普站起来说:"这个地方是有希望的。我坚信不疑。只是我们的确需要一些现代科学手段来进行有序地挖掘。这需要我们想办法研究。我恳切地希望你们留下来。仰韶文化遗址已挖掘了一段时间了。那不是我们的发现。

龙 骨

我们可以去参加晚宴,但那是别人的宴席。要知道,在我们脚下,却是一块处女地。我可以向上帝发誓,会有突破性的重大发现。我恳切地请求各位再坚持一下。"

葛利普诚恳地看着大家。他的话无疑是对的。对这一点大家心里都很明白。师丹斯基低下了头。吉布伸伸双臂:"这还用说嘛。"

安特生:"我知道,这4年对每个人都很难。我们虽然来自发达的西方,但没有经费我们也只能用最原始的方式。昨天,因为发不出工资又有一些工人离开了。康先生已垫付了几个月的钱,我们的工资也都拿来作了经费,来维系庞大复杂的挖掘工作。的确,我们要确定该怎么办。这样好不好?就算我求你们,再待一段时间。在我们改进运土方式,并解决了一些经费之后,如果情况还没有好转,我也跟你们一起去仰韶考古去。怎么样,伙计们?"

"我同意。"师丹斯基应道。

"我也同意。"吉布说。

"我绝对拥护!"葛利普大声说。

安特生回答:"那好。明天我与葛利普去周口店镇上打电话筹集经费。这个井大家收拾一下,看看用什么样的方式解决渣土的运输问题。现在,先把现场清理一下。如果大家不反对,我们就行动起来吧!"

康德插了句话:"这个运渣土的井架是否可以用我们当地打井水的辘轳?然后用同样的手法把渣土运到山下去,这样,井口就不会有这么多积土了。"

大家用赞赏的目光看着这个外行的小伙子:"哦,那你说说看。"

康德比画着说着,大家频频点头,康德在纸上画着,解释着。

挖掘现场一副百废待兴的景象。

次日·坝尔河畔

安特生、葛利普和康德牵着毛驴过河。他们要去几公里外的周口店火车站拍电报,并采购一些工具回来。

毛驴听话地在干涸的河床上行走。河床上裸露的石头半露半埋在沙土中。平日里淙淙的小溪里,竟然有不少小鱼在水草中游来游去。康德赤着脚,拿

出一块纱布,逆着水流的方向一兜,两条巴掌大的鱼被捞上来。

葛利普一见十分惊喜,也脱掉鞋子在水中捞鱼。鱼在他手中挣扎,溅得他满头满脸都是水,结果还跑掉了。

安特生见状哈哈大笑。

康德说道:"安特生先生,在这儿休息一会儿,我可以捞很多鱼,晚上回去给大家熬鲜鱼汤喝。"

安特生看看太阳,又看看表,还有时间。他大声地答应着:"好吧。我们休息一会儿。"

3个人把毛驴拴在河边的小树上。毛驴乖乖地在那吃草,并不时地摇着大灰耳朵,看着3个人有说有笑地在小溪中捞鱼。河面在晨光的照射下泛着层层鳞光。

康德教葛利普、安特生抓鱼。在康德事先带的一个绳结网中,已有几条鱼在网中不时地挣扎。

周口店车站·电报室

已发完电报的安特生等人坐在车站的房檐下,看着远方的风景。由于一天只有一班火车,铁轨上静悄悄的。大家都默默地等着电报回复。在那个时代没有电话。联系只能靠电报。借此机会,安特生与葛利普把凉帽扣在脸上打盹。康德也把草帽扣上倚着墙角睡着了。

一切都那么安静,只有蝉声。

"安特生先生!安特生先生!电报!您的电报!"一个穿铁路制服的人摇着睡着了的安特生。

安特生一个机灵坐了起来。葛利普和康德也都闻声惊醒。安特生说道:"电报?哦,电报,回电报了。"安特生急切地看起来。葛利普和康德也凑过来看。

电报带给安特生两个好消息。一是瑞典王储古斯塔夫六世阿道夫偕王妃将于十月到中国访问。这位自幼酷爱考古,时任世界万国考古学会会长的学者太子,点名要到周口店龙骨山考察。二是已筹到了一部分经费,不日即可

龙 骨

送达。发电报的是在北京协和医院工作的美国生物学家步达生。他热切地参与了周口店的挖掘工作,成为龙骨山第二批外国学者中的主力。

安特生一下站了起来,把电报递给葛利普,拍拍身上的土:"太好了。我们该准备一下。有了王储的支持,挖掘工作的经费就可以得到根本的解决。"

葛利普:"要有王储与各界的支持,首先就是要有个认可。也就是我们能找出足以证明这里有过古人类生活的证据实物来。"

安特生说道:"是啊,是啊。愿上帝帮助我们。"

3个人赶快收拾了一下东西,天边涌上了厚厚的云,变天了。

康德一边牵驴一边看天:"安特生先生,葛利普先生,要变天了,可能要下雨啊。我们得赶快回去!"正说着,狂风骤起,四周的树木东倒西歪。安特生大声地:"好。走!"

3个人在河边惊呆了。河里已然没有了来时的干涸景象。在暴雨中翻腾着的泥水已淹没了整个河床。

安特生赶着毛驴下河。毛驴怎么也不肯下去。葛利普也拉着毛驴往下走,那驴嘶叫着,康德从布包里取出一块布,撕成三条。用其中的一条蒙上毛驴的眼睛,然后牵着第一头毛驴下了水。安特生和葛利普照着他的样子,跟着下了水。

河水越来越大,越来越凶猛。湍急的河水冲的人几乎站不住,大雨如注。

3个人浑身是水。

康德大声地喊着:"抓紧毛驴的尾巴,和毛驴一起走!"

3个人牵着驴艰难地一步一步渡河。康德一上岸,马上跳进河里帮安特生上岸。接着又去帮葛利普。

此时葛利普的眼镜已被雨水冲得什么也看不见了,从眼镜里只能看到白花花的一片。他像个瞎子在水里摸索着。突然他踏上了一块石头,一个踉跄跌坐在水里。眼镜也掉进水里。手中的缰绳也下意识地松开了。他坐在湍急的河水中,坐也坐不稳。他想去摸自己的眼镜,可也找不到,情形万分危急。

康德跳下水,冲到他身边,一把将他拉起来,并把站在水里的驴尾巴递给他。大声地喊:"教授,抓紧驴尾巴!"

第四章 龙迹·你好，龙骨山

葛利普抓住驴尾巴。此时安特生也跳下河，牵起驴的缰绳往岸上拉。康德推着葛利普用力向前走，河水越涨越高，已经快到胸口了。毛驴嘶叫着，奋力往岸上走。

3个人拼命上了岸。

安特生刚想坐在地上，康德大声喊道："洪水来了。不要停，快往前走！"

洪水卷着树木石块滚滚而来，像一堵墙扑面而来。3个人跌跌撞撞往更高的地方跑，跑上去紧紧抱住树干。洪水咆哮着冲上来，顷刻卷走了刚上岸的毛驴。

暴雨停了，河水又开始平静了。天边露出了一抹彩虹。河岸上一片狼藉。

3个人脱下水淋淋的衣服拧干，看看自己又看看别人，都被各自的狼狈样子逗得大笑起来。稍后，葛利普拉着康德的手恳切地感谢："康，谢谢你救了我。你是一个勇敢的人。只可惜我的眼镜丢了。没有眼镜看不清东西。"

安特生说道："亲爱的大教授，保住命就不错了。"

康德突然发现眼镜就挂在葛利普自己的脖子上："教授，你的眼镜这不在你身上吗？"

"是吗？啊，哈哈。眼镜没丢。"葛利普一摸，眉开眼笑："谢谢你，康，谢谢！我衷心地感谢你。"葛利普动情地拥抱康德。

安特生感慨地拍拍康德的肩头。雨后的天空更加湛蓝。树林里只剩下两头毛驴。安特生与葛利普骑上毛驴，康德跟在后面步行。3个人有说有笑地往回走。

几日后·龙骨山

一个崭新的挖掘工地。根据康德的建议修起的一座人力运土索道，从山上一直架到山下。洞口上重新树起的井架，比原来更坚固，更方便。可以从洞中直接把土渣提上来，再通过索道运下山。工作面上可以同时朝几个方向挖掘。

在山坡上，师丹斯基与工人把工地分成若干个格子。用石灰标出来。远远看去，像是给龙骨山穿上了格子衣服。功夫不负有心人。工地上的重新设

龙　骨

计给挖掘工作带来了事半功倍的效果。渣土不再像过去那样堆在洞口，而是通过索道运下山。人力滑轮的使用，既节约了资金，又大大减小了劳动强度。这一天，龙骨山终于向锲而不舍的学者们露出了它神秘的面容。师丹斯基小心翼翼地用小铲子铲着。安特生拿着一个油灯为他照亮。突然，剥落了一块与石头粘在一起的化石。"这是什么？"师丹斯基惊叫着。

安特生用毛刷扫扫上面的泥土，是两枚牙齿。"是齿骨！"安特生惊喜地叫道。

简陋的实验室

葛利普在放大镜下仔细地观察，周围的人都屏住呼吸，紧张地等候着权威的结果。葛利普轻轻放下放大镜，松了一口气，平静地说："我可以肯定地说，这是两枚人类上颌牙齿，是古人类的牙骨化石！"

全场爆炸般地欢呼起来。帽子扔到天花板上。安特生与师丹斯基紧紧拥抱："我们终于找到啦！"葛利普走到两个人面前，握着他们的手："祝贺你们！"转身对着大家："诸位静一静，静一静。按照我们这门学科的规矩，每一个新物种的发现都应有一个命名。我们应该给龙骨山出土的人类起个名字。"

吉布插话："叫'真人'吧。师丹斯基一直就想把自己发现的化石命名为'真人'。师丹斯基你的意见呢？"

安特生说道："'真人'？有点宗教色彩吧？"

师丹斯基说："没有诸位的挽留，就不会有这两枚人齿化石的发现。再说，这个发现是我们共同的发现。还是由葛利普教授命名吧。"

安特生也说："教授，你是古人类学的权威，你来命名吧。"

师丹斯基、吉布、康德等鼓掌表示赞同："好哇，请葛利普教授命名吧！"

葛利普回答道："谢谢。谢谢大家给我的殊荣。"他停顿了一下，稍加思索，然后一字一顿地说："生活在这里几十万年的人类，与现在生活在北京的人们是同宗同类。我从生活在今天的北京人身上，看到了那种独特的性格。那就是勤劳、勇敢与智慧。依照我们的行规，命名取自出土地的传统，我提

第四章 龙迹·你好，龙骨山

议就叫'北京人'吧！"在场的人群一片沸腾。安特生、吉布都露出惊喜的神情。师丹斯基的眼中饱含欣喜的泪水，康德也兴高采烈。

世界各大报纸竞相刊登这一惊人消息。《世界日报》报道：周口店发现"北京人"。

《世界先驱报》报道："北京人"命名古人类化石，中国无石器时代人类从此终结。

1926年，美国著名考古学家葛利普教授正式为安特生与师丹斯基教授发现的两枚周口店龙骨山古人类齿骨化石命名为"北京人"。

1927年10月16日考古学家步林在师丹斯基发现古人类齿骨的遗址处也发现了一枚人的齿骨化石。加拿大古人类学家步达生进一步为龙骨山出土的古人类齿骨起了个学名——中国猿人北京种。从此俗名"北京人"的名字，被科学界所认可，也被世界大众所接受，很快传遍整个世界。

贾兰坡点评："'北京人'是对几十万年前居住在周口店的猿人的统称。它的伟大意义在于，从此世界公认了一个事实：中国是人类发祥地之一。师丹斯基在他获得殊荣不久就离开了周口店。而另一位，'北京人'之父步林与步达生博士却长期留下来继续参加周口店龙骨山的挖掘工作。为周口店猿人遗址的挖掘留下了光辉的一页……"

龙骨山

山麓葱翠，风和日丽。满山遍野的野花宁静地在草丛中盛开。一切都是那么宁静祥和。突然，一声巨大的爆炸声响，绽放的野花被炸得粉碎，夹杂着碎石裂木高高飞起，又随着浓浓的黑烟摔落得到处都是。这时又是一声"轰"的爆炸声，娇嫩的黄色苦菜花在巨大的震动中颤抖。第二次直奉战争打响，这场战争中的一个战役在房山琉璃河至周口店龙骨山一线展开。这场鲜为人知的战役和抗日战争时期初的二十六路军的阻击战给龙骨山至今还遗留下许多残缺枪械与手榴弹。在龙骨山的历次考古挖掘中均不时出土这些战争残留物。在寂静的龙骨山上，我们屏住呼吸似乎还能听到当年战场的厮杀声，眼前还能浮现出历史画面：张作霖的奉军骑着马在炮火中冲锋，奉军的山炮在

龙　骨

开炮。直系军阀吴佩孚的军队在火车上向北开进，直奉两军在外国人的调解下坐在办公桌前签协议……

正当安特生竭力想在龙骨山挖出人类化石以证实自己论点的时候，直奉大战在周口店龙骨山打响了。这场军阀混战给周口店龙骨山的挖掘工作带来了巨大的阻力。

工作间·四合院

安特生听见了炮弹的"嘶嘶"声与爆炸声。他一边穿衣服，一边跑出房间。院子里，工人们惊恐地跑进跑出，乱作一团。安特生迎面拉住一个正在跑着的工人，急急地问："发生了什么？怎么有炸弹的声音？"

工人结结巴巴地指着院外说："打……打仗了。来了好多当兵的！"

安特生有点蒙，他怔怔地站在那里，工人跑开了。

远处山头上，又是枪声，又是爆炸声，还腾起了黑烟。

安特生突然想起什么，跑进屋，拿起一个望远镜，匆匆跑出院子，直奔挖掘现场。

布满用石灰划成格网状的挖掘现场，却有些士兵在挖工事。安特生与几个中国工人奋力往山上跑。不断地有伤兵被抬下来。伤员有的被炸断了腿，可怕的断腿血肉模糊。

安特生一边惊恐地看着这些鬼哭狼嚎的士兵，一边跌跌撞撞地穿过山林。

安特生时而匍匐时而跑动。当他爬到挖掘现场时，他被眼前的情景惊呆了：一群士兵正在划满格子的地上挖掩体。有的则干脆靠在已经挖开的洞穴旁抽烟。夹杂着化石的泥土被随意地铲在工事上，为了加固士兵还在上边拼命地拍打，砸实。几个士兵光着膀子抡着铁镐使劲地往下刨去……

安特生心疼地叫道："上帝，你们在干什么？哦，我的上帝。"他发疯似的冲下来，拖住士兵的胳膊："停下，停下！"士兵们被这突如其来的喊叫着的洋人吓呆了，不由得停下来，愣愣地看着近似发狂的洋人。

士兵们放下手中的工具，靠拢到安特生的周围。靠在洞口的士兵们也好奇地爬上来，挤上前看个究竟。

第四章 龙迹·你好，龙骨山

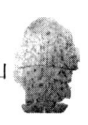

"怎么了？""这是不是金矿啊？""这地方在干什么？怎么还划着线？""这洋鬼子是干什么的？"士兵们七嘴八舌地议论着。一个歪戴着大檐帽的老兵叼着烟，眯着眼，上下打量着安特生："喂，洋人，这是什么地方？这是在挖什么宝贝吧？"众士兵哄然大笑。

安特生累得喘着粗气，弯着腰，竭力地解释着："士兵们……这里不是战场……这里是重要的考古现场。请你们离开这儿……"

一个士兵逗乐似的说："什么捣鼓（考古）。哦，是你们在这儿捣鼓什么玩意吧？"

老兵轻蔑地吸了口烟："让我们离开，你以为你是谁？告诉你吧，兄弟们是奉张大帅的命令驻扎在这儿，与直系军吴大帅的军队在此对阵。我们长官看这儿地形不错，而且已经挖了不少沟洞，正好还省了我们再挖工事呢。"众士兵傻笑起来。一个小兵调皮地说："我知道，你们这是盗墓吧？"

安特生摆动着双手："请安静，士兵们。这是考古，是研究历史上是不是有人——你们的祖先，也是我的祖先——在这里生活过。这是科学。通过挖掘才能证实这一点……"

"我都不知道我爹从哪儿来，咱从小就没爹。"一个士兵傻傻地说。众士兵哄堂大笑，七嘴八舌地说着："对啊，你小子生下来就没屁眼儿，哪儿来的爹呀！""没准你娘不知从哪个地方野，傍了汉子，下了个野种呢。哈哈！"

老兵看着安特生一脸的无奈，倒也动了恻隐之心："我说，洋人，我们这些当兵的，是有今天，没明天的主儿，连爹娘是谁都搞不清，还用知道祖宗是谁？您这是高抬了我们啦！你呀，快走吧。这还不知道打成什么样呢！"说完转向士兵们："走走，都干活去。干不完，晚上连饭都不给吃了！"士兵们笑着散开了。

安特生怔怔地站着。他明白，此时他无力阻止这一切，他几年的心血就要毁于一旦，他沮丧地抱着头蹲下来。

老兵带着一个军官模样的人走过来。老兵拍拍安特生的肩头："哎，洋人，我们长官来了。"

安特生木然地站起来，站在军官的面前。年轻的奉军军官手握马鞭上下

龙 骨

打量了一下安特生。然后"啪"的一声立正,行了个军礼,说:"鄙人是张大帅的第六旅副官张奇山。奉张大帅之命在此布防。请问您是?"

安特生似乎有了一点希望:"我是贵国政府的顾问安特生。我负责农商部地质勘探与考古工作。"

张奇山说道:"原来是政府顾问先生,失敬,失敬。标下士兵多有冒犯,请多多原谅。"

安特生说:"这里是政府指定的一个很重要的考古区。请将军帮帮忙。"他故意把这个小军官称作将军。"是不是把军队从这里调开。如果这个挖掘现场被破坏,就没有办法补救了。"

张奇山手托下巴想了一下,为难地说:"安特生先生,现在是战争时期,没有办法,这里必须布防。本人唯一能做的是,如果幸运的话,打完仗,我们迅速撤离此地。"

安特生恳求道:"张将军,求你了。这个地方如果遭到战乱,就很难恢复了。"

张奇山说:"我是军人,只能奉命从事。再说,先生这里即使不被我们占领,也会被直系吴大帅占领。军事之事,只能如此啊!此地多有危险,先生不宜久留。来人!"

两个卫兵上来:"有!"

张:"将这位洋人先生送到安全的地方。"

卫兵:"是!"

两卫兵要架着安特生离开。

安特生挣开卫兵的手,悲哀地环视了一下他精心打造的挖掘工地,离开了现场。

安特生绝望了。他知道,他们对龙骨山所期待的奇迹不会出现了。直奉战争打碎了他的梦想。而他最坚定的支持者——师丹斯基的离去,更使他感到周口店的前途渺茫。由此,他不得不将周口店的挖掘工作彻底交给中国方面来主持。与此同时,注定在命运中与龙骨山有缘的中国人,也面临着历史的抉择。

第四章 龙迹·你好,龙骨山

安特生背着行囊准备离开周口店。身后的大门上钉上了封木。他留恋地环视着四周。几年来,他的梦想,他的努力奠定了这样一个基础。然而壮志未酬,他却不得不告别这里的一切。

临行前他想与康仲甫告别,然而,他却发现在瑟瑟寒风中,康芝堂药店已经破旧不堪。药店门前,大立板式的药店铺面上方,褪了色的药字旗在风中摇晃,残缺不全。门被封了,用木条钉成×形。安特生向路人打听。从路人的表情与手势中,安特生读出了令他伤心的消息。

他这才知道,康仲甫早已去世,康德也不知去向。此时的他从心底涌起了一阵悲哀的情绪。这位曾帮他敲开龙骨山大门的药店老板,是一位多么值得信赖的朋友。在以后的日子里,安特生在他的许多文章里都提到了这位不愿让他透露姓名的药店老板和他为龙骨山做出的一切。

安特生怀着巨大的遗憾离开了龙骨山,临行前他眼含热泪抚摸着山崖,用手指下意识地抠着,一小块化石露出来。他轻轻地擦去泥土,苦笑着看着,已无昔日的惊喜。他把化石握了很久,然后扔进山林中。远处夕阳如血。不时传来枪声和硝烟。他伫立在山崖边,四处都在薄薄的雾中……

安特生不得不中断龙骨山的挖掘,根据师丹斯基的提议和征得翁文灏的同意后,安特生决定和翁文灏派来配合工作的地质所工程师刘长庆等人到河南渑池县进行新石器时期遗址考古挖掘,缘由很简单,在巡查龙烟铁矿时师丹斯基就听说在河南有出土的史前文化陶片及龙骨,再加上刘长庆在地矿普查中就发现龙骨和碎陶片。当安特生看到这些陶片和龙骨时便与翁文灏等人研究分析:此处的碎陶片极有可能是距今四五千年前的新石器遗址所出,而此处的龙骨却与周口店出土的龙骨年代相差甚远。安特生认为这处遗址应当不难挖掘,事后也证实了这一点,这就是轰动世界的仰韶文化遗址。

中国有句俗语:"塞翁失马,焉知祸福!"当安特生在龙骨山深陷窘迫之时,另一座幸运大门却向他赫然敞开。

1921年至1924年间安特生在河南省渑池县仰韶村发现并挖掘大量新石器彩陶,一年后他又在青海省和甘肃省西部发现并挖掘马家窑文化遗址。他惊喜地发现虽然两地相隔甚远,但马家窑的彩陶与仰韶彩陶有异曲同工之处。

龙 骨

而马家窑彩陶似乎更加繁复与久远。这两处文化遗址的发现为安特生的考古经历增添了极为辉煌的一笔,这也应验了当年丁文江在他事业低谷时给予他的鼓励。

两处文化遗址的发现正式拉开了中国田园考古的序幕,四年后由考古学家李济为首的第一支中国田野考古队在河南省殷墟闪亮登场。

由于安特生的杰出发现,他在考古界声名雀起,事业发展,一时间如日中天,惹得世界同行心跳眼热。但是安特生的心灵深处却怎么也放不下龙骨山的古人类遗址的挖掘。对于因战乱导致的考古挖掘中断,他一直耿耿于怀。在短短的几年就因考古挖掘功成名就之后,他的第一个念头就是重返龙骨山,他心中一直有一个坚定的信念:"我们的祖先就在离我们不远的地方,就在附近,我能感觉到她就在我们身边什么地方。"

当安特生头顶成功者光环回到北京时,他已是享誉全球的伟大科学家。

此时的丁文江已去龙烟铁矿公司任董事长,据他自己私下解释是"因为生活窘计而为"。

此时的龙烟公司依旧无法正式投入生产,此时这所企业因不断地增加配套设施已耗资达580万块银圆之多,比当时计划投资280万整整多出300多万。

丁文江这位近代著名科学家竟最终因生计窘迫于1936年在简陋的旅馆里中死于煤气中毒。

翁文灏接替了丁文江成为地质调查所所长,他一上任便大刀阔斧地改变地质所的状况。他一面游说四方为地质所兴建一处正式办公地点,一面网罗天下有识之士形成地质与考古的人才群体。

他游说上至北洋军阀下至实业家与学者,倾其所有在北京北兵马司胡同9号盖起了一座地质大楼。后人赞叹说:这座新建的大楼不仅是一座楼,更重要的是建起了中国的地质与考古基础。如今,这座凝聚着中国近代早期科学家心血的楼房依旧默默地矗立在北兵马司,向人们叙述着自己的前世今生。目前,该楼作为地质部旧地质调查所遗址对外开放。

安特生回到北京后受到了翁文灏的热烈欢迎,同时,翁文灏也推心置腹地和安特生就恢复龙骨山挖掘的实际困难与设想等进行了交谈。

第四章 龙迹·你好,龙骨山

翁文灏牢牢地记着丁文江临走时感慨的评语:"在各个都想在中国身上捞取好处的列强中唯有瑞典还算是比较善良的国家……我们可以与瑞典人安特生合作,给那些不规矩的列强树立一个范例:我们中国愿意与真诚的善良的国家合作。"

安特生终于发现了传说中的龙骨山。这个了不起的发现为日后揭开远古时期人类生活奠定了基础。

有"中国考古第一人"美称的李济博士对安特生的中国之行也有了高度评价,但他不赞同安特生"中国文化西来的观点"。

1933年5月李济在武汉大学发表讲演时,特做一篇《中国远古之文化》的讲演:"安特生认为,1921年的河南的陶器正和西伯利亚、中央亚细亚所发现的相似,时期约在纪元前3000年左右。可以证明中西文化之关系。"对此,李济持不赞同意见,他认为在中国全国范围内各地发现的陶器是"从仰韶文化经商代至今中国在人种和文化上连续发展的"。然而,在2005年以来在新疆出土的大量"鄯善"史前古墓中的古骸却证实了安特生当年的论点,这些史前族群似来自西伯利亚地区的欧罗巴人种……"东方西方都无分别。"李济的观点代表了当时中国学者的普遍观点。

安特生本人后来也纠正了自己的观点,尤其在龙骨山挖掘期间以及后来出土"北京人"头骨都证明了古代中华文化和人类进化有着其独立的连续的脉络。安特生在中国的伟大贡献不仅在于发现了仰韶文化和龙烟铁矿,更伟大的贡献是在他即将离开中国前介绍了一批世界顶级科学家来华继续工作,其中瑞典著名古生物学家布林在安特生回国后继续在周口店工作。同时根据在周口店挖掘实践工作中所遇到的实际困难特意争取并促成美国洛克菲勒公司基金会直接参与猿人遗址挖掘和研究,并促成有丁文江、翁文灏起草的对在中国考古挖掘和文物保护的首部法律性质的协议书,这份协议书被后人称赞为中国第一部文物保护法规,这一系列的行动直接促使北京猿人头盖骨的发现并被世界高度评价为"古人类全部历史上的最有意义、最动人的发现"。

在炮火连天的第二次世界大战期间,安特生也一直关注着中国的事态,惦念着昔日的中国朋友和同事,当他听说远东古物博物馆馆长高本汉准备赴

龙 骨

中国访问时,他立即致信高本汉:"我非常希望您能够见到翁文灏博士,这个在战争岁月里为他的祖国鞠躬尽瘁的小个子硬汉,我希望您还能见到多产的古脊椎动物学家C.C.Wong、博士杨钟健和第一个'北京人'头骨发现者裴文中博士。您将要会见多少杰出的学者!请代我向他们致以衷心的感谢和亲切的问候!"

字里行间透露着安特生充满渴望和深情的中国情结,他时时渴望回到那个令他魂牵梦绕的地方,很遗憾因为战争的缘故,高本汉未能如愿以偿地来到中国,带来安特生的问候。安特生于1960年10月29日在家中安详地去世,享年86岁。

安特生,中国人民、龙骨山将永远铭记这个伟大的名字。

著名古生物学家、考古学家贾兰坡教授高度评价这位伟大的科学家:"安特生是周口店猿人遗址的发现者,是仰韶文化和马家窑文化的发现者,也是中国野外考古的开创者,他的名字将永远铭刻在中国近代地质勘探与考古史的丰碑上。"

第五章
龙吟·龙的盛典

　　正在这时，葛利普满脸通红，醉醺醺地举着酒杯凑过来："喂，安特生博士，北京人是怎么搞的，它到底是人还是食肉类动物？"葛利普的叫声引起一片笑声。他本人也乐不可支。

新思潮扑面而来

　　当20世纪初各种新思潮扑面而来时，当年仅26岁的毛泽东意气风发地用其激扬的文字指点江山，他已从一个热血青年成为追求革命事业的斗士。此时远离橘子洲头的北京城里，一群革命的和文化的先驱们也正在慷慨激昂地倡导新文化、新思想、新科学。

　　刚刚担任北京大学图书馆主任的李大钊即在陈独秀主编的《新青年》的《言志》季刊上发表著名的《布尔什维克的胜利》一文。他一针见血地指出：1917年的俄罗斯的革命，不独是俄罗斯人心变动的显兆，实是20世纪全世界人类普遍心理变动的显兆。俄国的革命，不过是使天下惊秋的一片桐叶罢了。所以 Bolshevism 的胜利，就是20世纪世界人类人人心中共同觉悟的新精神的胜利！

　　同是北大教授，后又担任北大校长的胡适看到了李大钊的文章后，也在

 龙 骨

《新青年》发表一篇反对的文章《多谈些问题，少说些主义》。

作为20世纪初新文化运动的领袖之一，同时也为北大教授和《新青年》主笔之一的胡适认为，时下中国要振兴，首先要从文化改良入手，他提出了文化改良的八项提议："一曰，须言之有物；二曰，不模仿古人；三曰，须讲求文法；四曰，不做无病之呻吟；五曰，务去滥调套语；六曰，不用典；七曰，不讲对仗；八曰，不必俗字俗语。"（引自胡适《文学改良刍议》）面对一个百废待兴的民族，拿什么去拯救她？这在20世纪初是一个争执最激烈的话题。形成了"科技救国"、"实业救国"、"政治救国"三大流派。日后成为中国共产党创始人之一的陈独秀，作为《新青年》主编和北大学长此时在自由论坛的《新青年》发表《谈政治》一文，旗帜鲜明地抨击自己的好友胡适：我们中国不谈政治的人很多，张东荪先生和胡适之先生可算是代表，最近胡适之先生等《争自由的宣言》中已经道破了。我的结论是：我承认人类不能够脱离政治，但不承认行政及做官、争地盘、攘夺私的权利这等勾当可以冒充政治。我承认用革命的手段建设劳动阶级（即生产阶级）的国家，创造那禁止对内对外一切掠夺的政治、法律，为现代社会第一需要。

1921年在中国南方的一个湖畔小船上，一群面色庄严的人举拳宣告：中国共产党成立了！

1924年6月16日黄埔军校盛大开学典礼。蒋介石踌躇满志地站在孙中山身旁，他要建一个属于自己的军校的梦想终于实现了。而孙中山也十分清楚自己创立的民国已建立12年了，但中国仍处于南北分割，军阀混战的局面，要统一要实现真正的共和，就必须有一支号令统一的军队。眼下的黄埔军校就是实现自己梦想的摇篮。

孙中山在开学典礼上面对500名一期学员说出了久埋心底的愿望："……中国革命之所以迟迟不能成功的原因，就是没有自己的革命武装，民国的基础一点都没有……所以一般官僚军阀便把持民国，我们的革命便不能完全成功。

"今天开这个学校是希望，从今天起，让这学校的学生建立基础，成立革命军，诸位学生就是将来革命军的骨干……"

第五章 龙吟·龙的盛典

台上台下数千人在总教官何应钦的指挥下齐声高唱黄埔军校校歌：

> 莘莘学子，亲爱精诚，三民主义，是我革命先声。
> 革命英雄，国民先锋，再接再厉，继续先烈成功。
> 同学同道，乐遵教导，终始生死，毋忘今日本校。
> 纪律神圣，重于生命，服从遵守，革命军人本性。
> 以血洒花，以校作家，卧薪尝胆，努力建设中华。

建立自己的军队是当时国共两党共识，以周恩来、叶剑英、张太雷等作为中国共产党党人成为黄埔军校创始人中的骨干。

毛泽东的"枪杆子里面出政权"与经历无数失败后的孙中山在这一观点是惊人的相似，在经历了蒋介石大屠杀后，共产党人终于在毛泽东的倡导下建立了第一支红色武装——红军。

1951年4月，败退台湾蒋介石反省自己的成功与失败时说道："……我在民国十二、十三年之间，什么事都不愿做，而只要创办军官学校……为我唯一的志愿。"

对于真龙天子溥仪而言，1924年仿佛注定是个五味俱全的一年。

自退位以后，宣统皇帝一直过着清静而相对安逸的宫廷生活。在这一时期，不理朝政的他依仗年轻人特有的好奇心与求知欲开始与宫外的社会名流、贤达广泛交往。

溥仪的兴致是广泛的，与所有年轻人一样总是来得快也去得快，拿北京的老话形容那叫"兴儿不长"。养尊处优的溥仪在英国苏格兰请来的教师庄士敦调教下学说讲英语，学骑马，喝洋酒品西式糕点，一时间紫禁城里时不时就能看到一会溥仪纵马狂奔，一会儿骑着自行车在宫中跌跌撞撞，一会儿头戴墨镜爬上宫殿房顶，四处张望，一会又身穿西服到处拍照……

很快他就烦了，腻了。甚至厌倦起成天婆婆妈妈的"庄师傅"，哄他去管理颐和园和皇家房产，以便"眼不见心静"。这位典型的英格兰管家式的庄士敦在写完《紫禁城的黄昏》四年后去世，死前给远在新京（长春）做了傀儡皇

龙 骨

帝的溥仪写了封长信，信中充满了对自己学生的"思念和至死不渝的效忠"，实际上这也是庄士敦自己的"黄昏绝唱"。溥仪的几位老师差不多都怀着恨铁不成钢和愚忠的心态而郁郁而终，其中最典型的当属王国维，这位才高八斗的大家眼看溥仪不可救药而自尽效忠了。他生前向溥仪进策"开放禁城离宫之一部为皇室博物馆，而以内府所藏之古器，书画陈列其中，使中外人民皆得观览……实为全国古今文化之所萃，即与世界文化有至大之关系……"的愿望却得以实现，这就是日后成为世界顶级博物馆的故宫博物院。当这位没心没肺的小皇帝根本不理会老师的苦心，决意按自己的想法换个活法时，早在两年前就已"小试牛刀"。

1922年5月，皇宫里正忙着为15岁的小皇上选婚，而小皇帝正为刚安好的电话机新奇不已。他调皮地给京城名角杨小楼和天桥艺人"徐狗子"打电话恶作剧后，余兴未尽，突然让庄士敦给他胡适的电话号码。他心血来潮，要给当时学界名人打电话调侃。突如其来的电话着实让胡博士吓了一跳，他不敢相信当今皇帝会给一介百姓打电话，要知道，当初电话这玩意，在北京不过安装了两百余座，有名有姓的皇家、贵族和少数名流才装得起电话这个新奇玩意。在询问了庄士敦后才知道小皇上确实打来电话。几天后胡适诚惶诚恐地应邀进宫与溥仪面对面地谈了十几分钟。

谁也不知他们中间究竟谈了些什么，但却成了一时轰动的新闻。不管如何，这都足以让胡适得意扬扬，日后他卖关子似的谈起此次会面仍能让我们感受到他当时的亢奋与自得："我不得不承认，很为这次召见所感动。我当时竟能在我国最末一代皇帝——历代伟大的君主的最后一位代表的面前，占一席位！"从那以后小皇帝不顾大臣们的反对与阻挠，越来越多地与宫外各层次人士交往。

1923年10月2日 · 紫禁城 · 皇家戏台

今是端康太妃五十大寿吉日，溥仪借此机会派宫里升平署教习钱金福到梅兰芳家请梅家戏班进宫唱出堂会。皇上亲自下帖相约这样梅家惊喜不已，其实梅兰芳的祖父梅巧玲就是宫廷的"内廷供奉"，咸丰年间掌管"四喜"

戏班。

在紫禁城的皇家戏台上张灯结彩，锣鼓喧天，一派热闹的景象。

先是一场由京城名角马连良出演的《借赵云》，坐在后台耳房的化妆的梅兰芳隔着窗户向看台看去，他突然发现在阵阵鼓掌叫好的人的群中竟没看到溥仪的身影，这多少有点让他心慌意乱，是不是和自己一开始婉拒宫廷邀请有关？那时，他梅兰芳正忙着为日本关东大地震筹集善款呢！台下又是一片叫好声，接下来就该是自己的《游园惊梦》，正在此时，突然听到窗外有太监拖着长音："迎——驾！"外面的戏也戛然而停，顺着声音向外看去，随着唢呐齐吹《一枝花》曲牌，一行人缓缓入座：身穿便装头戴玳瑁茶镜的少年正是溥仪，而梳着两把头，身穿大红缂丝氅衣脚蹬花盆底鞋，光彩照人的美丽少女正是刚刚结婚不久的皇后婉容。

"梦回莺啭……"梅兰芳一句石破天惊的唱腔立刻引得全场暴风骤雨般的喝彩声。原本梅兰芳的拿手好戏是《霸王别姬》，但因是太妃寿辰的堂会，宫里内府认为不吉利，便临时改为《游园惊梦》。

应皇室的强烈要求，梅兰芳最后还是演了一段《霸王别姬》虞姬舞剑一场。皇亲国戚们看得如痴如醉。太妃赞叹道："随先太后看戏数十年，从未见此好戏，以前都算是白看了。"演出结束后，溥仪亲自接见了梅兰芳、杨小楼和余叔岩，当场赏给每人一件乾隆御笔诗鼻烟壶，并单独赏梅兰芳赏银500块大洋另赐满汉全席一桌。赠演员稀世珍宝并在寿辰堂会上加演《霸王别姬》是前所未有的事情，一时间也引起王公大臣们的不满。

面对社会与宫内大臣的指责，一年后溥仪又被驱逐出宫，似乎一切应了"不吉利"的预言。溥仪后来回忆道："在我平生听完梅先生的戏后，所得到并不是什么'余韵绕梁'之类的快乐回忆，而恰恰是给我留下了一种懊恼的情绪。"但是，不管怎么说这都是溥仪内心想平民化生活的一种尝试。此后他并没有因此而停止这种尝试，而每次尝试不再是"懊恼"而是打破沉闷的愉悦。

1924年·北京天坛

1924年4月，一个风和日丽的春日，天坛祈年殿外的草地上，52岁的梁

龙 骨

启超正热情洋溢地主持欢迎1913年的诺贝尔文学奖得主印度诗人、文学家泰戈尔的欢迎大会。泰戈尔应中国北京讲学社和孙中山的邀请到中国进行文化交流访问。几乎所有京津两地的知名人士都到场了。此时,梁启超已经辞去北洋政府财政总长的职务,决意今后"不理政治专心研究学问"。

这一年也是梁启超由政治评论家变身参与政治的政治家又变身潜心研究诸子百家的大学问家的一年,他对当代中国历史与科学都产生了重要影响。

对于泰戈尔的来访,梁启超十分重视,他不仅以北京讲学社发起人和北洋政府高官的名义主持欢迎会,也让当时已经闻名遐迩的诗人得意的门生徐志摩担任大会翻译,使得大会与会者中不乏政府高官、皇室成员与社会贤达。

其中包括北京政府内阁总理大臣颜惠庆、清宫代表婉容皇后及其弟润麒和师傅任萨姆、庄士敦等及京城名媛林徽因。

梁启超之子梁思成和徐志摩都疯狂地热恋林徽因,他们3人的到场在当时成为一道时尚的风景线。徐志摩淋漓尽致地展示了他诗人的才华并对泰戈尔进行了诗一样的致辞:

"……多少世纪以来,贸易、军事和其他职业的客人,不断地来到你们这儿。但在这以前,你们从来没有考虑过邀请任何人。你们不是赏识我个人的品德,而是把敬意奉献给新时代的春天。这难道不是伟大的事实吗?然而,人们将不向我询问信息,将运用鸽子传递信息。

"在战争时期,人们不是为观赏它的飞翔,尊敬它的翅膀,而是为了有助于杀伤。你们要为传递消息,利用诗人。然而,请允许我同你们一起,对你们这个国家生活的觉醒寄予希望,并能参加你们欢庆胜利的节日。

"我不是什么哲学家,所以请你们在自己心里给予我位置,而不要在公共舞台上给予我坐毡。

"现在,当我接近你们,我想用自己那颗对你们和亚洲伟大的未来充满希望的心,赢得你们的心。

"当你们的国家为着未来的前途站立起来,表达自己民族的精神时,我们大家将分享那未来前途的欢乐……"

充满激情的开场致辞讲演引起在座的每一人的心灵共鸣,人们报以暴风

骤雨般的掌声。面颊粉红的林徽因向台上的徐志摩报以敬慕的微笑,他身旁的梁思成那儒雅文静的脸庞上也露出敬佩的神色,他和所有人一样向着将自己的才华展示得淋漓尽致的徐志摩报以热烈的掌声。

此时,站在一旁的梁启超对自己的弟子徐志摩和儿子梁思成与林徽因这种外露无遗的多角情恋深深忧虑。因为儿子与林徽因两家早已指定了婚姻关系,尽管梁夫人极看不惯过于超前的现代女性而极力反对,但梁启超十分看中挚友林长民的女儿林徽因。只是现在自己的爱徒徐志摩又横插一刀,而徐志摩又是个风流才子早有婚配,他心里很清楚,老实巴交的儿子根本不是徐志摩的情场对手。

他思之再三决定以师长的身份帮儿子捍卫婚姻。几日后梁启超亲笔致信徐志摩严厉斥责爱徒的浪漫行径。在他的敦促下儿子与林徽因终于在第二年旅行结婚。梁启超为这国外蜜月旅行做了精心安排,充分显示了一个父亲对子女的关爱与周到。

2012年,在一场以"南长街54号梁氏旧藏"为主题的拍卖会上,一份梁启超亲笔草拟的委托弟弟梁启勋操办梁思成、林徽因结婚彩礼单引起广泛兴趣。从这封信札中,人们不难看出梁启超对子女细致入微的关爱。这场拍卖会以全部拍出获6700余万元。

同样被震撼的婉容和庄士敦在第一时间向溥仪做了绘声绘色的禀报,并极力建议请泰戈尔一行进宫会面。

1924年5月27日·紫禁宫

泰戈尔受溥仪邀请,一行在徐志摩和林徽因陪同下入宫造访达一整天,这相对于胡适会见不足20分钟,可谓创下了清宫皇帝接见民间文化泰斗时间最久、规格最高的纪录,堪称史无前例。

1924年4月文学泰斗泰戈尔来华访问,泰戈尔在华一个多月做了大量的讲演也引起了另一些中国新文化派争议,鲁迅、陈独秀、瞿秋白、林语堂等人对泰戈尔与梁启超、徐志摩等人激烈批评。

鲁迅在花边文学《骂杀与捧杀》一文抨击道:"他到中国来了,开坛讲

演……左有林长民,右有徐志摩,各个头戴印度帽。徐诗人开始介绍了:唵!叽里咕噜,白云清风,银馨……当!离开了。神仙和凡人,怎能不离开呢?"——泰戈尔被捧为神仙,反而令年轻人产生距离感。

鲁迅尖刻的挖苦并没有掩盖泰戈尔在北京之行的成功。

梅兰芳的回忆录中这样记述着:"1924年春泰戈尔先生来游中国,论交于北京,谈艺甚欢。余为之演《洛神》一剧,泰翁观后赋诗相赠,赋以中国笔墨书之纨扇。回忆泰翁热爱中华,往往情与词,文采长存,诗以记之。"

1924年4月梅兰芳在北京开明戏院专场演出梅兰芳自编自演的大型神话京剧《洛神》,演出后泰戈尔为梅兰芳赠诗:"你用我不懂的,语言的面纱,遮盖着你的容颜,正像那遥望如同一脉,缥缈的云霞,被水雾笼罩着的峰峦。"

梅兰芳回赠:"满天云霞温轻赏,如在银河碧河旁。缥缈春情何处傍,一汀烟月不胜凉。"

30多年后,梅兰芳专为纪念泰戈尔诞辰100周年做出如上的回忆。

20世纪20年代是我国与世界大开放的时代,无论文化、科学还是军事交流都空前热络:1920年10月英国哲学家伯特兰·罗素应北大校长蔡元培邀请来华讲演,毛泽东在长沙聆听了他的演讲。

1922年8月18日梁启超在中国科学社生物研究所南京成贤街文德里社址做《生物学在学术界之位置》讲演,他对刚刚传入中国的达尔文著作《种源论》予以前瞻性肯定:"从1859年11月达尔文《种源论》出版的那一日起,比诸数学、理化学、政治学、生计学、哲学等有1200年历史的学科,资格浅得多了。但讲到学问力量之伟大——一种学问出来能影响于一切学问而且改变全社会一般人心,我想,自有学问以来,能够比得上生物学的再没第二种。"

1927年瑞典探险家斯文·赫定途经中国,他特意拜访胡适,他提议将胡适作为诺贝尔文学奖候选人。胡适后来回忆道:"赫定同我谈:他是瑞典国家学会18个会员之一,他希望提出我的名字,把我的著作译成英文,如果他们是因为我提倡文学革命有功而选举我,我不推辞;如果他们希望我因希冀奖金而翻译我的著作,我可没有那厚脸皮。我是不配称文学家的。"鲁迅的态度也如此,他表示:"我不愿意如此。诺贝尔赏金,梁启超自然不配,我也不配……世界上比我好的作家何限。"两位文学大家不约而同地予以回绝。

85年后，2012年山东人莫言获得了诺贝尔文学奖……成为第一个获此殊荣的中国大陆作家……

1924年11月5日·紫禁城

自1912年溥仪退位以来，由于袁世凯有感于隆裕太后同意退位而制定的"清室优待条约"，溥仪享受每年400多万块大洋的生活补贴，再加上皇宫自有房产等收益，日子过得相当惬意。但到了这一年，溥仪的皇帝好日子却走到了尽头。

冯玉祥将军为了防止溥仪再次复辟，决议将其驱逐出宫。

冯玉祥的部下北京警卫司令鹿钟麟将军腰上别了两枚手榴弹，杀气腾腾地率军队跑步到紫禁城午门，并推开宫门，把山炮对准皇宫。紫禁城里的侍卫、太监、宫女哪里见过这等架势，顿时一个个抱头鼠窜。

溥仪正在养心殿与新婚不久的皇后婉容聊天吃水果，这位宣统皇帝在闻讯后吓得不知所措，一面急宣摄政王载沣和庄士敦进宫，一面听大臣绍英、侍卫长荣源禀报。国民军的条件很简单：一是修改清室优待条例；二是即刻交出帝印；三是必须今日全部搬出宫。脑子一片空白的溥仪愣了半响，才急巴巴地让绍英与鹿钟麟宽限3个月再搬。鹿钟麟听完后黑着脸拔出手榴弹猛地拍在桌上厉声说道："必须今日搬出宫，否则我们就要开炮！"绍英吓得差点晕了过去，他一边擦着汗，一边哆哆嗦嗦地向鹿钟麟恳求宽限。闻讯赶来的载沣神经质地自言自语，脸色蜡黄，毫无主意。被挡在宫外的庄士敦只好惊慌失措地跑到美国领事馆求救。

溥仪知道再也无法拖延，只好遵令。躲在屏风后的婉容皇后、妃子们不住地抹眼泪，听到这里也哭成一团。

摄政王双手恭敬地向鹿钟麟等献上溥仪最后的诏书，并悄悄附上一张1000两的银票："皇帝率后宫眷属听从将军命令准时迁出皇宫。因家眷行李众多还有劳将军多多差遣些军士协助搬迁……这1000两皇银是皇上赐赏将军与军士的辛劳费，请将军笑纳……"

龙 骨

鹿钟麟毫无表情地看了看诏书和银票:"好,下午4点我准时接皇帝出宫!这个银票你拿回去转告皇帝:我鹿钟麟是奉命行事,协助陛下安全出宫是在下应尽的公务,哪有收受犒劳费的道理?!我等吃的是国家的俸禄,受国家差遣,收此贿银必损我军人名誉!"鹿钟麟一番铮言让载沣感慨不已,在这个有钱能使鬼推磨的社会里居然还有人视金钱如粪土,这也让得知此事的溥仪感慨不已。末代皇帝带着家眷,乘5辆旧式汽车,身着便装出宫。

守军士兵对他们指指点点,嘲笑着昔日的皇帝,并命令他们从车上卸下珍宝及大件家具,只允许携带随身物品出宫。

鹿钟麟乘着第一辆站着士兵的汽车缓缓从宫中驶出。溥仪乘坐第二辆。

他凄凉地望着越来越远的故宫。溥仪用袖子掩住自己的脸,婉容等坐第三辆、第四辆轿车。他们不断地向外张望,第五辆为警察总监张壁押车,车辆鱼贯而出。

溥仪被驱出宫使他在大婚期间刚刚燃起的"复辟大清王朝的美梦"轰然破灭,为此,他恨透了冯玉祥和鹿钟麟。据溥仪自己回忆,他在三天三夜的大婚期间,自己当大清皇帝的感觉真正降临了。他满脑子都想着一句话:"我要亲政!我要亲政!"以至于入了洞房甚至顾不上看新娘子婉容一眼。从天上掉到地下的溥仪仍然不甘心,他没有履行与鹿钟麟当面承诺的:"要当个平民,过平民的日子。"而是派庄士敦和其他皇室人员四处奔走,乞求各列强国家与军阀给予保护。

为此,溥仪还专门派人给东北军阀张作霖写了一封求救信,并在信中附了一枚价值连城的大钻戒。并以同样手法向各国大使和军阀求助。

一向贪财的张作霖首先响应,他亲笔回信给溥仪,表示一定会保护他,并退回了那枚钻戒。不知何人给张大帅出了一石二鸟的计谋,他可以名正言顺地向世人表明自己不为私利,而为维护末代皇帝的利益发动直奉战争,二来挟持一个皇帝其利远远大于一枚钻戒的价值。

用行贿的方式诱使外国势力和军阀保护和支持复辟清朝的方式,最终将溥仪拖进了另一个可怕的深渊。

第五章 龙吟·龙的盛典

1961年10月9日·故宫

时隔36余年的故宫里，年已古稀的鹿钟麟将军与刚被大赦释放的溥仪紧紧地握手。

鹿将军此时已是政协委员，他诙谐地对溥仪说："溥仪先生，36年前我把你送出宫，36年后我在紫禁城里欢迎你，咱们有缘哪！"

溥仪感慨万分："鹿将军，我可忘不了你，不是记仇而是敬重你！今天告诉你一个小秘密，那年你说用炮要轰我出宫，老实说我是又怕又恨，你知道我一下子联想起俄国革命时俄国沙皇尼古拉全家被赤卫军枪杀的事，满脑子都是'完了，这下要满门抄斩了'！后来听父亲讲给你赏银你分文不收，我还以为你嫌少呢！父亲说你真的不要钱，还说我们大清如果多几个像鹿将军这样的不爱财的将军就不会落到如此败落的地步。记得你送我全家到恭亲府时你对我说的话，你问：'你以后是当平民还是继续当皇上？'我回答：'我再也不想当皇上了，我要过平民生活。'你笑了：'那好，当平民我就保护你！'现在应验了。那天发生的事让我感慨至今啊！"

鹿钟麟开怀大笑："记得，当然记得了，作为京城警卫司令我的职责是保护京城的老百姓，其实有没有我鹿钟麟，清朝也会灭亡，这也是我这几十年的感悟！"

"那是，那是，当时虽然二次诏书退位，可心里不甘，总想重新坐上清朝皇帝的位子。你那时不赶我出宫，我肯定还会复辟！感谢共产党教我从皇帝到人，这是救了我的下半生，好啊！我现在心情特别舒畅，如获重生！"

"说得好啊！说得好！"鹿钟麟激动地与溥仪再次热烈握手。周围的人们为两位传奇人物的经历而热烈鼓掌。

1926年10月由安特生、翁文灏、蔡元培等人精心策划的瑞典王储（偕王妃）不远万里到中国考古之旅实施了。这件载入史册，值得世人称道的科学之旅能够实现安特生和翁文灏的愿望吗？

1926年10月·龙骨山

工地上鼓乐齐鸣，彩旗飘扬。红底白字的横幅上写着：热烈欢迎王储陛下

龙　骨

视察。王储满面笑容地偕王妃在工地上查看。西洋乐队奏着乐曲，王储与安特生亲切交谈，观看挖掘出的化石。

正在做环球旅行的瑞典王储阿道夫·古斯塔夫六世与其王妃一行如约考察了龙骨山。这也是龙骨山挖掘史上唯一的一位来过现场的王储。

古斯塔夫六世是一位世界上为数不多的科学家王储。他知识渊博，是著名的考古学家、文物鉴定家。

他的到来无疑给正处在关键时刻的安特生等人提供了一次极好的机会。事后也证明，周口店龙骨山的挖掘工作得到了瑞典王储的大力支持。而具有更大的意义是10月22日北京各界欢迎瑞典王储的大会。

因为从那天起，中国学者正式步入世界大舞台。接下来的事实也证明：困扰世界的疑问终于在中国科学家的努力下被证实了。

紫禁城·太和殿

1926年，梁启超、蔡元培、丁文江、翁文灏等人陪同瑞典皇太子、太妃参观故宫，原本想拜会中国皇帝，不料溥仪已在两年前被逐出故宫，正准备潜往东北复辟"大清国"，由日本关东军一手策划的出逃最终让这位末代皇帝成为不齿的汉奸。

太子一行饶有兴趣地观看大殿中的陈设，最后站在附有盘龙的柱子前仔细观看，几个人低声嘀咕一下，还是由安特生问："殿下想问为什么柱子上要有许多龙？中国真的有这种生物吗？"太子太妃环视四周感慨："这是个龙的世界！"丁文江笑着作揖："还是请梁任公点拨一下吧，任公不仅与龙相伴，且深晓来龙去脉……"一番话不仅让安特生丈二和尚摸不着头，就连太子太妃也面面相觑。倒是久经世故的梁启超泰然处置："尊敬的殿下，在君先生过奖了，实际上鄙人很惭愧，不仅从未见过真正的龙为何物，在君先生所讲的龙，以吾愚见是一种精神的图腾。鄙人游历了许多西方国家，亦知道西方也有传说中的龙，不过西方人眼中的龙大都是邪恶和凶猛的，这真是很有趣的现象！"太子太妃信服地频频点头。"没有考证过中国的龙是何时产生的，不过吾知道先秦文化中有两本书描述了龙的情况，应该是公元前500年，中国

第五章 龙吟·龙的盛典

有部著作《论语》，它记载了孔子与韩非子之间关于龙的讨论：韩非子自称见过龙：'夫龙之为虫，可狎而骑也，然其喉下逆鳞径尺，若人有婴之者，则必杀人……'韩非子说得活灵活现，可孔子却不以为然，他嘲笑地说：'鸟，吾知其能飞；鱼，吾知其能游；兽，吾知其能走。走者可以为罔，游者可以为纶，飞者可以为矰。至于龙，吾不知其乘风云而上天，吾今日见老子，其犹龙邪！'意思说我只知道天上飞的鸟，水里游的鱼和奔跑的动物，唯独未由见过龙，今天与老子一番谈论犹如见到了龙一般……"安特生将梁启超的话翻译给太子一行，大家心领神会地笑了。

梁启超继续陪着太子一行边参观边讲："可为什么中国人对龙情有独钟呢？吾想无外乎有三种可能，其实谁也没有见过龙为何物，也没有证据证明有过这个东西，于是乐将其神化，其二自古传说中的龙在中国人眼里是威猛吉祥的神物，以吾愚见，中华民族历史始终伴有龙的影子，因此历朝历代不论百姓还是皇帝都以龙为神圣和权威的象征，你们看皇帝住的地方叫龙宫，穿的是龙袍，睡的则是龙床，君王自喻是龙的儿子，几千年来，差不多有记载以来，已有四五千年以上，20多年前，罗振玉先生三下河南寻找带字龙骨，其中就有'龙'字，鉴赏家称之为'甲骨文'。

"以鄙人浅见，这种文字的发现证实至少在西历前2000年前中国先民已把龙视为神圣之物了，也是皇家至高无上的象征……"

太子兴奋地手舞足蹈："我也可以是龙？这很有趣，很是神奇，西方的龙来到东方的龙故乡，这岂不是龙的大团聚吗？！"

"果真如此真是太妙了！欢迎尊贵的太子太妃来到龙的世界！……"众人鼓掌喝彩。

梁启超笑着说："殿下驾到，自然是龙，实至名归，真乃龙的盛会啊！"但他又话锋一转，说道："不过，这其三嘛，吾想说科学的发现让世人知道世界上可能有一种真正的动物叫恐龙，据鄙人所知世界上已有发现这种龙的残骸，这真是让人兴奋！"

梁启超突然停住话，目光中闪着颇为自豪的光彩："鄙人有一犬子思永，正在美利坚攻读考古学，吾决意让他回国后去河南考古挖掘！"

龙 骨

听得入迷的太子太妃不禁鼓掌喝彩:"梁先生的讲演真是精彩绝伦!这正是全世界热门的科学探险内容……不过,我们以为,尽管探寻史前哺乳类动物的秘密十分重要,探寻我们人类的起源测更为重要!亲爱的安特生,你在周口店挖出的史前人牙意义非凡,它或许就能从此发现我们人类起源的秘密……"

"十分精辟!殿下科学的预见了一个改变世界奇迹!"众人交口称赞。

安特生百感交集:"我在龙骨山说过,我知道,我也相信我们的祖先就在离我们不远的地方!"

两年后,梁启超终于实现了他的夙愿,他的弟子,1928年10月,中国田野考古第一人李济、董作宾到距安特生挖掘的仰韶遗址不远的小屯村,第二次(1929年3月)他的儿子梁思永来到这里开始中国历史上第一次真正意义上的田野挖掘,并出土大量珍贵的殷商文化遗物,其中,出土龙骨甲骨文一万余枚。梁思永在黑龙江昂昂溪遗址的重大发现使其名声大噪,成为与李济并排的中国第一代考古大家。

然而遗憾的是,梁启超本人却未能来得及亲眼看见由弟子李济和长子思永开创的伟大的考古奇迹,更没有来得及分享安特生坚信的"就在不远的地方"的龙骨山出土的那枚被命名为"北京人"古人类头盖骨的化石。1929年1月19日,伟大的现代思想家、改革家梁启超走完了他的人生道路。

十个多月后的1929年12月2日,一位聆听过梁启超讲演的中国年轻科学家发掘出第一枚古人类头盖骨——"北京人"头盖骨。

10月22日·北京协和医院礼堂

礼堂正中悬挂着北洋政府的三色旗与瑞典国旗。横幅上蓝底白字写着:"恭迎世界万国考古学会会长瑞典王储阿道夫·古斯塔夫殿下。"台上,蓝色长条桌摆成"人"字形,中间是演讲台,台前摆满了鲜花与花篮。

台下座无虚席,都是来自各界的名流与政府要员。在主席台上,我们看见中国地质调查所所长翁文灏、丁文江,新文化运动的领袖胡适,北京大学校长、国民政府教育部长蔡元培,新生代研究室杨钟健,中国近代史上的风云人物、改革家梁启超，瑞典考古学家安特生，加拿大古人类学家步达生、师丹斯基，法国古生物学家德日进。台下，在显著的座位上，我们看到了北大教授李大钊，坐在他旁边的是他的学生，年仅24岁的裴文中。所有与会者，不是学界泰斗，便是进步新青年。

突然，掌声雷动，记者们涌向主席台。瑞典王储一行到来。英俊的王储身穿形似燕尾服的黑色短外套礼服，身着华丽衣裙的王妃光彩照人。两人手拉手走上台。王储微笑着向台下致意后依次就座。

时任地质调查所所长的翁文灏担任主持人，他走到讲台前，对着一只老式话筒宣布："今天，政府政要及京津两地各界名流，北京协和医院学者和教授欢聚一堂。热烈欢迎瑞典王储阿道夫·古斯塔夫六世及尊贵的王妃殿下。殿下近日对北京、天津的科学机构进行了考察。对正在北京周口店古生物挖掘现场进行了实地考察。我考古界学人无不为之感动与鼓舞。现在我们就请王储殿下发表圣音！"

瑞典王储阿道夫·古斯塔夫六世，生于1882年，是国际上声誉极高的考古学家、地质学家、文物鉴赏家和收藏家，曾担任瑞典科学研究委员会会长。皇太子阿道夫·古斯塔夫六世起身走向讲台，他身材高大，留着绅士胡须。阿道夫礼节性地向全场致意，全场掌声雷动。

安特生满脸喜悦地把翁文灏推向王子面前："殿下，他就是您15年前在比利时遇到的那位中国学者——翁文灏先生！"古斯塔夫早就期待着这一天，他飞快地打量了一下眼前这位穿着长衫的矮个子，努力在脑海中飞快地搜索已久的记忆。"对，是他，就是那位中国人！"他迎上去紧紧与翁文灏握手。

"翁先生，您还记得15年前在塞浦路斯的情景吗？"

"当然记得，那是国际地质大会……"翁文灏当然也记忆犹新，他本想说，那时我是一个留学生，被大会拒之门外。但他知道，这位在学界德高望重的未来君主能够记住名不见经传的普通华人已是意外中的意外，他说到此就停住了。

"先生们，女士们，你们知道吗，正是这位先生，当年一句话让我今天来到这个伟大的东方国家……谢谢安特生！"王子激动地向在场的人们介绍道。

龙 骨

人们面面相觑，不知其中的奥秘，所有人把期待的目光投向一脸兴奋的安特生，安特生上前为王子做解释："殿下当年正要进入会场前，一群保安人员拒绝翁先生进入，因为他没有大会邀请信，翁先生当时说了一句话，不，是喊出了一句话……"众人问道："什么话？""他说：'你们总有一天会后悔的，因为你们把拥有4亿人民和960万平方公里国土的国家拒之门外！'"安特生大声地解释。人们爆发出热烈的掌声："说得好！真正的爱国者！"

太子再次紧紧握住翁文灏的手诚恳地说："真的很抱歉！请原谅那是个愚蠢的错误，任何人任何国家都不可能无视如此伟大的国家存在，亲爱的翁博士，为表彰您和丁文江博士在地质学、考古学做出的不可代替的贡献，我谨代表国际地质协会理事会正式授予您和丁文江博士为理事会成员资格！"太子从侍从手中接过两卷彩带扎封证书颁发给翁文灏，意外的开场白让全场气氛达到高潮。

蔡元培上前，用双手示意安静，他轻松地笑着说："适才实在令人感动！咏霓、在君两仁兄获此殊荣，令国人振奋。20世纪是个新时代，吾校旨在海纳百川，吸取一切新思想、新科学，让中华以新形象立于世界之林！诸君都晓得以前见了皇上要行三磕九拜大礼，如今吾辈却平等地与皇室同室而坐，这是何等文明？！何等自由平等？！在此，余再次感激皇太子殿下！"

丁文江代表北洋政府向太子太子妃赠送礼物：一套精美珐琅彩开光西洋人物瓷盘、两只仰韶鱼龙纹大罐，这是安特生和袁复礼、董作宾等人挖掘的典型代表仰韶文化的大罐，此种绘画大罐在甘肃、河南出土较多，经政府特批从中选出两件作为国礼，赠送太子殿下。

太子爱不释手地不停抚摸这些礼物："谢谢！它们将是我们最珍贵的藏品！"太子没有食言，他回国后将自己收藏的数百件中国古代艺术品在建立皇家博物室时，时时欣赏，太子去世后根据遗嘱，将这些珍贵藏品捐给国家东方博物馆向世人展示。

年轻的裴文中惊喜地对老师李大钊悄声说："老师，外国皇帝还向百姓敬礼啊。"李大钊微笑着回答："发达的列强国家，皇帝只是一个象征。这是西方世界民主的一个特点啊。"裴文中啧啧称赞："这种民主至少让你感到亲切。"

第五章 龙吟·龙的盛典

阿道夫挥挥手,会场安静下来。阿道夫轻松地讲道:"感谢诸位盛情!鄙人环游世界,到了我向往已久的东方神秘的国家——中国。数天来,我有幸与北京、天津各界的学者教授们就中国的考古发现进行了交流与探讨,使我收获很大。在这块神秘的东方土地上,蕴藏着许多我们尚不知晓的秘密。这就使我们的工作变得格外有意义。我知道,世界上的古希腊、古罗马、古巴比伦,与中国最近发现的古楼兰、仰韶遗址,还有北京周口店史前人类遗址的挖掘都有着精彩的发现。本人也是一位考古爱好者。考古的无穷魅力就在于不断地去发现新的东西,让远古的真相大白于世。180多年前我国就与贵国有了海上贸易,今天我高兴地看到,我国的科学家和世界上的很多学者都会集在中国,在中国同人的合作下,不断有新的发现与成果。我向你们祝贺!"全场掌声雷动,为才华横溢的王储而感动。

翁文灏说道:"现在我们有请我国新民主运动的领军人物,清华客座教授,政治家、思想家梁任公,卓如先生演讲!"

人们对梁启超的出现都有些意外,台下一阵骚动。

梁启超一身灰布长袍,从容登台。他清瘦的脸上闪烁着一双睿智的眼睛。他环视了一下全场,然后冲着王储一行人鞠躬行礼:"尊敬的瑞典王储阿道夫·古斯塔夫陛下,尊敬的王妃殿下,尊敬的翁文灏先生,各位学识卓著的学者教授们,我今天演讲的题目是《中国考古学的过去、现在与将来》。首先,鄙人谨代表清华大学全体同人,向远道而来的伟大的瑞典王储表示崇高的敬意与欢迎。"全场报以热烈的掌声。

"诸位知道,中华民族是一个古老的民族。自黄帝、尧帝建国,已有5000年以上的历史。与西方的古罗马、古希腊、古埃及几乎有着同样辉煌的文明与历史。考古,此语出自希腊语 Apxaiooria,泛指古代的学问之意。是近代热门学科,其实,中国自古也有考古。中国考古始于宋哲宗元祐七年。也就是西元1092年。有据可查的当属北宋大学士吕大临的《考古图》。那时的考古是从青铜器的铭文与古碑文的研究开始。现在人称'金石学'。鄙人以为:是欧洲考古讲究'史前'三期说,所谓三期:其一石刀期,其二铜刀期,其三铁刀期。而石刀期中,又分新、旧两期。这一考古的'义理',此为根基,亦为时

龙 骨

下鄙人提倡的'新史学',大凡中国的史前史也不能逃此公例……

"近几年发现与出土的仰韶文化,有安特生博士的头功。"说着,梁启超向安特生敬了一个礼。安特生连忙站起来点头还礼。"法国古生物学家德日进与法国天主教神甫桑志华在鄂尔多斯高原发现了河套人化石,还有萨拉乌苏水洞沟旧石器遗址的惊人发现。"他向德日进致意,德日进礼貌地还礼。几乎每一年、每一月、每一日都在更新中国考古现状的记录。"我尚不知,安特生博士、葛利普教授、师丹斯基博士以及我们学校同人吉布博士,济之博士在北京周口店或更远的地方将有何更惊人的发现。但有一点我预感到了,那就是一定是一个从来没有过的考古奇迹。"

"鄙人认为,这就是当今中国的考古现状。有人可能质问,你演讲的题目是过去、现在与将来,为什么从中间讲起?不错,我讲的正是从中间开始。因为我们有了对现在的认识,才能客观地检讨过去的事,也才能理智地准备未来的事……"

台下,裴文中赞叹地对李大钊说:"老师,梁任公果然才气不减当年啊。"

李大钊说道:"梁先生是一代思想家,改革先驱。但毕竟是做了前清和袁世凯、段祺瑞的高官,总也离不开封建士大夫的圈子。不过,在这代人中梁先生确实是一位承上启下的学问大家。就考古界而言,几乎所有的列强国家都蜂拥而来,挖掘我们祖先的文明,大量的文物被运出国,成了这些'学问军团'的战利品。正如马克思所说,这是一种精神掠夺。这也是我们党致力于革命的目标所在。推翻帝国主义、封建主义政府,建立一个自立自强的人民的国家,维护民族与人民的权利,包括这些考古的权利。"

裴文中说道:"老师,您讲得对,我现在学的就是地质学,相信科学也能救国。如今已追随先生,成为中国共产党的一员,走苏俄的道路,创造中国人自己的奇迹。"

梁启超演讲:"……与西方列强不同的是,中国人习惯于传承过去,讲的是继承。而西洋人讲的是诠释过去,创新未来。这也许就是哲理上的差异。而正是这个差异使得中华民族的考古泊于现状,令人叹息。现在好了。诸多列强给我们一些新锐的启示,使中国考古从纸上走向真正的实际行动了。鄙

第五章 龙吟·龙的盛典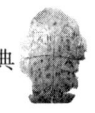

人有理由相信,以中国地方这样大,历史怎样悠久,蕴藏的古物这样丰富,努力往下做,一定能在全世界的考古学发展上站到前列!站到极高的位置!"全场掌声响起。

翁文灏说道:"感谢梁先生催人振奋的演讲。现在我们请安特生博士演讲。"

安特生走上台。他从西服内兜里掏出一沓纸。一如前者,他侧过身,向王储致意:"我非常感谢王储陛下,亲临考察。这对我们在周口店龙骨山挖掘了五年多的考古人员来说是极大的鼓舞。今天我的报告就是献给一直坚决支持我们工作的英明的瑞典王储陛下。

"据我所知,世界上没有任何一个国家的君王可以像阿道夫·古斯塔夫陛下一样与我们普通的学者们坐在一起去探讨科学的问题。仅凭这一点,陛下赢得了全世界学术界人士的崇拜与敬仰。我今天的演讲题目是《亚洲的第三纪人类——周口店的发现》。我要事先申明的是,这篇报告是加拿大著名人类学家步达生博士以及瑞典乌普萨拉大学研究所的维曼教授共同研究考证。我与师丹斯基在周口店龙骨山发现的两枚古人类,或说是古猿人牙齿之后,编写的学术报告。"翁文灏、蔡元培、李大钊、裴文中、德日进都露出关注的神情。

安特生专门为此次欢迎瑞典王储的会准备了重型学术炮弹。他是个聪明人。抓住这次王储的到来是一个极好的机会。如果他的演讲打动了王储,今后的考古经费就有了着落。在这一时刻,他要抛出的就是足以让世界为之震撼不已的理论,即证明周口店龙骨山确有古人类生活的证据。他的演讲有"一石击破水中天"的效果。惊醒了在场的所有中国人。他们也从这一天真正意识到,中国人应当登上自己国家考古的舞台了。

安特生:"……周口店动物群可能是上新世的。师丹斯基亦持有同样的看法。不过根据研究,这个遗址的层位可能是早更新世的。不管它是属于第三纪晚期,还是第四纪早期,有一个明显的事实不会改变:具有完整而确实的地质资料的古老人类化石已经在亚洲大陆的喜马拉雅山以北首次发现。因此,早期人类曾在亚洲东部存在这一事实现在已经不再是一种猜测了……"

翁文灏严肃地听着。

龙 骨

此时翁文灏的内心激荡起伏。周口店挖掘一事到了必须要过问的时候了。

他知道,仅周口店龙骨山的化石,一天最多时已达500箱。想到这些珍贵的化石不费分文就源源不断地运出中国,他的心在隐隐作痛。这位中国最早的地质学家,当时的中国地质调查所所长很快就把自己的担忧变成了一系列的法规。这些法规包括所有的挖掘要由中国人主持,以及珍贵化石必须留交中国政府等。这些规定对于此后中国考古事业发展的意义是不言而喻的。

安特生接着说:"……现在比较清楚了,在第三纪末或第四纪初,亚洲东部确实存在人类或与人类关系十分密切的类人猿。这一点在史前人类学领域里是至关重要的。因为大约在这个时候,也有类人猿生活在爪哇,曙人生活在英国的皮尔唐,海德堡人生活在德国的茅厄尔。这些种类实际上是同时代的。它们从中亚高原各自向东、向东南和向西迁移了同样远,并到达它们后来居住的地区。中亚高原的某个地方看来非常可能恰好和上述种类的共同分化中心吻合。所以,周口店的发展,给人类起源于中亚的假说提供了强有力的证据。在一连串的链条中又增加了重要的一环。"

安特生边讲边放幻灯。幻灯片中有周口店挖掘现场的照片。有安特生、师丹斯基蹲在洞里的照片。有葛利普仔细观察人牙化石的照片。

全场一片寂静。果真是石破天惊。与会者都被惊呆了。德日进皱着眉头,表现出强烈的不满。阿道夫王储站起来,高举双手首先鼓掌。全场随之响起了雷鸣般的掌声。

这是近代史上不应忘却的日子,瑞典王储阿道夫·古斯塔夫六世及王妃到北平访问,他应北洋政府和安特生的邀请专程到北平访问和考察中国考古现状,尤其重点考察了由安特生发掘的仰韶遗址。这次考察是我国百年来首例外国元首级的科学访问,对新生的中国考古事业起到了巨大的推动作用。王子,中国人称太子,终于实现了自己12年前向安特生许下的承诺,终于实现了自己的"中国梦",也终于见到了令他印象深刻的"小个子,大智慧"的中国人——翁文灏。

这一年,功成名就的安特生返回故乡,受到王子夫妇与数万瑞典民众的热烈欢迎。王储来访三年后,周口店出土了世界上第一枚50万年前的人类头

骨,殷墟挖掘也再次出土大量文物,第二年安特生在斯德哥尔摩市兴建一座"远东古物博物馆"并亲自担任馆长,馆中大多数珍品来自中国,而且均得到中国政府允许,这在世界上著名博物馆中是绝无仅有的。古斯塔夫六世直至1951年才登基,1973年去世,是瑞典王室中最长寿的国王,由于他热爱科学,热爱中国,被中瑞两国人民代代颂扬。

当晚·北京万国宾馆·招待会

招待会里五光十色,张灯结彩。身穿白色制服的服务生穿梭于人群中。

冷餐桌中间是龙凤果雕,四周摆满了各种中西式食品与糕点,琳琅满目。人们三五成群,拿着不同的酒杯盛的各种酒水饮料彼此交谈着。

大厅的一角,乐队正演奏着大提琴曲。优美的乐曲仿佛让人有置身异国他乡的感觉。

安特生与翁文灏、师丹斯基正在亲切交谈。不时有记者为他们拍照。

翁文灏举着一杯红酒,对脸上洋溢着成功喜悦的安特生说:"我要祝贺你和师丹斯基博士的发现成果。这是一个了不起的发现。我在想,你作为中国农商部地质调查所的顾问,有些问题需要我们——也就是你与中国政府之间协调。我们已与美国洛克菲勒石油公司达成了协议,由该公司资助成立一个联合研究古人类的研究室,叫新生代研究室。这个研究室就设在协和医院内,专门指导研究各地出土的古人类化石。周口店龙骨山的挖掘工作也并入其中……"

安特生一听,有些着急:"尊敬的翁先生,周口店挖掘工作的经费是由瑞典王国科学委员会资助的。这是一项独立的科学考古项目……"

翁文灏微笑着从上衣口袋里取出一份文件:"亲爱的安特生博士,请不要误解。这是步达林博士与我部达成的协议。这你是知道的。"

安特生点点头。他当然知道。这是他与步达林多次讨论后起草的。

翁文灏继续说:"其实想必博士清楚,任何考古行动都应由本国政府监督指导,这是国际惯例。今天我要向您说明的是,根据这份协议,考古成果与荣誉归你们,考古出土的珍贵文物与化石必须留在中国。这指的是特别重要

龙 骨

的,有研究价值及其他价值的,必须交由中国政府保存。这一点毋庸置疑。"翁文灏在讲到"必须"两个字时加重了语气。

安特生知道,翁文灏不仅是政府官员,而且是一个很有才华的科学家。平时,他作为翁的下属,又是翁文灏所尊敬的人。因此,他清楚,翁今天的这番话绝非针对他个人,而是代表中国政府和中国学者的态度。

安特生十分客气地说:"翁所长,我十分理解您的指示精神。这是国际惯例,我乐意遵守协议。请您相信我对中国人民的感情和友谊。这里给了我荣誉与名声,我很满足。我将遵照您的指示,所有出土的化石由贵国政府检验。凡有重大意义的化石如数保留在中国。关于移交周口店挖掘事宜……"

翁文灏插话:"不是要移交,而是合作挖掘。"

安特生说道:"那是我误解了。这样我们之间不存在问题了。一切听从阁下安排。"

翁文灏说道:"太好了。我知道安特生博士是杰出的明智的科学家,也是中国人民的老朋友。我们中国人会记得每一位给予过帮助和贡献的朋友。"

安特生回答:"那我们就一言为定。"

翁文灏说:"一言为定。干杯!"

安特生回应:"干杯!"

由翁文灏用英文起草的这份协议书被后人称之为中国第一部《文物保护法》。1930年,民国政府颁布第一部《古物保护法》,这部法则正是以翁文灏起草的这份议书为蓝本。也正是依据这份法定协定,翁文灏和胡适的努力下签订了中国政府委托美国政府在战争中保管转移北京人头骨化石等珍贵文物的官方协议。翁文灏与时任美国驻华大使詹森分别代表中美两国政府正式签约,然而战后美国政府却始终没给出"北京人"下落的任何官方解释……

3个人刚分开,德日进教授挡住了安特生的去路:"博士,你好难找!"安特生做了一个无奈的动作。德日进说:"我的朋友,上午开完会我就想找你谈谈。"

师丹斯基不满地说:"朋友,你已看到了,博士是今晚的明星。谁都想和他谈谈。行行好,让博士和我轻松一点。"

第五章　龙吟·龙的盛典

德日进未理会师丹斯基的抱怨，一把把安特生拉到一边严肃地说："因为我们是朋友，所以我不能憋着。我要坦率地与你交换意见。"

安特生无奈地双眼望天："哦，我的上帝。当然了，请讲……"

德日进说道："我认为那两枚牙化石不是古人类或什么古猿人的牙齿。那只是一种肉食动物，类似猪、鹿的动物的牙。不属于灵长类动物的牙。"

师丹斯基愤怒地回答："这是经过十多位专家鉴定之后的一致结论。怎么会说不是？"

安特生拉住激动的师丹斯基，平静地问："你否认的理由是什么？"

德日进回答："你知道，我最近在蒙古草原的考古也是关于古人类方面的。这种牙骨化石，而且出土很多。你这次轰动世界的报告里的这两枚牙，乍看起来似乎十分可信，但它是普通肉食动物最后面的臼齿。另一枚也同样如此，这类牙化石如不是四枚牙根一起出现，是无法确认是人类的。你是学者，你应该清楚这意味着什么。正因为我们是朋友，我只能坦白自己的意见。同样，我也丝毫不怀疑师丹斯基博士在古人类学研究方面的经验与努力。"德日进最后又极诚恳地表白了一句。

安特生、师丹斯基相视无语。

正在这时，葛利普满脸通红，醉醺醺地举着酒杯凑过来："喂，安特生博士，北京人是怎么搞的，它到底是人还是食肉类动物？"葛利普的叫声引起一片笑声。他本人也乐不可支。

安特生怎么也没想到，这位一同寻找龙骨山并且给发现的人牙化石起名的同行好友也在这种场合恶搞，这令他一时陷入尴尬。

但他很快平静下来。他一手拉住要发作的师丹斯基，喝了一口手中的红酒，故意摇晃着走到葛利普面前："我尊敬的葛利普教授，来自周口店的最新消息是，我们的那位老朋友，既不是肉食动物，也不是个男子汉，而是走在它们当中某个阶段的代表，并且还是一位女士呢！"安特生针对葛利普教授的问话中用了"Man"（英文：男士之意）一词特意回敬用了"Lady"（英文：女士）一字。周围的人哄然大笑。葛利普故意还转动着脑袋四下询问："在哪儿呢？在哪儿呢？"人们笑得更厉害了。

龙 骨

安特生机智幽默的回答并没有减少来自各方的压力。他很清楚,当这份报告把他推上辉煌的顶峰时,他不得不忍受来自四面八方的冷嘲热讽。就连世界一流的学者,他的老朋友德日进也提出尖锐的质疑。他不得不痛苦地自吞苦果。因为他太明白了,德日进的质疑是有道理的。他必须要拿出铁一般的证据才能平息这一切,而这场有趣的对话被后人演义成"小姐牙之争"了……

贾兰坡点评:德日进是法国著名的古脊椎动物学家。他是一位杰出的考古学家和古人类学家。他在安特生名声大噪时给他泼了一盆凉水,却从客观上极大地促进了周口店的挖掘工作。

1928年春·协和医院·梁启超病房内

梁启超躺在病床上,夫人与其子梁思永、弟弟梁启勋与长女思明也守在病床前。胡适、蔡元培、翁文灏正在探视。病床前的小桌上,插着一束淡淡的黄菊花。正在输液的梁启超靠在病床上,虽然十分瘦弱但精神不错。显然,他对这几位中国科学界的著名人物的来访十分欢喜。

翁文灏坐在床边恭敬地说:"任公在欢迎瑞典王储的会上发表的演讲真是精彩之极。至今令国人欢欣鼓舞。时下,举国上下,新疆、甘肃有楼兰古国、敦煌佛窟,中原有仰韶前古人遗址,蒙古有萨拉乌苏水沟旧石器遗址,北京有最新挖掘的周口店猿人遗址等。越来越多的发现,说明我中华文明源远流长,宝藏无数。乞望先生早日康复。为晚辈指点迷津,共同振奋我中华。"

梁启超频频点头:"各位都是国家的栋梁,所言之事均为国家民族之大义。近年来,吾亦反思,维新之举最后人头落地。落得我等逃遁东瀛,大家都讲变法救国。孙中山先生推翻了满清,可共和未成。袁世凯上台当了新皇帝。他被打倒了,又换了黎元洪。赶走了黎元洪,又来了张勋,让冯玉祥打了出去。如今又是直奉战争。南北军阀混战不休。孙中山舍大愿而在北京离世。三次北伐形成了南北政权。可想而知,变法救国谈何容易。依我之见,有识之士应视己能择路。孔子曰:'道不行,乘桴浮于海。'如今各国列强唯以科学增加国力,以坚船利炮为手段,掠弱国之财富,研究西人之精华,贵在国人

第五章　龙吟·龙的盛典

自主参与。我国才有可能立于世界之林。你们看，这是我的儿子思永，学业已成，将回国与济之一齐开展田野考古……"

蔡元培与胡适同声说道："太好了。梁公子可愿屈尊受聘到我北大语言研究所？当然，如公子情钟古生物考古，咏霓兄也正招兵买马哩。"

翁文灏问道："梁公子对周口店猿人遗址可有兴趣？何不来此一试身手呢？"

梁思永谦虚地婉言谢绝了："我想将学所用，先在田野考古分所作为……"

翁文灏回答："欢迎到地质所来。"

梁思永说道："晚辈学成回国，一定报效祖国。"

蔡元培笑着说："还是到北大清华任教为好。梁先生已有一公子思成在校攻研古建筑，如再有思永任教考古，培育科学人才济济一堂，科学落后之局面当不会大有改观。"

胡适感叹："子民如饥似渴求得人才，值得钦佩。像这样的新青年报效国家，国家定会发达自强。"

梁思永回答："承蒙各位前辈垂爱，思永小试牛刀后，任凭前辈调遣。"

众人欣慰地点头称赞。

梁启超自豪地握着儿子的手用慈爱的目光看着眼前的已长大成人的孩子，他脑海里闪过思永、思成几个孩子在南长街嬉笑玩耍的景象！孩子们长大了，他眼中浮起欣慰的目光！

梁思永，梁启超次子，1930年美国哈佛大学考古专业毕业。1929年1月梁启超去世，梁思永提前离开学习返回中国奔丧，在料理完后事后，他急不可待地在李济陪同下来到殷墟遗址……

后来他主持挖掘红山文化遗址，成为世界考古界赫赫有名的考古学家，也是最早完全由中国人完整发现挖掘考古的开拓者之一。

第六章
龙吟·天火

李大钊热诚地打量着眼前这位眼中闪着智慧光芒的年轻学子,郑重地说:"我,介绍你加入中国共产党!"

北京铁狮子胡同五号

1925年3月12日上午9点30分,伟大的民主革命先驱孙中山为和平统一中国北上北京却不幸因病与世长辞。噩耗传来令世界震惊。弥留之际的孙中山用最后的全身之力喊出:"和平!奋斗!救中国!"

远在广东东江北伐军总司令蒋介石闻讯后感到万念俱灰,他在3月22日的日记中写道:"闻总理弃党,朝夕悯悯……在军日取手枪藏怀……不如自杀,尚有生人乐趣耶?……惶然不能自觉。"蒋介石并没有自杀,在廖仲恺等人的鼓励下,继续北伐。(引自《蒋介石日记》)

4月,北京各界20余万人为孙中山安放灵柩于香山。同年国民党中央委员会决定在南京紫金山新建寝宫。

1928年北伐军进入北京,张学良宣布易帜,中国实行了真正意义上的统一。同年7月蒋介石率北伐军各集团军司令到北京西山碧云寺迎迁孙中山灵柩至南京中山陵。

1927年4月12日，功成名就的蒋介石对北伐中立下汗马功劳的共产党人举起屠刀，8月1日由中国共产党领导的南昌起义爆发，共产党从此诞生了一支属于自己的红色武装。

湖南板仓杨宅

1927年9月9日夜，中秋的月亮格外圆，也格外大。在湖南板仓一所房子里杨开慧望着天空上一轮皎月久久不能入睡。

自从丈夫毛泽东领导秋收起义上了井冈山就音讯全无。虽然多次托人捎信，但仍然石沉大海。她独自带着3个幼小的孩子艰难地等待丈夫回家。日子久了，她渐渐习惯在灯下思念时写一些诗句。这一天中秋之夜，杨开慧格外思念远方的丈夫，写下了这首《偶感诗》：

> 天阴起朔风，浓寒入肌骨。
> 念兹远行人，平波突起伏。
> 足疾可否痊，寒衣是否备。
> 孤眠谁爱护，是否亦凄苦。
> 书信不可通，欲问无人语。
> 恨无双飞翅，飞去见兹人。
> 兹人不得见，惆怅无已时。
> 心怀长郁郁，向日复重逢。

杨开慧的这首小诗虽然没有毛泽东的诗词气势磅礴，但字里行间无不透露着一个贤惠妻子对丈夫的挂念。

这些珍贵的手稿直到70年后，在杨开慧的亲人修缮她的故居时才从夹墙中找到，重读这些尘封已久的手稿，无不让人动容！

1930年10月14日，杨开慧在长沙被国民党军队残忍杀害。

1957年5月11日，毛泽东在给杨开慧的朋友李淑一回信中感慨地写下了那首催人泪下的著名诗词《蝶恋花·答李淑一》：

龙 骨

> 我失骄杨君失柳,杨柳轻飏直上重霄九。
> 问讯吴刚何所有,吴刚捧出桂花酒。
> 寂寞嫦娥舒广袖,万里长空且为忠魂舞。
> 忽报人间曾伏虎,泪飞顿作倾盆雨。

当毛泽东在井冈山闻讯后,大病一场。他忘不了在北京豆腐池胡同与杨开慧初见时的情景,他忘不了当年他一手扶着倚在身边悲伤的妻子,一手扶着恩师兼岳父杨济昌的灵柩的情景。他更忘不了长子岸英出生时一家人的惊喜与幸福。如今宁死不屈的爱妻血洒湘江,3个年幼的儿子又音讯全无,巨大的悲痛与担忧一度差点击垮了魁梧的毛泽东。

与毛泽东的经历截然相反的蒋介石,在这一年的生活却颇有戏剧性的。

1927年

"四一二"大屠杀后,国民党也分成左右两派。以宋庆龄为首的国民党左派痛斥蒋介石背叛孙中山积极"联俄,联共,扶助农工三大政策",强烈谴责蒋介石大肆屠杀共产党人的行径。

宋庆龄旗帜鲜明的立场引起了姐姐宋霭龄为首的国民党右翼的强烈不满,姐妹二人发生了公开的激辩。

宋霭龄对政治情有独钟,对金钱与权力充满欲望,由于自身家庭的原因她认定蒋介石是可以成为"上流社会"服务的代理人,她与蒋介石一拍即合,成为政治联盟。

1927年春,蒋介石来到庐山,想为解决与他作对的国民党武汉政府(以宋庆龄、汪精卫为首的国民党左派)寻找对策。他第一个想到的就是宋霭龄,他很清楚作为长女的宋霭龄在宋氏兄妹中具有举足轻重的作用,同时他还有一个多年的隐私,就是想千方百计地把梦中情人宋美龄搞到手。

早在5年前他第一次与宋美龄相见,就被从美国留学10年归来的宋美龄深深迷住了,但那时无论是母亲倪桂珍还是宋美龄本人,都对一副丘八相的蒋介石不屑一顾。宋霭龄何等精明,她一眼看透了蒋介石请她来的庐山真面目,她直截了当地对蒋介石摊出自己蓄谋已久的底牌:"我愿与你做一项交易,是这样的,我不但如你所愿,怂恿我的弟弟子文脱离汉口政府,而且还要更进一步,号召上海具有带头作用的大银行家们以必要的款项支持你,用于购买你所需要的军火……而作为交换条件,你要娶我的妹妹美玲,也要答应一旦南京政府成立,就派我丈夫孔祥熙担任阁揆,我弟弟子文做你的财政部部长。"

宋霭龄一语破的,正中蒋介石下怀。俩人一拍即合,很快宋霭龄便实施了她的一举两得的计划。她软硬兼施,让宋子文悄悄脱离武汉政府到蒋介石手下做财政部部长,她假借上海安全问题将宋庆龄支到苏联去考察,又以健康问题把母亲支到日本去疗养,为蒋介石娶亲和蒋宋政治联盟扫清障碍。

按照宋霭龄的密约,蒋介石返回奉化老家与原配毛福梅离了婚,此时蒋介石留了一个心眼:通过奉化县政府正式备案。因为"4·12"之后远在莫斯科中山大学上学的儿子蒋经国在报纸上公开抨击蒋介石,他仇恨地宣布:"以前他是我的父亲,今后是我的仇敌!"

结束了与毛福梅的婚姻后,蒋介石又马不停蹄地去找另一个妻妾姚冶诚,由于姚冶诚出身贫寒,从小就被迫陷入青楼当了妓女,她本想靠上蒋介石能从良,过正常人的生活,她与蒋之间维持了9年的夫妻生活并养育一子蒋纬国。对姚冶诚的处理相对简单多了,蒋介石没有用多大气力就搞定了。颇让蒋介石费力的是第三个女人陈洁如,其实说到感情,3个女人中一个是家族指婚,一个是寻花问柳逢场作戏,要不是共同抚养了一个孩子,蒋介石不会花过多心思,然而陈洁如则不同,从黄埔办学到北伐征程,她一直陪伴在蒋介石左右,在所有公开的场合下,陈洁如是公认的蒋夫人。这回蒋介石无脸面对,只好派张静江、吴中兴两个亲信说客代为办理。

陈洁如在日后的自传《我做了七年蒋介石的夫人》中,详细地回顾了这段令她痛苦的经历。

龙　骨

镇江·北固山定慧寺

就在杀害李大钊一个月后，1927年5月15日自觉"一身轻"的蒋介石精心打扮一番来到镇江，这是由宋霭龄为他精心筹划的一出西厢会。蒋介石与应邀而来的宋美龄携手游览焦山、金山和北固山三处镇江名胜古迹。

这里有三国刘备与吴国太、乔国老会面的地方甘露寺，有刘备与孙权之妹孙尚香倾吐衷肠的"洗心池"，这里有神话中白娘子水漫金山讨要许仙的金山寺……

江山如画加上美丽传说，让宋美龄这个全盘西化的美丽女人一时陶醉，在蒋介石的精心安排下，两个人进驻了焦山定慧寺。两人在此缠绵十日之久，临行前宋美龄依偎在蒋介石的怀中山盟海誓："我向上帝发誓，非蒋介石不嫁！"

欢喜若狂的蒋介石立刻按着宋霭龄的计划前往日本向宋母发动最后的求婚攻势。1927年10月4日，蒋介石来到日本神户有马温泉旅社拜见宋母。不出所料，宋母看了两个女儿的信已心知肚明，便痛快应许。

春风得意的蒋介石秘密与日本首相田中义一、陆军大臣白川义则、参谋长金井范三进行会谈并达成四项协议：一、蒋氏承认日本在满洲的特殊权益；二、蒋介石坚决反共到底；三、日本支持蒋介石政权；四、日本借给蒋介石××千万日元以助蒋安定中国。这个秘密的《蒋·田中密约》成为日后抗日战争前期蒋介石不抵抗的主要原因，而蒋宋联姻又成为日后投靠美国，参加对日作战盟军的重要因素。

1927年的蒋介石为今后的中国栽下了一棵"一树两果"的奇异树。其中，当蒋经国在上海"打老虎"时，碰到的第一大障碍，横行上海十里洋场的"大老虎"竟然是宋霭龄的儿子孔令凯，蒋介石不得不再次屈服于他对宋霭龄当年的承诺，这场交易一直延续到蒋介石去世。

1927年12月5日，蒋介石与宋美龄在上海举行盛大的西式婚礼，第二天蒋介石被选为国民党政府主席兼陆军总司令。从此，一个由"四大家族"支持的代表封建、地主资本家利益的蒋家王朝正式登上历史舞台。

1926年裕仁天皇登基。在京都皇宫举行了盛大的即位大典，此次活动依

第六章　龙吟·天火

然由日本最大的黑帮黑龙会头领头山满主持,这个黑龙会是日本近代史上权倾一时的黑帮组织。

其实早在1924年1月26日,时为皇太子的裕仁与良子女王结婚大典时也是由头山满亲自操办,他下令召集数千名黑龙会流氓暴徒手持凶器,威逼七万东京市民跪拜并高呼:"皇太子新婚大吉!天皇万岁!"婚礼结束后,头山满又与皇族权贵、文武大臣跪拜祝贺。从那后在裕仁眼里黑龙会是他维护皇权的依靠。

就是这个头山满还直接参与了当年刺杀张作霖的计划,九一八事变和日后盗抢中国国宝"北京人"头盖骨等罪恶活动,可以说黑龙会在亚洲各国都犯下了滔天罪行,二战结束后黑龙会头目儿玉曾以战犯之名被关押,但是随着对裕仁天皇免予战争起诉,所有有罪皇室人员一起被释放。

1927年,中国历史翻开了不能忘怀的痛苦的一页。一边是血海滔滔,一边是蒋家王朝歌舞狂欢,在那充满血雨腥风的日子里,也不可避免地影响到与龙骨山息息相关的两个人。

1927年4月8日·北平京师第二监狱

高墙外的桃树、李树已是繁花朵朵,挂满枝头。

李大钊身穿灰色薄棉袍,戴着沉重的铁镣,缓缓走向绞架。张作霖的奉军士兵押着他。周围戒备森严。铁丝网上偶有鸽子飞过,带来鸽哨声。李大钊从容地站在绞架下,以无比镇静与无畏的目光看着慌忙给他拍照的人。监狱外挤满了要求释放李大钊的学生。裴文中与同学们打出用鲜血书写的大字横幅:"还我师长!"群情激愤与军警发生冲突。在军警的棍棒下,学生们头破血流,有的倒在地上被拖走,很多人四散开来。

突然一声炮响。监狱内惊起一群鸽子,"噗噜噜"飞起来。人们一下安静下来。铁门开了。留着八字胡的北洋政府监狱长走出来,面无表情地拿出一张纸宣布:"赤共首要李大钊已被绞刑处决!"说完,他匆匆转身,钻进铁门。铁门随即"咣当"一声关住。人群凝固了。裴文中悲痛地仰天呼喊:"恩师——!"跪倒在地。学生们纷纷跟着跪倒,内心的愤怒变成巨大的悲哀,万

龙 骨

众哭泣。

1927年4月8日张作霖不顾张学良的劝阻，执意按蒋介石的密电指示处决李大钊等20位共产党人。

1991年5月28日，美国哥伦比亚大学华裔哲学博士唐德刚与91岁的张学良在美国新泽西州的北林寓所会谈。唐德刚博士就历史上一些事件疑点询问了老将军，其中就有李大钊被害一事。张学良讲出了当年鲜为人知的背景。

1927年4月，张学良听说父亲为了与南方军缓和矛盾并与蒋介石的"清党"行动相呼应，在北京发布了："宣传赤化，主张共产，不分首从，一律死刑"的告示，并将共产党发起人李大钊等十多人抓进京师监狱进行严刑拷打，张学良得知此消息后十分惊诧，他向父亲求情："李大钊是个有用的人才，不应该把他杀掉。"正当张作霖犹豫时，蒋介石发来密电敦促张作霖将所被捕的共产党人"速行处决，以免后患"。在蒋介石的再三催促下张作霖终于对李大钊下了毒手。

4月8日，北洋政府统治时期的京师第二模范监狱采用专从欧洲进口的绞刑机杀害李大钊等人。由于采用所谓"三绞处决"法，行刑过程长达40分钟，这种延长受刑人痛苦的残酷刑法，受到世人强烈的诅咒。

1949年2月2日，刚刚解放的北京市公安局七分局局长朱文刚带领八名公安战士和中央警卫团一个班的战士到德外接管国民党功德林监狱。

在接管时意外得知杀害李大钊的凶手是国民党军统侦缉处处长吴郁文、副处长雷恒成、警察厅总监陈兴亚、司法处处长蒲志中。公安局立即对其进行抓捕。从搜缴中获得大量敌伪档案证明，这些凶手因亲手杀害李大钊"有功"被提升：陈兴亚被授予陆军中将，吴郁文晋升陆军中将，其他人被授予二等至六等文虎勋章。这些凶手在铁证面前全部交代自己的罪行并接受人民判决。

沙滩·北大红楼门前

数万学生默默地护送李大钊的灵柩。裴文中走在队伍的前面。白色的横幅上写着："天火之师，丹柯之心。恩师已逝，学子无学。"裴文中年轻的脸上已没有了活泼青春的神情，取而代之的是悲痛、成熟与坚强。

裴文中走着，脑海中往事历历如新：几年前的一个冬天，他正在图书馆瑟瑟发抖地看着书，啃着凉馒头。李大钊看见后走过来，亲切地问了他几句，从布衫下掏出几块银圆交给他，让他买件棉衣。他不知所措地看着远去的李大钊。同学们告诉他，这就是赫赫有名的北大教授，他的脸上露出感激的神情……

又一个夜晚，他与几个同学在李大钊家中。灯光下，李大钊在小黑板上写出："苏俄"、"十月革命"，然后拿起一本《新青年》杂志给他们讲起来。裴文中专注入神地听着。

李大钊热诚地打量着眼前这位眼中闪着智慧光芒的年轻学子，郑重地说："我，介绍你加入中国共产党！"

另一天，李大钊家。窗户都被挡得严严实实。墙上挂着一面中国共产党党旗。李大钊带着裴文中等人在进行入党宣誓。每个人的脸上都露出神圣的表情。

东便门城墙下，李大钊化装成赶马车的车夫，裴文中化装成伙计，护送陈独秀出城。带篷的马车上陈独秀装成一个病人躺在车里，裴文中为他蒙上头。城门前，守军士兵检查着过往的行人与车辆。不远处的城墙上还有抓捕陈独秀等人的画像。化装成病人老头的陈独秀不住地咳嗽，士兵捂着鼻子检查，生怕传染，看了一下，挥挥手放行。3个人赶着马车上天津。在车上有说有笑。

恩师之死使他犹如掉进深渊。因受反动政府的压力，北大不得不让裴文中提前毕业，他一时陷入辍学无业的境地，再加上没有任何经济来源，裴文中走到山穷水尽的地步……

1928年·协和医院·步达生办公室

协和医院外树立着汉白玉栏杆，中西合璧的建筑古朴庄重。

步达生、翁文灏、丁文江、杨钟健与美国洛克菲勒财团代表福顿先生正在进行会谈。

龙　骨

步达生说道:"福顿先生,翁博士、丁博士,根据我这一时期的努力,洛克菲洛基金会董事局原则同意,为周口店猿人遗址的挖掘研究工作提供慷慨的资金支持,并且同意由中美双方共同组成周口店研究机构。我与中国地质调查所两位所长进行了协商,初步设计为中国地质调查所与洛克菲勒集团旗下的协和医院共同组成真正意义上的中国机构。我们共同将它命名为'新生代研究室'。办公地点就设在协和医院楼内。今后,周口店龙骨山的一切挖掘研究计划均由该研究室统一掌管。为了协商和避免日后工作中不必要的麻烦与分歧,我起草了两份文件,请各位过目。"

步达生把文件分发给福顿、翁、丁、杨每人一份。每人都认真地阅读。

步达生询问:"各位有什么意见,我们交换一下。"

翁文灏回答:"首先我要感谢步达生博士为周口店猿人遗址所做的一切努力,也要感谢美国洛克菲勒基金会的福顿先生所做的慷慨资助。步达生博士与杨钟健博士先后挖掘出土了古人类齿骨化石与人类下颌化石这样的重大发现。这表明周口店遗址确有宝贝值得我们去发现……"

丁文江插话:"这也像幸运的洛克菲勒公司一样,从协和医院的工地上挖掘出土了价值可再造十个协和医院的前朝王爷藏匿的金银财宝。"

众人心领神会地笑了。福顿有点尴尬,但也勉强挤出点笑容:"传闻,咳,只是传闻嘛……"

翁文灏说道:"我们最关心的是,步达生博士提到的'真正意义上的中国机构',所以我想问福顿先生一个问题:贵集团准备每年出资多少,来维持周口店的挖掘工作与新生代研究室的正常工作的费用呢?提供协和医院作为研究机构,有无其他附加条件呢?我们中国有句老话,'无利不起早'嘛。"

福顿清了清嗓子,紧了紧领带,又松了松:"步达生先生的提议,我们基金会几乎没有任何犹豫就承担了。我基金会计划,在本计划前3年的实施中,每年拨给新生代研究室11万美元,以供周口店古人类遗址的挖掘与研究计划使用。我们洛克菲勒集团是世界上最热心慈善与公益的机构。

"早在几年前,我国政府与我公司就将庚子赔款中的20%返还给中国,用于发展科技研究、教育等领域。自然,我们的慈善之举是无条件的。不过,

第六章 龙吟·天火

就考古而言，这是一项涉及全人类共同财富的计划。我集团当然从国际惯例出发，要求新生代研究室由中美双方共同组建，由我集团独家资助。研究资源与成果应双方共有。由新生代研究室保存并置于协和医院的地下室保存。要说条件，这也许就是我们小小的要求吧。"

杨钟健说道："福顿先生，这两年我与步达生博士冒着军阀混战的危险，在周口店坚持挖掘。依我的计算，每年11万美元可能仅够周口店挖掘的费用。成立的新生代研究室需要大量资金。这与实际需求相比是杯水车薪，根本无法维持。因此，作为世界上最大的石油集团，是否应重新审核这个资金援助计划呢？"

福顿说道："杨博士，我十分钦佩你和步达生博士在极为艰苦的条件下所做的一切卓著的发现。我本人也多次去周口店进行考察。我们认为，要确认周口店确有古人类生活居住的结论，尚需要无可辩驳的实物证据。仅凭现有的几块碎骨，无法说服财团董事会拿出更多的钱。只要给董事会一个充分的理由，我敢发誓，增加资金就变得简单多了。

"要知道，世界顶级的考古学家安特生先生、葛利普教授、师丹斯基、吉布在那里已挖了7年，他们每个人走时都是失望地离开。我听说安特生先生抱着他宏大的理想与铮铮誓言在中国度过了12年后，壮志未酬地回到了瑞典。如今在瑞典自筹的远东古物博物馆当馆长，精心地整理与研究他从周口店带回去的各种标本、化石。他和许多在周口店工作过的人一样，对周口店的挖掘充满了遗憾。而我们美国人，仅凭美国科学家葛利普教授与加拿大考古学家步达生的频繁游说，集团就慷慨解囊。要知道，本集团至今没有一块周口店的化石，也没有任何一件有价值的研究物品……我想，我的意见已经很清楚了。"

丁文江说道："慈善家的委屈是可以理解的。一个沸沸扬扬的挖宝传闻，一个让中国人流血流泪的庚子赔款，到今天，洛克菲勒率先提倡从赔款中提取一部分作为慈善捐助丢给我们，而我们还不得不感恩戴德地去谢谢这种恩赐。"

龙　骨

　　福顿不满地嘟囔着:"丁博士,我们可是从朋友的角度出发,真诚地提供资助。"

　　丁文江做了一个无奈的手势。

　　翁文灏说:"我说一个原则,一个中国政府的原则。这是一切协议的基础。不久前,步达生博士曾就协议中的化石资源的归属问题提出过意见。我们已经表明了我们的原则立场,那就是凡是在中国境内挖掘的一切考古物品和资源,为中国所有。我说的是全部。至于科研成就,由中美双方共享。这一条毋庸置疑!"

　　步达生尴尬地看了一下福顿。福顿无奈地耸耸肩,表示只能这样。

　　步达生说道:"感谢上帝。我们之间的问题总算有了一个结果。应当好好庆祝一下。"

　　丁文江、翁文灏、杨钟健站了起来。

　　丁文江说道:"感谢步达生博士所做的一切。也谢谢福顿先生和贵公司的真诚合作。也请福顿先生原谅我的直率。"

　　福顿说:"丁博士,您是一个让人敬畏的人。我喜欢这样的人。你也让我了解了中国人的感受。还有翁博士,你也是一个有原则的人。这与我所接触过的中国官员不同。我看到了中国的希望,也就是因为中国有了你们这样的一些人,中国一定会有了不起的发展和飞跃。杨博士,我会积极地说服基金会,再增加一些年度费用,也期待着您和您的同事有惊人的发现。"

　　众人热烈地互相握手,以示祝贺。

　　1928年,翁文灏、丁文江、杨钟健和步达生等人通过不懈努力,终于与洛克菲勒集团签署了两份文件。一份协议书,一份关于新生代研究室的组织章程。那份早先由翁文灏起草的协议书为基本拟定的章程进一步明确了中外合作考古的原则立场。透过这两份文件,中国第一次彻底改变了由外国人主持考古,导致大量资源流失的现象。中国科学家也第一次名正言顺地主持管理挖掘研究考古工作,并第一次用法律文件的形式向世界宣布,一切在中国境内采集的考古文物及化石资源全部归中国所有。这是一个划时代的文件。它充分地展示了20世纪20年代一代爱国学者的伟大智慧与勇气。一年以后,由中国人自己挖掘的第一枚"北京人"头盖骨横空出世。让我们今天再一次重温一遍这份80多年前的文件吧。

<h3 style="text-align:center">中国地质调查所新生代研究室组织章程</h3>

一、本研究室的宗旨为开展一项广泛的人类学、古生物学的调查计划。采集、研究和描述中国第三纪及第四纪的化石均为本研究室的目标,特别关注于人类、古生物方面的问题。

二、本研究室的行政事务置于地质调查所所长管辖之下,并由下列人员予以辅助:

丁文江博士为中国新生代研究室的名誉主持人;

步达生博士为研究室名誉主任;

杨钟健博士(或另一名中国古生物学家)为研究室副主任,专门从事古生物学部分研究工作;其他专门人员可由地质调查所所长指定或邀请来参加研究室的研究工作。

三、由洛克菲勒基金会资助专款,通过北京协和医院分批拨给新生代研究室使用。

四、一切采集的材料包括人类学标本在内,全部归中国地质调查所所有,但人类学标本将暂时委托北京协和医院保管以便研究。但标本分存在地质调查所时,亦应随时为协和医学院的科学家们研究提供研究上的方便。一切标本都不得运出中国。

本新生代研究项目不涉及文化的研究并将不采集历史文物。不论何时若偶然发现有关历史文物,将交给适当的中国文物机构。

除这份文件外,还制订了另一份补充协议;对杨钟健、裴文中的工资待遇做出具体确认。

这是一份极为重要的近代科技文献,其重要性不亚于一部早期的文物法。

这也是我国有史以来第一次用法律约定的手法来阻击当时日益猖獗的外国文物掠夺行为,也是第一次用条约方式规范文物考古活动,对于日后乃至

龙　骨

今天都产生了巨大影响。

　　这部协定和日后的补充协定为周口店猿人遗址挖掘和中国境内田野考古起到了至关重要的作用。

第七章
龙吟·龙出云天

翁文灏仔细看了看自荐信,对丁文江说道:"我看这个年轻人行!"

两位学界泰斗一拍即合,一个徘徊在窘境的北大学子从此改变了生命的轨迹。

北平·北兵马司胡同9号·中国地质调查所

在李大钊遇难一周后,由北大清华爱国学生发起的为李大钊送行的队伍与军警发生激烈冲突,队伍中悲愤欲绝的裴文中高呼口号,为自己的恩师扶灵,不久学校就对这位即将毕业的地质系高才生勒令"提前退学",失去了党组织联系的裴文中又面临了失学失业的困境……

今后怎么办?茫然中的裴文中突然脑中闪出一个人影,一位叫翁文灏的客座教授。曾在北大听课时,翁文灏的一段话深深震撼着裴文中的心:"……一切近代文明,莫不根由于近代技术,而近代技术,莫不根由于近代科学……"

对啊,我这个学地质的学生何不去找找教地质的先生呢?!裴文中眼前一亮,立刻做出一个决定,去找现任的地质调查所副所长翁文灏先生和老所长丁文江试试运气。

龙 骨

  一座德式的小洋楼，红砖青瓦，点缀着几棵紫藤，显得宁静典雅。小楼的门前挂着一幅铜制的牌匾，上面用中英文写着："中国地质调查所。"

  一个身穿长袍的青年在门口徘徊。他不时地抬头看看，又犹豫不决。他就是曾经就读于北大地质系，如今失学，流落街头的裴文中。

  他徘徊了很久，引起了传达室的注意。老门房走出来："喂，小伙子，你找谁？我看你转悠了大半天了。"

  裴文中问道："老伯，我是北大地质系的学生，我……我想拜见翁先生。他也是我们北大的教授。"

  门房上下打量他："你？你认识翁所长？"

  裴文中有点气馁："不认识。我只是听过他讲的课。"

  门房似乎明白了些什么，说道："小伙子，翁所长可是个大忙人。找他的人那可多了……你这是来求职的吧？"

  裴文中不好意思地点点头："我已经毕业半年多了，都没找到份差事。在北京，我无亲无故，真是走投无路。说实话，我到这儿也是冒昧地拜访翁先生，也是想最后试一试。"

  门房说道："我看你也是一个实诚的小伙子。唉，这年头，谁都不好过呀。你瞧见没，这小楼，所长就在那办公！漂亮吧？可都是丁先生、翁先生到处筹资才凑钱兴建的哪。"门房自豪地介绍着。

  裴文中被吸引住了。

  门房说："年轻人，你是学地质的，翁所长又是地质所所长，你算找对人了。应该试试。没准呀，还真成了呢。"

  裴文中急急地问："那翁先生在吗？"

  门房回答："哎呀，还真是，一大早那个美国人步达生博士把他找到协和医院去了。"

  裴文中有些失望："那……那……"裴文中拿出自己鼓起勇气给翁文灏写的信，迟疑地问："我能给翁先生留封信吗？"

  门房回答："当然可以。每天我都给翁所长送很多国内外的来信，可多着呢。"

裴文中郑重地把信交到门房老伯手中，不放心地又叮嘱了一句："老伯，我考虑很久才斗胆给翁先生这样德高望重的泰斗写信求职。这关系到我的一生。请老伯务必将信亲手交与两位所长。"

门房回答："我知道。我会亲自交给翁所长的。你哪，过两三天再过来看看有没有消息。"

裴文中感激地说："多谢老伯，多谢。"

门房回答："走吧。没事。"

这座由世界顶级建筑大师贝聿铭的叔叔贝寿同设计监制的六号楼、九号楼，位于北京北兵马司胡同九号的中国地质调查所，是中国现代科学的摇篮。在这里，为中国培育了24名享誉全球的院士。其中与周口店猿人遗址有关的亲历者中，就有翁文灏、丁文江、李四光、杨钟健、贾兰坡、吴新智、裴文中、王恒升、王恭睦、吴汝康、尹赞勋、周明镇等成为考古界泰斗的人物。裴文中从这里走进了周口店龙骨山，这成为他一生中辉煌事业的起点。

夕阳·北兵马司地质所门口

夕阳西照。翁文灏与丁文江边说边走着，来到办公楼前。门房从传达室的窗户上看见他们俩有说有笑地走来，急忙走出来迎上去。

门房说道："丁所长、翁所长，你们回来了？"

翁文灏说："嗯，回来了。"丁文江也笑眯眯地点头示意。

门房忙说："翁所长，有您一封信。"

翁文灏回答："是吗？你没放在我办公桌上？"

门房说："这是人家亲自送来的，说务必当面交给您。"

翁文灏有点好奇地问："哦，是什么人，还要当面送给我？"

丁文江说："看看不就知道啦。"

翁文灏接过信，边看边念道："……学生裴文中敬呈，裴文中？裴文中……"他努力地从记忆中搜索这个名字。

丁文江询问："什么信啊？"

翁文灏回答："啊，一个学生，毛遂自荐，向我求职。裴文中……"说着

龙 骨

把信递给丁文江。

丁文江看完信感叹:"好哇,北大地质系毕业。现在成立新生代研究室,周口店又要恢复正规挖掘,正缺地质专业人才。"

翁文灏突然一拍手:"裴文中,对,就是他。我想起来了。地质系是有这么个学生,是李四光的学生。我见过这个小伙子。"

丁文江惊奇地:"你见过?你在北大不过是个挂名的教授,没讲过几堂课啊。"

翁文灏说:"我是在鲁迅先生家见过这个小伙子。"

丁文江惊奇地问:"鲁迅先生家?"

翁文灏回答:"对,是在鲁迅先生家。那还是前些年的事,有一次我与子民兄去鲁迅先生家。当时他家中有几个青年人正在热烈地讨论《新青年》、《晨报副刊》。鲁迅先生很高兴,拉过来一个毛头小子说:这是你们北大的学生,叫裴文中。裴文中当时好像只有19岁。虽然出身贫寒,但十分进取。他写了篇小说《戎马声中》,在鲁迅先生主持的一个刊物上发表过。鲁迅先生看了极为欣赏,称赞那篇小说是他所见到的乡土文学中最朴实、最突出的一篇小说。……没想到会是他。去年听说他因参加李大钊的送葬游行被打伤。学校屈服于当局的压力让他退学。……没想到这么一个有才华、有爱国之心的青年竟会流落街头。实乃民族之不幸啊!丁所长,依您的意见?"

丁文江说:"我想我们的意见绝对是相同的:留下!"

翁文灏说道:"对。我们的事业需要这样的热血青年。"他突然想起,这信上没有地址,便转过身,叫远远站在一边的门房:"老王头,你过来!"

门房应了一声便跑过来:"所长您有什么吩咐?"

翁文灏问:"给这写信的小伙子如何回信?"

门房一愣:"哦,他说过3天后再来听听消息。"

丁文江感叹:"他是怕不会回信啊。"

翁文灏说:"我何不也给他写封回信呢?"

丁文江说:"对呀。堂堂一所之长,给无名小辈写个信,是我们这个文明时代提倡的事。"

158

翁文灏对门房："老王头，你跟我来。我写个回信，你也一定亲手交给他。"

翁文灏仔细看了看自荐信，对丁文江说道："我看这个年轻人行！"

两位学界泰斗一拍即合，一个徘徊在窘境的北大学子从此改变了生命的轨迹。

3天后，裴文中看到了时任地质所所长，北大、清华、北师大客座教授的名人翁文灏的亲笔回信，请他到地质所参加考古工作。多少年过去了，裴文中每想起这段奇缘都激动不已。他说，他做梦也没想到，像翁文灏这样的大人物会给一个落魄的学生回信，并从此改变了他的一生。

中国文物学会会长罗哲文点评：1928年是中国考古史上划时代的一年。这一年，在步达生、翁文灏、丁文江等人的努力下，达成了一项关于周口店并波及全国考古界的一项协议。当时的美国洛克菲勒公司对周口店的挖掘前景并不看好，所以只是勉强签下了3年半的投资协议。但令他们没想到的是，这个沉闷的局面第二年就由被翁文灏收留的流落街头的裴文中打破了。"北京人"头盖骨的发现轰动了整个世界，也使洛克菲勒公司不仅决定继续为新生代研究室提供资助，同时还扩大了投资。这一年，无论对裴文中还是翁文灏来说，都是难忘的一年。

周口店·龙骨山

春天，山花烂漫。明朗的天空，白云朵朵，一派春意盎然的景色。一切都是那样轻快。被指派到周口店龙骨山做后勤工作的裴文中骑着一头小毛驴，兴冲冲地来到周口店。他骑在驴背上，兴致勃勃地欣赏着四周的风景。脸上一扫往日的阴霾，愉快地唱起了河北梆子。

裴文中来到了坝尔河边，蹲下去捧起清澈的河水先洗了把脸，又喝了几口。他看见河中的小鱼在水中游动。他撩了一下水，小鱼立刻四下逃散，他开心地笑了，一脸的纯真灿烂。

裴文中牵着毛驴向一个烧石灰的工人打听龙骨山，工人指着不远处的山林。裴文中到了周口店龙骨山的办公地点。他放下行李就拉上一个工友，让

龙 骨

他带路上山。

工友带着他到处观看。好奇的他兴奋地一会儿钻进洞里,一会儿趴在山崖上观看化石,又从工友手中接过化石翻来覆去地看,脸上洋溢着新奇和兴奋的神情。山顶上,他面对群山张开双臂高呼:"龙骨山,我来啦!"回音不绝。

1928年春,裴文中被派到周口店龙骨山,做挖掘现场的后勤管理员,负责工作人员的一日三餐与日常物资管理。初到龙骨山时,裴文中连化石的种类都分不清,更不知如何去挖掘。但天生聪慧的他凭直觉感到龙骨山是他命运的转折点。于是,他就一边做着繁杂的后勤工作,一边虚心刻苦地向一切人学习。不到一年,他的才华很快施展出来。

周口店镇·刘珍·骆驼店

院门外拴着几只骆驼。有的趴在地上,有的站在树边啃树皮。不时有头戴瓜皮帽的人出入。

老板刘珍打量着风风火火走进来的裴文中。

裴文中说道:"劳驾,我找老板。"

刘珍问:"你有什么事?"

裴文中回答:"找老板做生意。"

刘珍说道:"我就是。你想做什么生意?"

裴文中说:"我要租你的店……"

刘珍问:"租几间?"

裴文中说道:"这个院子我包了。"

好大的口气!刘珍上下打量这个年轻人:"你租一个院?"

裴文中坚定地说:"对。"

刘珍问:"你要这么大个院子干什么?"

裴文中回答:"囤货。"

刘珍眼睛一亮:"囤货?有多少货?"

裴文中说:"那没准。有时几十箱,有时几百箱。"

刘珍用手指指龙骨山说："您这是挖龙骨的？"

裴文中见刘珍很感兴趣地盘问，就打断他的问话："算是吧。老板，你开个价吧。"

刘珍见这位学生模样的年轻人说话老到，也就不敢再多问了："行，行。"

"我这骆驼店北房；6间，南房10间。再就是骆驼棚，够30头骆驼待的。院子里有井，柴房都齐备了……算算，算算，得60块大洋。"刘珍边说边掰手指计算，试探性地看了裴文中一眼。

裴文中毫不客气地说："里外我早看过了。就给14块大洋。"

"14块大洋？"刘珍跳了起来，眼睛瞪得大大的，好像听错了似的。

裴文中不紧不慢地说："瞧瞧这地方，除了我们有大宗东西要运，还有谁租骆驼店？总不能让店里堆运煤炭和石灰吧！"

裴文中击中了店老板的要害。周口店这地方出煤，出石灰。远近都没有其他运大宗货物的商家。刘珍一直为在这开店后悔不已，人马总还是都要喂，房子也得养，怎么办？刘珍心里也跟打鼓似的。不应吧，就这么一个大货主走了，还真可能没人再租。应了吧，可14块大洋租一年也太少了，他决定再试试。刘珍一脸无奈地说："小老板，以前咱这店也让你们龙骨山的洋人租过。那可是60块大洋。这店怎么着也不可能就租14块大洋吧。我这店里店外，人吃马喂，喝西北风？这么着吧，我看你也是个精明之人，又是龙骨山的老板，就40块大洋，怎么样？不能再低了。"

裴文中坚决地说："就14块大洋。我算好的，够用。再说，刘老板，我们不时地要把收集好的箱子驮到北平去，你的骆驼和驮工我也租下了。这些都另算，一事一结。如果干得好，我就把这事包给你。有空的时候，你也可以接其他的活。这经营不就活了。还怕人吃马喝的不够？你老板不仅盘活了店，还发了财呢。"

刘珍一听，还真是有道理。他没想到，眼前这个年纪轻轻的学生，居然对经营之道如此谙熟，禁不住眉开眼笑："哎呀呀，真是碰上高人了。讲得好。看得出小老板也是个精明人，办事有板有眼。说实话，这店自开张以来，还从未有人用14块大洋租过呢。周围的人要是知道我出这低的价，还不笑掉

龙 骨

大牙。到时候我可恨不得刨个坑把自己埋了得了。……算了，算了，现眼吧。好吧，我就应了你。不过咱们君子一言，驷马难追。你那龙骨山的运货，可得让我包了。"

裴文中回答："刘老板果然痛快。一言为定。这是约书。咱们君子协定。我这就先付钱。"说着掏出一份合同，一张名片交给刘珍。

刘珍看了看合同与名片，从抽屉里取出一盒印泥，用自己的食指蘸了一下，便在约书上摁下手印，然后递给裴文中。

裴文中看了一下，然后小心地裁开齐缝的合约书，并在存根部分摁下手印："好，一人一份。这是现大洋14块。请过目。"

刘珍回答："放心吧。包您误不了。"二人出门，刘珍说道："裴先生，我干这行这么多年，没碰上过像你这么精明的人。佩服，我想和您交个朋友，如不嫌弃常过来坐坐？"

裴文中说道："搬运之事还多有劳刘老板。我不过是一介书生，专注于龙骨山考古。不明之处还要多多讨教呢。欢迎刘老板多上山走走，就此告别。"

裴文中以14块大洋的价格租了一家骆驼大店。这一时成为科学界广为称道的佳话。这个刘珍骆驼店日后果真成了龙骨山大量化石搬运的中转站。24岁的裴文中不久就做出了一件轰动世界的大事。

龙骨山北坡·挖掘办公室

远远望去，设在北坡的新生代研究室周口店猿人遗址工作站，一个青砖灰瓦的大院，院内的工作人员正在装箱。裴文中穿了一件马甲，正挥汗如雨地忙前忙后。他手里拿个文件夹，每一箱他都开箱仔细检查，与箱子上的标签比对后封口，再指挥工人将箱子钉好，搬到一边。一切都井然有序。步林是瑞典的古生物学家、古人类学家，长期在周口店协助进行考古工作。步林与杨钟健在一边用赞许的目光看着他。

全部检查完毕，裴文中擦把汗，叉着腰，满意地看着摆放整齐的几十箱化石。步林、杨钟健走过来。

裴文中见了迎上去，向两位周口店工作站的最高领导汇报："杨主任，步林博士，这是今天准备运出的化石，共30箱，请检查。"

步林围着箱子转了转，满意地对杨钟健说："这个年轻人效率很高，完全没有问题，做得很好。"

杨钟健道："小裴，你虽然刚来不久，干得不错。连大家的伙食也有了很大的改善。"

步林补充道："而且，还很会精打细算。每个月还能节余不少的经费。太了不起了。"

杨钟健说："听说你每天还抽空到挖掘现场看看？后勤这块就已经够琐碎的了。要管这么多人的一日三餐，还有马匹、骆驼，整个就是工作站的总管。你忙得过来吗？"

裴文中回答说："主任，承蒙翁所长恩赐，给了我这样一个工作机会。我还年轻，有的是力气。再说，我是学地质的，别荒废了学业。能跟各位考古界的前辈一起挖掘研究老祖宗的秘密，那是我三生有幸。"

杨钟健夸奖道："好小子，有志气。这龙骨山大有可为，好好干。"

步林说道："你有什么要问的，可以直接找我，还有杨主任。这里需要献身科学的人。"

裴文中回答："谢谢杨主任、步林博士。我有个请求，不知道能否得到批准？"

杨钟健说："你说吧。"

裴文中问道："我想跟您去挖掘化石，给您当助手，打打杂。行吗？"

步林、杨钟健相视一笑。杨钟健说道："小伙子，心急吃不了热豆腐。我先批准你闲暇时间可以参加挖掘。但是有条件的，那就是首先要把后勤工作做好。所有整理出来的化石一定要分类装箱，完好地运回协和医院。要知道，我们现在的处境很不妙，周口店恢复挖掘快一年了，至今也没有挖出大块的人类化石。我们的财神爷也压缩了经费。而且连这么微薄的经费也总是压着不给。"

步林拍拍杨钟健的肩头，也叹了口气说："杨主任说得对。洛克菲勒看不到前景是不会再资助我们的。"

龙 骨

裴文中不服地说:"我相信龙骨山必定会有重大发现。'北京人'也一定就在某个地方。不能因为我们现在没有挖出来,就否定其价值吧?"

杨钟健说道:"话是这么说。早先,安特生博士也是这样劝师丹斯基的。虽然种种迹象表明,这里一定会有惊人的发现,但毕竟到现在也只出土了一些牙化石和小动物头骨片。也难怪美国人没信心了。"

裴文中倔强地说:"哪怕只剩我一个人,我也要挖。我就不信我会找不到。"

杨钟健说道:"哦,对了,小裴,明天要辞退5个工人。你给他们结一下工钱。我们现有的经费可能最多再支撑半年。如果洛克菲勒集团到11月再不拨经费的话……"

步林请示性地说:"杨主任,要不,明天我和小裴一起押送这批化石去北京,再找步达生博士与翁博士汇报一下。组织一次洛克菲勒代表和相关专家来挖掘现场看看,争取再拨一些资金,以供维持……"

杨钟健回答说:"那也只能如此了。但愿这批化石能让他们动心。请注意,一定要把德日进教授请来。他的意见对于洛克菲勒财团是很有影响力的。还有葛利普教授,这两位是关键人物。"

步林和裴文中点头表示明白。

协和医院新生代研究室

步林带着裴文中向步达生汇报周口店的挖掘情况,并向步达生交付一箱箱的化石。步达生从打开的箱子中取出化石,在灯下仔细地观察。步达生把化石拿给福顿看,福顿无奈地摊开双手。

步达生、步林带着裴文中向翁文灏与丁文江汇报周口店的情况,翁文灏听着,脸上浮现出沉重的神情。

协和医院

翁文灏、福顿、葛利普、德日进、步林、步达生、裴文中等人在新生代研究室再次讨论周口店的挖掘问题。桌上摆着一些新的化石。透过会议室门上的窗户，可以看出会议上，人们在激烈地讨论。

翁文灏站起来，激动地讲着什么，福顿不时地摊开双手表示没办法，步林拿着化石讲着什么，德日进、葛利普十分专注地听着。裴文中紧张地看着每个人。

步林与裴文中把30箱化石运抵协和医院新生代研究室，尽管翁文灏、丁文江、步达生等人向洛克菲勒基金会做了各种努力，但洛克菲勒基金会仍坚持表示，考古如无重大发现，将终止资助经费。

会议唯一的收获是，新生代研究室组织由德日进、葛利普等知名考古学家前往周口店挖掘现场，并做出评估。在入冬前做出决定，或停工或继续挖掘。当步林与裴文中两手空空地返回周口店时，两人的心情沉重到了极点。

坝尔河畔

步林、裴文中骑着骆驼，走在返回的路上。隔着坝尔河，龙骨山展现在他们面前，裴文中凝神望着神秘莫测的龙骨山。

龙骨山北侧的影子像个坐在河边梳洗的姑娘，河里流淌的水仿佛让龙骨山的身影活了起来。裴文中忘情地自语："我的美女就在那儿，一定在那儿……"

步林惊讶地看着裴文中，跟随着他的目光眺望这个"美女"。半年之后，果真正是在这个地方，出土了裴文中心中的"美女"。

晚上，裴文中在油灯下看着厚厚的英文书。因为看得太专注，他的头离油灯越来越近，竟烧着了。他扑打着自己的头发，干脆一头扎在水盆里，火灭了。他抬头一照，镜子里的他头发烧得乱七八糟，脸上白一块，黑一块，他不禁被自己的形象逗乐了。

白天，裴文中像狼一样在他认为可能有人类遗迹的地方满山爬着寻找，衣服剐破了也全然不顾。远处，杨钟健与步林都看在眼里，露出赞许的目光。

龙骨山，深秋，满山的柿子树。金黄色、红色的大柿子高高地挂在树上。远远看去，鲜红的果实如画。

裴文中坐在山坡上专注地看书，还一边啃着烙饼，脚上的鞋破得露出了

龙　骨

脚趾头。他大口地吃着,一只喜鹊落在旁边,看着他手中的最后一点饼。裴文中看看喜鹊,喜鹊也歪着头看他。他明白了。这只喜鹊比他还饿。他掰了一点烙饼扔过去,喜鹊立刻吃起来。因为块大,喜鹊不得不用嘴把饼叼碎。

喜鹊三下五除二地吃完,最后留了一口,叼在嘴上飞了起来。裴文中看着喜鹊飞向不远处的树上,几只小喜鹊叽叽喳喳地等大喜鹊喂食。裴文中微笑着,又继续看书。

天空上的云越来越多,很快响起了沉闷的雷声。裴文中收起书,看看天空。乌云如滚滚而来的洪水。大雨要来了。他拍拍屁股,正准备下山,却发现在一条裂开的石头缝中有一个白色的东西,他上前挖开泥土。

雨下了起来,雨点打在石岩上,很快就渗了进去。雨越来越大。雨点打在树叶上、草丛里发出"噗噗"的响声。裴文中把书塞进怀里,继续挖着,泥土里渐渐露出了一个牙床模样的化石。雨越下越大。裴文中睁不开眼。雨水顺着他的面颊往下流。他甩了一把雨水,把化石在雨水中冲刷了一下。雷鸣电闪照亮了化石,这是一个动物的下颌骨化石。又一个闪电,照亮了裴文中神情激动的脸,他紧紧地抱着化石冲入雨中。

步林房间内

简单的行军床,床头的窗台上放了一个木箱改制的书柜。书柜里放满了书。步林正在马灯下看书。突然传来一阵急切的敲门声。"步林博士!步林博士!"步林赶快打开门,裴文中满身泥水地冲进来。他双手紧紧地捧着用衣角包着的化石。步林惊奇地问:"裴文中,发生了什么事?"

裴文中哆嗦着把化石举到步林面前:"这是什么?这是什么?"步林仔细看了一下,吃惊地看着他:"是人骨化石?!"裴文中用力点点头。

步林猛地将湿漉漉的裴文中抱起来:"太棒了,裴,我的年轻人。这是一个重大的发现。这就是一个猿人的下颌啊!我的上帝!这是人的下颌骨。你从哪里找到的?"

裴文中:"真的是人的下颌骨吗?你能肯定吗?是人的化石?"

步林激动地接过化石,手一抖差点没拿住。他捧着化石凑到马灯跟前仔细看了看，兴奋地叫着："没错。这是人的化石。我敢肯定！"他把化石放在桌上，转身情不自禁地与浑身湿透的裴文中拥抱在一起，裴文中激动得热泪盈眶："我终于发现了她，我的'美女'！"

龙骨山迎来了久违的热闹。德日进、步达生、葛利普、翁文灏、福顿、杨钟健、步林、裴文中等等都在这里。

"咔嚓"定格，有说有笑的人们照了一张合影。

"咔嚓"定格，翁文灏拿着手杖在窗前留影。

杨钟健热情地把裴文中推到这些世界顶级考古大师的面前，介绍他的发现。

裴文中局促地站在那里，一点也不自然。德日进还伸出拇指做出一个夸奖的手势。专家们观看挖掘地与发现下颌化石的地方。德日进仔细地观察石层面，并用小锤砸了几下，发现很坚硬。葛利普像在自己家一样，为大家当向导。一一介绍这里的地质结构与化石分布情况。福顿漫不经心地懒洋洋地跟着四处张望。翁文灏神色忧虑地与杨钟健交换着意见。

裴文中发现的猿人下颌化石，得到了包括德日进、葛利普等世界顶级专家的认同。这也是周口店挖掘工作开展以来，发现的猿人化石中最大的一块。这似乎印证了安特生的猜想，这里确有古人类的遗迹。

一向持怀疑态度的德日进也接受了这一设想。然而，精心组织的各国学者及洛克菲勒的实地巡查，并没有改变洛克菲勒基金会日益消失的态度。周口店龙骨山的挖掘再次面临停工。人们似乎都在期待着奇迹的发生。

第八章
龙吟·横空出世

裴文中再次仔细观看爆炸点，然后对宋国瑞等人说："再炸。"
4个人齐声喊道："我们找到'北京人'啦！"

龙骨山

1929年是非凡的一年，仿佛注定要发生惊世骇俗的事。自安特生进驻龙骨山，龙骨山的挖掘工作至今已有15个年头，除了几经起伏的挖掘工作，却始终没有发现世界期待的古人类完整遗骨，这多少让一批批中外学者满怀信心而来却带着遗憾而去。

事实上，在1927年地质调查所名誉所长丁文江和实际主持周口店挖掘的翁文灏就派地质学家李捷、刘德霖、瑞典古生物学家步林等四人主持周口店野外发掘工作。

在龙骨山遗址老牛沟南侧，安特生野外考察重点区"第53地点"，步林发现一枚距当年师丹斯基发现第一枚人牙不远的地方的人牙，兴奋异常的步林马上写了封信告诉远在瑞典的安特生："我们终于得到一颗漂亮的人牙！"李捷、刘德霖、步林等四人到1928年春先后离开，他们为地质所挖掘到500多箱化石，接下来就要看谁将是发掘到完整头骨的幸运者呢？

第八章 龙吟·横空出世

由步林发现的人牙经步达生研究确定与师丹斯基发现的人牙是同一成年人的牙齿，同被命名为"北京人"。

1928年春，翁文灏派刚从安特生那里学习归来的杨钟健和毛遂自荐的24岁大学生裴文中接管了周口店挖掘工作。步林留下节省下来的经费13000元，一并转给杨钟健……

1929年这一年，也是裴文中到龙骨的第二年。他同样面临这样的质疑："龙骨山究竟有没有古人类化石？"尽管，安特生悻悻地离去之时仍坚信："他们就在那里，在离我们不远的地方！"尽管尽心尽力挖得570余箱化石，但最有价值和最具说服力的猿人头骨却始终不见踪影！洛克菲勒基金会毫不掩饰他们的失望，更换资金调配人也极力压缩经费令周口店的工作难以为继……

如果再没有发现古人类生存的证据，周口店猿人遗址的挖掘工作将面临终止。随着年终到来，裴文中已无任何退路可以选择，他必须孤注一掷。初冬的第一场雪，雪花纷纷扬扬，龙骨山上雪树银装。工作站的屋顶上冒出缕缕青烟。整个山林一片寂静。

工作站门口。步林、杨钟健身穿棉袍，外罩皮夹克，走出工作站。裴文中牵着毛驴跟在后面。工作站里为数不多的几个工人涌到门口，默默地为他们送行。

杨钟健说道："回去吧。这里由裴文中主持挖掘工作。大家好好配合。希有奇迹出现。"

一个工人说道："杨主任，工地已经上冻了，很难挖。不如让我们先回家，开春再说吧。"

裴文中回答："谁说挖不动了？这只是11月份，冻土只是薄薄的一层。我们再坚持一下吧。要知道，大伙要是都散了，不知什么时候才能挖出祖宗来。只有挖出完整的化石，才能有出路。我裴文中不走，咱们一起挖。我就不信挖不出来。"

杨钟健叹了口气："愿意走的就走吧。小裴，总部也指示停工。你们也收拾一下，年前撤出来吧。"

裴文中指着龙骨山激动地大声说："杨主任，步林博士，再给我一点时

龙 骨

间吧。我能感觉到我们的祖先就在里边。我能闻到他们的气息。他们就在那里！"

技工乔德瑞、宋国瑞、刘义山也齐声恳求："再给我们一点时间吧。我们能找到化石。"

杨钟健看着裴文中、乔德瑞这些挖掘骨干们那恳切的神情，侧身与步林低声商量几句，回过头对裴文中说："我理解大家的心情，可也没有办法。龙骨山恢复挖掘快两年了。大家都吃了不少苦，成天钻进与世隔绝的山里，没白天没黑夜地挖呀，挖呀。我们明明知道猿人就在某个地方，离我们不远，可就是找不到。我们想尽一切办法，做了最大的努力，四处筹钱筹物。现在美国洛克菲勒基金会已经停了我们的经费。我们已无法再维持下去了。我们跟大家一样，跟这山这水有感情，也同样舍不得……"杨钟健摘下眼镜拭泪，接着说："好了，不多说了。小裴，这里就由你负责。但是，最迟也要在元旦前停工，撤回北平。"他面向众人说道："诸位工友，从现在起，也就是一个月的时间了。我希望大家能留下再帮小裴一把。有困难的随时都可以回家。"

众人交头接耳。那个开始想回家的工人说："杨主任，我们听您的，跟裴先生再干一个月。不就一个月嘛。我们能坚持住。"众人回应道："对，能坚持。"

裴文中送步林、杨钟健下山。3个人默默地往山下走。杨钟健不时地停下来，回头眺望。步林也不时地到路边的地质层观看。到路口了，杨钟健、步林停下来。

步林说道："裴先生，不要送了。山上很冷。"

杨钟健也说："对。小裴，回去吧。去车站这条路我熟得很。"

裴文中回答："没关系，送送。"

步林从皮包里取出他最喜爱的德国蔡司牌135型照相机递给裴文中："裴先生，在周口店挖掘工作中你是最优秀的年轻人。我相信你一定会有新的发现。这个相机送给你。一定要把挖掘出的化石在第一时间里拍照。这对今后的研究工作很有用。"

裴文中说："这……"然后看了一眼杨钟健，杨钟健信任地点点头，裴文中于是接过相机说道:"谢谢您,步林博士。我记住了。"

杨钟健说:"不要送了。又不是生离死别。我期待着你的好消息。不过天气越来越冷了,挖掘地会上冻,影响挖掘。你还有什么想法吗?"

裴文中眼里一下亮起来:"我是学地质的。我在5号层地看见一些用火烧过的灰岩。这说明猿人有用火的迹象。但这一块石质坚硬,用人工肯定不行。我的地质知识告诉我,越坚硬的地质层下,越有可能有间隙,也就是古人类居住的洞穴。只有用炸药,把第五层炸开,再挖。挖不动,再炸。直至发现间隙层……"步林兴奋地说:"这个办法可以试一下。但是千万注意炸药的用量要适当。否则,化石会遭到毁灭性的损失。"

杨钟健说:"对。一定要注意尺度。人工挖掘与炸药的使用要严格协调。不过这真是逼上梁山啊。用炸药考古,小裴,你可是世界第一人啊。眼下就剩一个月了,也只能破釜沉舟地试一下了。"

裴文中回答:"我明白了。注意炸药的用量与人工挖掘相配合。"

3个人的手紧握在一起。

裴文中站在路口上招手,眺望周口店车站的方向。雪雾中,远处的建筑隐约可见。茫茫雪原上,两头毛驴在银装素裹的山林中越走越远。

裴文中回头往山顶上走。四周广阔的白茫茫的景象,一列小火车吐着白气,"突、突、突"地在地平线上行驶。裴文中伫立在山顶,在风雪中遥望着长蛇般的火车远去……

龙骨山

"轰!""轰!"龙骨山北坡升起了缕缕黑烟。爆炸的气团把岩石炸成碎片,散落在山坡上。炮声一停,裴文中与工人们就冲了上去,"叮叮当当"地刨起来。裴文中与乔德瑞、刘义山、宋国瑞趴在地上,用小铲把碎裂的岩石刨开,装进筐里。

乔德瑞说:"没有化石。"

刘义山说:"我这儿也没有。"

裴文中与宋国瑞也回答:"我们这边也没有。"

龙 骨

裴文中观察了一下岩层，果断地说："这下面还是坚硬的岩石，再炸一层看看。"

宋国瑞回应道："好。再炸就第六层了。咱们一层一层炸，这样保险。"

几个人表示同意："就这样炸，一层层来。"

裴文中站起身，向正在运碎石的工人挥手喊道："大家躲到山背面去。这里继续爆破。"喊了两遍，工人们停下手中的活，带着工具离开了工地。裴文中嘱咐道："老宋、老乔、老刘，还是你们3人放炮。注意炸药用量。"

宋、刘、乔三人乐呵呵地说："没问题，交给我们了。"

裴文中去工地上巡视，看看人们是不是都躲起来了。

宋国瑞拿起钢钎，乔德瑞抡起大锤，"叮当，叮当"地砸起来。

裴文中走在山间。远处传来"叮当"的声音。

宋国瑞等三人将雷管插入一个个凿好的岩孔中，然后把导火索连接起来。3个人把导火索放了十几米时，向山坡上张望。裴文中远远看着他们安好导火索，从山坡上跑了过去。

裴文中说道："你们3个人躲到那块大石头后面去。我来点火。"

3个人迅速地跑到一块巨石后面，露出头来，看着裴文中。

裴文中并没有马上点火，而是顺着导火索又回到放炮的层面上，一一检查一遍。他摸摸这儿，看看那儿，检查导火索与雷管的接线。

远处，工人们伸着头纷纷议论。一个工人说："裴总管真是不要命。"另一个感叹："他可真是拼命三郎啊！真是好样的。"

宋、乔、刘3人也不安地张望着。宋国瑞走出巨石说道："裴总管，你放心吧。每根线我都反复检查过了。快过来吧！"

裴文中满意地看了看这些炮眼，站起身喊道："哎，我来了！"他跑到导火索旁边，回头向工人们挥挥手："注意，我要点火了！"他擦亮火柴，火焰陡然烧起。他小心翼翼地对准导火索。"扑哧"，导火索被点燃，"嘶嘶"地烧起来。他从容地站起身，看着被点燃的导火索，火焰在延伸着，他拍拍身上的土。

"快点，快过来呀！"宋国瑞等3人着急地招呼着。裴文中笑着跑过去。4

个人躲在巨石后面观察。"你可真不要命。这导火索是军队用的。着起来可快了。"宋国瑞抱怨着。

裴文中笑嘻嘻地说:"没事。我怕它半截灭了。但愿能一下炸出洞来。"导火索"嘶嘶"地燃烧着,快速地在碎石间延伸。快到炮眼了。4个人捂上耳朵,闭上眼,背对着爆破点,嘴里喊着:"一、二、三——'轰!''轰!'"一声声巨响,烟雾腾起,碎石乱飞,打在巨石上,"噼里啪啦"直响。4个人像孩子似的咧开嘴乐。

工地上,工人们热火朝天地挖运碎石。

裴文中再次仔细观看爆炸点,然后对宋国瑞等人说:"再炸。"

不断的爆炸声,工人们搬运碎石,清理爆炸岩层。

宋、乔、刘、裴等人不断地装炸药,点火……

又是爆炸。硝烟散去,隐约可见已炸出一个十多米深的大坑。工人们疲劳地搬运着碎石。旁边是已经堆积如山的碎石堆。

在大坑旁,裴文中拿着记录本勾画着层面断面图,然后对宋国瑞等人说:"这已经是第九层了。从山体的高度看,猿人洞应该差不多这么深了。"

宋国瑞问道:"你的意见是停止爆破?"

裴文中说:"对。大家小心地挖一挖,看看有没有洞口。"说着就先顺着绳子溜下大坑。

宋国瑞、乔德瑞、刘义山等也顺着绳子下到坑底。"地方太小,挤不下这么多人。你们几个上去,给我们运土。"宋国瑞招呼正在作业的几个工人。工人们答应着,停下手中的工作,从坑底抓着绳子爬上去。宋、乔、刘3人各自拿起小铲、小锤,开始清理坑底。

裴文中见脚底下有块石头斜着,有点碍事,于是就动手去搬。但石头一动不动。"大刘,老宋,你们过来帮我一下,把这块石头清理了。"裴文中招呼着。

"哎!"3个人答应着。宋国瑞赶快跑过来问:"是这块吗?"

裴文中回答:"对。"

宋国瑞说:"来,咱们一起使劲。一、二、三!"石头被搬开了。

龙　骨

　　泥土突然顺着这块石头往下流。露出一个洞口，一个脸盆大小的洞口。

　　"这是什么？"裴文中惊叫着。

　　"是一个洞！一个洞！"老宋高兴地叫道。

　　裴文中按捺不住自己激动的心情："再看看，是山体石缝，还真是一个洞。来，再挖挖。"

　　几个人七手八脚地挖起来，还是挖到一块石头。

　　裴文中伸手摇了摇："这块石头是活的。咱们把它搬一搬啊——"裴文中还没等把话说完，突然与石头一起掉入洞中，然后只听见石头落地的声音。

　　宋、乔、刘3人一下子扑到洞口，急切地呼喊："裴先生，裴先生——！"洞里传来回音。泥土还在不断往下落。宋国瑞朝着大坑上方大叫："不要动，裴先生掉进洞里了。快拿汽灯来，快！"

　　乔德瑞也急得喊："再带一捆绳子来，长一点的！"

　　大坑上的工人们乱作一团，纷纷停下手中的活，跑过来。有的拿灯，有的拿绳，围在坑口关切地注视着。

　　宋国瑞趴在洞口，不停地喊："裴先生！裴文中！你听见了吗？请回答！"

　　乔德瑞从坑口送下的筐里，拿出两个汽灯。刘义山马上点着，递给宋国瑞："有灯了。"

　　宋国瑞拿着灯往下看，洞里一片漆黑，远一点就看不见了。突然，洞里传来裴文中虚弱的声音："我在这儿。我在洞里。给我一盏灯……"

　　宋国瑞说："我看不见你——你在哪儿？"

　　裴文中回答："我能看见你……"裴文中摇摇晃晃地站起来，挥动着双手："在这儿！"

　　宋国瑞在灯光下隐约地看见就在不远处的裴文中："我看见你了。别急。我们放绳子下去，拉你上来。"

　　裴文中阻止道："别，别，这个洞一定很大。这就是我们要找的祖先的洞，你先给我一盏灯，我要看看。"

　　乔德瑞在汽灯的提手上拴了个绳，递给宋国瑞："用绳把灯送下去，绳也放下去。"

宋国瑞说:"好。裴先生,灯放下来了。你接住。我们马上也下来。"

裴文中说:"不要下来太多人。把坑口清理一下,防止再塌。让工人们赶快把大坑周围的堆积物清干净,再给这里竖个井架。"

宋国瑞对刘义山说:"老刘,你上去指挥一下,把坑口清干净,再竖一个井架。要快。"

刘义山回答:"好。"爬上坑去。

宋国瑞对乔德瑞说:"老乔,我先下去。给我顺下来一个筐和工具。你在这里接应我们。"

乔德瑞回答:"好!"

裴文中跪在泥土上,小心翼翼地用小铲刨着泥土。洞口挂着几个汽灯。

由于光线仍不够,又增加了扎成捆的蜡烛,点燃起来,放在每个人的工作面上。洞里只听见喘气的声音与铲土的声音。每个人都专心致志地干着活。洞口外,雨雪交加,越来越密集。工人们的身上落满雪花。有的工人不住地向手上哈气取暖。天越来越黑,挖土的进程变慢了。老宋伸伸腰说:"哎哟,腰疼死了。抽口烟,歇歇气。裴先生,你也歇会儿。"

裴文中也伸伸腰说:"好。休息休息。老宋,也给我抽一口。"

老宋递给裴文中烟袋:"几点了?"老宋看了一眼,伸手接过烟袋。

裴文中凑到蜡烛旁看了一下手表:"哎呀,都快4点了!"说着伸脑袋朝外看了一眼,"老宋,外边天快黑了吧?"

宋国瑞回答:"嗯,差不多。"

裴文中说:"老刘,老刘,让外边的人收工吧。井口的人先不要走。"

远处传来老刘的声音:"好!"

老乔弯着腰走过来:"裴先生,我们也收了吧。这洞里又湿又冷。"

裴文中叹了口气,像是在问自己,又像是问别人:"怎么没有完整的人骨呢?怎么会呢?它们明明就躺在那里!"他狠狠地把铲子插在地上。

四周静得能听见洞里的滴水声。大家都知道,裴文中心情不好。他焦虑的心情全都写在他的脸上。

老宋挪了挪位置,不知该说什么好。他结结巴巴,语无伦次地安慰裴文

龙 骨

中:"小裴啊!"他特意改口叫裴文中小裴。他知道,在龙骨山只有杨钟健这类高层泰斗才如此称呼他,"咱们已经挖出这么多人骨化石啦。这洞也让你给找遍了。别的也会找到的。"

裴文中深深地吸口烟,却被呛得直咳嗽。

老刘埋怨老宋:"人家不会抽烟,还让人家抽这种臭旱烟。"

裴文中摆摆手:"没事。不关老宋的事,是我自己要抽的。老刘,让大家收工吧。"

裴文中正要坐起来,突然发现老刘脚下踩着一个圆圆的东西。他眼前一亮,叫了一声:"老刘,你脚下踩的是什么东西?"

老刘不知所措地低头看:"什么,脚下?什么东西?在哪儿?"

裴文中睁大眼睛,像疯了一般扑上去:"别动!千万别动!快把灯拿过来。快!灯!"

老宋立刻把眼前的蜡烛拿过来,伸到裴文中眼前。在火光中,老刘的脚下,地面上有一个褐色的圆形东西。裴文中瞪大眼睛一动不动地盯着这个物品:"老刘,你慢慢把脚移开。慢一点,轻点,轻点。"

老刘大气不敢出,小心翼翼地抬起脚,慢慢向后移动。

裴文中用小铲一点点地拨开圆形化石周围的泥土。一颗头骨模样的东西露出来。"老宋,老刘,你们快看,这东西像什么?"

老乔这时也过来了。4个人屏住呼吸,继续挖。

裴文中用双手从化石两侧轻轻把化石抬起来,慢慢坐下。

老乔提来汽灯,老刘也把汽灯拿过来。老宋则拿着蜡烛。4个人在灯光下注视着这枚头盖骨,一颗真正的人头骨。

裴文中喃喃地说:"是人,是人的头盖骨!"

老宋、老刘、老乔也激动地叫起来:"真是人的头骨。我们找到了!"老宋"哇"的一声哭了。4个人激动地拥抱在一起,哭起来。

裴文中轻轻地吻了一下头骨。闭着眼,深情地说:"我的'美人',我可找到你了!!!"裴文中用衣服包起头骨,在老宋、老刘、老乔的保护下,出了洞口。这时,天已黑了,龙骨山上一片寂静。四个人齐声喊道:"我们找到

'北京人'啦！"

裴文中紧紧地抱着怀里的头盖骨，迎着风雪在山中走着。他颤抖着，泪水不住地流着，但他微笑着。

深夜，工作站，裴文中捧着头骨在炉子上烤。裴文中在桌上修补着头骨。工人们挤满了房间，争先一睹这第一枚头盖骨。

早晨·办公室门外

裴文中笑呵呵地拿着步林送他的照相机走出门来。几位工友看见就凑了上来："裴先生，您熬了一夜吧。弄完了吗？"

裴文中伸了伸懒腰说："搞完了。"

工友们欣喜地问："我们能看看吗？"

裴文中说："等会儿你们就看到了。不过先得给它拍张照片。"

裴文中看了看几个工友，指着王存义说："存义，你过来。你来拍。"

王存义说："我？我可不会拍。"

裴文中说道："我调好了，你按一下这个按钮就行。"

几个工友嬉笑着，把王存义推到前面。王存义摸着脑袋不好意思地走到裴文中面前。

裴文中打开相机，对准工友们，调好。然后把相机递给王存义："看见了吗？"

"啊，看见了。还挺清楚的。"王存义答。

裴文中退到窗前站好。他叮嘱道："我就站在这儿。一会儿我抱着咱们的宝贝，你来照。可千万要把咱的宝贝照清楚了。"说完，裴文中返身进里屋抱出烘烤了一夜的头盖骨。此时，门外已挤满了熙熙攘攘的工友。大家都想一睹祖宗的风采。

王存义紧张得一动也不敢动。

裴文中双手捧着还沾满石膏的头盖骨，小心翼翼地走出来。

工友们"呼啦"一下拥了上来。"让我看看。""让我看看。咱们祖宗什么样。"

 龙 骨

裴文中一边笑着，一边大声地叫："别挤，别挤坏了咱们的祖宗！"

工友们自动闪开了一条道。

裴文中抱着头盖骨站在窗前，招呼王存义说："存义，手不要抖，对准我，对准祖宗，我喊'一二三'你就按！"

王存义紧张地答应着："哎！知道了！"

裴文中摆好姿势，喊着："一——"

众工友喊："二——"

裴文中和工友们一齐喊："三！"

随着"咔嚓"一声，画面定格。

历史永远记住了这一天：1929年12月2日下午4时。裴文中、宋国瑞、刘义山、乔德瑞挖掘出第一枚人头盖骨。当激动的王存义拍下这张具有历史意义的照片后，不久才发现，由于紧张，这张照片只拍了裴文中的半张脸。有趣的是，实际上裴文中在炸到第八层时就出土了一个完整的人头盖骨。但当时因头骨与岩石粘在一起，未被发现。直到3年后，在新生代研究室清理化石时才发现。在激动人心的时刻，裴文中首先想到了改变他命运的领路人翁文灏。他要把这个惊天消息首先告知他，并于第二天给步达生发出电报。让我们回顾一下当年的这封信与电报。

尊敬的翁所长先生：今天交了好运。我们在原发掘址第九层下边发现了一个洞穴。经挖掘，得一猿人头盖骨，一个完整的头盖骨。我在现场就把它取出并安然无恙地带回。待稍加处理，我即携此头盖骨返京面呈。裴文中敬上

1929年12月2日晚匆匆

多少年过去了。我们仍可从裴文中当时的回忆中看到他激动的心情："我抱着头盖骨在沉寂的山野中走着。思绪不住地翻腾。多少人的向往、梦想和追求，今天终于付诸现实了。50万年前的人类就躺在我怀中，实实在在地躺在我怀中。这就是我们的祖先啊！这是一件多么有趣和了不起的事情。想到

第八章 龙吟·横空出世

这里，我的眼窝开始发热，发烫。最后，泪水哗哗地淌了下来……"

这位被鲁迅欣赏，被李大钊引导，被翁文灏慧眼发现的青年，终于不负众望地创造了震惊世界的奇迹。而他在"走投无路"之际大胆采用考古专业最忌讳的爆破法获得中国乃至世界首枚50万年前远古人类头骨化石经历，被裴文中自己记录在他著作的《周口店洞穴发掘记》一书中。

周口店·东站邮电所

简陋的平房，屋顶上落了一排栖息的喜鹊，叽叽喳喳的。一个发报员在原始的单键发报机上轻快地按着按键："哒，哒哒……"

随着发报的"哒哒"声，喜鹊们似乎受到了什么惊扰，突然飞起，扇动着黑白相间的翅膀，"噗噜噜"飞上天空，电报声随飞起的喜鹊传向天空。

这是来自协和医院新生代研究室步达生博士的电报：昨日顷得一头骨，极完整，颇似人。

喜鹊群在天空中飞翔，俯视着旧时的天安门——繁忙的协和医院内。

一个人匆匆地拿着电报，快步在走廊里走，推开门，交给正在收拾文件的步达生。步达生接过电报，看完，脸上呈现出极复杂的表情，半信半疑的步达生12月5日立即给安特生写了一封信："昨天我接到裴从周口店发来的电报，说他明天将把他所说的一个完整的中国猿人头盖骨带回北平！我希望它是真的。"

宋国瑞在火车上焦急地张望着快进站的火车头，他扶着车门的扶手向前方眺望，火车缓缓地驶进前门火车站，宋国瑞捂着胸口，挤出人如潮涌的出站口。

车站外

宋国瑞看了看车站的大钟。大钟"当当"地敲响，时针指到九点整。他四下环视，看见有一排黄包车正停在旁边。他朝一个车夫招招手，车夫跑过来，两人说了两句。宋国瑞坐上车向北兵马司地质所跑去。

川流不息的街道上，汽车、人力车、自行车、行人乱哄哄地混杂在一起。

龙 骨

健壮的黄包车夫一路小跑,并不时地撩起脖子上的毛巾擦把汗。黄包车在人海中东躲西闪地前进着,到了北兵马司地质所门口,宋国瑞下了车,把钱给了车夫。从胸口掏出信,走进地质所大门。

门房老伯迎了上来。两人说了两句什么,然后一起走进德式小楼。穿过洁净的走廊,来到一间办公室门前。门上的牌子写着:"所长室",两人敲了敲门。

推门进屋,翁文灏正在办公。宋国瑞激动地把裴文中的信恭敬地双手捧上,翁文灏惊讶地看看宋国瑞,急忙打开信,匆匆看完,惊喜万分。立刻拿着信走出去,来到丁文江的办公室。

裴文中无疑是幸运的。他在吸引了几十位世界顶级考古学家的龙骨山找到了足以证明中国是人类起源地之一的直接证据。谁也没有想到,也不敢相信,这位年仅25岁的年轻人,去周口店当杂工仅一年,就实现了多少人多少年未实现的梦想。裴文中无疑是大胆的,他打破了考古挖掘的戒律,采用爆破直接从第五层爆破至第九层,终于直接找到了五六十万年前古人类居住的洞穴。裴文中也无疑是聪明的。他在采集到头盖骨后,立即给自己的启蒙恩师写了一封信,并差人直接送到翁文灏的手中。而后又以电报的形式给步达生报信。在给翁文灏的信中,他肯定地说"得一猿人头盖骨",而给步达生的电报中则含糊地称"得一颇似人的头骨"。事情的发展证明,裴文中分别通报的做法是高明的,他为自己走向世界的顶峰选择了一条明智的路。

从此,那个发现"北京人"头盖骨的山洞改称"猿人洞"。

新生代研究室

步达生、翁文灏、丁文江、杨钟健、德日进、步林、葛利普等正热烈地讨论着,桌上放着裴文中的电报。

步达生说:"先生们,坦率地讲,我希望这个年轻人的话是真的。昨天接到电报,我几乎要昏厥过去,手在颤抖。这是我们每个人的梦想啊。今天,我给安特生博士发了电报。现在我念给大家听:昨天我接到裴文中从周口店发来的电报。说明天将把他所说的一个完整的中国猿人头盖骨带回北平。我希望这个结果不是幻想,而是真的。"

葛利普抽着烟斗:"诸位,我们在座的都去过周口店龙骨山,也都参加过那里的挖掘。要知道,第一个猿人牙齿,还是我给命名的'北京人'哪。从理论上讲,我们都相信,周口店应当出土完整的猿人化石。但是从安特生博士开始差不多快十年了,没有任何实质性的进展。记得前几年,我和德日进博士还嘲笑过安特生的发现。"德日进此时点点头。"现在令人疑惑的是,一个连鸡骨头、鹿骨头都分不清的年轻人,怎么能确认就是猿人头盖骨呢?真叫人难以置信。我看,目前不能发布消息,更不能向报业透露。"

德日进说:"我完全同意葛利普博士的见解。科学是件严肃的事,没有见到实物,我是万万不敢相信这是真的。我甚至怀疑这个年轻人为了获取洛克菲勒基金会的资助而编造一个冬天里的神话。"

杨钟健大为不满,欲站起身,被翁文灏拦住,翁文灏说道:"各位都是考古界赫赫有名的重量级人物,一言九鼎啊。中国有句老话,'真的假不了,假的也真不了。'各位要耐心等一等。我已让裴文中亲自携带头盖骨回北平。我想,当实物展现在大家面前时,大师们一定会有自己的意见吧。"

步林说:"我完全赞成翁所长的意见。我在这里要说一句公道话,这个年轻人初到周口店时的确对考古一无所知,但他是一个天分极高的人,他的勤奋好学使他很快就成为我的得力助手。诸位记得,今年夏天我送回的一块人类下颌骨化石,就是这位年轻人发现的。凭我和杨主任的直觉,这个年轻人会创造奇迹。我们了解他,所以相信他。"

步达生说道:"诸位,此事我看就不必再争论了。我借翁所长一句话,在事实面前再说话吧。说着看看手表,"明天下午,裴文中应该到了。翁所长提议,鉴定会就在地质所召开。大家明天下午4点见。"

1929年12月6日·周口店长途汽车站

工人们聚集在车站,像为亲人探家回乡一般为裴文中送行,自然,工友们也要各自回家准备过年了。所以,除了裴文中抱着一个包裹外,几乎人人都背着行李。大家恋恋不舍地围着裴文中。

龙 骨

一辆老式的大屁股汽车旁边,裴文中与老宋、老乔、老刘等工人一一握手告别。

裴文中说:"工友们,今年度的挖掘就此结束了。大家回家好好过年。我此次带宝贝进京,一定不辜负大家的期望,争取经费,早日开工。"

老宋说:"裴先生,我们大家舍不得走啊。我们找到了老祖宗,这是咱中国人的缘分啊。老祖宗认亲,这是过年最贵重的大礼啊。你要好好保管咱祖宗啊。"

老乔、老刘及众人说:"对。老宋讲得对。咱们没白费心思。咱们能见到祖宗,心里高兴,心里舒坦啊。这也真邪了。洋人愣是找不着。这是咱中国人的宝贝,也是咱们的福分呀。"

众人跟着说:"对,对。"

裴文中说:"好了。要开车了。我这儿给大伙提前拜年了。来,都摸摸老祖宗,一年万事如意。"

众人兴奋地涌上来把手伸得高高的,摸头盖骨。裴文中捧着包好的头盖骨,如同在手的树林中穿行。

汽车开动了,众人挥手告别。裴文中探出头向大家挥手,汽车远去了。

卷起一溜尘土,众人仍然依依惜别。

汽车在乡村间穿行,到了永定门城楼下。

永定门

军警戒备森严,检查每一个进城的人。士兵们端着上了刺刀的步枪,三五成群地站在城门两侧。身穿黑衣的警察对排队入城的人搜身,检查行李,不时地辱骂殴打进城的农民。

裴文中环视四周,进城的人都不得不排队接受搜查。

一个工人打扮的人,因顶撞了两句就被士兵打倒在地,行李洒落了一地。

另一边,一个士兵用刺刀向一个小贩的车上乱刺,盐从口袋中流出来,撒了一地。小贩哭着从地上捧起。士兵得意地笑着……

裴文中排在进城的队伍中。他看见所有的人无一例外要被搜身。人人必

第八章 龙吟·横空出世

须打开行李接受检查，他不由得心头一紧，生怕这些士兵毁坏国宝。他一边走，一边急速地想办法，手下意识地抱紧了怀里的盒子。

"站住。检查！"裴文中被冰冷的喝令声打断了思绪，他抬头一看，两把寒光闪闪的刺刀正指着他，不禁愣住了。但他毕竟是经历过多次爱国活动的青年，他很快稳住神儿，从容地从上衣口袋里取出他的地质所职员证。他直视着对面的警察："我是政府地质所的。今奉命把重要的化石送往地质所。请你们提供方便，准予放行。"

警察看见了裴文中的职员证，口气有所缓和："什么石头不石头。这我就管不了啦。现在是非常时期，上面有令，出入人员等必须检查。你到那边去检查。"警察不由分说地让裴文中到旁边的一张桌子前。桌子后面歪坐着一个警察。他的脚搭在桌面上，手里拿着一根棍子，不住地有节奏地敲着桌面，嘴里哼着小曲。

"你的包裹里是什么东西？打开！打开！"歪坐的警察盛气凌人地用棍子敲着桌面命令道，旁边的警察把裴文中的职员证拿给他看，那警察瞟了一眼。

"这是国家的重要物品。只有到研究所才能打开！"裴文中很强硬地回答，并紧紧抱着包裹。这一举动激怒了那警察："妈的。我管你是哪儿的。给我打开检查！"两个士兵架住裴文中，抢过包裹。那警察打开包裹，露出一个白木盒。那警察看了看，得意地说："这是政府的宝贝？蒙谁哪！"

"不许动！你如果破坏了国宝，政府一定会毙了你的！"裴文中拼命挣扎着大声喊。

那警察有点犹豫了。他看到，这个年轻人狂怒了，仿佛要跟他拼命。但他不甘心，用手指挑开木盒，赫然露出的是一个白花花的人头骷髅。他吓了一跳："妈呀！死人头！""啪"地一下盖上木盒，扔到桌上。

裴文中像一头暴怒的狮子般吼叫着，挣扎着。

这时走过来一个老警察，是个当官的，问道："怎么回事？"

两个警察恭敬地向老警察敬礼，并耳语了几句。老警察走到裴文中面前，示意士兵放开裴文中。老警察背着手踱来踱去，威严地问："为什么拒绝检查？"

龙 骨

裴文中回答:"这是国宝。非国家允许,任何人不得检查!"

老警察说:"好大的口气。这就是你的国宝?"他猛地掀开盒盖,露出头骨,质问裴文中。

裴文中回答:"不错。这就是万国学者寻找了数十年而未得的国宝。五十万年前的古人类头骨。"

老警察大惊:"这是古人的头骨?这就是这几天报纸上常讲的古猿人头骨?"

裴文中郑重地回答:"正是。说俗点,这就是我们每个人的祖宗。"

众军警交头接耳,窃窃私语。

老警察来了兴趣:"你说这头就是国宝?这有什么稀奇的。我家乡坟地里有的是。那也能成宝?"

裴文中见凑过来的警察越来越多,索性宣讲起来。他讲古猿人的生活,讲对中国人的特殊意义,讲各国考古的故事。他讲得有声有色,军警们听得聚精会神。连城边的检查也没人管了。出入城门的人也涌过来听。

老警察拍着裴文中的肩:"好小子,讲得好。原来这骨头这么宝贵。好了,也不耽误你的事。镇子、二愣子。"

"有!"两个警察应道。

"过来。开上警车送这位先生去地质调查所。小心点,别毛毛躁躁的,小心把国宝碰了。"老警察命令着。

两个警察忙不迭地一边应着,一边走过去抱头盖骨。裴文中上前拦住他们,自己小心翼翼地把头盖骨重新包好,抱在怀里。

两个警察怔了一下,明白了裴文中的意思,只好赔着笑,拉开车门请裴文中上车。

裴文中大模大样地向老警察鞠了个躬,转身上了车。

两个警察站在车旁的踏板上,吆喝着:"让开!让开!"警车开走了。

地质所

裴文中捧着盒子大步往里走。人们纷纷让开一条路,静静地注视着裴文

第八章 龙吟·横空出世

中走过，然后又不由自主地跟上来。裴文中走着，所到之处人们迅速闪开，又都尾随而来，人越来越多。

步达生、杨钟健、步林已在办公室等候。

门开着，裴文中捧着盒子走进来。办公室的人都站起来了，默默地注视着他。裴文中慢慢地从盒子里取出一个用麻纸包得严严实实的东西。他一层一层地揭开，露出一个完整的猿人头盖骨，所有的人都惊讶地发出了感叹。

步达生用颤抖的手捧起头盖骨，贴近自己的眼睛，嘴里念叨着："不错，是人的。是古人类头盖骨。上帝，这是在做梦吗？"他闭着眼，吻了三下头盖骨，众人欢腾。

步达生激动得一阵眩晕，几乎摔倒。裴文中赶忙扶住他。步达生抖着手把头盖骨放回桌上。

翁文灏、杨钟健仔细地用放大镜看了一会儿。两人交换了意见，不住地点头。

翁文灏问道："步达生博士，怎么样，这将是一个什么样的结论呢？"

步达生点点头："这两天我夜不能寐，心悬了这么高。"说着他做了一个手势，众人笑了。"诸位同人，我可以负责地宣布，这确是人类头盖骨。它至少应是25万年前的古人类。"

众人欢腾，热烈鼓掌。

步达生走到裴文中面前："年轻人，全世界考古界都会感谢你。因为你有一个伟大的发现。全世界都会记住你的名字，你的名字将流芳百世！"

各种报纸以首要的位置和大字标题刊登了这一重大消息。一个月后，《北京晨报》这样报道："50万年前的人类祖先被唤醒。周口店发现一完整的猿人头盖骨。"世界各国刊登此消息的报纸如雪片一样纷飞，人们争相购买。"北京人"头盖骨被放置于地质所展示。

大街小巷，人们拿着报纸，议论纷纷。发现"北京人"头盖骨一事一时间成了无人不知、无人不晓的话题。

1929年12月28日，中国地质学会在地质所隆重地举行了特别庆祝会。

年轻的裴文中被中外学者包围着，人们争相与他握手。记者的闪光灯闪

185

龙 骨

成一片。在人们的欢呼与掌声中，裴文中从容自如地向人们点头致意。

历史永远记住了裴文中这个名字，也永远记住了这一天。

远在万里之外的安特生也流下了欣慰的泪水，这迟到的认可，多少让人感到扼腕叹息。但是历史就是历史。新的历史就是这样一页页写下去。

美国自然博物馆馆长杰福雷·施沃茨评价道："那个时候是欢腾的。人们为这一发现而激动。因为它证明了亚洲人种为外来迁移一说完全被打碎了。"

裴文中做了一件让世界惊叹的事。

北兵马司地质所会议室

翁文灏主持会议，与会者有福顿、步达生、杨钟健、裴文中。

翁文灏说："现在我代表中国地质调查所新生代研究室宣布，裴文中先生接任新生代研究室周口店办事处主任。原办事处主任杨钟健任新生代研究室副主任。此委任自1930年2月20日生效。"大家热烈鼓掌。裴文中站起来，向各位鞠躬致谢："谢谢！"

翁文灏接着说："福顿先生代表洛克菲勒基金会宣布重要决定。"

福顿说道："各位，洛克菲勒基金会注意到周口店龙骨山发生的奇迹。董事会为此万分振奋与鼓舞。探索人类的奥秘，对于人类的文明进步有着不可低估的推动作用。洛克菲勒集团愿为这种充满希望的事业做出自己的贡献。因此，基金会决定，新生代研究室周口店挖掘研究的经费，在保障原有合同中的11万美金的基础上，再增补至14万美元经费。"

步达生带头热烈鼓掌，大家也都兴奋地鼓掌。

裴文中腼腆地站起来："尊敬的翁所长，步达生博士，福顿先生，杨主任，我有幸从神秘的龙骨山挖到一枚古人类头盖骨。我相信，在那个龙骨山里，还藏着无数的宝藏与秘密，等待我们去发现。我有信心，在各位前辈的支持下，一定不会辜负大家的期望。我回去的第一件事，就是用筹集的钱将整个龙骨山的所有权买下来。今后就不必年年交租金了。与此同时，扩建挖掘面积，从过去的点面挖掘，扩充到东北坡以鸽子堂为中心，西北坡以山顶洞为中心，展开挖掘，力争在3年内有新的重大发现。"

步达生高兴地站起来说:"好啊。年轻人果然不同凡响。这是周口店挖掘以来第一次有计划、有目的的挖掘。年轻人,我相信你。好好干!"

龙骨山

到处是一片生龙活虎的情景:山坡下,新盖的工人宿舍已经竣工。一些工人们正在兴高采烈地打扫新房,搬运架子床。一队队新来的工人,有些在登记报到,有些手里拿着刚发的肥皂与毛巾,提着行李分别走进新宿舍。

山坡上,架起的索道正"隆隆"作响,一筐一筐的岩石被运下山。工人们在挖掘现场三五成群地在地上筛选化石。每一组都有人把分选好的化石分类装箱。技工们负责检查登记,指挥工人们把分好的化石搬到办事处大院。山下也修出了一条路,马车在山坡上装卸化石箱。一切都有条不紊,热火朝天。

踌躇满志的裴文中果然不负众望,他接任周口店办事处主任一职后,第一件事就是用肆仟伍佰块大洋从鸿丰灰炭厂那里买下了整个龙骨山的开发权,并永久归国家地质调查所所有。

紧接着,他踏遍了龙骨山的每一个角落,确立了鸽子堂与第九层挖掘猿人头骨的地区为重点挖掘面。最后一件事,也是影响到整个周口店日后发展的关键,就是招引人才。虽然年轻的裴文中正处在鼎盛时期,又有资金的保障,但他清醒地意识到,要大规模开挖龙骨山,要攀登新的考古高峰,必须要有一支高素质的,耐得住寂寞的专业队伍。他的想法得到翁文灏的支持。很快,以地质调查所的名义专门设立了一所培养考古练习生的培训班,专为周口店龙骨山的宏大计划而设。

安特生走后3年,年轻的中国学者裴文中实现了安特生的梦想,找到了世界第一枚50万年前的人类头骨化石"北京人",尽管70年后科学家们重新修定为"78万年前的头骨",但头骨的主人仍是最远古的人类种群之一。

或许是命运的安排,又一个青年走进了龙骨山。谁也没想到他在日后会成为继裴文中之后,又一个与裴文中齐名的伟大的中国考古学家。

第九章
龙吟·天降大任

　　裴文中上下打量了一下眼前的这位少年，和气地问："你愿不愿意跟我考古？"贾兰坡毫不犹豫地说："我愿意！"

1928年

　　1928年5月，北伐军直逼京津，日本关东军向张作霖提出关于奉军撤退关外的备忘录，这封居心叵测的备忘录赤裸裸地暴露了日本想通过扶持伪政权将东北分割出去的野心。5月17日，张作霖拒绝日本所谓的建议书，此时张作霖的心里十分矛盾：北京无法守住，只能退回关外，但要保住东北的地盘又不让日本人阴谋得逞，这如何是好。时任奉军第三军、第四军军长的张学良向父亲劝谏，民族自相残杀无意义，我们可以一方面与南方军（指北伐军）议和，一方面我们可以回东北。

　　张作霖接受了这一建议，并于5月30日下总退却令。6月1日，他在中南海怀仁堂向各国公使告辞，他特别声明："这只是大元帅府由北京迁往奉天，不管怎么样，我姓张的不会卖国，也不怕死。"

　　6月2日，紧锣密鼓地准备撤离的张作霖向全国向蒋介石发出言辞悲壮的出关通电："溯自频年用兵，商贾失业，物力凋残，百姓流离，饿殍载道，实已惨不忍言。若再周旋武力，徒苦吾民，即乖讨赤初衷，亦背息争本旨。上年膺此艰巨，本为救国而来，今救国志愿未偿，绝不思穷兵黩武，爰整饬所部退出京师。所有中央政务，暂交国务院摄理，军事归各军团长负责，此后政治问题，悉听国民裁决。总之共和国家，主权在民，天下公器，惟德能守。作霖戎马半生，饱经世变，但期与民有益，无事不可牺牲，所冀中华国祚，不自我而斩，共产恶化，不自我而兴，此则可告无罪于天下后世者也。"

明眼人都不难看出张作霖这份告白书似的通电是说给蒋介石听的，然而这竟成了他的最后遗言。1928年6月4日下午5时许，日军潜入皇姑屯车站埋设炸弹，将乘专列回沈阳的张作霖炸死。尽管，张作霖也早有提防，但仍未逃过一劫。

根据5月5日蒋介石、阎锡山、冯玉祥关于北伐军占领北京的具体分工：由蒋介石回南京主持国民党政务，由冯玉祥、阎锡山组成联军继续北伐，接收北京。

1928年6月8日，北伐军第三集团军先遣军进入北京，北京和平交接。11日阎锡山在白崇禧的陪同下就任京津卫戍司令，6月12日北伐军进驻天津。

6月21日北京正式改名为北平，直隶河北省首府。

7月6日北伐军总司令蒋介石在阎锡山、冯玉祥等陪同下主持了北伐胜利祭灵大典。

1928年12月29日在岁末钟声敲响前夕，张学良通电全国宣布东三省易帜："……自应仰承先大元帅遗志，力谋统一，贯彻和平，已于即日起，宣布遵守三民主义，服从国民政府，改旗易帜。"当日，东三省各地将北洋政府的五色旗换成青天白日旗。

河南安阳洹河·"殷墟"

1928年10月，刚刚在广州成立不久的中央研究院历史语言研究所又成立了考古组，在李济、董作宾等中国第一代考古学家的主持下，对河南安阳洹河两岸的"殷墟"遗址进行考古挖掘。这是中国历史上第一次由中国学者主持的田野考古。

殷墟考古自1928年至1937年6月共挖掘了15次，获得了空前的成功，引

龙 骨

起了全世界考古界的关注。共挖出10座大墓、1200座小墓和祭祀坑、34座建筑遗址（宫殿和宗庙遗址），还有7万余枚甲骨。殷墟的挖掘为研究4000年前的商代文化、社会、军事、农耕等研究提供了极为丰富的资料，从此结束由外国人垄断考古的局面。

1929年12月由傅斯年主持的中央研究院历史语言研究所考古组又传来了振奋人心的好消息：以考古学家吴金鼎为首的考古组在山东章丘县龙山镇城子崖首次发现了距今约有5000年的"龙山文化"遗址，便于1930年开始正式挖掘。

考古学，诞生于18世纪的欧洲。当拿破仑远征埃及时就有一些学者沿途寻访古迹并作为战利品。拿破仑为了炫耀自己的战功，用各地掠夺的古物和艺术品在法国建立了世界上第一个博物馆。

1819年丹麦皇家博物馆馆长汤姆森提出"三期论"，认为史前时期的丹麦经历了石器时代、铜器时代和铁器时代。1822年，法国学者商博良根据掠夺来的埃及文物进行研究，掀起了欧洲对埃及古迹的强烈兴趣，1866年瑞士召开了第一次"人类学和史前考古学国际会议"，从此考古学作为一门崭新的学科登上世界科技史的舞台。

1865年英国学者卢伯克首次提出"旧石器"和"新石器"两个名词。9年前，1865年首次发现了古人类尼安德特人的头骨化石，从而证实了达尔文"进化论"的观点，也提供了相应的物证。

1904年英国学者皮特里根据自己在埃及考古挖掘的事件经验出版了《考古学的目的和方法》一书，将考古学推向标准化。进入19世纪后，世界考古的热潮已经在世界上轰轰烈烈地展开，而且首先将考古的目标对准了神秘的东方。

从1900年起，中国就成为世界考古、探险以及形形色色的挖宝者、盗宝掳掠者的"乐园"。

英国探险家斯坦因、瑞典科学家斯文·赫定、日本大谷光瑞探险队、德国探险家格林威德尔和勒柯克等外国探险家们先后涌入中国新疆、甘肃、青海等地进行调查挖掘。其中，斯文·赫定发现了已经消失千年的古国——楼

第九章 龙吟·天降大任

兰。当他挖掘到大量远古时期的古董宝石、战剑,古罗马的玻璃、钱币、铜质汤勺,中国的书简、丝绸、陶器等丰富的宝藏时惊喜无比。

他在回忆录《我的探险生涯》中这样描述自己当时的心情:"当我发现现存瑞典刻有北欧古文字的石头中,没有任何一个年代比我在楼兰发现的脆弱木简或纸片更古老时,那惊异之情莫可名状。当马可·波罗于1274年穿越亚洲,完成著名中国之旅时,这座城市已经在沙漠里沉睡了1000年,被人们所遗忘。一转眼,马可·波罗的伟大旅行已经过去了650年,可是楼兰的幽灵却在此时重见天日,古老的文件和书简为失去的岁月与人类神秘的命运点燃新的曙光。"

斯文·赫定的发现引来各国打着考古旗号的盗宝者疯狂涌入中国,掠夺文物古迹。其中包括匈牙利人斯坦因、法国人伯希和日本人橘瑞超等人不仅大量劫取库木吐喇石窟、克孜尔石窟的壁画和墓地干尸,同时还在敦煌莫高窟盗取大批珍贵文物。1906年后,日本多个考察队接踵而来,并深入华北、四川、山东、内蒙古、甘肃、陕西等地。1906年日本人伊东忠太进入云冈石窟。1907年日本东京帝国大学的关野贞窜到河南巩县、龙门石窟。1907年法国人沙畹进入陕西汉唐陵墓区和东北高句丽墓地。1910年日本人滨田耕作在旅顺刁家屯挖掘汉墓。1912年法国人闵宣化进入内蒙古上京遗址。1914年法国传教士桑志华在黄河流域沿岸进行古生物学和石器时代考古……

这些人在中国随心所欲,如同在自家后花园一样,根本无视中国人的感受与国家利益。

1927年夏天,一支由中国学者与瑞典学者组成的中国西部科学考察团在京成立了,这是中国首次对日益猖獗的西部文物和资源被国外探险者疯狂掠夺、破坏、盗挖现象进行的实地普查。在此之前的这一年春天,由瑞典考古学家斯文·赫定也已率队第五次进入1900年他发现的楼兰古国遗址。情况紧迫,科考团决定首先赶往罗布泊楼兰遗址与瑞典考古队联合考古。

在考察团中有位年轻的中国学者——黄文弼成为一颗耀眼的第一代考古学家。由于斯文·赫定已五次在楼兰古城获得大量珍贵文物(主要有西汉以前各国钱币、竹简、纸质文书、织锦、饰品等),故中国学者能否有斩获让国人

191

龙 骨

格外关注与期待。经北京学界领袖强烈反对及北大著名教授刘半农出面交涉,斯文·赫定最终让步并同意组成中瑞联合考察团,经费由瑞方提供。原本是北大国学所的黄文弼、地质学助教丁道衡,清华大学地质学教授袁复礼、水利工程师詹蕃勋及5位学生作为中国派出的学者首次参加中瑞联合田野考古,这不管是对自己还是对中国尚未独立开展的考古事业都是巨大的挑战!中方团长由北大教务长徐炳昶担任,后由刘半农担任,瑞方团长由斯文·赫定担任。

科考团一行10多人历时3年,行程18830公里对新疆、内蒙古等地的楼兰、龟兹、高昌等古国遗址进行测量与考古,仅楼兰东北遗址土垠汉代烽燧遗址就发现70余枚刻有西汉纪年的木简,从而再次证实2000多年前的楼兰古国就已完全置于中国政府的管辖之下。考察结束时黄文弼亲自押运回80箱考古实物,成为中国近代考古的一大功臣。更为难能可贵的是黄文弼和他的同事们在极其艰苦的条件下不仅为中国考古做出伟大尝试,而且尽一切努力维护祖国的权益与尊严。中外联合科考在中国历史上尚属首次,这次考察从一开始也充满磨擦与斗争。斯文·赫定一进新疆即向中国当地政府提出一个超越科学的要求:要求"开辟欧亚航线",并已先行带来8名德国汉莎航空公司的飞行技师欲"首先在新疆空域飞行"。单方面开放领空是对主权国主权的侵犯,中方学者立即向新疆政府提出反对,在黄文弼等人的强烈反对下新疆省主席杨增新、包尔汉拒绝了斯文·赫定开放新疆领空的要求,他只好悻悻遣散飞行队。事后他在《长征记》中评价道:"中国的学者们,他们由我的敌人转成了我的朋友和合作者。"

一次,当楼兰考古有了重大发现时,欣喜若狂的斯文·赫定竟将一面瑞典国旗插在遗址沙堆上,黄文弼立即严厉制止并拔去瑞典国旗换上中国国旗,他严肃地提醒斯文·赫定:"这是中国的领土,不许插上外国的国旗!"被黄文弼一脸正气的话震撼住的斯文·赫定在日后自己的著作《长征记》记录了这件事,同时也心悦诚服地赞赏黄文弼"是一位令人尊敬的博大学者"。值得一提的是,黄文弼、刘半农、袁复礼和他的同仁们此次西部科考的调查报告为日后我国出台的《古物保护法》及9位学界泰斗联名声明驱逐文物大盗斯坦因的全国运动起到至关重要的科学依据与示范作用。

值得一提的是斯文·赫定并非是唯一来华考古的瑞典科学家。1900年他在瑞典皇室的资助下首先发现消失千年的楼兰古国,那一年他还资助了斯坦因一同前往新疆考古,谁知斯坦因并不想脚踏实地地考古,而是利用瑞典皇室资助款实现自己的发财之梦!同样也是瑞典考古学家的贝格曼在受到斯文·赫定发现楼兰的惊人收获的激励下,当他于1934年步斯文·赫定的脚步的后尘独自来到东距楼兰古城175公里孔雀河下游的罗布淖尔地区时,无意间发现后被命名的"小河墓地"。在这座沙海墓地上大量的浆板墓柱与直立尖桩墓柱下埋葬着数以千计的干尸!贝格曼面对这个震惊世界的发现,将其写入这次不寻常的经历传记《新疆考古记》中。2002年新疆考古所发掘了"小河墓地"并取得震惊世界的考古成就,并于2004年当选为"中国十大考古发现"之一。"小河墓地"考古对面积达2500平方米的330个墓穴进行探挖与研究,初步测定与研究令世界震惊:那是一处3800—4000年以前的欧罗巴人部族墓地!这些新石器时期的欧洲血统的人种来自何方?又走向哪里?为何生活在丝绸之路的中国境内? 1929年2月位于四川广汉月亮湾农民燕氏父子发现了农田中的埋藏着三百余件玉器的三星堆遗址,1933年、1936年先后二次由华西大学教授葛维汉与林铭钧进行考古挖掘,新中国成立后又进行大规模考古,其中1986年7月23日出土大量巨型青铜器而震惊世界(青铜器439件;玉器、象牙等131件,其中青铜神树高3.48米)。经专家推测这是距今4000年前商代古蜀国的遗址。由于造型特异又与中原文化有差异,人们再次怀疑是否是远古外来文化的造访?无论最终定论如何,这一切将成为日后世界人类学对于人类起源与迁徙探讨提供的极有价值的实证。

同样是来自瑞典,同样在中国有了辉煌的考古收获,有一位瑞典科学家也揣着王室的厚望踏上中国的土地,不同的是他的到来才有了真正意义上与中国科学家合作考古,他就是瑞典科学家安特生。在斯文·赫定和罗德曼首次来华后的十多年后,1914年安特生应邀来到了中国,在接下来的11年里他不仅发现了马家窑遗址、仰韶遗址还发现了龙骨山北京人遗址,为中国现代考古奠定了不可磨灭的贡献。当外国学者和心怀贪欲的冒险者纷纷涌进中国

龙 骨

时，中国本土的有识之士也坐不住了，他们也走出家门考察外边的世界，要为复兴中华寻找变革的良方。

1930年春天，一位注定影响中国近代史的人物踏上北上考察之路，他就是时任民生船舶公司总经理、北碚三峡巡防局局长的卢作孚。3月8日他乘船舶到达上海，然后取道大连、旅顺，再由唐山到北平、天津等地，历时半年考察了大半个中国。在这次考察中他不仅拜会各地名士、实业家，也考察了大量的中外企业甚至各地教育机构。

首先，他的大计划中最重要的就是拜会当时名士大家。他首先顺长江抵达上海拜会教育家黄炎培先生，卢作孚认为中国的现代化得益于中山先生倡导的辛亥革命，而教育又是进步的源头。黄炎培是第二次见卢作孚，13年前当卢作孚作为一个初出茅庐的少年闯荡上海时得益于黄炎培的资助，黄炎培对这个四川小子印象极佳。尤其对卢作孚小小年纪时就立下誓言："我要让黄浦江上跑我自己的大船！"1925年果然卢作孚成立了自己的民生轮船公司，这让黄炎培大为振奋，他高度赞扬他是"川中人杰"，"是富于理想而又勇于实行的人"。

在北平他第一次拜会当代中国科学界泰斗丁文江与翁文灏、胡适等人，因为他们正是新科学、新思想的领军人物。丁文江与翁文灏、胡适等人热情洋溢地接待这位来自四川腹地名不见经传的实业家，翁文灏慧眼发现这位与自己身高相仿的年轻人充满智慧与实干精神，是一个难得的人才，于是千方百计为四川发展建言献策并穿针引线为四川引进教育人才。两年后（1932年）翁文灏亲自向蒋介石推荐卢作孚、范旭东、胡适、蒋梦麟、丁文江等15位当时学者与青年实业家为内阁候选人。应该说这些人在抗日战争中发挥不可取代的作用与翁文灏这次伯乐式的会见分不开。

有趣的是卢作孚还专程去旅顺拜会了失意闲居的罗振玉。卢作孚为何要去拜访罗振玉呢？原来他一直有个宿愿——那就是用现代先进理念与技术改造四川家乡的农业，他知道罗振玉早在1900年10月就在上海与王国维办了一所学农社专门传授日本国精致农业种植技术，1906年后因赴任清朝学部参事兼京师大学堂监督后不再办农社了，因才识渊博深得光绪帝喜爱，溥仪登基

第九章 龙吟·天降大任

后，罗振玉和王国维又成为他的启蒙师傅之一，罗振玉因发现甲骨文出土地及研究成为享誉世界的古文字学家；1906年后任学部参事兼京师大学堂监督期间又因抢救敦煌遗书而功成名就。不过到了民国，罗振玉便与时代格格不入。1924年罗振玉和王国维又专门应皇室邀请入故宫整理清宫档案，刚干不久就因冯玉祥手下的鹿钟麟将军驱逐溥仪出宫而中断，这件事让罗振玉和王国维恨之入骨，为了支持溥仪复辟，罗振玉不惜为之鞍前马后充当筹划伪政权走卒，如今这位才高八斗的昔日大家怎么样了？他还能为卢作孚指点迷津吗？

1930年5月·旅顺·罗宅

37岁的卢作孚身穿一套浅灰的中山装拜访晚清名家罗振玉时心里不免有点忐忑不安，久闻罗振玉的大名，卢作孚十分敬仰这位甲骨文开创者，敦煌经卷与清宫档案的抢救保护者的文化大家，然而他现在投靠溥仪的小朝廷出任伪满洲国监察院院长等职，这样一个亦正亦邪当今名流会对一个来自四川的中山信徒以礼相待吗？卢作孚多虑了。

当他在客厅里等候时不由得四下打量这间异国风情的客厅，客厅正中豁然挂着光绪皇帝赐给罗振玉的四个大字："文泉言律"，上款题的是"光绪二十年"，下款题的是"顾问大臣紫禁城骑马南书房行走臣罗振玉"。卢作孚内心一阵感慨："罗先生果然仍是前清遗臣啊！"

卢作孚注意到在两厢的镶木墙壁上挂着一组照片，其中居中的一幅大照片是罗振玉与王国维一家在日本京都的合影。作为曾经的名记者，卢作孚熟悉这张照片，也熟悉照片里的这些人物。这多少让他有些意外，因为罗振玉与王国维的这种特殊而理不断的关系一直是世间褒贬罗振玉的话资。卢作孚环视了一下客厅，他发现两个人的合影比比皆是，这说明罗振玉并非世间传说的那样冷漠孤傲，而在心中他一定深深的怀念那位英年早逝的知己……

一位身穿一件大襟式马褂，短肥的袖口中露出一截马蹄袖，精致的瓜皮帽后拖着一条又干又瘦的花白小辫，消瘦的下巴留着一缕黄白相间山羊胡，戴着一副金丝眼镜的老者缓缓走进客厅，他正是罗振玉。

慌忙站起的卢作孚恭恭敬敬地将自己的名帖双手递给罗振玉。

龙 骨

"访家可是川渝人卢君？"罗振玉双手作揖问道。

"鄙人正是，川人卢作孚不远千里造访，多有打扰，望叔蕴公海涵！"卢作孚恭恭敬敬低头鞠躬致礼。

"不必拘礼，请坐，请坐下谈！"罗振玉十分客气地招呼卢作孚坐下，并摘下眼镜细细看名帖和一封信，这封信是著名实业家、教育家周善培亲笔书写的推荐信，因周善培与罗振玉是大连密友又十分熟悉这位年轻的四川后生，故而主动为卢作孚穿针引线。

看着眼前这位名声显赫一时的大名家，卢作孚有种时空错位的感觉！尤其是罗振玉那条又细又干的花白小辫子，这真是在四川偏僻山区偶尔也能见到但在城市中而且上层人士中早已绝迹的打扮！卢作孚知道，就是小皇帝溥仪也在少年时就剪去他讨厌的"猪尾巴"了。

"叔蕴前辈，此乃天府之地渝西茶山上好沱茶两包，晚辈特意敬奉，此茶有别于江南清茶，此茶水色鲜美味浓，对北方居住者特别适宜，喝了有暖胃、养颜、益寿之功能！是川人早晚必喝之茶。"卢作孚捧上两大盒沱茶送给罗振玉。

"老朽早闻其名，今日身居北国还能品到天府名茶，幸哉幸哉！"罗振玉喜笑颜开，双手接过仔细打量一番。

"卢先生是合川人？"罗振玉和气地问道。

"晚辈正是合川人氏……"

"好地方呀好地方！我少时曾游历过此地，那里有个名城——钓鱼城……"

卢作孚惊喜地回答："前辈也去过钓鱼城？"

"自然，老朽还爬上山顶！那可真是个一夫当关万夫莫开的险要之城！难怪那忽必烈大军攻城30年而奈何不得！唉，大清如有此几个天险也不至落到今天这般田地……"

卢作孚见这位前清遗老把话扯远了，对清朝灭亡仍耿耿于怀，他决定改个话题。

"听说前辈正在新建一座宏大的藏书楼，不知能否让晚辈一睹风貌？"

第九章 龙吟·天降大任

正说在兴头上的罗振玉一听马上来了兴致，他当即痛快地邀请卢作孚参观自己在建的大云书库，让这山野小子见识见识什么是真正的大清书库！（罗振玉认为自己的书库就是大清朝的代表。）

旅顺·洞庭街一号

罗振玉带卢作孚参观正在内部装修的大云书库，这是一座建在小山坡上的三层俄式小楼，其是占地3000平方米，藏书面积达4500平方米的超大型私人藏书馆。

"这是老朽40余年的全部心血，全都在这里……有30万册集……"罗振玉摸着地上堆积如山的装书箱子颇为自豪地介绍。

"真是惊人！先生何以称之大云书库呢？"卢作孚一边惊叹环视一边忍不住小心问道。

说到此恰中罗振玉得意之处，尽管也有不少友人问起过，但他总乐此不疲地反复解释，他从一个装书卷的精美木盒中取出一部古旧麻质经卷示意卢作孚近处观看。

"这是一套北朝初年写本《大云无想经》，此乃敦煌石窟藏经洞孤本，这还是老夫花重金亲手从法兰西人伯希和手中购得！要知道世人知晓《大云经》莫过《旧唐书》与《新唐书》两书，讲的是武则天欲取代李唐自立女帝，指使她的面首薛怀义编造一个《大云经》，说的是黑河女主受天命取代前朝的故事，千百年来世人共认大云经只是面首薛怀义为武则天登基杜撰而已，宣统二年（1909年）老夫与静庵先生亲到法人伯希和在北京八宝胡同宅寓见到此宝，几番争价最终收入囊中。亲家还从另部敦煌藏经《大云经疏》对照勘校发现大云经确有此经而且早在北朝时已有。故敝人为此藏书楼起名大云书库矣！"他停了一下又兴致勃勃地继续解释："吾数千年古国，自有龟甲文以来著书无数，巨贾文魁以藏书为荣为命！国人素以江南多才俊为傲，藏书江浙藏家为首，大清朝最为盛！愚所知仅江浙两省就有数十家藏书宝邸，首当苏州顾文彬的'过云楼'，其最为珍贵古籍为宋刻版《锦绣万花谷》；秦润卿的'抹云楼'；宁波李庆城的'萱荫楼'；上海张寿铺的'约园'；绍兴曹炳章的'集古阁'；萧山

龙 骨

朱鼎煦的'别宥斋'藏书楼更是藏书惊人；北京清华园图书馆；四川最大的藏书楼成都严谷声的'贲园'藏书30万册，比宁波'天一阁'藏书多一倍！山东聊城杨以增的'海源阁'；湖南曾国藩的'富厚堂'；就连当下国民政府党首蒋中正在宁波也有一个响当当的藏书楼'文昌阁'！……不胜枚举！老朽欲将毕生收集之心血——30万卷藏书为基础兴建东方最大藏书库！"

"如此精妙！先生为鉴明历史又立奇功啊！"卢作孚在上学时就听说过敦煌藏经洞的传奇，也对这位晚清重臣致力于甲骨文研究与抢救敦煌遗书所做出的巨大贡献而赞叹不已。

其实罗振玉只说出九牛一毛的原由，他定居于此还有另一个重要原因：1914年4月与斯坦因同期进入中国探险的日本人大谷光瑞突然辞去西本愿寺法主（住持）一职并决定在旅顺定居，他将自己在敦煌及新疆地区劫取的大量经卷与其他文物运至此地住宅内，1919年挂牌关东都督府博物馆，其中敦煌藏经634件（其中相当部分在日本投降前已运到日本，1949年西本愿寺清理大谷光瑞遗物时发现两个大木箱里面装满敦煌经卷、绢画、木简等珍贵中国文物），此后，他的得意门徒橘瑞超密切交往，将大谷光瑞和橘瑞超师徒在敦煌和新疆各地搜刮的文物进行拓制，不难想象自己本身收藏大量敦煌遗书和数万片龙骨（刻甲骨文兽骨龟壳）的罗振玉计划着在旅顺与大谷光瑞和橘瑞超，以及日本京都大学的内藤湖南和狩野直喜等著名教授共同形成一个以研究中国敦煌为主的东方文化中心！

事实上，早在1911年，罗振玉与王国维携全家人东渡日本京都侨居时就建了座"大云书库"，在长达八九年的寓日岁月里做了大量编著敦煌研究专论《流沙坠简》《鸣沙石室佚书》等研究。当然埋在罗振玉更深层的原因是他最不愿触及的隐痛，那就是他的女婿，学生王国维之死！1898年罗振玉创办东文学社，王国维投入其门下，从此两人相知相交成为事业与生活上的帮手与依靠，有人评论俩人关系时说罗振玉既成就了王国维又毁灭了他。1927年6月2日国学大家王国维自沉昆明湖，王国维之死在国内引起轩然大波，人们自然而然把矛头直指罗振玉，这让他百口难辩，远离是非又离溥仪小王朝近，旅顺自然成了他的魂归之处。1931年"大云书库"正式交付使用，藏书达50余

第九章 龙吟·天降大任

万册,为当时国内藏书楼之最,一时访者如云。1940年罗振玉去世,"大云书库"也渐入入不敷出的窘境,开始对外变卖藏品,其中包括数千枚龙骨。1945年日本投降,一支苏军伞兵官兵驻进"大云书库",藏书受到重大损坏,中共中央闻讯急电东北局负责人要求尽一切努力抢救这些珍贵古籍善本,东北局立即部署精干力量赴旅顺挽救这批文物。新中国成立后,罗振玉家人将残余古籍捐给国家,"大云书库"遗址现仍保存在旅顺原址。

卢作孚看着眼前这位侃侃而谈的前朝名家有种奇怪的感觉,仿佛是跟另一个世界的人交谈,当问及对四川的农业有何见地时罗振玉却似乎显得一些恍惚,只是口中喃喃自语般呢喃道:"日本农作嘛……很精致啊很精致……"

卢作孚在日后亲著的《东北游记》中记录当时的情景:"……访罗叔蕴(罗振玉)先生,先生穿一件洋布衫子。胡须半白了,体态还很丰盈,精神还很强健,还有很小的发辫,对人很恭敬。问他年纪,他说:'今年65岁了。'问他何时从天津搬到旅顺来,他说:'前年以前本在日本住,因为老病移回天津;又因天津是过路的地方,应酬麻烦,所以移到旅顺。'"

罗振玉虽然没有坦述真情,借口不回天津是怕"应酬麻烦"。事实上罗振玉追随溥仪往东北,最初就停留在旅顺是因与郑孝胥争宠失利造成,同时,他又羞于回到天津,只好闲居而已。

卢作孚的北方考察用了半年,他兴奋地说收益巨大。

20世纪30年代是中国知识分子走向国际大舞台的一个重要节点,继1929年董作宾、李济、梁思永在河南殷墟有了重大考古发现后,1929年冬裴文中又在北京周口店龙骨山挖掘中国第一枚50万年前的"北京人"头骨。中国的考古事业发生了跳跃式的发展。一系列重大考古发现也极大地刺激了东海的一个邻居——日本,这个始终说不清自己的历史但迅速膨胀和扩张的国家借本国武力扩张之势在中国东北地区大肆进行盗挖文化遗址,其中日本古生物学家远藤主持和挖掘中苏边界、内蒙古地区挖掘出土一批远古人头盖骨化石,远藤为其命名为"札赉诺尔人"(蒙古种)。当远藤专程到北平拜访新生代研究室并与裴文中进行了研讨,裴文中要求远藤提供一枚"札赉诺尔人"头骨(远藤却只提供的是复制模型)。

 龙 骨

日本人在东北地区大肆盗挖文化遗址引起了中国学者强烈的不安和警觉，翁文灏、傅斯年等学界泰斗强烈"呼吁中国考古同仁应抢救和保护东北文化遗存"！1930年7月一位不速之客走进了史语所考古组……

1930年7月·史语所

一位身穿白纺绸西装的外国人手提一只折叠皮箱走进考古组李济和梁思永的办公室。来人是俄国中东铁路工程师卢卡斯基，这位精通中文的俄罗斯人是一位古生物爱好者，他不远千里专程来到北平是想告诉中国的考古学家一个重要的发现。因日、俄战争，俄国战败，东北地区的俄国原有在华利益受到极大冲击，首当其冲横贯西部利亚大陆桥的中东铁路线被日本扩张的满蒙铁路所取代，国恨家仇让这位俄罗斯工程技术人员决计将自己在齐齐哈尔昂昂溪车站附近发现的一处史前遗址报告给中国考古学家。

卢卡斯基开门见山："李先生，梁先生，我是俄罗斯人卢卡斯基，我在黑龙江昂昂溪车站附近发现一些有趣的史前物品，特别向你们求教！"

这位不速之客的突然造访让李济和梁思永又惊又喜，惊的是他们不理解这位俄国人为何千里迢迢向中国学者报信？喜的是卢卡斯基带来的一堆古器可谓五花八门，但一眼就可看出这些物品至少应是新石器时期的遗物。梁思永看着堆满桌子的物品问道："这些东西都是你发现的吗？是在哪里发现的？"

卢卡斯基颇有一点得意地回答："这是我在昂昂溪施工时发现的，大约搜集了700多件，这次带来的只是很少的一部分。"

李济惊讶地回味一个从来未听说过的地方："昂——昂——溪？好奇怪的名字！"

卢卡斯基笑着解释道："这个地方位于松辽平原的中心，离昂昂溪火车站约6公里，离附近的一条江约有七八公里，在此之间有许多沙丘，我就在那里发现了很多很多这些陶器、石器、骨器……"

李济和梁思永饶有兴致地摆弄着陶器和骨器："卢卡斯基先生，非常感谢你带来的这些东西，以我们的经验来看这些物品应该是史前文化遗存，但是究竟到什么时期我们还要研究后回答你，尤其这半个人头骨下颚还需请专门

的古人类学家予以测定……"

卢卡斯基焦急地说:"我之所以千里迢迢来到北平找你们是想请你们尽快派人到昂昂溪挖掘遗址,我来之前听说日本人已经嗅到那里的气味,如不立刻挖掘日本人将会抢先得到一切!"

事情果然迫在眉睫!

李济和梁思永商量片刻即向中央研究院院长蔡元培、史语所所长傅斯年以及丁文江、翁文灏汇报,很快几位学界泰斗做出决定,由自告奋勇的梁思永带队立即前往昂昂溪探挖。

同一年,梁启超之子梁思永继承父亲遗愿开始他考古开山之作。

1930年9月梁思永与助手王文林来到昂昂溪,在卢卡斯基的协助下挖掘了4个沙丘,共出土了各类标本1000余件。由于黑龙江地区比邻俄罗斯西伯利亚地区,当10月份时大地已是冰天雪地,考古挖掘不得不终止。虽然昂昂溪考古仅一个月,但收获颇丰,这也是中国考古学家首次进入东北地区考古,第二年,九一八事件爆发,日本侵略军很快吞并了整个东三省,中国考古学家在长达15年的时间里无法在自己的国土上进行考古。昂昂溪遗址实质上是中国科学家第一次向日本侵略者的文化战争的抗战,其意义极其深远,今天的和平时代人们不应忘却80年前这段历史。

经新生代研究室步达生等专家鉴定,昂昂溪发现的人骨确为新石器时期早期人类,应与内蒙古发现的"札赉诺尔人"(蒙古种)属于同一人种。

而留在北平的李济则与翁文灏、丁文江、蔡元培、胡适等中国文化学界泰斗们正酝酿一场声势浩大的反对外国列强肆无忌惮地掠夺中国文物遗产的运动。此前,不仅是国外盗挖者十分猖獗,国内军阀、官员也监守自盗,甚至公开盗掘文物,中国学者和有识之士为之痛心疾首!当年,有两件大案震惊全国,一件是1913年"民国总理熊希龄盗卖行宫古物案",另一件是1928年"军阀孙殿英炸开东陵对慈禧太后陵墓洗劫一空案",这两件轰动一时的案件均不了了之,但其性质之恶劣与损害之大引起中国学者的强烈忧患意识,以翁文灏、丁文江为首的学者推动立法,从根本上扼止文物盗掘的风潮。他们首先选中了文物大盗斯坦因为目标,此时已在世界上名声显赫的斯坦因再次

龙　骨

来到中国（第四次），他试图再次从敦煌搜集盗取更多中国文物，中国科学家们决定把这个自1900年起就疯狂盗取大量敦煌及各地文物的大盗作为首恶惩治。

1930年5月24日，国民政府出台了一部《古物保存法》，不难看出这部法规与翁文灏起草的这份协议有着异曲同工的相近性。1930年11月27日，中央研究院院长蔡元培、地质所所长翁文灏、历史语言研究所所长傅斯年、国立中央大学校长朱家骅、故宫博物院院长易培基等19位中国首屈一指的学问泰斗联名驱逐斯坦因。此前的5月21日，北平古物保管委员会就正式向国民政府递交"反对斯坦因旅行西北"的呈文，在一场席卷全国的声讨下，斯坦因只得两手空空灰溜溜地离开中国。这是中国学者第一次以法律为武器反抗外来掠夺者的大胜利。英国总领事蓝普森事后哀叹："时代变了，中国人现在是自家的主人……我们失败了。"当时19位学者的联名书如下：

关于奥莱尔·斯坦因爵士在中国突厥斯坦进行考古学考察的声明书

著名探险家奥莱尔·斯坦因爵士今年春天来到中国，并从中国政府那里获得一份允许他从印度进入中国突厥斯坦的护照。在发放护照时，中国政府曾得到斯坦因爵士的保证说，他几次游历的目的仅仅是调查玄奘走过的古道路。但是最近我们已获得可靠的情报，说斯坦因爵士的真正目的是从事大规模的考古发掘，并由哈佛—燕京学社、印度考古局和大英博物院董事会提供了数目非常大的经费，奥莱尔·斯坦因爵士的资助者们之间所达成的协议授权他做的事情之中，有一项是从其搜集品中确定哪些可被视做复品。根据这一协议的性质，人们可明显看出，他不仅打算要在中国突厥斯坦进行发掘，而且还想从本国将考古物与艺术品运出去。

作为中国的古物保管委员会的委员，我们认为我们有责任将我们的观点陈述于上文所提诸机构的面前，这些机构或许还不了解这种行为的不正当性质及其在本国所激起的极大愤慨，我们要求这些机构考虑一下：为了科学和国际亲善的利益，是否还应该继续答应向奥莱尔·斯坦因爵士提供资助。

第九章 龙吟·天降大任

（1）我们想要指出，中国的人民对于他们自己的历史极为珍重，在这样的一个国度里，若有人假冒调查古商路为幌子而实际上要从事如此大规模的考古工作，这与他身为著名科学机构的代表人所应具有的个人品质是格格不入的。假如没有斯坦因爵士过去的所作所为向我们确证了他从未有过良心上的责备，我们也难以相信这种可能性。所谓调查玄奘走过的古道路，实际上不过是奥莱尔·斯坦因爵士在前几次旅行中曾三番五次重复过的动听谎言。且听他的自述："中国文人天生具有的真实历史感，以及他们对我宣称的引路人、伟大的'唐僧'玄奘的传奇般的记忆，都有助于我解释我的考察目的。

"还有另一种可以依靠的力量，那便是对于玄奘的记忆，玄奘具有一种感染力，我无论是在饱学之士当中，或是在卑贱文盲之中，时时都可觅得知音。"

因此当他再次使用这一动听的托辞时，我们已不难看出他这一次的真正目的所在。难道资助他的各科学机构赞成他用花言巧语骗获护照的这种方法吗？

（2）考古物从它们的来源国出境，只有具备以下条件时方为正当：（甲）考古物系合法地获自其正当的所有者；（乙）拿走一批考古物的任何一部分都不会损害这批考古物的整体性；以及（丙）在考古物来源国中没有一个人完全具有研究或保管这些考古物的能力或兴趣。

（3）否则的话将考古物移出境外就不能属科学性的考古学，而只能是商业性的旺达尔主义式的考古物毁坏。

斯坦因爵士在前几次游历中国突厥斯坦期间的所作所为已经危险地接近了后一种情况的边缘。在此仅举一例足矣。敦煌附近一个石窟中有一个封存了的藏书室，其内藏有一批无价的早期汉文写本。

奥莱尔·斯坦因爵士利用了主管道士的无知与贪婪，说服道士将他认为属于精华的写本都卖给他，而只付了少量的钱。不用说，这批写本根本不属于买者所有。这种情况就好比有一个中国旅行者，冒充成宗教史研究者，去了坎特伯雷并从大教堂的主管人那里将珍

龙 骨

贵的遗物统统买光。

奥莱尔·斯坦因爵士在其著作《契丹沙漠废墟》第二卷第159页至第219页上曾兴高采烈地、恬不知耻地大肆渲染这件事的全过程，从而使他的品质大白于天下。敦煌所藏早期汉文写本本身是一个整体，但是连一句中国话都不懂的奥莱尔·斯坦因爵士竟将他认为最有价值的那一部分席卷而去，并把许多原来实际属于同一件的写本肢裂开来，这样就损害了写本本身的价值。

此后不久，法国和日本的游历者们步其后尘接踵而至，结果使这一批珍品被分割成好几部分，散落在伦敦、巴黎和东京。至少可以说，收藏于前两个城市的写本在过去的20年间被束之高阁，未获研究，而它们的合法主人、即最有资格研究它们的中国人，不仅被剥夺了所有权，而且被剥夺研究的机会。难道资助新一次考察的各科学机构没有意识到它们正在做些什么，并眼睁睁地看着奥莱尔·斯坦因爵士作为它们的代表人去重复他那不光彩的行径吗？

（4）正是为了防止这类旺达尔主义行为，所有国家都制订了法律，以禁止非法发掘以及考古学珍品的外流。意大利甚至禁此将旧画出售给外国。当1903年拉·朋普利在俄国突厥斯坦进行发掘时，他不得不将所有的搜集品都交还给俄国的博物馆。甚至连半独立的埃及实施了法规，以打击非法发掘者。在1930年6月2日，中国政府颁布了《古物保存法》，从而使斯坦因爵士打算要干的这种行为成为非法活动。难道代表着各个最著名大学机构的、并为他提供资助的人们想让他直接冒犯中国法律去秘密进行工作并接着将所获考古物走私出境吗？我们想要强调，中国的学者们和科学家们丝毫不想阻拦外国的学者们对于中国考古学做出贡献。相反，在过去的20年间，已经有好几位外国人接受了双方满意的条件与我们合作，但我们在欢迎外国学者参与中国考古学研究的同时，我们将运用各种手段反对诸如斯坦因爵士这一类的外国人在冒牌幌子下企图从事发掘并秘密走私历史学与考古学物品出境的任何阴谋。我们相信，我们的这

第九章 龙吟·天降大任

一做法会赢得全世界科学考古学的真正研究者们的一致同情;我们还相信,已经答应资助斯坦因爵士的各个科学机构一旦明白了他所使用的不正当手段以及因此有可能造成的灾难性后果时,一定会以真正的科学和良好的国际关系为重而撤消它们的资助。

签名:国民政府会议委员、古物保管委员会主任委员张南京;

中央研究院院长蔡元培;

国立北平研究院院长李煜瀛(石曾);

故宫博物院院长易培基;

北平:国立中国地质调查所所长翁文灏;

北平:国立历史语言研究所所长傅斯年;

南京:国立中央大学校长朱家骅;

国立清华大学地质学教授、西北科学考察团野外团长袁复礼;

上海:国立地质研究所所长李四光;

故宫博物院秘书长、国立北平研究院历史研究部主任李宗侗;

北平:国立女子师范大学校长徐炳昶;

北平:国立北京大学考古学教授马衡(叔平);

北平:国立历史语言研究所考古学研究组主任李济;

北平:国立北京大学教授、国立女子大学校长刘复(半农);

北平:国立北京图书馆代理馆长袁同礼;

北平:燕京大学教授陈垣;

北平:国立北京大学教授沈兼士;

北平:故宫博物院行政秘书俞同奎;

北平:国立北京大学讲师黄文弼。

为什么中国所有的学者大家们都把矛头一致对准刚加入英国国籍的斯坦因呢?原因很简单,事实证明,斯坦因不仅是最早盗取敦煌宝藏的外国文物大盗,也是盗取最多的首恶大盗。

中国学者的集体发声,驱逐文物大盗斯坦因是中国科学家保护国家文物

龙 骨

第一次胜利,这在20世纪30年代初具有历史性的意义。在一片声讨声中斯坦因两手空空气急败坏地离开中国,此后他再也未踏进中国一步。

1929年8月上海群众图书公司出版一本题为《第二次世界大战爆发的必然性与我们的准备》的书,书的作者采用了笔名"时间永恒",我们无法知道作者的真实名字,但我们知道这本在1932年再版的书向世界、向中国人发出10年后发生的世界大战预警。

作者在书中前言中明确指出初次大战一战只限于欧洲,而二次大战恐将波及整个世界,其爆发的焦点当在太平洋上,和我们中国有切身的关系。14年后,随着日军偷袭太平洋上美军基地珍珠港,历史惊人地证实了这个预言。

其实对于中日之战有不少的学者和名人也有过种种版本,包括蒋介石自己在1934年6月出版的《各省高级行政人员奉召南昌集会纪录》一书中指出:"九一八事变后,日本侵占中国的野心暴露无遗,全国抗日激情也空前高涨。为应对急剧变化的形势,特别是东西方的舆论普遍认为以争夺中国为中心的第二次世界大战将在1936年至1937年间爆发的严重局势……"

《泛太平洋国际学术会议》是沿太平洋各国旨在联络各国科学家感情,巩固列国邦交,内容涉及农牧渔业、动植物学、人种学、地质地理及医药病理学等非政府机构,后正式更名为太平洋国际学会(The Institute of the Pacific Relations),1925年7月在美国夏威夷的檀香山正式成立并召开第一届大会。

1931年10月21日至11月2日,"太平洋国际学会第四届大会"在上海静安路上的万国体育馆举行,这次会原定在杭州举行,因多数学者认为杭州远离"政治",是自古文人墨客喜欢的"清净之地",但随着九一八事件的爆发,使这次由中国人主办的国际会议从一开始就笼罩上浓烈的"战争"气氛。东道主中国有105人参加,其中包括执行长胡适、蔡元培、宋美龄、宋子文、孔祥熙、黄炎培、丁文江、翁文灏、林语堂、潘光旦等几乎所有知名中国学者悉数到场,中国、澳大利亚、英国、美国、新西兰、荷兰、加拿大、日本、菲律宾9个国家参加会议。几乎所有全国顶尖名儒时俊悉数到场。日本19名学者也组团与会。

与会代表179人。大会首先宣读各国元首发来的贺电,其中包括美国总统

第九章 龙吟·天降大任

胡佛、英国首相麦克唐纳、日本首相若槻、中国国民政府主席蒋中正等9国元首及国际组织负责人。会议由胡适主持。

因受第三届会议（1929年10月28日至11月9日在日本东京举行）和九一八事件的影响，此次会议一开始就充满火药味。

3年前（1928年8月），张学良秘书王家桢陆续接到驻东北外交处驻东京办事处转来的零乱抄件，外交秘书阎宝航对这些手抄件逐一拼接发现这是一份极为重要的日本内阁秘密奏折——《帝国对满蒙之积极根本政策》，这是日本首相田中义一于1927年6月27日至7月7日在东京首相官邸召开的"东方会议"最后决议，这项决议的宗旨就是侵略中国的政策纲领，后来发生的事实证明：日本侵华战争正是受这份文件指导实施的，这就是臭名昭著的《田中奏折》。第三届太平洋国际学会大会在日本东京召开时，阎宝航作为中国代表在满洲问题讨论会上发言。他针对日本代表团首席代表松冈洋右声称日本与满蒙有着重大利害关系，是日本的生命线谬论，临时改变发言一针见血地揭露日本的侵略野心："……中国东北有个别国巨大的经济利益，他们在那里驻扎着庞大的军队，那里随时都可能发生侵略战争。当然，他们的目标不止是中国的满洲，还有蒙古；不止满蒙，远有印度支那，甚至全世界……东北乃至中国还有和平而言吗？太平洋国家还有和平而言吗？人们完全可以认为，这种所谓责任感只是野心二字的代名词罢了！……"阎宝航慷慨陈词之后向大会散发英文版的《田中奏折》文本，会场立即引起轩然大波，气急败坏的松冈洋右狂呼乱叫扬言要退出会议，令大会一片哗然。中国学者首次在国际会议上用铁的事实证据批驳日本右翼学者的弥天大谎。阎宝航在第三届太平洋国际学会大会上公开《田中奏折》文本令满以为神不知鬼不觉瞒天过海的日本政府极为尴尬和颜面扫尽，一向标榜自己是爱好和平的国家突然被撕下遮羞布，赤裸裸地暴露在世界各国面前。歇斯底里的松冈洋右拒不承认《田中奏折》的存在，但他毫无理由的苍白辩解反而让更多的国家与人相信日本确有阴谋侵略的事实。事后日本外相重光葵承认道："日本想要消除外国对这一文件存在的疑心是非常难的。"阎宝航首次公开披露《田中奏折》为中华民族立了大功！

龙　骨

1931年10月28日·万国体育馆

在讨论东北边境与外交政策专题演讨会上，日本代表高柳就外交机构资格问题首先向中国外交官发难："中国自秦汉起就以长城为界的，现在主张满蒙为国土毫无道理，我怀疑中国本身具备不具备国家的资格？！"高柳狂妄的挑衅立刻激起中国学者愤慨，坐在高柳身边的中国外交学者陈立廷当即反驳："高柳先生否认中国之国家资格，无怪乎企图肆行侵略，旁若无人矣！"大会中国代表热烈鼓掌支持，西方学者则表达同情认可。

陈立廷接着历数日本在东北无视国际公理的种种暴行，痛斥所谓中国为无主权国谬论，他反问道："高柳先生称中国秦汉疆界以长城为界，高柳还知道点历史，但他忘了一点起码常识：那是2000多年的事情！请问高柳先生那时有日本国吗？你们的边界在哪呢？！"全场轰然大笑，一片嘲讽声。恼羞成怒的日方代表团团长新渡户冲着会议主席英国人罗斯（Archibald Rose）狂呼乱叫："这是侮辱了大日本国！违反会规！"会场内一片哗然。

身为大会筹备组的阎宝航再次目睹了日本人的无耻挑衅，他拍案怒斥："你们（日本）口口声声说什么你们无侵略中国野心，那么你们日本在中国的城市发动的九一八战火难道不是侵略战争吗？！"一个日本代表狡辩道："九一八只不过是个地方事件，满蒙对我们大日本帝国而言只不过是只白象而已！（注：白象是毫无意义之意）"面对日本人的无耻叫嚣，阎宝航愤怒地指着那个日本人痛斥："难道日本在别人的国土残杀无辜百姓，抢劫他国民众财产是'白象'？！这是何等荒谬的强盗逻辑？！"中国学者愤然反击，双方学者纷纷加入混战，大会主席罗斯只好宣布休会。虽经主席团与胡适等人竭尽全力斡旋和调解，最后新渡户与陈立廷互致道歉而化解，但这场激烈的中日学者交锋却是中日之间侵略与反侵略的序幕。

1931年11月1日上海《申报》发表此次论战评论文章：《关于东北问题之争辩》，文中借西方代表会后的发言表示了忧虑："太平洋国际会议不能维持会议本身太平，遑论其他。"10年后人类最大的太平洋战争爆发，始作俑者正是日本。阎宝航因两次在太平洋国际学会上的出色表现，张学良特别推荐担任蒋介石行营少将参议。1941年6月当他获悉德国将大举进攻苏联时，即向苏联

第九章 龙吟·天降大任

大使馆武官罗申通报这一绝密情报。但当时，苏联人不知阎宝航的特殊身份，他已是中共隐蔽战线的骨干。在此同时，在柏林的苏联情报组"红色乐队"和在东京的苏联情报员佐尔格小组分别向莫斯科发出德军将进攻苏联的警报，但不知何故斯大林对这三份情报未予采信。1995年11月1日俄罗斯驻华大使罗高寿代表总统叶利钦向阎宝航授勋，以表彰他在二战中的卓越贡献。

发生在20世纪20年代末和30年代初的两次太平洋国际学会会议上的中日学者间冲突，是抗日战争早期首次发生中日文化大交锋，两国均为顶尖学者，虽然没有枪炮与鲜血，会议激烈程度不亚于真刀实枪的战争场面。在日本的侵略战争中总有一帮红口白牙罔顾事实的文人（日本人自称"笔部队、文化军"）为侵略史实混淆黑白，到今天仍不乏有这样一些文化帮凶在兴风作浪，他们是带有法西斯阴魂不散的文化武士道精神，这种现象值得全世界爱好和平的人们高度警惕！

会后，翁文灏怀着忧愤心情来到杭州（武康）准备参加一个石油考察活动，不料被一辆急驰失控的卡车撞成重伤，头部撞出颅骨凹形塌陷，生命垂危！好友胡适闻讯第一时间给蒋介石等南京政府首脑发电请求全力救助："翁咏霓是50万条性命换不来的！""岂但是一国之瑰宝，真是人世所稀有！"

闻讯后的蒋介石立刻派德国医生前往杭州参加抢救并提供10万块大洋以资抢救，同时责令浙江省省长亲自到医院慰问，经全力抢救，翁文灏终于死里逃生。大难不死的他得知是蒋介石出手相救既惊讶又感动，过去他与蒋素无交往，又对官场深恶痛绝，清高自洁的他一直对蒋多有抨击，何以让蒋介石对一介书生垂爱呢？翁文灏百思不得其解。

九一八以后日本不满足只占领了东北三省，侵略者的魔掌又伸向长城以内大片中国领土，全国人民与有识之士纷纷呼吁保家卫国。翁文灏自费创办一本周刊——《独立评论》，周刊由翁的9位挚友共同撰稿，这些社会名流均为知名学者，他们是胡适、丁文江、傅斯年、蒋廷黻、任鸿隽、陈衡哲等。《独立评论》一问世就以独特的视角和犀利的笔锋赢得朝野上下一致好评。这份以专家学者视角评叙国事政要的刊物自然成了蒋介石的必读物。长城抗战爆发，忧心忡忡的翁文灏和他的学者团队立刻给蒋介石发去电报："华北将失，

龙 骨

勿忘国计。"蒋介石派教育部次长、国民政府秘书钱昌照草拟一份筹建国防设计委员会名单,并先"与这些人谈谈"。原来蒋介石内心一直对宋家姐弟姐夫孔祥熙、宋子文家族控制着整个经济存有抱怨,他不愿整个人受人以柄,他要给自己找个自留地,于是他要成立一个名正言顺的机构,再选个绝对忠诚于自己的社会名流担当此任,让所有人都说不出任何反对意见!他盯上了翁文灏。蒋介石令秘书钱昌照拟定名单并说服翁文灏入阁。

钱昌照在新中国成立后回忆:他"自己一心想当国防设计委员会秘书长",不料蒋却不让他当,坚持由翁文灏担任正职,钱昌照只能当副手。这让钱很是不爽,这也成了钱翁长期不合的原因。钱借口翁文灏很难说服,建议蒋亲自来谈。无奈之下蒋介石亲自邀翁文灏、胡适等数十位知名人士去庐山牯岭别墅来座谈,蒋介石摆出一副求贤若渴的姿态对翁文灏发出邀请:"翁先生是国家之栋梁,希望你能多出主意,给我以帮助。"尽管学者和社会名流能为国家献计献策兴奋不已,但翁文灏仍婉言谢绝担任实职,他借口:"我并无分头接洽的能力,再则,地质调查所是一个穷机关,我不能脱离。"蒋当即拍板"每年拨给地质所10万元经费,不够随时追加……",翁文灏再也没理由拒绝了。

1932年11月国防设计委员会成立,翁文灏兼任副秘书长,此时他依旧把精力放在地质调查所的工作上,直到1935年翁文灏出任行政院秘书长职后他的科研生涯戛然而止,开始他生命中最艰难的从政生涯。闻讯后的挚友胡适特意将亡友丁文江遗诗赠予他:"红黄树草争秋艳,碧绿琉璃照晚晴;为语麻姑桥下水,出山要比在山清。"他还特意批注:"绝对相信你们出山要比在山清!"胡适一向认为翁文灏是块从政的好料,甚至他坚信翁文灏能当"大总统"! 1968年胡适发表一篇"新年梦想":"老夫那天以老朋友的资格参与那盛大祝典,听翁大总统的演说,题目是《二十年回顾》。"

翁文灏因1920年甘肃海原(现划属宁夏)特大地震(8.5级,死亡28.8万人)中的出色表现于1922年7月受到中央政府嘉奖获二等嘉禾章,这次嘉奖是由甘肃省长有感于他深入震区艰苦卓绝的贡献亲自申请的。作为世界知名地质学家得此殊荣是当之无愧。(安特生与莫理循被授三等嘉禾章。)1917年地

第九章 龙吟·天降大任

质调查所绘制中国第一幅等震线，甘肃大地震使翁文灏对中国地震分布及可能引发的地质灾害有了较为全面科学预判，并依此划分出16个地震带，其中四川南部、云东西部断裂带的预测为近年这些地区频繁大震所证实。20世纪二三十年代，中国科技发展出现内外交困的瓶颈：对内缺乏法律与资金支持，对外日本帝国主义已把吞食中华文明之口张开。对于一介书生文人，除了愤世嫉俗但也无力改变任何现状。虽说翁文灏此时已是享誉天下的大家（1922年兼任清华大学代理校长），但一件突发事件让这位清高孤傲的大学者登上"从政救国"的大船。

客观地说，胡适自己有作官的欲望，所以他一直热衷鼓动并不想从政的翁文灏登上蒋介石的船，那一年，有人下船，有人被推上了船……

在翁文灏感觉就要离开自己心爱的地质考古事业时，他努力把自己和丁文江一手建立的地质调查所和新生代研究室、周口店猿人遗址挖掘再努力完善一些，这里集聚着他探索人类秘密的梦想。人，还是人的问题，龙骨山需要补充新的人材，只有人材才能创造奇迹！即将赴法深造的裴文中能物色到这样一个人材吗？翁文灏充满期待。

北平图书馆

一个戴眼镜的少年正坐在角落里如饥似渴地看书，偶尔还把其中的有些内容抄下来。

简陋的图书馆里生着一个大铁皮炉子，上边坐着一个大提手的铁壶，正"噗噗"地冒着白汽。管理员走过来，提起壶，朝炉子里捅了几下，加进几块煤，又把壶压上去。图书馆的人很少，只有这个少年始终坐在那里。

他不时地伸出手放在嘴上哈气，再用双手互相搓搓取暖。一会儿，他抬起头看看周围，除了管理员在一边打瞌睡，已没有了别人。这时墙上的挂钟"当"地响了一下，是中午1点了。他起身走到火炉旁，倒了一杯开水，回到座位上，从口袋里掏出一个馒头，咬了一口，又喝口开水，接着津津有味地看书。

龙 骨

街道·恒兴缸店

店内外摆满了各种各样的缸。店门外还有几个刚运来的大缸没有拆去外面的草绳。裴文中走进店,店主人一见,忙起身殷勤地打招呼:"裴爷,您来了。"

"哎。"裴文中一边打量着店里的货物,一边问:"我们订的缸来了吗?"

店主人回答:"爷,刚来,还没来得及拆绳哪。"

裴文中问:"哦,就是门口那几个?"

店主人说:"对。一共4口。"

裴文中说道:"乐丰,你帮我算算,我那儿现在差不多有250口子人马,这4口缸够不够使?"

店主人说:"爷,您那里这么多人,可能不够。您那会儿不到百人,我约莫着4口缸腌菜够用。您这次增加这么多人,恐怕不够。再说,那龙骨山也是力气活,腌菜顶半顿饭,肯定不够……"

裴文中说:"那你看需要几个呢?"

乐丰算了算说:"10个,10个差不多够了。包括这4口缸。"

裴文中说:"那好吧。你就给我备上10口缸。好好挑挑。山上使得费。"

"知道了,爷。这是您的茶。"乐丰一边把刚沏好的茶递给裴文中,一边应着。

裴文中说:"好。我也是忙里偷闲过来看看。怎么样?最近生意怎么样?"

乐丰回答:"凑合着吧。您知道,凡是给您的货,还得比别人的便宜才行。您如今都是大官了。官家的生意,您以后多关照小弟点才好。"

裴文中笑着说:"好了。别抱怨了。我这算什么官。在山里一干就是一年,不是成天刨土挖石,就是满山钻洞,哪有钱啊。地质所虽挂官牌,可也是穷得一无所有啊。"

"乐丰,干什么呢?"两人正说着,门外走进来一个年轻人。看来熟人熟路,一进店门就与乐丰打起招呼。

"嘿,是贾如啊。什么风把您吹来啦。"乐丰高兴地答道。看得出两人很熟。

第九章 龙吟·天降大任

贾如说:"哟,你有客人,打扰了。我改日再——"

"没事。这是我的老客。今天也是得闲过来看看我。来来,坐。我给您沏茶。"乐丰拉着贾如进了屋。

贾如见裴文中穿着西式洋服,知道是有身份之人,不免有些局促。

他冲着裴文中作了个揖:"小的贾如,是乐丰的朋友。打扰了。"

裴文中客气地说:"裴文中。不必拘礼。坐吧。"

贾如听罢惊讶地问:"您是裴文中先生?就是挖着祖宗的那位大名鼎鼎的裴文中先生?"

裴文中回答:"正是。"

贾如兴奋了:"哎呀,我们家乡都被惊动了。可不得了,说您是个神仙哪。几声炮,就把老祖宗给请出来了。洋人都佩服得不得了啊。原来就是您哪。小的有眼不识泰山。"

乐丰笑着说:"裴爷可和气了,待人可好了。你坐下,坐下。不是外人,都不是外人。"

裴文中也笑了:"我跟你差不多,可能长你几岁。你就叫我裴大哥吧。"

贾如回答:"哪能呢。您是贵人,不敢造次……大哥,您到这儿是看乐丰吧。"

裴文中说:"我这次进城,是忙着我们办的一期考古培训班要招练习生。准备毕业后专职去周口店参加挖掘工作。另外嘛,我在乐丰这儿订了一些缸,准备给山上的工人们腌菜用。"

贾如说:"我早就听说周口店那儿的事了。原来规模已经这么大了。嗯,冒昧问一句,你们招收练习生可有薪水?"

裴文中说:"有呀。练习生都是管吃管住的。另外每月8块大洋的薪水。"

贾如说道:"8块大洋,8块……"

裴文中说:"是少点。要知道,我们这种机构本身就是清水衙门,清贫得很。"

贾如说:"裴大哥,我有一事,不知当问不当问?"

裴文中回答:"你说吧。"

 龙 骨

贾如说:"我有个堂哥,汇文中学毕业,原本想报考北大,但因家境贫寒,无力再读,现无事可做,整天在图书馆里看书。不知他能否报考这个学习班?"

裴文中说:"他有文化,当然可以了。不过,我们的工资只有8块大洋。他愿意吗?"

贾如回答:"能有份工作他就挺高兴了。先得糊口嘛。我跟他说说,准行。"

裴文中说:"那好。就让他明天上午到协和医院新生代研究室报名处来报名吧。哦,他叫什么名字?"

贾如回答:"叫贾兰坡。"

裴文中念叨着:"贾——兰——坡——"他若有所思地重复着这个名字。

裴文中挖出第一枚"北京人"头盖骨后,工资调至每月60元,尽管仍比杨钟健低很多,但在当时这已是十分可观的数目,后来贾兰坡回忆道:"那时当实习生虽说每月只有8元钱,那还能让我省下4元寄回家呢!"

街头·书摊上

贾兰坡正在旧书摊上翻看旧书。他挑了几本,一摸口袋,只有几角钱,这是他的晚饭钱。可看看手里的书,他又舍不得,站在那里犹豫不决。

贾如远远看见他,跑过去拉起他,兴奋地告诉他这个好消息。贾兰坡半信半疑地看着堂弟。贾如从他手中夺下书,放回书摊,拉着他来到站在一旁的裴文中面前。

裴文中上下打量了一下眼前的这位少年,和气地问:"你愿不愿意跟我考古?"贾兰坡毫不犹豫地说:"我愿意!"

"那每月可只有8块大洋……"

"俺不嫌少,8块钱还能寄给爹娘些钱呢!"少年耿直坦言。

"考古可是辛劳活,还得成天钻洞爬山,你行吗?"裴文中打心眼里喜欢这个跟自己性格相似的小伙子,不过他还想再追问一下。因为他很清楚龙骨山挖掘是何等枯燥而又清苦的工作。

"俺家后山我们常爬上去玩，不怕苦，庄稼人哪会怕苦？！"贾兰坡干脆果断，一副初生牛犊不怕虎的神情。

裴文中满意地拍拍贾兰坡的肩头："好，就是你了！"很多年后，每每想起当年，贾兰坡都无限感慨："那时无论如何也没想到，龙骨山上的挖掘工作会如此清苦、枯燥、难熬！"

地质所

课堂上，杨钟健正在讲课。贾兰坡认真地听课，仔细地记着笔记，恨不得把老师的每句话一字不漏地记录下来。他回答杨钟健的提问。杨钟健满意地点头，露出赞许的表情。

夜晚，借着楼道的灯光，贾兰坡还在看书，躺在床上还在背诵单词。

贾兰坡如饥似渴地学习。步达生上英语课时，贾兰坡用英语回答步达生的提问，步达生的脸上露出惊喜的神情。贾兰坡的出现，是改变周口店龙骨山以后命运的一位关键人物。

裴文中敏锐地感觉到，这位比自己小4岁的年轻人，跟他一样，有着经历过苦难的人所特有的顽强与执着。他像当时翁文灏发现自己一样，再去发现贾兰坡，历史证明，裴文中的发现是英明的。

1931年春，贾兰坡来到周口店，拿着夹子在裴文中身边当助手。他们一起在各处查看。

贾兰坡仔细地观察化石，并进行分类。他不断地做笔记，记录每个微小的差异，并用照相机为裴文中等人拍了一张张的工作照。

协和医院·新生代研究室

步达生、裴文中、杨钟健、德日进等人围着工作台。工作台上放着几个医用盘，里面是分类的化石。

裴文中正在介绍："这一部分是取自龙骨山山顶洞的骨针、骨项链化石。这一份是取自九号层新洞的化石。这一份是近期出土的人体骨骼化石。另有3个有残缺的头盖骨。这几类物件的出土可以表明，这是已懂得用火，可以穿

龙 骨

缝制的兽皮防寒的古人所用。而且，这些原始饰物也可证明，远古的女性已懂得打扮自己。这3个残缺的头骨，一个属于儿童，另两个疑似为女性和中年男性的头骨。这说明，人类早期生活的特征这里已完全具备……"

德日进戴上眼镜，取出一张纸："这是上星期收到的巴黎博物馆矿物研究室高伯特博士所做的化学分析实验报告。这个报告证明，送去的灰烬样本确实有相当量的炭素。这就是说，'北京人'已经学会了用火。这与前一时期出土的13号地点、山西芮城文化遗址、陕西蓝田人遗址，都有相同的炭质物质。与此同时，巴黎实验室还把周口店的炭块与欧洲出土的同时期炭块相比较，得出的结果是一样的。因此，可以肯定地说，龙骨山的古人类是进入会用火的进化文明阶段的人类。"众人欣喜地互相祝贺。步达生说："用火的古人，这一点经历了多年的反复论证，已无疑义。古人使用的骨针、牙饰物、贝饰物则说明在用火的基础上，人们开始提高自身安全保障的水平。也是制造工具的高级发展阶段。爱美，就要去劳动，去创造。"

这无言的物证，有力地证实了达尔文先生的进化论，而不是神造论。这对德日进博士而言，是一个痛苦的证实。

德日进说："我是一个神甫，又是一个科学家。我本身就是两种观点矛盾而又相互依赖的一个载体。每天，上帝告诉我，这不是真的。可我手中的化石告诉我这是真的。后来，教堂里的上帝告诉我，你心里的东西是真的。那也是上帝给的。"众人听了笑起来。

德日进又认真地说："其实，人类的许多认识就是这样，在矛盾中不断地自我否定，不断地修正自己，没有谁始终是对的。科学就是在争议中发展。"

裴文中和贾兰坡不断地有新发现，将周口店的挖掘推至一个崭新的阶段。

大量的用火化石和饰物，甚至是赤铁矿粉末和明显打击过的石矛石斧，说明居住古人类已是智能的古人。他们不仅会用火，而且还会制造一些简单的劳动工具，甚至已有了能让灵魂平安的远古迷信仪式。

在揭开龙骨山的层层面纱之时，翁文灏看见这巨大的宝窟还在源源不断地涌现出震动整个世界的奇迹，他决定，请来世界上考古泰斗、法国著名史前石器权威步日耶教授，专程来鉴定一下得意弟子们的发现。

第九章　龙吟·天降大任

1931年秋，步日耶如期而至。

龙骨山·猿人洞

杂草丛生的洞口。裴文中带着刚刚分配到周口店的大学毕业生卞美年和练习生贾兰坡来到山顶洞口。裴文中举着钉锄，指着龙骨山的北坡："前两个月，我探明了两个挖掘重点，一个就在这儿。这里除了化石之外，新发现有用火的痕迹，这些标本已送到调查所。另一个就是北坡上的洞。我们给它起了个名字，叫'山顶洞'。在那儿发现了一些类似石器工具的东西。如果这两个问题得以证实，那可是又进了一大步。说明龙骨山不仅有猿人生活过，还有原始人生活过哪。卞美年、贾兰坡，你们二位可都是翁所长亲自点的兵，好好干！"

卞美年和贾兰坡一同回答："我们一定好好干。绝不给调查所丢脸！"裴文中满意地点点头："好。卞美年，你算是我的学友，你要多带带贾兰坡，尽快掌握考古特点。这里没有老师，只有靠自己勤奋，多看、多问、多学。"

贾兰坡说道："有您和卞大哥每天带我在山上学习，熟悉业务，我一定不辜负这份期待。再说我年轻，有的是力气。裴大哥，我给您当助手，什么活都能干，您就指派吧！"

裴文中赞许地说："跟我刚来时一个样。肯干就行。别迷信洋墨水才能干出事。只要勤奋，咱们中国人也一样能干出大事来！"

卞美年、贾兰坡兴奋地相互击掌。

裴文中说道："我们进洞。"

3个人钻进洞，野鸽子"噗噜噜"地飞出来。

裴文中、卞美年在地上寻找。贾兰坡提着一个马灯为他们照亮。洞壁上用小铲铲过一层浮土后，露出一层层的带有灰烬的岩灰层。

裴文中："看，这也是岩积灰层……这还有块兔骨化石。"

卞美年拿着一块化石："这块兔化石还有烧过的痕迹。"

裴文中："对。这说明猿人曾烧烤过野兔、野鸡等小动物作为食物。小心点，把这部分取下来。"把化石递给贾兰坡。

龙　骨

贾兰坡仔细地看了看化石，再放进背上的背包里。

卞美年敲下一块积岩层化石，吹了吹化石上的土灰，递给贾兰坡："把这块单独放。"

"好。"贾兰坡接过积岩层化石，也端详了一会儿，放进背包的夹层里。

小心翼翼地问："这积岩层会不会是其他原因形成的呢？"

裴文中蹲在地上，用小铲撑着身体，直了直腰："是有学者有这样质疑。他们不相信几十万年前的猿人会用火。可是这些灰烬中的不同动物化石又是从何而来呢？这只能有一个解释：那就是猿人用火煮烤食物留下的。我的直觉告诉我，龙骨山确实生活过不仅会用火，而且会用得很好的高智能猿人……"

卞美年说："我也同意。看看这里，到处都是动物的化石和积灰层。想想，这简直就是一个远古时期的厨房。猿人把狩猎来的野猪、鹿、兔等都集中在这里。然后用火烤熟再吃。是这样，没错。一定是这样。"

马灯下，3个人边干边讨论，脸上露出欣喜的神情。

山顶洞名副其实，是位于龙骨山北坡山顶下的一个天然洞穴。裴文中、卞美年、贾兰坡在进行挖掘，裴文中脱去上衣，抡起十字镐刨起来。

贾兰坡走上前，拦住裴文中，伸手接过镐用力往下刨。在裴文中的指点下，刨一会儿，停下翻看一下，由卞美年用筛盘筛一些化石。

贾兰坡擦擦汗，继续刨。裴文中向他摆摆手："小贾，停一下。"

贾兰坡放下手中的镐，换成马灯，站在裴文中与卞美年身边。

裴文中拿起一支粗棒状的化石在灯下观看："你们看，这是什么？"

贾兰坡与卞美年凑上前仔细观察：一根磨得很尖锐的刺状物，尾部还有一个洞。

"这——针！骨针！"3个人不约而同地叫起来。骨针，光滑而又尖锐。一头尖，一头圆，尾部豁然有个洞。

贾兰坡眼明手快，又从地上拿起几颗牙。牙上也有孔："裴大哥，这是什么呢？"

裴文中观察了一会儿："这不会是针，会不会是远古女人用的装饰物？"

卞美年猜测："项链？"

第九章 龙吟·天降大任

裴文中回答："极有可能。"他把发现的牙排列成一个半圆形，果真形成一组项链的图形。

贾兰坡："这是什么动物的牙？"

卞美年说道："土著人至今也喜好用兽牙做装饰物。非洲人用鳄鱼牙，古人时常用狼牙、虎牙。这几个嘛……我看像狼牙。"

贾兰坡问："这怎么区别呢？"

裴文中说："这可不是一下子就能看出来的。要辨别各种动物的骨骼特征，要多看看动物解剖学的书籍。"

卞美年说："好像步达生先生那儿有一本德国人写的动物解剖学的书《动物骨骼图谱》。"

裴文中说："对。我看见过这本书。当初还是从杨钟健先生那里借的。龙骨山已发现的动物及人的化石已有上百种，要练就一双火眼金睛，就得多学多看。明天我下山去协和，我去找些资料，你抽空学学吧。不懂的多问问卞美年。"

贾兰坡回答："太好了。"

裴文中提到的这本动物骨骼图谱，后被贾兰坡借到，并花去50块大洋进行了复印。这相当于他6个多月的工资。然而，更多的知识促使贾兰坡如饥似渴地展开实地学习……

山坡上，贾兰坡与几个工友捕到一只野狗。大家欢天喜地抬着笼子回到办事处。伙房里，厨师正准备把杀好的狗剁开，被贾兰坡制止。厨师奇怪地看看他，只好把整只狗放进大锅里煮。过了一会儿，锅里沸腾了，香气扑鼻。

工友们嬉笑着，盯着锅，吸着鼻子，吞咽着口水。

伙房的案板旁，煮好的狗放在上面，贾兰坡亲自操刀，把狗肉一块块剔下来，分给大家。工友们吃得津津有味。贾兰坡把剔得干干净净的完整骨架放进另一口锅里，倒进水，放上碱，继续煮。大家奇怪地看着他。只有卞美年和裴文中向他投去赞许的目光。

贾兰坡在房间里摆弄着自己制作的骨架，对照图谱仔细地研究，卞美年走进来，给他讲解。在集市上，贾兰坡在卖牛羊肉和卖猪肉的摊点上驻足观

龙 骨

看牛牙、羊牙和猪牙。

周口店办事处院内

贾兰坡正在对准备发运协和医院新生代研究室的化石进行分类核对。每核对一箱无误后,他就把标签贴在箱子上。做完后,他走到一个开着盖子的箱子跟前,箱子里装着一箱在山顶洞里找到的石斧、石刀、石矛。他拿起石头看了又看。

此时,一个与贾兰坡一起来周口店的大学生陈亮提着行李卷走过来:"贾兰坡,什么时候发车?"

贾兰坡奇怪地看着他:"你这是——"

陈亮说道:"我要离开这儿。这个荒山秃岭,连鸟都不拉屎的鬼地方,这哪里是考古,简直是做苦役!成天就是碎石、破骨头,一点意思也没有。太寂寞了!"

贾兰坡说道:"陈先生,您是有学问的人。龙骨山上上过大学的就只有裴先生、卞先生你们几个。现在挖掘工作正需要人,留下来吧,你肯定会有收获的一天。"

陈亮把行李往箱子上一放,顺手从箱子里拿出一块石斧,嘲讽地说:"这是什么?不就是块破石头嘛。这漫山遍野踢一脚就能踢出两三块。这有什么用?拿这个东西到地质所报功,谁能看上眼?!"

"把标本放下!"裴文中不知什么时候出现了,他听见了陈亮的话。他铁青着脸,喝令陈亮。

陈亮尴尬地极不情愿地把石斧扔回箱子:"不就是块石头嘛,有什么……"

裴文中严厉地说:"我让你放下标本,离开这里!"

陈亮悻悻地拿起行李离开了。

裴文中扶着刚才打开的箱子,久久没有说话。

贾兰坡走上前,默默地把箱子重新核对了一下,然后贴好标签,把登记表递给裴文中。

裴文中拿过登记表看了一下,又在箱子上核对了一下,把登记表还给贾兰坡说："干得好。我相信你。"他走了几步，回过头，像是给谁讲话似的说："龙骨山需要的是有龙骨的人，需要热爱这门科学的人……小贾可以发车了。"

"是。"

贾兰坡目送裴文中远去。

裴文中的话像刀刻一样，牢牢地铭刻在贾兰坡的心中，在以后的风雨岁月中，贾兰坡恪守着做一个有龙骨的中国学者的志向，把毕生的心血献给了许多人都不能忍受的寂寞与枯燥的挖掘工作。

地质所·招待会

步达生托着酒杯，陪着步日耶教授走到小型招待会的中心，与翁文灏、裴文中及一身学生打扮的贾兰坡会合。步达生举起酒杯，环视四方，高声喊道："诸位，诸位，请安静！"

众人停止了交谈，都转向他们。

步达生说道："女士们，先生们，今天，我们有幸请到了世界著名古人类学家步日耶教授，专程到中国，对我们周口店龙骨山猿人遗址的挖掘工作予以权威性评估。现在我们欢迎步日耶教授讲话！"

众人鼓掌。

步日耶笑容可掬地向四周点头致意："尊敬的翁文灏先生、步达生先生，各位女士、先生们，我有幸应中国地矿调查所翁文灏先生之邀来到中国。其实，周口店的惊人发现早已使我坐不住了，想来看看。"众人笑了。"今天上午，我仔细地看了最近在周口店龙骨山挖掘的成果，我可以肯定地告诉大家，出土于山顶洞穴的石器，为石器时代晚期的实用石器。而出土于另一处的叫什么？"步日耶边问边转向翁文灏。

翁文灏回答："猿人洞。"

步日耶用生硬地中文说道："猿——人——洞！"众人笑了。"这里的炭积层标本经检测确为炭灰烬。这里要说明的是，这些出土的石器为早期石器。对这些标本曾经还存在争议，可我看没有这个必要吧。那是活生生的实物证据。任何人只要不是像鸵鸟一样把头插在沙子里的，就可以毫不犹豫地得出

龙 骨

这个结论！在这里，我要感谢年轻的裴文中先生。他在短短的两年中不断给世界带来惊奇。"

"我个人有个邀请，请裴文中先生到法国专修考古学。翁先生、裴先生，你们可以答应我的要求吗？"

全场一片哗然。人们的目光都盯住了裴文中，裴文中腼腆地看着自己的恩师翁文灏。

翁文灏高兴地向他祝贺，贾兰坡高兴地摇动着裴文中的手臂，以示祝贺。

裴文中张了张嘴，没说出声，步日耶鼓励他说出来。裴文中扯了一下自己的西服。

全场都安静了。只有闪光灯不时地一闪一闪。

裴文中说道："感谢步日耶教授对周口店工作的评估。这一切都离不开我尊敬的导师翁先生的教诲。眼下，周口店的挖掘正在紧张地进行。我一时还离不开，所以步日耶教授的美意我眼下还很难接受。"

步达生着急地插话："裴文中，你太傻了。这是多么难得的机会，这可是全世界所有的人都梦寐以求的事啊！"

裴文中回答："……我也渴望到法国去学习考古。但真的很抱歉。龙骨山离不开我，我也离不开它。那里有许许多多的谜，等着我去发现……"说到此他突然眼前一亮，"是的，在山顶洞穴里，我们还有一个奇特的发现，就是在洞穴的下部有一处似乎是远古时期人们下葬的地方。在尸体周围撒满了赤铁矿粉。这是否说明远古人类已有了某种社会，一种原始的灵魂回归的宗教？显然，山顶洞人已远远比已知的文明多了……我真的想搞明白。我非常感谢您，步日耶教授。"

众人为之感动。

步日耶张开双臂："请允许我——"说罢与裴文中紧紧拥抱。

全场响起热烈的掌声。

步日耶擦了一下湿润的眼角，搂着裴文中说："年轻人，我等着你。无论你何时来，我的承诺与邀请随时生效。"

全场又一次响起热烈的掌声。

第九章 龙吟·天降大任

步日耶感慨地对翁文灏说:"翁先生,你有一个好学生。用中国人的一句话,只有伯乐才能发现千里马。能发现天才的人,同样是伟大的天才!"

翁文灏回答:"这是他们自己的勤奋,才有了今天。"他拍拍裴文中的肩膀,"他们是中国考古的脊梁啊!"

夜·周口店

贾兰坡在办事处的房间里挑灯夜读。墙上、桌上摆的挂的,满是各种动物的骨骼。他不时地翻看已毛了边的《哺乳动物骨骼入门》。一边比对手中的出土化石。在桌上,摆着由兔子骨头和贝壳做成的项链、骨针、石针、石斧等物品。贾兰坡久久地盯着这些化石,他的眼前渐渐地有些模糊,气灯,也像是疲劳的人一样,火苗忽高忽低,闪烁着,也渐渐模糊起来。

贾兰坡睡着了。在梦境中,龙骨山茂密的森林里,不时有鹿、狐狸跑出。草丛中野兔在觅食,成群的野鸡、鸽子栖息在树枝上。

丛林中走出一群身穿兽皮的猿人。他们个个剽悍健壮,黑黑的披肩长发,乱蓬蓬地甩在脑后。脖子上挂着用虎牙、鳄鱼牙穿起来的项链。他们手持石矛、石斧和弓箭,围攻一头猛犸象。猿人们吆喝着,用长矛刺向猛犸象。猛犸象挣扎着向外冲。众人将其团团围住。有的射箭,有的用石斧砍,有的用石矛刺。猛犸象终于轰然倒地。猿人一拥而上,分割躯干……

洞穴里,男女老少围在篝火旁。妇女怀中抱着小孩,正在喂奶。在兽皮下,隐约可见猿人的乳房与吃奶的孩子。男人把烤好的肉用木棍插着,递给一旁打磨石斧的老人和玩耍的孩子。

环视山洞,洞壁上挂着牛头和羊头。石床上、干草上铺着虎皮。洞的一角还有用木棍与树枝扎起的饲养圈,里面有几只兔子,还有3只羊。这是储备过冬用的。

篝火在熊熊燃烧,一群饱餐后的山顶洞人跳起舞,并"咿咿呀呀"地唱着。如同各种动物发出的叫声,但比动物的声音丰富多了。

贾兰坡也加入了猿人的跳舞队伍。他们手拉着手,欢快地跳着。突然,他发现一个人死死地盯着他,那眼里充满了委屈与怨气。这眼神那么熟悉又

龙 骨

那么陌生。那人抓住他的手臂摇晃着:"为什么不回来?为什么?"

猿人们一下子都停下来,用奇怪的眼神看着贾兰坡,并把手伸向他。如树丛般的手一起伸向他。他感到窒息与恐慌,大叫一声:"不,我——"一下惊醒了。窗外的天已发白,办事处养的几只鸡打着鸣,报告新的一天的来临。

贾兰坡醒过来,油灯只剩下一个亮点。他吹灭了油灯,披上衣服,走出院子。龙骨山笼罩在云雾之中。山顶洞穴在云雾缭绕下显得更加神秘,仿佛那洞有了生命,有猿人时隐时现。

在龙骨山上的梦影响了贾兰坡的一生。他第一次在脑海中浮现出原始人生活的情景,使他产生了更多的联想。1984年冬,贾兰坡在接受《人民日报》记者采访时,又一次重温了他的梦境:"原始森林里,各种野兽在生龙活虎地戏耍,身披兽皮的壮汉在呼喊狩猎,围着篝火烤制食物的妇女,在远古花木丛中奔跑的肿骨鹿,洞穴里敲击燧石的回音,森林中的唱歌的小鸟。"

然而,梦中的那个紧紧抓住他的人,是在他的潜意识里提醒已被他淡忘的人——在家乡被父亲指婚的素不相识的女人,一个他反抗父亲不愿意接受,但最终成为他妻子的人,他猛然意识到,他已离家多年了。

这篇名为《一支古人类生活圈的畅想曲》的专访刊登在1985年3月25日的《人民日报》的海外版上。

协和医院·新生代研究室

年轻的女秘书抱着文件走在研究室的走廊里。她走到挂有"主任办公室"牌子的门前,敲门,没有声音,女秘书很奇怪,把耳朵贴在门上再敲,仍无人回应。

女秘书转身走向挂有"副主任办公室"牌子的门前,敲门。

"请进!"秘书推门进去。杨钟健正坐在办公桌后面:"Miss 高,什么事?"高秘书说道:"我刚给步达生博士送文件,可没有人。不知他去了哪里。"

杨钟健匆匆走向步达生的办公室。高秘书惊慌地抱着材料小跑着跟在后面。

第九章 龙吟·天降大任

杨钟健来到步达生门前用力敲门："博士，你在里面吗？"无人回应。从另一个门里跑出几个人，大家拥在门口，再敲门，仍没有回应。

杨钟健说道："坏了。"用力撞门，一下把门撞开，人们拥进屋内，惊讶地站在那里。

步达生伏在办公桌上，已经停止了呼吸，手里还紧紧抓着几块人头骨碎片化石。

高秘书捂着嘴哭起来，文件从怀中落下来……众人露出悲哀的神情。

1934年3月15日，加拿大著名考古学家、新生代研究室名誉主任步达生博士因突发心脏病，猝死在他的办公室内，享年50岁。死时，他的手里紧紧抓着的是贾兰坡几天前刚送来的化石标本，这是在龙骨山鸽子堂发现的人类头骨碎片。

夜·龙骨山

流星划破夜空，飞向远方。

古脊椎动物与人类研究所内，贾兰坡之子贾彧彰点评："父亲自从踏上了周口店龙骨山，就完全被全新的考古事业所吸引。从1931年到1933年短短的3年里，他凭借着自己的勤奋好学与钻研，很快成了周口店挖掘现场的技术骨干。由于出色的表现，他很快从练习生提拔成技佐，配合裴文中主持周口店的挖掘工作。

"1933年，步达生猝死在他的办公室内，当天消息就传到了周口店。当父亲得知，步达生死时手中还紧握着自己送去的化石时，他流泪了。父亲非常敬仰这位谦虚和气，对工作极为刻苦的著名学者。在此后漫长的日子里，父亲都默默地以步达生为榜样，为考古事业奉献了一生。"

第十章
龙啸·龙与虫

当前的局势好比在惊涛骇浪中的一叶小舟,舟内只能坐下一人,我们两人中谁离开这只小船好呢?"蒋介石直勾勾地盯着张学良问,等着下文。

1931年11月10日·长春火车站

日军打扮的溥仪等一行人来到长春,日本关东军大小头目到车站迎接。最后一位真龙天子溥仪不顾其老师陈宝琛的坚决反对,在日本关东军和汉奸特务的策动下悄悄来到长春(新京),当了伪满洲国皇帝。

溥仪在伪满洲国登基,这是他一生中第三次"登基",也是最后一次。

1932年1月24日,刚刚得讯的陈宝琛不顾85岁的高龄和年迈的身体,冒着漫天大雪前往东北,要面见正在与日军代表板垣征四郎谈判的伪满洲国皇帝溥仪。虽然,陈宝琛苦劝溥仪万不可接受板垣之策,但溥仪此时还是经不住板垣的威胁与利诱,最终接受了傀儡皇帝的位置。

陈宝琛见大势已去便向溥仪辞行,他老泪纵横,匍匐在地:"臣风烛余年,恐未必能再来,亦恐未必能见,愿上珍重。"溥仪心里也是五味俱全,他原本指望日本人能支持他恢复大清王朝,但不料日本人另有打算,要他建立一个完全听命于日本的所谓"满洲国"小王朝。

满洲从来不是一个国家，更不是大清朝。今后不能叫"宣统"皇帝而改成"康德"皇帝了，这让溥仪从一开始就一肚子气。在30年后，溥仪在自己的《我的前半生》中生动地描写了郁闷和矛盾的心理。

陈宝琛举步蹒跚地凄然告别溥仪，而自知有愧的溥仪也默然无语。一年后这位前清皇帝的师傅与王国维一样凄然离世。

1931年9月18日夜·北平·前门中和剧场

中和剧院门前张灯结彩，锣鼓喧天，巨大的红底金字招牌摆在剧场门口显要的位置，上面写着当红名旦梅兰芳主演的《宇宙锋》，剧院内不时有人鼓掌叫好，包厢里坐着赫赫有名的东北王张学良、夫人于凤至和赵一荻小姐。看到精彩处，张学良也随着满场喝彩道"好"，看得出刚刚任命为陆、海、空副总司令的张学良兴致盎然。突然副官匆匆来到他的身边，神色紧张地向张学良低声耳语，正在鼓掌喝彩的张学良顿时将笑脸凝固，立即起身随副官匆匆返回协和医院。原来沈阳东北军参谋长荣臻打来紧急电话："驻沈阳南满站的日本联队突于本晚10点许，袭击我北大营，我方已遵照蒋主席'铣电'的指示，不予抵抗。"

老练的于凤至面不改色，继续拉赵一荻看戏。

9月19日晨，协和医院会议厅内，张学良召集顾维钧、汤尔和、汪荣宝等商议国策咨询。顾维钧与汤尔和是张学良的"东北外交委员会"委员，顾维钧首先提出外交意见，他主张东北外交须先请国际联盟迫使日本撤兵，再谈其他问题，国际联盟绝不愿日本的势力坐大……绝不可能坐视《凯洛格—白里安公约》和华盛顿的《九国公约》这些条约成为废纸。

汤尔和刚从日本回国，他认为：根据在日本的观察，日本内阁正抑制日本军部的势力，不愿使东北势态扩大。汤尔和进一步解释他回国前日本外相币原亲口告诉他："日本如吞并南满实不啻吞了一颗炸弹，我们如用国联的力量来抑制日本，正可使日本内阁便于对付军部。"说白了汤尔和此番意思就是：日本没有侵略野心。对于日本军部激进派可采用"以夷制夷"的老办法。国民

龙 骨

党在战争初期曾寄托于国际社会的介入，自九一八事变后首先就邀请国联出面调停与仲裁。其指导思想主要源于著名外交家顾维钧的理念。因在巴黎和会上，以顾维钧为首的中国第一代外交官力挽狂澜，据理力争，在国内爱国师生和国外华侨声势浩荡的抗议和斗争鼓舞下，首次为国家在国际舞台上争得我国青岛的权益。为此，顾维钧得到爱国外交家的美誉，受到世界的尊重与全国人民热捧。

但他将九一八事变建议提交国联裁定时，之前的成功与辉煌使他坚信借助国家公理解决弱国争议是最佳的途径。他的主张与全力忙于"剿共"的蒋介石一拍即合。九一八事变后，蒋介石一方面命令东北军撤往关内，一方面阻止张学良组织东北军反击。

顾维钧奔赴张学良官邸向其解释"寻求国际公理，出面阻止日军扩张"的指导思想，说服了急于要打回老家的张学良"少安毋躁，极忍后发"。北平保卫战实质上是长城抗战的继续，而国民政府的抗战方针与战略就存在严重问题，就早已埋下失败的种子。以蒋介石为首的国民政府寄托于西方列强能为中国遭日本蚕食"主持公道"，对日军步步紧逼采取不抵抗政策。对内残酷围剿工农红军，残酷镇压积极抗战的主战将士和爱国学生。在战略上采取被动的所谓"消极抵抗"，纵使日军以少量的兵力对华的大量中国军队"各个击破"。

1935年3月3日·北平·顺承王府·张学良官邸

中央军第七十三旅旅长杜聿明、第二十五师师长关麟征奉命向时任军事委员会北平分会委员长张学良报到时竟被拒绝接见，在杜的再三请求下，直至第二天的下午才予以接见，他惊讶地发现张学良竟然对华北和北平近郊前线的战况一无所知，再三追问下，张学良含糊其辞地说："承德战区已经阻止了日军的进攻。"而事实上两天前，国民党河北省主席汤玉麟就带着金银珠宝、鸦片和大量财宝弃城逃跑。12万守军也纷纷夺路溃逃，日军仅100人骑兵就轻而易举地占领了这座空城，平津大门豁然打开。

张学良怎么会不知道汤玉麟弃城逃跑呢？这令杜聿明满心狐疑，更寒心

的是张学良并未提供部队山区作战的装备与粮草，就仓促挺进古北口，与其交接防务的东北军王以哲部联络时同样得到啼笑皆非的消息："古北口一线阵地已与日军接火，建议由杜部接替第一防线。"对眼皮底下的敌情，王以哲居然同样也一无所知。

据杜聿明事后查明，事实上日军根本没有与我军接火，当时日军的前卫仅有100余人。参加古北口战役的郑洞国、刘戡等愤愤地骂道："王以哲的东北军简直就是被日本人吓破了胆！鬼子影子都没见就成了惊弓之鸟。"杜聿明战后对张学良当时的表现评价是："大事糊涂，小事聪明。"

其实，杜聿明意想不到的恰恰也是张学良意想不到的。

就在1933年2月18日，张学良与何应钦、宋子文一行30余辆车亲自前往承德，探探汤玉麟的态度，在此前一直不放心的张学良曾派东北军独立七旅参谋李树桂前往承德一探虚实。在此期间日军特务机关长土肥原贤二曾向汤玉麟招降纳叛，许诺汤玉麟为伪满洲国热河省省长兼军区司令并许诺支付其300万块大洋。华北一带的汉奸蠢蠢欲动，纷纷叫嚣要成立"华北国"。刚丢了东北的张学良自然不敢掉以轻心，于是以东北军3个旅向承德进发，促使汤玉麟态度明朗。老谋深算的汤玉麟自然明白张学良是对自己不放心，于是他隆重地接待了李树桂。

承德·热河省省府大厅

会客厅正面沙发的后墙上挂着一幅巨大的张作霖戎装照片，一侧墙上则挂着一幅巨大的张作霖和汤玉麟的照片。对面墙上则挂着一幅同样尺寸的猛虎下山图，这只猛虎虎视眈眈，寒气逼人，栩栩如生。这几张图片让人一进门就强烈地感觉到汤玉麟与张作霖的亲密关系，同时也印证了这位土匪出身的汤玉麟是"汤老虎"的含义。

东北军行营联络官李树桂回忆对他的第一感觉："汤玉麟派头十足，五大三粗。"他一进门就扯着嗓子嚷嚷："我汤某虽说是个粗人，可是忠义二字，尚知珍惜。少帅对我有时怀疑，不加信任，我不怨他。我知道，他妈的都是那些坏蛋挑拨的！"汤玉麟把桌子敲得"咚咚"响，吓得李树桂连忙站起身，喏

龙 骨

喏应道:"是、是,请大帅您老放心,我一定转告副司令。"

汤玉麟见好就收,拍拍李树桂的肩头,坐下故弄玄虚地卖弄:"我和老帅是八拜之交,出生入死的弟兄,我怎么能背信弃义,敢跟少帅作对呢?我知道,你们七旅是少帅的心腹,你们来热河没什么,我会好好招待!他妈的,万福麟是个什么东西!什么事都坏在他身上!如果他的部队敢来,想在热河找便宜,我豁出这条老命跟他拼了!你回去向第七旅旅长王鼎芳说明我的意思,请他报告少帅,汤某绝不会跟日本人串通!"

3天后,张学良听取了李树桂的详细汇报,认为汤玉麟并未与日伪勾结还能服从指挥,可以对他信任。但东北军第五十三军第一○八师师长杨正治却劝张学良最好亲自考察一下汤玉麟的真实想法。

因为杨正治刚在承德与汤玉麟协商东北军和其他部队进入热河的问题。在汤玉麟省府设宴请客时,汤玉麟借着酒兴大发牢骚:"张汉卿看不起我,没把我这老辈瞧在眼里,光听小人话净穿小鞋!我姓汤的总算对得起老张家!"汤玉麟借题发挥是想阻止宋哲元、庞炳勋和商震及东北军进入热河,热河这块地盘绝不让别人染指。这一套屡试不爽,又吓着了杨正治,杨慌忙百般解释,并晓以刘、关、张的金兰结义的典故劝说,最后杨正治见汤玉麟不敢去北平,便一拍胸脯替张学良先做了答应:"我回去请副司令亲自来一趟!"有了这个承诺汤玉麟自然喜出望外:"那真是好极了!"

杨正治向张学良汇报之后,张学良当即应允,同时提出带财政部部长宋子文同去,因为此前张学良提出长城抗战需要中央给予500万元财政支持。这当然是张学良的如意算盘,借安抚汤玉麟抗战并让财神爷落实经费。于是杨正治再次陪张学良、宋子文30余人前往承德。

汤玉麟率文武官吏出城十几里隆重迎接张学良一行人。热热闹闹的3天之后张学良带着汤玉麟信誓旦旦的抗日保证回到北平。所以张学良自以为既安抚了担负平津大门防守的问题又化解了东北军、西北军、绥晋军进入热河的麻烦,于是他松了一口气。

不料3月3日汤玉麟一枪不放弃城而逃,热河防线顷刻崩溃,平津危机。再加上万福麟部与日军一接触即全军溃败,只剩下第二十九军何基沣旅和赵登禹部在放过万福麟溃军入关后即挡住日军攻势。

谁也没想到，这只装备落后的杂牌军竟然在喜峰口打出中国军队第一个大胜仗，歼敌4000人。其中赵登禹亲率500名身手敏捷的战士，身背手榴弹，手提短枪与马刀夜袭日军第二十七联队、第二十八联队，杀得日军人仰马翻，死伤1000余人。迫使原定次日发起进攻的日军植田支队后撤。

第二十九军大刀队一夜成名，《大刀进行曲》原本为第二十九军创作，一时唱遍大江南北。1935年日本参谋本部所编写的《满洲事变作战经过概要》一文中宣称："明治大帝造兵以来之皇军名誉尽丧于喜峰口外，而遭60年来未有之侮辱，日支、日俄、日德历次战役战胜，攻胜之声威，均为宋哲元剥削净尽。"（引自《从九一八到七七事变——原国民党将领抗日战争亲历记》）

北平顺承王府 · 张学良官邸

九一八事变后，忙于剿共的蒋介石急于平息逼近华北的危局，派何应钦向日军求和，一方面指派顾维钧请国联从中斡旋。

顾维钧因拒签《二十一条》而名声显赫，深受国人赞许。因此，顾维钧提出由国联从中斡旋迫使日本撤兵的设想不仅让蒋介石奉若圣明，也使知识界一致赞同。张学良连续邀请平津地区的胡适、李石曾、王克敏、顾维钧、汤尔和等27位社会名流商榷东北策略，会议大多数人赞同顾维钧的提案。张学良的信心再次被加强。

9月23日张学良又派万福麟和鲍文樾飞抵南京面见蒋介石，汇报顾维钧的提案。蒋介石嘱咐万、鲍二人："你们回去告诉汉卿，现在他的一切要听我的决定，万不可自作主张，千万要忍辱负重，顾及全局。"听完万、鲍二人的汇报，张学良内心反而忐忑不安，心中对日军步步紧逼不打自退深感憋屈，可打又违背了蒋介石的三令五申，对顾维钧的应用国际力量阻止日本人的野心也存在疑虑。

直到顾维钧被蒋介石任命出任国民党外长一职后，张学良对顾维钧的外交斡旋逐渐失去信心。

顾维钧在上任后，立即电令在日内瓦的首席代表施肇基向国联提议："将

龙　骨

我国辽宁省锦州划为中立区，并要日军停止前进，而以中国在东北的驻军调进关内作为交换条件。"顾维钧解释道："只有这样，才可以阻止日军继续前进，至少可以维护锦州到山海关200公里这一段领土的安全，并可以维护平津两地以及华北地区的安全。不然的话，日军将直趋山海关，那么华北地区也将危在旦夕。"

顾维钧的这种断尾求生式的牺牲部分主权，保存主要主权的外交方针是彻头彻尾的丧权辱国方针。顾维钧此番话一发表即刻遭到举国上下的声讨。第二天，南京各大院校和外地来京请愿的学生万人组成了浩浩荡荡的游行队伍，出现在游行队伍最前面的是中央大学校长朱家骅。一路高喊口号："打倒卖国贼！打倒顾维钧！打倒日本帝国主义！""日本帝国主义从东北滚出去！"直奔外交部北楼的愤怒的学生冲进顾维钧的办公室却没有找到顾维钧，于是学生们砸烂了他的办公室并在墙上用墨汁写下"打倒卖国贼顾维钧！"的大标语。

此时，顾维钧一直躲在国民党特务组织励志社内，有军警护卫才躲过一劫。长城抗战后，张学良多次在公开场合怒斥顾维钧的国联斡旋政策，他说："我看国联没啥用！搞得我的东北军老窝让日本人占了，我们自己有家不能回，还得待在关内！"

历史事实果然印证了顾维钧把希望寄托在国联调解是根本行不通的丧权辱国的政策，顾维钧没有看清"巴黎和谈"与国联斡旋虽然相距时间并不长，但世界格局与形势已完全不同，照搬巴黎和会的经验可谓是顾维钧外交生涯中的一大败笔，而鼓吹"日本无野心"的汤尔和等人在长城抗战后堕落成可耻的大汉奸。

卢沟桥事变后，顾维钧、胡适、宋子文等主张与国际外交官们斡旋的官员，此时对企图借助国际公理迫使日本收敛侵华政策的行为也产生了困惑与绝望。

1937年7月27日，当晚驻英国特使孔祥熙、大使郭泰祺和驻法大使顾维钧同时收到蒋介石发来的急电："大战终于开始了，我决定和日本断绝关系。请通知英国政府，将英国空军在新加坡的飞机借给我们……"

第十章 龙啸·龙与虫

也就在北平陷落的两天前，在收到蒋介石紧急电报之后，驻西方主要国家大使立刻行动起来，但是几天下来收效甚微，英国不但没有应中国政府的请求谴责日本反而与日本签订了《日英贸易协议》，而法国则干脆以"广安门事件"为借口拒绝斡旋。

而一向有"友好"关系的德国虽然派鲍德曼出面调解，但碍于日德之间为"轴心国"伙伴关系而无法遏制咄咄逼人的日军……

1937年10月6日，国联通过了谴责日本的决议，这个决议得益于一天前美国总统罗斯福在芝加哥发表了著名的讲演，首次将日本与希特勒法西斯相提并论，他说："当一种传染病流行时，为了保护社会全体成员的健康，大家都同意而且都参与把病人隔离这一举措。战争，不管是先宣而战，还是不宣而战都是传染病。我们正在采取能够把卷入战争的危险性减少到最小程度的措施……"

罗斯福卓有预见性的讲话，在国联引起巨大的反响和高度赞扬，罗斯福一针见血地指出了欧洲国家为了自身利益讨好日本和德国法西斯的"讨好政策"是毫无用处的和危险的。由于美国并不是国联成员国，所以并没有参加国联的决议，但是罗斯福总统的警钟首次在世界敲响。

然而总统的讲话精神却没有得到自己幕僚的认可，国务卿对罗斯福的讲话十分不满，他认为罗斯福的讲话对"加强国际合作的舆论的经常性教育至少推后了半年"。而驻日大使约瑟夫·格鲁则更直截了当地认为总统的讲话是个"可悲的错误"，他认为"美国在中国没有什么利益面临与日本开战的危险……"。

同一天，日本外相广田弘毅召见美国驻日大使约瑟夫·格鲁，广田弘毅威胁道："美国对日本进行经济制裁并不能阻止日本在中国的战争。"

在这次国联大会上日本大使松冈洋右在反驳了美国的观点之后狂妄地宣布"退出国联"。松冈洋右回到国内后受到英雄般的欢迎。

随着日本退出国联，以顾维钧为首的"主谈派"终于淡出历史舞台，在长达6年的斡旋无果而终时，顾维钧和所有致力于斡旋的外交官们同样感到无比困惑和痛苦。陷入困惑的顾维钧多次致电宋子文和蒋介石，对寻求国联支持

龙 骨

和委曲求全的退让政策探寻"国民政府真实的意图",并对这种努力深感困惑不解。

1937年9月当顾维钧一次次将心中的困惑告诉国民党外交特使宋子文时,他多么希望宋子文能解开他心中的谜团和疑惑,然而这位富可敌国、权倾一朝的蒋介石国舅爷竟然在回电中也表示"同样困惑"。(参见美国约翰·托兰的《日本帝国的衰亡》)顾维钧开始把目光转向国内,一种新兴的力量将是中国这艘千疮百孔的大船转危为安的希望,这就是中国共产党人。

1945年抗战胜利后,美国政府根据"雅尔塔协议"筹建联合国,并起草联合国宪章。身为中国首任联合国大使的顾维钧坚持提议中国代表团应有中国共产党派出的代表。这对于刚刚胜利的中国人民是一件了不起的事情。

顾维钧的提议首先遭到以何应钦为首的国民党顽固派的强烈反对,蒋介石也更是极不情愿的。顾维钧坚持中国代表团必须要有中国共产党的身影。

在他的不懈努力下,蒋介石终于做出让步。

1946年,身穿朴素中山装的董必武在联合国代表中国代表团讲演并以委员身份在联合国宪章上签名,这是中国共产党人第一次在国际舞台上庄严地亮相。此后,中国共产党将顾维钧始终称为伟大的爱国主义者和亲密朋友。

1931年5月·北平·协和医院

九一八前,张学良正在北平协和医院"养病"。张学良得的并不是"病",协和医院美国医生赫尔诊断错误,导致其久治不愈。

1931年5月,赵四小姐特别邀请北平四大著名中医之一的施今墨名医,为病情日益严重的张学良诊治。

起初,施今墨对洋人的名医名院合并诊治颇有顾虑,因为协和医院从处方到诊治完全用西方医药理论,而且病历与处方皆用英文表述,这与传统中医治疗完全不同。由于赫尔医生对张学良治疗后,病情不仅毫无起色而且越发严重,最后,张学良只能用吗啡来缓解病情,张学良久病不愈反而毒瘾一发不可收拾。夫人于凤至和赵四小姐万分着急,在亲友的建议下决定请中医治疗。已束手无策的赫尔医生也只好答应用中医来"试一试",这对于病入膏

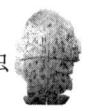

肓的张学良来说实际上是"死马当成活马医"。施今墨仔细询问了张学良发病前的饮食情况发现，张学良发病时是吃了大量的樱桃导致"腹泻如水，而且顽固的高烧折磨得他无法进食和入睡"，是中医常见的"泻痢脓血"、"脾胃失调"。施今墨即开方下药，经3个多月的精心治疗，用传统中草药治张学良的顽症，在处方中其中就有龙骨一味古方药。施今墨用中医传统药方治愈洋人医院和洋大夫治不了的顽症，一时轰动北平。

张学良出院后向施今墨送来金匾与酬金，施今墨再三婉言谢绝，实在推脱不了，只能收下，但令家人不许悬挂金匾。他说："医者之名不在吹擂，而在于医道精深，医德优良。"

1931年9月20日，正在协和医院住院的张学良因社会上强大的压力不得不提前出院，这个出院决定甚至可以说也是受到包括协和医院在内的压力的影响，院方对张学良毫不客气地表达了对九一八事件不抵抗的愤怒和谴责，"希望张学良换一个地方"。

张学良出院后，不时出入歌厅、舞厅，与各国使节周旋，就是从不亲临战场，更无对各战区实施督战，导致各个部队各自为战，群龙无首，一时更激起举国指责。民国大文豪林语堂发文声讨张学良："张学良，你干得真漂亮！你为我们丢失了祖国大片领土，当然你也为我们保护了许多国宝。"

早在1931年11月20日，上海《时事新报》甚至刊登了广西大学校长马君武的讽刺诗《哀沈阳》，二首诗中曰：

一

赵四风流朱五狂，翩翩蝴蝶最当行。
温柔乡是英雄冢，哪管东师入沈阳。

二

告急军书夜半来，开场弦管又相催。
沈阳已陷休回顾，更抱佳人舞几回。

马君武也是当时著名的辛亥革命前辈，他早年留学日本与孙中山在同盟

龙　骨

会从事革命活动，民国时初任孙中山总统府秘书长、司法总长、教育总长、广西省省长等职。

作为中国第一位获德国柏林大学自然科学博士学位的他，还亲自翻译了达尔文的《物种起源》等著作，是中国近代史上最著名的学者之一。他的"感时近作"《哀沈阳》二首是效仿李义山的《北齐》而作，《北齐》这首诗与马君武的《哀沈阳》无论在诗体还是内容都有异曲同工之处。

现将讽刺北周皇帝高纬因贪宠淑妃输了战争的小诗摘录如下：

一笑相倾国便亡，
何劳荆棘始堪伤。
小怜玉体横陈夜，
已报周师入晋阳。
巧笑知堪敌万机，
倾城最在着戎衣。
晋阳已陷休回顾，
更请君王猎一围。

马君武在诗中虽未点名，但世人皆知是指张学良。此诗一经发表立刻传遍全国，轰动一时。虽然事情真相并不完全如诗所指，但国人此时已将张学良看作个瘾君子，浪迹舞场风流倜傥的花花公子和只会豪言壮语而毫无本事的"少帅"。

张学良在晚年回忆录中仍对马君武的《哀沈阳》耿耿于怀："我最恨马君武的那首诗了！"

虽然，西安事变后，马君武多次公开道歉，但在西安事变前张学良无论怎么表白，他在国人的心目中已是个负面形象。深陷在舆论浪潮中的张学良甚至在协和医院一直养病时，也被婉言赶出院门。

拿九一八事件调侃张学良的，不仅有文人墨客还有趁火打劫的政客。

时任国民政府行政院院长的汪精卫更是趁火打劫，公开发表通电"要张学良辞职"。

"该下台了",张学良自己明白,他的澳大利亚籍顾问端纳更明白:"该是急流勇退的时候了。"1933年3月7日,张学良致电南京,请求辞职,这一消息第二天在天津《大公报》全文刊登。

1933年3月9日凌晨·保定

张学良怀着忐忑之心与顾问端纳、秘书王卓然一行人赶到保定车站,此时蒋介石尚在张家口指示宋子文先行保定,给张学良"吹风"。

张学良与蒋介石会晤是由宋子文一手安排的,但蒋介石让宋子文先行显然也是顾忌情绪焦躁不安的张学良。与宋子文单独密谈后,情绪沮丧的张学良已知道蒋介石同意自己下野,这让张学良有点搬起石头砸自己脚的感觉。

张学良的本意是自己主动揽下华北失利的责任,希望身为把兄弟的蒋介石支持自己"戴过立功",因为昨天蒋介石打电话给他了,好言劝慰外鼓励他"继续任职,应付困难局面"。但听了宋子文的一番话,他知道自己的想法太天真。当宋子文将会谈情况电告蒋介石后,蒋介石立即决定亲自与张学良面谈。

蒋介石开门见山,重述自己让宋子文转达的话:"热河失守,汉卿守土有责,现在全国舆论沸腾,攻击我们俩。中央责无旁贷,我更是首当其冲。现在你我如同共乘一只小舟,面临同遭沉没。我与你同舟共济,要想办法平息全国的愤怒。当前的局势好比在惊涛骇浪中的一叶小舟,舟内只能坐下一人,我们两人中谁离开这只小船好呢?"蒋介石直勾勾地盯着张学良问,等着下文。

没有选择,张学良此时心里十分清楚:"笑话,华北的事怎可能让委员长代过?只能是自己!"

张学良平静地回答:"我离开为好,我已经拍电报了请求辞职,今天上午我又和子文兄表明了这个意思。"

这正是蒋介石想亲耳听到的张学良的表态。

蒋介石惺惺然地说:"我这样做也是实属无奈,将来风平浪静,下船的可

龙 骨

再上船。"

事已至此,这样离去张学良实在难咽这口气,对目前的抗日措施,张学良想请蒋介石亲自操刀指挥:"目前应急调中央劲旅与东北军配合,反攻热河阻止日军前进。"

蒋介石有点不耐烦地说:"根据目前的情况,如果再打败仗,我们的责任就更大了。目前,我们的做法只能是:稳定局势,做好准备,再图抗日……"

张学良一听蒋介石并没有回答他最关心的抗日问题就想再向他谈谈自己的想法。

不料未等张学良开口,蒋介石就站起身打断:"好了,今天就谈到这里吧。我要回去了,许多事情还等着我去处理。"这是蒋介石第一次如此冷淡地对待张学良,一时竟让他茫然地愣在那里。

张学良心灰意冷地回到自己的专列上,向随从们宣布:"蒋委员长已经同意我辞职。不久我将出国去旅行考察。"此言一出,全场一片哗然。

一声汽笛声,蒋介石的专列扬长而去。车站上只剩下孤零零的张学良的专列和闻讯赶来的东北军第一一七师的官兵,被围在中间的张学良和东北军官兵哭成一片。

当列车快驶入北平时,副官谭海惊慌地找到正在客厅的端纳等人:"副司令正在大哭,快过去劝劝!"王卓然和端纳赶忙冲进张学良的卧室,只见他趴在枕头上号啕大哭。

端纳小心翼翼地劝道:"少帅,你要做一个大丈夫,就要勇敢坚强。"

王卓然也劝道:"副司令,你还记得老子的话吗?福兮祸所伏,祸兮福所倚。你正好借机休息,恢复健康。若真是要责成你反攻热河,你的身体精神皆不胜任,那时失败,不如这时痛痛快快一走,把病治好,留得青山在不愁无柴烧。"

张学良停止了哭泣。正当端纳想看看他接下来的表现时,突然张学良一跃而起,仰天狂笑不止:"我是闹着玩,吓你们哪!"

惊得王卓然和端纳面面相觑,不知所措。其实王卓然的话真说到张学良的心坎上,就以他现在的身体状况根本无法担起抗日反攻的重担,这也促使

第十章 龙啸·龙与虫

他终于下决心卧薪尝胆,戒掉毒瘾,在世人面前重现健康、勇敢的形象。

1933年3月12日,也就是与蒋介石会晤后的第三天,张学良带着夫人于凤至、赵一荻、端纳等人来到上海,在宋子文的鼓励下开始戒毒治疗。4月11日张学良偕夫人与秘书、医生、顾问等一行人在意大利公使齐亚诺夫妇陪同下乘意大利游轮"康脱罗素伯爵号"开始欧洲访问。在一个月的残酷的戒毒治疗中,张学良以非凡的毅力经受戒毒的痛苦并成功摆脱对毒品的依赖。从今天的视角看,张学良成功戒毒也是世上奇迹。

1933年3月11日,张学良正式将华北军政大权移交给国民党军政部部长何应钦。至此,张学良消失在北平的历史中,到最后去世也没有再踏上北平的土地。随着张学良移交权力下野,由他主政的长城抗战也就此结束。对于他的功过是非,历史和人民已经公正地做出评说。但有一件事不应被遗忘:那就是张学良促使了故宫宝藏大转移,立下了民族功勋,这与他在西安事变中的义举一样被载入中华民族的英雄史册。

张学良黯然离去,同时北平郊区正爆发一场恶战,这是七七事变前的一场中日战争,在这场战争中奏响了中华民族用血肉筑起的长城之歌……

1933年3月11日·古北口长城·龙儿峪

1933年3月3日,中央军第二十五师、第七十三旅奔赴古北口前线,接替正在此防御的张学良部东北军防务。第二十五师师长关麟征、第七十三旅旅长杜聿明率戴安澜团,与郑洞国、刘戡、廖耀湘等部在古北口与日军激战,由于东北军未做工事,仓促上阵的中央军只能临时在乱石山中依靠地形与长城城墙布防。

但日军很快就集中炮火和飞机轰炸,企图在长城上炸出一个突破口,中国军队凭借长城为依托工事,顽强抗击。突然一声,长城被日军重炮轰开一条长约20米的豁口,碎城砖与残破的士兵尸体散落一地。戴安澜见日军蜂拥而上,企图冲过长城豁口,立刻指挥士兵冲上去与日军厮杀,终于将日军打回去。遍地碎石断砖无法修建工事,于是戴安澜下令就地将战死的双方官兵尸体垒在豁口处。

龙 骨

田汉目睹着战士们流着泪,把一具具刚死去还淌着血水的尸体垒在长城豁口上,很快一道20米宽、10米高的尸体长城被垒起来了!由于尸体多,又一层层垒起,血从长城上流出,挂满长城……惊心动魄的场面让田汉、聂耳这些来自大上海的文艺青年震撼无比,这是用血肉筑成的长城啊!

1933年3月12日北京古北口红门川口上海抗日救国宣传队的田汉和聂耳在随抗日名将戴安澜团长的部队后撤时与一股日军狭路相逢,情急之下,戴安澜操起一挺机枪身先士卒地一边向日军扫射一边高呼:"前进!前进、进!!"战士们齐声呐喊:"杀鬼子!冲!"枪林弹雨中堵在路口的鬼子溃散而逃。田汉紧紧跟在戴安澜的身后,现场的拼杀让田汉血脉贲张,满脑子都是戴安澜气拔山河的英雄气概和"前进、前进、进!!"的呐喊。

当晚,一间农舍里,田汉在油灯下奋笔疾书,他要写一首诗、一首歌!他当晚写道:"用我们的血肉筑成我们新的长城,万众一心,冒着敌人的炮火,前进,前进!"

上海·聂耳居住的阁楼

聂耳弹着钢琴一遍又一遍反复地推敲:"起来,起来……"他眼前浮现出炸塌的长城脚下,倒在碎石砖下的士兵,倒在血泊中的士兵,被废墟掩埋的士兵在"起来,起来战斗"的呼唤下艰难地爬起来再次冲锋……对,用战场上听到命令、呼唤的声音作为基调!聂耳的灵感来了,他把亲耳听到的战场的声音和亲眼看见的战场情景融入曲中,让每一个人都身临其境般,像一个战士站起来去战斗。

起来,不愿做奴隶的人们,
把我们的血肉,筑成我们新的长城!
中华民族到了最危险的时候,
……
冒着敌人的炮火,
前进,

第十章 龙啸·龙与虫

前进！

前进！进！！

田汉与聂耳斟酌每个字，每个词，并反复演奏，他们在一个个不眠之夜弹奏。战士们从血泊中站起来，一个、两个、千百个人站起来，挺着不屈的腰板前进，"把我们的血肉筑成我们新的长城……冒着敌人的炮火，前进……前进进！"《义勇军进行曲》就这样诞生了。

田汉返回上海后将这首由他作词，由聂耳作曲的《义勇军进行曲》作为电影《风云儿女》的插曲。在影片中主人翁辛白华留恋地走在一座石桥上，桥的原型正是田汉、聂耳走过的古北口长城脚下的那座白石桥。

1949年在第一届全国政治协商大会上，《义勇军进行曲》被正式确立为中华人民共和国国歌。

每当国歌奏响时，五星红旗冉冉升起，每一个中国人是否都从心头涌起"用自己血肉之躯为国筑起新的长城"的坚定信念，是否耳边都会响起戴安澜喊出的"前进，前进，前进进！！！"

古北口抗战造就了一批抗日名将，也诞生了一首国歌，1942年中国10万远征军首次出境抗日，国民党第五集团军司令长官杜聿明率老部下戴安澜、郑洞国、廖耀湘等已是师长的爱将出征，第二○○师师长戴安澜战死他乡，国民政府追授他为三星上将并举行隆重葬礼。

无论是喋血疆场的军人还是苦读知识的文人墨客，还是学问深奥的学者与才高八斗的富贾、实业家，当国难当头时都义无反顾地挺起不屈的脊梁，这是这个民族与生俱来的龙骨精神。

1933年2月·国宝大迁徙·故宫文物大迁徙

1931年9月24日九一八事变爆发6天后，故宫博物院召开理事会讨论文物安全事宜。考虑到日本对华北虎视眈眈，故宫百万计国宝珍品正面临危险，但是对于如何妥善安置这些国宝，会上人们却争执不休。

以东北军为主的北伐名将李左翔的军方意见主张国难当头不妨效仿当年

龙 骨

孙殿英挖宝充军费,"与其让日本人抢了去,不如把故宫文物拍卖,买了枪炮武器去打日本鬼子"。

当时北平城里云集了大批西方收藏家和文物贩子,一向垂涎中国文物的日本人更是蠢蠢欲动,自恃武力,以为故宫宝藏已是日本嘴边肥肉。一群狼死死盯着故宫。另一方面,则是北平民众与学者,他们认为"故宫宝贝是中国的宝贝,也是北平故都的象征,如运走国宝无疑如同放弃国土,也使千年故都没有灵魂一般"。

有人干脆在报纸上公开质疑:"政府命令将宫廷珍宝文物悄悄装箱南迁,这是政府重视古物,轻视人民,遗弃人民!遗弃人民,就是遗弃文化,遗弃古都,就是遗弃江山!"

学者们则认为如此浩大的搬移工作简直不可能实现,而且兵荒马乱之际藏品易损毁殆尽。周肇祥,时任故宫博物院古物陈列所所长,通电全国反对迁移故宫文物。一时间,北平城里群情激愤,大批民众拥堵在故宫博物院门前反对迁移。故宫博物院院长易培基审时度势则坚持认为:"日本人绝不会放弃吞噬中华的野心,要留住中华文明之根必须要把故宫文物转移南下。"

带有激烈分歧的议案摆在张学良面前。当时,作为军政最高长官,张学良深知故宫的分量,但对安置国宝的办法各执一词的几方似乎都有道理,这让他一时也难以抉择。

1925年10月10日,故宫博物院正式成立,当年张学良和蔡元培都是倡导者,而且张学良本人又是一位资深大收藏家和文物鉴赏家。

而九一八事件当天的损失就足够让张学良切齿痛恨:沈阳官号银行、边业银行、交通银行、中国银行库存的16万斤黄金,张学良私人寄存的8000两黄金和大量古董文玩字画被抢劫一空,大帅府更惨遭洗劫,仅搜出金条就达8万根,每根重1公斤,共计226两,市值2.6亿元,被日军立刻运往日本。

大帅府里的各种珍藏古玩也被掠一空,沈阳各兵工厂、武器库53万发迫击炮弹、子弹105万发、大炮665门、轻重机枪2725挺、步枪92722支、手枪5016支、其他枪支1353支,炸药440万吨也全部被日军侵吞。

与此同时还损失东北航空处战机260架和450架飞机的备用发动机,最让

第十章 龙啸·龙与虫

张学良心痛的是这其中包括刚从国外购进的新式飞机140架。海军也遭到洗劫，损失两架水上飞机和40辆汽车。据日本《每日新闻》当时报道：九一八事件中"共有23662名中国军民惨遭杀戮，公私损失高达200亿元"。

血海深仇让张学良深感不能让故宫成为第二个沈阳，于是他一方面积极备战；另一方面与自己的德国顾问汉斯、端纳商讨，同时也与好友宋子文商议，蒋介石批准将故宫文物迁移南下。

当时中国政府还请求美国政府予以帮助，正陷入经济危机的美国根本没有兴趣帮助中国转移中国宝藏，美驻华大使詹森以不容商量的态度一口"回绝"，这与他10年后的1941年，"热情提议帮助中国转移'北京人'珍贵文物"真是判若两人。

1932年秋，不愿故宫重演九一八的悲剧，张学良最后拍板实施"将故宫精品挑选后转移南下的应急方案"，此时，一切争议随之平息。

1933年2月，行政院代院长宋子文亲发密电令："启运"，随即转移工作全面展开。

历史证明故宫大迁移的决策是英明果断的，张学良为中华民族立下了功劳。

1933年2月6日凌晨·北平紫禁城

天蒙蒙亮，北平城还笼罩在一层薄雾中。紫禁城的午门沉重地缓缓打开，汽车一辆跟一辆地鱼贯而出。从紫禁城午门到前门火车站两侧，戒备森严，站满了持枪的军警，装满文物的卡车小心翼翼地从护卫人墙中驶过。共计13000箱装上列车，共装满两列车39节车厢。

张学良亲自将自己的私人骑兵护卫队与军警押运队派去随车护送这批文物。一个月后，又分4批将余下的11309箱运至上海。从2月6日首批启运至5月间分批共运至上海的故宫文物达19557箱，1936年2月增至19650箱。1936年4月15日，为长期储藏这些文物，国民政府下令在南京市朝天宫成立南京博物院作为故宫分院。

朝天宫，占地138亩，宫殿依山而建，气势恢宏，是清代典型府学式建

龙 骨

筑。更为重要的是库区下有地洞，库建在厚实的石丘之下十分安全。

1936年11月故宫文物已全部移置朝天宫，此次故宫文物迁徙，对故宫人是一次前所未有的考验。新上任的马衡院长更是压力重重，除了调配最得力的人手还得有最可靠最专业的行家，他权衡之后决定由故宫博物院主任欧阳道达、吴玉璋负责装箱，那志良负责随物典验交割。

1933年2月5日·北平·那宅

那老晚年还清晰地记得临走头天晚上的一幕："凡是担任押运的同事，都提前回家，一面把这个消息告诉家中，一面到处辞行。晚间，家里可热闹了，我婶母送给我一包土，说这是家乡的土，带了家乡的土，便不会忘了家乡！如果是水土不服，感觉不舒服，闻一闻土，或用水冲服一些，病就会好了！"

就在那志良临行前，他接到一个匿名电话，此人用阴沉的口气威胁道："当心你的命！我们在铁轨上放了炸弹！要想活命赶快辞职不干！"

那志良坦然地回应："怕什么？不就吓吓人！"

那老回忆说虽说不怕，可心里也没有底。

但一想到让这些从未离开宫廷的国宝突然迁出深宫，远离战火是一件值得去做的事，那志良觉得懂得国宝文物历史价值的故宫人更应挺身而出。

那志良带着婶母送来的一包"家乡土"完美地完成了将近两万箱国宝的南迁重任，并且无一丢失与损坏！他用故宫人特有的精神镇守故宫国宝70年。

然而好景不长，4年后的7月7日爆发卢沟桥事变，日军不等华北战事平息即同时又在上海大举进攻，故宫国宝再次面临危险。

第一次迁徙时由故宫博物院主任欧阳道达负责装箱，那志良等押运，而这次该由谁来担纲此重任呢？

翁文灏把目光投向考古学家李济，此时的李济正担任中央研究院史语所主任。翁文灏非常熟悉李济，他不仅精通业务，而且更是因为他人品忠厚可靠，因此让其担当此任自然为首选。

此后两年里，李济从1937年8月14日起至1939年7月11日使故宫国宝辗转万里经皖、赣、鄂、陕、湘、桂、滇、黔、川等数省后到达重庆，1947年

12月，他又于抗战胜利后将国宝悉数安全运回南京。

在两年的迁徙中，李济将全部文物一件不少地完好运回，创造了世界战争中博物馆藏品在转移中的奇迹，李济和那志良一样成为中华民族历史上的光辉榜样。

1948年12月22日·南京下关码头

国民党海军"中鼎号"运输舰载着712箱精选文物悄无声息地驶离南京，前往台湾基隆港，第二批文物由招商局"海沪号"运往台湾，共计1680箱，第三批由海军昆仑舰护航运送2972箱。

杭立武回忆："自1948年12月21日至1949年1月28日，共计运往台湾4486箱，这次经过挑选，95％的精品全运来了。"1962年6月18日，台北士林外双溪的台湾故宫博物院开建，11月12日落成典礼上，国民党行政院院长严家淦讲："将来……故宫博物院与中央博物院的文物，分别运回北平与南京之后，那时再正式成立一个中山博物院！"

从此，故宫博物院的国宝分存两地，海峡两岸隔海相望，叫不同的名字却拥有完全相同的中国国宝。据北京故宫博物院最新公布，馆存文物为150万件，台北故宫博物院同期公布的馆存文物为120万件。两岸中华瑰宝含现代珍品达300万件，为当今世界博物馆馆藏之最。（参见《故宫史话》）

第十一章
龙啸·寻觅龙踪

云水洞中的石钟乳与遍地石花让寻找恐龙的杨钟健、贾兰坡惊叹不已……

魏敦瑞站在山坡上，居高临下地指着站在下面人群中的贾兰坡："你——贾先生，你告诉我一个问题，食肉动物的腕骨与人的腕骨有什么不同之处？再比如狼与狗的区别？"

龙的传闻

在战云密布的20世纪30年代，有一则消息打破了沉闷的时代：1934年8月14日，《盛京时报》用大号铅字刊登了一篇惊世骇俗的新闻："蛟类涸毙"，并附有一张众人围观长角巨型骨骸的照片，该报称："本埠河北苇塘内日前发现龙骨，旋经第六警察分署，载往河北西海关前陈列供众观览，一时引为奇谈，以其肌肉腐烂，仅遗骨骸，究是龙骨否，议论纷纭，莫衷一是……"文中还引用了营口水产学校教授的评论：其为龙的一种"蛟类"。

据著名漫画家李鸿滨回忆，当年兄妹三人闻讯后乘火车千里迢迢跑到营口，买票在人潮中观看了这副"龙的骨架"，给他年少的心中留下了极为深刻的印象。

三个月后·龙骨山

"真的是龙？！真的吗？！"当贾兰坡从工友手中看到一张3个月前的旧报纸时惊呆了。

龙骨山的挖掘工作几乎是与世隔绝的，贾兰坡自从那年与卞美年初到龙骨山至今，一直扑在极为枯燥的日常挖掘工作上。数十年后，每每回忆起当年的挖掘工作，贾兰坡都自嘲似的形容当时的情景："那时，我们就像狼一样成天趴在地上，不停地挖……从早到晚地挖……"

去周口店火车站运化石时才算与外界有了接触，一个工友从车站找到一张旧报纸，这才让贾兰坡有了回归社会的感觉。由于贾兰坡勤奋好学，很快就在龙骨山成为最重要的技术骨干，再加上他与工友们同吃、同住、同劳动，深受工友们的尊重与爱戴，自然工友们有什么新鲜事也都愿意向他请教。

工友们也好奇地围了上来，七嘴八舌地议论起来："我早就说过你们还不信，真的有龙，我的爷爷的爷爷就见过龙！"

"净瞎吹！你见过吗？"

"我们老家有个洞叫黄龙洞，可神啦！一到旱年老辈人就到洞口去求仙，一到夜里洞里就轰隆隆地响……""龙出来了？！是不是水出来了！哈——哈——哈！"

"贾先生，你说说这真的是龙吗？"

"对，对——给我们说说，要是那真是龙，我们现在挖的龙骨还有什么意思呢？"

工友们簇拥着一直没吭声的贾兰坡，想听听他们中最有学问的人怎么看。

贾兰坡把报纸翻来倒去地仔细观看，半晌才说出自己的看法："这真够邪行的！我还真说不好，不过这条龙骨架好像没有爪……可又不像爬行动物……咦，咱们要不去问问杨先生，杨博士？他可是古生物学家哪！"

大伙一听还真在理，放着一个大科学家不问问岂不可惜了，工友们七嘴八舌。

正在办公室写报告的杨钟健听说了大伙的来意便十分和气地把大伙请进屋。

龙 骨

"杨先生，请你看看这条消息……这会是真的吗？"还没坐定，贾兰坡就迫不及待地递上报纸问道。杨钟健戴上眼镜快速地浏览了一下报纸，便笑呵呵地对着一双双渴求答案的眼睛说道："啊，这条消息呀？我看过了，大概是两个多月前了。刚看到时我和步达生博士也吓了一跳，以为见鬼了！"众人哄堂大笑，"但是我们仔细地辨认了图片后，很快就得出了判断：这不是龙的骨头！"

"那会是什么？那头上还有犄角呢！"

"别急，马上你们也会看到……这个犄角实际上是鱼嘴下颚骨……是将它插入到头部的空隙中……这样外行人看上去就像是传说中的龙犄角。"杨钟健不紧不慢地比画着报纸上的图片。

"那这骨架呢？这分明是大型哺乳类骨骼。"贾兰坡执着地提出疑问。

"没错，那确是一副哺乳动物的骨骼。"杨钟健赞许地看了一眼自己的爱徒，接着说，"你们注意到了吗？这个动物无脚无爪很像蟒蛇，但蟒蛇是无脊椎动物而这个动物却是典型的大型脊椎动物。那么只有一个解释，它是海里的鲸类动物。你们再看看，报纸上有这样一段描述，说此物是在入海口的芦苇荡中发现的。据当地老乡讲，刚发现它时还是活的，哀鸣几日之后才发现死去。由此我们可以断定这很可能是一只搁浅的鲸。

"当然我们并没有看到现场的这具骨架，但我们可以负责任地讲：那不是龙，事实上世界上没有神话中的龙，只有几千万年前已经灭绝的恐龙……没准呀，我们大家就会在这里挖到真正的龙，我说的是恐龙，而不是神话中的'火龙'，还有我们中国的什么三爪龙、四爪龙，还有五爪龙……"杨钟健的幽默引起工友们会心的笑声，"诸位都是科学考察队的同人，一定要用科学的眼光观察，用科学的大脑思维，你们说对不对啊？"

大家异口同声地回答："对！"贾兰坡敬佩地看着杨钟健，心里暗暗地自责："你呀，真笨！看看人家杨博士，那才是大学问家，什么都懂！我一定要向他好好学习，学更多的知识！"

杨钟健似乎看出了贾兰坡的心思，工友们纷纷告辞后，他留下了贾兰坡。他从书架上取下两本书递给贾兰坡，语重心长地说："先多看一些基础性的书

第十一章 龙啸·寻觅龙踪

籍，这样至少可以锻炼出一双锐利的眼睛，一眼就能看出你挖出来的化石是哪种动物的化石，甚至从出土时的声音就可以判断出是哪种石层……

"这两本书是步达生博士和我写的挖掘报告《关于"北京人"的发现、形态和生活环境》《中国古生物志》，从中你可以感觉到专家的思维方式与视角。我这里有很多书，你想看随时可以来看，不懂的地方也可以随时来问……将来，这个地方还要出更多的裴文中呢！也许你就是下一个！"一番话让贾兰坡热血沸腾，这也是他梦寐以求的愿望。他恭恭敬敬地双手接过书向杨钟健深深鞠了一个躬："先生，我记住了！"

几千年来，几乎所有的地方都有龙的地名和神奇传说，例如北京怀柔有一泽深潭称为"黑龙潭"。然而，全世界的人们除了口口相传和阅读书本上杂乱无章的记录外并没有人亲眼见过龙是什么样。

宋代有位叫罗愿的人在他的《尔雅翼》一书中对龙有更详细的描述："角似鹿、头似驼、眼似兔、项似蛇、腹似蜃、鳞似鱼、爪似鹰、掌似虎、耳似牛……"我们不知罗愿是根据什么描述龙的？似乎有一点像对恐龙的描述……

半个多世纪后，已成为世界级的古人类与古脊椎动物权威学者的贾兰坡教授和甄塑南副教授对龙有这样的看法："这些说法，虽然都是神话的渲染，但用现代动物学的知识来分析，可能是说：它的身上有鳞，有时闪光，大概是呼吸的关系，体躯好像可粗可细。由于蜿蜒爬行，使人看了有时长时短之感，冬天不出来，正好说明冬眠，这些现象都是蛇、蜥蜴、鳄等爬行动物的生态特征。"

与中国人崇拜龙不同的是，外国人心中的龙却是会"喷火"的凶残动物。营口发现有"龙的遗骸"，可想而知这对人们有何等的震撼！这个消息也着实让正在龙骨山挖掘古人类化石的贾兰坡和工友们吃惊不小。

尽管这些化石统称为"龙骨"，但在龙骨山出土的各种化石中约有37种哺乳动物化石，分为：变种狼、棕熊、剑齿虎、豪猪、梅氏犀、三趾马、李氏野猪、肿骨鹿、硕猕猴、德氏水牛等。

如果说，营口发现的动物骨骼真是"龙"的话，那么这是人类第一次证实

龙 骨

"龙"的存在，这简直是颠覆了龙骨山的考古挖掘。

营口龙骸事件激起杨钟健久埋心底的恐龙梦，虽说营口龙骸是个恶搞，但杨钟健相信在出土50万年古人类头骨的龙骨山应该也会有恐龙的遗迹……

不久后，杨钟健带领卞美年和贾兰坡等人在距龙骨山1.5公里的鱼岭挖掘出约1000万年前的鱼化石群，这个地方后来被编为"周口店第十四地点"。

他们惊喜地发现周口店地区应该是一处低洼湖泊地区而且气候温暖而潮湿，理应有史前大型动物活动的遗迹，但此地除出土了2000余块鱼化石并没有恐龙的踪迹。

杨钟健不甘心只有鱼化石，便带领贾兰坡等人到离龙骨山偏西约20公里的上方山去探察。

云水洞寻龙

杨钟健带领卞美年和贾兰坡步行到今天的房山上方山云水洞，一行人爬完数百米高几乎垂直的云梯时早已累得汗流浃背了，好在云水洞位于山中腰，可平行进洞，刚一进入足有二层楼高的大溶洞中就被洞中奇特的景象震惊：一根根巨大的钟乳石倒悬在洞顶，细细流水顺着石柱滴淌到地面，拔地而出的石笋如雨后初生般凸出地表与倒悬的钟乳贴近，"真是太美了！简直就像罗马雕像！"卞美年赞不绝口。"我看像母亲乳哺幼儿！"贾兰坡极具想象力，眼前的景象勾起他儿时记忆中母亲慈祥的形象。

杨钟健用手电环视了四周，宽厚地说："像什么随你们想，不过你们注意到没有这个地层与我们找到完整鱼化石的第十四地点十分相似，这说明龙骨山一带曾是温暖的平原地带，这里应有丰富的化石，我们分头找找……"

云水洞中的石钟乳与遍地石花让寻找恐龙的杨钟健、贾兰坡惊叹不已……

卞美年和贾兰坡齐声响应，3个人于是四处寻找，贾兰坡后来回忆起这一段时容光焕发："那是次难忘的寻龙行动！"在云水洞发现不少化石，但始终未发现恐龙的踪迹，这让坚信这一带应有恐龙化石的杨钟健耿耿于怀。

1973年已是76岁高龄的杨钟健执意要在贾兰坡等人的陪同下再次来到云

第十一章　龙啸·寻觅龙踪

水洞，想再看一看那里的砾石是否确为冰山沉积，杨老至死也梦想着这里会有恐龙化石的出现。

然而，功夫不负有心人，杨钟健的恐龙梦终于实现了。在1936年、1937年、1938年分别在四川荣县、山东临朐和云南禄丰找到了恐龙化石，陪伴他见证这些发现的人有他的爱徒卞美年和贾兰坡……

对杨钟健，贾兰坡的心中总是有种说不出的崇敬与感激。杨钟健此时担任新生代研究室副主任，担当周口店龙骨山考古挖掘的总负责人。他每日召集他认为最得力的助手裴文中、卞美年和贾兰坡计划挖掘、整发运等工作。

在3个助手中，只有贾兰坡从未上过大学，更别提有什么文凭，但他十分器重这个终日埋头苦干、挑灯苦读的年轻人，他相信这个年轻人将必定"大有出息"。

杨钟健每日召集开会，这个小小的插曲却给贾兰坡带来无穷的动力。从那时起，他如饥似渴地苦读各种学术论文与资料，同时他一有机会就跟在步达生、杨钟健等专家的身边观察和研究他们对每件出土化石的研究方式。

自打那以后，贾兰坡多了一个嗜好，经常利用星期天休息和工友们满山地抓狼、野狗和兔子，有时也常常步行十几里外到集市上专门观察老乡屠宰羊、牛、猪的过程，他手里常常提着狗或狼的骨架独自对照图谱分辨各种动物的骨骼。很快贾兰坡就练成了一双独一无二的专业眼光：只要是出土骨骼不用分析他一眼就能准确地看出是哪种动物的骨骼。

为了提高技工们化石识别水平，杨钟健和步达生有意让贾兰坡与技工们比试技艺。每组人分别辨别龙骨山常见的动物化石，最后经过几轮淘汰，只剩下贾兰坡一人。

杨钟健和步达生惊喜地意识到这个勤奋好学的年轻人一定会成为龙骨山上的又一个明星。

1934年3月15日世界顶尖的古生物学家，协和医院新生代研究室主任步达生博士在他的办公桌前不幸去世。

这位与安特生一起最早走进周口店龙骨山的外国学者是一位加拿大籍学者，他1919年来到北京，在协和医学院担任神经学和胚胎学教授，从1925年

龙 骨

起与安特生一起对中国新疆、甘肃、河南和辽宁进行史前考古调查，其中在河南与甘肃发现大量新石器人骨与陶器，这就是著名的马家窑文化遗址和仰韶文化遗址。

安特生返回瑞典之后步达生继续与翁文灏一起对周口店龙骨山进行现场勘察与挖掘评估，在他的努力下争取到洛克菲勒基金会的合作并于1927年与丁文江和翁文灏达成著名的挖掘周口店猿人遗址的协议。毫不夸张地说，步达生与安特生一样是我国早期科学考古的奠基人之一，也是龙骨山挖掘的开创者之一。步达生不仅学术精湛而且为人诚厚，在工作上被公认为是"工作狂"。实际上在1934年春他已经积劳成疾住进了医院，但并未痊愈就出院夜以继日地工作，终于倒在办公桌上。

1977年曾任步达生助手的胡承志写信给贾兰坡，他在信中这样描述步达生博士去世的经过："步达生博士是1934年3月15日去世的，死在办公桌旁。他经常是夜间工作，白天休息，这你是知道的。前一天我正在修复山顶洞人的桡骨时，把剔针弄断了，想找他要一个。当走到他的房间门口时，听到杨钟健先生和他正在高谈阔论。这时已是下午5点多钟，我未进门就下班走了。第二天早晨我一上班，就听说他在昨晚因先天性心脏病复发而与世长辞。"

丁文江在1934年5月8日的协和医学院教授委员会的会上讲出他的感言："我想说的最后一点是很敏感的一点……有许多外国人在科学研究方面有时很难合作……有许多外国人有优越感，在下意识中他们这样想：这是一个中国人，他在科学方面懂得一点东西，但他总是一个中国人……另一方面，他们的中国同事有一种自卑感。在我跟步达生交往期间，我从未感到他有优越感，因此他的中国同事们也没有自卑感。他完全忘记了他的国籍和种族，因为他相信科学超越了这些人为的事情。"

丁文江评语无疑是代表了中国学者真实感受，步达生是龙骨山考古挖掘中唯一病逝在工作岗位上的外国学者，他去世不久另一位著名的人类学家魏敦瑞接替了他的职务。这位德籍犹太人为挖掘、研究"北京人"起到重要的作用。

这一年，功成名就的裴文中终于接受了法国著名考古学家步日耶教授的邀请赴法留学，龙骨山野外考古失去一位得力的主持人，谁能接替裴文中呢？杨钟健第一个想到的最佳候选人就是贾兰坡。在他的多方努力下，终于说服了中外专家和洛克菲勒基金会，年轻的贾兰坡走上他人生的新起点。

1935年夏·龙骨山

贾兰坡在裴文中曾挖出猿人头盖骨的第九层地段进行挖掘。他脱去上衣，挥汗如雨地赤膊刨着。3个工友在一旁清理他挖开的地方，锄头刨在地上，发出"咚，咚"的声音。在洞里发出回声。

贾兰坡停下来，用挂在脖子上的毛巾擦擦汗。一个工友递过来一个水壶。

工友甲："贾先生，喝口水，歇歇吧。"

贾兰坡感激地看了他一眼，接过水壶，仰起脖子，"咕咚，咕咚"地喝起来。喝完，他把水壶还给工友，又摘下眼镜，用毛巾擦擦上面的汗气。

工友甲："真他妈的热。又闷又热……"

工友乙："洞子里蚊子还特多。浑身没块好地方。"说着又"啪啪"地拍打起来。

工友丙："贾先生，咱们干了5年了，也没挖出裴主任那样完整的头骨。你说邪不邪。好像在跟我们捉迷藏……唉，这么干下去，难怪人都没劲儿了。"

工友甲说："贾先生，我们收工吧。太憋屈了。"

贾兰坡说："要歇你们歇吧。我自个儿再干一会儿。"

工友甲说："这真是白说。当头的不歇，我们哪能歇啊。陪着吧。"

工友丙说："就你屁话多。谁不累，裴先生要出国了。把这么一大摊交给贾先生一个人。城里的大学生跟走马灯似的，来一个走一个。只有贾先生一个人一干就是5年。不比你憋屈？少说点废话吧！"

工友乙笑着说："嘿，嘿……"

贾兰坡默默地举起锄头刨着。同时，他也仔细地观察工友们的清理工作。

他发现工友甲清理完一块地时，隐隐露出一块灰白色的东西。他扔下锄头喊道："别动，那是什么？"

 龙 骨

几个工友立刻停止了手中的活,顺着他的目光在洞的一角,露出一块类似下颌的化石。

贾兰坡扑到地上,跪在化石前,用手轻轻拨去化石旁的土,一点一点地把周围清干净。

洞口出现一个工友的脸,和他俯下的上半身。

工友用双手做喇叭状向里喊道:"贾先生,贾先生,杨主任的电报!"声音在洞穴里嗡嗡作响。

贾兰坡走向洞口:"谁的电报?"

工友说:"杨钟健主任的电报。给你的!"

贾兰坡说:"你念一下。什么事?"

工友念:"有要事。请弟速返平面议。"

贾兰坡说:"哦,知道了。"说着转身向工友们招手,"走,我们收工了。"

工友们高兴地跑出去:"好,好。"

次日·新生代研究室·杨钟健办公室

杨钟健、魏敦瑞、贾兰坡、卞美年、福顿等中外学者就周口店挖掘工作开会。

杨钟健示意议论纷纷的人们安静:"诸位,我们现在开会。首先,我向大家隆重介绍我们新生代研究室新任名誉主任,德国著名人类学家魏敦瑞先生。"

头上戴着贝雷帽,架着金丝眼镜的魏敦瑞站起来,向在座的人点头示意。

杨钟健接着介绍:"大家知道,周口店猿人遗址办事处主任裴文中先生即将赴法国深造。这是步日耶先生5年前就约定的。事实上,裴先生一走,周口店办事处的日常工作就需要有一个人来接替。各位先提提建议,最后由新生代研究室决定。"

裴文中说:"魏敦瑞教授是世界著名的人类学家。他能来指导周口店的挖掘与研究工作是再好不过了。在此,我代表我的同人,衷心地欢迎魏敦瑞教授。"大家鼓掌。

裴文中说:"……周口店的挖掘工作在本人的主持下已有5年了。正如大

家所知,本人要去法国深造,不得不于近日履约赴法。临行前,我推荐代理办事处技佐的贾兰坡先生为新一届周口店挖掘工作主持人。"

卞美年高兴地说:"太好了。我同意!"他拍着巴掌,情不自禁地叫出声来。

杨钟健制止卞美年:"嘘。让裴先生讲完。"

福顿说:"请问,这位年轻的贾先生是哪个大学毕业?又是哪位的高徒呢?"

贾兰坡局促地说:"我只是中学毕业,没上过大学……"

福顿大为不满地说:"杨主任,洛克菲勒公司不惜重金从美国请来了魏敦瑞教授担任负责人,就连裴先生起码也是北大地质系的高才生,又是翁文灏所长的得意门生。如不是裴先生的伟大发现,恐怕至今也不可能担任周口店的负责人。这几年的挖掘成果不能令人满意。本公司需要的是有价值的发现。总不可以让一无所有的人担任那里的总管吧?!"

杨钟健说:"福顿先生,请不要激动。裴文中先生走后,新生代研究室上上下下实在找不出更合适的人选。贾先生虽无大学资质,但他是本地质所考古培训班培养的第一批练习生。他们的实际工作能力不亚于大学毕业生。而且,贾先生也是翁文灏博士亲自选中的人才。几年的实践工作证明,贾先生完全能胜任这项工作。我们知道,美国人是最讲究现实利益的国家。就眼前的实际情况是,贵公司从今年起,就不断减少已约定的资助经费。如今,每月拨给周口店挖掘现场的经费只有1000美元,占整个经费的1/6。比协议经费减少了一半以上。在这种艰苦寂寞的条件下,福顿先生还能推荐什么样的人才能做每日亲自在现场挖掘的总负责人呢?"

福顿一时语塞:"这……这不是让小耗子拉大车吗?"

众人被他的半生不熟的中国话逗笑了。

卞美年说:"各位前辈、专家,福顿先生,我与贾兰坡先生在周口店工作了一年多。龙骨山的工作条件极为艰苦。尤其是野外考古,十分枯燥,寂寞。一般人很难坚持住。裴先生刚去龙骨山也是打杂的。但凭着他刻苦学习与聪明才智,一年后,不仅成为熟知这一领域的专业人士,又成为世界上第一个

龙 骨

发现龙骨山猿人头盖骨的人。贾兰坡先生也是这样一个优秀的人。他到周口店仅一年的时间，就熟悉了各项工作。从每月的报表统计到现场挖掘样样精通，这几年，他与裴先生共挖掘了4万多立方米的土层，向研究室提供了500余箱有价值的各类化石标本。

"先生们，500余箱化石相当于过去安特生先生7年挖掘的好几倍啊。在裴文中先生专修法文期间，由他担任临时负责人，掌管周口店的全面工作。如今周口店非贾兰坡莫属。"

杨钟健征求魏敦瑞的意见。魏敦瑞谦让了一下，说："前几天，我去了一趟周口店，看见贾先生正与工人们一起工作。坦率地讲，我分不清谁是工人，谁是总管。当时我当着众多工人的面，突然考了一下这位浑身沾满泥土的年轻人一个学术问题……"

数十名工人围着魏敦瑞及他的随从。魏敦瑞站在山坡上，居高临下地指着站在下面人群中的贾兰坡："你——贾先生，你告诉我一个问题，食肉动物的腕骨与人的腕骨有什么不同之处？再比如狼与狗的区别？"

所有的工人都注视着贾兰坡，满身是泥土、裸着上身的贾兰坡正视着魏敦瑞，四处静悄悄，寂静无声。

只见贾兰坡从容地回答道："与人类相比，食肉动物的腕骨和肱骨多一条棱骨，这是野兽更善于奔跑而形成的！狼与狗的区别也是在后腿上多一条肌腱上！"他还做出一些手势加强说明。"十分正确，非常好！"魏敦瑞既惊讶又欣喜。

"好啊！太棒了！头！"工人们欢呼起来。把贾兰坡抬起来，抛向天空。

魏敦瑞自言自语："……没有想到，一个学者会得到工人们如此热烈的爱戴。更没有想到，这位朴实的年轻人靠自学对整个挖掘工作如此精通和熟悉。只有这样的人，才能带领工人们脚踏实地地开展工作。只有这样的人才能挖掘和发现更有价值的化石。我赞同贾先生担任这项工作的负责人。"

他站起来鼓掌，大家也都鼓掌祝贺。贾兰坡腼腆地向大家鞠躬。

杨钟健说："我看，就这样决定吧。由贾兰坡担任周口店办事处主任，负责全面工作。"转向福顿："您看呢，福顿先生？"

第十一章 龙啸·寻觅龙踪

福顿说:"魏敦瑞教授如此评价,本人当然无话可说。不过我还是要重申,本公司关注的是有价值的新发现,而不是价值不高,一般化石的数字……"

魏敦瑞说:"当然。我前几年研究周口店的化石,多以动物牙齿、碎骨为主。现在要调整一下挖掘的思路。那就是集中力量挖掘和发现人、猿的整体骨骼化石。因为只有出土整体的骨骼化石,才能真正说明那里几十万年前究竟发生了什么事情,那里的猿人究竟是如何生活的。"

杨钟健说:"贾先生,请记住魏敦瑞教授的话。从现在起,你可真要小耗子拉大车了!"贾兰坡坚定地点点头。

贾兰坡就这样走上"小耗子拉大车"的岗位。不过新生代研究室并没有给他享受与裴文中同等的待遇,贾兰坡很清楚美国人不可能把裴文中的薪水标准给一个尚未有重大发现的中国人,他很平静地接受这一任命,他知道只有自己比别人付出更多辛劳与努力才能被世界认可。然而,由于1929年裴文中重大发现后到他赴法留学前龙骨山挖掘一直没有期待的大发现,福顿不断压缩周口店遗址的挖掘经费,这让新上任的贾兰坡捉襟见肘困难重重。为了给贾兰坡的挖掘现场再争取一些经费,一向好脾气的杨钟健第一次向自己的上司魏敦瑞发了脾气。魏敦瑞上任以来对原本就少得可怜的经费斤斤计较,他把经费分成两部分,其中大部留在他领导下的新生代研究室供自己研究使用,而少量的资金拨到周口店挖掘现场。而挖掘现场有职工40余人,从挖掘、筛选、装箱到运输每个月1000块钱原本就捉襟见肘,可眼下魏敦瑞连这1000元都不能如期划拨,这怎能不让杨钟健着急上火呢?!那时,人们就给魏敦瑞起了个外号:老抠。不知是不是犹太人特有的勤俭持家的本能,这位犹太籍的德国学者和他的犹太籍的美国女秘书日后被卷入到"北京人"头盖骨遗失的事件迷案中。

在杨钟健对魏敦瑞拍桌敲椅的怒吼之后,总算争取到每月1000元的最低维持费。这件事让贾兰坡终身耿耿于怀,一提起当年的艰难,他总是说:"那当时的压力就像逼上梁山一般,没有后路……"

自1929年第一枚头盖骨问世以来,周口店挖掘地一直处于举世瞩目的光环下。然而,正如魏敦瑞教授一针见血所指出的那样:"周口店的挖掘工作之

龙 骨

所以停滞在起跑线上,其关键是未重现人体其他部位的完整出土。"所以很难证实远古时期人类活动生活的真实情况。

自然,处在一线的贾兰坡更清楚地知道洛克菲勒"真正有价值的发现"是指什么。对于已在周口店5年而一无所获的贾兰坡而言,临危受命,意味着他必须,也只能在裴文中取得的辉煌起点上有更大的发现。此时,贾兰坡的心中沉甸甸的。

第二天,他就带着分配到他那儿的两位大学生回到了周口店龙骨山。

贾兰坡召集工友开会。让派来的大学生孙树森组一个队,另一名大学生李悦言带一个队,他自己带一个队,分别在鸽子堂、山顶洞和第九层洞穴进行挖掘。

孙树森和李悦言在带着工友挖掘。

与贾兰坡不同的是,这两位大学生时而指挥挖掘,时而在一边看化石,并不参加劳动。

贾兰坡一如既往,亲自刨地,查看化石,浑身又是土,又是泥。在他们身边,化石堆成堆。孙树森懒洋洋地坐在地上,工友们也在一边打盹睡觉。孙树森无聊地把石子扔来扔去,皱着眉头,显得很不耐烦。他躺在洞外睡觉,把草帽扣在头上。工友们不满地指指点点。

李悦言也如此,对化石看都懒得看,拿本书独自去翻阅了,工友们也跑光了。

贾兰坡叫起了孙树森,两人激烈地争执着。

孙树森说:"我都来半年了,什么也没有。成天跟石头泥土打交道,有什么意思。我学的是考古,对挖骨头没兴趣。"

贾兰坡说:"你是杨主任派来的大学生。龙骨山这么重要的挖掘现场,正需要像你这样的人才来挖掘发现。这是多么荣耀的事。好兄弟,振作一些,帮帮我,也帮帮自己。再坚持一下好吗?求你了!"

孙树森说:"这日复一日,月复一月,这叫什么工作……唉……"

贾兰坡苦口婆心地劝说着,孙树森又勉强回去工作。

贾兰坡又与李悦言坐在山坡上谈着,李悦言低着头摔打着手中的石头。

第十一章 龙啸·寻觅龙踪

贾兰坡又急又气,眉毛拧成了团,脸上露出失望的神情。

最终,这两位大学生还是离开了周口店,同时,一部分工友也离开了。

贾兰坡的状况处在上任以来的最低点。

静悄悄的龙骨山上,有时只有他一个人在挥汗如雨地独自挖掘。他深深地感到,他已无力拉动这个大车了。

1936年春,他失望地向杨钟健提出暂停周口店的挖掘,让他带人去其他地区寻找远古人类遗骸……然而,杨钟健断然否定了他的想法,并告诉他"时局正变得越来越糟糕"。

孙、李二人背着行李走出办事处,搭乘门外的大车,头也不回地走了。

贾兰坡独自在山坡上,心情复杂地远远看着大车摇摇晃晃地远去……

他并不惋惜一批批离去的人,但唯独对一个人的离去伤心欲绝,这个人就是北大地质系高才生卞美年。贾兰坡终生都忘不了这位和气的大学生如何手把手地教会自己读懂一本本高深莫测的外国论文,如何与他一齐翻山越岭寻找古化石,更忘不了在龙骨山上同甘共苦的日日夜夜,可以说卞美年是他走向成功的助推力,也是贾兰坡坚持下去的精神支柱。

贾兰坡晚年常常回忆起卞美年,对他当年的友情念念不忘……

1933年5月27日·国立武汉大学礼堂

武汉大学是一座百年老校,自1893年创建以来,一直成为中国人才的摇篮之一。抗战期间武汉大学更成为战时文化的中心。

周恩来、吴玉章等共产党领袖也曾在此讲演。作为中国考古第一人的李济应邀在武汉大学给数千学子与各界名流做一次总结中国考古事业的精彩讲演,讲演的题目是:《关于中国古代史的新史料与新问题》,后人把这次讲演与梁启超在协和医院礼堂的讲演相媲美。

李济,湖北钟祥人,在故乡做开篇讲演令他心潮澎湃,为此他做了精心的准备。在学校讲考古课,李济有的是授课经验,但是1933年刚刚参与北平国宝南迁工作的他深感考古工作者身负的国家和民族责任重担,他有责任和义务在讲演台上为中国的考古事业大声疾呼,为5000年的文明祖国疾呼。我

龙 骨

们无法完全重复李济的全部讲演,只摘其中一部分供今天的人们欣赏:

当我们一说到上古史,总觉得时期要推到很远很远;有一部分人,他们感觉到古史是和现代的生活有密切的关系,尤其在今日中国紧急状态之下,大家往往喜欢去追溯从前,回忆过去,他们要看中国在往古于世界有没有贡献,是否能够在今日世界上存在,这是一部分人对于中国古史立脚点和观念不同的地方。但是依我们看来,总觉得中国古史应该是人类的一部分,应该要放在人类的圈子里去;不过对于中国的古史,往往不能使我们满意,除书籍外,是否可以在别的地方去找新问题,这种观念,是现在中国古代史第一次发生的观念。

发掘古史工作,也是治古史好几种方法的一种利用;在近数十年来所得的许多材料,虽然没有完全解决,但已有部分的成功;历史也和其他学问一样,材料愈多,问题也愈难,因为问题是时常发生变化的。

今天提出来讨论的,是我个人过去七八年的经验所得。诸位记得有一时期,北平学术界对于中国古史起了怀疑,这以顾颉刚为代表,他整个地怀疑中国先前的旧史,他要把"黄金的尧舜"打倒,这在古史起了个大风波,诸君于此事都早已知道,现在我也不去申说。

但自这风波后,一般人对于古史上得着了一个新观念,虽是当时新材料还没有发现,其所据都在旧书本之中,但不久这个问题竟惹起学术上研究的兴趣。如自然科学者的人类学家、考古学家等,尤以地质研究所对于古史特具豪兴。

在当时的发掘,就地而言,是中国的河南;就人来说,是外国人,如安特生在渑池发现古代的石斧和陶器等物。发现以后,他特作了一篇《中国远古之文化》一文,以后他还是继续地工作。他说送过在铜器时代以前是有石器时代的,但是这石器时代的文化,与中国的夏商周——正统文化是否有关,却成了一个新的公案,因为在

第十一章 龙啸·寻觅龙踪

这里（河南）的陶器，是正和西伯利亚、中央亚细亚所发现的相似，时期约在纪元前3000年左右，这和想象的中国当时文化也差不多。

至于西伯利亚、中央亚细亚，当时和中国有没有关系，关于此问题讨论的人很多，不过就陶器看来，说法是以证明中西文化之关系，其沟通不是在汉代，而是在石器时代了。

以上是研究古史运动的一幕。自此以后，欧洲和中国的新旧学者都将此事加以注意。他们晓得，中国古史不专在故纸堆中，而是要采用自然科学方法去找新材料。这种冲动，是北平几个学术机关发起的，如北京大学研究所、历史博物馆、清华大学等，开始研究发掘工作，一年年地不间断地发掘，成绩很有可观；于是将此类材料作发起点，乃发生安阳发掘的动机。安阳是属河南彰德府，在黄河北岸，这地方自来发现材料很多，宋代就在此发现不少材料，但从来不为人所注意。

直到清光绪二十五年，也就是1899年，有农民在此耕种，掘得兽骨龟甲很多，上面的字迹很是不少，却无人能认识。他们不晓得是什么东西，于是拿来做治伤的药品，假充龙骨，卖于药铺；一般药铺嫌它上面有字，乃把它磨光；后来有个姓范的古董商人，将骨甲尽力搜买，辗转转到北平，为王懿荣所见，他晓得这个东西比金文还要古，同时刘铁云也竭力搜罗。中国人原来是个好古的民族，于是一般的金石学者，为之感动一时，群起收买，当地的农民这时才晓得这东西值钱了。于是在秋天收割棉花过后，大肆挖掘。

当时搜罗的愈加多，作假的也就不少，这是光绪二十五年以后的情形。这班搜罗甲骨文的人，当时并不辨真假，他们搜罗的动机，有的是为上面的文字的，有的是好古董，后来到了外国人的手里，他们对于这东西的观念，自然和金石学者不同，而是认为最有价值的东西，如当时英国人、法国人都很注意。

中国的金石学者搜罗甲骨文以后，他们根据自己的经验，以为这类的字很和金文相似，同时参以《说文》小篆，认识出来得很是不

龙 骨

少,于是乃再加以研究,就中罗振玉将此类的字搜罗的很多,经他考证出来的也很不少,这是一个很大的贡献。当时有个英国学者荷伯斯,看到这骨甲很是好笑,他以为中国人对于这种东西,是不明其价值的,纵多也不过重在文字上。但是外国人对此,究竟是此路不通,因为他们根本就不认识这类的字。

自罗振玉的《殷墟书契前编》和《殷墟书契考释》一出来,外国人才觉得这种工作,只能让中国人去干,而在中国的确也是个空前之举,因此罗氏得到法国国家学院的奖,其实于甲骨文有贡献的,还要算王国维,这是殷墟从前一个大概的情形。

在此以后,想在殷墟发掘的有北大教授马叔平、胡适之等,但为实现发掘一直到1928年,中央研究院才动手,这时离发掘的时候已经30年,在此30年间,当地的乡人都还是继续地做这种生意,并且罗振玉的《殷墟书契前编》也说过:这里的东西罗掘已尽。

所以当我们做此工作的时候,许多人都讽劝,他们以为东西既得不着且失了学者的身份,这又何必呢?但我们的观念并非如此,我们的目的,并不仅仅在甲骨文上。这文字既经了20多年的考证,既承认是殷代的文字,而殷代史料还是这样的缺乏。

我们除了文字外,难道没有别的东西和甲骨文同在一处吗?稍微有常识的人,当然猜得到有文字的地方,或者有殷代图书馆在,或者有其他的器物在,我们如果发现,自然可以推测到殷代的生活。这第一次发掘的结果,我们很高兴,原来这地方蕴藏的确丰富,掘出来的材料的确不少。前后我们发掘过7次,现在就这7次所得的材料,大概来说一说。

安阳——小屯,无疑是殷代建都之地。从甲骨本身的证据看大多是记皇家之事,如王的田猎,王的征伐,王的钓鱼等,都是王的起居注(在卜辞中关于祭祖等,也是皇家之事);再看甲骨文上的名字,如祖乙、祖丙、盘庚等,也都是王的名字,可知此处至少也是近都之地。这次最重要的发掘所得,是在另一个地方。我们发掘7次

第十一章 龙啸·寻觅龙踪

的结果，虽然不能和罗马、希腊一样，把古时建筑完整发现，但在此我们发现了商代建筑的地基。

当时商代的建筑方法是板筑，就是黄土加水，以板夹着。这是商代重要建筑之迹。这基迹地面很广且长，比教室大5倍（指武汉大学第一教室）；基迹都是一块块的长方形或圆形，基上有石，大概是为柱基之用；这地基最近才发觉，因为黄土不易辨别，虽经过对此破坏，然外形还可以看得清楚。此外还有一种用黄土建筑的台子，面积很宽很长，它的方基都很齐整；不过当时还没有用石灰，而是用一种特别的土代替。

从书籍上，我们既看见"盘庚迁于殷"的记载，同时在汉代作《史记》的司马迁，又定名此地为"殷墟"。可见这殷墟正和现在的明陵、圆明园一样，很容易地被人忘掉。可是从殷自迁都在此一直到灭亡这数百年的京城遗址，如今一块砖，一片瓦，却都成了我们的好材料。

我们再用现代的观念——以人类铜器时代来说殷代，殷代是没有铁的。至于铜，的确当时有，这种问题，在中国的古籍中是不能答复的，因此在现在就异说纷纭，如现在有人说殷代是无铜的，没有人敢说它不是；法国一个学者马斯贝尔，以为中国到汉代才有铜。这也无法去解决。此次我们的发现，证明了殷代是有青铜的，除甲骨文外，这是最重要的材料。不过在殷代，还没有完全脱离石器时代，而且在中国的石器时代，又找得出新的关系来。在当时兽骨不多，自然是畜牧很盛，但在这种种兽骨中，有属于热带的，有属于寒带的，如东海之鲸鱼，南方之水牛等。由此可见当时交通的辽远，同时又可证明此时尚未脱离游猎时代。

再进一层，谈到当时的艺术，在铜、骨和石头上，除刻有文字外，同时有很多的花纹；就这种石刻看，可以推想当时的建筑必有可观，而又借此知道当时有断发文身之俗。这种雕刻很艺术，作品非常好，当我们发现以后运到北平时，外国的雕刻家见了很是羡慕。

龙 骨

　　此种发现,在中国艺术史上是个大变动,对于汉代始有艺术的观念,至此也就被打破了。

　　在此发生了另一个问题,就是东方的石器时代与西方的仰韶时期,到底孰先孰后?还不是随便可以解答的。两年前,在安阳附近,隔殷墟34步的地方,是一个种棉的处所,在此发现了堆积的东西,分为三层:第一层的陶器和殷墟的陶器一样,再下就是和山东一样的陶器,再下就是仰韶时期的陶器。在此我们又将黑陶文化(龙山的)和仰韶来作比较,他们的文化传到黄河——华北,或许是仰韶先来而黑陶文化后到。

　　本来黑陶文化之散播也广,在河南发现黑陶很多,但大都是仰韶的陶器在前,黑陶在后,大概依我们窥测,当时为晚石器时代,东方西方,都无分别。这问题自然不是如此的简单,不过问题的方向,我们可以见到,我们都认为殷代是最可靠的时代,但不得认为最早的时代。我们应该晓得殷墟文化,与山东文化有关系,同时又最受西方的影响,如有殷墟所发现的青铜器,有戈、矛、剑种种,并且还有箔铜器、除铜器外,又杂有石器,可见铜石并用了。

　　他这种箔铜,到底自何而来呢?我们再次可以间接地看到,当时的兵器实在是受了西方的影响,如"矛"在文字上往往用铭文以"某年某日得矛多少"的格式记载,又矛形和欧洲铜器时代之矛形相像,而最奇的,是西方从前盛行的空头刀和空头斧,在此也发现了,这是当时东方与西方,是密切关系的。又如最近在西伯利亚所发现的兵器和中国的也正相似,但我们据此是否能断定当时的青铜器是从西方来的呢?这是不能决定的,因为殷代的鼎爵等器,又是西方所无的;上面所说的艺术作品,也是在西方未见的。

　　瑞典的学者,一个欧洲的文化史在中国之前的论点,这句话现在可以打倒。(《中国远古之文化》一文是安特生的著作,他提出中国文化西来的假说,李济在讲演中批驳这个论点,后安特生承认这个观点有误。1934年贝格曼发现小河墓地。20世纪四川出土的三星堆

遗址再次引发远古文明的来源的讨论。——作者注）

并且我们借此知道殷墟的文化，除受山东文化影响之外，同时又受西方的影响，而又和南方的文化有关，如水牛、米以及文身之风（马来的习惯）；且是自东海交通的关系。所以殷墟文化之来源，不是来自一地，而是自东、自西、自南，各方面而来的。再者殷代的文字，见于甲骨者有2000多，有许多是超过了象形，已有若干年的演化，这是谁传来的呢？那倒是最有趣味，最费精神去讨论的事。以上的问题，我们现在都不能够解答，不过商代文化的成分，是如此的复杂，文化经若干年又变化一次，这是历史上常有的事情，西方的情形，也是一样。至于成分的孰先孰后，我们现在是不能辩证得明明白白。

总之，文化是渐进的，是互相变化的，一部分属于自己创造，一部分是人家送给我们的。既是如此，则所谓"保存国粹"，如梁漱溟先生之辩，也就大可不必了。

这是李济先生对中国20世纪二三十年代考古的来龙去脉做出的精辟的总结，此时他与梁思永、董作宾、袁复礼等人成为中国田园考古的创始人。从此拉开中国人独立自主的考古大幕。同时也对风靡一时"中华文明西来"的论调予以反驳。

20世纪初是中国社会思想最为活跃的一个时期，当国人被列强的坚船利炮打醒时，突然发现封闭已久的世界已发生了天翻地覆的变化，各种各样的思想、主义、文明夹杂着各种科学技术与理论也汹涌冲入中华大地，冲击着我们根深蒂固的传统观念。

从那时起中外交流与学术讨论热烈展开，武汉大学的讲演会只是其中之一，而许许多多研讨会被历史淹没了，被世人遗忘。但当我们今天重提历史悬疑时，重新从历史沉沙中捞出曾经的话题，也许我们惊喜地发现那不是泛起的沉沙而是至今还灿烂照人的金子！（参见徐正榜、陈协强主编的《名人名师武汉大学演讲录》）

 龙 骨

  20世纪30年代是中国文人学者命运多舛的一年。1932年翁文灏开始兼职国防设计委后让地质调查所有了一段相对稳定的发展期,老搭档丁文江除关照地质调查所日常工作外也有机会抽身投入石景山炼铁厂(隶属龙烟铁矿股份公司)的建设,作为北京首座炼铁公司(即今日首钢)创始人之一,这是老本行也是毕生梦想。1914年,时任农商部地矿司司长与留学比利时鲁汶大学归来的地质学博士翁文灏一起代表中国政府,邀请安特生博士来华寻找矿产并获巨大成功。长期的合作使两人成为亲密挚友,翁文灏开始从政后两人的政治取向有些区别:翁主张拥蒋抗日,而丁则主张拥蒋和谈,为此两位老友也时常激烈争辩,他们之间的私人感情却丝毫未受影响。因为,他们对地质科学的热爱,和共同创立的龙骨山考古让这两位学界泰斗始终走在一起。

  其实那时对日本的认知许多名流儒士有着痛苦矛盾的心理,受顾维钧迷信国联调解的影响,大多数国民党要员包括蒋介石本人也对此深信不疑。一部分人则迷媚日本,认为日本对中国辛亥革命有重要推力,再加上崇拜明治维新式的强国模式,这些人包括像孔祥熙这样的孔子七十五世孙的特殊身份的人力主中日和解。另一类如中国共产党,大多数爱国民主人士包括像翁文灏、张学良、黄炎培、卢作孚等等则坚决主张抗日以求得民族生存权与发展权;但也有极少数人如罗振玉、周作人虽是学界泰斗但在民族大义面前选择媚日甚至沦为日本侵略军的走狗汉奸!在民族危亡的惊涛骇浪中中国知识分子也与全民族一齐经历着大浪淘沙般的洗礼!

  然而,正当翁文灏正式从政第二年,一场灾难降临了……

  1936年1月5日《申报》新闻:"地质学家丁文江氏奉派来湘考察矿业,在衡阳突中煤毒,经迎至湘雅医院诊治,医药罔效,不幸于5日下午5时45分钟逝世,丁氏为世界地质学者,其死不仅为中国科学界之巨大损失也……"

  丁文江的突然离世无疑给正在艰难坚持挖掘的周口店遗址的人们以沉重打击。这位地质所的创始人是当时中国地质考古的泰斗,也是与翁文灏齐肩的考古界开拓者,可以说没有丁文江和翁文灏两位所长就没有中国第一份法定中外考古协定,就没有后来的一系列轰动世界的伟大发现与成就。

  丁、翁两任地质所所长既是同人又是挚友,1931年,当闻讯翁文灏在杭

州遭遇车祸生死不详时，远在北平协和住院的丁文江竟号啕痛哭，执意出院要赴杭州探视。此次丁文江意外身亡也同样使翁文灏如丧骨肉一般，"一连数日不吃不睡呆立窗边默默流泪不止"。

失去巨人的支持，龙骨山挖掘似乎已到了山穷水尽的地步，自1929年裴文中挖得一枚"北京人"头骨到1936年的7年中虽经贾兰坡在极为艰苦的条件下挖掘大量化石，但始终未获得一枚完整的头骨或有重大价值的化石，为此外界各种流言蜚语和洛克菲勒财团的克扣经费形成前所未有的压力，甚至魏敦瑞也频频刁难龙骨山挖掘。

由于魏敦瑞不断克扣龙骨山挖掘经费，使得原本就已捉襟见肘的贾兰坡团队不得不一次次裁减工人，整个挖掘工作难以维系，心急火燎的杨钟健忍无可忍与魏敦瑞拍桌争吵。把一向好脾气的老大哥杨钟健逼到这个地步，让年轻的贾兰坡终生难忘……

贾兰坡回忆道："1935年和1936年，是最难熬的一年。周口店的挖掘工作几乎走到了尽头。由于始终没有美国人期待的'有价值的发现'，经费一减再减。几乎无法支撑。常常满山上只有我一个人在挖。那时，虽然在山里，但外边的局势也知道一些。到了1936年，日本人已逼近北平。人们才真的感到危机的来临。地质所迁至南京。北平设分所。由杨钟健任所长。杨所长有两怕。一怕洛克菲勒停止提供经费，二怕时局动荡，周口店挖掘地遭到破坏。

"所以再三要求我坚持在周口店。因为那时已没有人可派了。只有一条路，不管局势如何，我必须坚持。我就不信，小耗子真的拉不动大车。"

第十二章
龙啸·唤醒祖宗

　　天皇问道:"难道我国科学家就拿不出自己的考古证据吗?难道支那周口店的古猿化石可以证明大和民族的历史吗?"

　　贾兰坡高举着刚出土的头骨化石高喊:"祖宗万岁!!中国万岁!!!"

日本·皇宫

　　裕仁先抚摸着一个精致的锦缎口袋,据说其中装着代表日本葱绿岛屿的神圣绿宝石。他知道袋内应该是一串紫水晶和绿松石的项链,它是由被打磨成不规则的蝌蚪形的宝珠夹杂着一些椭圆形的宝珠而制作成的。他还知道,原来的项链,几乎可以肯定是沉在内海的海底,因为在1185年坛之浦之战时,安德天皇戴着它葬身于海。但是官方的说法是,这串宝珠在一个小箱中安然漂浮于海上,在海战后被找到。他没有打开口袋向它表示崇敬。接着,他举起了那把象征权力的圣剑的复制品,此剑是天照大神之子从一条龙尾上摘下来的。他知道原剑是真的,被妥善地保存在名古屋的热田神殿中,但他没有料想到在他统治结束之前,它被一架B-29型飞机投下的炸弹所毁。最后,他拿起一件威力最大的神器的复制品,这就是象征智慧的青铜镜。原镜是公元1

第十二章 龙啸·唤醒祖宗

世纪的产物,放在伊势神宫的圆顶祠殿之中。神宫位于一个俯瞰大海的半岛上,第一位天皇就是在这个半岛上长大的。如果有人能注视这面镜子,他就能像透过一块玻璃那样,隐约见到天照大神的神容,并与她心灵相通。但皇宫于公元960年、公元1005年和公元1040年三次失火,已把原物毁成一些破碎的明亮的金属。裕仁拿的这面镜子是模拟物,它虽然差不多有1000年的历史,但毕竟还是一个模拟物。(引自:戴维·贝尔加米尼的《日本天皇的阴谋》)

关于登基大典,美国人戴维·贝尔加米尼在他的《日本天皇的阴谋》一书中有很生动的描述。据说,戴维曾目睹了裕仁天皇的登基仪式,所以能得以细腻观感。他注意到天皇所拜祭的神器均为复制品,为此他百思不得其解。

其实了解了日本历史就不难看出有关天皇出世纯粹是人造的神话。这个神话不仅困扰日本人也同时困扰整个世界,而熟晓中国春秋战国史的人都不难发现以"神武"、"威武"命名的皇帝就有好几个,青铜镜或其他物品等所谓的"神器"也早在新石器时期部落民族就已经拥有,古代供奉神器在我国西南少数民族则更为盛行。

当达尔文的理论进入这个国家时,也同样激起上至天皇下至百姓对本国历史起源产生的浓厚的兴趣,"我们是谁?""我们的民族起源究竟在哪里?"也成为热议的话题。

1930年(昭和五年),在日本金立县举行了一个隆重而神秘的祭祀活动,这一天整个县万人空巷,浩浩荡荡的游行队伍中簇拥着金立山主神的塑像,这位主神就是相传2200年前率3000童男童女来到日本的秦朝方士徐福。其实有关徐福的记载从司马迁的《史记》开始直至民国从未间断过,现存有关他的遗址、遗迹在日本多达50余处。

遗憾的是,裕仁天皇选择战争而没有选择科学探索的道路,就在他指挥日本的皇军肆意践踏和侵略中国和亚洲其他国家时,也同时不忘掠夺他国的文化资源。

1936年·龙骨山

晴空万里,工友们三五成群地正议论着什么。贾兰坡刚从办公室出来,

龙 骨

迎面跑来技工组长赵万华。他急匆匆迎向贾兰坡,大喊:"贾先生,好消息,日本人自己打起来啦!"

贾兰坡睁大眼睛:"真的?怎么回事?"赵万华递给贾兰坡一份《北平晨报》,上面赫然写着:"日本国内战"。"新首相主张退兵"。

1936年2月26日,日本东京帝国陆军近卫第一师1400名士兵荷枪实弹,冒着大雪,在法西斯军官的率领下,分成6路进入市区。杀气腾腾地扑进首相府、陆军大臣、警视厅等军政要员的官邸,破门而入,乱枪齐发。内阁大臣斋藤实被乱枪打死。

1936年2月26日的日本少壮军人的政变,一下子把全世界的目光引向内乱的日本。虽然广田弘毅组阁仅10个月,但日军早已在1933年1月就实际侵占了华北大部。兵临北平城下的日军尚未有重大动作,这一突发事件客观上为贾兰坡的重大发现赢得了宝贵的时间……

1936年6月10日·第九层挖掘地

贾兰坡正带着几个工友进行挖掘。刚挖了几下,土中露出一个不大的圆形物。贾兰坡立刻扔下锄头,跪在地上。小心地剥离化石边的泥土。不一会儿,他捧出一个几乎完整的猕猴头骨。在灯光下,他看了看,对凑过来的工友平静地说:"这是猕猴头骨。"

工友甲说:"这怎么能分辨是猴的不是人的呢?"

贾兰坡说:"猕猴头骨周口店以前出土过。不过没这么完整。猴的眉骨是下垂的,而人是平的。"

工友甲回答:"哦,原来是这样。"

贾小心地用准备好的一块布把头骨包好,放进筐里:"好了。今天的收获不错。收工吧。明天我送回北平。"

贾兰坡把包好的头骨捆在身上,大踏步走下山。

由于日军占领了丰台,周口店车站已不能正常通行。贾兰坡要步行15公里,到琉璃河车站,才能乘上去北平的火车。

从列车车窗向外看,有许多日本军人与大炮、装甲车。

第十二章 龙啸·唤醒祖宗

贾兰坡与中国乘客沉重地看着耀武扬威的日本兵在窗前晃过。

北平·协和医院新生代研究室·魏敦瑞办公室

魏敦瑞看着贾兰坡一层层地打开包裹。猕猴头骨显现出来。魏敦瑞俯下身仔细地观察："很好。这确是一个猕猴的头骨。"魏敦瑞微笑地肯定这一发现："这说明你的挖掘离人类的化石不远了。祝贺你，贾兰坡！"魏敦瑞用力握握贾兰坡的手，久违的微笑终于露出来了……

杨钟健在收拾文件，贾兰坡走进来，看见满地的纸箱，有些不知所措。

杨钟健热情地招呼："小贾，进来。有些乱，到这坐。"

贾兰坡问："杨主任，这是……"

杨钟健说："啊，地质所要迁到南京，翁所长也升任政府行政院的秘书长了。北平这一摊改为分所。这不，蒋委员长飞抵北平视察华北布防。翁所长也陪同一起来。让把主要的化石标本及研究报告随他运往南京……"

贾兰坡说："我从周口店来。在丰台看见了很多日本军队，还有大炮，铁甲战车等。到西直门时，看到政府军设了许多工事，戒备也很森严。我看日本人来者不善，一旦打起来，周口店就会与北平隔开了。杨主任，我们该怎么办？"

杨钟健说："我正是为这事叫你过来。听着，据昨天翁所长参加的华北形势会的意思，蒋委员长重新部署了华北、京津一线的国军兵力。少说也有十几万。而日军目前只有两三万人。由于日本国内主要军部分两派。一派是主张从华北撤军，加强关东军，准备发动第二次日俄战争。一派认为要先占领中国，迫使中国投降，或割地求和。所以，驻华北的日军正在紧急从关东调兵入关。翁所长认为，委员长的方针是不要与日军对抗，可能是万一中日开战，可能会放弃北平。估计趁日本新内阁举棋不定之际，周口店能坚持多久，就坚持多久。

"由于协和医院是美国的地盘，估计日本人一时还不敢与美国人开打。

"所以，你现在的原则是，一、中日一旦开战，周口店立即停止挖掘。你组织主要人员及化石撤回协和医院。二、抓紧时间继续挖掘。你昨天得到一

龙 骨

个猕猴头骨,很好。周口店的猕猴化石是我命名的。但一直没有完整的,你的这一颗是首次发现,很有意义。这是一个信号,说明离人类化石不远了。所以要特别注意。一旦有新的发现,不用请示即可将化石送到这儿来。三、我这有一份资料,你拿去看看。这是日本学者注意我周口店古人类挖掘的一个动向。"

杨钟健递给贾兰坡一份材料,感叹地说:"没想到,我们身边的这个国家竟然是从这样的角度来看待我们龙骨山的发现的。要警惕啊。现在战火随时可能点燃,我们一直未注意的这个邻国,野心勃勃地窥视着我们的科学发现。切记,必要时……"杨钟健向贾兰坡耳语几句,并用手掌果断地一挥。

贾兰坡一惊,很快点点头。眼睛里闪着沉重而又刚毅的目光。

回周口店的列车上,成排的树木向列车迎面扑来,又迅速地向后倒去。

贾兰坡坐在空荡荡的列车上,看着资料。他的思绪与窗外扑面而来的景色融为一体。

高大的阿房宫

一个人沿高高的阶梯从容地走上台阶,在高力士的引导下,走进宏伟气派的王宫。秦始皇端坐在宝座上。鹰一般的眼睛冷冷地盯着来人。宫女送上蒲团。来人在秦始皇的示意下施礼,跪坐在蒲团上。不慌不忙地讲起东海有三座仙山……云雾中,三座仙山仙气环绕,显得有些神秘。其中的一座山上,长着一种绿油油的长藤草,在风中抖动。秦始皇津津有味地听着,脸上露出着迷的微笑。秦始皇站在成山头,送徐福率百船出海。万里海疆,旌旗飘扬,舰船如云。

公元前214年,秦始皇三次接见齐国方士徐福。徐福向他表述了东海之中有三座仙山——蓬莱、瀛洲、方丈。山上有长生不老的仙药。秦始皇大喜,派徐福率3000童男童女及百工、兵士,3次下海去仙山求不死之药。可徐福一去,再无音信。秦始皇最后一次东巡之后,失望与劳累竟使他客死途中。从此,徐福东渡便成了千古之谜。然而,在中国历史上都没有忘却过这段神奇的历史。从司马迁的《史记》开始,历朝历代的正史与野史上都有过记载。但是,徐福究竟去了哪里,却从无证实。20世纪初,亚洲学者根据日本现存的一些徐福遗迹，纷纷寻起根来。

由于日本的早期历史为中国官吏所书写，一些日本学者称，日本的早期历史为阉史，所以日本民众开始关注自己民族的祖宗问题。

1823年荷兰医生史波德提出阿依奴（虾夷）人与冲绳人同属一个系的论点，从而拉开了探讨日本人起源问题的序幕。

但是20世纪有关徐福东渡日本的讨论还是得到了日本国内多数人的认可，包括日本天皇皇族。实际上讨论徐福的东渡是一个敏感的话题，这也就是日本人起源的问题。

因此，不仅学术界与日本国民十分关注，天皇也抱有极大的兴趣。

天皇的弟弟秩父宫也一直认定自己就是徐福的后代。明治维新以后，日本作为五洲岛国迅速崛起，成为世界列强之一。在膨胀的"大和民族优秀论"下，如没有自己祖宗的下落，多少让这个傲慢的新帝国有些难堪。

从19世纪末到20世纪初，日本与世界发达国家一样，对于古人类考古热衷起来，但日本本土的考古挖掘一无所获。

在绳文期间，即2000年前的秦朝，日本还处在原始的绳文时代。而中国已是有先进科学技术的强大帝国。在日本出土的早期人类骨骼被证实为源于大陆的蒙古型，人种为中国大陆的人种，这与主要亚洲邻国十分相似。自然，中国龙骨山的发现足以让日本皇室羡慕不已。

日本东京·皇宫内

日本天皇召见东京帝国大学古人类学家长谷部言人，同时被召见的还有陆军部情报官渡边大佐，皇室成员天皇的叔叔朝香宫鸠彦、竹田宫亲王、天皇的弟弟秩父宫。长谷部言人等人恭敬地站在阶下，而天皇与皇室成员则坐在阶上。

皇室成员秩父宫说："长谷部言人，你向陛下讲讲古人类学与我大和民族的利害关系吧。你要仔细。陛下也是精通古人类研究的。"

长谷部言人诚惶诚恐："哈伊！哈伊！目前国民热衷的话题是我民族的原族为何人。

"由于我国最早的历史书籍为汉人史吏书写，故不足以代表我大和民族的

龙　骨

真实历史。可苦于中国唐朝以前，我国尚无文字，导致国民无法知道1000年以前的日本历史。这对于一个伟大的神道民族，无疑是一个悲剧。近几十年明治天皇的卧薪尝胆，使日本走进世界强国之列。

"但对于西方热门的新学科——古人类古生物的研究，尚无任何突破性进展。国民渴望明了自己的先人为何人。但国内一直未出土足以证明日本原民族的任何线索。已出土的古人骨骼中，大部分为绳文时期的先民。进行的人体研究都倾向于传说中的秦朝移民，或更晚一些的汉朝移民。由于最早记录历史先人的神话史《古事记》中描述，人们很容易把第一任天皇陛下——神武天皇与秦国移民徐福相联系。如此，世人对于探知原民族先人到底属何种人的愿望就更加强烈了。

"7年前，中国周口店有了惊人的发现。那里出土了一枚完整的古人类头骨。虽然那只是一枚儿童的头骨，但证明了支那乃至亚洲大部地区曾是人类发源地之一。

"也就是说，支那是亚洲人的发源地之一。而我国目前尚无出土一块史前原住族的遗骸。如此，掌握支那周口店古人类的研究资料，对于我国比占领一个城市还要重要。"

天皇问道："难道我国科学家就拿不出自己的考古证据吗？难道支那周口店的古猿化石可以证明大和民族的历史吗？"

古人类学家犬田小野说："陛下息怒。那瑞典国安特生博士在周口店挖了十多年，也只挖到了几枚人牙。至今已近十几年了，仅出土一枚人骨不足为奇。倒是我国原民族这个问题确是该给国民一个交代的时候了。其实我们许多优秀的考古学家、古人类学家从未敢懈怠。现在的结论大都倾向于日本没有原民族，是多方与外来民族混合延续的民族。要找出日本也是人类发祥地之一，我倒赞同长谷君的意见，设法获取周口店的重要资料为我国人类研究提供珍贵的保障。"

皇弟秩父宫说："今天陛下正有此意。特召各位前来商讨一个计划。军部今天也来了专门负责敌国文化、科技财富的军官，请各位按照天皇陛下的旨意，制定一套这方面的方案，由天皇陛下亲自过问，敦促遣华军前线司令官

第十二章 龙啸·唤醒祖宗

全面配合。"

长谷、小野齐声道:"哈伊!哈伊!"

渡边大佐向天皇鞠躬后,从皮包里取出一套文件,恭敬地献上。侍卫从其手中取走,双手捧给天皇。

天皇边看边听渡边的介绍,天皇露出微微的满意之色:"好吧。这个方案朕考虑研究后再说。不过,长谷部言人,确认祖宗的事是国民期盼的大事。对皇族也同样重要。你们去做吧。有事可找亲王。"

贾兰坡看完资料很是震惊。他万万没有想到,日本有如此令人匪夷所思的理由。他隐隐地感到有一只黑手随着战争迫近的阴影伸向龙骨山……

想到杨钟健果断的耳语嘱咐,他不禁有些心惊肉跳,甚至有些责备自己,这些年忙于在龙骨山埋头挖掘而忽略了世上还有如此险恶的阴影一直笼罩在这块神圣纯洁的土地上。在随后的日子里发生的事,验证了杨钟健与贾兰坡的预感。

由于形势的紧迫,加上龙骨山一直没有重大发现,洛克菲勒基金会显然也失去了耐心,周口店猿人遗址面临资金短缺难以维持的状态,为此杨钟健不得不几次电告贾兰坡,年底前终止挖掘。与裴文中的那年颇为相似的是,山穷水尽时又柳暗花明。

1936年11月15日·龙骨山

龙骨山下了一夜的雪,整个山上银装素裹。贾兰坡带着工友扛着工具上山。脚下的雪被踩得"吱吱"作响。身穿黑、蓝服装的挖掘队,在白色的雪山上宛如向上延伸的长龙。

贾兰坡给工友们分配完任务,自己就先向双手哈气,又互相搓了搓,抡起镐头刨起来。一夜的风雪,地冻得硬邦邦的。一镐下去,坚硬的土层溅起土渣。工友们也不像往常一样有说有笑,都默默地各干各的。

太阳升起来了,白色的雪山镀满了银色。

贾兰坡一会儿跑上山,看看山顶洞的挖掘进度,一会儿跑下去,到鸽子洞指挥挖掘。当他再次回到第九层挖掘工地时,远远看见技工张海泉把一个

龙　骨

白乎乎的东西扔进了柳条筐内。贾兰坡本能地冲上去喊道:"那是什么?"

张漫不经心地说:"韭菜。"

贾兰坡高声地问:"这不是人的头吗?"

众工友听见纷纷围上来。七嘴八舌地喊道:"真的!真是人头啊!"

贾兰坡激动地掏出怀表,时针指向9点。

贾兰坡拉住张海泉问:"在哪儿发现的?"

张海泉紧张地指指脚下,这里正好站满了工友们的脚。

贾兰坡大声说:"大家听着,轻轻地往外退,退到6米以外。海泉,你我拉一根绳子,从发现头骨的地方画半圆,直径6米。"

众人小心翼翼轻手轻脚地往外退,张海泉取出一根绳子,把一头给了贾兰坡,估计约有6米,贾兰坡飞快地拉起绳子的一头在地上画出一个圆来,众人纷纷退出圆圈外。

贾兰坡返身跪倒在张海泉站的位置,伏下身,仔细翻看每一块地方。他很快从张海泉刚站过的地方看见许多破碎的人骨化石。他取出小铲,在这块碎骨周围慢慢剥离。汗水滴进冰冷的土上,很快渗了进去。众工友紧张地观看着,也帮不上忙,干着急。

当贾兰坡终于清完这枚头骨时,他的助手柴凤山冲上去,掏出一块布,接过头骨。贾兰坡赞许地看了他一眼,轻轻把头骨化石放到布上,包裹起来。

张海泉连忙把柳条筐递过去,头骨化石稳稳地放在筐里。

贾兰坡慢慢站起身,双手捧着柳条筐,激动得眼泪夺眶而出。他慢慢抱着头骨筐往外走。工友们自动闪开一条路,像护送似的跟着贾兰坡下山。走了几步,贾兰坡回过头,深情地看着刚才出土的地方,对柴凤山说:"这个地方你叫上6个人给我盯住了。不要让任何人进来。我放下头骨马上回来,下午继续挖。"柴凤山回答:"好!"

办事处,贾兰坡把人头骨放进保险柜,随即匆匆返回山上。

柴凤山等6人围在6米圈外,坐成一圈。见贾兰坡跑过来,立刻站起来。

7个人排成一排,从6米一角向另一面进行地毯式的寻找,每一组都一寸一寸地寻找。

第十二章 龙啸·唤醒祖宗

西边的太阳快要落山了。6个人很快寻查了每一寸地方。贾兰坡又画了一个6米的位置再次寻找。太阳一点点地落下。

突然,贾兰坡发现就在6米的边缘有一处露出的碎骨层。他招呼大家过来清理。他再次掏出怀表,时针指向16点零5分。很快,又一个比较完整的头骨被取出来,同样包好放进柳条筐。大家肃穆而虔诚地拥着猿人化石,顶着漫天的红霞走下山。

贾兰坡高举着刚出土的头骨化石高喊:"祖宗万岁!!中国万岁!!!"

漆黑的夜。贾兰坡冒着风雪到山下的邮电局发电报。他打着手电筒,深一脚,浅一脚地在雪地上走着,脸上露出喜悦的神情。

邮电局,电报员在发报。贾兰坡哈着气,跺着脚,在高大的火炉旁烤火。

随着"哒哒"的声音,发报内容为:"杨钟健主任亲鉴:今下午16时零5分再得一枚猿人头骨,颇完整。"

电报声划破夜空飞向北平。

门房敲门,杨夫人开了门。门房把电报递过去。杨夫人看完电报十分着急,马上穿上衣服去找卞美年。

半夜里,杨夫人找到卞美年的住地,用力"咚咚"敲门,巨大的声响惊动了周围的人家,纷纷开灯探头张望……

卞美年睡眼惺忪地打开门,看到杨夫人,慌忙让进屋。杨夫人把电报交给卞美年,卞美年看完电报兴奋得跳起来。

贾兰坡连夜发出的电报,杨钟健没有收到。因为他正在千里之外的四川。

当杨夫人把电报交给卞美年时,卞美年决定去找魏敦瑞。此时,天已快亮了。

卞美年奋力敲开魏敦瑞的门,告诉他挖到原始人头骨的消息时,魏敦瑞激动得立刻起床,匆忙中竟把裤子穿反了。

在夫人的大声提醒下,才拍着自己的脑袋赶忙重新穿好。魏敦瑞当即决定,与卞美年及自己的夫人一起,立刻赶到周口店。

贾兰坡熬了一夜,把挖出的头骨进行烘烤和修补,成为一个完整的头盖骨。

龙 骨

次日·龙骨山

1936年11月16日下午1时,老式的道奇轿车老牛似的沿着山路开到办事处的门口。贾兰坡与众人在门口等候。轿车停在门口。

卞美年第一个跳下车来,与贾兰坡热烈拥抱祝贺。魏敦瑞与女儿、夫人也依次下了车。

卞美年说道:"今天一大早就雇了辆车往这儿赶。魏敦瑞博士的夫人、女儿都要亲眼看看。我就知道会有成功的这一天。太棒了!"

魏敦瑞与迎上前的贾兰坡握手,然后急不可待地问:"头骨在哪里?"

贾兰坡早有准备。他闪开门,一伸手:"在办公室。请。"

一行人顾不上礼节,匆匆随贾兰坡走进办公室。贾兰坡走到保险柜前,打开柜门,小心地把用布蒙着的头骨捧出来,放在魏敦瑞的面前。此时,魏敦瑞反倒激动得不敢揭开盖布。他搓着手,不知所措地看看贾兰坡,下了很大的决心似的用发抖的手揭开盖布。贾兰坡用一个通宵修补和烘烤的完整头盖骨展现在人们面前。

"哈,哈,我的上帝呀!太好了!太好了!我的上帝呀!……相当完整,相当完整啊。"魏敦瑞围着头盖骨左看右看,并不由自主地唠叨着,兴奋得手舞足蹈,像一个得到新玩具的孩子,夫人插话说:"他呀,一听卞美年报告挖出头盖骨的消息,人像中了魔似的从床上跳起来,把裤子都穿反了……"

众人开心地笑起来。办事处上空,洋溢着欢乐的气氛。

北平·协和医院解剖室

1936年11月24日下午5时,魏敦瑞在新生代研究室举行中外记者招待会。

魏敦瑞拥着腼腆的贾兰坡向中外记者介绍。桌上,摆着两枚"北京人头盖骨"。

记者们纷纷拍照、提问。会场上,考古学者的脸上洋溢着激动与自豪的神采。

令世界震惊的是,在魏敦瑞的新闻发布会刚刚开过的第三天,贾兰坡又在第九层挖掘地挖得一枚更为完美的"北京人"头盖骨。世界震动了。奇迹使

第十二章 龙啸·唤醒祖宗

贾兰坡在短短的11天里，连续出土了3枚完整的"北京人"头盖骨。这使得魏敦瑞不得不在7天后再次举行中外记者招待会……

主席台前摆着3枚"北京人"头盖骨，中外学者云集。其中也看到有德日进、葛利普。主席台上有杨钟健、福顿等人。调查所的工作人员向与会者发放贾兰坡的资料与照片，供报道用，记者们纷纷索取。

杨钟健站起来，对着麦克风用手敲敲。会场的喧嚣声慢慢静下来。

杨钟健说道："各位记者先生、女士们，各位专家学者，现在我们开会。首先，我们请这3枚'北京人'头盖骨的发现者贾兰坡先生讲话！"

贾兰坡说道："谢谢魏敦瑞先生。谢谢杨所长。谢谢各位！……"

记者甲说道："这个贾兰坡真是幸运儿。一个人挖出3个头盖骨。老安特生差不多有10年，一无所获。只得了几颗牙。看看，这些顶级的专家都来了。居然没有一个人在周口店挖出头骨。"

记者乙说："老兄，你稍加比较就会发现，龙骨山的重大发现者居然都是国人，而且都是默默无闻的年轻人。"

记者丙说："而且，都没有什么资历。据说，贾兰坡甚至没有上过大学，这真让世界权威们汗颜了。"

记者甲说："你们注意了吗？《昭和报》的渡边也来了。"

顺着两个人手指的方向，果然看到日军文化特务渡边坐在角落里，正默默地盯着贾兰坡。

贾兰坡："……谁都愿意知道自己是从哪里来的。又怎么变成了今天这个样子。这个问题自从我们祖先讲起，就可以找出答案。过去人们不能认识大自然，认为是神的力量，是上帝的创造。现在可以有答案了。那就是达尔文先生的进化论，物种是不断进化而来的，人类是在不断进化中不断完善自己，'北京人'化石就是最有力、最直接的证据。

"正如魏敦瑞博士研究猜想，在龙骨山挖掘的这3枚相当完整的史前人类头骨的主人的完整人体骨骼至今未被发现，包括：或是杀戮，或是早期的宗教原因，或是某种我们尚不了解的原因，'北京人'将这些人的头颅砍下，堆积在洞穴中保存。从洞穴出土的大量石器与骨器来看，可以推断这些头颅是在

龙　骨

死后被切割保存的……"

会场上响起一片惊叹声，魏敦瑞接着补充了一句："3枚头骨分别为两个男性一个女性。"

突然，窗户震动起来。天空传来"隆隆"巨响。人们拥向窗口，打开窗户看去，成片的日本战机从空中飞过，一批又一批。耀眼的膏药旗标志十分醒目。刚才气氛热烈的会场立刻被浓重的战争阴云所笼罩，人们默默地看着。贾兰坡愤怒地望向天空。

尽管有战争的阴云，但仍使贾兰坡一夜成名。他成为世界争相报道的新闻人物。鲜花与荣誉铺天盖地地涌向这位在周口店龙骨山默默苦干了6年的年轻人。当战争的恶魔与文明的天使同时降临在龙骨山时，灾难与幸运，欢乐与悲哀就一并发生了。

40年后，日本记者渡边再次拜访贾兰坡时，两人已是白发苍苍的老人。

无限感慨的渡边说："贾先生，您还记得吗？我们第一次见面，那是1941年……""不，渡边先生，不是1941年，而是1937年！"

贾兰坡很肯定地打断他。

"怎么可能？我可是个记者啊！"

渡边一脸不服气。贾兰坡从书柜里找出一个标有年月的夹子，从中很快取出一张发黄的名片与纸条递给渡边："你看看这是当年你来采访时给我的名片与纸条……"

渡边戴上老花镜仔细端详："对，对，对！这正是我第一次采访时的名片、纸条，怕不好找，特意写了地址，我的老天！太厉害了！我的完全折服！"

渡边惊讶得合不拢嘴。

贾兰坡有个习惯，对每天来访者和发生的事都按日记形式存档，长期的日复一日的积累为他提供了最直接、最真实和最有价值的档案。

第十三章
龙啸·在战云边飞翔

　　穿着笔挺军装的汤恩伯信心满满地拍着胸脯信誓旦旦："我军有清一色的德军最强大的装备，华北固若金汤！"

在战云边飞翔

　　2003年3月18日《中国广播影视报》头版一条："中国最早电影资料片惊现石城。"这条独家新闻引起国内影视界的高度兴趣。一个被称之为中国新闻纪录片之父的人呈现在人们的视野中，他就是原金陵大学理学院教育电影部副主任孙明经先生。这次在南京发现和整理出的纪录片有61部之多，拍摄时期自1927年至1939年，囊括了民国初年至抗日战争时期许多重要历史人物、事件和各地人文地理的珍贵镜头。孙明经先生是我国第一位专业纪录片拍摄者，其一生中拍摄100多部纪录片和科教电影，译制了66部外国电影，摄制胶片长度达5万英尺。2003年1月由孙明经之子孙建三编撰《1937年：战云边上的猎影》首次向公众披露北平、南京沦陷前珍贵历史图片。"

　　1937年7月27日，孙明经搭乘最后一班出发的火车离开北平，1937年7月28日深夜二十九军撤离北平，北平就此沦陷；1937年11月25日孙明经与金陵大学理学院院长魏学仁指挥金陵大学撤离南京。

龙 骨

1939年6月，孙明经随川康科技考察团在四川雅安，拍摄了我国第一部少数民族地区风土人情纪录片《雅安边茶》，这部影片日后成为解放军进藏的重要资料片。

"到北平，这是第3次了。他的美容似乎更增加了，媚眼弄俏似乎已到最高限度，许多鬼鬼祟祟的行动已渐渐地昭然若揭，崇文大街的大卡车一辆辆疾驰过去，并且有一面太阳旗摇晃着。朋友们还指给我看，南池子某一大红门就是通县第一人的官邸（指殷汝耕）。呜呼！北平好像真是走到变节的最后一刻了。"

这封信是孙明经于1937年6月25日在北平北辰宫饭店下榻写的信（节略），在这封信中，他以记者的敏锐目光已经预感到北平城中弥漫着敌我不分的氛围。其实这也正是宋哲元在卢沟桥事变前的态度不明时期。然而，当孙明经随西北考察团前往绥远、集宁、包头、五原等地考察时又发现那里却呈现出一派"战云边上"的"和平"景象。

在集宁，孙明经拍摄了许多中央第十三军汤恩伯的照片，将这支清一色德式装备的，也是国民党军最精锐的部队首次亮相，给国人以相当大的鼓舞。

面对记者团的拍摄，果然十三集团军齐装满员，德国国防军新式坦克一字排开，装甲车、战地指挥车和崭新的火炮威风凛凛，就连官兵的服装也是一水的德军式样，猛一看去给人错觉以为是一支装备精良的德军！汤恩伯有理由牛气冲天，因为这套装备连德军自身尚未全部装备。穿着笔挺军装的汤恩伯信心满满地拍着胸脯信誓旦旦："我军有清一色的德军最强大的装备，华北固若金汤！"

抗战初期，德国共装备国民党4个整编师，这比日本陆军装备强多了，难怪日本得悉这个消息后立即向希特勒"抗议"，要求德国停止向中国输送武器，否则影响"轴心国"关系。

希特勒下令停止对华武器输入并撤走全部军事专家。两个月后，汤恩伯笑不出来了，他的王牌军在北平南口战役中遭日军重创，在孙连仲二十六军殊死保护下得以脱身，一年后，当孙连仲血战台儿庄几乎全军覆灭之际，汤恩伯却迟迟不肯发兵！

第十三章 龙啸·在战云边飞翔

孙明经还参观了大青山烈士公园，这里埋葬的是长城抗战阵亡的烈士，他还参观了由民国倡导的新农村"试验村"，这一天试验村举行盛大集体婚礼，由秦德纯从北平救济院精心挑选的20名未婚女子，大多为孤儿和被解救的妓院少女，到这里许配给品貌优良的新村民……

新郎统一穿戴蓝裪白裤，头戴礼帽，新娘们则统一身穿白点蓝花旗袍，每位新娘、新郎胸别大红花，新娘手捧一捧刚从地里摘回的豌豆花，挽着新郎来到仰之村中的礼堂。

所有新娘都是乘坐被当作"婚车"的牛车，来到会场。婚礼由段承泽和夫人主持，所有人在礼堂前首先举行升旗仪式，然后向每对新婚夫妇颁发结婚证书，随后段夫人代表北平市长秦德纯向每对夫妇赠送一只柳条箱、一套新衣和80块大洋以资新生活。

段承泽作为考察团带队副团长即兴讲道："我们忠义不忠物质，这些豌豆花在新妇的手里的确不比康乃馨差，因为它们表现充分农垦的意义。"新婚夫妇对拜之后，全场热烈欢呼。

婚礼结束后有200名持枪的民兵，后面是扛着锄头的村民排着整齐的队伍在操场上游行。这一天距南苑血战仅8天。黄昏时节新人们还沉浸在欢乐之中，孙明经站在夕阳西下的村头眺望远方：五彩斑斓的夕阳中透着和平的宁静，只有天边不起眼的角落一股黑云正一点点袭来……

的确，在卢沟桥事变前曾有一段相对的平静。假如没有战争，这里的农业试验会取得什么样的丰硕结果？看着遍地芳野和牛羊谁能怀疑这里即将被毁灭？但毕竟种子已经播下，丰硕的成果已经唾手可得。

乌云，浓黑的乌云裹着阴冷的风从四面八方云集龙骨山上空，山顶上娇艳的山菊花、黄色的苦菜花和紫色曼陀罗花仿佛预感到即将到来的山雨而不禁瑟瑟发抖……浓云密布笼罩着龙骨山，仿佛凶猛得要摧毁宁静的山岗……

1935年日军已完成对北平的三面包围，到1937年夏日军已兵临卢沟桥。由于日本国内爆发了"二二六事变"以及"皇道派与统制派"关于南进还是北进的分歧，1936年期间日军未作大的军事动作，这段相对平静的时间为贾兰坡创造世界奇迹提供了意外的机会。

龙 骨

1936年3月7日德国法西斯首次出兵突袭莱茵河非军事区，并在48小时内全部占领。

1936年11月25日德国、意大利、日本在德国柏林正式签署了《反共国际协定》，一个法西斯"轴心国"的军事联盟正式登场，第二次世界大战拉开序幕。

1936年12月12日由张学良和杨虎城发起的"西安事变"迫使蒋介石的对外政策中发生了重要的变化，终于加入抗日统一战线。

1937年8月13日日军借口一名日本浪人被杀挑起了震惊世界的第二次淞沪战争。

1937年8月28日日军对上海狂轰滥炸时，一名叫王晓亮的中国摄影家在轰炸现场，冒着生命危险拍摄到废墟中一个受伤哭泣的婴儿照片。这张照片一经发表激起了世界人民对日军暴行的强烈愤慨，一时间国际舆论、口诛笔伐纷纷指向日本，日本在强大的公众舆论压力下一方面百般抵赖，另一方面则派人企图暗杀王晓亮，王晓亮被迫逃亡。

1936年4月，美国派拉蒙影片公司为拍摄《人猿泰山》特意到周口店拍摄外景。挖掘场地热闹非凡。摄影机前，导演手持喇叭，一些化装成猿人的男演员、女演员从草丛、洞穴中跑出来。贾兰坡和几个工友也被请去充当群众演员，在戏中客串角色。

贾兰坡和工友们新奇地看看自己，又看看对方。手脚笨拙得不知该如何是好。

导演一遍一遍地给他们讲戏。杂乱、划痕和速度的不同，使其中的人物更像是动画片。

《人猿泰山》外景地

导演正用喇叭筒向化装成猿人的群众演员说戏，一脸兴奋的贾兰坡与工友们互相嬉戏……

贾兰坡在山顶洞旁十分投入地演出，导演满意地伸出手表示"OK"。

贾兰坡一生中仅参加拍过这一部片子，这唯一的经历却给这位终身奉献

第十三章 龙啸·在战云边飞翔

给考古的古人类学家留下美好而又难忘的记忆。虽然片中只有短短的十几秒钟，大师仿佛看见穿越50万年前的自己的形象，那是真实版的"北京人"在龙骨山。每每回忆起短暂的拍摄经历，白发苍苍的暮年老人也情不自禁地流露出孩童般灿烂的笑容……

在连续出土了3枚"北京人"头盖骨之后，周口店又进入了一个巅峰时期。中外考察团蜂拥而至，有来此参观的，也有电影公司跑来凑热闹，拍起电影。洛克菲勒公司看到了他们所需要的"有价值的发现"，也增加了数万美元的经费。贾兰坡成为全球关注的焦点名人。他由技工职务升至技佐，相当于副教授。这对于一个旧时代的穷孩子，无疑是登了天。然而，当贾兰坡与所有人沉浸在成功的喜悦中，并准备再创奇迹时，战争阴云笼罩在周口店龙骨山了。

公元1281年（至元十八年）元代忽必烈大汗第二次下令组成远征舰队开启征服日本的战争，元军组成4400艘战船，搭载约15万名元、高丽联军直捣日本，日本天皇急募10万藩属兵迎战。从1266年（至元三年）起，年中，忽必烈大汗曾先后5次派使臣赴日本通使都遭日本拒之并杀害使臣，八月初一在连克对马、壹岐两岛后，在筑前博多湾，雄心勃勃的蒙古大军似乎要吞并全世界向西征服俄罗斯及广泛的欧洲大陆。

当战舰如云、桅杆如林的蒙古远征军出现在日本人面前时，几乎所有人都绝望了："不会有丝毫取胜的可能！"八月初一深夜，海面突然狂风暴雨，暴风撕碎船舟，不习水性的蒙古大军官兵在水中挣扎，天亮后，海面到处是残骸与溺亡的尸首，惊魂未定的日本人惊喜地发现海上巨大的舰队不见踪影。一场风暴使忽必烈大军10多万将士葬身鱼腹……在日本史上被称为"弘安之役"，从此日本天皇更被尊拜为"天照大神"。

像一只战死的巨兽，使得日本人久久不敢出海清理海湾……这也许是最早的中日战争。

自唐朝灭亡后，中、日之间中断往来长达300年，这期间中国和日本国内均处在内战混乱时期。1206年成吉思汗蒙古大汗国，昔日的草原游牧民族迅速扩张到世界，征服欧亚大部分国土，……这支草原民族源于何方？让历代学者争执不休，近代有证据表明，蒙古民族很可能源于唐以后"消失"的匈

龙骨

奴人。

当蒙古大汗占领中原后特意把首都迁进北京称"元大都"。蒙古人对中国似有一种与生俱来的亲和感，成吉思汗二度打入北京但未"屠城"或"焚城"，反而招纳人才为自己重任。在成吉思汗的字典里从来没有"宽容"二字，他的铁骑所到之处无不抢掠一空。为何对北京情有独钟？这座至少始建于西周的城市被不断的新考古发现她不只有3000年历史而是更久远……北京的魅力何在？让历代人竟折腰？这是个有趣的现象，或许有人终能解答。

自明朝以来，日本逐步暴露出自己企图扩张的野心，袭扰掠夺令明朝头疼不已。如果粗略计算一下，中、日之间的战争"或已存在800年"。

从日本开始走出海岛对周边国家进行以海盗式主动侵扰，清朝以中朝合力抗击日本入侵，到民国后则全面侵略中国。

世界进入19世纪，原本站在同一起跑线上的各国发生了根本的变化，其中西方一个由海外移民独立成国的美国和同在亚洲的日本成为最抢眼的国家。随着西方"工业革命"的浪潮，各种创新思想、学说空前活跃，各国实力迅速强大。英国学者韦尔斯（H. G. Wells）所著的《世界简史》有一段精彩的评说："工业革命在欧洲，这对那些对蒙古人入侵一无所知的人来说，似乎是证明欧洲人在人类事务中将永居于领导地位的证据……英国在印度建立的外强中干的帝国，荷兰在印尼广阔而利润丰厚的属地，都使列强诸国萌生了在衰弱的波斯、分崩离析的奥特曼帝国、东印度、中国和日本发财的美梦。"

整个亚洲的噩梦就是从西方列强强大开始，但日本是一个特例。1875年东印度公司的舰队司令海军上将佩里率10艘舰队强行进入日本港口迫使日本签署了一系列不平等的通商条约。日本天皇选择了忍辱屈服同时也效仿中国春秋战国时期越王勾践一边卧薪尝胆、立志图强一边全方位引进西方先进技术及文化。一时间日本皇宫内外纷纷效仿西方人的装束与饮食习惯，在短短的几十年里，日本从一个封建君主制的小国迅速变成一个君主立宪制的强国。然而日本强大了之后第一件事就是拿它的亚洲邻居和被它千百年来视为神灵天朝的中国开刀。

真正让日本感到扬眉吐气的是甲午战争与日俄战争之后，战胜比自己强

第十三章 龙啸·在战云边飞翔

大得多，综合实力强得多的中俄两国确让日本上下欢喜若狂。不到100年的时间里颠覆了2000年的中、日关系。然而，因胜利血脉贲张的日本国民却在20世纪初热诚而实际地支持孙中山的民主革命事业。无论是康梁保皇党还是孙中山的革命党都在日本这块土地上找到生存的土壤。声势浩荡的革命党人最盛时达10万之众。一时许多党派都将日本视为奋斗基地，许多日本有识之士也主动参加中国民主革命运动，日本扮演了亦正亦邪的双重角色。

毋庸置疑的是，在中国的对外关系史上，中日关系是最为独特、最为深刻的，我们这个故事也是从头至尾与中日关系有关，而上面提到的许多人物也会一一亮相于这个故事中……

卢沟桥，位于北京西南20公里。建于1192年，为北宁、平汉、平海三条铁路交会处。自古为兵家必争之地。

卢沟桥两侧栏杆上，有81只大石狮，198只小石狮。狮子们坐在莲花宝座上，形态各异，栩栩如生。守桥的石狮仰天长啸，威武如神。

桥头有乾隆皇帝题写的"卢沟晓月"石碑，并留下了乾隆吟诵明代杨荣《卢沟桥北上》的名句："河声流月漏声残，咫尺西山雾里看。远树依稀云影澹，疏星寥落曙光寒。"

夕阳下矗立着美丽宁静的卢沟桥。

永定河对岸青纱帐里

一群日本军官在窥视卢沟桥。日军驻屯军参谋长桥本群，看完卢沟桥后，对周围的日军旅团长得意扬扬地说："控制了卢沟桥，就截断了北平最后的一口气。届时，不费一枪一弹，平津两城便如秋叶飘零，自动落入我驻屯军之手。"说完，他招手叫驻丰台联队长一木清直少佐，在地图上比画着，向他下达命令。

令日军未料到的是，此时此刻，中国军队二十九军的宛平守军金根中营长身着便装也潜伏在对面青纱帐中侦察日军的行踪。见到日军高级军官部署阵地，觉察到日军要进攻，即迅速返回宛平。金根中用电话向北平二十九军副军长兼北平市长秦德纯汇报了日军动态。

龙　骨

金根中请示:"如日军攻桥攻城,当如何应对?"

秦德纯:"宛平城与卢沟桥虽小,却扼住了平汉线与平津线。若有闪失,平津将不保。全军将士,须以血肉相拼,纵然寸地尺土,亦断不允轻让日军。"

金根中,二十九路军三营营长。最先发现日军借演习之名实为进攻的行动。并率部在"七七事变"后的八日、九日的战斗中,重创日军。在身负重伤后,仍拖着被炸断的腿继续战斗,直至壮烈牺牲。

东京·日本陆军省

日本陆相杉山元正在召集会议。参谋本部作战部长石原莞尔说:"日本最大的威胁是苏联,不是中国。我认为,争夺卢沟桥势必引发中日全面战争,将我军拖入泥坑。以致影响对苏备战。我主张,我军应设法就地解决卢沟桥纷争,切不可任事态扩大。"

石原话毕,战争指导课课长河边虎四郎、主任参谋崛场一雄等纷纷赞成。

此时,有译电参谋送上急电交给杉山元。

杉山元看完大喜。他冷冷地看着几个人说:"关东军司令官植田谦吉大将与朝鲜军司令官小矶国昭大将来电。苏联方面无动静。卢沟桥事变苏联不会出兵干预。因此,可乘卢沟桥纠纷造成的机会,对中国一击。实现帝国对华北的各项要求。目前,关东军与朝鲜军10万余锐利师团已集结于津冀察地区,随时可配合驻屯军与二十九军作战。"

杉山元站起来,扫视会场,严厉地说:"顾及太多的苏联因素,有碍于我帝国在支那的利益。去年以来,支那反日之风大盛。此次卢沟桥事变的爆发,正好治治支那人。"

石原听至此,急忙争辩:"如此,恐陷长期战争。请陆相三思!"

杉山元不耐烦地挥挥手:"我意已决。请石原君勿再多虑!"

石原长叹一口气:"只怕日本从此将陷入持久战的中国泥坑,耗尽帝国最后的一滴血。到时我等必死无葬身之地。"

数日后,日本内阁依据杉山元的意见,下达了第56号临战令:令关东军

司令官植田谦吉抽调关东军精锐独立混成第一旅、第十一旅两支军队；并令关东军飞行集团、朝鲜军司令官小矶国昭抽调朝鲜军精锐第二十师；从本土大本营组建三个师，空军十八个中队，经陆、海集结华北；并由香月清司中将接替华北驻屯军司令官，各军统一归香月清司中将指挥，展开对华二十九军宋哲元部会战……

此令一出，拉开了中国全面战争的序幕。历史常常因为一个因素就改变了命运。"七七事变"之后的战争结局果然应验了石原的哀叹预言。

此时此刻，在江西庐山上，两位中国的伟人也有对战局的精彩对话，后成为中国人民八年抗战的宣言书。

江西庐山·牯岭海慧寺别墅

周恩来代表中共，就卢沟桥事变与蒋介石进行西安事变后的第一次正式会谈。周恩来开门见山："委员长，自卢沟桥事变以来，我党已连续发出三封长电，不知通电可否收悉？"

蒋介石颔首："收到了，收到了。不但收到贵党发给我的电报，就是发给宋哲元的电报及至全国民众的通电我也一并读过了。"

周恩来觉察到蒋介石有欣慰之态，趁势追问："委员长有何感想？"

蒋介石赞许地说："贵党人才济济，对时局分析一向有独到高论。卢事爆发当日发出贵党贵军七将领电文，断定日贼进攻卢沟桥乃是全面侵华第一枪。对我颇有启迪。我极是赞同。电文中惊呼'三个危急'、'三个呼吁'、'六大口号'，文采横溢，定是出自毛润之的手，富有鼓动，于造成全国抗战舆论大有裨益，很是令人鼓舞啊……"

周恩来慷慨陈词："1919年巴黎和会，处置了战败国德、奥两国。由英、美、法三强国操纵的凡尔赛华盛顿体系，日本、意大利获利不多，对此，也日趋不满。所以，巴黎和会后，德、日、意三国开始奉行法西斯政治，扩军备战，一心要大破凡尔赛华盛顿体系，与英、美、法决战，重新瓜分世界。

"如此一来，德、意在欧洲、北非、近中东，尤其是环地中海地区称雄称霸。而日本则欲夺取中国、东南亚资源区，和苏联的远东地区，在东太平洋

龙 骨

地区称雄。一方面，一战的既得利益国美、英、法，试图维持现状，继续巩固已获取的利益。

"另一方面，德、意、日法西斯国家一心要打破英、美、法的现状。两个世界集团结盟拉派。新的世界大战已迫在眉睫。自然，在这两大集团之外，又有一种新的力量，那就是苏联。其奉行社会主义，支援世界革命，而且巴黎和会又将其排斥在外。这又形成两大集团之外的第三种独立的势力……"

周恩来呷口茶，结论道："以恩来之观察，这三大势力集团均不可调和。因此，我敢断言，三年之内必爆发新的世界大战。"

蒋介石也一直认为德、日、意必与英、美、法有一战。但这其中之因果关系却未如周恩来丝丝入扣的分析解说，蒋介石不禁拍手喝彩："恩来高见。我亦一向认为新的世界大战不久即将爆发。"

周恩来不紧不慢地说："委员长虽以为世界大战不可避免，但却认为日本在对苏联、美国开战之前，不会对中国全面进攻。认为美国、苏联不会坐视中国沦丧于日本之手。以日人之习俗、之思想，必会向最弱者开刀。

"如若指望世界联盟之世界大战来挽救中国，恐中国已失。因此，在日本进攻中国时，世界联盟必然有一个坐山观虎斗的过程。虽然英、美、法、苏也面对威胁，但那是德、意的威胁，而日本则必相互推诿，不肯合作。所以，在世界大战来临前，中国必须要有一个单独与日本作战的艰苦阶段……"

周恩来的一席话令蒋介石佩服得五体投地。他感慨万分："讲得精辟，受益匪浅。去年夫人美龄在西安见过你后，一直在我面前称赞你思维敏捷、文武兼备，为当世奇才，还问我，何以这样优秀的人才却投到共产党一边。你看，我如何回复？如果当年我们不分手，那今天又会是什么样的局面呢？"

当夜·蒋介石书房

周恩来代表中国共产党对国际国内形势精辟深刻的分析着实让蒋介石大为震撼，他感到中共远比自己想象的要强大得多，眼下他需要共产党，利用共产党，以后嘛再想办法铲除心腹大患……

蒋介石独坐书房，想到这，他感到精神振奋，全无睡意。他摁下电铃，

秘书陈布雷走进来。

陈布雷:"委员长……"

蒋介石:"布雷呀,我口述一个讲话,用词要决断。打印成册,向全国全世界传播。要让天下每一个人都知道,我是坚决抗战的。"

报纸如雪。通篇大标题:"蒋委员长号召举国抗战!"到处是蒋介石浓厚的奉化口音的声音:"地不分南北,人不分老幼。无论何人,皆有守土抗战之责任。皆应抱定牺牲一切之决心,誓死保国!"人们在收音机前,在街道的喇叭下聆听。

上海外滩海关大楼挂出一幅巨幅标语:誓死保国!路人纷纷驻足仰视。

北平·正阳门箭楼

一群热血学生向人群抛撒传单,红红绿绿的传单如雪片漫天飞舞。人们纷纷抢到手中观看,传单赫然印着"誓与北平共存亡"!

正是由于周恩来飞抵庐山与蒋介石的一席长谈,使统一战线上关于抗战的认识达成共识。全国轰轰烈烈的抗日战争才真正拉开幕布。卢沟桥事变爆发后,距卢沟桥不足10公里的龙骨山也响起了抗日的枪声。

龙骨山·周口店办事处

贾兰坡组织工人把重要的化石装箱,准备运走。人们出出进进,十分紧张而繁忙。

一工友跑过来焦急地问:"贾先生,火车站说去北平的火车已经停开了。化石我们又带回来了。怎么办?"

贾兰坡急急地对身旁的工友说:"把这批赶快打包,准备启运!"立刻冲出门外,院门口外。马车停在门外。马车上装满了箱子。马浑身是汗,不住地吐着气。

贾兰坡一看,就命令随他一起出来的工友:"这车不要卸车。把马拉出去喂点料,喝些水,休息一下!张海泉!"

"来了!"名字叫作张海泉的工友应声跑来。

龙 骨

贾兰坡说:"你把屋内装好箱的标本也找车,在门外准备,随时启运。"

"好!"张海泉干脆利落地跑进院。

"贾先生,我们来了。"技工组长赵万华、董仲元、萧元昌走到贾兰坡的身边。

贾兰坡看看特意挑出来的骨干——3个壮实厚道的庄稼汉,一时无语。

他拍拍赵万华的肩头:"赵大哥,我们上工地上看看。"

龙骨山上到处都是抗日联军在构筑工事。人们默默地注视着4个人在工地上查看。

贾兰坡对一军官恳切地说:"长官,这里是咱中国人祖先生活的地方。你们需要什么,我这里有的,你们都尽管用,粮食、水也都有。只是这几个地方请兄弟们尽量避开,以免毁了。"

军官感激地说:"贾先生,谢谢你的安排。你放心,虽然咱是个粗人,但道理咱懂。这里每寸土地都是中国的。绝不让小鬼子破坏。守不住家是国耻,也是对不起祖宗的事。我们在这一带都布置了阵地。你们赶快撤吧。随时都可能打起来。"

贾兰坡紧紧地与年轻的军人握手说:"保重!"

军官说:"保重!"

在洞穴里,贾兰坡严肃地对赵万华交代:"老赵,你是老技工组组长了。鸽子堂、山顶洞,还有第九层洞穴,都是出土咱们祖宗神灵的地方。万一此地有事,你们立即把这里炸毁,把所有工具全部掩埋掉。千万千万不能落在日本人手里。"

赵万华坚定地看着贾兰坡:"贾先生,请放心。有我们兄弟们在这儿,日本人休想从这里挖走一块龙骨!"董仲元、萧元昌也齐声保证:"绝不会让日本人挖走一块龙骨!"

贾兰坡激动得一时无语,紧紧用双臂拥抱3位汉子坚实的脊背。

贾兰坡与赵万华几人一步三回头从洞里出来。贾兰坡用手抚摸着洞壁的化石层。面对如此熟悉的地方,贾兰坡怎么也舍不得离开。赵万华拉着他,催他早点离开。他仍依依不舍。

第十三章 龙啸·在战云边飞翔

山顶洞口。4个人站在山顶远远望去,卢沟桥方向浓烟滚滚,并传来隐隐的枪炮声。

当日晚上,办事处,贾兰坡召集全体人员开会。百十来号人或站或蹲在地上。人声喧哗。

贾兰坡站起来。在马灯下,他目光炯炯,扫视了一下全场,深沉地说:"工友们,今天我们就按地质所的指令停工。周口店办事处暂时封闭。这么多年来,你们为中国的考古贡献了自己的力量与才智,有了举世瞩目的成就。如今,日本人侵略了我们的家园,工作被迫停止。我相信战争一定会结束。日本人不久就会被打回去。到时候,我们还要在这里继续考古,还要创造奇迹。现在我宣布,今晚,我率北平籍技工押运化石回北平。

"周口店留守工作由赵万华组长负责。除赵万华、董仲元、萧元昌3位负责外,还有26名自愿留下的工友。还有一些本地工友。你们可以回家。记住,每个人都要好好保护自己。保护咱们的龙骨山。"

工友甲站起来说:"我们不走。我们要参加抗日义勇军,打小日本!"

工友乙说:"对。这是我们的家。日本鬼子来到我的家,只有把它打回去,我们才有好日子过!"群情激愤。

天边还泛着鱼肚白,黑黝黝的山峦中不时地传来爆炸声和枪声,龙骨山东边的宛平城在漆黑的天边发出一闪一闪的猩红的火光。贾兰坡决定事不宜迟,今晚就乘黑撤离龙骨山。大家默默地随着装满化石的大车,每个人身上都背着珍贵的龙骨化石,赵万华带着剩余的不走的工友依依不舍地为他们送行。每个人的心里都是沉甸甸的,谁都明白这一分别不知何时再能相见!十几年的风风雨雨,接往迎来多少人,经历了多少悲喜与艰难,但今天却因为战争而分走天涯,怎能不让人悲怆?!

山口到了,该分别了,大家默默地围在贾兰坡身边,人群中有的工友已经开始抽泣。贾兰坡激动地站在山岗,鼓足全身气力喊道:"这儿是我们祖宗生活的地方,各位工友,要为咱民族留住我们的龙根啊!中华民族万岁!我们的祖宗——'北京人'万岁!"

挂满泪花的工友们脸上闪烁着卢沟桥的火光,群情激愤从心底里喊出肺

龙 骨

腑呼声："中——国——万——岁！祖——宗——万——岁！龙——骨——山——万——岁！龙——骨——万岁！"

群山回荡着断断续续的吼声。

贾兰坡安顿后，留守的工友便带着两车化石，沿山路在西山群山中辗转了整整3天，才回到北平，而平时最多只需3个小时（周口店距北平市区约70公里——作者注）。

黑夜里，贾兰坡率一行人马在乡间小路上行走。远处卢沟桥的战火映红了天空，也映红了默默撤退的每个人的脸，每人的脸上写满了忧虑。马车摇摇晃晃地在西山小路上颠簸。贾兰坡与其他技工轮流在马车前后用力地推，两侧的人用手紧紧拉住绳子，以防箱子颠出车外。一行人在夜色中艰难地行进。走过一条小沟后，山路一下子变得很窄，马车已无法再继续前行了。队伍停了下来。

大家围着马车，焦急地看着贾兰坡，希望他能拿出一个好办法。贾兰坡看着箱子沉思了片刻，果断地说："把化石装入每个人的背包里。把马车卸开。每匹马驮上最重的两只箱子。所有的人步行前进！"队伍立刻迅速地执行命令。把行李拿下来，把大木箱扎好，驮在马背上。

其余的小箱子，每人一个背包，倒出自己的东西，装进化石，背好包。

贾兰坡也迅速把自己的日用品丢在草丛里。把挖掘图纸、笔记本仍仔细地放回包里。

队伍又开始前进了。队伍中有的人惋惜地看着丢在草丛中的物品和书籍。

队伍渐渐远去，消失在西山的云雾之中。

妙峰山·玫瑰谷

3天后，一支疲惫不堪的队伍走在妙峰山的山谷中。晨曦的阳光洒在半人高的玫瑰地中，空气中弥漫着浓浓的花香，翠鸟在丛林中欢唱，仿佛进入人间仙境。

"好香啊！"一个工友情不自禁地俯下身嗅着带着晶莹露水的花朵。

"真的，这里真美呀！"贾兰坡巡视一周漫山遍野的玫瑰谷忍不住惊叹起

第十三章 龙啸·在战云边飞翔

来,他在北京已经有十几年了,虽说也听说过北平近郊妙峰山有个玫瑰谷,但从未来过。眼前的美景使徒步已两夜两天的龙骨山后撤队伍徒然忘却了连日的疲劳和战争阴霾,当然更让大家高兴的是离北平城只有60里路了。

"兄弟们,加把劲,我们就要回家了!每个人胸前别一朵花,让我们高高兴兴地回家!"贾兰坡举着一朵鲜红的玫瑰花向队员们号召。

"好啊!我们戴着红花回家!"大家情绪高涨齐声欢呼,一朵朵光彩夺目的玫瑰花被别在帽子上和胸前。

远远地看去,一条斑斑点点的"红龙"在苍山翠柏中飞舞……

历史学家周谷城点评:"卢沟桥是贾兰坡从周口店返回北平的必经之路。平时北平距周口店不过五六十公里。然而,贾兰坡却率大队人马沿西山绕道走了3天才把技术骨干与珍贵化石安全带回北平。不久,周口店龙骨山就被日军占领。今天回顾起来,那真是惊心动魄的夜晚。年轻的贾兰坡的大智大勇,也在日后铁蹄下的北平再次显露出来。"

第十四章
龙殇·龙骨义士

杨钟健脑中闪过的第一个人就是贾兰坡。他对贾兰坡最了解，这样一个吃苦耐劳、勤学苦练而且胆大心细、忠诚有信的人，在危难时期唯有他可担当此任。当然他也有一个隐藏多年的秘密想托付给贾兰坡。

赵万华在电话中大声地喊道："要好好保护咱们的祖宗啊！"

龙骨义士

从九一八事变后到1936年期间，蒋介石的对日政策是抱着"退让，不抵抗和由国联来调停"的策略，而他内心深处则一直想着1927年在日本与田中签订的"密约"。

他一直对日本有一种莫名的情结：他既期待日本能够扶持自己统治中国，同时又能满足自己在日本留学和多次赴日的情感，所以对于日本不断升级的战争挑衅他也仅仅认为是没有给自己"面子"，一旦有冲突，就像解决"济南事件"一样由国际社会进行调停，"大事化小，小事化了"。

因此，从根本上讲，蒋介石并没有把丢失东北和华北看得很重，在指使何应钦签订《塘沽协定》和《何梅协定》后就已经有了"让出北平"的打算，从

第十四章 龙殇·龙骨义士

骨子里蒋介石不知何故不太喜欢北平，这种莫名其妙的心态一直影响着他的决策，从北伐军进入北平的第一次来京的时间，无论独自来或陪宋美龄来都不会超过一个月。

在整个抗战期间，蒋介石一直有一个理论：中国的核心在西南，只要保住西南中国就不会亡。1935年3月4日抵达重庆3日后的蒋介石就在重庆发表了《四川应作复兴民族根据地》的讲演，他首次公开自己的战略构想："就四川地位而言，不仅是我们革命的一个重要的地方，尤其是我们中华民国立国的根据地。无论从哪方面讲，条件都很完备。人口之众多，土地之广大，物产之丰富，文化之普及，可说为各省之冠，所以自古即称天府之国，处处得天独厚。……四川应作民族复兴之根据地。"

影响蒋介石国防构图的另一个因素是传奇名将蒋百里的战略思想。

蒋百里，名百里，字方震，是国民党最富有远见的军事家。蒋百里早在1911年在日本陆军士官学校时，以优异的成绩成为中国在日本陆军士官学校留学生中第一个获得总评分第一的人，按日本传统，前四名会受到天皇亲赐战刀，日本军人视为总高荣誉。

蒋百里回国后潜心研究军事理论与中日关系，其中著作《国防论》被国民党奉为"治军宝典"。他在《国防论》中以敏锐的眼光预见"中日必有大战"，同时他还精确地预测到日军进攻中国的路线图。

由蒋百里同班同学荒木贞夫指挥的侵华日军果真丝毫不差地按着蒋百里的路线图进行侵华战争。荒木贞夫是与蒋百里同期毕业的，其成绩排在第四名，这位昔日的同学成了侵华日军大将并在战后被列为甲级战犯，与蒋百里同学的还有小矶国昭（卢沟桥事变中日军二十师团团长）、松井石根（南京大屠杀元凶）、本庄繁（甲级战犯）、阿部信行（日本陆军上将）……几乎所有中日同班同学都成为中日战争史上双方的高级将领。

蒋介石极为推崇蒋百里，派自己的小儿子蒋纬国作为蒋百里的副官，其心昭然，就是想让儿子在蒋百里身边得到更多的真传。蒋百里的突然去世，使他无法实现要与日军决一死战的壮志。他在去世前的文章中留给蒋介石一句忠告："胜也罢，败也罢，就是不同它日本讲和！"

龙 骨

蒋百里英年早逝，不仅给日后的抗日战争带来了巨大损失，也给他的日本妻子和5个孩子带来了无尽的忧伤。这位中国名字叫左梅的日本妻子义无反顾地随他来到中国，而且在抚育子女的几十年中她坚持中国传统教育，家中不许说日本话。蒋百里去世后，左梅顶着巨大的压力和痛苦投入到抗日救国的运动之中，成为被世人所尊崇的传奇人物。

蒋百里在20世纪20年代就预言中日之间必会发生大战，而抗战的根据地应设在"三阳"（即洛阳、襄阳、衡阳），决战将发生在"平汉、粤汉铁路以东"。蒋百里根据中国古代经典兵书《孙子兵法》预测日本以弹丸之国国力对中国进行"蛇吞象"的战争就必然会采用"速战速决"战法，而我国则应采用"彼第一，我第二"的"持久战"。

而战争可预置在华东，诱敌由东向西，轴向攻防。说得通俗些就是引蛇长入而层层攻防，将敌截为数节，分而歼灭。

蒋介石对中国文化颇有研究，他的研究也融入了浓厚的"周易风水观"。

他多次对部下讲："我们本部18个省哪怕失去了15省，只要川、滇、黔3省能够巩固无恙，一定可以战胜任何的强敌，恢复一切的实力。"

两个月后他又在一次讲演中自信地讲道："无论中国的东北、华北及长江下游出现什么乱子，产生何种困难，但只要川、滇、黔三省存在，国家必可复兴。即使只剩下我们四川一省，天下事也还是大有可为。"

在蒋百里去世后，有一位德国人也对即将发生的中日战争做出同样精辟的评估，他就是德国人法肯豪森将军。

1933年7月31日法肯豪森将军接替塞克特担任中国国民政府德国总顾问。

他一上任即向蒋介石面呈五点战略大纲，这位任德国驻日本大使馆武官的他对日本侵华战略企图十分熟悉，他肯定地指出"中日必有一战"。

他指出："目前威胁中国最严重而最切近者，当然是日本。日本对中国之情，知之极悉，其利害适与中国相反，故必用尽各种方法，破坏中国内部之团结与图强，至少设法迟延其实现。目前战略情况，一旦军事上发生冲突，华北即直受威胁，若不战而放弃河北，则陇海路及其重大城市，即陷于最前战区，对黄河防线，不难由山东方面，取席卷之势。

第十四章 龙殇·龙骨义士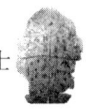

"对海正面有重大意义者，首推长江。敌苟能控制中国最重要之中心点，直至武汉一带，则中国之防力已失一最重要之根据，于是至内地，将中国截分为二。国际政局目前异常紧张，列强一时无联合或单独干涉之可能。华盛顿之《九国公约》，实际早成废纸。中国苟不自卫，无人能出而拔刀相助。中国应竭其所能保全国土，必倾全力以自卫，或有遇外援之可能。若不倾全力奋斗以图生存，则华北全部包括山东在内，必脱离中国……终之四川，为最后防地。总而言之，万不可不战而弃寸土。"

这些观点是在抗日战争全面爆发前两年提出来的。不得不承认，这个德国军人对两国后来爆发的抗日战争及大致战局走向，做出了比较准确的判断。法肯豪森告诉蒋介石：一旦日本对华发动军事攻击，华北地区首当其冲，同时长江流域各入海口也将受到侵犯，因此，中国军队必须在战略上确立一个"集结兵力区域"，以"沧县—保定为绝对防御线"。长江陆防须推进至上海附近，南京作为首都"宜固守"，华中则以南昌、武昌作为战略支撑点，全国以四川为"最后防地"。

法肯豪森在报告中提出建立四川为抗战根据地的构想，事后证明确实颇具战略眼光。他认为四川是个"富庶而因地理关系别具安全之省份"。

美国著名女作家芭芭拉·塔奇曼在《史迪威与美国在华经验》一书中透露，当蒋介石引以为豪的台儿庄战役结束后，各国记者与驻华武官也纷纷到台儿庄战场采访考察。时任美国驻华武官史迪威专门找法肯豪森，讨论台儿庄作战经验，因他知道台儿庄战役的计划是由德国首席军事顾问法肯豪森将军制订的。本想带着研究台儿庄战役经验的愿望向法肯豪森将军取经，不料法肯豪森一提台儿庄战役就气不打一处来。原来蒋介石只想"消极抵抗"而根本不理睬法肯豪森旨在消灭日军生力军的设计。

气急败坏的法肯豪森竟当着史迪威的面，发疯似的拼命地揪自己的头发，吓了一跳的史迪威赶快安抚这个德国将军，法肯豪森告诉史迪威台儿庄战役期间他就在蒋介石身边："我告诉委员长要向前推进，要发动进攻，要乘胜前进，可是他们什么行动也没有采取。"

最后，法肯豪森警告蒋介石："日军很快就会把8个至10个师的部队调到

龙 骨

徐州前线,到那时就来不及了!"

仅隔半个月,日军果真像法肯豪森预计那样卷土重来,徐州沦陷了。

史迪威日后成了滇缅中国远征军总指挥,又再次遇到类似的情况,他接受了法肯豪森将军的教训:要想打赢战争就要按着自己的思路打到底。

蒋介石满足于一时挡住日军的进攻而没有长远的战略胆魄,是抗日战争时期不断失利的一个重要原因。

芭芭拉·塔奇曼带着赞扬的口气评说:"这位了解日军个性颇深的德国顾问对史迪威的预料,日军将会卷土重来进攻徐州,果然不出所料,徐州不久即陷入敌手,日军转而进攻河南。"(引自芭芭拉·塔奇曼的《史迪威与美国在华经验》)

北平陷落后,日本国内上上下下的战争狂人发起总动员,战争的歇斯底里的狂热氛围弥漫在整个岛国。一个一向低调的人坐不住了——他就是山本五十六。

1937年当卢沟桥事变时山本正在日本海军部任次长,与石原等日本高级将领一样主张对中国的战争"不扩大"。所谓不扩大是军内"保皇派"的基本政策,其主要目标是对中国实行分割、培养傀儡政权的方法支裂中国,而将主要目标对准苏俄,他们认为苏俄尤其是苏波尼亚地区是日本最近的现实利益。

而"南下派"则认为与苏俄对抗实力不够,先征服中国,并以中国的广袤土地为基地,以中国丰富的物资为基础可以实现征服苏俄目的。因此,日本军部争执不下也给中国额外赢得两年相对平稳的"和平时期"。

然而日本北进派在中蒙边境诺门坎等地向苏联发起进攻,结果遭到惨败。进攻苏联的北进派日军又发动了"二二六"叛乱,同样也遭到镇压,就此北上派一蹶不振,对华策略随之彻底改变。

卢沟桥事变发生后,山本五十六对他的朋友武井大助打了一个赌。山本说:"陆军中的这些混蛋们,果然挑起了战火,简直把人气疯了。我从此戒烟,直到事变结束为止。"

武井大助劝道:"你是说中国的卢沟桥事变?他惹得你动这么大的

怒气？！"

"这帮混蛋根本不懂处理战争，他们只是想过过战争瘾而已。"当日本驻英大使松本恒雄回国时特意给他带来一些名牌雪茄，山本谢绝了："请你替我保管吧，等这些事过后我一定抽。"北平陷落后，向来看不起陆军的山本看着那帮"混蛋们"纷纷"建功立业"，着实让山本五十六垂涎三尺。他立刻向日本军部建议在"中国要害腹地给予猛烈一击，置中国于死地"。并提出由海军直接主导淞沪战役。这也是中日战争首次大规模以海军航空兵和海军陆战队直接参加攻打中国沿海大城市的战争。

淞沪战役结束后山本五十六得意扬扬地取回松本恒雄代为保存的雪茄时，松本明知故问："你不是戒烟了吗？支那事件还在打呀！"

山本满不在乎地笑了："你落后了，我已经在一个月前就开始吸烟了！"

1937年8月3日淞沪战役前夕，希特勒的宣传部部长戈培尔在日记中写到："希特勒并不认为中国局势严重，中国在军事上不充足。日本打败它，这非常好，因为这可以使日本更灵活地对付莫斯科。"(《我们不会再进一步支持中国了》)

1938年4月28日德国元帅戈林下令禁止向中国运送战争物资，同时，新上任的德国外长里宾特洛甫下令全部召回驻华德国顾问。

由于希特勒急于让日本尽快从苏联背后打开第二战线，希特勒最终选择抛弃蒋介石，法肯豪森的使命也就此结束。他因涉嫌与刺杀希特勒有牵连被捕下狱，"二战"结束后又因曾任国外驻军司令被判入狱，出狱不久便在潦倒中寂寞死去。

张学良的挚友兼私人顾问端纳的命运却令人扼腕叹息。张学良出国考察后就将端纳介绍到宋美龄身边做私人顾问，由于端纳与张学良和宋美龄的私交很好，这位澳大利亚人成了中国历史上游走于最高层最密切的外国人之一。但不知何故淞沪战役以后端纳逐渐淡出蒋家王朝，1941年太平洋战争爆发，端纳在上海被日军抓进集中营，1946年11月9日因肺癌在上海去世。

1946年12月5日张学良在获悉端纳去世的消息后，给宋美龄写下了这样的一封信：

龙 骨

　　夫人赐鉴：昨夜接到陈长官公侠转来11月15日均函及关于端纳先生去世中英文情报一本，和糖果两盒。展读之下，悲痛交集。这个老人可爱之处，是他真诚爱中国。我们俩在一起的时候，时常讨论关于中国的问题，中国为什么不能强盛？中国为什么这样的穷苦？中国官场为什么这样腐败？他的意见改善是对的，但是他的心总是向着中国和中国人民的。如不是日本人这样地虐待他，也许他不会去了这样早。可恨的日本小鬼子。DON死在中国胜利之后，他可以瞑目了。可惜他还不能看到中国真正的强大，中国人民真正的登诸衽度。假如他死在日本军阀手里，那是叫我们多么难过的事。这一点我们也安慰安慰我们自己罢。

　　现在我谢谢夫人你，关于DON的那本情报，夫人你真是有心人。

　　死者有知，他也会对您敬礼的……钧安！并请代上介公前叱名叩安。

　　张学良谨肃　12月5日（哥伦比亚大学善本与手稿图书馆馆藏）

从信中可见张学良、宋美龄对这位跟随半生的外国朋友的感情与评价。（DON是"端纳"的英文缩写）

　　在中国历史不乏有外国人在朝廷担任顾问或老师，其目的是辅佐帝王执政。唯独可怜的端纳却淹没在历史的烟波中，不能不让人叹息。

北兵马司九号·地质调查所

　　留在北平的杨钟健和贾兰坡也开始考虑5枚珍贵的"北京人"头盖骨的安危。但是协和医院的美方专家和洛克菲勒基金会却认为美日之间不会发生战事，化石标本在美国人的管辖区是安全的，自然，杨钟健他们的担忧并没有被接受。

　　翁文灏在繁重的迁移工作之际，还时时挂念身处敌占区的地质调查所的命运。他多次询问杨钟健，地质所和龙骨山的挖掘状况，当他得知贾兰坡已

第十四章 龙殇·龙骨义士

携带大量珍贵化石回到北平,"北京人"头盖骨在魏敦瑞的保险柜里保存,暂时安全,不禁舒了一口气。

他对美国人认为"日美不会开战",化石"由美国人保存安全"的意见是可以接受的。因为他清楚地知道,在现在的形势下国民政府根本无力顾及远在北平的珍贵化石,换句话说,要想把"北京人"等珍贵化石运出北平没有条件,也不现实。

但是他认为,将地质所科研的骨干迁移至西南是十分重要的,因为在云南昆明发现有古人类活动的痕迹。如果能在西南发现古人类化石,将对研究人类起源,尤其是对"北京人"的来龙去脉的研究起到十分重要的作用。

于是他电令杨钟健设法将地质调查所撤出北平,到云南继续开展考古挖掘工作。对于存于北平的珍贵化石包括5枚"北京人"头盖骨应与协和新生代研究室采取就地妥善保存。对于不在美国人保护范围的北兵马司地质调查所内的化石标本,翁文灏表示了自己的担忧,他要求杨钟健留下可靠的得力人手、相机保护这些化石标本。

杨钟健很快按着翁文灏的指示进行部署。谁是最得力的人呢?谁又是最可靠的人呢?

杨钟健脑中闪过的第一个人就是贾兰坡。他对贾兰坡最了解,这样一个吃苦耐劳、勤学苦练而且胆大心细、忠诚有信的人,在危难时期唯有他可担当此任。当然他也有一个隐藏多年的秘密想托付给贾兰坡。杨钟健单独将贾兰坡约到地质调查所,向他和盘托出翁所长的决定和他自己的想法。杨钟健关注地盯着贾兰坡,等待他的反应:"你考虑得怎么样?"令杨钟健没想到的是,贾兰坡很轻快地回答:"我听命您和翁所长的指派。"

"你再想一想,还有什么问题?比如你打算如何安排存在这里的化石呢?"

"我想尽快办个化石展览!"

贾兰坡肯定而率直地回答。

"现在办展览?!这岂不暴露了化石就存在这里吗?"杨钟健吃惊地张大嘴。

龙　骨

"我们不办展览也瞒不过日本人，相反，我们大张旗鼓地办展览，让世人都知道这是我们中国的化石！日本人反而难以下手，只要他们胆敢动一指就会遭到全世界的指责……"贾兰坡自信地回答。

这果然是一个与众不同的奇招。杨钟健不禁赞叹地打量这位日渐成熟的年轻人："这可是一个大智慧、大冒险哟！不过，这也是没有办法的办法，你就全力以赴吧！"

事后证明，贾兰坡的意见是正确的。据战后对地质调查所内的化石标本的清理结果显示，展出的标本几乎没有损失，其中一个重要原因就是展出后，日本人认定地质调查所内的"化石无价值，多为复制品"。

破天荒地在北平沦陷后举办了一个化石展览，给沉浸在悲愤和低迷中的北平市民带来了一股清新、振奋的气息。开展当日，北平各界人士纷纷前往，大批记者也纷纷前往报道，一时间由中国人自己挖掘自己研究的古人类化石的成就成了燃起每个中国人爱国情怀与自豪感的动力。

日本古人类学家长谷部言人带着他的助手高井也来到展览会，他东看看西看看，最后站在"北京人"头盖骨化石标本面前久久注视着，不肯离去。当他看见贾兰坡走过，就迎上去深深地鞠了一个躬："贾先生，恭喜你，这是一个精彩的展览……"

"谢谢！"贾兰坡不卑不亢地礼貌地回应。其实，他对长谷的到来早有预料，他预感这个具有神秘背景的日本学者肯定背负着某种不可告人的使命。

"我想冒昧地问一下贾先生……这枚头盖骨……似乎……好像是复制品……我可否看看真的……头盖骨？"长谷吞吞吐吐地低声恳求。

"如果我没有记错，长谷部言人先生已经是第四次如此仔细地观察'北京人'头盖骨了，难道前几次没有看出吗？"

"八格！你们把真的头骨放到哪里去了？！我们要看真正的头骨！"恼羞成怒的助手高井冬二狂吼起来。高井冬二名义上是长谷的助手，但实际是一个日军上尉，是专门配合长谷部言人的日本文化特务。高井的大喊大叫惊动了正在观看展览的人们，记者们也闻声赶来拍照。贾兰坡愤怒地直视这个狂徒，冷冷地说："你这不是学者的请求，倒像是强盗在打劫！对不起，不奉陪！你们请便！"

不知是因为灯光的晃动还是因为满展厅人们投来的蔑视的目光，在贾兰坡的严词下，高井突然打了一个晃，用手背挡住自己的脸面。长谷见事不好赶紧拉着高井慌忙离去。随着身后一片嘲谑的笑声，长谷部言人一行人狼狈不堪，落荒而去。

自从第一枚头盖骨出土后，"北京人"头盖骨就在协和医院新生代研究室的解剖室展览过多次，每次长谷部言人和他的助手以及其他身份不明的日本人都来参观。卢沟桥事变后，魏敦瑞首先提出为安全起见，以后展览与科研均使用复制品。由魏敦瑞的技术助手胡承志精心复制了4枚"北京人"头盖骨，眼下展出的正是胡承志的杰作。长谷的刨根问底显然是醉翁之意不在酒，他想干什么呢？有一种不祥之感陡然涌上贾兰坡的心头。

果然，很快这种担忧就变成了现实。

贾兰坡在电话局中打长途，他焦急地等待着。

接线员说："贾先生，周口店电话接通了。请讲。"

贾兰坡把话筒紧紧地贴在耳边，用手捂着另一只耳朵，大声地说："喂，喂，我找赵万华！喂，是老赵吗？听得见吗？我是贾兰坡。你们怎么样？什么？什么！老赵，太危险了。回北平吧。这里全安排好了。什么？不能回来？为什么？"

周口店邮电所

赵万华激动地大声喊道："兄弟们都上山参加义勇军了。兄弟们不走，我怎么能走？！谢谢了，贾先生，我们有缘还会再见面的。我们很惦记你们——北平的同事们，还有洋老头魏敦瑞。替我们问个好……这里的火车很快就要中断了。电报、电话也要断了，不打了，代我们大伙给咱们祖宗上炷香吧。"

赵万华在电话中大声地喊道："要好好保护咱们的祖宗啊！"

窗外，增援的二十六军一部正在跑步集合。增援龙骨山防线。

车站上，口令声，跑步声，汽车声，难民的哭叫声，紧张而又恐怖。

龙　骨

　　赵万华看看窗外："我该走了。兄弟们在等着我……再见了。有事我会写信。"他沉重地放下电话，默默地看着接线员，把一块大洋放在他面前："兄弟，万一有我的电话，请把这里发生的事告诉我的家人。拜托了！"

　　接线员说："大叔，您……"

　　赵万华指指外面的军队："我要跟上队伍打仗。不知是否还能回来。这是北平的地址。拜托了！"

　　接线员回答："放心吧，大叔。钱您拿回去。您留着有用。话我一定传到。"他把钱郑重地还给赵万华。

　　赵万华苦笑了一下："我没用。你留着吧，好好做人。"

　　窗外，"砰，砰"的敲窗声，萧元昌在窗外催促着。赵万华一抱拳："再会，好兄弟！"

　　接线员回答："再会！"

　　赵万华推门而出，汇入大军，消失在人群中。

　　贾兰坡拿着话筒愣愣地站在那里，半天不说话。

　　接线员提醒他："贾先生，电话已经断了。"

　　贾兰坡如梦初醒："哦，断了。断了。"他放下电话，推门走出，来到大街上。天空中又低低地飞过一批日本战机，鲜红的膏药标志在乌云满天的空中格外刺眼。

　　一队日本兵跺脚似的使劲踏着步子，耀武扬威地走过街头。一个蓬头垢面的乞丐摇着一个破铁桶，"哗哗"作响，但并不向日本人伸手要钱，而是冷漠而仇恨地看着这些日本人，过往的行人也都低着头，不看日本兵。

　　贾兰坡心事重重地往回走。北平的气氛和周口店的情况让他的神经绷到极限。他不由得想起杨钟健的叮嘱："保护好'北京人'头盖骨！"魏敦瑞说："我担心日本人会对这些珍贵的化石下手啊。"赵万华的话："替我们给祖宗上炷香……"

龙骨山附近阵地

　　天空，日本飞机投放炸弹。阵地上一片火海。官兵伤亡惨重。但活着的人仍顽强地向日军开枪射击。机枪喷出火舌，枪林弹雨中，赵万华和几个工友一边救助伤员，一边拿起武器向日寇射击。日军在阵地前尸横遍野。

日本军官恼怒地指挥炮兵轰击龙骨山。在爆炸声中办事处被毁。满地是被炸碎的办公用品的碎片。工人们栽种的松树也在炮火中燃烧成黑色的木炭。

夕阳在炮火烟幕下，像是一颗被弄脏的气球。赵万华背着受伤的士兵与担架队一起下山。撤退时，山上再次响起巨大的爆炸声。

山头上被硝烟笼罩着。爆炸后，山上一片寂静，静得可怕。担架队停了下来。一个伤兵爬起来，望着山顶哭起来。

撕心裂肺地哀号着："娘——爹啊——"伤兵们纷纷朝着山上阵地叫魂似的吼着："营长——""小柱子——"赵万华悲痛地流下了眼泪，袖子上套着白底红十字袖章的女护卫兵相偎着哭泣。

山上的野花滴上了鲜血，顽强地挺立着，怒放着。

坎尔贝河畔

伤兵们暂时休息，女兵们趁机到河边洗一洗。赵万华、萧元昌靠在树上休息。萧元昌拿出旱烟，抽了两口，递给赵万华。赵万华摇摇头，用袖子擦了擦满脸的血迹与油污。从坐的地方看去，女兵们卷起裤角在洗脸。水花在阳光下闪闪发光。

绿树草滩，清清的河水，如美丽的画面。赵万华不禁感叹："要是不打仗，这该多美啊！"

萧元昌说道："是啊。多可爱的姑娘。这么大还是在家撒娇的岁数哪。我那闺女也跟这些丫头差不多大，真想她们哪，其实咱家不远，离这儿也就50里。可两年没回家了。老赵，你呢？"

赵万华说："我没啥惦记的。爹妈早死了。老婆生孩子的时候死了。家里就剩下一个老叔。我到这儿也干了六七年了。想想，这儿就跟家似的。"

突然一声惨叫，赵万华一个激灵跳起来一看，不知什么时候，黑压压走来了一群端着刺刀的鬼子兵。一个伤兵刚要反抗，几个鬼子恶狠狠地举起刺刀扎过去，一刀就把他扎死了。

龙 骨

　　一个满脸大胡子的军官用手枪对准担架上的中国士兵一枪一个地枪杀，脸上还露着狞笑。

　　一个女兵惊恐地跑向河里。几个日本鬼子举枪射击，女兵被击中。她的手像要抓住什么东西似的在空中画了个弧线，扑倒在浅浅的水中，溅起一片血水。

　　其他几个女兵吓得紧紧抱在一起。日本兵冲上去，撕扯她们的衣服，并把她们拉进树林强奸。女兵们反抗着。凶残的日本兵用刺刀刺死被奸污后的女兵。

　　赵万华、萧元昌趴在草丛里，看见不远处日本兵的兽行，恨得咬牙切齿，把拳头砸向地面。萧元昌要冲出去，赵万华紧紧地拉住他。

　　赵万华向萧元昌使了个眼色。两人从草丛里悄悄靠近正在施暴的日本兵的背后。赵万华猛扑上去，把日本兵翻到一边，死死掐住鬼子的脖子。萧元昌拉起嘴角流血、双目发呆的女兵，把衣服给她穿上。女兵木然地看着已被掐死的日本鬼子，爬起来，抽出日本兵的刺刀，面无表情地一刀一刀刺向鬼子的尸体。赵万华赶忙夺下刺刀，拉着女兵钻进草丛。萧元昌捡起步枪，匆匆跟上，没跑几步，被鬼子发现，他们又是叫喊，又是射击。子弹在草丛里飞过，树枝被打断，掉在地上。萧元昌不断地向后开枪还击。

　　女兵突然扑倒在地，赵万华赶忙要扶她起来，看到她腿上的血，要背她。

　　女兵不肯："大叔，我腿受伤了。"她从萧元昌腰上抽出手榴弹，淡然一笑："大叔，我叫王桂芬，是保定师专的学生。你们跑出去后，给俺娘捎个话，我打鬼子为国捐躯了。"

　　赵万华安慰道："姑娘，不要怕，我背你走。"

　　萧元昌说："对。我们两个男人，能保住你。"

　　王桂芬说："你们快走。别忘了告诉俺娘！"她朝另一个方向爬去。

　　赵万华低声叫道："姑娘，你——"一排子弹打过来，萧元昌胳膊负了伤，血涌了出来。萧元昌用手捂着胳膊，要去追王桂芬。

　　王桂芬回过头，严厉地用眼神命令他们走，并晃了晃手榴弹。

　　萧元昌停下来，赵万华给萧元昌包扎了一下，说："别追了。这孩子是个烈性姑娘。唉，成全她吧。"

第十四章 龙殇·龙骨义士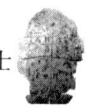

王桂芬爬出一条血路。她无力地靠在一棵树上,用手整理了一下自己的军装,扣好风纪扣。这时,几个鬼子发现了她,慢慢逼近。王桂芬闭上双眼,苍白的脸显得那么庄严而又神圣。鬼子兵发现只有她一个女人时,狂笑着冲上来。快到她的身边,王桂芬忽然睁开愤怒的眼睛瞪着日本鬼子。鬼子一愣,吓得"哇哇"乱叫。原来手榴弹的弦被她拉开了,正"嘶嘶"地冒着烟。

赵万华扶着萧元昌刚走出草丛,就听得背后轰然一声,草丛深处升起一团烟雾,两个人沉痛地看着那缕烟。

日本兵押着已五花大绑的赵万华、萧元昌以及数百名老百姓,经过邮电所。透过窗口,接线员看见浑身是伤的赵万华。一些老百姓哭叫着要去拉队伍中的亲人,被日本兵凶残地打翻在地。沿途的人默默地看着被押的人缓缓走过。赵万华看见了接线员,他向接线员微笑着点点头,昂首走过。

北京协和医院

贾兰坡流着泪在看信,所有的职工都肃立默哀。

贾兰坡这才明白,留守的26名工友中几乎大都离散了,有的默默地牺牲在龙骨山,只有部分人或随抗日义勇军撤离到更远的地方或流落他乡。这些朴实无华默默无闻的考古工友,用生命守望着龙骨山。这时,贾兰坡和他的同事们下定决心要永远守望着这块神圣的土地……

到1938年5月,龙骨山再也无人看守,贾兰坡清楚地记得就在4月28日还收到赵万华的来信"便衣队驻守本所,我等仍未工作,并无异外之事"。显然赵万华是在匆忙中寄出一信,以致把意外写错,但万万没想这是赵万华最后的来信!仅过5天,贾兰坡收到一封匿名信,这封没有署名的信报告了一个悲痛的消息:

"5月3日,赵万华、董仲元、萧元昌被日军绑走,押解到房山县城。"贾兰坡一生都在寻找这位不愿透露姓名的中国义士,他怀疑这位报信人有可能是周口店火车站邮电所的职工。到了11日一切清楚了,赵万华等3位技工与其他30名无辜百姓被日军以"抗日分子"为名用刺刀残酷地挑死在县城西门外……

消息依然是由不知名的义士告知的。贾兰坡带着万般悲愤写信给翁文灏和协和医学院，为死难工友申请抚恤金，经他奔走呼吁，直到6月底才勉强批得微薄的抚恤金，相当于当时每人一年的工资，而贾兰坡号召捐款，却得到协和中外同人的热烈响应，筹到一笔善款。这些钱很快送到挣扎在贫困线上的家属手中。

第十五章
龙殇·1937·血色北平

当宋哲元看了秦德纯转来的通牒文件，顿时气得脸都变了色，他此时猛然惊醒自己上了日本人的当，大拍桌子高叫道："欺人太甚！"

佟小姐趴在花坛中的泥土上，用双手捧起一棵怒放的月季花栽在父亲坟头上。

1937年5月29日夜晚·北平武衣库宋宅

1937年从一开年北平城里就弥漫着不祥的气息，二十九军内部也同样存在着激烈的争执。年前，二十九军召开了被戏称"腊八会"的军事会议，边吃边开会是二十九军独特的传统，也是军长宋哲元的治军"绝技"，一来可缓解腹中饥肠，二来也可缓和争执气氛。不过到了5月北平的形势陡然紧张起来，所以这次被称之"西瓜会"的会议一开始就充满火药味。

这是一座标准的四合院，有内院外院，客厅内窗明几净，桌椅全部是花梨、紫檀、楠木等"贡做"。典雅大方端庄秀丽，线条挺拔，曲直有度，给人一种开朗明快的感觉，墙上挂着名人字画、条幅、对联，特别是那幅"卧薪尝胆"赫然醒目，给人留下了深刻的印象，两边是宋将军手书的对联："卧薪尝胆，杀敌雪耻，横批：英雄心"。

龙 骨

会议开始,宋哲元先讲话:"距上次会议召开已过去5个月了,今天到会的各位都是国家干将,我军高级将领,下边请两位参谋长先讲一讲他们制定的应敌方案。"

参谋长张樾亭道:"诸位都知道,在日本政府1936年1月13日公布的所谓《第一次处理华北纲要》中,有这样几句话'自治的区域以华北五省为目标'、'先求逐步完成冀察两省及平津两市的自治,进而使其他三省自然地与之合流',目前,我军的处境诸位都清楚,根据《何梅协定》和《秦土协定》,中央驻军已全部撤离,一旦开战,我军只能孤立应敌,日军装备精良,稍有不慎,就可能导致全军覆灭。

"今年4月17日,广田内阁公然决定向华北增兵,日军目前正在丰台火车站边侧,加紧修建营房,我军一无援军,二无弹药,所以同日军交战对我军仍然十分不利。为国家计,为我军全体将士计,我的意见仍然是撤离平津,作战略上的转移。"

室内气氛陡然紧张起来,因为去、留,或一战,是摆在每一位将领面前的现实,是谁都无法躲避的问题。谁能不为国家前途及二十九军十几万弟兄的生命考虑呢?宋哲元有意缓和一下气氛,让副官切几个西瓜送上来,还幽默地说道:"副军长先带个头,这是庞各庄的头茬西瓜,过去是贡品,皇帝吃的,后来皇帝被冯玉祥赶跑了,咱们吃吧!"

这时宋将军接过副官送上来的毛巾擦擦手,说:"下边请副参谋长说说他的方案,然后大家再讲讲各自的韬略,最后我们商讨出一个方案作为我们的对策。"

张克侠道:"刚才参谋长讲他对当前的形势分析,提出了自己的方案,军座让我说说,现在我就几点自己的看法供诸位参考。如果照参谋长的方案,我军撤出平津,日本人正好趁机制造谣言,平津和全国民众也绝不会同情我军,必然会骂我军临阵逃跑,故撤离之举断不可取……"三十七师师长冯治安问道:"副参谋长,请讲具体一些,何种态度方为上策呢?"

宋哲元表示赞同,说:"副参谋长,讲具体一些大家也好商量,看采取何种对策对我军更有利。"

第十五章 龙殇·1937·血色北平

张克侠看了一眼张樾亭，又环视一下各位将领的表情，说道："为我军当前处境计，上策是首先安定平津及冀察两省的民心，要安定民心，最好的办法是由军座针对日本增兵华北之举，发表讲话，表明我军的态度，此举既可安定民心，又可激励我军将士抗战士气。另外，中央已决定同中共谈判，我军也应着手改善同平津学生的关系，支持学生的爱国行动，欢迎他们参加军训团，为我军准备充足的兵源。这样才会像《大刀进行曲》唱的那样：'前面有东北的义勇军，后面有全国的老百姓。'咱二十九军，不是孤军！"

张克侠的激昂陈词博得了高级将领们的一片掌声，宋哲元也很激动，请张克侠为他起草讲话稿，他决定明天就发表对时局的讲话。

宋哲元不愧是个左右逢源的高手（日本人称他为"老滑头"），如同腊八会议一样，当他自己吃不准的时候也让大家喝碗五味杂陈的腊八粥。其实，宋哲元自己心里也没底。如今实行国共合作统一战线，全国人民尤其是北平的爱国学生把他捧为"抗日英雄，华北救星"，宋哲元也明显地倾向抗日。

张克侠利用会议休息时间，奋笔疾书，一挥而就，很快就拟好了一份草稿，真不愧是留学生。张克侠把草稿念给大家听："各位将领，克侠为军座草拟的讲话要点是：一、华北外交是为保全我国主权问题，凡不损我国主权者，方可本平等互惠原则向前去做；二、若日本仍增兵占领华北，军座将率领二十九军将士们实行抗日。"

将领们纷纷发言，一致主张对日军应取强硬态度，对日军的寻衅决不可示弱，我军现有驻地，决不可让出一分一寸给日军，应下最大之决心，纵使牺牲也要确保我国之主权。

宋哲元见将领们抗日决心如此坚定也很激动，指着墙上那幅"卧薪尝胆"图，对大家说："诸位都看到了吧？这是京华美专学校的师生们送的，这是一所私立学校，是以弘扬国粹为办学宗旨的，许多国画大师都在该校执教，我看这幅画画得好，所以我写了这副对联，意在自励，希望与诸位共勉。"

三十七师师长冯治安一边抄这副对联，一边说："军座，治安一定以八字教育为师，不杀敌雪耻，誓不为人！"

其他将领也都纷纷把"卧薪尝胆，杀敌雪耻"8个字抄在本子上。

最后三十八师师长张自忠说:"还应加上一条,二十九军誓不与日方妥协!誓不从华北撤军!"

5月会议之后,二十九路军在全国人民的抗日浪潮推动下抗日决心日趋强烈。两个月后,即7月17日,宋哲元亲拟《一号作战命令》,这是二十九军首次正式发出战斗命令。(以前与日军的作战大都奉上级命令或即战由作战部队按原则应战。)现将尘封已久的作战命令抄录,对研究在1937年7月间北平抗战的全过程具有重要的资料价值。全文如下:

《一号作战命令》

一、本军为确保北平重点及其附近地区对敌抗战,同时以一部迅速捕灭卢沟桥丰台方面之敌,以便后方兵部团之进出容易。

二、部署:(一)总指挥官第三十七师师长冯治安。(二)区分:右地区队:指挥骑兵第六师师长郑大章,副指挥官第三十八师副师长王锡盯、军官团团长徐以智。第三十八师特务团、第二二五团(欠第一营)。第二二六团、第二二七团、教导队、特务旅(欠第一团团部及第一营)。骑兵第九师第二旅(欠第五团)。

军官团:军士训练团。

左地区队:指挥官冀北保安司令石友三,副指挥官独立第三十九旅旅长阮玄武。

冀北保安第一旅、冀北保安第二旅、独立第三十九旅。城防守备队:指挥官第一一一旅旅长刘自珍。

第三十七师第一一一旅。

第三十八师第二二五团第一营。特务旅第一团(欠第二营)。河北省保安第一旅第二团。

右侧支队:指挥官独立第二十七旅旅长石振纲。独立第二十七旅。

总预备队:指挥官总指挥官兼任。第三十七师(欠一一一旅)。

三、指导要领:(一)右地区队对各方面所遇之敌,须均能抗敌,应占领由永定门附近起,经北苑大道—南苑营房—团河附近,并于

第十五章 龙殇·1937·血色北平

通敌方各道路附近,利用地形,对各方向配置所要之兵力。以主力集结于中间要点,待敌接近,即依机动夹击及逆袭等手段击灭之。对南苑至北平城之交通线,应特别注意保护。第二二六团附工具一部,先在廊坊附近竭力妨害前进,并相机破坏敌人之交通。至不得已时,退归地区队。

为使地区守备部队之战斗容易起见,应以骑兵主力,在地区守备部队前方广行活动,并破坏被敌利用之交通线,随时随地率制扰害之。

(二)左地区对占领由北平城东北角经北苑亘昌平车站附近,应在通敌方道路,利用地形,于第一线配置所要之兵力。以主力集结于后方各要点,诱敌进至不利位置,即以机动夹击之手段击灭之。对于怀柔、昌平方向前进之敌,应于南口附近守备部队确保联系协力歼灭之。

(三)北平战防守备队按城防计划固守之。

(四)右侧支队确实占领黄村、庞各庄至固安大道之各要点,并以黄村附近铁路线为活动基线,对于天津方向之敌,掩护我右侧,对于丰台方面之敌,协同总预备队歼灭之。

(五)南口驻军应负责掩护左地区队之左侧。

(六)总预备队协同各地区队及右侧支队,由各方面包围卢沟桥、丰台附近之敌,应于最短时间逮捕灭之。

(七)各部在作战期间,应多派有力小组便衣游击队,尽力扰害敌之行动。

(八)各部应立即完成准备,侯令开始行动。

军长　宋哲元(印)
第三十七师师长　冯治安(印)

下达法:召集命令受领者印刷交付。

应该说,《一号作战命令》制订得比较周密,如真正实施结果可能会改写历史,但是宋哲元在与张自忠研究商量后却决定继续退让求和,并委托张自

龙　骨

忠会见日本驻屯军参谋长桥本群，表示同意日军各项要求。

正当剑拔弩张之际为争取最后的和平机会，7月19日宋哲元借参加日本驻屯军前任司令官田代皖一郎葬礼之机，与张自忠一起赴天津拜访了现任司令官香月清司。香月一反过去傲慢无礼的态度，这次却格外热情彬彬有礼，他甚至谦卑地说道："很荣幸见到宋将军。日中两国一水之隔，本该是朋友嘛！我到华北任职人地两生，还望宋将军、张将军多多关照！"香月满脸堆笑，还学着中国礼法抱拳作揖。宋哲元也一时被眼前的表演迷惑了，他连连摆摆手："阁下真是太客气了！我们关照谈不上，倒要贵军高抬贵手！……"两人你来我往，似乎谈得十分融洽。

返回北平后宋哲元得意地对幕僚说："和香月见面谈得很好，我看和平解决已无问题。"

第二天（7月20日）宋哲元信心满满地发表讲话："本人一向主和平，凡事以国家为前提，此次卢沟桥事变之发生，实为东亚之不幸，绝非中日两大民族之所愿，盖可断言。甚望中日两大民族，彼此互让，彼此相信，彼此推诚，促进东亚之和平，造人类之福祉。哲元对此事处理，求合法合理之解决，请大家勿信谣言，勿受挑拨，国家大事，只有静听国家解决。"

宋哲元这番如同梦语般的宣告立刻引起北平抗日军民的一片质疑，一向被誉为"抗日名将"和"长城抗战英雄"的他怎么会如此天真地相信已步步逼近的日本侵略者的鬼话呢？坚信和平已经到来的宋哲元当日命令冯治安师与赵登禹师换防；电呈蒋介石请其下令命正在北上的孙连仲部停止前进；向北平增援的各部队后撤并通令谢绝各地汇来的抗战劳军物资和捐款，终止由张克侠等高级将领拟订的备战计划。宋哲元的临战改策给日后北平陷落埋下致命祸根……

就在宋哲元"沉浸在和平已经到来的兴奋中"时，日本参谋本部发出"现在必须决定使用武力"的决议，同一天华北驻屯军司令部发布命令：从二十日午夜以后，驻屯军将采取自由行动。此时集结在北平前线的日军已达10万之多。

一场蓄谋已久的阴谋爆发了，血的事实证明宋哲元让香月彻底耍了！就

第十五章 龙殇·1937·血色北平

连老谋深算的日本驻北平领事馆武官今井武夫也深信"可使北平暂时和平"。当他兴冲冲地拿着宋哲元签署的和平协议来到华北驻屯军司令部时,却被眼前紧张备战的场景惊呆了。"此时我才发现军部这帮家伙真的下决心干了,什么和平协议只不过是拖延时间的借口。"

张克侠感到事态严重立即向中共中央北方局做出汇报。中共中央北方局负责人立即召集北平市委进行紧急研究对策,会议分析研究当前形势并做出决定:

> 北方局认为日本帝国主义侵略华北将导致抗日战争全面爆发,宋哲元与日军"和谈"也必然断送华北抗战,二十九军很有可能全面退出北平防线,因此北方局决定由支持二十九军就地抗战改为保存抗日力量,将中共抗日力量疏散到冀察、热河等农村,组织农村抗日力量与军协同展开抗日战争。

7月20日,彭真来信指示中共北方局负责人林枫"北平的党组织立即做好撤退的准备"。

此时距北平陷落只剩下8天。7月28日,张克侠再次报告中共北平市委:二十九军即将撤离北平。29日,中共北平市委在石驸马街东口的一家茶馆召开紧急会议,决定除留下做地下工作的少数干部外,凡是能够参加游击战争的,都派到乡村去,发展党的组织组织游击战争。北平沦陷后,中共中央北方局,中共河北市委(即后来的中共冀热察区党委)等领导机关撤离北平、天津等大城市。

中共中央北方局决定:凡不能在平、津立足的党员和抗日分子都撤出平津,退出平津的人,大部分应到太原分配工作;不能到太原者,即退到冀东或平津城外的乡村,设法拿起枪来打游击。党在平津的组织转入长期的秘密工作,应利用一切合法的可能保存与聚集力量,以等待和准备将来反攻时期收复平津。目前的主要任务是援助平津附近乡村中的游击战争,城市工作服从乡村工作,干部人员除必须留在平津者外,应退到农村组织游击队。当时

的指导思想是：党员在城内只能起1个人的作用，到了城外就能起100个人的作用。

历史证明，中共中央北方局及时调整战略方针决定在抗日战争中和解放战争中发挥了极为重要的作用。在北平市委的组织下，大批的共产党员、民主先锋队员和进步的青年学生也转移到平郊或山西，而后奔赴华北各地参加抗日战争。仅1937年9月到1938年3月，中共北平地下党组织通过民主先锋队员介绍到各地区参加抗日的进步青年达7000余人。

在中国抗日战争史上爱国学生、爱国学者和知识分子大批南下不仅大大保存了中华文明与艺术，同时也为反对日本侵略培养了大批有知识的骨干力量，这是中国近代史上史无前例的大迁徙。

多年以后，当今井武夫得知当年中共北方局首领的刘少奇成为中国国家主席时后悔不已：当初为何没有将刘少奇的中共北方局摧毁？

7月24日蒋介石还在做和平解决的梦想，他分别约见英国驻华大使许阁森、美国驻华大使詹森、德国大使陶德曼、法国大使那齐雅等人，恳求各国向日本政府施压以促成和谈。但是，欧美各国不愿卷进亚洲事务而予以搪塞，调解斡旋毫无进展。

而宋哲元则如热锅上的蚂蚁，他派出的各路交涉谈判人员不是遭到日军敷衍就是干脆不予理睬。

26日拂晓日军以27架战机轮番轰炸廊坊守军，地面部队向二十九军三十八师一一三旅二二六团三营发起猛攻。因寡不敌众，三营被迫撤出廊坊。

同一天下午日军今井武夫持"最后通牒"拜见宋哲元，宋指派秦德纯接见。在"通牒"中日军将日前发生的种种冲突倒打一耙归罪于二十九军和中国共产党及中国抗日团体，并嚣张地通牒二十九军"必须于28日中午以前由北平城内撤出，与驻西苑的三十七师一起，先经过平汉线以北地区转移至永定河以西地区（保定）"。

当宋哲元看了秦德纯转来的通牒文件，顿时气得脸都变了色，他此时猛然惊醒自己上了日本人的当，大拍桌子高叫道："欺人太甚！"他当即将日军通牒丢给今井武夫并向其发出口头抗议。恼羞成怒的今井威胁道："接受条件

第十五章 龙殇·1937·血色北平

要做,不接受条件也得做!"秦德纯勃然大怒:"那我们就枪炮上见高低!"

1937年7月28日·血色南苑北平南苑六营门第二十九军军训团

闷热一夜的南苑,营地前一片寂静。只有知了和青蛙发出单调的叫声,高处的高粱地、玉米地,矮处的豆荚地沉甸甸的果实即将收获,远处的青纱帐上飘浮着一层淡淡白雾,如此宁静的早晨谁能想到一场血战即将拉开。

三大队大队长朱大鹏上着白衫下穿灰色军裤(二十九军标准军操着装)带领学生们晨练,一张张稚嫩的脸庞充满认真,一招一式整齐划一,伴随着"一、二、三、杀!一、二、三、杀"的口号声,远处传来一、二大队整齐雄壮的二十九军军训团团歌:"风云恶,陆将沉,狂澜挽转在军人,扶正气,砺精神,诚真正平树本根,锻炼体魄,涵养学问,胸中热血,掌中利刃,同心同德,报国雪恨,复兴民族,振国魂……"这首铿锵有力的军歌是由军训团教育长张寿龄将军亲自作词谱曲的。

朱大鹏给操练完的三大队学员训话(这是学生团特定的每日爱国训话,使每个学员认识到自己是民族的军队,为民族作战)。

朱大鹏大声问:"你们当兵前是什么人?!"

学员们齐声回答:"是老百姓!!!"

朱大鹏问:"你们吃的、穿的是什么人供给的?"

学员们:"是老百姓!!!"

朱大鹏:"你们是什么人的军队?"

学员们齐声回答:"我们是老百姓的军队!"

……

朱大鹏问:"宋长官的训令是什么?"

学员们振臂高呼:"誓死不当亡国奴!"

突然警戒哨岗响起枪声,营地两侧的瞭望哨发出警报。观察哨高叫发现敌机……话音未落,数十架日军飞机就呼啸而来,炸弹像雨点般覆盖军训团营地,营地顷刻被夷为平地。同时,两侧的二十九军骑兵师和手枪团也遭到猛烈轰炸,受惊的战马四处奔散、骑兵师尸横遍野。

龙 骨

紧接着日军重炮轰击二十九军防线。顷刻间，军训团营地、宿舍、操场成为火海，猝不及防的军训团官兵顿时纷纷倒地，伤亡惨重，在第一轮炮击中一大队副大队长刘锡章与一大队学员过半阵亡，第三大队也损失惨重。

日军指挥所

香月清司用戴着白手套的手指向远处被浓烟笼罩的中国守军营地，骄横地说："诸位，你们看我们大日本帝国的勇士们将如何像踩死蚂蚁一样轻而易举扫荡这里的支那军队！"

"将军阁下，为什么您选择中国军队最薄弱的学生团为突破口呢？"日本记者问道。

香月得意地哈哈大笑："这正是连支那军自己也想不到的！"他挥舞着双拳夸张地相互一击："宋哲元把他的主力放在这支学生军两侧，目的是让学生团观摩他的生力军如何与皇军作战。当然他也是想保护这支不堪一击的小孩子队伍。我就是让他们意想不到！中国古代有句名言叫敲山震虎，我让支那人尝尝我的黑虎掏心。今天我们也有来自本土的学生观光团，你们应该好好地欣赏欣赏战无不胜的日本武士雄姿！"

日本学生亢奋地纷纷挤上前来要求参战："将军阁下，请允许我们参加战斗吧！"

"司令官阁下，我是《朝日新闻》社特派员冈部孙四郎，自卢沟桥事变起我一直跟踪采访，请允许我随进攻部队一起采访，我要第一时间把胜利报给国内！拜托了！"学生和记者们团团围着香月恳求。乐不可支的香月说道："冈部君，你是我们大日本皇军大名鼎鼎的人物，你在丰台写的《敌弹，在勇士的头顶爆炸》的报道对全体将士鼓舞很大，希望你们继续努力！你们好好享受这个美妙的时刻吧！至于你们这些学生本司令绝对禁止你们到前线，我们的将士不用吹灰之力就可以扫平这里，很快你们将会作为北平的第一批游客游览这里的美妙古迹了。"

他转身命令牟田口廉也："现在是你雪耻立功的时刻了，现在开始进攻！""哈伊！请等待我的胜利！"憋足了劲儿要报一箭之仇的牟田口廉也登

第十五章 龙殇·1937·血色北平

上马靴一并转身杀气腾腾领兵而去，冈部孙四郎紧紧拿着照相机跟随而去。

牟田口廉也是一个双手沾满中国人和亚洲人民鲜血的刽子手，也是日军公认的蠢材，在他的作战生涯中所属部队屡屡被重创，以至于许多日本兵害怕到他的部队，1944年作为第十五军司令在缅甸作战几乎全军覆没。

1946年牟田口廉也作为乙、丙级战犯移送到新加坡受审，1948年3月获得假释，1966年8月死亡。

屡战屡败却官运亨通的牟田口廉也从卢沟桥挑衅的联队长一路升职第十五军司令、陆军中将，靠的是他在大本营本部各路关系，九一八事变时牟田仅为庶务科庶务班班长，一路高升，他凭借的是日本军部极右组织"一夕会"，他倚仗的正是东条英机、冈村宁次、板垣征四郎等侵华主要战犯的提携。

冈部孙四郎则是没那么幸运，当他不知死活地爬到前线企图抢拍第一手图片时被二十九军战士一枪击中头部毙命，日军司令部闻讯慌忙命令第二十师团川岸文三郎不惜一切代价抢回冈部孙四郎的尸体，为此日军日后在南苑为其设立靖国神社神位。

在抢回冈部孙四郎尸体时还发现了随身一本"阵中日记"，这本日记记载了他7月28日死前的笔记："敌我双方的炮声隆隆，我心中不禁想——这可能是'北支事件'以来最激烈的大战吧！""我们的伤亡也在不断上升，我的身边已经有40人高贵地战死……"日记戛然而止，推测这是他死前最后的采访报道。这也使我们今天能从日方资料中看到7月28日上午10点前的战斗实况。冈部成为自卢沟桥事变之后首个被打死的日本随军记者。

当牟田开始进攻时先有十几辆坦克和装甲车一字排开向军训团阵地扑来，步兵则跟在装甲车后进攻。原以为可以凭借飞机大炮加坦克的攻击，不费吹灰之力即可摧毁只有轻武器的中国军队防线。不料坦克与装甲车陷入青纱帐挖掘的反坦克壕沟和地雷区中无法前进，打头阵的陆军步兵则分两路企图直接攻击守军营地，却碰到二十九军独创的绊敌铁丝网，这种铁丝网用单线挂响铃布置在青纱帐中和庄稼地里，日军一碰到它就会响成一片铃声，守军无须发现敌军即朝响铃处直接射击，果然十分奏效，响铃之处，日军非死即伤。

龙 骨

原本以为一小时即可结束战斗的日本观摩团也没了精神。闻讯暴跳如雷的香月大骂牟田笨蛋、丢人。战斗持续到下午3点,一次次被打退的日军仍然没有突破正面防线,此时二十九军也是弹尽粮绝。不知道什么时候起天空变得黑云压顶,阵地上燃烧的火和尸横遍野的战场仿佛成了人间地狱。日军改变了进攻策略,从防线一侧的手枪旅和另一侧的骑兵师重点夹击,同时日军利用一望无际的青纱帐由汉奸带队悄悄潜伏到南苑后方的大红门公路两侧,这条路正是二十九军撤退线路的必经之路。

此时军训团教育长张寿龄和团长孙雨田接到消息:两侧阵地已经失守,部队已与总部失去联系,现各自突围撤退向大红门靠拢。这条消息究竟来自何人(是敌是友)至今是个谜。张寿龄和孙雨田立即通报三大队大队长朱大鹏撤退。与前线失去联系的二十九军副军长佟麟阁感到事态严重,随即命令已经先行的赵登禹旅长率两个团掩护各部撤回北平城。

朱大鹏带领军训团三中队(唯一还成建制的部队)向东准备绕道撤向大红门。在青纱帐碰到了一群被打散的官兵,朱大鹏立即拦住:"你们是哪部分的?!"

"报告长官,我们是一一四旅三团的!""我们是骑兵九师一团,我们是特务旅!一三二师的……"溃兵七嘴八舌。"现在前面情况怎么样?"朱大鹏急忙打断。

"报告长官,前面马驹桥已被占领,我们无法通过,本打算改道直接向北去大红门,可遇上他们说,日军大部队已占领大红门!"

"什么?大红门也有日军?赵师长呢?你们确定大红门有鬼子?"

"真的,我们是一三二师第一旅的,接到赵师长亲自下达命令我们一、二旅和三十八师一一四旅的弟兄们快撤到大红门时被日军伏击,赵师长指挥我们突围时被打死了!部队全打乱了!"一三二师的官兵蹲在地上号啕大哭。

"赵师长阵亡了?"官兵们面面相觑悲痛万分。朱大鹏感到前所未有的压力,此时他明白情况远比他想象的严重得多,他眉毛凝成一块疙瘩,沉思了一下对大伙说道:"弟兄们,我是军训团三大队队长朱大鹏,我看眼下没有高过我的长官,希望大家听从我的指挥,我保证把每个弟兄活着带出包围圈!"

第十五章 龙殇·1937·血色北平

"我们听您的！可我们怎么从这突出去呢？"

"弟兄们，我们现在处在南、北、东三面包围，鬼子料定我们必从南边撤回北平，所以才会在大红门阻击我军……"他在空地上画了一个草图比画着，士兵们不住地点头赞成。

"我们硬碰硬地向东、北、南突围肯定遭受猛烈阻击，我们不可能活着回到北平……现在唯一的出路就是与突围相反的西边向固安防线撤离，这可能是唯一的生路！"朱大鹏说完丢下树枝拍拍手站了起来。

"长官，我是骑九师排长王大喜，我们经常在这一带巡逻，这里有一条小路可以绕过宛平、大井直接沿琉璃河前往固安，二十六军孙长官的一个师驻扎此地，据我们侦察这条线日本人没有驻军。""太好了！"大伙不约而同地叫起好来。

"好，就这么决定了，王排长你就组成前卫队，各部打散的弟兄们分一半归你指挥，其余兄弟和三大队十二中队的弟兄合并为后卫队由我指挥，十一中队与受伤的弟兄在中间由十中队队长朱光指挥。现在各队排除5名弟兄，分别向东、北、南3个方向搜索，尽可能搜寻被打散的兄弟，注意如发现敌军，不要开枪，尽快向大队靠拢。现在已经6点了，给各路30分钟搜索时间，看着天可能要下雨，天一黑我们立刻出发。

这支临时拼凑的部队在朱大鹏的带领下冒着倾盆大雨一路走一路搜寻打散的部队，居然成功地到达了固安，而且全队到达时有800多人，成了军训团南苑战役后唯一基本满员的学生团支队。

学生团其余一、二大队幸存官兵在张寿龄和孙雨田的带领下在西红门时村遇到正在指挥撤退的佟麟阁，据张寿龄回忆，当佟麟阁得知军训团伤亡惨重（每个中队已不足100人）时痛心疾首，他顾不上交谈就急忙叮嘱张寿龄："不要随大队人马撤退，避开大路从小路撤回城内。"张寿龄立即指挥军训团幸存官兵进入青纱帐沿小路迂回撤离。

然而，他们刚分手不久，佟麟阁将军就壮烈阵亡了。张寿龄闻讯后悲痛不已，不免也产生了悲观厌世之心，二十九军撤出北平后，他独自辗转去了香港，一度消沉。新中国成立后他担任民革中央委员和民革上海市委顾问、

龙 骨

上海文史馆馆员,1999年在上海逝世,享年101岁。

当年参加这场血战的学生团的学兵王俊峰是二十九军军训团幸存学生兵之一。1937年1月年仅16岁的王俊峰考上了二十九军军训团(那时军训团是平津两地大中师生最向往的地方),他虚报年龄并写了一篇《兵贵精不贵多》的作文成为军训团一大队一中队八班的一名学兵。

1937年7月28日南苑血战后他和另外4名学生与突围部队走散,在向南撤离的路上碰到一个老乡,正是这个老乡给他指了另一条相反的道路,即从向南改为向西。分手时,老乡掏出两张饼塞给他们。靠着这位老乡的指点5个人渡过永定河来到固安县城,在那里他们与已经到达的朱大鹏大队会合。

军训团到达泊头镇时迎面碰到冯玉祥将军,王俊峰清楚地记得身材高大一身土布军装的冯将军动情的话:"你们这个团都是学生啊,南苑伤亡已经不小了,不能用这个团打仗!"冯玉祥不断地叮嘱让这个团的学生好好休整,好好培养。此后军训团遵照冯玉祥命令撤到保定,恢复了建制,不久又分编到各部。1938年军训团不少人分散到各战区,而王俊峰则辗转去了延安并在这一年参加了中国共产党。

潜伏在大红门两侧高粱地中的日军究竟是哪个部队呢?笔者反复查证,据《读卖新闻》1938年出版的《圣战专辑》得知:造成佟、赵两位将军牺牲和二十九军大批官兵阵亡的日军潜伏部队是从通州临时调来的华北驻屯军第二联队——萱岛联队。

由于日军飞机轮番扫射,卫兵只得将佟将军的遗体临时隐藏,第二天由国际红十字会秘密将遗体运回城内收敛入棺,暂厝北新桥柏林寺内。

这一天在同一个地点,二十九军副军长佟麟阁和师长赵登禹为解救学生团和部队撤退而壮烈殉国。

对于佟麟阁、赵登禹两位将军之死,近年来有许多不同版本,有些甚至是来源于日军战报。笔者以为事实还应以当事人、亲历者叙述为准,日军战报多有意歪曲,不争的事实是:佟麟阁、赵登禹两位将军确在1937年7月28日的战斗中牺牲,他们的遗体是卫兵与僧侣们运回北平掩埋的。

至今北京的许多老人们都还清楚地记得那一晚,狂飙暴雨如同天崩地裂

第十五章 龙殇·1937·血色北平

一般。那一晚整个北平人无人入眠,许多人走上街头,爬上屋顶冒着瓢泼大雨眺望被大火染红的大红门、南苑方向……

那一天5000多将士血染南苑,那一晚大雨瓢泼,当佟、赵两位将军战死的消息传来,二十九军司令部一片寂静,宋哲元跌坐在椅子上,仰天大恸:"痛失我臂啊!"

7月28日傍晚司徒雷登披着衣服站在燕京大学长廊看着城南跳动的红云。

冰心拖着即将分娩的身子忧心忡忡地走到院子里眺望染红的东南天空,她发现燕园几乎所有的师生都含泪眺望着伴随爆炸而一闪一闪的城南。3个月后,她抱着刚出生的女儿全家踏上逃亡之路……

贾兰坡一家人也跑出院子,紧紧地依偎在一起痛苦地望着城南天空。

许多老人至今清晰地记得那晚的雨特别大,大得瘆人!

当夜,神色黯淡的蒋介石写下了这一天的日记:"历代古都,竟沦犬豕矣。悲痛何如!然此为预料所及,故昨日已预备失陷后之处置,此不足惊异也。"

北平这座千年古城,自建城以来各种祭奠寺院就伴随着这座城市,它像一种音符随着袅袅的香烟和诵经声缭绕在波澜壮阔的历史时空里。据1958年北京市文物局对全市寺庙进行的调查统计:各种庙、寺、观、庵、祠、宫存址共有27300多座,老北京人有"北京有多少条胡同,就有多少座庙"的说法。这些庙宇不仅祭天地鬼神,也祭祀忠烈和花草树木,可以说北京的寺院可谓包罗万象千姿百态。

南苑血战把3座千年古寺柏林寺、龙泉寺和旃檀寺与现代民族英雄联系在一起,演绎了一段惊天地泣鬼神传奇故事。

柏林寺坐落在北京市东城区,与雍和宫比邻。柏林寺始建于元代至正七年(1347年),明清两朝多次重修,也是北京千年古刹之一,民间素有"先有柏林寺,后有北京城"的传说。

柏林寺中有一块石影壁,一遇阴雨天,雨水浸润石壁时就会时隐时现地呈现出一条腾云驾雾的飞龙和一只与之相视的老乌龟的影像,随着雨水大小图像神奇缥缈。

民间流传一个传说:当年雍正尚未登基时曾住在隔壁雍和宫里,闲暇之余

龙 骨

常常到柏林寺散步。有天雍正在柏林寺散步，天突然下起了雨，淋湿的石壁突然显现了酷似飞龙和神龟的景象，雍正不禁大惊，赶忙询问陪同的柏林住持是何缘故。方丈是学识渊博的高僧，见此慌忙跪拜道："石壁龙龟现身乃是真龙腾空之相，陛下将君临天下！"真龙显身预示着雍正将成为登上龙庭宝座的真龙天子。雍正听完方丈的话心中不禁一阵狂喜，因为他常住雍和宫正是祈求佛祖能保佑自己登上皇位，他常常困惑14个阿哥中，谁能脱颖而出？这使雍正心中格外纠结。如今老和尚道出真言不能不让他又惊又喜。

自然，历史是真实的，传说也就更有魅力，总之柏林寺千年香火不断。

1937年7月29日·北平东四十条四十号·佟宅西屋大客厅

佟麟阁的遗体身穿临时买来的寿衣，盖着一袭黄被，仰面朝天地躺在临时搭建的木板上，柏林寺的方丈双手合十默默诵经，佟夫人扑倒在灵柩前悲痛欲绝几度昏厥。年仅12岁的佟兵和姐姐在母亲身边放声啼哭。佟麟阁将军殉国当天，佟夫人首先就想到柏林寺，原因是佟将军父母均是柏林寺最虔诚的香客，与寺中方丈已是多年的好友，于是佟夫人立刻请来柏林寺方丈商议后事。

当方丈一行在佟府看见血肉模糊的遗体时也被佟麟阁的惨状所震撼（佟麟阁一侧小臂被打掉，头部和腹部多处中弹）。方丈当即表示"将佟将军安藏于我寺，待他日太平之时再将灵柩重葬，我愿意以性命护佑忠烈涅槃"。

佟夫人向住持提出一个小小的请求：佟将军父母年事已高，无法承受丧子之痛，恳请住持大慈大悲保守秘密。住持含泪扶起已昏死多次的佟夫人："佟夫人放心，佟将军为国为民捐躯乃是大德之人，自有神灵护佑，金口好开，佛愿难移！"

关于佟麟阁将军的殉难消息住持方丈对两位老人始终没有透露半句，直到佟老夫妇相继病逝，两位老人也不知道儿子早已去世，老人至死都以为"捷三（注：捷三是佟麟阁小名）在外边打仗去了……"（参见张淑新、张淑媛《紫禁城内外》）

第十五章 龙殇·1937·血色北平

1937年7月29日·柏林寺

天下着大雨，把刚刚深埋在东跨院花坛里的花草淋湿，由于是秘密埋葬所以没有建立坟冢，佟将军的女儿小心翼翼地把一个灵位也埋入土中，以备日后辨认。牌位上写着"先府君胡空格灵位"（胡是佟老夫人姓氏），佟小姐趴在花坛中的泥土上，用双手捧起一棵怒放的月季花栽在父亲坟头上。雨水淋湿了头发与衣衫她也全然不顾，雨水和泪水已无法区分，她伏在满是雨泪的月季花上久久不肯起身，用沙哑的哭声哀号："父亲，父亲啊！……"在雨中只有老方丈与佟夫人和两子女为佟将军送行，他们一边焚香烧纸，一边磕头祭拜。当母子三人依依不舍地离开柏林寺时发现胡同和路口插满了刺眼的日本国旗，佟夫人当即就搬离了东四十条四十号的家。

几天后实在忍不住的姐姐带着弟弟佟兵偷偷跑回东四十条四十号，他们远远地躲在墙角偷偷观看自己的老家，此时发现许多日本兵出出进进，机警的姐弟四处打听得知家中已被日军一个叫南本的中将霸占。闻讯的佟夫人立刻再次搬家。

龙泉寺也是北京城里赫赫有名的古寺。这座建于辽代迄今1000多年的寺院，位于北京海淀区西北凤凰岭风景区。原寺院是坐西朝东的，但在乾隆年间昌平州府以金龙桥为中轴线将寺院改为坐北朝南。山门前有两株600多年的翠柏，而寺院内的两棵银杏树和两棵古柏树已是千年的老树。龙泉寺依凤凰岭而建，周边布满大觉寺、上方寺、妙峰庵、朝阳洞等寺庙与佛教遗址，历史上这里是佛教圣地，凤凰山上至今还有许多虔诚的佛教徒闭关修行的山洞，是新中国成立后第一批正式对外开放的寺院。

与佟麟阁一起在南苑殉国的赵登禹将军则更加悲惨，7月28日赵登禹阵亡后被卫兵临时掩埋在大红门一处高粱地里，3天后龙泉寺的方丈受委托和几个化装成和尚的卫兵才将赵登禹将军的遗体挖出运回龙泉寺，龙泉寺的方丈感其是忠烈之躯，亲自将棺木用漆封口藏于寺院柴房之中，为了严格保密，方丈仅让几个僧人参与，而其他人则遣散。赵夫人此时已怀孕8个月，只好艰难地带着年仅两岁的女儿赵学芬四处躲藏。10月的北平已秋风瑟瑟，大街上到处是日伪军、汉奸便衣队疯狂抓人，北平笼罩在悲凉和恐怖中……

 龙　骨

　　在北平城内火药局三条的一个破旧平房内，赵登禹将军的遗腹子在将军殉国后两个月降临了。赵夫人顾不上产后身体虚弱决意带着两个幼小的孩子南下去找二十九军，她把儿子赵光宇托付给佟夫人（佟、赵两家始终生死相依），让其与佟兵共同在汇文中学读书。赵夫人拖着孤儿寡女，随着难民流浪千里寻找二十九军，但由于战局发展很快和国民党一路溃败，她们怎么也无法追上，在流浪两年后绝望的赵夫人一家只好回到山东菏泽老家赵楼村。

　　赵登禹将军殉难后，该寺方丈带领众僧在赵登禹卫兵的指引下秘密将将军的遗体运回寺内埋葬，方丈和僧人们冒着生命危险将阵亡官兵遗体收殓，其中赵登禹将军的遗体则历经千辛万苦单独从城南运回位于北京西南角的凤凰岭寺院。龙泉寺的僧人也同柏林寺僧人一样为这位抗日忠烈保守了9年的秘密，终使两位将军在天之灵迎来日本投降的一天。

　　1937年7月31日，也就是佟麟阁和赵登禹两位将军殉难3天后，国民政府发布褒奖令，全文如下：

　　　　陆军第二十九军副军长佟麟阁、陆军第一三二师师长赵登禹，精娴武略，久领师干，前于北伐剿匪及喜峰口诸役，均能克敌制胜，懋著勋猷。此次在平应战，咸以捍卫国家保卫疆土为职志，迭次冲锋，奋厉无前，论其忠勇，洵足发扬士气，表率戎行，不幸身陷重围，死于战阵，追怀壮烈，痛悼良深！佟麟阁、赵登禹均着追赠为陆军上将，并交行政院转行从优议恤，生平事迹存备宣付史馆，以彰忠烈，而励来兹。

　　然而佟麟阁、赵登禹两位将军的遗孤及未能随军撤离的1万余名二十九军家眷子女没有得到分毫抚恤与救助，他们在日伪统治下的北平过着颠沛流离、隐名换姓饥寒交迫的悲惨生活，艰难度过了整整8年。

　　1946年7月28日北平各界为赵登禹、佟麟阁两位将军举行盛大公祭，李宗仁致辞，上万人扶灵护送，在这支队伍中有卢沟桥事变中英勇杀敌二十九军佟赵将军的老战友过家芳、吴江平、何基沣、吉星文等。由于赵夫人远在

第十五章 龙殇·1937·血色北平

故乡,由佟麟阁家人代为捧灵举幡,数万市民沿途自发摆设供桌及祭品,龙泉寺两寺所有僧众全部到场。佟、赵两夫人终身未改嫁。(《抗战——北平纪事》新京报)

2008年卢沟桥畔,最后的8名二十九军老兵站成一排向埋葬数百名南苑血战阵亡官兵墓敬礼。

2013年5月,北京市政府将此地建设成一座宏大的湿地公园——园博园。

再也没有枪炮声,再也没有恐怖的厮杀声,再也没有母亲的哭泣声,英雄长眠的地方盛开和平的鲜花……

抗日战争为国捐躯的3位将军中的张自忠将军也与北京的一个寺院有着渊源。这就是位于北京西南文津街的古刹旃檀寺(现已无存)。旃檀寺建于元代,明嘉靖中期被毁,康熙四年(1665年)敕名"弘仁寺"。旃檀是南亚非常名贵的树种,红色叫赤旃,黑色叫紫旃,白色叫白旃。这种旃檀因其香气袭人、有治病去毒的功能,而且树材纹理缜密,极适用于佛像雕刻,所以佛教对其格外推崇。相传公元前6世纪的古印度乔萨罗弥国王优填日夜思念如来,被感动的如来佛令其大弟子大目犍连从人间选32个能工巧匠上天,让其每人临摹一相,用赤旃檀木雕刻成高5尺共32具释迦法相。唐朝和尚玄奘去印度学经时曾在乔萨罗弥国故宫参拜这些木雕佛像,《大唐西域记》中对此有详细记载。

唐贞观十九年(645年)唐玄奘求法归来时除了带回大量的经文还带回7尊旃檀佛像。现保存在雍和宫法轮殿供奉,但此佛像为仿乾隆年间旃檀寺佛像,1900年旃檀寺被毁于八国联军之手。

1923年冯玉祥将军担任陆军检阅使时将办公地点设在旃檀寺内,时任冯玉祥卫队团的张自忠(营长)也一同将家眷搬进旃檀寺。他的第一个女儿就在寺中出生。

张自忠的母亲听说有了孙女就兴冲冲地从山东老家来到北京,一家人其乐融融。张自忠是出了名的大孝子,对于母亲的到来格外高兴,每日一有空不是陪老人逛北京城就是陪刚出生不久的女儿玩耍。这是张自忠一生最难忘的幸福时光。后来住不惯大城市的老太太执意要回山东老家,张自忠只好依依不舍地送母亲上了火车,他生怕母亲分别时会哭,于是躲在车站的一个大

龙 骨

树下偷偷目送火车开动……没想到这一别竟然成永别，成了张自忠一生挥之不去的遗憾。

如今旃檀寺遗址早已荡然无存，张自忠与旃檀寺的情结也慢慢隐藏于历史的记忆中。至于旃檀寺中的赤色旃檀佛像来源于何处？何时来到千里之外的北平？历史传说杂乱纷纷，无所适从，有待后人考证。

1937年8月1日冯玉祥将军写下《吊佟赵》。

因佟、赵两将军系冯玉祥多年部下，情同手足，故冯玉祥甚为悲痛。他以特有的草莽将军的风格写下感人魂魄的悼诗：

佟是二十六年的同志，赵是二十三年的弟兄。我们艰苦共尝，我们患难相从。

论学习：佟入高教团，用过一年功；赵入教导团，八个月后即回营。

论体格：同样强壮，但赵比佟更雄伟。

佟善练兵心极细，赵长杀敌夜袭营。佟极俭朴，而信教甚诚；赵极孝义，而尤能笃行。

二人是一样的忠，二人是一样的勇。

如今同为抗敌阵亡，使我何等悲伤！

但我替他二位想想，又觉得庆幸非常。

食人民脂膏，受国家培养。

必须这样死，方是最好下场。

后死者奋力抗战，都奉你们为榜样，

我们全民族也在怒吼，

不怕敌焰如何猖狂。

你们二位在前面等我，

我要不久把你们赶上。

最后胜利必在我方！

最后胜利必在我方！

第十五章 龙殇·1937·血色北平

1937年7月27日，当二十九路军决定在8月1日向侵入北平南边的日军发起总攻以巩固南苑这个二十九路军在整个防线中最为薄弱地段。但为何尚未出兵即遭到日军的包围，长久以来，这一直是个秘密。如今，隔水相望的宝岛台湾一本名为《光复除奸录》的书揭开了这个谜团。汉奸潘毓桂将这个极为重要的军事计划提前送到日军司令官香月清司手中。在获取详细计划后，香月即决定提前向尚未准备好的南苑二十九路军发起攻击。原本是一场势均力敌的正面战役变成了阴谋屠杀的陷阱。潘毓桂算是个名流，诗琴书画样样精通，是个风流倜傥的浪荡才子。在1935年他就与汉奸白坚武、石友三勾结在日本人的支持下策划筹建所谓的"华北国"，这是日本特务策划的华北"满洲国"。他终日混迹于日本上层，还收当年红极一时的日本间谍李香兰（山口淑子）做自己的干女儿。

潘毓桂出卖了二十九军和北平人民后，香月清司念其功劳与精诚合作任命他担任北京市警察局局长，后又提升为沦陷的天津市伪市长。

1945年抗战胜利后，潘毓桂被定汉奸罪押解到南京，从北平出发时数万市民争相唾骂挂着"汉奸"牌子的潘毓桂，一路上，沿途的中国人无不对这个用千万中国人的鲜血换取自己荣华富贵的大汉奸咬牙切齿地痛恨。

值得深思的是："整个八年抗战，协助日军作战的伪军人数高达210万，超过侵华日军数量。"（引自国防大学战略教研部教授金一南《金民抗战——百年沉沦中的民族觉醒》《参考消息》2015年5月13日）

"国民党内二号人物、副总裁汪精卫率20多名中央委员和50多将领投日，在南京建立伪国民政府，还以降敌的国民党军队基础建立起数量最多达90万的伪军。"（引自国防大学教授徐焰《衡量国共抗战现要用两把尺子》《参考消息》2015年5月20日）

由于潘毓桂以重金打点国民政府上上下下，竟然被轻判并保外就医，但人民不会放过这个无耻透顶罪恶滔天的大汉奸，1951年新中国法院以汉奸罪再次将其逮捕，1961年潘毓桂死于狱中，结束了他可耻的一生。

龙 骨

1978年10月2日·北京西城区妙应寺白塔

1978年10月2日，北京市文物管理局负责维修白塔寺工程的文管人员贾玉书和古建队的工人发现在塔刹顶上藏有一整套《大藏经》，这是于乾隆十八年（1753年）建塔时敬藏的。我国古建筑初建或维修时有在建筑中藏有金银或佛像经书等的习俗。

当文管人员小心翼翼地亲点整理这些经文时意外在塔刹的盖板缝隙处发现一包东西，包内有一些晚清时期的纸币和民国时期的报纸等，其中夹有一张白报纸墨书引起了人们的注意。这张墨书高24厘米，宽34厘米，楷书竖写，全文共147个字，全文如下：

> 今年重修此塔，适值中日战争，6月29日，日军即占领北平，从此，战事风云弥漫全国，飞机大炮到处轰炸，生灵涂炭，莫此为甚，枪杀奸掠，无所不至，兵民死难者不可胜计，数月之中，而日本竟占领华北数省，现战事仍在激烈之中，战事何时终了，尚不可能预料，国家兴亡难以断定，登古塔，追古忆今而生感焉，略述数语，以告后人，作为永久纪念，民国二十六年十月初三罗德俊。

这是一份极为珍贵北平沦陷的亲历者记录的第一手历史资料，虽经文物部门几经查询始终无法找到这位署名罗德俊先生的线索，不管他是一个人还是几个人，有一点可以明确昭示他们是极具爱国精神的人士，疑是因仓促与激愤，文中书写的6月29日应是7月29日，因为这一天北平沦陷了。

不管是否是笔误都可以证明这一天一个普通中国人满腔悲痛地将这个历史时刻记录，并藏于《大藏经》中期盼被后人重启时发现。如今，罗德俊先生在天有灵将会宽慰，因为这份珍贵的文史原件现由北京市文管部门珍藏。（参见吴梦麟、王瑜瑄《往事珍影——历史的见证》）就在北平之战如火如荼时，在距北平西南约50公里的大地上也悄然展开一场你死我活的大搏战。这段被尘烟掩盖70多年的一段鲜为人知的历史竟然与龙骨山的命运紧紧相连。

1937年7月12日第二十六路军总指挥孙连仲将军奉命向信阳、新店、明

第十五章 龙殇·1937·血色北平

港等车站积集准备向永定河以北推进,增援二十九军。

但途中突接宋哲元"暂缓北进"电报,原来正是这一天宋哲元带张自忠拜会日本华北驻屯军司令香月清司进行会商和谈,花言巧语的香月完全迷惑了宋哲元,使之相信华北将迎来和平的曙光。除阻止各路大军驰援北平外,宋哲元还下令进行拆除北平路障,释放被俘日军官兵等一系列"示好"措施。但是仅隔一天形势就发生了事与愿违的变化,至7月26日、27日日军已形成对北平三面包围的态势。

大战在即的蒋介石慌忙电令孙连仲再次率部驰援北平,7月28日第二十七师进入琉璃河阵地,第三十一师池峰城部进入固安平顶山,孙连仲亲率第三十师,张金照部布防于房山西南高地。但是不等完全部署完毕,宋哲元的三十九军已撤出北平,由门头沟、长辛店一线向固安方向转移,孙连仲立刻命令二十九师到琉璃河接应二十九军。

8月19日南口战役接近尾声,为掩护汤恩伯十三集团军由北向南退却,孙连仲奉命率第三十一师进占房山县城和鲁家滩阵地。

21日拂晓,二十六军第二十七师第七十七旅派侯象麟团长率其部(一五七团)和两个"登峰队"主动突袭良乡城。良乡日军倾巢而出,侯团长故意从城中撤出后突然左右猛烈反击,一个漂亮的回马枪将敌军重创,还缴获大炮一门,战车一辆。

24日二十六军重新布防:二十七师担任码头镇经琉璃河至房山县城之防线;第三十一师担任房山县城经平顶山到朝阳洞以南之防线;第三十师在涿县待命;独立第四十四旅负责守护涿县至徐水间平汉路之桥梁。但第二天(25日)日军在飞机大炮的掩护下首先向三十一师平顶山营地发起猛烈进攻,战斗异常激烈,伤亡惨重,日军向万佛堂龙骨山附近、高线铁路推进。

28日、31日,日军扩大了对孙连仲部防线的重点进攻。在激战后,第三十师退守房山县城,此时,南口战役已经结束。

为了保障汤恩伯部南撤通道,孙连仲承受了一波又一波猛烈攻击。9月16日第三十师正面之敌已增至5000余人;同一天日军在飞机、坦克、大炮的支援下向孙连仲部第二十七师窦店营地发起猛烈进攻。苦战一天,三十师和

二十七师顽强抵抗，顶住日军的疯狂进攻，但二十七师窦店营地失守，迫使二十六军二十七师、三十师主动向涿县三十一师靠拢。

但是孙连仲将部队收缩到涿县时发现友军五十三军万福麟与第五十二军关麟征部早已不知去向，自己已成孤军，他即令一位团长带四门山炮死守涿县城，掩护全军撤退。孙连仲部在近50天的孤军鏖战中不仅掩护了汤恩伯第十三集团军安全撤离，还歼灭大量日军，为延迟日军南下乘势围歼中国军队赢得宝贵时间达一个月之久。

当月孙连仲升任第二集团军总司令。他率二十六路军撤到保定后进行整休不久后于10月14日参加太原保卫战。同日日军向旧馆镇及苇子关突进。

原本参加太原保卫战的孙连仲部奉命回援娘子关（保定附近）。休整刚不足一个月的孙连仲部派出在房山损失惨重的二十七师与日军决战，此战日军第七十七联队联队长鲤登大佑被击毙，歼敌500余人，缴获大炮2门，轻重机枪数十挺，步枪百余支，战马70匹。

这是孙连仲血战房山之后用残存的全军6000余人与日军第二次血战，经过八天八夜的激战，孙连仲以自身伤亡严重而歼敌日军1500名的胜利再次立功，为此阎锡山特嘉奖5万块以资奖励。

8年后身为第十一战区司令长官的孙连仲上将在北平故宫太和殿门前主持二战中规模最大的受降仪式。

孙连仲原为冯玉祥旧部，在抗战中屡建奇功，在北平保卫战中只有孙连仲部敢打敢拼向宋哲元伸出援手，而其他国民党部队却明哲保身隔岸观火，台儿庄血战中孙连仲身先士卒与日寇血战，为台儿庄大捷立下汗马功劳。

孙连仲的战绩被长期掩盖，甚至在北平保卫战中孤军坚守一个多月的事迹竟被历史遗忘。如果历史可以重来，由宋哲元、汤恩伯、孙连仲等协同对敌，历史的这一页将重写。

南苑血战之后，华北局势陡然急转直下。从1937年7月7日卢沟桥打响第一声抗战枪声到7月29日二十九军突然全部撤出北平，只经历短短的22天。

从全国人民心目中英勇抗击日本侵略军的英雄到一枪不放丢弃古都的罪人，宋哲元、秦德纯和张自忠承受着巨大压力。是功臣还是汉奸？一时间众

第十五章 龙殇·1937·血色北平

说纷纭。据宋哲元的部下吴锡祺、王式九回忆：宋离开北平之前，他的心情是十分沉重的。到离开北平之后，比平时说话更少了，常常陷于沉思之中。秦德纯与宋哲元是生死与共的老友，从长城抗战有人提议罢免秦德纯察哈尔省主席职务时，秦、宋共同声明：秦、宋共进退。因此，秦德纯决心凭借自己在南京上层和与蒋的特殊关系为宋哲元斡旋。

据秦德纯回忆，他在南京见到蒋后，首先报告了七七事变发生后交涉的经过和撤出平津的经过。出乎他意料的是蒋介石对宋哲元不但没有说一句指责的话，反而慰勉有加，说："宋这两年在华北忍辱负重，应付得不错，使中央获得了准备抗战的时间。"这个结果打消了宋哲元的顾虑。

但是宋哲元担心蒋介石会先"好话诱惑，再翻脸杀除"。因为他深知自己作为西北军旧部从来不受国民党的青睐，再加上蒋介石向来心狠手辣对剪除异己毫不留情。所以思前虑后还是决定亲自面见蒋介石。

8月21日宋哲元由秦德纯等陪同，从津浦线泊头车站登车前往南京。临行前王式九突然想起七七事变后蒋介石曾给宋哲元写过一封亲笔信，信中大意是：冀察的事由宋全权处理，出了事一切由中央负责。王式九立刻找出这封信原件交给宋哲元，希望这封信能对保住宋长官有用。王式九回忆：宋哲元看完这封信，马上显出了很高兴的样子，如获至宝一般地把信放在他的公事皮包里。

果然蒋介石接见宋哲元时又当面重述了一遍信中的话："在华北的一切措施，都是按着中央的指示办事，所有一切问题都应该由中央负责，也就是由我蒋某人负责。"蒋介石对宋哲元还进行了一番褒奖和慰勉，并宣布将二十九军改编成第一集团军，由宋哲元担任第一集团军司令，秦德纯任总参议，二十九军扩编成三个军，即：七十七军、五十九军、六十八军。有趣的是恰好为"七七"之意，这或许仅为巧合。但二十九军就此取消番号。孙连仲的二十六军改编为第二集团军，由其任集团司令。

宋哲元去世后国民政府追授他为一级上将，陵墓前一座半圆形的八德亭亭柱上镌刻有朱德总司令和彭德怀副总司令联名题赠的挽联：

"一战一和，当年变生瞬间，可大白于天下"。

龙 骨

"再接再厉，后起大有人在，应无忧乎九泉"。

这副对联正是对这位抗战名将最好的诠释。

细回想，北京自古经历过多次兵临城下而免于毁城是人类战争史上一段极为奇特的现象。从成吉思汗两次攻打，到明代李自成进京、八国联军两次攻占到日军占领、1949年北平和平解放，美丽庄严的北京古城躲过了一次次战火的洗劫，成为中华民族的龙生福地，是巧合，还是历史人物的"功劳"呢？

北平沦陷后，今井武夫带着一群以王克敏为首的汉奸来到张自忠面前，要求张自忠与汉奸们一起组建"北平维持会"，并要求"通电蒋介石脱离国民政府"，张自忠勃然大怒严词拒绝。三天后今井和王克敏不顾张自忠的强烈反对公然将维持会牌子挂在北平政府牌匾旁并插上日本旗和五色旗。

心急如焚的张自忠悄悄地查验了各个城门，他发现出入京城的各个城门虽然已经全部由日本人把守，但交通并没有中断。只是像他这样一个知名度极高的人要想随意出入并不是一件容易的事情。

于是他来到铁狮子胡同去找香月清司和今井武夫，谎称自己患病需要住院治疗。对于两手空空的张自忠，香月自然没有半点怀疑，于是他名正言顺地住进了东单的一家德国医院，可整个北平城都沦陷了哪会有安全呢？思来想去，他想到一个人，一个倒卖古董的美国商人福开森……

9月3日凌晨，他一身工人装束，从福开森家中徒步走出，来到大烟筒胡同至朝阳门的一条马路旁等候汽车来接，他化装成司机的助手，坐在一辆挂着意大利国旗的小卧车的司机旁边，趁着天还没亮，汽车疾驶至朝阳门，守门的日军瞎翻腾了一阵，没看着什么破绽就放行通过了。到了通县，他们没走城门，而是通过路边的教堂大院，把车直接驶入城中，又巧妙地躲过日军的盘查把车开到了天津的意大利租界，终于顺利逃出了北平城。（参见《串胡同会名人》）

1940年5月16日，第三十三集团军总司令张自忠战死汉水东岸、大红山中。

小俣行南，日本《读卖新闻》随军记者，当年恰好随名古屋第三师团和新宿第十三师团随军采访，"5月16日在流水巷附近发现张自忠麾下第一八零师

第十五章 龙殇·1937·血色北平

师长刘振三的尸体。5月16日发现第三十三集团军总司令张自忠战死的尸体。"

张自忠的战死在日军内部也产生相当大的震撼,小俣行南特意为这一事件写了《中国军长也战死了的白刃战》新闻稿。

据《蒋介石秘录》第十三卷记载:"张自忠5月14日在枣阳同敌军主力遭遇,敌军损失很大,但16日在宜城县南瓜店被拥有4000奇兵、20门大炮的日军包围。从早上到黄昏进行了十几次白刃战,最后部下几乎全部死亡,张自忠也身中5发子弹。最后被日本兵围住的张自忠以活着当俘虏为耻,在日本兵面前,拔出短剑自尽了。"(参见小俣行南《侵略——中国战线随军记者的证言》)

张自忠的妻子李敏慧在上海的家中得知丈夫的死讯后,毅然绝食,7天后也随丈夫去世。

张自忠的遗体是由中国军队抢回还是由日军移交中国军队不得而知。他的遗体被隆重安放在重庆北边的北碚梅花山路,他殉国的宜城县改为自忠县。

日军占领北平时,在最初的几个月中,日军未对出入北京、天津的交通实施封锁。这也使得大批爱国抗日的北平师生、艺术家和爱国者得以离开北平南下参加抗日流亡洪流。据北平民国档案记载:北平沦陷后人口由原来的180余万人在一个月内锐减近20万人,其中有10万人是高校师生与爱国知名人士和艺术家……

北平·协和医院地下室

贾兰坡正在清点从周口店运回的最后一批化石。

杨钟健匆匆走来,让贾兰坡停止清点,到办公室有事。贾兰坡愣了一下,然后向助手交代了一下,急忙随杨钟健去办公室。

魏敦瑞、卞美年与协和医院总管博文已在办公室等待。

杨钟健拉着贾兰坡与博文做了简短的介绍后,便开始开会。

杨钟健:"时间紧迫。我长话短说。接翁所长电话,地质所北平部即日迁至南京。留守部分我们已与洛克菲勒公司协商好,全部并入协和医院管理。

"人员薪水与日常工作由协和医院统一负责承担支出。贾兰坡已从周口店

龙　骨

全部撤回，与卞美年一起协助魏敦瑞教授继续周口店化石的研究工作。贾兰坡，周口店的事办得怎么样了？"

贾兰坡："所有的挖掘现场都已填埋与炸毁。现有赵万华等26人坚持留守。办事处……今晨接消息，周口店整个龙骨山均有抗日义勇军与日寇激烈战斗。挖掘工作完全停止。由于炮火紧密，办事处部分房屋已炸毁。"

杨钟健着急地说："快告诉赵万华，赶快撤离周口店，返回北平呀！"

贾兰坡掏出一封信递给杨钟健："我已几次要他们立刻撤回北平。但老赵说，他若走了，龙骨山没有人照顾。他们不愿离开辛辛苦苦建立起的办事处。……这是他写来的信。"

杨钟健打开信看完，默默无语地把信递给魏敦瑞传看。每个人看完都肃然起敬。

杨钟健沉默半晌又问："驻防龙骨山的是哪部分的军队？"

贾兰坡稍加思索不敢肯定地回答："说不太好，有人说是孙连仲将军的二十六军，也有人说是二十九军的官兵，有很多是穿便衣的……大概约有一个团，还有女兵。听说在龙骨山一带布防是为了遏制周口店火车站……"

杨钟健点点头："这就对了，龙骨山是唯一可居高临下扼守周口店的地方……嗳，在祖宗的头上打仗……嗳，嗳，全都毁了……"

魏敦瑞激动地站起来："是呀，这是灾难！该死的战争！"

杨钟健对贾兰坡劝说着："我们一定还要回来，龙骨山也一定要重新开始挖掘。你告诉老赵他们，留得青山在，不怕没柴烧。龙骨山现在成了战场，他们的处境很凶险。毕竟是咱们的职工，请他们一定设法回到北平，就留在协和医院工作……"

贾兰坡："好。我一定设法劝老赵他们平安回来！"

杨钟健对博文："博文先生，周口店的技工们回来后，有劳您一并按地质所职工予以安排生活好吗？"

博文："公司已与中国政府有协议。我想，这不成问题。再说，目前医院方面还有的是空房。协和方面有能力安顿好这些勇敢的人。"

杨钟健："谢谢！国难当头，我们大家同舟共济吧。"

第十五章 龙殇·1937·血色北平

卞美年："杨主任，听说裴文中先生要回来了，是真的吗？"

杨钟健："是真的。国内战事一起，裴先生在法国就待不住了。步日耶教授再三挽留他在巴黎大学任教，但他谢绝了。他说，我的祖国在受难，哪有儿子不回去看看的道理……由于欧洲也在打仗，他只好从意大利改道回国。因淞沪战事，他又不得不从广州辗转到南京，再设法到北平。估计可能要到两个月后吧。"

卞美年、贾兰坡十分振奋："太好了。有裴先生回来，新生代研究室就有了主心骨了。"

杨钟健："是啊，国民政府还下了令，让他负责这项工作哪！"

魏敦瑞："真是令人高兴。好在日本人与美国还没有战争关系。以美国的名义开展研究工作，这也是不幸之中的万幸。可是我的故乡德国可没有那么幸运。那里到处在迫害犹太人。我的亲友也惨遭不幸。裴文中先生到任后，我准备去美国，我也很惦记在美国的犹太人。看样子，战争不会很快结束。

"乱哄哄的世界里，除了战争疯子，就是不幸的老百姓。我有一种预感，日本人早晚也会跟美国人开战。周口店的出土化石中最珍贵的莫过于裴文中与贾兰坡发现的五枚原始人头骨化石了，这是世界科学界的珍宝。我很担心，日本人不会不打这些化石的主意。杨主任，请你见到翁所长后，说明我的这种担忧。恐怕要早做一些准备才好。"

杨钟健："淞沪战役之后，日本人胃口很大，似乎要一口吞下整个中国。政府机构南迁，我此次与翁院长见面，定将我国之瑰宝的安全问题提到与国家安全同等重要的位置……"

魏敦瑞信任地松口气："那就好，那就好啊！"

天津塘沽老码头

贾兰坡为杨钟健一行人送行。杨钟健等人都化了装。大家大箱小箱，箱子上贴的标签是"天津——青岛"。

杨钟健紧紧地握着贾兰坡的手："在北平要多注意安全。一旦情况有变，你和裴文中也即刻南下。记住，你和裴文中两个人绝不能同时在北平。你们

龙　骨

二人可是周口店发现的国宝啊。不能让日本人全包了去。裴文中一到北平，你即到南方来。"

贾兰坡："知道了。看见老师们走，就像是离开了父母一样。这些日子待在北平办公室里，多么惦记咱们的龙骨山啊。过去天天下洞挖掘，现在反而闲下来了，真不自在，真恨不得飞回龙骨山。"

汽笛声声。杨钟健："好了。愿我们早日再见。也愿我们早日回到龙骨山。"

卞美年也走过来，紧紧拥抱贾兰坡，默默无言。

杨钟健提着箱子拉着卞美年："要开船了，走吧。"

卞美年千言万语恋恋不舍："千万看好咱们的国宝啊！"

贾兰坡："那是我的命根子。放心吧！"目送他们上船。

杨钟健、卞美年等登上甲板。回身朝贾兰坡挥手告别，形影孤零的他如目送南飞的大雁般倍感失落。

因为战争形势的急剧变化，杨钟健率地质所部分人员乘火车到天津，由天津转道青岛去广州。

1937年7月29日·法国巴黎

闻讯北平失陷的海外华侨无不为之震惊与悲哀。

驻法使馆人员也同样极为悲愤，数日来各使馆日夜奔走于各国政要之间，呼吁请求欧美国家予以支持和调解，但均无结果。时任驻法大使秘书杨玉清彻夜难眠，当即口占七律一首：闻日寇占北平，口占《七律·长歌当哭》

　　海外忽传失故都，漫漫东望泪如濡。
　　千年城阙豺狐扰，半壁河山风景殊。
　　壮士枕戈思报国，书生投笔欲捐躯。
　　偏安南渡终非计，好复燕云旧版图。

7月30日一早，杨玉清就来到使馆情绪激昂地向大使顾维钧和他的同事当

第十五章 龙殇·1937·血色北平

面吟诵自己的诗词，并提交请求回国参加抗战的请调书，希望顾维钧以私人名义发电给外交部部长王亮畴予以批准。

在顾维钧的大力支持下杨玉清等使馆工作人员于8月回到武汉。

无独有偶，闻讯归国的爱国人士还有一位大名鼎鼎的大文豪郭沫若，他也是闻讯北平沦陷后当即决定从日本归国参加抗战，在归国途中的船上他即兴赋诗一首：

> 又是投笔请缨时，别妇抛雏断藕丝。
> 去国十年余血泪，登舟三宿见旌旗。
> 欣将残骨埋诸夏，哭吐精诚赋此诗。
> 四万万人齐蹈厉，同心同德一戎衣。

第十六章
龙殇·大撤退

翁文灏的那段日子如同噩梦一般。

翁文灏的那段日子如同噩梦一般，命运的小船与恶浪顽强抗争，沉沉浮浮。

时隔70多年，我们仍能感受到他当年面临的惊涛骇浪，一个旧文人，一个老学者组织了一场占当年70%沿海工业迁移西南腹地的行动；转移当年70%以上大中院校及大部科研机构；在民族危亡之际又要与投降派和汉奸作斗争，让抗日的旗帜不屈地飘扬！在国破山河在的日子里，中国的学者、文人们用自己的血肉与智慧展开一场前所未有的特殊战争……

1937年7月10日·上海

上海市中心正举办南京国民政府成立十周年、上海市政府成立十周年庆祝大会，会场上人头攒动，数万人兴致勃勃地涌入会场参加庆典活动并参观6个成就展。

此时远在千里之外的北平卢沟桥的枪声已经拉开了全民抗战的序幕。

因此国民抗战热情自然而然投向这个占据中国当时金融资产75%，对外

第十六章 龙殇·大撤退

贸易53％，国内外航运25％，独占全中国企业30％的"民族工业中心"上海身上。

沉浸在欢乐的庆祝活动的人们没有想到北平的硝烟未散（仅仅过了半个月）日军就迫不及待地把魔掌再次伸向上海：1937年8月13日震惊世界的淞沪战役打响了。这场战役中国军队集中国内最精锐的部队70万人投入战场，日军投入22万精锐海、陆、空部队参战。中国军队首次动用空军和海军参战，这次战役历时3个月，最后以中方伤亡25万，日军伤亡6万的惨烈结果和上海陷落而告终。

其实，就在人们喜气洋洋地参加十周年庆典活动当天，时局评论杂志《人民论坛》就发表文章《上海成立日庆典的幽灵》，告诫沉浸在欢乐中的民众："总有一个幽灵游动在庆典活动中：战争的幽灵。"此时，以汤恩伯、傅作义等为首的10余万官兵正与日军3个半师团7万余人在北平郊区的南口激战。（南口战役历时18天于8月28日结束。）

淞沪战役的打响给中国摆出一个严峻的选择题：要么随上海陷落日军摧毁中国经济命脉的70％，中国灭亡；要么立即转移以上海为中心的中国国防工业，继续抗战到底。答案是无疑的，由翁文灏领衔，国防设计委员会、上海企业家共同参与制订实施的"工矿业撤离计划"完成。

1937年7月1日扬子电器股份公司与中国建设银公司宣告合并，董事长宋子文。其实，扬子电器公司是当时中国最大的私营股份公司，由时任国民政府财政部部长的宋子文一手掌控，而中国建设银公司则是国民政府建设委员会拥有20％股份的国营公司。据民国档案资料披露：宋子文的扬子电器从1928年的固有资产21万元增至1937年的958万元，10年中增长45倍多。两公司合并后资产流入宋子文和孔祥熙家族名下。

1937年年初高大英俊的荣毅仁刚从上海圣约翰大学毕业，与无锡望族杨鉴清结婚。踌躇满志的荣毅仁决心好好干一番大事业，被父亲荣德生任命为茂新面粉公司助理经理的他兴致勃勃地把一份准备在全国扩建几十个面粉厂，做成"面粉托拉斯"的计划书摆在父亲面前时。

精明的荣德生不禁也为儿子的"宏图伟业"吓了一跳。老荣笑眯眯地打量

龙 骨

着意气风发的儿子:"你的疯狂劲头不像我,倒像你大伯。"

荣氏家族在淞沪战役前主营纺纱业,由荣氏自己研制开发的新型纺织机每台可造纱锭5000枚,所研制的新式织布机在世界上处于领先地位,而且价格比日本和英国同类产品便宜一半。

在上海的化工巨头范旭东也与荣毅仁、卢作孚和虞洽卿一样也正处在巅峰时期。1937年2月5日由他创办的南京铔厂投产,因该厂生产的硫酸铵可以生产炸药,因此,这家生产厂一投产就引起国内外的高度重视。

范旭东在天津新办的永利碱厂因厂房极具现代化而成为天津地标性建筑。

范旭东是一位极具爱国之心的实业家,他怀揣实业救国和科学救国的梦想为中国民族工业奔走呼号。他在一次讲演中说道:"中国如其没有一班人,肯沉下心来,不趁热,不惮烦,不为当世功名富贵所惑,至心皈命为中国创造新的学术技艺,中国绝产不出新的生命来。"

毛泽东主席曾多次对范旭东等4位实业家的爱国情操给予高度评价。

长江航运业以上海三北轮船公司(董事长虞洽卿)20艘(9万吨),主营海运与沿海线路,中国招商局是晚清李鸿章洋务运动筹建而成,拥有船舶10艘5万吨。民生轮船公司主营长江上游航运,拥有35艘船舶,为长江流域最大的民营企业。航运业还有杜月笙的大达轮船公司和几家外国公司:英国的怡和公司和太古公司。除外资公司外,所有中国公司都参加了抗日战争史上最为壮观的大转移计划。

1936年10月1日是三北公司董事长虞洽卿七十大寿。上海市政府与租界当局为表彰他的贡献特在其生日这一天将横贯上海闹市区西藏路命名为"虞洽卿路"。这位精明的宁波商人一直资助蒋介石,因此虞洽卿的生意与江湖地位一直繁荣兴旺,连上海黑帮老大杜月笙也依附于他。

这里,我们选一部分1938年间的《翁文灏日记》,我们也许能从中感受他的心路历程。

1932年10月蒋介石根据钱昌照的提案决定成立国防设计委员会,由蒋介石本人担任委员长,但提到秘书长时,蒋介石令钱昌照满心欢喜的愿望顿时化为乌有。钱昌照后来回忆:"我一向高唱中国工业化,对蒋介石存有幻想,

344

认为蒋介石大权在握,如果他能支持工业建设,事半功倍;我在政治上是有野心的,很想拉拢一大批银行家、实业家、名流、学者作为政治资本,在蒋介石旁边独树一帜。"蒋介石却告诉他:"秘书长由翁文灏担任,你做副职。"蒋介石一番话让钱昌照顿时跌到谷底,一手策划的国防设计委员会大权被翁文灏轻而易举得到,这让钱昌照妒恨了十几年!

《翁文灏日记》:

1月1日星期六
九时,至武昌省府大礼堂,新年团拜会。
蒋主席,讲多难兴邦,立国应以主义为重;又讲党员十二守则。
访张岳军,辞经济部长;又函陈、蒋、孔,请辞。

1月4日星期二
行政院第344次会议,到者孔、张、王、何、张、翁、陈、秦、邵。
铁道与中英庚款董事会订江南铁路孙贵段合组公司合同,故宫博物院运输古物案。

1月12日星期三
规定经济部办公时间,职员应按时到。
见孔,谈中德关系:(1)希望德信用放款增加;(2)德在华购货可由政府付款。
钱乙藜夜间长谈,拟与周更生等合组 School of Economics 或类似团体,由资源委员会拨助40万元。余告:(1)资源会非教育机关;(2)不应由资源会主管人自行拨款以供自用,授人口实;(3)此办法经济部亦无权核准,如需请求,应呈委员长核定。

1月14日星期五
国防最高会议开会,到者汪、张、孔、王、陈、何、于、居、

邵、陈、翁。(1)内政部修正组织法,因禁烟委员会改隶案尚未决,故未通过;(2)韩复榘违令退兵,已拘禁,派沈鸿烈继任山东省政府主席;(3)汪、孔、张、何、王讨论中日大局,多主和。

1月22日星期六

齐焌送来克兰所拟中德国合办实业银公司计划,拟以宋子文及Schakt为总裁,托余呈蒋。

1月26日星期一

见蒋,陈(1)武汉煤荒救济办法;(2)钢厂设立地点;(3)克兰拟中德实业公司计划。蒋命孔相商(彼方趋宋,而蒋用孔!)

1月29日星期六

接见寿景伟(商促进同业公会改组)、邓以波(商中俄贸易)、骆清华(陈立夫、钱新之函介)、竺可桢、胡刚复、梅月涵、范锐、傅孟真。

又接见建设厅科长张天翼,谈棉业改良委员会经费。与卢作孚谈四川建设。

日本1935年消费煤油二千二百万六十六万桶,产自本国者仅二百万桶。与1929年较,生铁量增加百分之一百一十三,钢产增百分之一百七十六。1936年生铁有百分之二十三,自外国输入,铜百分之四十外购,铅外购者百分之九十,锡百分之七十,锌百分之五十,铝百分之六十,锰百分之五十,镍、锑、钢、钨几占全部。

日本不产棉花,羊毛亦少,纺织品占工业生产百分之三十六点六——六十点三之棉纱,百分之七十二之生产丝,百分之七十五点九之人造丝,皆仰赖外国消费者。英美二国合占日本进口贸易百分之六十三点二,出口贸易百分之四十八点二;法荷二国合占日本进口贸易百分之五十八,出口贸易百分之五十六点五;德意二国合占日本

第十六章 龙殇·大撤退

进口贸易百分之五十一,进口贸易百分之十四。

1月30日星期日

借劳杰士(CyrilRcgers)见蒋。劳言,中国财政信用动摇,孔借美债不成,英人极冷淡;何廉发言动摇中国信用。蒋言,亟盼英国考虑远东大局,早为借款。

2月5日星期六

见胡宗南,谈经济方针、世界大势。必须保全西(北),然后方可保四川;必须统制回族,方可保西北。

见蒋,谈须接近戈林。蒋电孔(往香港),请电德允付款。资委会主任委员由余任,钱乙藜为副。江汉工程局长可由石瑛兼。

邀范锐、侯德榜、卢作孚等谈经济建设。

2月14日星期一

见蒋,陈对苏易货(之)华货购运办法,六个月已贰仟万元为准,对苏勿言价款。邀傅孟真午餐,谈孔、宋事。

2月16日星期三

傅孟真函,已将攻孔函送蒋处。

汉阳钢铁厂迁川费:(1)拆运二万五千吨,三百万元;(2)安装建设补充,二百万元……(3)周转金一千万元。

2月25日星期五

见宋子文谈经济部(1)清理积案;(2)筹办事业;(3)对外易货。

3月1日行政院第352号 此会议……日内阁通过"中国事件",陆军省:三十二亿伍仟七百万元,海军省:十亿零四千三百万,大藏省:五亿五仟万元,共计:四十八亿五千万元,其中公债:

龙　骨

四百八十五亿四千万元。

3月6日星期日

俞大维谈拟购六合沟铁炉，给半价。注：俞任兵工署署长。2月份经济部发款清单经济部六万五千八百零七元。农业实验所八万四千元。工业实验所七千元。地质调查所四千五百五十元。

行政收入，实收三万三千五百八十元九角三分，解缴国库。

评议：有传记称傅斯年向翁文灏提议为梁思成申请补助两万元，经查翁文灏日记及国民党资源委员会相关记录没有此记载。傅斯年申请的两万元在资源委员会记录中为支付中央博物院建筑委员会承包人江裕记（长霖）工程款两万元；据翁文灏日记记载中央博物院在渔村召开关于故宫国宝南迁迁移经费的会议，此项款为迁移经费。因此，笔者以为在经济部本部预算仅有六万五千八百零七元，而行政院第三百八十次会议对同济大学，浙江大学及中正医学院三大学院迁移费总计不超过十万元；地质所全所经费仅有四千五百五十元的极其困难时期，不可能给个人一次补助两万元。

3月13日星期日

访宋子文，谈与德、俄换货工作。

凤书函：中国有俄飞机二百八十架。俄制驱逐机最大速度每小时五百公里，日本驱逐机三百八十公里。中国用于发动机轰炸最大速度四百二十公里，敌机被毁者确估超过五百架。华机被伤者一百七十余架，其中九十三架在机场被敌炸，空军人员死一百零三人，伤一百人，其中七十五人已痊。

评议：翁文灏的日记一向十分简洁和数字化，这与他作为著名科学家和主抓战时经济工作有密切关联。在日记中有少量的大段抄录儿子的来信内容，字里行间流露出父亲对儿子的骄傲。翁文灏将自己要去苏联洽谈换购军用物资一事告诉了正在空军服役的二儿子翁

第十六章 龙殇·大撤退

心翰,当时年仅二十岁的翁心翰是父亲去德国访问时一同回国的留学生,他当时在德国航空大学即将毕业,听到日军侵略中国,毅然回国参加空军。

1944年时任飞行队大队长的少校翁心翰在广西作战时阵亡。翁文灏正是依据儿子的建议才出使苏联成功换回大量高性能作战战斗机和武器装备。

3月17日

法肯豪森谈,德兵一人可敌法兵一人、英兵二人、俄兵五人、意兵八人。日军只能战意军。华兵颇能战,但华将不明近代战术,指挥不佳。齐焌来电,言今晨孔面斥彼,谈祖德、汉奸、克兰为流氓,对德不肯付款,并言彼明日见蒋,拟辞职。

评议:翁文灏对法肯豪森颇有好感,他多次在蒋介石处与法肯豪森就中日战争、中日军队素质及装备、战术进行交流。翁不是军人,他是以科学家的视角判断和分析这位德国将军的说法。不管法肯豪森是当面恭维还是避而不谈,有一个事实是明了的:中国军队的将领(包括蒋介石)对现代化战争缺乏认识和了解,是导致在实际战役中伤亡惨重(在几次重大战役中国民党军伤亡于空袭和炮击的官兵占一大半,另有相当部分伤亡是指挥不当和相互不配合造成)屡屡败退的原因所在。

4月26日

上午在半岛饭店预备会议(指中华教育基金董事会),到者蔡子民、周继梅、金绍基、司徒雷登、贝壳、贝诺德等董事十人。

评议:翁文灏进入国民党行政院是由司徒雷登鼎力推荐,1931年司徒雷登就向蒋介石谏言要想把中国建设强大必须要起用一些文化界、科技界、实业界的著名人士出任政府智囊团。蒋介石对此非常感兴趣并责成钱昌照精心策划,想方设法在全国搜罗人才。

 龙 骨

1932年春、夏、秋三季,钱昌照为蒋介石搜罗了军事方面人才陈仪、洪中等;国家关系方面有王世杰、周览等;文化教育有胡适、杨振声等;财经方面有吴鼎昌、刘职。这让钱昌照耿耿于怀,他本想坐上头把交椅,掌控国民党半数以上的国有企业和资产,成为"仅次蒋介石的第一人"。从此,钱昌照和翁文灏开始了长达十年的明争暗斗。蒋介石为什么要钦点翁文灏呢?理由是蒋介石已经开始意识到孔祥熙、宋子文完全把住自己经济命脉的绳索,他要建立一个只听命自己的财经掌门人。

胡适、翁文灏和丁文江曾在清华大学创办《独立评论》,成为社会风潮一时的时政评论先锋。这个评论经常对蒋介石的东北华北政策予以抨击,蒋介石对此心知肚明,但脸上却露出一脸求贤若渴的谦卑,到让翁文灏不知该说什么好的地步。面对蒋介石的再三邀请,他推脱说:"我一向是做地质学工作的人,不懂政治,如果我自己去做官,使地质调查所的其他人受苦,对人不起。"

"那很容易,我立刻批给调查所五万元,不够还可以商量。"蒋介石一拍胸脯。

"一次帮助不能解决问题,将来经常还是困难的。"翁文灏讨价还价。

蒋介石笑了:"大家同室办公就好办了。"没话说,曾经代理过清华大学校长的翁文灏只能点点头答应"上船"。

一场车祸把翁文灏与蒋介石的感情推上了新的高度,但他觉得他与蒋介石不仅有知遇之恩,而且还有救命之恩,"士为知己者死"嘛!

蒋介石开出了极具诱惑的招贤榜:国防设计委员会设在国民革命军司令部旧址,每月经费十万元实足发放,每位委员每月二百元研究费(不上班挂名均可)。到1932年11月1日成立时这个委员会已网罗社会名流达二百余人。

· 当年地质调查所一年经费仅有叁仟元,而且经常拖欠,翁文灏

第十六章 龙殇·大撤退

担任国防设计委员会后争取到每年经费五万元。从某种意义上讲翁文灏"跳进火坑却拯救了捉襟见肘的地质所"。这种普罗米修斯式的行为让科学界产生一片叹息声。

7月13日星期日

日机炸武昌城内，死伤六百余人；省立师范、希理中学、省立医院皆被炸毁。

去年7月至今年6月止，敌机轰炸中国不设防城市二千四百七十二次，投弹三万三千一百九十二枚，死亡一万六千五百三十二人，伤二万一千六百五十二人。（另外国人死十八人，伤二十四人）

8月4日星期日

邹秉文、卢作孚、范崇实……商榷收购及协助川丝公司之事。报上刊载《抗战期中之经济政策》（该文是翁文灏对中央日报记者谈话）

8月18日星期日

电蒋，询顾少川顾维钧电在法可购工厂机件，应派人前往。

9月13日星期日

行政院三百八十次会，同济、浙江两大学及中正医学院迁移费。召集谭仲逵、寿毅成……商议筹备美国世博会参加办法。

10月19日星期日

中央博物院建筑委员会在渔村开会，到者傅孟真、李济之、杭立武等。

裘元善报告承包人江裕记（长霖）工作已达百分之七十五，款项只付百分之五十（李不认此说）。议定江裕记工作延误之处，备函告

龙 骨

知,但借给款项贰万元整;对美商贻康可不起诉。

11月3日星期日

令地质调查所:研究学术,始终不倦,诚信感孚,正己率人,学用兼资,励精奋发。

电蒋,宜昌兵工署存四万吨、工厂一万四千吨粮食,五万担棉花,纱数千件,请派得力军队妥守,期三个月运入菱门。

11月12日星期日

复胡适之文电,告以汪、孔对和战意见,孔仍力主和。

12月5日星期日

孙越崎来,谈与范旭东、何孟曾面谈煤矿与化学事业分业合作原则。

电蒋,转陈胡适之电,请继续抗战,苦撑待变。

评议:翁文灏在日记中忧心忡忡地记录了国民党内主张"不战"、"降和"派的言行,孔祥熙为何主和但未"降",恐怕是受宋氏姐妹的牵制。1937年"七七事变"刚爆发汪精卫就四处鼓吹投降论调:"战必大败,和未必乱。"1938年就是翁文灏这篇日记之后半个月(12月18日),汪逃往河内公开叛国沦为遗臭万年的大汉奸。

12月10日星期日

孔为美大使返美饯行。孔力言,中国不但为本国生存而战,亦实为民主国家及条约尊严而争,应告美国切勿坐视。詹森仅答谓,当以中国政府意转告,未言自己之意。

1938年4月·长江·江阴鹅鼻嘴

1938年迁入大后方的企业大幅度的增加(为原有企业的两倍),增加到36

个单位,其中煤矿8个、石油矿1个、金属矿9个、冶炼厂3个、化工厂4个、电厂11个。油矿是指玉门油矿,也是由翁文灏、钱昌照等亲自勘查建设的我国第一个石油矿,为持续抗战提供了大批战争物资。

翁文灏对孔祥熙侵吞国有资产早已深恶痛觉,对汪精卫及亲日主和派更是痛恨,故对傅斯年倒孔向来支持,并借助与蒋特殊关系进言。但蒋却无法撼动与孔、宋的裙带关系,战后蒋经国也奈何不了孔宋帝国。

淞沪战役打响后,国民政府意识到淞沪战局将危及南京,于是制订将长江经济区主要工业撤往长江上游的四川的计划,以保存国家复兴力量,同时也为国家战时经济维持和军队供需提供条件。计划分两部分:一是切断长江以阻止日军溯江而上威逼重庆;二是将上海及周边主要工商企业迁至四川。翁文灏在上海与上海工商业巨头紧急协商,动员企业家和技术人员随厂迁徙。

令翁文灏等人意想不到的是上海工商巨头们毫不犹豫一致主动要求撤离,也使原本观望的一些中小工商业主纷纷表示愿"自行迁移"。

淞沪战役打响后国民政府第一期将虞洽卿、杜月笙、招商局31艘船只计六七万吨凿沉于江阴黄山下游的鹅鼻嘴水域,目的是隔断航线,使日军军舰既不能进入长江中上游又不能从南京附近的水域撤出。但这一方案被一个叫黄秋岳的汉奸出卖给日本人,这使日本军舰乘黑逃出长江。后黄秋岳被斩首示众。

一艘艘装满乱石的船舶沉没在江中,激起一个又一个冲天浪花,如同水面上升起一只只不屈拳头向苍天呐喊。

1938年4月,沉船已达18艘,计2.5万吨,参与企业除了上述3家外,还有民营的大通、民生等公司。此后,在镇海口、龙潭口、宜昌及武穴田家镇等长江水面又相继实施多次沉船计划。

这一惨烈的自毁行动,成功地阻止了日军沿长江快速西进的战略,抗战大后方得以保全。在此过程中,招商局沉船占总吨位的40%,虞洽卿的三北损去一半,杜月笙的大达则全部损失。

淞沪战役第一天,日军即对闸北的申新五厂进攻,五厂随即被摧毁;福新一、三、六厂被日军占领,设备最先进的申新一厂、八厂被轰炸,造成70多

龙 骨

人死亡、350多人受伤，荣德生的长子荣伟仁也惨遭不幸。在短短的时间里荣氏产业损失达2/3，荣德生和荣毅仁决定将工人疏散到安全地带，将茂新四厂库存的数万袋面粉及几十万斤原粮送给中国军队做军粮。

范旭东在卢沟桥事变前就将天津主要设备和技术人员撤出天津。这些代表当时最新技术、最新设备和图纸经香港转道武汉最终进川，成为战时大后方最重要的企业之一。

在炮火下，民生公司为主的内河船舶成为运送转移企业和设备的主力军，一时间千里长江各种各样的船只紧张而繁忙地顶着日军飞机的轰炸和扫射，展开一场史无前例的悲壮"大撤退"。

上海沦陷前已有146家企业及1.5万吨的设备连同2500名技术骨干撤进四川，到1938年10月武汉陷落，内迁企业已达250家，各种器材10.8亿吨，占当时全国内迁工厂总数的55%。

长江中游航线被切断后入川门户宜昌成了最紧迫也是最危险的中转站。当时堆积在宜昌码头的民用和军用器材超过12万吨，码头上还堆有柴、汽油1万吨，各种党政机关档案文件6万吨，而更为要命的是还有大量内迁企业技工、大学师生和从沦陷区千辛万苦逃亡至此的难民达数万之众，老舍先生当时也在其中。

日军很快发现这个地方，开始对这里进行轰炸，再有一个月长江进入枯水期，运力将只有此前的一半，如果不在一个月内将这些物资和人员运走，那么必将完全被毁灭。

好不容易挤上轮船的老舍回忆当时的情况说："好像整个宜昌的人都上了船，连船头烟囱下都有几十个难童挤在那里。"

1938年10月23日·宜宾·民生公司办公室

刚刚被国民政府任命为交通部次长的卢作孚来到宜昌码头民生公司船舶科召集会议，科长肖怀柱汇报：以民生仅有22条船满负荷计算，每艘船按运量200吨到600吨计算，要顶住日机的轰炸运完全部人或货需要整整一年。最后肖怀柱肯定地说："这是不可能完成的任务，除非来一个神仙！"

第十六章 龙殇·大撤退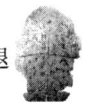

"是呀，谁能在40天内将这需要一年时间才能将拥堵在宜昌码头的3万人和堆积如山的12万吨物资运走？！"会场上人们交头接耳议论纷纷。

卢作孚默默地看着窗外的码头，那里堆满了货物和弹药，更要命的是还有大批等待登船的难民与军政团体，这些人大都来势很大，有枪有钱，人人都恨不得马上登船。还有一些特殊人物手持蒋介石亲笔手谕和宋美龄特别关照的信函找到卢作孚软硬兼施要船。作为资源委员会委员的翁文灏、钱昌照也深感万分棘手，面对宜宾混乱的迁移景象，翁文灏完全明白这是一件只有"神仙"才可能办到的事！但世上没有"神仙"，却有一个卢作孚。

翁文灏与卢作孚紧急会商后决定由卢作孚全权处置宜宾转移事务。卢作孚只能破釜沉舟用他的方式做神仙也做不到的事情，让肖怀柱和千千万万的人看到了"奇迹"。卢作孚这天下午才乘飞机抵达宜昌，便马不停蹄赶到码头亲眼看到码头拥挤和混乱的情景，他意识到眼下的情况比他的预计还要严重得多，他必须背水一战。

卢作孚沉痛地指着窗外："各位同仁，码头上堆着12万吨军队急需的军火，还有内迁待运的几千箱国宝，还有一大批难童和社会名流，我们拼死也不能让这些国家宝藏和栋梁落入日寇之手！再过40天就到枯水期，而且日军距宜宾仅百余公里，如果我们不能运走这些国家急缺物资，我们民族就有亡国灭种之灾！因此我不管神仙能不能办得到，我卢作孚立了军令状，誓与最后一批物资一齐离开宜宾！卢某最后一个离开！"

"卢总我愿留下与您最后离开！"肖怀柱站起来激动地表态。

"我们愿听从卢总指令，刀山火海在所不辞！"

"卢总下令吧！您说怎么干就怎么干！"

与会的船长技工也纷纷站起来表态，群情激奋，这也深深感动了卢作孚，他双手作揖："谢谢各位同仁，国难当头，我卢某与各位兄弟同赴国难万死不辞！从现在起我就住在这间办公室，一切由我亲自指挥！"

他铺开码头分布图当即下令："停止一切交涉，马上抢运！"

卢作孚亲自指挥这次大抢运，并表示他将"最后一个离开宜昌"。

卢作孚的坐镇指挥不仅极大鼓舞民生公司员工的士气，同时也使混乱的

龙 骨

场面得以控制。

他执行翁文灏关于战时国防物资与故宫国宝优先装运的指示，同时亲自安排难童和国家级知名学者优先撤离。对于达官贵人及私人财产不分贵贱高低一律回绝，他协调四川军阀与地方政权尽量自筹车辆、马匹从山路、公路转移，另方面征集沿江木船860艘、纤夫8000名，呈现靠肩拉步行将大批物资用原始人力拖往重庆……

在国难之际，四川地方军阀与帮会全力投入配合呈现了民族抗战最感人的一幕。

卢作孚夜以继日地奔走转运码头，哪里有问题就在哪里现场解决，他重组、调整了全部运力，将考虑再三的"三段式航运"付诸实施。他还得挤出时间去完成一件宋美龄交办的"特事"——设法找到失踪的老舍并将他带出宜宾，包括冰心在内的著名文学家都在抢救的名单内。卢作孚派得力人手在宜宾市人海中四处寻找大名鼎鼎的作家。不知费了多大劲，居然硬是从难民潮中找到已走投无路的老舍先生。

所谓"三段式航运"是卢作孚在1937年年初集中全公司的优秀船长、引水、水手对川江中重庆至万县段（上段），万县至秭归庙河段（中段），秭归庙至宜昌段（下段）三段水域用不同吃水、不同马力的船舶进行接力运输试验。

试验结果为：以功率500至800马力，吃水在1.8米至2米走上段；功率为1100马力到2000马力，走中段；而60马力至1000马力吃水在1.5到1.8米的船舶走下段。这个试验的最大好处就是减少货物转运中的大量损耗（无须反复倒载），提高运速，同时也科学地最大限度利用船舶自身运力和江水自然浮力。

这一招果然出奇制胜，将不可能完成的运输任务在40天内彻底完成。

1938年10月24日·宜昌码头

卢作孚带着肖怀柱等人将一队队挂着布条的保育院的难童亲自带上民生公司轮船的最好位置，这些从各地撤退至此的保育院孤儿已在码头等候了十多天，他们大的八九岁，小的甚至只有几个月，长途奔波使许多孩子已经生

第十六章　龙殇·大撤退

病，如不尽快转移，这些弱小的生命很可能凋败在这里。受宋庆龄、宋美龄、邓颖超等人的委托卢作孚亲自安排这600名难童与国宝一齐优先转运。

在轮船烟囱下卢作孚亲自把老舍安排这里。千里逃亡至此的老舍在码头也困了很久，他一介书生哪里能与疯狂的逃亡者相比，别说千金难求一票，就是进入码头都难实现。如不是翁文灏、傅斯年点名相助，老舍的乱世逃亡之路不知会有何等结局。

老舍抱着皮箱，这是他从山东离家时带的皮箱，装着他全部的家当。当他默默地看着那群从未坐过船的难童欢天喜地地趴在栏杆向岸上的人挥手时，他想起了自己的女儿和儿子。

"卢爷爷谢谢你！卢爷爷我们爱你！！"汽笛响了，船缓缓离岸，难童们拥向船帮争相向卢作孚挥手告别，突然孩子们放声哭喊："卢爷爷再见！再——见——"

老舍也站起来与哭成一片的特殊乘客一起向码头告别，向给予他们新生的人挥手告别，老舍任泪水往下流。

肖怀柱至今还清楚地记得，卢作孚到达宜昌的第二天的清晨，一夜未眠的他，在码头把几百名难童安置在几艘客货轮上满载起航。"记得最先上船的乘客是几百名难童，孩子们趴在栏杆边大声唱歌，挥着小手向卢先生告别，卢先生和我们都哭了……"

事实上，除老舍先生和难童得以在宜昌脱险外，还有大批文化人、实业家在卢作孚的帮助下乘民生公司轮船脱险。其中著名教育家叶圣陶、张伯苓、黄炎培、徐悲鸿夫妇、剧作家陈白尘、演员白杨等，后来的"两弹一星"元勋著名核物理学家朱光亚也是民生公司的乘客，而著名史学家章开沅先生的幼弟是乘坐"民贵"轮时诞生在船上……（参见刘重来《卢作孚画传》）

两岸山间

有赶马车、牛车的队伍，也有成群结伙的步行者，也有坐滑竿的财主贵妇浩浩荡荡走向远方……

崎岖岸边，一队队赤裸上身的纤夫们头扎毛巾，背绑纤绳，艰难地在江

龙 骨

边拖曳沉重的木船，竹简做成纤绳深深地勒进黝黑的肌肤，他们身后一条条满载货物的木船逆水而行……

他们赤着脚在崎岖的江边行走，只有有节奏的号子声和"嘿嘿"的节拍声才能使人发现行走在江边峭壁上的人们。

这一悲壮的景象深深地震撼着一位美国著名记者，他就是美国《时代周刊》的记者白修德。

白修德曾因对花园口决堤惨案的报道得罪了蒋介石，沮丧的他试图寻找新的有价值的新闻，他来到宜宾要亲身经历这场前所未有的举国大撤退。眼前这震撼心魄的场面让白修德惊讶无比：中国人用如此原始的方法运送战争物资令人不可思议！有这样的人，这个民族将不可战胜！

激动不已的白修德将他的照相机对准那些用人类最原始工具的纤夫身上，对准那位在他眼中"个子矮小但精明强干"的卢作孚身上。

白修德拍摄的宜昌纤夫的照片发回到美国，很快《时代周刊》将其发表，并注明"英雄纤夫"。《时代周刊》连同一组照片记录了卢作孚领导的这个史诗般的大撤退，他不仅感动了美国人民也感动了全世界。

在这个悲壮的时期，民生轮船公司损失船只16艘，116名员工被日军飞机打死在抢运岗位上，另有61人受伤致残，这里还不包括在途中牺牲的纤夫，因为他们每拉一段仅相当于轮船几个小时的航程。（纤夫逆水而上，大约每天只能走10里，而且极度危险和疲劳，稍有不慎纤夫就会摔下山崖或掉入湍急的江水中。）

灰蒙蒙的江面上民生公司的"民来"、"民苏"等6艘浅吃水轮船缓缓离开码头，依次拉响船笛向岸上人们告别……

到12月初，当日本军队已突击到距宜昌城仅45公里的凉风垭时，此时的宜昌城已空空荡荡，码头上除了一些零散的废弃物外也是空空如也，远处隐隐传来敌人的炮声。

卢作孚在肖怀柱等人的陪同下拖着连续奋斗40天的疲惫身体在码头上慢慢巡视，谁也都没有说话，可每个人都带着崇敬的眼神看着消瘦单薄的卢作孚在江风中微微摇晃。看着昨日还如山的货物如今已经空荡如野，每个人难免心潮起伏感慨万分。

卢作孚坚持把这里每一处地方再仔细巡视一遍，他就是要做到"不留一个人，不丢一件东西"的承诺。

最后在大家一致搜索无一遗漏后卢作孚招呼大家："我们可以走了！"肖怀柱是随卢作孚最后离开宜昌的民生公司职员，他永远忘不了离开宜昌的那一幕："当我们西上时，码头上再也没有了往日的喧嚣，整个城市出奇的安静，真是太静了！我们拉响汽笛，久久地拉响，向宜昌做最后的告别……"

卢作孚接过拉杆一次又一次地拉响汽笛，"呜呜——呜呜！"所有的人都扭过脸朝着这座寂静的山城，汽笛声在山涧和城市上空回响，仿佛也在向这些长有龙骨的中国人告别。

远处轮船的烟囱中的滚滚浓烟好似举着火炬的勇士奔跑在水面上……

事后冯玉祥将军亲笔致信卢作孚称他为"最爱国的，也是最有作为的人！敬佩万分"！

史学家们将长江大撤退称为：中国的敦刻尔克撤退。

卢作孚自己认为："我们比敦刻尔克还要艰难得多。"

据统计，民生公司运送国民政府兵工署二十二厂、二十三厂、二十四厂、二十五厂、金陵兵工厂、汉阳兵工厂、巩县兵工厂、诸州炮厂、广东悒江炮厂、南昌飞机厂、申新钢厂、新民机械厂、大成纺织厂、武汉纱厂等400余家工厂入川，这些兵工厂每月造出手榴弹30万枚、炮弹7万枚、航空炸弹6000枚、军用器材20万套，运送入川人员高达27500万人，武器弹药31万吨。

敦刻尔克大撤退是二战期间（1940年5月）法国东北部港口发生的一场英法联军大撤退事件。当时英法联军40万人被德军围困在敦刻尔克方圆不足15公里的地方，全军面临覆灭危险。英国首相丘吉尔下令征集所有军民用船只，包括游艇数千艘前往敦刻尔克营救被困联军。在丢弃全部装备、车辆和重装备后总计损失240艘舰船，959架战机，700辆坦克，2350门火炮，7万辆摩托车，13万辆汽车，2.1万挺机枪，6400支反坦克枪，付出牺牲2.8万名官兵，被俘4万余人的惨重代价，33万人获救到达英国本土，来不及撤退的联军官兵约四万余人缴械投降。敦刻尔克大撤退是在英国政府丘吉尔首相亲自指挥之

龙 骨

下举全国之力的大撤退行动。

而中国抗战中的这次大撤退确是由一个民营资本家亲自领导调度，这是世界历史中绝无仅有的伟大壮举。至1941年，中国各地内迁企业总计为639家，这些企业在大后方为持久抗战赢得了宝贵的时间与物资保障。

1937年11月12日，这是一个阴暗的日子。因为这一天，中国军队为避免被在杭州湾登陆的日军围歼，相继撤出淞沪战区，为时3个月的淞沪大决战落下帷幕。中日淞沪之战，双方投入近百万兵力，其中中方投入70余万人，日方投入28万兵力，成为自九一八以来最大规模的战役。

中国首次投入海空力量，陆军也首次投入装甲部队参战，淞沪战役是一场真正意义上现代立体战争。

据统计自1937年8月14日至31日的18天里，中国空军共击落日军战机76架，击沉、击伤日军舰艇10余艘，重创日本海军旗舰"出云"号航空母舰。并配合地面部队轰炸日军炮兵阵地和供给线，将日军第三舰队司令长官日本皇族伏见宫博义亲王击为重伤。

由于中国军队撤退时十分仓促，导致大撤退变成了大溃逃，由德国顾问设计的沪宁防线、长江防线如同虚设。

淞沪战役虽然以中国军队失利而告结束，但是中国军队和中国人民，尤其是上海人民所表现出的英勇顽强感动和震撼了整个世界，从而也开始改变欧美国家在抗战中保持中立的立场。美国海军上校卡尔逊作为上海战区军事观察员，对淞沪之战做出高度评价：淞沪之战足以证明两点：一、中国已下决心为她的独立而战，而且中国军队确有作战的能力；二、日本的军队自日俄战争后，被世人视为可怕的军队，经中国一打，降到了第三等的地位。

据不完全统计抗日战争中牺牲的中外飞行员高达3294人，其中中国飞行员有870人。如今，他们默默地长眠在南京紫金山抗日烈士公墓内。

在其中我们发现了两个人的名字：空军少校翁心翰和空军上尉林恒。

这两位烈士一位是中国地质学家翁文灏的第二个儿子，一位是现代著名建筑学家林徽因的三弟。

淞沪战役后，在日本人眼里的中国军队不再是一打就溃，一打就逃的豆

第十六章 龙殇·大撤退

腐渣军队了，当一支日军联队经过张自忠老家祖坟时集体向张自忠祖坟敬礼。

日本《朝日新闻》特派记者小俣行南在崇明岛战场采访一位日军古川部队的冈村恒彦，这个军曹亲口告诉他就在几天前与中国军队激战，军曹所在小队包围了不肯投降的3名中国军人，他发现这3名军人每人身上都背满了手榴弹，在打死好几个日军士兵后被他从背后打死。

这位军曹十分敬佩这3名宁死不屈的中国士兵，于是就将他们掩埋在阵亡的地方，竖立一块"中华民国三勇士之墓"墓碑。并在墓碑上写下了一个俳句："梅翳英魂复墓土"，为其祈祷冥福。

当日军司令部得知后下令拆除这个坟冢，但因遭到军曹所在部队的强烈反对而保存下来。最初，小俣行南也十分惊讶，日本军人怎么会祭拜敌军的士兵呢？随着对各个战场的采访，小俣行南以为这些日本官兵只是崇敬宁死不屈的武士道精神。

1981年，84岁的冈村恒彦去世，其子冈村恒昭将当年小俣行南的报道和父亲《梅翳》诗一首一并发表，引起强烈的轰动。

据小俣行南回忆当冈村的儿子拿着这些材料拜访他时，还告诉他父亲的遗愿：希望能有机会再次去参拜中国三勇士的墓地。

小俣行南感悟到：这是日本人对战争的一种忏悔，而中国正是有这样一些不怕死的人才不可被征服。

1941年3月14日空军上尉林恒在成都空战中阵亡。牺牲时，他刚从航校毕业。噩耗传到西南小镇李庄时让病重的姐姐林徽因悲痛万分。林徽因是与丈夫梁思成在抗战爆发的1937年随中央研究院迁徙到此的。

夫妇二人是民国时期最著名的社会贤达，丈夫梁思成是梁启超长子，是著名的建筑学家，林徽因是民国著名的才女之一，她与梁思成共同喜爱中国古代建筑，曾与丈夫在战前游历中国大山名寺，撰写经典之作《中国古寺建筑》。

在颠沛流离的西迁路上，林徽因身体较弱终于支持不住病倒，她得的是肺病，到达李庄时她已经病入膏肓、生命垂危。尽管丈夫日夜陪伴在床前照顾，但疾病依然折磨着这位美丽少妇。此时，一个偶然的机缘，一群"天使"

来到她身边使她传奇般地重获新生。

半个世纪之后,她的儿子梁从诫回忆了这一段神奇的故事。

在病中昏睡的林徽因突然听到一阵久违的琴声和歌声,她吃力地寻找琴声的来源,这声音来自楼上。她无力地伸出手指向楼上,梁思成以为是上面的声音影响了病中的妻子,便匆匆寻着琴声跑上楼去。

推开门一看是一群刚从航校毕业的飞行员因为即将参加战斗而兴奋地歌唱。说明来意后,小伙子们不安起来,尤其得知楼下住的是赫赫有名的大学者便纷纷登门致歉。当他们看到躺在床上重病的林徽因时,年轻的飞行员们做出一个惊人的决定:一定要救活姐姐林徽因。这群欢快的善良的年轻飞行员向鸟一样飞来飞去,把各种各样的战争期间极为稀缺的食物、药品和其他生活用品带到林徽因身边,一有空闲他们就聚在林徽因身边为她读书、吟诗和弹琴,他们像一群天使守护着林徽因,让这个充满绝望和贫困的家庭焕发了生机,林徽因的病在这些被她称之为小天使的精心呵护下竟然神奇地痊愈了。

但是有一天他们飞走了再也没有回来。1944年6月16日一位叫林耀的天使在衡阳空战时阵亡。这20名飞行员中,林徽因只记住了会弹琴的黄栋权少尉的名字,而这些飞行员在空战中全部牺牲,20个天使把自己的欢笑与英姿全部溶化在祖国的天空中。

在获悉这些可爱的飞行员牺牲的消息后林徽因心中涌起了巨大的震撼与悲伤,她拿起久违的笔写下了南迁路上第一首诗歌:

哭三弟恒

弟弟,我没有适合时代的语言,
来哀悼你的死;
它是时代向你的要求
简单的,你给了。
这冷酷简单的壮烈是时代的诗,
这沉默的光荣是你。
假使在这不可免的真实上,

第十六章 龙殇·大撤退

多给了悲哀,我想呼喊,
那是——你自己也明了——
因为你走得太早,
太早了,弟弟,难为你的勇敢。
机械的落伍,你的机会太惨!
三年了,你阵亡在成都上空,
这三年的时间所做成的不同,
如果我向你说来,你别悲伤,
因为多半不是我们老国,
而是他人在时代中辗动,
我们灵魂流血,炸成了窟窿。
我们已有了盟友,物资同军火,
正是你所曾经希望过。
我记得,记得当时我怎样同你,
讨论又讨论,点算又点算,
每一天你是那样耐性地等待,
每天却空着过去,慢得像骆驼!
现在驱逐机已非当日你最理想,
驾驶的"老鹰式七五"那样——
那样笨,那样慢,啊,弟弟不要伤心,
你已做到你们所能做的,
别说谁误了你,是时代无法衡量,
中国还要上前,黑夜在等天亮。
弟弟,我已用这许多不美丽言语,
算是诗来追悼你,
要相信我的心多苦,喉咙多哑,
你永不会回来了,我知道,
青年的热血做了科学的代替;

龙 骨

中国的悲怆永沉在我心底。
啊，你别难过，难过了我给不出安慰。
我曾每日那样想过了几回：
你已给了你所有的，同你去的弟兄，
也是一样，献出你们的生命；
已有的年轻一切；将来还有的机会，
可能的壮年工作，老年智慧；
可能的情爱，家庭，儿女，及那所
生的权利，喜悦；及生的纠纷！
你们给的真多，都为了谁？你相信。
今后中国多少人的幸福要在
你的前头，比自己要紧；那不朽
中国的历史，还需要在世上永久。
你相信，你也做了，最后一切你交出。
我既完全明白，为何我还为着你哭？
只因你是个孩子却没有留什么给自己，
小时我盼着你的幸福，战时你的安全，
今天你没有儿女牵挂需要抚恤同安慰，
而万千国人像已忘掉，你死是为了谁！

弟弟阵亡三年后，林徽因写下这首如病患呻吟的恍惚凌乱的诗。与其说是诗，倒不如说是对已逝亡灵的呻吟。从字里行间我们不难感悟到，大病初愈的林徽因对远去的"弟弟们"的那种刻骨铭心的思念与姐弟情，而这一段与一群飞行员的邂逅与分离也是令世人唏嘘的传奇。

翁文灏是一位中国早期的杰出地质学家，他与丁文江齐名，也是中国考古学先驱。纵观他的一生，最大的贡献就是把中国考古推到世界前列；但另一个贡献却长期被人们忽略，那就是他在抗战中保护国家文物和抢救民族工业。他最早提醒蒋介石应及早提防日本的侵略野心；他与胡适坚决反对孔祥熙与日和谈，敦促蒋抗日；他促成抗战初期第一批来自苏联的援华物资；他亲自主持战时经济工作，指导卢作孚等一大批爱国民族企业家迁移大后方，为长期抗战奠定基础；他日夜奔走选址找矿为内迁工业解决生存大计，中国第一个铀矿成就了美国第一枚原子弹，投向日本的核弹也来自中国的铀矿……

然而，翁文灏也付出惨痛的代价，他失去了最喜爱的儿子空军少校翁心翰。翁心翰在国外学航空，是中国早期的"海归派"，最早提议选购苏联战机的就是他，四处碰壁的翁文灏和孔祥熙明白要说服蒋介石坚持抗战必须要为中国寻找外援。而出于自身利益的考虑西方大国均不愿得罪日本卖给中国武器，周游各国的翁文灏和孔祥熙真的被逼得走投无路。

正在柏林上大学的翁心翰给父亲提出"向苏联购买战机"建议。

他以专业的角度分析了各国飞机的性价比，认为苏联飞机性能牢固，速度快于日机而且造价便宜，更适合当时的中国。

翁文灏闻知大喜，借赴欧美国家寻求支援之际，专程到德国与儿子见面。翁心翰不仅提出详细资料与对比，还针对中国地空环境罗列了合适的装备清单。父子匆匆一晤，翁心翰最后向父亲提出要回国参战，此时他还有一年就可毕业。

翁文灏内心充满矛盾，爱子才华横溢，正可在艰难的军购问题上帮自己一把，可儿子还是个孩子，马上投身残酷的战争多少让他毫无准备，他一时无语。当时父子如何交谈，我们不得而知，总之，翁文灏连夜通报孔祥熙，并征得蒋介石同意，立刻以特使身份飞往莫斯科，半年后第一批援华物资与志愿队来到中国……

那一年是翁文灏一生最为关键和重要的一年。

1937年7月·德国·柏林总理府

希特勒、戈林、塞克特、戈培尔等人听取法肯豪森的汇报，法肯豪森笔直地站在漫不经心的希特勒面前。

"元首只能听取10分钟，你必须简要汇报！"德军总参谋长塞克特叮嘱道。

龙　骨

　　希特勒打个手势表示可以开始。

　　法肯豪森："我的元首，现据我观察，中国正处在最危急的时刻，目前中国华北最大城市北平已被日军包围正在激战，双方投入兵力近60万人，而日军有进一步扩大战争的企图，第二次淞沪大战迫在眉睫……"

　　"元首早已得知这些情况，你就简要说说你的意思！"戈林打断他的话。

　　法肯豪森："是！按统帅部指令我驻华顾问准备中止顾问团工作，提前回国。中国统帅蒋介石对此表示强烈不满，他特意召见本人恳请元首在中日大战之际念德中一直是友邦的情分上继续帮助中国抵抗日本。蒋要我转达他的口信望元首勿忘日德青岛之战之仇，只有中国与德国才是真正可靠的朋友……"

　　希特勒脸上露出凶相，一战时日军突袭德军青岛守军，将德国海陆两军几近全歼，从此德国在亚洲的势力被彻底消除，这一箭之仇，希特勒当然心知肚明。

　　"国防部与总参谋部有何意见？"戈林转向国防部长布隆贝格将军和总参谋长塞克特。援华顾问团一直由国防部主持，因此布隆贝格与塞克特支持法肯豪森援华抗日的策略。

　　"我的元首，总参谋部与国防部认为，我国应加强中国国防力量，阻止日本将全部远东力量压向中国而不是转向苏联，如果日本不对苏联抗衡吸收它的力量，势必给我国欧洲战略造成巨大威胁。据情报分析，日本军内主张东进苏联的'皇道派'已失利，日本内阁与军部放弃攻打苏联而转向对华全面进攻。此外，中国领土广阔，日本人想征服是痴心妄想，中国亲近德国而与苏交恶，支持中国抗日，从长远利益考量中国可以成为反苏盟友……"

　　塞克特知道希特勒从骨子里仇视苏联，也把其视为全球霸业的最大障碍，所以投其所好借以支持中国军购。

　　一直不语的戈培尔插话："元首考虑的是全球的大事，日本虽曾是敌战国，但目前是帝国的盟友，为了你们几个顾问，日本大使没完没了纠缠元首，昨天日本大使还照会我国强烈要求停止援华，否则将不签署轴心国协议！元首只能审时度势！这一点将军们很清楚……"

第十六章 龙殇·大撤退

法肯豪森明白了,在利益面前德国要放弃中国了。他无奈地也不甘心地说:"中国在19世纪初就开始向我国订购军火,到今天为止中国已累计订购2000多万美元的军备,是世界上最大的采购国,如突然中断军备交易,我国会损失最大的外汇收入……"

法肯豪森的话打动了戈林,作为掌管德国军事工业和外贸的他自然清楚讨好日本而放弃中国是得不偿失,再加上戈林又是贪婪的人,于是他问:"中国现有多少德式装备?还有多大的需求?"

"中国陆军急需10个师的德式装备,急需至少500架霍克-5型驱逐机与诺恩罗普式轰炸机……"

塞克特忍不住插话:"这可是一笔巨大的订单!我的元首,日本是一个狡猾的国家,而中国是第一个不顾《凡尔赛和约》禁令首先聘用德国军人担当政府顾问并订购武器的国家,此前10年中有135名德国将军在中国政府担任军事顾问。"

"哈,塞克特总参谋长不也担任过中国最高顾问吗?"戈培尔插话。塞克特:"是的,我在1934年接替佛采尔担任蒋介石的首席顾问,如今天放弃巨大订单对于我国国防军扩军经费是很大损失啊……"

他知道戈林对这笔军购早就垂涎三尺,他竭力劝希特勒算算经济账,而不是政治账。戈林很清楚中国长期军购的巨大好处,但圆滑的他深知希特勒的偏执与顽固,他刚想婉转地劝说,可还没开口就被希特勒举手制止。

"够了!这是愚蠢和没有远见的话!要明白日本人要的是亚洲,征服了中国就征服了亚洲,让他们去干吧!我们要的是欧洲!征服了欧洲就征服了全世界!你们明白吗?"希特勒拍着地球仪叫嚷。

是的,此时所有的人全明白了,希特勒的野心远比他们想象的大得多,为了这个目的,他将不顾一切道义和经济利益。

"好了,今天的讨论至此为止,法肯豪森将军,你今天就离开柏林回到中国去。记住你要配合陶德曼大使促使日中和谈而不是武装中国!中国财政部孔祥熙和资源部翁文灏率团已到柏林,为了照顾日本盟友的感受,元首不接见他们,元首的意思是由戈林元帅出面应酬一下就可以了。是不是这样?我

龙 骨

的元首？"戈培尔最后总结，显然他早已十分清楚希特勒的想法。

希特勒点点头，背着双手看也不看法肯豪森一眼就踱出大厅，戈林紧随其后不断讨好地解释什么。

大厅里只剩下孤零零的法肯豪森。

当晚·柏林大饭店

中国驻德大使馆举行酒会。

孔祥熙、翁文灏、新上任的军工署署长俞大维与戈林等人举杯热烈交谈，翁心翰担任翻译。

一身白色帅服的戈林挺着圆滚滚的啤酒肚，抱着孔祥熙送他的清代珐琅彩开光西洋美女瓷瓶细细欣赏。孔祥熙知道戈林极为喜好艺术品收藏，特意选了此瓶作为国礼相送，但他和翁文灏都不知道希特勒已下令不再向中国提供武器了。

"太美了！这简直就是我们德国雅利安血统才有的美人！孔博士、翁博士，我真是太爱它了！"戈林抱着瓷瓶对着美女图啧啧亲吻，引来周围一片笑声。

"这只是委员长的一点心意……"孔祥熙恭敬地赔笑。

"诸位尊敬的来宾！请安静！首先，请允许我向尊贵的来宾戈林元帅、我国的老朋友冯·汉斯·塞克特将军表示热烈欢迎和衷心感谢！"孔祥熙首先致辞。

"大家知道，德国是中国最早最好的朋友，早在中国的明朝，德国基督教会的传教士夏尔就帮助崇祯皇帝制造大炮；1896年德国首相俾斯麦亲授清朝大臣李鸿章大红鹰十字勋章，以表彰李鸿章订购先进的克虏伯公司的大炮；从北洋政府到国民政府，几乎到处可看到来自德国的武器。塞克特将军就是我国蒋委员长最倚重的总顾问之一。300多年的历史证明了德国人民与中国人民是最可靠的朋友！……"

翁文灏悄悄问身边的塞克特："将军，我为何没有看到法肯豪森将军的身影？"

第十六章 龙殇·大撤退

塞克特含糊其词地回答:"哦,听说他陪同元首视察部队了……不在柏林……"

翁文灏不甘心:"那我们还有机会在柏林相见吗?"

塞克特吞吞吐吐:"也许……不过我想恐怕你们可能得在中国见了……"

翁文灏不解:"怎么会?法肯豪森将军与我约好在柏林相会……"

塞克特一时语塞:"是的,他完全知道你们的行程……不过他是军人,有时也会身不由己……"

翁文灏似乎明白了,点点头:"是啊,身不由己……"

孔祥熙切回正题:"尊敬的戈林元帅,我们中国正遭受日本国空前的进攻,你们的朋友中国正遭遇前所未有的国家危机,我们急需伟大盟友的帮助和支持!"

戈林知道接下来中国人要谈"正事"了,他拉过一个德国将军:"来,来,孔博士,翁博士,我向你们介绍一个重要人物,这是我国经济部长沙赫特将军(沙赫特恭敬地向中方致意),元首不在首都,特意嘱咐要好好款待各位!老朋友,我们可以畅所欲言……不过眼下我想讲一个轻松一点的话题。我听说翁博士不仅是位德高望重的官员,还是位杰出地质学家,而且是位著名的人类学家!要知道我们元首和每个日耳曼人都想知道德意志的崛起是不是因为我们是伟大神圣的雅利安人种,翁博士您能告诉我吗?"

翁文灏万万没想到在这个场合下戈林会话锋一转扯到一个德国正狂热讨论的话题上,而这个话题正是希特勒的种族论。翁文灏不知该怎么回答这个略带挑衅而又有失常识的问题。所有人的目光都集中到他身上。

"父亲,父亲!……"担任同声翻译的翁心翰担心地低声提醒父亲。

翁文灏缓缓站起来,他环视一下四周然后对着戈林:"尊贵的元帅阁下,各位来宾,元帅给我出了一个当今世界最难的问题,其实我从亚洲来到欧洲时看到完全不同的肤色的人时我也常常问自己:'我是谁?从何处来?我们的祖先究竟是谁?'元帅的问题,元首的问题恐怕是全世界全人类都想知道的事!诸位是不是也想知道呢?""想!"人群兴奋地齐声响应。

"好,那我先从元帅的问题讲起,大约在上世纪中叶德国尼安德特矿区一

龙 骨

群矿工挖出一些古代人头骨,这些头骨经科学家检测确定为距今大约15万至25万年前的人类化石,换句话讲可以说这就是德国人的祖先,科学家称为早期智人,当年发现时可称得上是被发现的最早人类之一,这是个了不起的事,其意义伟大而深远!"(人们交头接耳兴奋不已,一片啧啧惊叹声)

"然而,到了1929年,在中国北方一个叫龙骨山的地方,中国科学家挖掘出一枚古人类头骨,经世界科学家慎重检测认定是50万年前的人类化石,命名为'北京人'。去年,也就是8个月前,还是龙骨山,我们又出土了3枚'北京人'头骨,连同1929年出土的头骨共有5枚头骨。"(其中一枚为1929年裴文中修复的)

会场一片惊叹声,一时间人们推论人类发源于亚洲。"这是巧合吗?诸位请设想一下:25万年前的尼安德特人与50万年前的'北京人'在柏林相聚,这难道仅仅是巧合吗?不,元帅阁下,各位尊贵的来宾,世界上最伟大的民族相会本身就是奇迹!如今日本正在侵略中国,刚刚拉开的人类起源的探索被破坏了,停滞了,我想在座的每一个人都渴望知道我们来自何方,都迫切地想了解我们的祖先是一群多么了不起的人!无论是雅利安人还是'北京人',难道有谁可以阻止我们知道真相的权利吗?你们愿意吗?"翁文灏指着人群,(人们激昂地回答:"不,不愿意!")"你们愿意停下手中的探索工作去逃跑吗?愿意让外人肆意抢掠你祖先留下的宝藏吗?"(人们更激奋高呼:"不,绝不!")"那么,伟大先人的后代们,你们有什么理由不在神圣的时刻伸出你们的援手呢?!"

全场沸腾。塞克特贴着耳朵向戈林介绍翁文灏,戈林不住地点头,一脸崇敬的神情。全场报以热烈掌声,戈林站起来带头鼓掌:"翁博士,您讲得太精彩了,我知道了雅利安人还有这么久远的渊源,我代表元首向您致敬!我提议为伟大的民族干杯!""干杯!!"

"各位中国的老朋友,我也有一个问题向元帅请教,如果中日开战,中国应当如何应对?德国会怎样看待中国?"翁文灏话锋一转把戈林转移的话题转回来,戈林明白这是无法回避的事,他干咳两声慢腾腾地回答:"呵呵,这是一个复杂的问题,我想做过中国总顾问的塞克特将军可以回答这个问题……"

第十六章 龙殇·大撤退

推托不了的塞克特只好敷衍含糊："5年前，德国为中国专门设计的淞沪防线是东方的马其诺防线，这是一条固若金汤的防线，一条不可逾越的防线，只要中国守住防线两年，到那时别的国家就会出面帮助中国了……"塞克特既没讲明德国会怎样对中国，也没讲明哪些国家会帮助中国，两年后又是什么暗示呢？

戈林见翁文灏还要追问于是想尽快抽身。他站起举杯提议："诸位，我提议为德意志和中国干杯！"人们纷纷举杯。

戈林借机将宋子文和翁文灏拉到书房。又把经济部长沙赫特推到他们前面："沙赫特将军可全权代表我来谈你们想要的东西……对不起，我要先走一步，我的夫人正迫不及待地等着欣赏这只漂亮的瓶子。"

"元帅阁下，中国正在激烈战争之中，这关系到中国生死存亡！请务必提供包括战斗机在内的重武器！"孔祥熙迫不及待。

"如果像德国这样强大的朋友都不肯出手相助，那么再伟大的文明也会毁于一旦！"翁文灏悲愤绝望。

戈林本身很想做成这笔巨额军购，但他毕竟不敢违背希特勒的意志，只好无奈地说："孔博士、翁博士，我很同情你们的处境，但是元首也有为难之处，英、美各国在亚洲都有自身利益所在，唯独德国没有，但各国均因畏惧日本而不敢得罪，而德国又因是日本盟友而左右为难，所以我只能保证已签的军购合同如期兑付，看在我们是老朋友的分上我只能再提供50辆轻型坦克及一部分装备，你们要的飞机我们实在无力提供，很抱歉！"

"那么元帅阁下对中日之战有何建议呢？"孔祥熙再次提出同样的问题。

戈林索性讲出自己的意见："对德国而言，我们主张日中和谈，元首已下令更换外交部部长，并指示在华大使与顾问团配合促使日中和谈，我想和谈成功则战争就会停止，没有战争就不需要采购军火……我能做的仅此而已……"

戈林借故留下经济部长而自己开溜。此时孔、翁如掉入冰窟一般。

当翁文灏送他到门口，戈林突然停下脚步指着翁心翰问："这个年轻人是谁？怎么长得这么像博士？"

 龙　骨

　　翁文灏笑了，平静地回答："这是我的儿子，翁心翰，正在贵国航空大学上学。"

　　"你的儿子？在柏林航空大学上学？上帝，你怎么不早说，我们是校友哪！我也是这所学校的，不过，这已是十多年前的事！"戈林兴奋地拥抱翁心翰："真想不到，还是校友！真是太棒了，怎么样，愿不愿到我的空军来干？德国的空军是世界上最强大的军队，我会好好栽培你！"

　　翁心翰："元帅阁下，我的国家正遭受日本人的摧残，我要做中国的飞行员保卫我的国家！"

　　戈林大为感动，眼前瘦小的中国小伙竟然不为最强大军队统帅的邀请所动，戈林甚至为自己的装疯卖傻感到惭愧。他沉默一会儿下决心似的对翁文灏坦言："翁博士，中日交战德国是同情中国的，但世界大战已不可避免，我想中国的未来恐怕要靠自己了，你知道，日本是德意轴心国盟友，出售军火令日本人难以接受，元首也很难选择，再说日本基本封锁了海岸线，别说是德国，就是任何一个国家也难以从这么远运输过去……"

　　"您的意思，即便与沙赫特将军洽谈也只是毫无意义的空谈？！德国真的就这样抛弃朋友？！"翁文灏愤怒了。

　　戈林无可奈何地摊开双手："很抱歉，真的无能为力……"

　　车开走了，突突的白色气体在雨夜中无力卷滚几下就消失了。"爸爸，进去吧，你都淋湿了。"翁心翰轻轻劝父亲，他突然感到父亲疲惫的身躯摇摇欲坠，便赶紧扶着父亲走进酒店。

　　心力交瘁的翁文灏半躺在躺椅上，儿子体贴地为他盖上毛毯。看着父亲紧闭双眼一言不发，翁心翰十分心疼，蹑手蹑脚准备出去，打算让父亲睡一会儿。但他刚要离开，翁文灏突然开口："凤书，你再陪陪爸爸……"

　　"爸，我在您身边……"翁心翰握住父亲的手轻声回答。

　　"凤书，你说咱们中国是不是真的山穷水尽了啊？"泪水从翁文灏眼中夺眶而出。

　　"没……没有！爸，不会的，中国不会亡，不会！您不是常讲柳暗花明又一村嘛！"翁心翰心疼地跪在地毯上看着几近崩溃的父亲。

第十六章 龙殇·大撤退

"柳暗花明？"

"对呀，柳暗花明！"儿子肯定地回答。

"说说看！如何柳暗花明？"翁文灏眼前突然划过一道亮光，他专注地看着儿子。这句世人皆知的诗词自己怎么没有想到呢？他像在惊涛骇浪中抓住一根救命稻草，紧紧抓住儿子的手臂急问。

"爸，您听我说，我知道您与孔先生跑遍欧洲各国都碰了壁，各国为了自身利益都不可能帮中国，德国人也不例外，更重要的是德国人有比日本人更大的野心！您没感受到吗？欧洲上空弥漫着大战的气氛。"

翁文灏点点头，是的，他一路走来到处都是战争的鼓噪，到处都是亢奋的冲锋队和军队。每个人都能切身感到战争的乌云正在袭来……

"爸，您有没有想过，世界上还有一个国家可以帮中国？"翁心翰两眼闪着光芒。

"谁还能在危难时肯帮助中国？！"翁文灏迷惑地望着儿子。

"苏俄！就是苏联，苏维埃共和国！"翁心翰肯定地回答。

翁文灏惊讶地张开嘴："苏联？"

"对，就是苏联！爸您稍等一下，我拿点资料给您看。"翁心翰站起身飞快地从自己的皮包中取出一沓资料摆在翁文灏面前。

"这些是什么？"翁文灏迷惑地望着儿子。

"这都是我最近搜集的资料，您看德军总参谋部发布的淞沪中日空军力量对比，日本在淞沪战役共投入5个飞行师团、16个飞行联队，另投入海军航空军两个联队和4个航战联队，共660架飞机辅助3艘航空母舰。日本作战飞机主要有96式到97式战斗机、川崎2型轰炸机等。（翁心翰将日军飞机的图片展示给翁文灏）这是日本三菱96舰载战斗机，这是日本爱知96舰载攻击机，这是三菱96陆攻轰炸机……"

"凤书，你这是从哪得到这么详细的资料？"翁文灏惊讶地叫起来，因为他知道就连宋美龄和空军司令部也没有如此详细的日本飞机图片。翁心翰得意地笑了笑："这些都是德军总参谋部空军动态公开的资料，其中相当部分还是日本炫耀实力向德国盟友主动提供的呢！"

"爸,咱们中国的情况您可能都清楚,我方共有各种飞机317架,可实际投入战斗的仅有161架,而日军是我们的6倍。更可怕的是我国飞机多数为杂牌,主要有英国的霍克2型、霍克3型;美国波音281型,道格拉斯O2M、马丁B-10、雪莱12型;意大利菲亚特BI-3、萨伏亚S-10;德国亨格尔111-等,而且总体性能低于日本参战飞机的性能。比如所有中国战机最大航速没有超400百公里/小时的,而日军主战飞机大都在400—600公里/小时。因此中国不仅亟须补充大量作战飞机,更关键的是一定要引进与日军相匹配的战机,也就是说必须引进时速不低于500公里/小时的高速战机才可能与敌抗衡,而当下苏联的N-15、N-16型战机就达到580公里/小时,连德国空军眼下也没有这么快的飞机。爸,最重要的是苏俄是目前唯一可以向中国提供军用物资的国家,而且苏联与我国接壤,可直接从陆路就近运抵中国,而不像欧美国家从订购到运抵要花一年的时间。这个成本极其高昂……"

翁文灏万万没想到出国前还是一个有些害羞的毛孩子,几年不见竟然头头是道地分析国家大事!而且一语中的,切中要害。儿子的一席话像闪电划破黑夜,让他的心里豁然敞亮。他腾然站起兴奋地抱住儿子:"凤书,我的儿子,你为中国立大功了!立大功了!"

"爸爸,这算不上什么,我们不少同学都嚷嚷着要为祖国效力,我们都想赶快回国参加抗日哪!"翁心翰扶着父亲坐下来。

兴奋不已的翁文灏突然想起蒋介石一直反对苏联,不免又有些担心:"凤书,我想起一件事,就在半个月前我随孔部长到意大利拜会墨索里尼,墨索里尼在会见结束时突然对我说了一句话,他说你们何不去找找苏联人,恐怕现在只有苏联人能帮你们的忙了。当时因为墨索里尼也拒绝了向我们提供军火,所以我对他的建议没有放在心上。你知道中国从1929年就与苏联断绝了外交关系,虽然今年4月苏联通过民间渠道主动向我国表示愿意提供抗击日本的军事装备,但是委员长认为苏联人因与日本人有宿怨再加上在边境地区日本关东军一直叫嚷要再打一场日俄战争,因此委员长没有理睬苏联人的善意表示。你也知道委员长的长子一直在苏俄,据说还成了布尔什维克,在报纸上父子公然决裂。所以我担心蒋先生是否会在这个民族危亡关键时期放弃前

第十六章 龙殇·大撤退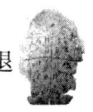

嫌向苏联请求援助？"

"爸爸，这些我也听说过，说实在的我在德国留学也接触过共产党人，他们对此也有不同的看法。我听说蒋经国在苏联十分勤奋，当然他接受了苏俄共产主义的教育，但有一点我听说他是一位爱国的青年，一直申请回国参加抗日，就凭这一点我想蒋先生如以民族大义为重，这些问题应该不成障碍。"

"凤书，你的分析很有道理，看来我也是多虑了。好，委员长那里我会竭力说服他。对了，我走之前想见见你的同学和朋友，我们现在是一个战线里的盟友嘛！可惜这次来没有见到法肯豪森将军，真想把他引荐给你们，跟他学学军事战略思想，此人可是一个奇才呀。委员长现行的战略国防设计就是根据法肯豪森将军几年前提出的建立西南抗战防线以及打通川贵战略公路的构想……"

早在1933年4月因长城抗战的失利而被迫辞职的张学良被蒋介石派到国外"考察"，而实际上是蒋介石想借考察为由向西方列强寻求解决中日争端的途径。张学良在意大利拜会了墨索里尼。

在热烈讨论了"法西斯强国"之后，张学良话锋一转向墨索里尼请教："一旦中日开战，意大利能否帮助中国？"墨索里尼沉思良久说出了一句耐人寻味的话："对付日本人，你们恐怕要依靠美国人。"

当时张学良并不知道德国、意大利和日本正在密谋组建国际法西斯联盟，即两年后成立的"轴心国"。不知是墨索里尼有先知先觉还是一句搪塞之语，总之墨索里尼对张学良的这番忠告似乎在多年后真的应验了。

1937年6月卢沟桥事变前夕，急于探讨对日是战是和的蒋介石亲自派孔祥熙和翁文灏赴欧洲探求西方支持的可能性。然而，他们没想到的是欧洲上空也布满了战争的乌云。他们首先访问了英国首相张伯伦和大臣艾登，当着面，张伯伦告诉翁文灏："你们不能和日本打仗，如果你们要打仗，英国不能帮助你们。"碰了一鼻子灰的翁、孔二人明白根本不可能指望英国，便立刻掉头去找与国民政府关系最好的德国。中、德在二战期间关系十分奇特，一方面中国参加了国际反法西斯同盟国；另一方面又与第二次世界大战最大的法西斯轴心国德国保持良好的关系，也许这正是蒋介石沿用李鸿章的"以夷治夷"策

略。当翁、孔一行来到德国受到了纳粹头目沙赫特的热烈欢迎。

狡猾的沙赫特知道一年前德国就已经和日本签订了"轴心国"协议,作为盟友无法回答翁文灏的问题,但他让随行的德国将军勃仑堡(Blinberg)回答,勃仑堡含糊其词地说:"如果你们能够在德国帮助你们建造的防线守上两年,别的国家就会帮助你们。"

勃仑堡讲的这条防线是第一次淞沪战役后,蒋介石深感日军如进一步扩大对华战争,从上海进入对南京将构成极大威胁,在德国军事顾问的建议下,国民政府在苏州、嘉兴一线构筑防线,这条耗资巨大的防线(实际是两条)建成后让蒋介石十分满意,他曾自豪地宣布这条世界上可与马其诺防线相媲美的防线永远不可能被攻破。

翁文灏听了勃仑堡这番毫无用处的废话也自知不可能得到德国的真正帮助,他即把自己的新想法电报蒋介石定夺。

正在此时,蒋介石突然来电指示翁文灏立即动身去苏联寻求帮助。此前孔祥熙与翁文灏分了工:由孔祥熙在与英国、法国、比利时、意大利等国斡旋之后赴美国求援,由翁文灏单独与德国谈判。翁文灏在绝望时期与儿子的一席长谈令军购之路峰回路转起死回生,不知是苍天有眼,还是心有灵犀,蒋介石竟然很痛快地同意翁心翰策划的一整套向苏联求购军备的计划。几天后蒋介石即令翁文灏直接飞往莫斯科。

几年后,翁心翰和他的好友朱毅等人相继回国参加抗战。1944年9月16日结婚不到一年的翁心翰在广西上空作战不幸牺牲,年仅27岁的他把热血洒向祖国天空。

朱毅回国后发挥其兵工特长在国民党军兵工署枪炮局任总工程师,后任副署长,新中国成立后作为留用高级科技人员在机械工业部科研单位工作,晚年在北京与女儿一家幸福生活。

莫斯科·克里姆林宫

翁文灏风尘仆仆地赶到莫斯科时,他急切地拜会了苏联外交人民委员会委员李维诺夫。说明来意之后,李维诺夫极为不满地抱怨:"你们和日本打仗,

第十六章 龙殇·大撤退

要苏联帮助，难道你忘记了你们一向跟苏联交情不好吗？"

早已知道翁文灏去德国求援的李维诺夫气愤地说："你们请德国军官指挥，为什么还要苏联帮助？"

翁文灏当然无法回答李维诺夫代表苏联政府的这种指责。谁都知道，孙中山在世时开辟了与苏联的友好关系以联俄、联共列为国策，四一二蒋介石叛变革命后成为反俄反共的急先锋，中苏关系一直交恶。眼下中日大战在即，蒋介石临时抱佛脚向苏联求援，这实在让翁文灏难以应对。好在翁文灏是中国对苏联谈判第一人，所以苏联政府十分认可他。

翁文灏情急之中突然想起几年前日本在东北满洲与内蒙古一带边境经常向苏联挑起武装冲突，日本政府自1932年起多次召开国策会议，赤裸裸地把吞占苏联作为未来国策。日本二二六事件前日本"皇道派"一直主张"北进"，即进攻苏联。

当时，日苏军力对比为蒙古段：苏军30个师对日军8个师团；满洲段：苏军20个师对日军6个师团。冲突的结果毫无悬念，苏军将日本关东军打得落花流水，毫无还手之力。诺门坎战役以日军阵亡1万余人而告终。所以自日俄战争之后，苏联一直对日本的侵略野心和日苏在中国东北的利益冲突保持高度的警觉。

他不急不慌地对李维诺夫说："中苏两国利害相同，希望苏联政府考虑目前形势。"果然，翁文灏一语中的，李维诺夫第二天与翁文灏会见时改变了态度："苏联可以帮助中国，第一，和中国签订互不侵犯条约；第二，和中国签订易货协定，由苏联供给军火，用借款形势办理，中国方面可以用农矿产品分年偿还。"

翁文灏立即将这个好消息打电报告诉蒋介石，但蒋介石的回电却让翁文灏欲哭无泪。蒋介石称：签订互不侵犯条约，另外办理；易货协定，暂缓办理。原来，蒋介石在翁、孔游说各国时也丝毫不敢怠惰，他亲自到各国驻华大使登门拜访，请求援助。但因欧美国家或自顾不暇或不愿陷入中日战争中，美国驻华大使詹森就是这样不疼不痒地敷衍蒋介石。

再加上，蒋介石曾于1929年7月29日下令与苏联断绝外交关系，此时要

龙 骨

与苏联重建外交关系,这多多少少让蒋介石很丢面子。所以这让翁文灏收到电报后欲哭无泪。正在此时,卢沟桥事变爆发,北平沦陷。四处碰壁的蒋介石感到事态严重遂立即改变对苏政策,派孙科、杨杰前往苏联与苏联签订《中苏互不侵犯条约》和《中苏易货协定》。与此同时,在美国斡旋的孔祥熙也空手而归,美国人不但不卖军火给中国,反而将大批汽油和战略物资卖给日本人。在中国面临民族危亡之时似乎全世界都抛弃了中国,只有社会主义苏联不计前嫌,向中国伸出援助之手。在翁文灏的协助下很快签订了3个借款合同,共借得2500万美金,同时,不等易货协定生效苏联即先行启运军火和志愿部队入华。

这是抗战之初中国政府得到唯一一份宝贵的国际支援,这也是翁文灏为抗日战争做出的贡献之一。

翁文灏在绝望时期与儿子的一席长谈令军购之路峰回路转起死回生,不知是苍天有眼,还是心有灵犀,苏联毫不犹豫在第一时间答应向中国提供大批战机和志愿队,1938年4月苏联空军志愿队首次参战,重创日军。苏联无疑是抗日战争史上第一个雪中送炭的国家,中国人民将永远牢记。